经史百家简编

〔清〕曾国藩 编选

余兴安 译注

中華書局

图书在版编目(CIP)数据

经史百家简编/(清)曾国藩编选;余兴安译注. —北京:中华书局,2023.6
ISBN 978-7-101-16201-1

Ⅰ.经… Ⅱ.①曾…②余… Ⅲ.①中国文学-古典文学-作品综合集②《经史百家简编》-注释③《经史百家简编》-译文
Ⅳ.I212.01

中国国家版本馆 CIP 数据核字(2023)第 100843 号

书　　名　经史百家简编
编　　选　〔清〕曾国藩
译　　注　余兴安
责任编辑　张　敏
责任印制　管　斌
出版发行　中华书局
　　　　　(北京市丰台区太平桥西里 38 号　100073)
　　　　　http://www.zhbc.com.cn
　　　　　E-mail:zhbc@zhbc.com.cn
印　　刷　天津善印科技有限公司
版　　次　2023 年 6 月第 1 版
　　　　　2023 年 6 月第 1 次印刷
规　　格　开本/880×1230 毫米　1/32
　　　　　印张 19½　插页 2　字数 450 千字
印　　数　1-10000 册
国际书号　ISBN 978-7-101-16201-1
定　　价　56.00 元

出版说明

《经史百家简编》，是曾国藩主持编纂的《经史百家杂钞》的简编本。

曾国藩（1811—1872），初名子城，字伯涵，号涤生，湖南湘乡人。道光十八年（1838）考中进士，此后任京官十余年，历任翰林院侍讲学士、内阁学士、礼部侍郎、吏部侍郎等职。咸丰二年（1852），曾国藩丁忧在家，接旨奉命办理湖南团练；咸丰三年（1853），曾国藩创建湘军水师。此后以兵部侍郎、兵部尚书、两江总督、钦差大臣等身份督办江南军务，指挥湘军战斗。同治三年（1864），其弟曾国荃率湘军攻克天京，曾国藩因功加太子太保衔，封一等毅勇侯。同治七年（1868），补武英殿大学士，调直隶总督。同治九年（1870），受命处理"天津教案"，后再任两江总督。同治十一年（1872），死于两江总督任上。朝廷追赠太傅，谥号文正。与李鸿章、左宗棠、张之洞并称"晚清四大名臣"。

正如《清史稿》本传所言，"国藩事功本于学问"。曾国藩一生好学，戎马倥偬之间，读书为学不倦，尤其喜好古文。他继承发展了姚鼐等的"桐城派"古文理论，提出"义理、辞章、考据、经济"并重，促成了"桐城派"古文的中兴局面，其标志性成果便是咸丰十年（1860）编成的《经史百家杂钞》。

《经史百家杂钞》二十六卷，选录古文七百余篇，分论著、词赋、序跋、诏令、奏议、书牍、哀祭、传志、叙记、典志、杂记十一类。与姚鼐编纂

《古文辞类纂》不选经史之文不同，曾国藩则“每类必以六经冠其端”，以明其渊源，同时又“采辑史传稍多”，故取名为《经史百家杂钞》。《经史百家杂钞》在晚清和民国时风行海内，影响极大，毛泽东早年在给朋友的信中称其书“上自隆古，下迄清代，尽抡四部精要”，奉之为“最佳国学入门书”。

不过，由于《经史百家杂钞》篇幅较大，研习颇为不易，于是曾国藩“又择其尤者四十八首，录为简本”，“以备朝夕吟诵，约而易守”，这便有了《经史百家简编》。据书前序言，曾国藩将这个选编本送给弟弟曾国荃（字沅甫），曾国荃将其抄录一遍，又经曾国藩评点，作为家中兄弟子侄们学习研讨的教材。

概括而言，《经史百家简编》的特色有三：

第一，文类全面。《经史百家简编》虽然篇幅不到《经史百家杂钞》的十分之一，但正所谓“麻雀虽小，五脏俱全”，选文在文类方面十分齐备，延续了《经史百家杂钞》十一类的分类方式，除传志类选录八篇外，其他十类每类四篇（《周礼》四篇计为一篇）。通过学习本书的选文，我们可以比较全面地了解古代文体的源流变迁和多彩风貌，例如词赋类的《诗・豳风・七月》是赋体之源，班固的《两都赋》是汉大赋的代表作，苏轼的《赤壁赋》则是宋代文赋的代表作。

第二，选篇精到。首先是选文来源多元，既有经部典籍《易》《书》《诗》《周礼》《左传》，也有史部经典如《史记》《汉书》《资治通鉴》，还有子部经典如《庄子》，也包括扬雄、韩愈、欧阳修、王安石等文章大家，读此一书即可谓涉猎四部。其中韩愈的选文十二篇，占全部选文的四分之一，可见曾氏对韩文的偏爱。其次，选文均为名家精品。如除前面提到的《两都赋》《赤壁赋》外，屈原的《九歌》、贾谊的《陈政事疏》、诸葛亮的《出师表》、韩愈的《原道》、欧阳修的《泷冈阡表》等都是流传千古的名篇佳作，值得细细品读。再次，选文内容丰富。从这里除了学习文章技法，还有可以学到治国平天下的学问，像《史记・魏其武安侯列传》《汉书·霍光传》涉及政治经验，《尚书·吕刑》《左传·叔向诒子产书》涉及法治思想，《尚书·禹贡》《五代史职方考》涉及地理变迁，《史记·平准书》涉及经济政策，《越州赵公救灾记》涉及救荒赈灾，体现了曾氏“义理、辞章、考据、经济”并重的学术格局。

第三，评析精要。《经史百家简编》的选文虽然都见于《经史百家杂钞》，但由于曾国藩重新做了划分章节、厘正谬误、评骘精华的工作，因此评点赏析文字是大为不同的。从总体情况来说，有些长篇文章，《简编》的分段评点比《杂钞》更为简洁，而有些短篇文章，《简编》的分段评点又较《杂钞》更为细致入微。本次整理，除了保留分段小结和评析文字外，我们也保留了曾国藩对重点文句所加的圈点符号，以便读者更全面地了解曾国藩对文章的评价。

总而言之，《经史百家简编》是一部文类全面、选篇精到、评析精要的古文选本，相比于《古文观止》等流行的古文选本而言，别具特色，是值得广大读者阅读学习的一部好书。

本次整理，原文以光绪五年（1879）传忠书局版《曾文正公全集》中的《经史百家简编》为底本，我们对底本讹误之处，根据相关文献的权威版本做了校正，另辅以题解、注释、翻译，尤其对书前的序言及文体分类的说明文字也做了较为详实的注译，以期为广大读者阅读此书提供一个较好的入门读本。

限于学识水平，我们的工作中难免有不当甚至错谬之处，敬请读者方家批评指正，以便我们不断修订完善！

中华书局编辑部

2023年4月

目录

序目

自六籍燔于秦火[①]，汉世掇拾残遗，征诸儒能通其读者[②]，支分节解，于是有章句之学[③]。刘向父子勘书秘阁[④]，刊正脱误，稽合同异，于是有校雠之学[⑤]。梁世刘勰、锺嵘之徒[⑥]，品藻诗文[⑦]，褒贬前哲，其后或以丹黄识别高下[⑧]，于是有评点之学[⑨]。三者皆文人所有事也。前明以四书经艺取士[⑩]，我朝因之。科场有句股点句之例[⑪]，盖犹古者章句之遗意。试官评定甲乙[⑫]，用朱墨旌别其旁，名曰圈点[⑬]。后人不察，辄仿其法以涂抹古书，大圈密点，狼籍行间[⑭]。故章句者，古人治经之盛业也，而今专以施之时文[⑮]；圈点者，科场时文之陋习也，而今反以施之古书，末流之迁变，何可胜道！惟校雠之学，我朝独为卓绝。乾嘉间巨儒辈出[⑯]，讲求音声故训校勘[⑰]，疑误冰解的破[⑱]，度越前世矣[⑲]。

【注释】

①自六籍燔（fán）于秦火：指秦始皇焚书事。《史记·秦始皇本纪》载，秦始皇三十四年（前213），为加强思想控制，丞相李斯奏请

"史官非秦记皆烧之。非博士官所职，天下敢有藏《诗》《书》、百家语者，悉诣守、尉杂烧之"。《史记·儒林列传》亦称"及至秦之季世，焚《诗》《书》，坑术士，六艺从此缺焉"。六籍，指先秦时代儒家的"六经"（也称"六艺"），即《诗》《书》《礼》《乐》《易》《春秋》。燔，烧。

②汉世掇拾残遗，征诸儒能通其读者：指汉儒整理传习儒家经典之事，如伏生传《尚书》，详见《史记·儒林列传》《汉书·儒林传》等。

③章句之学：汉代经学家剖章析句以解说经义的学问，如《汉书·艺文志》载有《公羊章句》《穀梁章句》之类，传世较早的章句著作有王逸《楚辞章句》、赵岐《孟子章句》。

④刘向父子勘书秘阁：指西汉后期刘向、刘歆父子奉命校勘整理皇室藏书之事。《汉书·艺文志》载，汉成帝"诏光禄大夫刘向校经传诸子诗赋"，刘向去世后，汉哀帝又让其子刘歆继续完成校书之事，刘歆"于是总群书而奏其《七略》"。刘向父子，指刘向、刘歆父子。刘向，字子政，西汉学者、文学家，我国古典文献学的重要奠基人，撰有我国最早的图书目录《别录》（已散佚），传世有《说苑》《新序》《列女传》等。刘歆，字子骏，西汉学者，撰有《七略》《三统历谱》。二人传并见《汉书·楚元王传》。勘，校订，核对。

⑤校雠（chóu）之学：指考订书籍、纠正讹误的学问。《文选》左思《魏都赋》注引《风俗通》："案刘向《别录》，雠校，一人读书，校其上下，得谬误为校；一人持本，一人读书，若怨家相对。"

⑥刘勰（xié）：字彦和，南朝梁代文学理论家，著有《文心雕龙》。锺嵘：字仲伟，南朝文学批评家，著有《诗品》。

⑦品藻：品评，鉴定。

⑧丹黄：古代圈点书籍时用朱笔书写，遇到错字时涂以雌黄，故称圈点用的丹砂和雌黄为"丹黄"。

⑨评点之学：古代学人读书时在字里行间写下评论、对精美文句加以圈点的学问。

⑩前明：指明朝。四书经艺：指明清科举考试考的以阐述儒家经典“四书”（《论语》《孟子》《大学》《中庸》）义理为主的文章，也称“四书文”“八股文”。

⑪科场：科举考场。句股：疑指古文用于断句的钩识号“亅”之类。

⑫甲乙：指甲等、乙等之类的优劣等级。

⑬圈点：此指在精美或重要文句旁加圆圈或点。

⑭狼籍：也作“狼藉”，纵横散乱的样子，此指书页上的圈点过多，版面混乱而不堪入目的样子。

⑮时文：时下流行的文体，此指明清时的科举应试文体八股文。

⑯乾嘉间巨儒辈出：指清乾隆、嘉庆年间惠栋、钱大昕、戴震、段玉裁、王念孙、王引之等乾嘉学派的代表人物，他们精于音韵、训诂、文字之学，文史典籍考证、校勘方面成就卓著。

⑰音声：指传统小学中因声求义的音韵学。代表作如王念孙《广雅疏证》。故训：指传统小学中研究词义的训诂学。代表作如段玉裁《说文解字注》。校勘：指考订古书的学问。代表性的成果如戴震对《水经注》的校勘。

⑱的破：即“破的”，本指射中箭靶，此谓解析疑误，切中要害，非常通透。

⑲度越：超过。

【译文】

自从六经在秦朝被焚毁之后，汉朝时收集残留的篇目，征召儒生当中能够通晓经典句读的人，分析章节，解读字句，于是有了章句之学。刘向、刘歆父子在皇室藏书的秘阁中负责校订典籍，改正书中脱漏和错误的字句，考察比对不同版本的文字异同，于是有了校雠之学。梁代刘勰、锺嵘一类的人，品评诗文，对前代贤哲加以褒贬，后来有的人用红色或黄色来标识文章的高下，于是有了评点之学。这三者都是文人的分内之事。前代明朝以四书文来选拔士人，我朝因袭了这一做法。科举考场有勾股点句的惯例，大概还像古代章句之学的遗意。主考评卷的官员评定优劣名次，用朱笔或墨笔在试卷旁标识，称之为“圈点”。后代人不懂，就仿照这种方法来阅读涂抹古书，在古书上划上大大的圈，密集地点，字行之间，一片狼藉。章句之学，本来是古人研究经典的重要方式，可如今却专门用来处理科考时文；圈点之法，其实是科场时文的陋习，现在反而用于阅读古书，末流的变迁，哪里说得清呢！只有校雠之学，我朝的成就最为杰出。乾隆嘉庆年间，大儒辈出，研究音韵、训诂、校勘，古书中的疑误涣然冰释般被解决，成就超越了前代。

咸丰十年①，余选经史百家之文②，都为一集③，又择其尤者四十八首④，录为简本，以诒余弟沅甫⑤。沅甫重写一册，请余勘定，乃稍以己意分别节次，句绝而章乙之⑥，间亦厘正其谬误⑦，评骘其精华⑧，雅与郑并奏⑨，而得与失参见，将使一家昆弟子姓⑩，启发证明，不复要途人而强同也。曾国藩识。

【注释】

①咸丰十年：即公元1860年。咸丰，清文宗爱新觉罗·奕詝年号（1851—1861）。

②余选经史百家之文：指曾国藩编纂《经史百家杂钞》。

③都：汇聚，汇编。

④尤：最优异，此指最优秀的文章。四十八首：杂记类中《周礼》选文算为一篇，方合四十八之数。但为了方便阅读，将四篇单独列出。

⑤诒（yí）：给予，赠送。沅甫：指曾国藩之弟曾国荃，字沅甫。

⑥句绝而章乙之：指在句子结束处点断，在章节结束处画“乙”字形符号，打钩，以示至此为一段落。

⑦间（jiàn）：间或，偶尔。厘正：考据订正。厘，改正。

⑧评骘（zhì）：评定。骘，评论，评定。

⑨雅、郑：本指《诗经》的朝廷之音雅诗和靡靡之音《郑风》，后引申指高雅和通俗的不同，此喻文章的优长与不足。

⑩昆弟：兄弟。昆，兄。《诗经·王风·葛藟》：“终远兄弟，谓他人昆。”毛传：“昆，兄也。”

【译文】

咸丰十年，我挑选经籍、史书、诸子百家的文章，汇编为《经史百家杂钞》一书，又选择其中特别优秀的文章四十八篇，抄录为简编本，赠送给我的弟弟沅甫。沅甫重新抄写了一册，请我改定，我便稍微按自己的意见划分章节，标出句读，划出章次，偶尔也改正其中的谬误，评点其中的精华，使得雅乐和俗乐一同演奏，文章的得和失能够一并呈现，目的在于让全家的兄弟子侄能够得到启发，并不要求路人，强迫他们认同我的看法。曾国藩记。

著述门三类

论著类　著作之无韵者。经如《洪范》《大学》《中庸》《乐记》《孟子》皆是①；诸子曰篇、曰训、曰览②，古文家曰论、曰辨、曰议、曰说、曰解、曰原皆是③。

【注释】

①《洪范》：《尚书》篇名。内容相传为箕子向周武王陈述的治国大道。《大学》《中庸》《乐记》：均为《礼记》篇名。《大学》《中庸》，本系《礼记》中的两篇，后被朱熹编入“四书”之中，《大学》阐述

以“三纲八目”为主的修身之道,《中庸》阐述儒家的中庸理念。《乐记》阐述乐理。《孟子》:记述孟子言行思想的著作,共七篇,朱熹编定的“四书”之一。

②诸子曰篇、曰训、曰览:诸子著作的篇名不同,如《孙子兵法》有《计篇》等十三篇,《淮南子》有《原道训》等二十一篇,《吕氏春秋》有《有始览》等“八览”(故其书也称《吕览》)。

③“古文家曰论”几句:指古文家的议论文,篇名往往含这些字眼,“论”如柳宗元的《封建论》,“辨”如柳宗元《桐叶封弟辨》,“议”如柳宗元《晋文公问守原议》,“说”如韩愈《师说》,“解”如韩愈《获麟解》,“原”如韩愈《原道》等“五原”。

【译文】

论著类　是不讲求声韵的著作。经书中如《洪范》《大学》《中庸》《乐记》《孟子》,都是这类文章;诸子的著作中称为篇、训、览的,古文家称为论、辨(即辩)、议、说、解、原,都属于此类。

词赋类　著作之有韵者。经如《诗》之赋、颂[①],《书》之“五子作歌”皆是[②];后世曰赋、曰辞、曰骚、曰七、曰设论、曰符命、曰颂、曰赞、曰箴、曰铭、曰歌皆是[③]。

【注释】

①《诗》:即《诗经》,我国第一部诗歌总集,收录上古至春秋中叶诗歌三百零五篇,也称“诗三百”,儒家五经之一。赋、颂:《诗》有六义,指风、雅、颂、赋、比、兴。赋,本指铺陈叙事的艺术手法,此指叙事为主的赋体诗,如《豳风·七月》。颂,当即指《诗经》中的《周颂》《鲁颂》《商颂》。

②《书》:即《尚书》,是一部上古历史文献的汇编,分虞书、夏书、商书、周书四部分,儒家五经之一。五子作歌:见《尚书》中《五子

之歌》。相传夏启之子太康失国后,夏启的其他五个儿子叙述祖父大禹的遗训,“叙怨作歌”,即《五子之歌》,其中有“民惟邦本,本固邦宁”的名句。

③“后世曰赋”几句:指后世的这些文体(大体见于《文选》),都属于他所称的词赋类。“赋”如班固的《两都赋》,“辞”如陶渊明的《归去来辞》,“骚”如屈原的《离骚》,“七”如枚乘《七发》,“设论”(指假设问答以阐明意旨者)如东方朔《答客难》,“符命”(叙述祥瑞征兆,为帝王歌功颂德者)如司马相如《封禅文》,“颂”如扬雄《赵充国颂》,“赞”如袁宏《三国名臣序赞》,“箴”如《左传》所载《虞箴》,“铭”如班固的《封燕然山铭》,“歌”如《汉书》所载《郊祀歌》。

【译文】

词赋类　是讲求声韵的著作。经书中如《诗经》中的赋、颂,《尚书》中的“五子作歌”,都是这类文章;后世的赋、辞、骚、七、设论、符命、颂、赞、箴、铭、歌,都属于此类。

序跋类　他人之著作序述其意者。经如《易》之《系辞》①,《礼记》之《冠义》《昏义》皆是②;后世曰序、曰跋、曰引、曰题、曰读、曰传、曰注、曰笺、曰疏、曰说、曰解皆是③。

【注释】

①《易》:即《周易》,包括由六十四卦的卦画及卦辞、爻辞构成的“经”和《文言》《系辞》《彖传》《象传》《说卦》《序卦》《杂卦》等七种十篇构成的“传”两部分,儒家五经之一。《系辞》:《易传》之一,分上下篇,内容为总论《易经》大义。

②《礼记》:又名《小戴礼记》,相传为西汉学者戴胜选编的礼学文献集,共四十九篇,儒家十三经之一。《冠义》《昏义》:《礼记》中的两篇,分别阐述《仪礼》冠礼和婚礼的大义。

③“后世曰序”几句：指后世的这些文体，都属于他所称的序跋类。“序”如韩愈《张中丞传后序》，“跋”如欧阳修《集古录跋尾》，“引”如苏洵《族谱引》，“题”如李翱《题燕太子丹传后》，“读”如韩愈《读荀子》，“传”如朱熹《诗集传》，“注”如郑玄《仪礼注》，“笺”如郑玄《毛诗笺》，“疏”如皇侃《论语义疏》，“说”如张载《横渠易说》，“解”如苏轼《论语解》。

【译文】

序跋类　是表达对他人著作意见的文章。经书中如《周易》的《系辞》，《礼记》中的《冠义》《昏义》，都是这类文章；后世的序、跋、引、题、读、传、注、笺、疏、说、解，都属于此类。

告语门四类

诏令类　上告下者。经如《甘誓》《汤誓》《牧誓》等①，《大诰》《康诰》《酒诰》等皆是②；后世曰诰、曰诏、曰谕、曰令、曰教、曰敕、曰玺书、曰檄、曰策命皆是③。

【注释】

①《甘誓》《汤誓》《牧誓》：均为《尚书》篇名。《甘誓》是夏启为讨伐有扈氏在甘地动员将士的临战誓词，《汤誓》是商汤讨伐夏桀时动员将士的誓词，《牧誓》是周武王在牧野讨伐商纣王时动员将士的誓词。

②《大诰》《康诰》《酒诰》：均为《尚书》篇名。《大诰》是周公东征平叛时发布的动员文告。《康诰》是周公对被分封到卫国的弟弟康叔的训诫。《酒诰》是周公发布的禁酒文告。

③“后世曰诰”几句：指后世的这些文体，都属于他所称的诏令类。

“诰”如明太祖朱元璋《大诰》,“诏”如汉武帝刘彻《求茂材异等诏》,“谕”如汉高祖刘邦《入关告谕》,“令”如曹操《让县自明本志令》,“教”如傅亮《为宋公修张良庙教》,“敕”如宋太祖赵匡胤《纳降蜀主敕》,“玺书”如《史记·秦始皇本纪》载秦始皇“为玺书赐公子扶苏”,“檄”如骆宾王《为徐敬业讨武曌檄》,“策命”如汉武帝刘彻《策封燕王旦》。

【译文】

诏令类　是上位者告知下位者的文章。经书中如《甘誓》《汤誓》《牧誓》等,《大诰》《康诰》《酒诰》等,都是这类文章;后世的诰、诏、谕、令、教、敕、玺书、檄、策命,都属于此类。

奏议类　下告上者。经如《皋陶谟》《无逸》《召诰》①,及《左传》季文子、魏绛等谏君之辞皆是②;后世曰书、曰疏、曰议、曰奏、曰表、曰札子、曰封事、曰弹章、曰笺、曰对策皆是③。

【注释】

①《皋陶谟》《无逸》《召诰》:均为《尚书》篇名。《皋陶谟》为上古贤臣皋陶为舜陈述治国安民之谋,《无逸》为周公劝诫周成王勤政爱民之文,《召诰》为召公告诫周成王修德以保天命之文。

②《左传》:也称《左氏春秋》《春秋左氏传》,《春秋》三传之一,我国现存最早的叙事详备的编年体史书,儒家十三经之一。季文子、魏绛等谏君之辞:鲁国大夫季文子谏阻鲁宣公收留莒太子仆之辞见《左传·文公十八年》,晋国大夫魏绛谏阻晋悼公过度田猎之辞见《左传·襄公四年》。

③“后世曰书”几句:指后世的这些文体,都属于他所称的奏议类。

“书”如李斯《谏逐客书》，“疏”如魏徵《谏太宗十思疏》，“议”如《文苑英华》卷七六一至卷七七〇之议类，“奏”如《曾国藩全集》之奏稿，“表”如诸葛亮《出师表》，“札子”如王安石《本朝百年无事札子》，“封事”如《汉书·张敞传》载“敞闻之，上封事曰”之封事，“弹章”（向上级弹劾他人的公文）如沈约《弹奏王源》，“笺”如荀攸《劝进魏公笺》，“对策”如董仲舒的《天人三策》。

【译文】

奏议类　是下位者禀告上位者的文章。经书中如《皋陶谟》《无逸》《召诰》，以及《左传》中季文子、魏绛等的谏君之辞，都是这类文章；后世的书、疏、议、奏、表、札子、封事、弹章、笺、对策，都属于此类。

书牍类　同辈相告者。经如《君奭》[①]，及《左传》郑子家、叔向、吕相之辞皆是[②]；后世曰书、曰启、曰移、曰牍、曰简、曰刀笔、曰帖皆是[③]。

【注释】

①《君奭》：《尚书》篇名，为周公向召公阐明心志之文。

②郑子家、叔向、吕相之辞：郑国大夫子家致晋国执政赵宣子之书见《左传·文公十七年》，晋国大夫叔向致郑国执政子产之书见《左传·昭公六年》，吕相绝秦之说辞见《左传·成公十三年》。

③“后世曰书”几句：指后世的这些文体，都属于他所称的书牍类。“书”如司马迁《报任安书》，“启”如欧阳修《上随州钱相公启》，“移”如刘歆《移书让太常博士》，“牍”如《小仓山房尺牍》，“简”如《欧阳修全集》之书简，“刀笔”如黄庭坚《山谷刀笔》，“帖”如王羲之《快雪时晴帖》。

【译文】

书牍类　是同辈之间相互告知的文章。经书中如《君奭》，及《左传》中郑子家、叔向、吕相的言辞，都是这类文章；后世的书、启、移、牍、简、刀笔、帖，都属于此类。

哀祭类　人告于鬼神者。经如《诗》之《黄鸟》《二子乘舟》①，《书》之《武成》《金縢》祝辞②，《左传》荀偃、赵简告辞皆是③；后世曰祭文、曰吊文、曰哀辞、曰诔、曰告祭、曰祝文、曰愿文、曰招魂皆是④。

【注释】

①《黄鸟》《二子乘舟》：指《诗经》中悼念为秦穆公殉葬之三良的《秦风·黄鸟》及悼念卫宣公二子伋、寿的《邶风·二子乘舟》。

②《武成》《金縢》祝辞：指《尚书·武成》篇中武王及《金縢》篇中周公的祭告神明之辞。

③荀偃、赵简告辞：晋国大夫荀偃伐齐前祷告河神之辞见《左传·襄公十八年》，晋国大夫赵简子哭吊子太叔之辞见《左传·定公四年》。

④"后世曰祭文"几句：指后世的这些文体，都属于他所称的哀祭类。"祭文"如韩愈《祭十二郎文》，"吊文"如陆机《吊魏武帝文》，"哀辞"如韩愈《欧阳生哀辞》，"诔"如颜延之《陶征士诔》，"告祭"如陈亮《告祖考文》，"祝文"如《苏轼文集》卷四十四所收内制祝文，"愿文"如《广弘明集》所录沈约《千僧会愿文》，"招魂"如屈原《招魂》。

【译文】

哀祭类　是人禀告鬼神的文章。经书中如《诗经》的《黄鸟》《二子乘舟》，《尚书》的《武成》《金縢》祝辞，《左传》中荀偃、赵简的告辞，都是这类文章；后世的祭文、吊文、哀辞、诔、告祭、祝文、愿文、招魂，都属于此类。

记载门四类

传志类　所以记人者。经如《尧典》《舜典》[1]，史则本纪、世家、列传[2]，皆记载之公者也；后世记人之私者，曰墓表、曰墓志铭、曰行状、曰家传、曰神道碑、曰事略、曰年谱皆是[3]。

【注释】

①《尧典》《舜典》：《尚书》中记述上古圣王尧、舜言行的篇目。

②史则本纪、世家、列传：纪传体正史中的体例，本纪一般记述帝王大事，为一朝史事之纲，如《汉书·高帝纪》；世家记载世代相传之家族事迹，如《史记·齐太公世家》；列传，记述重要人物事迹，包括单传、合传、类传等多种。

③"曰墓表"几句：指后世的这些文体，都属于他所称的传志类。"墓表"如欧阳修《石曼卿墓表》，"墓志铭"如韩愈《柳子厚墓志铭》，"行状"如苏轼《司马温公行状》，"家传"如李繁《邺侯家传》，"神道碑"如苏轼《富郑公神道碑》，"事略"如欧阳发《先公事略》，"年谱"如《杜工部年谱》。

【译文】

传志类　是记叙人物的文章。经书中如《尧典》《舜典》，史书中则是本纪、世家、列传，都是站在国家的角度所做的记载；后世从私家角度记叙人物的墓表、墓志铭、行状、家传、神道碑、事略、年谱，都属于此类。

叙记类　所以记事者。经如《书》之《武成》《金縢》《顾命》[1]，《左传》记大战、记会盟[2]，及全编皆记事之书，《通鉴》法《左传》[3]，亦记事之书也；后世古文如《平淮西碑》

等是[4]，然不多见。

【注释】

①《武成》《金縢》《顾命》：均为《尚书》篇名。《武成》记述武王灭商后祭告神明、偃武修文之事。《金縢》记载武王克商后生病，周公向先王祈祷以身代武王，并将祷辞藏于金縢之匮，后武王病愈。武王去世后，周公受到成王猜忌，天变示警，成王开启金縢之书，方悔悟改过。《顾命》记述周成王临死前将周康王托付给召公等大臣及周康王即位的典礼经过。

②记大战、记会盟：记大战如《左传·僖公二十八年》所记城濮之战，记会盟如《左传·襄公二十七年》所记弭兵之会。

③《通鉴》：即司马光编著的《资治通鉴》，记述战国至五代一千三百六十二年的历史，与《左传》同为编年体，为我国第一部编年体通史。

④《平淮西碑》：韩愈的名篇，记述了唐宪宗元和十二年（817）裴度平定淮西藩镇吴元济的战事。

【译文】

叙记类　是记叙事件的文章。经书中如《尚书》的《武成》《金縢》《顾命》，《左传》中记大战、记会盟，乃至于全书都属于记事的书，《资治通鉴》效法《左传》，也属于记叙事件的书；后世古文如《平淮西碑》等也是此类文章，但不多见。

典志类　所以记政典者。经如《周礼》《仪礼》全书[1]，《礼记》之《王制》《月令》《明堂位》[2]，《孟子》之“北宫锜”章皆是[3]；《史记》之八书[4]，《汉书》之十志及三《通》[5]，皆典章之书也；后世古文如《赵公救灾记》是[6]，然不多见。

【注释】

①《周礼》：也称《周官》，相传为周公所作，分天官、地官、春官、夏官、秋官、冬官六大类记述官制和政治制度，儒家十三经之一。《仪礼》：记述有关冠、婚、丧、祭、乡、射、朝、聘等礼仪制度，共十七篇，被视为“礼经”，儒家十三经之一。

②《王制》《月令》《明堂位》：均为《礼记》篇名。《王制》记述古代帝王治理天下的各种制度；《月令》按十二个月次记述各月天象物候及相应的政令措施；《明堂位》先记周公摄政，天下大治，诸侯来朝于明堂，各就其位，后记鲁国因周公之德而可袭用的天子礼乐制度。

③《孟子》之“北宫锜”章：见于《孟子·万章下》。北宫锜问及周朝的爵禄等级制度，孟子概述大略。

④《史记》之八书：《史记》中记述典章制度的《礼书》《乐书》《律书》《历书》《天官书》《封禅书》《河渠书》《平准书》。或谓今本《律书》《历书》系《律历书》拆分而成，另有《兵书》一篇亡佚。

⑤《汉书》之十志：《汉书》中记述典章制度的《律历志》《礼乐志》《刑法志》《食货志》《郊祀志》《天文志》《五行志》《地理志》《沟洫志》《艺文志》。三《通》：指唐代杜佑《通典》、宋代郑樵的《通志》、元代马端临《文献通考》三书。

⑥《赵公救灾记》：指曾巩的名篇《越州赵公救灾记》，记述越州知州赵抃在熙宁八年（1075）、九年吴越饥疫兼作之时的救灾举措，见《曾巩集》卷十九。

【译文】

典志类　是记述政治典章的文章。经书中如《周礼》《仪礼》全书，《礼记》的《王制》《月令》《明堂位》，《孟子》的“北宫锜”章，都是这类文章；《史记》的八书，《汉书》的十志，以及《通典》《通志》《文献通考》，都属于记叙典章制度的书；后世如《赵公救灾记》也是这类文章，但不多见。

杂记类　所以记杂事者。经如《礼记·投壶》《深衣》《内则》《少仪》[①],《周礼》之《考工记》皆是[②];后世古文家修造宫室有记[③],游览山水有记[④],以及记器物、记琐事皆是[⑤]。

【注释】

①《礼记·投壶》《深衣》《内则》《少仪》:均为《礼记》篇名。《投壶》记述投壶礼的具体仪节,《深衣》记述深衣这种上衣下裳相连的服装的制式及文化意涵,《内则》记述日常生活中处理家庭内部各种人际关系的准则,《少仪》记述从小须学习的事奉尊长及自我修养的仪节。

②《周礼》之《考工记》:今本《周礼》篇名,据说西汉时《周礼》冬官部分亡佚,河间献王刘德取《考工记》补入,内容主要是记述各种手工业的工艺规范和制造技术。

③修造宫室有记:如范仲淹《岳阳楼记》、欧阳修《醉翁亭记》。

④游览山水有记:如王安石《游褒禅山记》、苏轼《石钟山记》。

⑤记器物:如韩愈《画记》。记琐事:如归有光《项脊轩志》。

【译文】

杂记类　是记叙杂事的文章。经书中如《礼记》的《投壶》《深衣》《内则》《少仪》,《周礼》的《考工记》,都是这类文章;后世的古文家们,修造宫室有记叙,游览山水有记叙,还有记器物、记琐事的,都属于此类。

姚姬传氏之纂古文辞[①],分为十三类[②],余稍更易为十一类。曰论著、曰词赋、曰序跋、曰诏令、曰奏议、曰书牍、曰哀祭、曰传志、曰杂记九者,余与姚氏同焉者也;曰赠序,姚氏所有而余无焉者也;曰叙记、曰典志,余所有而姚氏无焉者也;曰颂赞、曰箴铭,姚氏所有,余以附入词赋之下编;曰碑志，姚氏所有，余以附入传志之下编。论次微有异同，大体不甚相远。后之君子以参观焉。

【注释】

①姚姬传氏之纂古文辞：指姚鼐编纂《古文辞类纂》事。姚姬传，名鼐，字姬传，安庆府桐城（今安徽桐城）人，清代散文家，与方苞、刘大櫆并称“桐城派三祖”。所编《古文辞类纂》七十五卷，风行一时，扩大了桐城派的影响。

②十三类：《古文辞类纂》选文约七百篇，分为论辨、序跋、奏议、书说、赠序、诏令、传状、碑志、杂记、箴铭、颂赞、辞赋、哀祭等共十三类。

【译文】

姚姬传编纂《古文辞类纂》，将所选文章分为十三类，我稍加改变，分为十一类。其中，论著、词赋、序跋、诏令、奏议、书牍、哀祭、传志、杂记等九类，是我与姚氏的选本相同的；而赠序类是姚氏有而我的分类中没有的；叙记、典志类，是我有而姚氏没有的；颂赞、箴铭类，姚氏选本中有，我将其附编在词赋类的下编之中；碑志类，姚氏选本中有，我将其附入传志类的下编。编排顺序稍有不同，但大体上是差不多的。请后世君子参阅。

村塾古文有选《左传》者[①]，识者或讥之。近世一二知文之士，纂录古文不复上及六经，以云尊经也[②]。然溯古文所以立名之始，乃由屏弃六朝骈俪之文[③]，而返之于三代、两汉[④]。今舍经而降以相求，是犹言孝者敬其父、祖而忘其高、曾[⑤]，言忠者曰“我家臣耳，焉敢知国”，将可乎哉？余抄纂此编，每类必以六经冠其端，涓涓之水，以海为归，无所于让也。姚姬传氏撰次古文，不载史传，其说以为史多不可胜录也。然吾观其奏议类中录《汉书》至三十八首，诏令类中录《汉书》三十四首，果能屏诸史而不录乎？余今所论次，采辑史传稍多，命之曰《经史百家杂钞》云。

【注释】

①村塾古文有选《左传》者：如《古文观止》十二卷，其中选录《左传》两卷。

②以云尊经也：自萧统编选《文选》，即不选经书，萧统在《文选序》中解释说："若夫姬公之籍，孔父之书，与日月俱悬，鬼神争奥，孝敬之准式，人伦之师友，岂可重以芟夷，加之剪截？"即认为周公、孔子所定的经典，地位崇高，不可加以编选。

③六朝骈俪之文：指魏晋南北朝时流行的骈文，以其讲究字句对偶而得名，常以四字句、六字句为主，故又称四六文。六朝，指均在南方以建康（今江苏南京）为都的东吴、东晋及南朝的宋、齐、梁、陈这六个朝代。

④三代、两汉：三代指夏、商、周，两汉指西汉、东汉，此指三代、两汉时期的古文。韩愈、柳宗元等古文家均强调学习儒家经典及诸子史传。

⑤高、曾：祖父之祖父为高祖，祖父之父为曾祖。

【译文】

乡村塾学中教授古文有选《左传》的，有识者或有讥评。近世一二通晓文章之学的人在选编古文时，不再上溯至六经中的篇章，美其名曰要尊崇经书。然而追溯"古文"一词之所以成立的源头，实在是为了摒弃六朝骈文的绮丽之风，而返归夏商周三代和两汉的文章形态。现在舍弃经典而降格以求，就如同尽孝者敬其父亲、祖父而忘记了其高祖、曾祖，尽忠者说“我是家臣，岂敢知晓国家大事”，这怎么可以呢？我抄录编纂这部书，每一类必选六经中的篇章冠于其端首，就如同涓涓细流，都要归向大海，是不必有所辞让的。姚姬传选纂古文，不收编史书中的文章，所说的理由是史书甚多，不可胜录。然而，我见他的奏议类中，收录《汉书》中的文章多达三十八篇，诏令类中，也自《汉书》中收录了三十四篇，果真能摒弃史书而不予收录吗？现在我选编的文章，选自史书中的文章较多，命名为《经史百家杂钞》。

姚氏纂古文辞，至七百余首之多，余抄录又加多焉。兹别选简本，仅得四十八首，以备朝夕吟诵，约而易守。并抄一册与沅甫弟，同收温故知新之益。咸丰十年四月，国藩记。

【译文】

姚氏编纂《古文辞类纂》，文章有七百多篇，我在抄录时又增加了一些。现在又编选了简本，仅有四十八篇，用来早晚吟诵，约而易守。现在又抄录一册送与沅甫弟，一起收到温故知新的益处。咸丰十年四月，曾国藩记。

著述门三类

论著类

孟子·孔子在陈章

【题解】

本章选自《孟子·尽心下》，记述了孟子与其弟子万章关于交友与处世之道的对话。孟子把士大夫分为四类，即中行之士、狂放之人、狷介之士和好好先生。在这四种人中，孟子认为最好的是一切都合于仁义道德的中行之士，其次是向前进取的狂放之人，再次是洁身自好的狷介之士，最差的是“阉然媚于世”的好好先生。显然孟子是把仁义道德作为衡量人的标准。孟子对好好先生做了严厉而尖锐的抨击，以为这种人完全违背了尧舜之道，因而是贼害道德的人。

万章问曰[①]：“孔子在陈，曰：‘盍归乎来！吾党之士狂简[②]，进取不忘其初。’孔子在陈，何思鲁之狂士？”孟子曰：“孔子‘不得中道而与之，必也狂狷乎[③]！狂者进取，狷者有所不为也’。孔子岂不欲中道哉？不可必得，故思其次也。”

【注释】

①万章：孟子弟子，战国时人。

②狂简：志大而略于事。

③狷（juàn）：拘谨无为。引申为孤洁。

【译文】

万章问道："孔子在陈国说：'何不回去呢！我的那些学生志大而狂放，进取而不忘本。'孔子在陈国，为何还想着鲁国的那些狂放之人呢？"孟子回答说："孔子'得不到中行之士与之交往，就一定要和狂放之人、狷介之士交往吧！狂放之人日思进取，狷介之士则有所不为'。孔子难道不想与中行之士交往吗？只因难以寻得，所以只好想次一等的了。"

"敢问何如斯可谓狂矣？"曰："如琴张、曾皙、牧皮者①，孔子之所谓狂矣。""何以谓之狂也？"曰："其志嘐嘐然②，曰：'古之人，古之人！'夷考其行，而不掩焉者也。

【注释】

①琴张：名牢，字子开，一字张。春秋时卫国人。孔子弟子。与子桑户、孟之反友善。子桑户死的时候，琴张临其丧而歌。曾皙：即曾点，字皙。春秋时鲁国南武城（今山东平邑）人。孔子弟子，曾参之父。季武子死的时候，曾皙倚其门而歌。牧皮：春秋时人。事孔子，与琴张、曾皙均被孔子称为狂士。

②嘐嘐（xiāo）：形容志大而言夸。

【译文】

"请问什么样的人才称之为狂放之人呢？"孟子答道："诸如琴张、曾皙、牧皮这样的人，就是孔子所说的狂放之人。""为何说他们是狂放之人呢？"孟子回答说："他们志高言大，总是说：'古人啊，古人啊！'然而考察他们的行为，却与其言不合。

“狂者又不可得，欲得不屑不洁之士而与之，是狷也，是又其次也。以上狂狷。

【译文】

“如果狂放之人不能得到，就想和洁身自好的人交往，这就是狷介之士，这又是次一等的了。以上讲的是狂狷。

“孔子曰：‘过我门而不入我室，我不憾焉者，其惟乡原乎[①]！乡原，德之贼也。’”

【注释】

①乡原：指乡中貌似忠诚谨慎，实为与流俗合污、欺世盗名的伪善者。原，同“愿”。

【译文】

“孔子曾说：‘经过我家门而不进入我家屋里，我并不感到遗憾的，大概只有好好先生啊！好好先生是贼害道德的人。’”

曰：“何如斯可谓之乡原矣？”曰：“何以是嘐嘐也？言不顾行，行不顾言，则曰：‘古之人，古之人！’‘行何为踽踽凉凉[①]？生斯世也，为斯世也，善斯可矣。’阉然媚于世也者[②]，是乡原也。”以上乡原。

【注释】

①踽踽（jǔ）凉凉：落落寡合貌，独行貌。

②阉（yān）然：曲意逢迎貌。

【译文】

万章又问道："什么样的人可以称为好好先生呢?"孟子答道："好好先生讥笑狂放之人说：为何如此志高言大呢？行为与言语不合，言语与行为不一，动不动就说：'古人啊，古人啊!'又批评狷介之士说：'为何其行为落落寡合呢？生在这个世界上，就是这个世界的人，为善就可以了。'曲意逢迎，讨好谄媚世人，这就是好好先生。"以上讲的是乡愿之人。

万章曰："一乡皆称原人焉，无所往而不为原人，孔子以为德之贼，何哉?"曰："非之无举也，刺之无刺也。同乎流俗，合乎污世。居之似忠信，行之似廉洁，众皆悦之，自以为是，而不可与入尧、舜之道，故曰'德之贼'也。"

【译文】

万章问道："一乡之人都说他是好人，他也到处表现出是一个好人，可孔子却把这种人视为贼害道德的人，这是为什么呢?"孟子答道："想非难这种人，却举不出什么来；想责骂这种人，却也没有什么可骂的。他只是同流合污。为人似乎忠诚老实，行为似乎清正廉洁，众人也喜欢他，他也自以为是，然而却完全违背了尧舜之道，因此孔子说'他是贼害道德的人'。"

"孔子曰：'恶似而非者：恶莠，恐其乱苗也；恶佞，恐其乱义也；恶利口，恐其乱信也；恶郑声①，恐其乱乐也；恶紫，恐其乱朱也；恶乡原，恐其乱德也。'以上乡原之可恶。

【注释】

①郑声：原指春秋战国时郑国的音乐。因与孔子等提倡的雅乐不同，故受儒家排斥。此后，凡与雅乐相背离的音乐，均为崇"雅"

黜“俗”者斥为“郑声”。

【译文】

“孔子说：‘厌恶那种似是而非的东西：厌恶杂草，是因为怕它扰乱了禾苗；厌恶巧言谄媚，是因为怕它扰乱了仁义；厌恶夸夸其谈，是因为怕它扰乱了诚实；厌恶郑国的音乐，是因为怕它扰乱了高雅的音乐；厌恶紫色，是因为怕它扰乱了朱红的颜色；厌恶好好先生，是因为怕他扰乱了道德。’以上讲乡愿之人之可恶。

君子反经而已矣①。经正则庶民兴，庶民兴，斯无邪慝矣。”

【注释】

①反经：归于常道。反，同“返”。

【译文】

君子，能够归于常道而已。常道既正，百姓就会兴起有作为，百姓兴起有作为，就不会被邪恶所蒙蔽。”

庄子·养生主

【题解】

养生主，意为支配养生处世的要则，即养生之道或养生之基本精神。本篇要旨为提示养生的方法莫过于顺应自然。

本篇先提出“缘督以为经”，这就是养生之道的精髓，是为全文的总纲。其次借“庖丁解牛”等四个寓言，说明养生、处世都要“依乎天理”，“因其固然”，“以无厚入有间”，既要达到游刃有余、无拘无束的境界，又要“怵然为戒”，怀着审慎的态度。结束语“指穷于为薪，火传也”，比喻精神生命在历史长河中具有延续的意义和长久的价值。

吾生也有涯，而知也无涯。以有涯随无涯，殆已[①]。已而为知者，殆而已矣。为善无近名，为恶无近刑。缘督以为经[②]，可以保身，可以全生，可以养亲，可以尽年。

【注释】

①殆（dài）：危险。

②缘督以为经：顺虚以为常法之意。人体之奇经八脉，以任、督二脉主呼吸，身前之中脉曰“任”，身后之中脉曰“督”。缘督，即循虚而行。经，常。

【译文】

我们的生命是有限的，而知识是无限的。以有限的生命去求取无限的知识，就危险了。一味去追求的话，那就更危险了。做善事会跟名誉沾边，做恶事会跟刑戮沾边。一切遵循虚无的自然之道进行以为常法，就可以保护自身，保全天性，颐养新生之机，能够享尽天年。

庖丁为文惠君解牛[①]，手之所触，肩之所倚，足之所履，膝之所踦[②]，砉然响然[③]，奏刀騞然[④]，莫不中音。合于《桑林》之舞[⑤]，乃中《经首》之会[⑥]。

【注释】

①庖（páo）：厨工。解：分解。

②踦（yǐ）：通“倚”。抵住。

③砉（xū）然：皮骨相离的声音。

④騞（huō）然：以刀裂物声。

⑤《桑林》：殷天子之乐名，用这个曲的舞蹈则叫《桑林》之舞。

⑥《经首》：尧时乐曲《咸池》中的一章。会：音节，节奏。

【译文】

庖丁为文惠君分解牛肉,他的手掌触及的地方,肩膀倚靠的地方,脚踩踏的地方,膝盖抵住的地方,都有砉砉的响声,进刀割划时也发出騞騞的声响,没有哪一下不合乎音节。既合乎《桑林》舞曲的节拍,又合乎《经首》舞曲的节奏。

文惠君曰:“嘻[①],善哉!技盖至此乎[②]?”庖丁释刀对曰:“臣之所好者道也,进乎技矣。始臣之解牛之时,所见无非牛者。三年之后,未尝见全牛也。方今之时,臣以神遇而不以目视,官知止而神欲行。依乎天理,批大郤[③],导大窾[④],因其固然,技经肯綮之未尝[⑤],而况大軱乎[⑥]!良庖岁更刀,割也;族庖月更刀[⑦],折也。今臣之刀,十九年矣,所解数千牛矣,而刀刃若新发于硎[⑧]。彼节者有间,而刀刃者无厚,以无厚入有间,恢恢乎其于游刃必有余地矣,是以十九年而刀刃若新发于硎。虽然,每至于族[⑨],吾见其难为,怵然为戒[⑩],视为止,行为迟,动刀甚微,謋然已解[⑪],如土委地。提刀而立,为之四顾,为之踌躇满志,善刀而藏之[⑫]。”文惠君曰:“善哉!吾闻庖丁之言,得养生焉。”

【注释】

①嘻:惊叹声。

②盖:通“盍”。何。

③郤:通“隙”。指筋骨间的空隙。

④窾(kuǎn):骨节空处。

⑤技经:经络相连的地方。技,俞樾认为是“枝”的误字。肯:附在骨头上的肉。綮(qìng):筋骨连接的地方。

⑥大軱（gū）：大骨。

⑦族：众，多数。

⑧硎（xíng）：磨刀石。

⑨族：指筋骨聚结处。

⑩怵（chù）然：戒惧、惊惧貌。

⑪謋（huò）然：迅疾裂开貌。

⑫善：揩拭。

【译文】

文惠君说："啊，好极了！你的技艺怎么高超到这种地步？"庖丁放下刀，回答说："我所爱好的是道，比技术又进一层。当初我分解牛肉的时候，眼中所见都是整只牛。三年以后，就不曾看见整个儿的牛了。现在呢，我只用心神来感觉而不用眼睛去看，手、眼等感官作用停止而靠心神来运作。依照牛的天然生理结构，把刀劈进筋骨相连处的大缝隙，再引向骨节间的空隙，完全顺着牛体的自然结构运刀，就连经络相连、筋肉聚结的地方都没有一点妨碍，何况那些大骨头呢！好厨师一年要换一把刀，因为他们用刀来切割筋肉；一般厨师一个月就要换一把刀，因为他多用刀去劈砍骨头。现在我的这把刀已经用了十九年了，它分解过的牛也有好几千头了，可是刀口还像刚用磨刀石磨过一样锋利。牛的骨节之间有空隙，刀刃却薄得几乎没什么厚度，把没有厚度的刀刃插入有间隙的骨节之间，刀刃的游动运转就宽绰而有余地，所以这把刀用了十九年还像刚磨过的一样。即便如此，每当遇到筋骨交错盘结的地方，我看到它不好对付，就有所戒惧，内心为之警戒，视线因此而停顿，动作因此而放慢，刀子下得很轻巧，而牛体已经哗啦一下子分开，如同泥土散落在地上。这时，我提着刀子站在那里，为了我水平的发挥而环顾四方，感到心满意足，然后把刀子擦拭干净收好。"文惠君说："好啊！我听了庖丁这一番话，领悟到养生之道了。"

公文轩见右师而惊曰[1]："是何人也，恶乎介也？天与，其人与？"曰："天也，非人也。天之生是使独也，人之貌有与也。以是知其天也，非人也。"

【注释】

①公文轩：姓公文，名轩，宋国人。右师：官名。

【译文】

公文轩见了右师惊讶地说："这是什么人？怎么只有一只脚呢？这是天生的呢，还是人为的呢？"接着他又说："这是天生的，不是人为的。天生他就是一只脚，人的形貌是天赋予的。所以知道他这是天生的，不是人为的。"

泽雉十步一啄，百步一饮，不蕲畜乎樊中[1]。神虽王[2]，不善也。

【注释】

①蕲：通"祈"。祈求。樊（fán）：关鸟兽的笼子。

②王（wàng）：通"旺"。旺盛。

【译文】

生活在草泽中的野鸡要走上好几步才能啄到一口食，走上许多步才能喝上一口水，可是它并不期望被畜养在笼子里。因为那样虽然看上去精神旺盛，它并不觉得好。

老聃死[1]，秦失吊之[2]，三号而出[3]。弟子曰："非夫子之友邪？"曰："然。""然则吊焉若此，可乎？"曰："然。始也吾以为其人也[4]，而今非也。向吾入而吊焉，有老者哭之，如哭其子；少者哭之，如哭其母。彼其所以会之，必有不蕲言而言，不蕲哭而哭者。是遁天倍情，忘其所受，古者谓之遁天之刑。适来，夫子时也；适去，夫子顺也。安时而处顺，哀乐不能入也，古者谓是帝之县解[5]。”

【注释】

①老聃（dān）：即老子。

②秦失：老聃的朋友，也可能是庄子杜撰的人名。

③号（háo）：大声哭。

④其：疑为“至”字之误。

⑤帝：天帝。县（xuán）解：解脱束缚。县，同“悬”。悬持，系吊。

【译文】

老聃死了，秦失去吊唁，只大哭三声就出来了。学生问他：“难道您不是老师的朋友吗？”他说：“是啊。”学生又问：“那么就这样吊唁他，可以吗？”秦失说：“可以的。当初我以为他是至人，后来我醒悟到并非如此。刚才我进去吊唁时，看见有老年人哭他，就像哭自己的儿子一样；年轻人哭他，就像哭自己的母亲一样。这些人之所以聚到这里，肯定有些人本不想来吊唁而也来吊唁了，有些人本不想痛哭可也哭了。这种做法失去天性，违背真情，忘记了他们禀受的本性，古代的圣人称之为违逆天命而招致的惩罚。先生偶然来这个世界，是应时而生；偶然离去，也是顺乎自然的。如果能够安于天时而顺乎自然，一切哀乐之情便都不会再有，古人把这称为彻底的解脱。”

指穷于为薪[1]，火传也，不知其尽也。

【注释】

①指：当作“脂”。

【译文】

油脂做成烛薪被燃烧尽了，而火种却流传下去，没有穷尽的时候。

韩愈·原道

【题解】

本文乃韩愈用心之作，较为系统地阐明了其于道德及社会的认识。文章主旨在于系统阐述所谓圣王之道，以排斥佛老，正人视听。所以写作时先立后破，破中有立，先言儒学所以该尊倡的原因，后述其废兴以致众人惑乱从于邪说，由此引出佛老理论并比之于儒道，驳其谬误，层层递进。文章于理论辨析同时又着眼佛道二教的现实危害，结构严谨有序，文字雄辩锋锐，居高临下，纵横捭阖，可为读学韩文的首选作品。

博爱之谓仁①，行而宜之之谓义②。由是而之焉之谓道③，足乎己无待于外之谓德④。仁与义为定名⑤，道与德为虚位⑥。故道有君子小人⑦，而德有凶有吉⑧。老子之小仁义⑨，非毁之也，其见者小也。坐井而观天⑩，曰天小者，非天小也。彼以煦煦为仁，孑孑为义⑪，其小之也则宜⑫。其所谓道，道其所道，非吾所谓道也；其所谓德，德其所德，非吾所谓德也⑬。凡吾所谓道德云者，合仁与义言之也，天下之公言也。老子之所谓道德云者，去仁与义言之也⑭，一人之私言也。

【注释】

①博爱之谓仁：儒家视仁为爱人，故韩愈将仁归结为博爱。

②行而宜之之谓义：做事合乎人情事理为义，是仁的具体表现。宜，

适应。

③是：指仁义。之：往，这里指进修。

④足乎己：自己修养充足，仁义出自内心。无待于外之谓德：按照仁义的标准修养自己，形成稳定的世界观，不被外界的影响所左右。

⑤定名：指仁和义都具有实际的内容，名副其实。

⑥虚位：指道德而言。道德比较抽象，可作不同的解释，需要具体的内容对其加以充实。

⑦道有君子小人：道以是否具有仁义内容分为君子之道和小人之道。

⑧德有凶有吉：德有凶德和吉德之分。《左传·文公十八年》："孝敬忠信为吉德，盗贼藏奸为凶德。"

⑨老子之小仁义：老子把仁义放在道德之下，故韩愈说他"小仁义"。

⑩坐井而观天：从井中看天，譬喻见识不广。坐，守。

⑪彼以煦煦（xù）为仁，孑孑为义：老子不了解仁义涵义博大，故降低了仁义的意义。彼，指老子。煦煦，和悦，柔顺。孑孑，琐屑小谨。

⑫其小：指仁义而言，即上文说的"小仁义"。

⑬"其所谓道"几句：指老子所讲的道与德，均归为无为自化，与作者所说的内涵完全不同。"道其所道"的前一个"道"（即"讲"）字和"德其所德"的前一个"德"（同"得"）字，均是动词。

⑭去仁与义：指《老子》书中所论道德绝去仁与义。

【译文】

泛爱一切被称作仁，做事合乎人情事理被称作义。按照仁义去修身行世的即是道，按照仁义的标准修养充实自己，形成不受外界所左右的稳定的世界观就是德。仁与义，都有固定的内涵，道与德，内涵不固定。所以道分君子之道和小人之道，德有凶德和吉德之分。老子轻视仁义，并非有意诋毁，是因为他的见识浅陋。坐井观天而说"天小"，并不是天小。老子以好行小惠为仁，以特立独行为义，那么他贬低仁义就是很自然的事了。老子所定义的以及他所提倡的道，并非是我所说的道；老子所定义的以及他所提倡的德，并非是我所说的德。凡是我所言及的道与德，是包括仁义而说的德，是天下公认的道理。老子所言及的道与德，是绝去仁义而说的，是他一人的言论。

周道衰①，孔子没②，火于秦③，黄、老于汉④，佛于晋、魏、梁、隋之间。其言道德仁义者，不入于杨，则入于墨⑤；不入于老，则入于佛。入于彼，必出于此。入者主之⑥，出者奴之⑦；入者附之⑧，出者污之⑨。噫！后之人其欲闻仁义道德之说，孰从而听之？

【注释】

①周道：指周代推行的政令。

②没：通“殁”。即死亡。

③火于秦：指秦始皇焚书。“火”作动词用。

④黄、老：即黄帝、老子，指盛行于汉代的道家学说。

⑤不入于杨，则入于墨：杨，杨朱。墨，墨翟。

⑥主之：当主人看待。

⑦奴之：视为奴仆。

⑧附：附和。

⑨污：诬蔑。

【译文】

儒家崇拜的文、武、周公之道的衰落，孔子的死，秦始皇的焚书，使以黄帝和老子为代表的道家学说盛于西汉，佛教流行于晋、魏、梁、隋这些朝代。有说及道德仁义的，不归属于杨朱便归属于墨翟；不归于道教，便归于佛教。入了那一家，则必然违背这一家。对入的学派就推崇，对违背的学派就贬低;对入的学说就赞成附和,对其他学说就污蔑。唉!后人若想听仁义道德学说,该跟从谁的学说呢?

老者曰[①]:"孔子,吾师之弟子也。"佛者曰[②]:"孔子,吾师之弟子也。"为孔子者[③],习闻其说[④],乐其诞而自小也[⑤],亦曰:"吾师亦尝师之云尔[⑥]。"不惟举之于其口,而又笔之于其书。噫!后之人虽欲闻仁义道德之说,其孰从而求之?以上言道德不能去仁义而言之。

【注释】

①老者:尊崇老子学说的人。

②佛者:即佛教徒。

③为孔子者:尊崇信奉孔子学说的人。

④习:习惯。

⑤乐:喜欢,赞同。诞:荒唐,怪诞。自小:自以为渺小。

⑥吾师:指孔子,儒者称孔子为师。

【译文】

信奉道教的说:"孔子,我们师祖的徒弟。"信奉佛教的说:"孔子,我们师祖的徒弟。"信奉孔子的儒家学说的人,听惯了他们的说法,赞同他们荒诞的学说而瞧不起自己,也说:"我们的祖师孔子也曾请教过老子。"不仅在口头上说,而且还这样书写。唉!后人若想听听仁义道德学说,他们该听从谁的呢?以上讲不能离开仁义谈论道德。

甚矣,人之好怪也!不求其端,不讯其末,惟怪之欲闻。古之为民者四[①],今之为民者六[②];古之教者处其一[③],今之教者处其三[④]。农之家一,而食粟之家六;工之家一,而用器之家六；贾之家一，而资焉之家六[⑤]；奈之何民不穷且盗也！

【注释】

①古之为民者四：指士、农、工、贾（即商）四民。

②今之为民者六：四民加上僧、道，称六民。

③古之教者处其一：指古时的“先王之教”（即儒教）教化人民。

④今之教者处其三：指今时除以儒教教民外，又增加了佛教、道教。儒、佛、道三者并立，故曰三。

⑤资焉：赖以为生的意思。

【译文】

唉，人变得好奇怪啊！不探求佛、老学说的起源，不推究其结局，却只愿听那些荒诞的说法。古代老百姓分士、农、工、贾四种，现在老百姓分士、农、工、贾、僧、道六种；古代信教的仅占一种，现在信教的却占三种。务农的仅一家，而吃饭的却有六家；加工的仅一家，而用器具的却有六家；搞商业的仅一家，而靠贩卖的却有六家；这怎能使老百姓不再贫乏困穷和走上邪路呢！

古之时，人之害多矣。有圣人者立，然后教之以相生相养之道。为之君，为之师，驱其虫蛇禽兽，而处之中土[①]。寒，然后为之衣；饥，然后为之食。木处而颠，土处而病也，然后为之宫室。为之工，以赡其器用[②]；为之贾，以通其有无；为之医药，以济其夭死[③]；为之葬埋祭祀，以长其恩爱；为之礼，以次其先后；为之乐，以宣其湮郁[④]；为之政，以率其怠倦[⑤]；为之刑，以锄其强梗[⑥]。相欺也，为之符玺斗斛权衡以信之[⑦]；相夺也，为之城郭甲兵以守之。害至而为之备，患生而为之防。今其言曰：“圣人不死，大盗不止；剖斗折衡，而民不争。”呜呼！其亦不思而已矣！如古之无圣人，人之类灭久矣。何也？无羽毛鳞介以居寒热也，无爪牙以争食也。以上言圣人多方备患而后人类不灭。

【注释】

①处：居住。中土：指中原地区。

②赡：供给。器用：器皿用具。

③济：救助。夭死：早死。

④宣：宣泄。湮郁：亦作“堙郁”，情志郁结忧闷。

⑤怠：懈怠。倦：厌倦。

⑥锄：铲除。梗：这里指灾害。

⑦符：古时封建帝王传达旨意或调动兵将用的凭证。玺：即玉制的印，古时通用，秦之后专指皇帝的印。斗斛（hú）：容量单位，古代十升为一斗，十斗为一斛，宋以后五斗为一斛。权：秤锤。衡：秤杆。

【译文】

古时候，人类的灾害多。有圣人站出来了，然后教化人们互相帮助以维持生活和生存的道理。成为君主，成为老师，为人们驱赶虫蛇禽兽，把人们安置在中原沃土。寒冷时，就为人们谋衣；饥饿时，就为人们谋食。人们在树上筑巢居住容易颠覆，穴居野处容易得病，因此就为人们构筑房舍。为人们谋工艺，以便提供器皿用具；为人们谋商业，以便互通有无；为人们谋医药，以便救助人们而免于早死；为人们谋葬埋祭祀活动，以延续人们的情感；为人们谋礼仪，以安排人们礼节方面的先后；为人们谋音乐，以宣泄人们郁结忧闷的情结；为人们谋管理制度，以便人们能从懈怠厌倦中振作起来；为人们谋刑法，以铲除罪魁祸首。为防止人们之间相互欺骗，以符玺、斗斛、秤砣、秤杆使人们之间相互信任；为防止人们相互争夺，则为人们修筑城墙并安排军队守护。灾害来了则为人们做好准备，担心生活中所要发生的事而为人们做好预防。现在有人说：

“圣人不死，大盗不止；要想社会安定，就要让人类回到无知无识的状态中去。”唉，真是不动脑筋啊！如果古代没有圣人，人类早就灭亡了。为什么呢？没有羽毛鳞爪就不便在寒冷的环境中居住，没有爪牙就不便争夺食物。以上说圣人为百姓多方谋划，人类才不会灭绝。

是故君者，出令者也；臣者，行君之令而致之民者也①；民者，出粟米麻丝、作器皿、通货财，以事其上者也。君不出令，则失其所以为君；臣不行君之令而致之民，则失其所以为臣；民不出粟米麻丝、作器皿、通货财，以事其上，则诛。今其法曰：“必弃而君臣②，去而父子③，禁而相生相养之道。以求其所谓清静寂灭者④。”呜呼！其亦幸而出于三代之后，不见黜于禹、汤、文、武、周公、孔子也；其亦不幸而不出于三代之前⑤，不见正于禹、汤、文、武、周公、孔子也。以上言明君臣父子之伦而后人与人相安。

【注释】

①致：表达，传递。

②弃而君臣：即废弃君臣关系。而：尔，汝，你。

③去而父子：指废弃父子关系。

④寂灭：梵语“涅槃”的义译。佛家认为，信奉佛家者，经长期修行，可达到无烦恼的清静境界，故称寂灭。

⑤三代：指夏、商、周三个朝代。

【译文】

因此君主，是发号施令的人；臣子们，传达君主的命令到百姓之中；老百姓，生产粟米麻丝，制作器具，畅通货财，以侍奉君上。君主不善于发号施令，则失掉了作为君主的根本；臣子们不能把君主的命令传到老百姓中,则失掉了身为臣子的职责;老百姓不生产粟米麻丝,不制作器具,不畅通货财,来侍奉君上,则应受惩罚。现今的说法是:“必须臣不事君,子不事父,民不从事相互养生之道。以追求佛教中所谓的清静寂灭的境界。”唉!幸运的是佛教出现在夏、商、周三代以后,而不被禹、汤、文、武、周公、孔子否定;不幸的是,佛教没有出现在这三代以前,不被禹、汤、文、武、周公、孔子匡正。以上讲明君臣父子的伦理,而后人与人相安。

帝之与王[①],其号虽殊,而其所以为圣一也。夏葛而冬裘,渴饮而饥食,其事虽殊,其所以为智一也。今其言曰:“曷不为太古之无事?”是亦责冬之裘者曰:“曷不为葛之之易也?”责饥之食者曰:“曷不为饮之之易也?”以上申明备患一节之意。

【注释】

①帝之与王:指五帝三王。五帝,即黄帝、颛顼、帝喾、尧、舜。三王,即夏禹、殷汤、周文周武王(文武二王作为一王)。

【译文】

帝与王,他们的名称不同,但他们成为圣人的本原是一样的。夏穿葛麻冬穿皮衣,渴则饮而饥则食,事情虽然不同,但道理是一样的。现在有人说:“为何不回到太古那个清净无事的年代?”这就如同责备冬天穿皮衣的人说:“为何不穿麻布,那多容易啊?”责备因饥而食的人说:“为何不喝水,那多容易啊?”以上申明备患一节的大意。

《传》曰[①]:“古之欲明明德于天下者,先治其国;欲治其国者,先齐其家;欲齐其家者,先修其身;欲修其身者,先正其心;欲正其心者,先诚其意。”然则古之所谓正心而诚意者，将以有为也。今也欲治其心，而外天下国家[②]，灭其天常[③]，子焉而不父其父，臣焉而不君其君，民焉而不事其事。孔子之作《春秋》也，诸侯用夷礼则夷之，进于中国则中国之[④]。《经》曰："夷狄之有君[⑤]，不如诸夏之亡也[⑥]。"《诗》曰："戎狄是膺，荆、舒是惩[⑦]。"今也举夷狄之法，而加之先王之教之上，几何其不胥而为夷也[⑧]！以上申明明伦一节之意。

【注释】

①《传》：指儒家之书。

②外：疏远，遗弃。

③天常：天伦，指君臣、父子、夫妇、兄弟、朋友等儒家提倡的天然伦理关系。

④中国：指当时的中原地带。

⑤夷狄：当时汉族称东方少数民族为夷，称北方少数民族为狄。

⑥诸夏：指居于中原地区的汉族国家。亡：同"无"。

⑦戎狄是膺（yīng），荆、舒是惩：戎狄，古时称西方少数民族。膺，抵挡，抗拒。荆，即楚国。舒，归属于楚国的小国。

⑧几何：若干，多少，此处是"这样"的意思。胥：皆。

【译文】

古书上说："古代想在世上发扬光明道德的人，要先治理他的国；想要治理他的国，要先使他的家管理到位；想要他的家管理好，要先修养自身；想要修养自身，要先端正他的思想；想要端正思想，要先使态度诚实。"因此古代人所说的思想端正、态度诚实的人，将有治理天下国家的作为。如今有人也想修身养性，却置天下国家于不顾，不要天伦关系，做儿子的不按父子关系侍奉父亲，做臣子的不按君臣关系侍奉君主，做老百姓的不从事自己的职业。孔子作的《春秋》中写道：诸侯采用了夷狄的礼法，就被当作夷狄；夷狄若能接受中原的礼节，就被当作中原地区的诸侯。《论语》中写道："夷狄尽管有君主，还不如中国没有君主。"《诗经》中写道："对戎狄就是打击，对荆、舒就是惩罚。"如今却推崇夷狄的法术，将之强加于先王的礼教之上，这样大家不都成夷狄了吗？以上申明明伦一节的大意。

夫所谓先王之教者，何也？博爱之谓仁，行而宜之之谓义，由是而之焉之谓道，足乎己无待于外之谓德。其文，《诗》《书》《易》《春秋》；其法，礼、乐、刑、政；其民，士、农、工、贾；其位，君臣、父子、师友、宾主、昆弟、夫妇[①]；其服，麻丝；其居，宫室；其食，粟米、果蔬、鱼肉。其为道易明，而其为教易行也。是故以之为己[②]，则顺而祥；以之为人，则爱而公[③]；以之为心，则和而平；以之为天下国家，无所处而不当。是故生则得其情[④]，死则尽其常[⑤]，郊焉而天神假[⑥]，庙焉而人鬼飨[⑦]。曰："斯道也，何道也？"曰："斯吾所谓道也，非向所谓老与佛之道也。尧以是传之舜，舜以是传之禹，禹以是传之汤，汤以是传之文、武、周公，文、武、周公传之孔子，孔子传之孟轲。轲之死，不得其传焉。荀与扬也[⑧]，择焉而不精[⑨]，语焉而不详[⑩]。由周公而上，上而为君，故其事行；由周公而下，下而为臣，故其说长[⑪]。然则如之何而可也？"曰："不塞不流，不止不行。人其人[⑫]，火其书[⑬]，庐其居[⑭]，明先王之道以道之[⑮]，鳏寡孤独废疾者有养也[⑯]。其亦庶乎其可也[⑰]。"

【注释】

①昆弟:即兄和弟。

②以:用。之:指“先王之教”。为:治,下文中的“为”与此同。

③爱而公:即文章首句“博爱之谓仁”的意思。

④生:即上文中所提到的“天常”。得其情:合乎情理。

⑤常:伦常,即儒家宣扬的常行不变的伦理道德。

⑥郊:通常城外为郊,这里指古时祭天于南郊,故称祭天作郊。假(gé):通“格”。意同“来”“到”。

⑦庙:指祭祀祖庙。人鬼:指已故的祖宗。飨(xiǎng):通“享”。即享受。

⑧荀:荀卿。扬:扬雄。

⑨择焉而不精:指荀子言论缺乏选择,并非都是精华。

⑩语焉而不详:指扬雄言论简而不详。

⑪长:流传。

⑫人其人:使僧、道返回到四民队伍之中,各就本业,负担人民对国家应尽的义务。

⑬火其书:烧毁宣扬佛、老学说的书。

⑭庐其居:把寺庙改为民用庐舍。

⑮道:同“导”。引导,开导。

⑯鳏(guān)寡孤独废疾:老而无妻叫鳏,老而无夫叫寡,少而无父叫孤,老而无子叫独。废,残废的人。疾,患疾病的人。

⑰庶乎:差不多。

【译文】

所谓先王的礼教,是什么呢?泛爱一切被称作仁,行动合乎事理被称作义,按照仁义去修身行世的即是道,按照仁义的标准修养充实自己,形成不受外界所左右的稳定的世界观就是德。先王作的文章,《诗》《书》《易》《春秋》;先王的法典,礼、乐、刑、政;先王的百姓,士、农、工、商；先王的地位安排，君臣、父子、师友、宾主、兄弟、夫妇；先王的服装，麻、丝；先王居住的地方，皇宫、皇室；先王所食用的，小米、米、果子、蔬菜、鱼、肉。先王提倡的道容易发扬，他所倡导的教化也容易实行。因此，把先王倡导的道和教用于自己，则顺利且吉祥；把它用于人，则会博爱而公道；把它用于人心，则会心和而平稳；把它用于全天下，则没有不适合的地方。因此，在生时得益于合乎情理的教化，寿终正寝时尽力以礼节来进行丧葬，祭天作郊时天神就降临，祭祀祖庙时已故前辈们就前来享受祭品。有人会问："你说的这道，是什么道啊？"回答说："这是我所认为的道，而不是以前所说的道教与佛教所提倡的道。尧帝把这道传给舜帝，舜帝把这道传给禹，禹把这道传给汤帝，汤帝把这道传给文王、武王、周公，而文王、武王、周公传给孔子，孔子传给孟轲。孟轲死后，未能使其流传下来。荀卿与扬雄，选择的不是精华，谈论得也不详尽。由周公往上，他以上的都是君主们，所以他们所信奉的可以施行；由周公往下，这以下的都是大臣，所以他们的学说流传。那么怎样对待这件事才可以呢？"答道："没有堵塞的地方，就没有水的流淌；没有停止，就没有行动。使僧、道等人再回到老百姓中去，烧毁宣扬佛老的书籍，把寺庙改为民用庐舍，发扬先王的礼教以引导人民，使老而无妻、无夫、无子、幼年无父、残疾的、有病的都有人供养。社会差不多也就可以了。"

韩愈·伯夷颂

【题解】

伯夷，与叔齐并称。二人为商末孤竹国国君的两个儿子。相传孤竹君遗命立次子叔齐为继承者，叔齐让位给伯夷，伯夷不受，叔齐也不愿登位，先后都逃到周国。周武王伐纣，两人曾叩马谏阻。武王灭商后，他们耻食周粟，逃到首阳山，采薇而食，饿死在山里。事见《孟子·万章下》《史记·伯夷列传》。传统社会里视之为高尚守节的典型。

韩愈此篇的主旨，也在于极力颂扬伯夷、叔齐的义举。

士之特立独行[①]，适于义而已[②]，不顾人之是非[③]，皆豪杰之士，信道笃而自知明者也[④]。

【注释】

①特立独行：有独特见地和操守而不随波逐流。《礼记·儒行》："儒有澡身而浴德，……世治不轻，世治不沮，同弗与，异弗非也。其特立独行有如此者。"

②适：相契合。

③人之是非：一般人的是非论断。

④笃：坚定不移。

【译文】

士子能够秉执独到的见地、操守，不与世浮沉，关键在合于道义，不理会世人的是非论断，这样的人都是豪勇俊杰之士，信仰道德坚定不移，而且了解自己很透彻。

一家非之[①]，力行而不惑者[②]，寡矣；至于一国一州非之，力行而不惑者，盖天下一人而已矣；若至于举世非之，力行而不惑者，则千百年乃一人而已耳。若伯夷者，穷天地、亘万世而不顾者也[③]。昭乎日月不足为明[④]，崒乎泰山不足为高[⑤]，巍乎天地不足为容也[⑥]！当殷之亡，周之兴，微子贤也[⑦]，抱祭器而去之；武王、周公圣也，从天下之贤士[⑧]，与天下之诸侯而往攻之[⑨]，未尝闻有非之者也。彼伯夷、叔齐者，乃独以为不可。殷既灭矣，天下宗周[⑩]，彼二子乃独耻食其粟，饿死而不顾[⑪]。由是而言，夫岂有求而为哉？信道笃而自知明也。

【注释】

①非之：非难。

②力行：全力实行。

③亘：终。

④昭：光明显著。

⑤崒（zú）：险峻。

⑥巍：高大。

⑦微子：商纣王庶兄，名启。因数谏纣王不听，于是抱祖祭之器逃去。周灭商后，称臣于周，封于宋，延其礼祀。

⑧从：率从。

⑨往攻之：前往攻打殷商。

⑩宗：奉为帝王。

⑪不顾：不回头。

【译文】

一家人非难他，仍旧全力实行而不动摇的人就很少了；等到一国一州的人非难他，却还全力实行而不动摇的人，大概天下也只是一人而已了；假若举世都非难他而能全力实行而不动摇的，那要千百年才有一个人而已吧！像伯夷这样，是天地之间、万世以来，不顾念世俗议论的人。他的光辉啊，日月都比不上他亮洁；他的险峻啊，泰山都比不上他高耸；他的博大啊，天地都难以容纳！正值殷商灭亡，周代兴起，微子虽称贤，所能做的也只是怀抱祭器而去；武王、周公是圣人，率领天下贤士与诸侯前往攻打殷商，不曾听说有反对责难的人。那伯夷、叔齐，偏偏认为不可为之。殷被灭除，天下宗奉周朝，那二人偏偏以食周粟为耻，宁肯饿死也不回头。从这来说，难道是有所求才如此做吗？是信仰道德笃定，了解自己透彻的缘故！

今世之所谓士者，一凡人誉之①，则自以为有余；一凡人沮之②，则自以为不足。彼独非圣人③，而自是如此。夫圣人乃万世之标准也。余故曰：若伯夷者，特立独行，穷天地、亘万世而不顾者也。虽然④，微二子⑤，乱臣贼子接迹于后世矣⑥。举世非之而不惑，乃退之生平制行作文宗指，此自况之文也。

【注释】

①一凡：一旦。

②沮：阻止，打击。

③彼：谓伯夷、叔齐。独：难道。

④虽然：即便如此。谓二子不顾念世俗。

⑤微：没有。

⑥接迹：连续出现。此句指若无二人立道义之标准，后代乱臣贼子会更多。

【译文】

当代所谓士子，一旦人们称颂他，就自以为了不起；一旦人们打击他，就以为自己不行了。莫非只有圣人才能坚定地持守自己的立场？圣人，是万世的标准、榜样。我因此说：像伯夷这样的人，特立独行，是天地之间、万世以来最能坚持自己立场的人！假使没有这两个人超离于常人观念的道德榜样，乱臣贼子怕要在后世当中接连出现了。全世界的人非议他而不迷失，是韩愈行为和作文的宗旨，这是一篇自比之文。

词赋类

诗·七月

【题解】

选自《诗经·豳风》。豳（bīn），在今陕西旬邑西南，为周代先祖公刘所开发。本篇共八章八十八句，以自述的口吻，诉说了农人一年的生活状况和劳动艰辛。全篇有如一卷农事速写连环画，月份为经，农事为纬，纵横交错，组成了一幅幅生动的画面。

七月流火①，九月授衣②。一之日觱发③，二之日栗烈④。无衣无褐⑤，何以卒岁⑥？三之日于耜⑦，四之日举趾⑧。同我妇子⑨，馌彼南亩⑩，田畯至喜⑪。

【注释】

①七月流火：大火星开始西沉，表示天气开始变凉。七月，夏历七月。流，向下沉。火，星宿名。又名大火。夏历六月，大火星黄昏出现在正南方，七月则开始西沉。

②授衣：发授寒衣。

③一之日：周历正月，夏历十一月的日子。以下二之日、三之日等类

推。觱发（bì bō）：寒风触物声。

④栗烈：凛冽，寒气袭人。

⑤褐：粗布衣服。

⑥卒岁：终岁。

⑦于：为，修理。耜（sì）：农具，用以翻土。

⑧举趾：下田耕种。

⑨妇子：妻子和孩子。

⑩馌（yè）：送饭到田间。

⑪田畯（jùn）：农官。

【译文】

七月里大火星向西沉去，九月里大家分授寒衣。冬月里北风劲吹，腊月里寒风刺骨。没有衣服如何度过这残年？正月开始修理农具，二月便在田里忙碌。妻子儿女一起去，把酒和饭送向田间，田官见了有了笑脸。

七月流火，九月授衣。春日载阳[①]，有鸣仓庚[②]。女执懿筐[③]，遵彼微行[④]，爰求柔桑[⑤]。春日迟迟[⑥]，采蘩祁祁[⑦]。女心伤悲，殆及公子同归[⑧]。

【注释】

①载：开始。阳：温暖。

②仓庚：黄鹂鸟。

③懿筐：深筐。

④遵：沿着。微行：小径。

⑤爰：于是。

⑥迟迟：天长之意。

⑦蘩：白蒿。祁祁：人多的样子。

⑧殆：畏。及：与。同归：强行带走。

【译文】

七月里大火星向西沉去，九月里大家分授寒衣。春天到了太阳日渐温暖，黄鹂鸟的叫声格外清脆。姑娘们手里拿上深筐，沿着墙边的小径走着，为的是去采摘那柔嫩的蚕桑。春天的白昼逐渐变长，采白蒿的人们个个繁忙。姑娘们心中担忧，生怕被公子看上带走。

七月流火，八月萑苇[①]。蚕月条桑[②]，取彼斧斨[③]，以伐远扬[④]，猗彼女桑[⑤]。七月鸣鵙[⑥]，八月载绩[⑦]。载玄载黄，我朱孔阳[⑧]，为公子裳。

【注释】

①萑（huán）苇：即芦苇。

②蚕月：夏历三月。条桑：修剪桑枝。

③斧斨（qiāng）：一种斧类工具，方孔。

④伐：砍。远扬：又长又高的桑条。

⑤猗（yī）：用绳拉引。女桑：嫩桑。

⑥鵙（jú）：伯劳鸟。

⑦绩：织麻。

⑧朱：红色。孔阳：很鲜亮。

【译文】

七月里大火星向西沉去，八月里要将芦苇收获完毕。养蚕的季节要整修桑树，拿起斧头砍掉又高又长的枝条，拉住枝条采摘嫩叶。七月里伯劳鸟还在叫，八月里就开始绩麻了。染色有黑又有黄，朱红色的更鲜亮，正好给公子做衣裳。

四月秀葽[①]，五月鸣蜩[②]。八月其获[③]，十月陨萚[④]。一之日于貉[⑤]，取彼狐狸，为公子裘。二之日其同[⑥]，载缵武功⑦，言私其豵⑧，献豜于公⑨。

【注释】

①秀：不开花而结实。葽（yāo）：植物名。即远志。

②蜩（tiáo）：蝉。

③其获：农作物将要收获。

④陨：落下。萚（tuò）：草木皮叶枯落者。

⑤于貉（hé）：打猎。貉，兽名。

⑥同：会合，会同。

⑦缵（zuǎn）：继续。武功：武事。

⑧言：乃。私：私有。豵（zōng）：小猪。

⑨豜（jiān）：大猪。公：奴隶主。

【译文】

四月里远志开始结子，五月里蝉鸣正盛。八月收谷，十月里草木枯落。冬月开始打猎，捉到狐狸剥了皮，要给公子做皮衣。腊月里大家聚一起，继续打猎练武艺。得到小野猪归自己，捉到大野猪要献上去。

五月斯螽动股①，六月莎鸡振羽②。七月在野③，八月在宇④，九月在户⑤，十月蟋蟀入我床下。穹窒熏鼠⑥，塞向墐户⑦。嗟我妇子，曰为改岁⑧，入此室处。

【注释】

①斯螽（zhōng）：蚱蜢。动股：两腿跳动。或谓以股鸣。

②莎（shā）鸡：纺织娘。振羽：鼓翼而飞。或谓以双翅发声。

③野：田野。

④宇：檐下。

⑤户：室内。

⑥穹窒：堵塞室内洞隙。

⑦塞向：堵塞北窗。墐(jìn)户：以泥土涂抹门缝。

⑧改岁：过年。

【译文】

五月蚂蚱跳得欢，六月纺织娘叫得响。七月蟋蟀在野地，八月来到屋檐下，九月到了屋门口，十月钻到我床下。用烟熏耗子堵好鼠洞，封好北窗户门缝涂上泥。可叹我的老婆孩子，名曰过新年，却住在如此简陋的屋里。

六月食郁及薁①，七月亨葵及菽②。八月剥枣③，十月获稻。为此春酒④，以介眉寿⑤。七月食瓜，八月断壶⑥。九月叔苴⑦，采荼薪樗⑧，食我农夫。

【注释】

①郁：郁李。或说为山楂。薁(yù)：野葡萄。

②葵：葵菜。菽：大豆。

③剥：扑，打。

④春酒：冬酿春成的酒。

⑤介：祈求。眉寿：高寿。人老眉长，故称高寿为眉寿。

⑥断：摘下。壶：葫芦之类。

⑦叔：拾取。苴(jū)：麻子。

⑧荼(tú)：苦菜。薪樗(chū)：砍椿树为柴。

【译文】

六月里吃郁李和葡萄，七月里有葵菜和豆角。八月打枣，十月收稻。酿成美酒，以求长寿。七月吃瓜果，八月摘葫芦。九月收麻子，挖野菜备木柴，农夫生计妥安排。

九月筑场圃①，十月纳禾稼②。黍稷重穋③，禾麻菽麦。嗟我农夫，我稼既同④，上入执宫功⑤。昼尔于茅⑥，宵尔索绹⑦。亟其乘屋⑧，其始播百谷。

【注释】

①场：打谷场。圃：菜园子。

②纳禾稼：将谷物收仓。

③黍：小米。稷：高粱。重：晚熟作物。穋（lù）：早熟作物。

④同：收齐集中。

⑤上：同"尚"。还要。执：负担。宫功：修建宫室的事。

⑥于茅：去割草。

⑦索绹（táo）：搓绳子。

⑧亟：同"急"。乘屋：上房修屋。

【译文】

九月里菜园子变成打谷场，十月里谷物要入仓。早谷晚谷小米高粱，芝麻豆麦与杂粮。可叹我们庄稼人，刚刚干完地里活，又要给官家修宫房。白天去割草，晚上搓草绳。赶快盖好房屋，春天一到又要忙着播种百谷。

二之日凿冰冲冲①，三之日纳于凌阴②。四之日其蚤③，献羔祭韭。九月肃霜④，十月涤场⑤。朋酒斯飨⑥，曰杀羔羊。跻彼公堂⑦，称彼兕觥⑧，万寿无疆！

【注释】

①冲冲：凿冰之声。

②凌阴：冰窖。

③蚤：同“早”。

④肃霜：天气肃爽。

⑤涤场：清扫场地。

⑥朋酒：两壶酒。飨：以酒食待客。

⑦跻（jī）：登上。公堂：公共场所。

⑧称：举杯。兕觥（sì gōng）：酒器。

【译文】

腊月里凿冰冲冲响，正月里抬冰窖中藏。二月里选一个清早，祭献韭菜和羔羊。九月天高气爽露结为霜，十月草木摇落万物涤荡。搬出两坛酒，杀上几只羊。大家齐集在公堂，举起盛酒的兕觥，祝一声“万寿无疆”。

扬雄·解嘲

【题解】

本赋是一篇抒情言志之作，它直接表白作者的内心世界和人生观。虽是模仿东方朔《答客难》，从遇时不遇时着眼，对比古今之士的不同遭际，而重点却是揭露当时统治阶级上层的腐朽和内部斗争的激烈。所以扬雄在和东方朔一样以安于卑位自我宽解之外，又多了一种全生保身的庆幸之感。

此文少有扬雄早期赋作语言上的艰深之弊，读来明白晓畅；且善用长句，使文章气势遒劲，和雄辩的议论相得益彰，浑然一体。

客嘲扬子曰：“吾闻上世之士，人纲人纪。不生则已，生必上尊人君，下荣父母，析人之珪①，儋人之爵②，怀人之符③，分人之禄，纡青拖紫④，朱丹其毂。今吾子幸得遭明盛之世，处不讳之朝，与群贤同行，历金门、上玉堂有日矣⑤。

曾不能画一奇[⑥]，出一策，上说人主，下谈公卿，目如耀星，舌如电光，一纵一横，论者莫当。顾默而作《太玄》五千文[⑦]，枝叶扶疏[⑧]，独说数十余万言[⑨]，深者入黄泉，高者出苍天，大者含元气[⑩]，细者入无间[⑪]。然而位不过侍郎[⑫]，擢才给事黄门[⑬]。意者玄得无尚白乎[⑭]？何为官之拓落也[⑮]？”

【注释】

①析：分。珪（guī）：同“圭”。古代帝王、诸侯朝聘和祭祀时所拿的长形玉器。

②儋（dān）：担，接受。

③符：符节，古代朝廷委任官员执行公务时作为凭证的信物。

④纡：系，结。青、紫：官员所佩印绶的颜色。

⑤金门：即金马门，汉代宫门名，门前立有铜马，汉代被征召者中卓异出众者待诏金马门。玉堂：汉代宫殿名，未央宫、建章宫都有玉堂殿。

⑥曾：竟。画：谋划。奇：指奇计。

⑦顾：反而。文：字。

⑧枝叶扶疏：树叶枝条向四面八方伸展，这里用来形容文章辞采繁盛。

⑨说：解说。言：字。

⑩元气：中国古代哲学的一个概念，指构成天地万物的原始物质，或指阴阳二气混沌未分的实体。

⑪无间：指极小的物质。

⑫侍郎：官名，职位不高。

⑬擢（zhuó）：提升。给事黄门：汉代官名，给事黄门侍郎的简称，因供职于黄门之内而得名。

⑭玄：黑色。意者：想来。得无：莫不是。

⑮拓落：失意落魄的样子。

【译文】

有位客人嘲笑扬雄说："我听说过去的那些'士'们，都能遵守人伦纲纪。不出生则罢，出生了就必定上使自己的君王尊贵，下让自己的父母荣耀，能够分享圭玉，获得爵位，持有信符，佩带印绶，漆红车轮。今天，我的先生幸遇昌明兴盛之世，幸处没有忌讳、能畅所欲言的朝代，和众多的贤达同行一路，在金马门待诏，上玉堂殿应对，已经有了很长一段时间。竟然不能够出一谋，划一策，向上游说国君，向下和公卿们论谈，竟然不能够目光如电，舌头如簧，纵横雄辩，使与自己论辩的人不能抵挡。反而默默地写作起五千字的《太玄》来，而且旁征博引，繁文丽句地自己解说上几十万字，深奥之处及地下黄泉，高峻之处达天之青霄，博大之处蕴含整个宇宙，细微之处触及毫末小事。但是，职位最后也只提升到给事黄门——一侍郎而已。想来那'玄'岂不还是白的吗？为什么在仕途上如此失意呢？"

扬子笑而应之曰："客徒欲朱丹吾毂，不知一跌将赤吾之族也①！往者周网解结②，群鹿争逸③，离为十二，合为六七，四分五剖，并为战国。士无常君，国无定臣，得士者富，失士者贫，矫翼厉翮④，恣意所存⑤。故士或自盛以橐⑥，或凿坏以遁⑦。是故邹衍以颉颃而取世资⑧，孟轲虽连蹇⑨，犹为万乘师⑩。

【注释】

①跌：失足。赤……族：灭……全族。

②周网：指周王朝的朝纲。

③群鹿争逸：指诸侯纷争，竞相称霸。

④矫：高举。厉：抖动。翮（hé）：鸟羽，泛指鸟的翅膀。

⑤存：止息。

⑥自盛（chéng）以橐（tuó）：范雎从魏到秦时，曾藏在秦使者车中的袋子里。橐，袋子。

⑦凿坏（péi）以遁：颜阖不受鲁国的聘用，为躲避使者而凿墙跑掉。坏，指屋的后墙。

⑧邹衍：战国时齐国人，阴阳家的代表，长于辩说，号称“谈天衍”。颉颃（xié háng）：本为鸟上下飞翔貌，这里用来形容思想言论变化莫测。

⑨孟轲：即孟子。连蹇（jiǎn）：艰难的样子。

⑩万乘：代指天子。这里指诸侯国国君。

【译文】

扬雄笑着回答道：“客人您只想漆红我的车轮，而不知道一失足会使我的全族见血！过去周朝纲纪一败坏，各诸侯国便逐鹿中原，竞相称霸，开始分崩离析为十二小国，接着合为七国，这就是周朝四分五裂后出现的战国。战国时代，替人出谋划策的士们没有固定辅佐的君王，一个国家没有固定的臣子；得到了良士的国家强盛起来，而失去了良士的国家则贫弱下去；谋士们各显神通，尽量展露自己的才华，并且能随意选择辅佐的对象。所以他们或者像范雎一样为了到秦国，把自己装在袋子里，或者像颜阖一样为了不去鲁国，凿开屋后的墙跑掉。所以邹衍以其言谈的诡异莫测而受重用，孟轲虽然也曾处境艰难而最后还是做了诸侯国国君的老师。

“今大汉左东海，右渠搜①，前番禺②，后椒涂③，东南一尉④，西北一候⑤；徽以纠墨⑥，制以锧铁⑦，散以礼乐⑧，风以《诗》《书》⑨，旷以岁月⑩，结以倚庐⑪。天下之士雷动云合，鱼鳞杂袭⑫，咸营于八区⑬。家家自以为稷、契⑭，人人自以为皋陶[15]。戴縰垂缨而谈者[16]，皆拟于阿衡[17]；五尺童子，羞比晏婴与夷吾[18]。当涂者升青云，失路者委沟渠。旦握权则为卿相，夕失势则为匹夫。譬若江、湖之崖，渤澥之岛[19]，乘雁集不为之多[20]，双凫飞不为之少。

【注释】

①渠搜：古西戎国名。

②番禺：今广州。

③椒涂：北方国名。

④尉：即都尉，负责镇守边塞御敌。

⑤候：负责迎送宾客的官吏。

⑥徽：系，绑。纠墨：绳索。墨，同“纆”。

⑦锧鈇（zhì fū）：古代刑具，用于腰斩。

⑧散：疏导。

⑨风：劝导，教化。

⑩旷：间隔。

⑪结：构筑。倚庐：古人为父母守丧所住的简陋的房子。

⑫鱼鳞杂袭：像鱼鳞一样错杂聚集在一起。

⑬八区：八方。

⑭稷：后稷，古代周族的始祖。契（xiè）：传说为商族始祖帝喾之子。

⑮皋陶：人名，舜时贤臣。

⑯縰（shǐ）：古代束发用的缁帛，这里指冠。缨：冠上的带子。

⑰阿衡：商代官名，这里指伊尹，商汤时贤臣。

⑱晏婴：春秋时齐国的正卿。夷吾：即管仲，齐桓公的宰相。

⑲渤澥（xiè）：渤海。

⑳乘（shèng）：古代战车一乘四马，所以“乘”成了四的代称。

【译文】

"今天，我大汉王朝，东到海域，西及戎国，南至广粤，北临椒涂；东南有镇守边陲的都尉，西北有迎送宾客的候官；以法纪刑罚来约束人们的行为，以礼乐诗书去教化、疏导百姓，使其勤俭，使其孝悌。天下的谋士们，时而像雷声一样迅疾而过，时而又像云气一样聚集起来，就像鱼鳞错杂一样，都在四面八方奔波。每一家都自认为是后稷和契这样的人物，每个人都把自己看作皋陶一样的贤臣。戴帽垂缨高谈阔论的，都把自己比拟为阿衡伊尹；就连小孩，也羞于和霸王之臣晏婴和管仲为伍。幸运得意者平步青云、飞黄腾达，背时失意者跌入深渊、自认倒霉。早晨重权在握则贵为卿相，晚夕大势已去则沦为平民。就像大江大湖的涯岸，就像渤海中的岛屿，四只大雁集于一处也不增多什么，两只水鸟一起飞离也不减少什么。

"昔三仁去而殷墟①，二老归而周炽②；子胥死而吴亡③，种、蠡存而越霸④；五羖入而秦喜⑤，乐毅出而燕惧⑥；范雎以折摺而危穰侯⑦，蔡泽以噤吟而笑唐举⑧。故当其有事也，非萧、曹、子房、平、勃、樊、霍则不能安⑨；当其无事也，章句之徒相与坐而守之，亦无所患。故世乱则圣哲驰骛而不足，世治则庸夫高枕而有余。

【注释】

①三仁：指微子、箕子、比干三人，他们都是商纣王的至亲，但因不满纣王暴政而反对之。《论语·微子》载："微子去之，箕子为之奴，比干谏而死。"殷：即殷商，商朝。墟：成为废墟，指衰败。

②二老：指伯夷和姜尚，二人都曾因躲避纣王而隐居，听到周文王兴起后又都归附周人。

③子胥：即伍子胥。

④种、蠡（lǐ）：指文种和范蠡。文种为春秋末期的越国大夫，范蠡也曾为越国大夫，两人一起辅佐越王勾践灭吴。

⑤五羖（gǔ）：即百里奚，春秋时的秦国大夫，是秦穆公用五张黑牡羊皮赎来的，所以有"五羖大夫"之称。

⑥乐毅：战国时燕国上将，后因燕惠王中了齐国的反间计而出奔赵国。

⑦范雎：战国时魏国人，长于辞辩。折摺（lā）：指折断肋骨、打断牙齿。摺，摧折，损毁。穰（ráng）侯：战国时秦相魏冉。

⑧蔡泽：战国时燕国人，长于辩议。噤（jìn）吟：下巴突出貌，一说说话时笑貌。笑唐举：被唐举所嘲笑。唐举，战国时魏国人，善相面。

⑨萧、曹：指萧何和曹参，皆为汉初大臣，辅佐刘邦建立汉朝。子房：即张良，也是辅佐刘邦建立汉朝的大臣。平、勃：指陈平和周勃，都是汉初大臣。樊、霍：指樊哙和霍光，樊哙为汉初将领，霍光为霍去病之弟，武帝托孤重臣，又曾废昌邑王而立宣帝。

【译文】

"在过去商纣王时代，微子、箕子和比干三位仁人志士离去后殷商便土崩瓦解，伯夷和姜尚两位老臣的归附使周王朝日益兴盛；伍子胥死去吴国便灭亡，文种和范蠡的辅佐使越国称霸；五羖大夫百里奚来了使秦穆公心中窃喜，上将乐毅出奔赵国使燕惠王感到恐惧；长于辞辩的范雎以折肋断齿之身而使秦相穰侯魏冉陷于危险境地，能说会道的蔡泽以难看的相貌曾被善相面的唐举耻笑。因此，当天下大乱之时，不是萧何、曹参、张良、陈平、周勃、樊哙、霍光，就不能安定；当天下太平之时，寻章摘句、探幽发微之辈，一起坐着而取守势，也不会有什么忧患。世道混乱，尽管圣贤哲人尽力驰骋也嫌力量不够，国家安定，哪怕是一些凡夫俗子当权而又只知睡大觉，也会觉得力有余裕。

“夫上世之士，或解缚而相，或释褐而傅[1]；或倚夷门而笑[2]，或横江潭而渔；或七十说而不遇[3]，或立谈而封侯；或枉千乘于陋巷，或拥篲而先驱[4]。是以士颇得信其舌而奋其笔[5]，窒隙蹈瑕而无所诎也[6]。当今县令不请士，郡守不迎师，群卿不揖客，将相不俯眉[7]；言奇者见疑，行殊者得辟[8]。是以欲谈者卷舌而同声，欲步者拟足而投迹。乡使上世之士处乎今世，策非甲科[9]，行非孝廉，举非方正，独可抗疏[10]，时道是非，高得待诏，下触闻罢[11]，又安得青紫？以上言平世则异才不能表见。

【注释】

①褐（hè）：粗布衣服。傅：师傅，这里指宰相。

②夷门：东门。

③七十说：指到七十多个国君面前游说。

④篲：扫帚。

⑤信：同“伸”。

⑥瑕：裂痕。诎（qū）：折服，服从。

⑦俯眉：低眉。表示谦恭。

⑧辟（bì）：罪。

⑨甲科：汉代科举考试以其对策内容的难易分甲、乙两科，甲科为第一，得中者为郎中。

⑩抗疏：上书劝谏。

⑪触：触犯。闻罢：上书已被知道但得不到采纳。

【译文】

“过去的士们，有的如管仲解掉身上的绳索便成为宰相，有的如宁戚脱去布衣便做了国君的师傅；有的如侯嬴靠着东门笑而得为上宾，有的如渔父漫游江湖而捕鱼；有的如孔子游说七十多个国君而终究不被善待，有的如虞卿站着谈了几句便被封侯；有的如小臣稷让君主委屈到陋巷相请，有的如邹衍让诸侯也亲自拿着扫帚替自己开路。因为这个缘故，谋士们很可以言论自由、著书立说，很小的机会也能抓住利用而不受挫。而当今之世，县令们不请谋士，郡守们不欢迎高师，公卿们不揖纳门客，将相们不对幕僚低眉俯就；言谈怪异的人被怀疑，行动与众不同的人往往获罪。因此，想说话的人都先卷起舌头，使自己说出来的话和别人一样，想走路的人，先抬起自己的脚比量半天，然后踩在别人的脚印上。假若过去的士们处在今天的世道，应对、策略不是第一，行为举动不被认为孝悌方正，而仅仅只会上书劝谏，时不时地指摘是非，那么最高也只能是得个待诏的职位，等而下之的还有可能触犯了皇上，而意见得不到采纳，又怎么能得到高位呢？以上说特异之才在太平之世不能显现。

“且吾闻之，炎炎者灭，隆隆者绝。观雷观火，为盈为实；天收其声，地藏其热。高明之家①，鬼瞰其室。攫拏者亡②，默默者存。位极者宗危，自守者身全。是故知玄知默，守道之极；爰清爰静③，游神之庭；惟寂惟寞，守德之宅。世异事变，人道不殊。彼我易时④，未知何如。今子乃以鸱枭而笑凤凰⑤，执蝘蜓以嘲龟龙⑥，不亦病乎！子之笑我玄之尚白，吾亦笑子病甚，不遇俞跗与扁鹊也⑦，悲夫！”以上言静为动宰，玄为白宗。

【注释】

①高明之家：指贵宠之家。

②攫拏（jué ná）者：指争夺权势的人。

③爰：于是。

④彼：指古人。

⑤鸱枭（chī xiāo）：鸟名，因声音难听而被人认为是不祥之鸟。

⑥蝘蜓（yǎn tíng）：壁虎，又称"龙子"。

⑦俞跗（fū）：传说为黄帝时的良医。扁鹊：战国时期的良医。

【译文】

"况且我曾听说，过旺的大火容易熄灭，巨大的雷声一下子就消失。看看这响雷，看看这大火，够大够满够充实够威盛的吧？但是转眼之间，雷声被天所收，火热被地所藏。荣贵得宠之家，鬼魅往往喜欢窥视其居室。好争权夺利的人容易灭亡，默然无争的人容易生存。职位太高的人，其宗嗣将面临危险，静默守道的人能全身长生。所以，知道清静无为、默然无争，是恪守人道的极至；又清又静，才能到精神的王国中去遨游；甘于寂寞，是守卫本德的堡垒。时过境迁，世事变化，但为人之道是不会变异的。古人和今人所处时代不同，如果互换，谁高谁低还不可断言。现在客人您拿恶鸟鸱枭来嘲笑凤凰，用壁虎来嘲笑龟龙，难道不是错的吗？您笑我的玄还是白的，我也笑您病得厉害而且遇不到俞跗、扁鹊这样的良医！可悲呀！"以上说静为动的主宰，玄为白的归结。

客曰："然则靡玄无所成名乎？范、蔡以下[①]，何必玄哉？"

【注释】

①范、蔡：指范睢和蔡泽。

【译文】

客人说："那么难道没有玄就不能功成名就吗？范睢、蔡泽等人，又何需用什么玄呢？"

扬子曰："范睢，魏之亡命也。折胁摺髂[①]，免于徽索，翕肩蹈背[②]，扶服入橐[③]。激卬万乘之主[④]，界泾阳、抵穰侯而代之[5]，当也[6]。蔡泽，山东之匹夫也。颔颐折頞[7]，涕唾流沫。西揖强秦之相，搤其咽而亢其气[8]，拊其背而夺其位[9]，时也。天下已定，金革已平，都于洛阳，娄敬委辂脱輓[10]，掉三寸之舌[11]，建不拔之策[12]，举中国徙之长安，适也[13]。五帝垂典，三王传礼，百世不易，叔孙通起于枹鼓之间[14]，解甲投戈，遂作君臣之仪，得也[15]。《吕刑》靡敝[16]，秦法酷烈，圣汉权制[17]，而萧何造律[18]，宜也[19]。故有造萧何律于唐、虞之世，则悖矣[20]！有作叔孙通仪于夏、殷之时，则惑矣！有建娄敬之策于成周之世，则缪矣[21]！有谈范、蔡之说于金、张、许、史之间[22]，则狂矣！

【注释】

①髂（qià）：腰骨。

②翕（xī）：收缩。

③扶服：同"匍匐"。

④激卬（áng）：激怒。卬，同"昂"。万乘之主：这里指秦昭王。

⑤界：间隔，离间。泾阳：泾阳君，秦昭王的同母弟弟。抵：击，侧击。

⑥当：恰当，这里指遇到了恰当的机会。

⑦颔颐（qiǎn yí）：下巴突出。折頞（è）：鼻梁塌陷。

⑧搤（è）：通"扼"。亢：断绝。

⑨拊：击。

⑩娄敬：即刘敬，汉初谋臣。委：扔下，弃置。辂（hé）：拴于车辕上供人拉车的横木。輓（wǎn）：拉车用的绳子。

⑪掉：摇摆，鼓动。

⑫不拔：不可动摇。

⑬适：适时。

⑭叔孙通：汉初儒生，先为项羽部下，后归附刘邦。枹（fú）鼓：鼓槌和鼓，古代作战时以击鼓表示进军。

⑮得：顺应时代潮流。

⑯《吕刑》：周穆王的臣子吕侯受命所制订的刑法，即周代刑法。靡敝：败坏，损毁。

⑰权制：权衡时势而制订法令。

⑱律：指《汉律》九章。

⑲宜：指合时宜。

⑳悂（pī）：谬误。

㉑缪（miù）：通“谬”。

㉒金、张：金日磾、张安世，二人均为西汉大臣。许：许广汉，汉宣帝皇后许氏之父。史：指史恭及其长子史高，史恭为汉宣帝的祖母史良娣之兄。

【译文】

扬雄说：“范雎，是魏国逃命的人。折断了肋骨而幸免于被绳索捆绑，缩肩曲背，爬着进了袋子。通过在秦昭王面前离间泾阳君、说穰侯的坏话，使秦昭王被激怒而用他取代了泾阳君和穰侯的位置，这是抓住了恰当的机会。蔡泽，山东的一介平民。下巴突出，鼻子塌陷，鼻涕常流，唾沫乱溅。向西进入秦国，对其相长揖不拜，继而像掐人咽喉欲断其气地要挟强大秦国的宰相，从背后对其进行攻击而最终夺取他的位子，这是时势使然。天下已经安定，战事已经平息，大汉将建都于洛阳，这时正在服劳役的娄敬，解下拉车的绳子，摇唇鼓舌，提出那不可动摇的理据，使国都改建在长安，这是适合时宜。五帝树立规章、法则，三王传下礼法，千年百代，不可更易，叔孙通这位儒生，虽从战乱中起家，但战争结束后便及时制作君臣礼仪，这是顺应时代潮流。周代刑法遭到损毁，秦代刑法又过于残酷严烈，我大汉权衡时势，让萧何起草制作汉律，这是适宜之举。如果有人把萧何的刑律造在唐尧虞舜时代，那么就是大大的谬误；如果有人在夏商两代制作叔孙通的君臣之仪，则会让人感到昏惑；如果有人在周王朝提出娄敬那样的建议，则无疑大错特错；如果有人想在我大汉重臣金日磾、张安世和外戚许广汉、史家父子之中使用范雎、蔡泽那样的言谈计谋，则显然是发了疯。

“夫萧规曹随，留侯画策①，陈平出奇，功若泰山，响若坻隤②，虽其人之赡智哉③？亦会其时之可为也！故为可为于可为之时，则从；为不可为于不可为之时，则凶。以上言功名之士，全系乎时。

【注释】

①留侯：即张良。

②响：指声望。坻隤：山崖崩落声。

③赡（shàn）：充足。

【译文】

“萧何制定汉律，曹参随律而行，张良出谋划策，陈平贡献奇计，他们的功劳可与泰山相比，声望影响如同山崖崩裂之势，这虽然跟他们才智过人有关，但也是因为他们碰到了适当的时机而可以有所作为。所以，做可做的事在可做的时候，就顺利、成功；做不可做的事在不可做的时候，就会凶象环生、失败。以上说成就功名之人，能够得时。

若夫蔺生收功于章台①，四皓采荣于南山②，公孙创业于金马③，骠骑发迹于祁连④，司马长卿窃赀于卓氏⑤，东方朔割炙于细君⑥，仆诚不能与此数子者并，故默然独守吾《太玄》！”

【注释】

①蔺生：指蔺相如。收功：获得成功，指完璧归赵。章台：宫殿名。

②四皓：汉初商山的四个隐士。南山：即河南商山。

③公孙：指公孙弘，西汉大臣。金马：即金马门。

④骠骑：指霍去病，他曾为骠骑将军。发迹于祁连：指霍去病率兵深入祁连山击败匈奴而立功扬名。

⑤司马长卿：即司马相如。卓氏：指卓文君之父卓王孙。

⑥东方朔：西汉文学家。炙（zhì）：烤肉。细君：东方朔的妻子，一说古人对妻的称呼之一。

【译文】

“像蔺相如完璧归赵、建功立业于章台殿，四位老人取得荣耀于商山，公孙弘在金马门创立功业，骠骑将军霍去病在祁连山立功扬名，司马相如将其岳父大人的财产据为己有，东方朔割取烤肉送给妻子，我确实不能做到，因而无法和这些人相提并论，所以就默默地独自守着我的《太玄》。”

班固·两都赋 并序

【题解】

光武帝建立东汉后，定都洛阳。汉明帝时，社会安定，国家日富，便在京都大修宫室、城池、苑囿，完备各项制度。西京长安百姓有意见，希望皇帝能西迁。这时班固升迁为郎，逐渐得到明帝宠幸，恐帝西去，感于前代司马相如、虞丘寿王、东方朔之辈作赋讽世之法，于是构建文辞，上《两都赋》，进行讽劝。赋文采用问答形式，与西都宾客辩论，阐述洛邑地处中土，平坦通达，四方辐凑，在地理、自然方面具有长安不可比拟的优越性，进而又盛赞了洛邑制度之美，终于折服了西宾淫侈之论。

或曰：赋者①，古诗之流也。昔成、康没而颂声寝②，王泽竭而诗不作[3]。大汉初定，日不暇给。至于武、宣之世[4]，乃崇礼官，考文章。内设金马、石渠之署[5]，外兴乐府、协律之事[6]，以兴废继绝，润色鸿业。是以众庶悦豫，福应尤盛。《白麟》《赤雁》《芝房》《宝鼎》之歌[7]，荐于郊庙；神雀、五凤、甘露、黄龙之瑞[8]，以为年纪。故言语侍从之臣，若司马相如、虞丘寿王、东方朔、枚皋、王褒、刘向之属[9]，朝夕论思，日月献纳。而公卿大臣御史大夫倪宽、太常孔臧、太中大夫董仲舒、宗正刘德、太子太傅萧望之等[10]，时时间作。或以抒下情而通讽谕[11]，或以宣上德而尽忠孝。雍容揄扬[12]，著于后嗣，抑亦《雅》《颂》之亚也。故孝成之世[13]，论而录之，盖奏御者千有余篇。而后大汉之文章，炳焉与三代同风。

【注释】

①赋：《毛诗序》有“诗有六义焉，一曰风，二曰赋，三曰比，四曰兴，五曰雅，六曰颂”。即说赋是诗的一种，或理解为与诗类似的一种文体。

②成、康：周成王、周康王，成康是周的盛世，故诗歌很发达，歌颂盛世。

③诗不作：周道既微，雅颂并废。作，兴。

④武、宣：汉武帝、汉宣帝。

⑤金马：即金马门，是宦者署门，因门旁有铜马，故称之为金马门。石渠：即石渠阁，藏书之阁。

⑥乐府、协律：武帝定郊祀之礼，乃立乐府，以李延年为协律都尉。

⑦《白麟》：武帝行幸雍，获白麟，因作白麟歌。《赤雁》：武帝幸东海，获赤雁，因作赤雁歌。《芝房》：汉武帝甘泉宫内产芝，九茎连叶，因作芝房歌。《宝鼎》：汉武帝得宝鼎后土祠旁，因作宝鼎歌。

⑧神雀：宣帝时神雀集长乐宫，故改年为神雀。五凤：宣帝时凤凰五至，

因改元为五凤。甘露：当时有甘露降。黄龙：在新丰有黄龙出现。

⑨司马相如：字长卿，为武帝骑常侍。虞丘寿王：字子贡，因善格五，召待诏，迁为侍中中书。东方朔：字曼倩，上书自称举，上伟之，令待诏公车，后拜为太中大夫给事中。枚皋：字少儒，上书北关，自称枚乘之子。上得大喜，召入见，待诏，拜为郎。王褒：字子渊，上令褒待诏。褒等数从猎，擢为谏大夫。刘向：字子政，为辇郎，迁中垒校尉。

⑩倪宽：修《尚书》，以郡选诣博士。受业孔安国。孔臧：孔子十二世孙，少以才博知名，后渐迁御史大夫，他推辞说："臣代以经学为家，乞为太常，专修家谱。"武帝遂用之。董仲舒：以修《春秋》为博士，后为中大夫。刘德：字路叔，少修黄老术，武帝谓之千里驹，为宗正。萧望之：字长倩，以射策甲科，为郎，迁太子太傅。

⑪抒：抒发，表达。讽谕：告诉，使人知道。讽，用含蓄的话暗示或劝告。

⑫揄：引。

⑬孝成：汉成帝，前33—前7年在位。

【译文】

有人说：赋是由古诗发展而成的一种文体。从前，成康盛世才过，为之颂扬之歌就停止了；先王的恩泽竭尽了，赞美的诗文也随之消逝。大汉初定，忙于各种政事，对诗歌等事无暇顾及。到武帝、宣帝鼎盛之世，才又兴崇尚礼乐、考核文章之事。于是在宫内修建了金马门、石渠阁等衙署纳贤藏书，在宫外设立乐府机关从事协律作乐之事，这样来振兴礼乐教化，以宏扬大汉之丰功伟业。百姓为此欢快愉悦，各种吉祥之物也频频出现。于是作白麟、赤雁、芝房、宝鼎之歌进献祖先，依据神雀、五凤、甘露、黄龙等来作为年号。以文学侍从君王之臣，如司马相如、虞丘寿王、东方朔、枚皋、王褒、刘向等，朝夕在一起讨论，思考写诗作文之道，按日按月进献作品。而公卿大臣，如御史大夫倪宽、太常孔臧、太中大夫董仲舒、宗正刘德、太子太傅萧望之等，也不时在公务繁忙之余暇作些文章呈皇上御览。有的抒发臣民衷情以讽谏皇上，有的宣扬主上恩德而尽忠孝之心。这些劝谏宣扬从容而和婉，使大汉功业得以昭示后人，可与《雅》《颂》相媲美。于是成帝时对这些文章讨论并录目进行汇编，呈进御览之作总共千有余篇。此后大汉的文风就光辉显耀并且与夏、商、周三代相同了。

且夫道有夷隆[①]，学有粗密，因时而建德者不以远近易则。故皋陶歌《虞》[②]，奚斯颂《鲁》[③]，同见采于孔氏，列于《诗》《书》，其义一也。稽之上古则如彼，考之汉室又如此，斯事虽细，然先臣之旧式，国家之遗美，不可阙也。

【注释】

①夷：平坦。隆：高，凸。

②皋陶（gāo yáo）：人名，舜时贤臣。歌《虞》：歌颂虞舜之代。

③奚斯：鲁国大夫，亦称公子鱼，鲁僖公时人。曾作《闷宫》，现存于《诗经·鲁颂》中。

【译文】

况且道路有平洼，学问有精疏，顺应时势而建德立言之人，不以时代不同而改变著述原则。所以皋陶歌颂虞舜之词，奚斯颂扬鲁国之诗，同样被孔子采编入《诗经》《书经》，因为它们在意义上是同样的。考查上古有这样的颂扬之声，而追溯汉室也有同样歌颂汉室之文。这事虽小，但前代词臣的榜样，本朝继承相传的美德，是不能缺少的。

臣窃见海内清平，朝廷无事，京师修宫室，浚城隍[①]，起苑囿，以备制度；西土耆老[②]，咸怀怨思，冀上之眷顾[③]，而盛称长安旧制，有陋雒邑之议。故臣作《两都赋》，以极众人之所眩曜[④]，折以今之法度。其词曰：

【注释】

①隍：城池无水曰隍。

②西土：长安在西，故曰西土。

③眷：回顾的样子。

④眩曜：显示，夸耀。曜，同“耀”。

【译文】

我见天下太平，国家安定，东都正在兴修宫室，疏浚城池，扩建苑囿以完备都城体制；而原西都的旧臣故老都心怀不满，只希望皇上思念旧都，并且不断称赞长安旧有的体制，其中有鄙薄洛阳之议论。我因此作《两都赋》，极尽详述西都故老所炫耀之事物，再以东都现在的法度折服他们。其词为：

西都赋

有西都宾问于东都主人曰[①]：“盖闻皇汉之初经营也[②]，尝有意乎都河、洛矣。辍而弗康[③]，实用西迁，作我上都。主人闻其故而睹其制乎？”主人曰：“未也。愿宾摅怀旧之蓄念，发思古之幽情，博我以皇道，弘我以汉京。”宾曰：“唯唯。”

【注释】

①西都宾：汉中兴，都洛阳，故以东为主，而谓西都为宾。

②经营：《尚书·召诰》：“厥既得卜则经营。”

③辍：止。康：安。

【译文】

有一位长安客问洛阳的主人说：“我听说在汉初筹建首都之时，朝廷有意定都在河洛之畔。可后来又认为此地定都并不安宁，决定西迁，以长安作为首都。主人知道迁都的故事吗？您是否见过长安的体制呢？”主人回答道：“我没有听说过。希望您能抒发怀旧之心，思古之情，说一说高祖当时定都的道理，描述一下长安的情况来增长我的见闻，扩大我的视野。”客人道：“好的，好的。”

“汉之西都，在于雍州，实曰长安。左据函谷、二崤之阻①，表以太华、终南之山②；右界褒斜、陇首之险③，带以洪河、泾、渭之川④。众流之隈，汧涌其西。华实之毛⑤，则九州之上腴焉；防御之阻⑥，则天地之隩区焉⑦。是故横被六合⑧，三成帝畿⑨，周以龙兴，秦以虎视⑩。及至大汉受命而都之也，仰悟东井之精⑪，俯协《河图》之灵⑫，奉春建策⑬，留侯演成⑭。天人合应，以发皇明⑮，乃眷西顾⑯，实惟作京。

【注释】

①函谷：关名。二崤（xiáo）：《左传·僖公三十二年》：“崤有二陵焉，其南陵夏后皋之墓也，其北陵文王之所避风雨也。”故曰二崤。

②太华：山名，即今西岳华山。终南：即终南山。

③褒斜：谷名，南口曰褒，北口曰斜，在梁州。陇首：山名，在秦州。

④洪：大也。

⑤华实之毛：指草木。《左传·昭公七年》：“食土之毛。”

⑥防御：关禁。

⑦隩区：深险之地。隩，深。

⑧横：《前汉书音义》：“关西为横。”被：犹及。六合：《吕氏春秋》：神明通于六合。高诱注：“四方上下为六合。”

⑨三成：谓周、秦、汉都在长安定都。帝畿：《周礼·夏官》：“方千里

曰王畿。”

⑩周以龙兴，秦以虎视：龙兴、虎视，喻盛强。孔安国《尚书序》：“汉室龙兴。”《周易·颐卦》：“虎视眈眈。”

⑪悟：晓。东井之精：高祖至霸上，五星聚于东井。

⑫协：合。河图之灵：汉代秦，都关中，按河图为识记之书。

⑬奉春：奉春君娄敬，汉初大臣。

⑭留侯：张良。演成：促成。《苍颉篇》：“演者引也。”

⑮皇明：指高祖。

⑯西顾：指入关。

【译文】

“汉朝的西都是长安，位于雍州。左据函谷和崤山的雄伟险峻，还有作为标界的太华山和终南山；右则与褒斜谷和陇首山相连接，并绕以黄河、泾水、渭水。众水汇聚，汧水流经其西部。这地方植物花果繁茂，并有九州最肥沃的田地；关塞阻隔，是天然的深险之地。所以此地四通八达，广连各方，曾有三朝帝王定都于此，周朝都此地如龙腾飞，秦朝据此地虎视东方。到大汉受天命将定都此地之时，仰望天空有五星相聚于东井，俯瞰大地却见灵图出现于河滨，于是奉春君娄敬提出建都长安之良策，留侯张良促使此议成功实现。这是天命和人意相呼应，启发了君王的圣明，于是他眷顾关西，定长安为首都。

“于是睎秦岭①，睋北阜②，挟沣、灞③，据龙首④，图皇基于亿载，度宏规而大起。肇自高而终平⑤，世增饰以崇丽，历十二之延祚⑥，故穷泰而极侈。建金城而万雉⑦，呀周池而成渊⑧，披三条之广路⑨，立十二之通门⑩。内则街衢洞达⑪，闾阎且千⑫，九市开场⑬，货别隧分⑭。人不得顾，车不得旋，阗城溢郭，旁流百廛⑮。红尘四合，烟云相连。于是既庶且富，娱乐无疆。都人士女[16]，殊异乎五方[17]。游士拟于公侯[18]，列肆侈于姬、姜[19]。乡曲豪举游侠之雄[20]，节慕原、尝[21]，名亚春、陵[22]，连交合众，骋骛乎其中[23]。以上城市。

【注释】

①睎（xī）：望。

②睋（é）：视。

③挟沣（fēng）、霸：沣水出邙县南山丰谷，霸水出蓝田谷。挟，在旁曰挟。

④据龙首：《三秦记》："龙首山六十里，头入渭水，尾达樊川。"据，在上曰据。

⑤肇（zhào）：始。

⑥祚（zuò）：禄，福运。

⑦金城：言坚固。雉：杜预注《左传》："方丈为堵，三堵为雉。"

⑧呀：《字林》："呀，大空也。"

⑨三条：《周礼》："国方九里，旁三门。"每门有大路，故曰三条。

⑩十二之通门：郑玄注《周礼》："天子十二门，通十二子。"

⑪街衢（qú）：四通谓之街，四达谓之衢。

⑫闾（lǘ）：里门。阎：里中门。且千：言多。

⑬九市开场：《汉宫阙疏》："长安九市，其六市在道西，三市在道东。"

⑭隧：列肆道。

⑮廛（chán）：郑玄注《礼记》："廛，市物邸舍也。"

⑯都：《诗经·小雅·都人士》："彼都人士。"毛苌注："城郭之域曰都。"

⑰五方：四方及中央。

⑱拟：模拟，模仿。

⑲肆：市中陈物处。姬、姜：大国之女。

⑳豪举游侠：朱家、郭解、原涉之类。

㉑原、尝：平原君赵胜、孟尝君田文。

㉒春、陵：春申君黄歇、信陵君无忌，并招致宾客，名高天下。

㉓骛（wù）：乱驰。

【译文】

“从这里远望秦岭和北阜，绕以沣灞二水，依据龙首之山，各代君王有意使大汉基业延续亿年，于是拟定宏伟蓝图大规模兴建。从高祖开始到平帝结束，历代增修壮丽非凡；共历十二位帝王，极尽繁华奢侈。建筑万雉金城，疏浚如渊城池，修建平坦且宽广的三达之路，建立十二座威严的城门。城内街衢洞达，里弄近千，开辟九个市场，不同的货物分类列于不同的路边。人流拥挤，无法回顾；车流堵塞，不得回旋；人流充满市区，溢出城郭，流入成百上千的商店。红尘滚滚弥漫四方，烟雾霭霭连接云天。国家富裕，人口众多，百姓的欢乐不可限量。都市男女，不同于其他的地方。游士衣着比拟王公，商女服饰胜过贵族千金。乡里的豪强英俊游侠，气节近于平原君、孟尝君，名望仅次于春申君和信陵君。他们交游广泛，联合徒众，驰骋于京城。以上描述城市。

“若乃观其四郊，浮游近县①，则南望杜、霸②，北眺五陵③，名都对郭，邑居相承。英俊之域④，绂冕所兴⑤，冠盖如云，七相五公⑥，与乎州郡之豪杰、五都之货殖⑦，三选七迁⑧，充奉陵邑。盖以强干弱枝，隆上都而观万国也⑨。封畿之内，厥土千里，逴跞诸夏⑩，兼其所有。其阳则崇山隐天，幽林穹谷⑪，陆海珍藏⑫，蓝田美玉⑬。商、洛缘其隈⑭，鄠、杜滨其足⑮，源泉灌注，陂池交属⑯。竹林果园，芳草甘木，郊野之富⑰，号为近蜀⑱。其阴则冠以九嵕⑲，陪以甘泉，乃有灵宫起乎其中。秦、汉之所极观，渊、云之所颂叹，于是乎存焉。下有郑、白之沃[20]，衣食之源，提封五万[21]，疆埸绮分[22]，沟塍刻镂[23]，原隰龙鳞[24]，决渠降雨，荷插成云，五谷垂颖[25]，桑麻铺菜[26]。东郊则有通沟大漕[27]，溃渭洞河[28]，泛舟山东，控引淮、湖，与海通波。西郊则有上囿禁苑、林麓薮泽[29]，陂池连乎蜀、汉，缭以周墙四百余里[30]。离宫别馆，三十六所[31]，神池灵沼[32]，往往而在。其中乃有九真之麟、大宛之马、黄支之犀、条枝之鸟[33]。逾昆仑，越巨海，殊方异类，至于三万里！以上郊畿。

【注释】

①浮游：周流。

②杜、霸：杜陵、霸陵，在城南。宣帝葬杜陵，文帝葬霸陵。

③五陵：高帝长陵，惠帝安陵，景帝阳陵，武帝茂陵，昭帝平陵，俱在渭北。

④英俊：智过万人谓之英，智过千人谓之俊。

⑤绂（fú）冕：此指英俊冠盖之人。绂，绶。冕，冠。

⑥七相：丞相车千秋、黄霸、王商、韦贤、平当、魏相、王嘉。五公：田蚡为太尉，张安世为大司马，朱博为司空，平晏为司徒，韦贤为大司马。

⑦五都：洛阳、邯郸、临淄、宛城、长安。

⑧三选：选三等之人，意指迁徙吏二千石、高赀富人及豪杰并兼之家于诸陵，盖以强干弱枝，非独为奉山园也。七迁：谓迁于七陵。自元帝以上凡七帝，元帝后始不迁。

⑨观：指示。

⑩逴跞（chuò luò）：超绝。夏：谓中国。

⑪穹谷：深谷。

⑫陆海:《汉书·东方朔传》,东方朔曰:“汉兴,去三河之地,止灞、浐以西,都泾、渭之南,此所谓天下陆海之地也。”

⑬蓝田美玉:范子计然曰:“玉英出蓝田。”

⑭商、洛:县名。隈:山曲。

⑮滨:近。

⑯陂(bēi)池:泽障曰陂,停水曰池。

⑰郊野:邑外曰郊,郊外曰野。

⑱近蜀:南山与巴蜀类。

⑲阴:北。九嵕:山高峻。

⑳郑、白:郑国渠、白渠。郑国渠灌田四万余顷,白渠溉田四千余顷。当时人歌曰:“田于何所?池阳谷口。郑国在前,白渠起后。举臿为云,决渠为雨。泾水一石,其泥数斗。且溉且粪,长我禾黍。衣食京师,亿万之口。”

㉑堤:积土为封限。

㉒埸:界。

㉓塍:田畦。刻镂:交错如镂。

㉔原隰(xí):高平曰原,下湿曰隰。

㉕五谷:黍、稷、菽、麦、稻。颖:禾穗。

㉖铺:布。棻(fēn):茂盛。

㉗漕(cáo):水运。

㉘溃:傍决。汉武帝穿漕渠通渭。洞:疾流。《史记·河渠书》:“荥阳下引河东南为鸿沟……与济、汝、淮、泗会。”

㉙上囿:林苑。麓:林属于山为麓。薮(sǒu):泽无水曰薮。

㉚缭(liáo):绕。

㉛三十六所:《三辅黄图》:“上林有建章、承光等一十一宫,平乐、茧观等二十五,凡三十六所。”

㉜神池:《三秦记》:“昆明池中有神池,通白鹿原。”灵沼:《诗经·大

雅·灵台》:"王在灵沼。"

㉝九真之麟:宣帝诏曰:"九真郡献奇兽。"晋灼《汉书》注:"驹形,麟色,牛角。"大宛之马:武帝时,李广利斩大宛王首,获汗血马。黄支之犀:黄支国自三万里贡生犀。条枝之鸟:条枝国临西海,有大鸟。条枝与安息接,武帝时,安息国发使来献之。

【译文】

"如果观察长安四郊,漫游附近各县,则南望杜陵、霸陵,北眺五陵,名都和城郭相对,甲第与楼阁相邻。这是英雄俊杰所居之区域,达官显贵聚集之处,高冠华盖的富人往来如云。七相五公,州郡豪杰,五都之富商大贾,将这三等人家迁于汉家七陵,承担供奉皇陵重任。大概以此来加强中央,削弱地方,壮大京都,以显示大国威力于万邦。京都直辖区内,方圆近千里,超过华夏各诸侯国,兼有他们共有的奇特物产。南面则密林深谷,崇山遮天,陆海珍藏应有尽有,蓝田之地盛产美玉。商、洛二县位于丹、洛两河水湾,鄠县和杜县在渭、漆两河的下游,清泉灌注,陂池相连。竹林果园,芳草甘木,郊野之富,近于西蜀。北面则有九嵕、甘泉二山,灵宫耸立于甘泉山巅。这在秦汉两代最为壮观,王褒、扬雄曾作赋颂扬,至今仍保存于宫殿中间。下有郑国渠、白渠灌溉的沃田,此乃百姓衣食之源。肥田沃土近五万顷,田界纵横如同丝织品上的花纹,沟塍则如刻镂在大地上的图案,平原和低地的田畴像龙鳞一般密密相连。每当开渠灌溉如降时雨,举锸治水如涌祥云。五谷垂下沉沉穗颖,桑林麻田也茂盛繁荣。东郊有人工漕渠,通往渭水、黄河;如果泛舟可到崤山以东,并可控引淮水、湖泊;与东海辗转相接,波涛相连。西郊是上林禁苑,山林沼泽不断,和蜀、汉相连,围墙缭绕四百多里。离宫别馆有三十六所,神池灵沼也都还在。九真郡的麒麟,大宛的汗血马,黄支国的犀牛,条枝国的大鸟都贡献而来。有的跨越昆仑山,有的横渡大海,还有一些远方奇珍异物,竟跋涉几万里。以上写郊畿。

“其宫室也，体象乎天地[1]，经纬乎阴阳。据坤灵之正位[2]，仿太、紫之圜方[3]。树中天之华阙[4]，丰冠山之朱堂[5]。因瑰材而究奇[6]，抗应龙之虹梁[7]。列棼橑以布翼[8]，荷栋桴而高骧[9]。雕玉瑱以居楹[10]，裁金壁以饰珰[11]。发五色之渥彩[12]，光焴朗以景彰。于是左墄右平[13]，重轩三阶[14]。闺房周通[15]，门闼洞开。列钟虡于中庭[16]，立金人于端闱[17]。仍增崖而衡阈[18]，临峻路而启扉。徇以离宫别寝[19]，承以崇台闲馆[20]。焕若列宿[21]，紫宫是环。清凉、宣温，神仙、长年，金华、玉堂，白虎、麒麟，区宇若兹，不可殚论[22]！增槃崔嵬[23]，登降炤烂[24]。殊形诡制[25]，每各异观。乘茵步辇[26]，惟所息宴。以上宫室。

【注释】

①体象乎天地：建筑体制取象于天地。圆象天，方象地。

②坤灵：扬雄《司空箴》：“普彼坤灵，侔天作合。”

③太、紫：太微、紫宫。刘向《七略》：“明堂之制：内有太室，象紫宫，南出明堂，象太微。”太微方而紫宫圆。

④中天：列子曰：“周穆王作中天之台。”阙：门观。《前汉书》载：萧何作东阙、北阙。

⑤丰：大。冠山：在山之上。

⑥瑰材：珍奇。

⑦应龙：有翼之龙，形曲如虹。

⑧棼（fén）：阁楼的栋。橑（lǎo）：椽。翼：屋之四阿。

⑨桴（fú）：栋。骧（xiāng）：举。

⑩瑱（tiàn）：通“磌（tián）”。

⑪珰：屋椽头装饰。

⑫渥（wò）：光润。

⑬墄（cè）：台阶。

⑭轩：楼板。

⑮闺：宫中之门谓之闱，小者谓之闺。

⑯虡：虡以悬钟。

⑰端闱：宫正门。

⑱衡：横。阈（yù）：门槛。

⑲徇：绕。

⑳崇：高。

㉑焕：明。

㉒“清凉、宣温”几句：《三辅黄图》：“未央宫有清凉殿、宣室殿、中温室殿、金华殿、大玉堂殿、中白虎殿、麒麟殿，长乐宫有神仙殿。”殚：尽。

㉓增：重。槃（pán）：屈。崔嵬：高。

㉔炤烂：明亮。

㉕诡：异。

㉖茵：褥。

【译文】

“长安的宫室殿堂，体制取象天地，结构取法阴阳。据于区域正位，仿紫微星座为圆，太微星座为方。华美的双阙矗立于半空，龙首山岗上耸立着红色的未央宫。以瑰异之材建奇巧之式样，横架的殿梁形如飞龙，曲如长虹。椽桷整齐排列，飞檐似鸟翼舒张；荷重的栋桴如同骏马，气势高昂。精雕美玉作为础石以承接殿柱，裁黄金为璧形而装饰瓦珰。殿堂灿烂辉煌，彩色的光焰如日光般明亮。左边为人行台阶，右边是车行平阶，栏杆重重，台阶层层。闺房周通，门闼洞开。在庭院竖起钟架，在门外立上金人。就层崖修成门槛，把正门对着大路敞开。用离宫别殿围绕起来，连接以崇台宏馆。灿烂若群星，未央宫被环绕在中间。清凉、宣温、神仙、长年、金华、玉堂、白虎、麒麟，区域里类似这样的豪华宫殿，无法尽数描写。有的重叠盘曲，崔嵬屹立；有的高低上下，光辉灿烂。形态特殊，构制奇异，外观各不相同。帝后乘舆坐辇，所到之处都有歇息之地。以上描绘宫室。

"后宫则有掖庭、椒房、后妃之室：合欢、增城，安处、常宁，茝若、椒风，披香、发越，兰林、蕙草，鸳鸾、飞翔之列[①]。昭阳特盛[②]，隆乎孝成。屋不呈材，墙不露形。裛以藻绣[③]，络以纶连[④]。隋侯、明月[⑤]，错落其间。金釭衔璧，是为列钱。翡翠、火齐，流耀含英。悬黎垂棘，夜光在焉[⑥]。于是玄墀釦砌[⑦]，玉阶彤庭。碝、磩彩致[⑧]，琳、珉青荧[⑨]。珊瑚、碧树[⑩]，周阿而生[⑪]。红罗飒纚[⑫]，绮组缤纷[⑬]。精曜华烛[⑭]，俯仰如神[⑮]。后宫之号，十有四位[⑯]，窈窕繁华[⑰]，更盛迭贵，处乎斯列者，盖以百数[⑱]！以上宫室中之专言后宫。

【注释】

①"后宫则有掖庭、椒房、后妃之室"几句：掖庭、椒房，《汉宫仪》："婕妤以下皆居掖庭。"《三辅黄图》："长乐宫有椒房殿。"《汉书》：班婕妤居增成舍。桓谭《新论》："董贤女弟为昭仪，居舍号曰椒风。"《汉宫阁名》："长安有披香殿、鸳鸾殿、飞翔殿。"

②昭阳：昭阳殿，成帝赵昭仪所居。

③裛：缠。

④纶：纠，青丝绶，或作编。

⑤隋侯、明月：随侯珠。随侯行见大蛇伤，以药傅之。后蛇衔珠以报之。

⑥"金釭衔璧"几句：《说文解字》："釭，毂铁也。"此谓以黄金为釭，其中衔璧，纳之于壁带，为行列历历如钱也。《汉书·外戚传》：

“昭阳殿壁带，往往为黄金釭，函蓝田玉璧，明珠翠羽饰之。”翡翠，《异物志》：“翠鸟形如燕，赤而雄曰翡，青而雌曰翠，其羽可以饰帏帐。”火齐，《韵集》：“火齐，珠也。”悬黎，《战国策》：应侯谓秦王曰“梁有悬黎”。垂棘，《左传·僖公二年》：晋荀息请以垂棘之璧假道于虞。

⑦墀（chí）：殿上经过涂饰的地。《汉书·外戚传》：“切皆铜沓，黄金涂，白玉阶。”

⑧彩致：其纹理密。

⑨青荧：指光色。

⑩珊瑚、碧树：《汉武故事》：“武帝起神堂，植玉树，葺珊瑚为枝，以碧玉为叶。”谓以珠玉假为树而植之于殿曲。

⑪阿：曲。

⑫飒缅：长袖貌。

⑬组：绶。

⑭精曜华烛：精彩华饰照耀。

⑮俯仰如神：《战国策》张仪谓秦王曰：“彼周、郑之女，粉白黛黑立于衢，非知而见之者以为神也。”

⑯后宫之号，十有四位：《汉书·外戚传》：“汉兴，因秦之称号，正嫡称皇后，妾皆称夫人。凡十四等，有昭仪、婕妤、娙娥、傛华、美人、八子、充衣、七子、良人、长使、少使、五官、顺常，是为十三等；又有无涓、共和、娱灵、保林、良使、夜者，秩禄同，共为一等，合十四位也。”

⑰繁华：美丽。

⑱百数：以百计数。

【译文】

“后宫则有掖庭、椒房，后妃居所：合欢、增城、安处、常宁、茝若、椒风、披香、发越、兰林、蕙草、鸳鸾和飞翔等殿阁，都有妃嫔居住。昭阳宫华丽异常，在成帝时增修。屋宇不露栋梁，原墙不露出形状。外面锦绣缭绕，上面网络彩饰。隋侯宝珠如明月，在其间熠熠发光。壁带上金釭衔璧玉，好似排列成行的金钱。翡翠和玫瑰珠流光溢彩，悬黎、垂棘等夜光之璧在此闪亮。髹漆涂的地面，金玉嵌的门槛，白玉台阶，红石铺院。碝、磩等彩石，琳、珉等美玉，还有珊瑚枝、碧玉般的石雕树，在中庭四周转角处栩栩如生。红罗衣裙的宫廷美人，绮带缤纷，精光闪耀，风华照人，俯仰举止，宛如神仙。后宫名号，共有十四级，都窈窕美丽，一个比一个高贵，有宫号的数以百计。以上专写宫室中的后宫。

"左右庭中，朝堂百寮之位，萧、曹、魏、邴[①]，谋谟乎其上[②]。佐命则垂统[③]，辅翼则成化。流大汉之恺悌[④]，荡亡秦之毒螫。故令斯人扬乐和之声[⑤]，作画一之歌[⑥]，功德著乎祖宗[⑦]，膏泽洽乎黎庶。又有天禄、石渠典籍之府[⑧]，命夫惇诲故老、名儒师傅[⑨]，讲论乎六艺[⑩]，稽合乎同异。又有承明、金马著作之庭[⑪]，大雅宏达[⑫]，于兹为群。元元本本[⑬]，殚见洽闻，启发篇章，校理秘文[⑭]。周以钩陈之位[⑮]，卫以严更之署[⑯]，总礼官之甲科[⑰]，群百郡之廉孝。虎贲赘衣[⑱]，奄尹阍寺[⑲]，陛戟百重[⑳]，各有典司[㉑]。以上宫室中之专言官寺。

【注释】

①萧、曹：萧何、曹参，沛人。魏：魏相，字弱翁，济阴人。邴：邴吉，字少卿，鲁国人。并为丞相。

②谟（mó）：计谋，谋略。

③佐命：辅助。统：业。

④恺悌（kǎi tì）：平易近人。恺，乐。悌，易。

⑤乐和：《孔丛子》曰："古之帝王，功成作乐，其功善者其乐和。"

⑥画一:《汉书·萧何曹参传》:萧何薨,曹参代之,百姓歌之曰:“萧何为法,较若画一,曹参代之,守而勿失。”

⑦祖宗:高祖、中宗。

⑧天禄、石渠:阁名,在未央宫北。

⑨惇诲:殷勤教告。

⑩六艺:儒家六经,即《诗》《书》《礼》《乐》《易》《春秋》。

⑪承明:殿前之庐。

⑫宏:大。

⑬元元本本:原始与根本。

⑭秘文:秘书。

⑮周:环。钩陈:紫宫外星,宫卫之位亦象之。

⑯严更之署:行夜之司。

⑰礼官:奉常,有博士掌试策,考其优劣,为甲乙之科。

⑱虎贲:宿卫之臣。赘(zhuì)衣:主衣之官。赘,即缀。

⑲阉尹阍寺:都是宦官。

⑳陛戟:执戟于陛。百重:形容多。

㉑司:主。

【译文】

“左右庭是百官执事之处,萧何、曹参、魏相、邴吉在这里出谋划策。辅佐君王长传国统,协助施政则使教化成功。传播大汉的仁慈,荡除亡秦的余毒。因此叫臣僚作和谐之乐,作画一之歌,功德可以昭告祖先,恩泽遍施于黎民百姓。又有天禄阁、石渠阁,珍藏典籍之府,令元老旧臣、名儒师傅,讲解儒家六艺,考核经传的同异。又有承明庐和金马门,是词臣著作之廷,才德高尚之士,学问渊博之人,聚集此处。他们溯学术之根本,博见广闻;阐发典籍,精辟透彻;校理秘文,准确严格。周围有值夜护卫的官署,有礼官总管全国的甲科考核选拔州郡的孝廉,还有众多虎贲、赘衣、阉尹、阍寺,还有陛戟武士,各有专职。以上专写宫室中的官寺。

“周庐千列[①]，徼道绮错[②]，辇路经营[③]，修除飞阁。自未央而连桂宫，北弥明光而亘长乐[④]，凌隥道而超西墉[⑤]，掍建章而连外属[⑥]，设璧门之凤阙[⑦]，上觚棱而栖金爵[⑧]。内则别风之嶕峣[⑨]，眇丽巧而耸擢[⑩]，张千门而立万户[⑪]，顺阴阳以开阖[⑫]。尔乃正殿崔嵬[⑬]，层构厥高[⑭]，临乎未央[⑮]。经骀荡而出馺娑，洞枍诣以与天梁[⑯]，上反宇以盖戴[⑰]，激日景而纳光[⑱]。神明郁其特起[⑲]，遂偃蹇而上跻[⑳]。轶云雨于太半[㉑]，虹霓回带于棼楣[㉒]。虽轻迅与僄狡[㉓]，犹愕眙而不能阶[㉔]。攀井幹而未半[㉕]，目眴转而意迷[㉖]。舍棂槛而却倚[㉗]，若颠坠而复稽[㉘]。魂怳怳以失度[㉙]，巡回涂而下低。既惩惧于登望，降周流以彷徨。步甬道以萦纡[㉚]，又杳窱而不见阳[㉛]。排飞闼而上出[㉜]，若游目于天表[㉝]，似无依而洋洋。前唐中而后太液[㉞]，览沧海之汤汤[㉟]。扬波涛于碣石[㊱]，激神岳之嶈嶈。滥瀛洲与方壶[㊲]，蓬莱起乎中央。于是灵草冬荣，神木丛生[㊳]。岩峻崷崒[㊴]，金石峥嵘[㊵]。抗仙掌以承露[㊶]，擢双立之金茎[㊷]。轶埃壒之混浊[㊸]，鲜颢气之清英[㊹]。骋文成之丕诞[㊺]，驰五利之所刑[㊻]，庶松、乔之群类[㊼]，时游从乎斯庭。实列仙之攸馆，非吾人之所宁！以上宫室中之专言别苑。

【注释】

①周庐：宿卫之庐，环绕于宫。千列：形容多。

②徼道：徼巡之道。绮错：交错。

③辇路：阁道。天子车驾常经之道。

④自未央而连桂宫，北弥明光而亘长乐：未央宫在西，长乐宫在东，桂宫、明光宫在北，言飞阁相连。

⑤墉：城。

⑥掍：同。属：连。

⑦璧门之凤阙：《汉书·郊祀志》："建章宫，其东则凤阙，高二十余丈，其南有璧门之属。"

⑧觚棱：殿堂上最高之处。栖金爵：《三辅故事》曰"建章宫阙上有铜凤皇"，即金雀。

⑨别风：《三辅故事》："建章宫东有折风阙。"《关中记》："折风一名别风。"嶕峣（jiāo yáo）：高。

⑩眇：通"妙"。美，好。耸：伸长脖子，提起脚跟站着，引申为高挺。擢：拔，抽。

⑪千门、万户：《汉书》曰建章宫庭为千门万户。

⑫开阖：合谓之阴，开谓之阳。《周易》曰："阖户谓之坤，辟户谓之乾。"

⑬正殿：即前殿。

⑭层：重。

⑮临乎中央：言非常高。

⑯骀（dài）荡、馺（sà）娑、枍（yì）诣：都是建章宫的殿名。天梁：宫名。

⑰反宇：飞檐上反。盖戴：覆。

⑱激日：日影激入于殿内。

⑲神明：台名。

⑳偃蹇（yǎn jiǎn）：高貌。跻（jī）：升。

㉑轶：过。太半：三分之二。

㉒楣：梁，门户上横梁。

㉓僄（piào）：轻。狡：疾。

㉔愕：惊。眙（chì）：惊貌。阶：登上台阶。

㉕井幹：楼名。《汉书·郊祀志》：武帝作井幹楼，高五十丈，辇道相属焉。

㉖眴（xuàn）：看不清。

㉗棂槛：楼上栏楯。
㉘稽：留。
㉙怳怳（huǎng）：神志不定。
㉚甬道：飞阁复道。萦纡：曲折，绕远。
㉛杳篠：即窈窕，深。阳：明。
㉜飞闼（tà）：阁上门。
㉝表：外。
㉞唐：庭。太液：太液池，中有蓬莱、方丈、瀛洲、壶梁，像海中神山。
㉟汤汤：流动的样子。
㊱涛：大波。碣（jié）石：海畔山。
㊲滥：泛。
㊳于是灵草冬荣，神木丛生：此处说这些神山上产不死药。灵草、神木，皆是不死药。
㊴崷崒（qiú zú）：高峻。
㊵峥嵘：高峻。
㊶抗：作。仙掌以承露：武帝时作铜柱承露仙人掌之属。《三辅故事》："建章宫承露盘，高二十丈，大七围，以铜为之。上有仙人掌承露，和玉屑饮之。"
㊷金茎：即铜柱。
㊸轶：过。埃壒（ài）：尘土。
㊹鲜：清洁。颢（hào）：白。清英：精英，精华。
㊺文成之丕诞：《汉书》：齐人李少翁以方士见上，上拜为文成将军，言于上曰："即欲与神通，宫室被服非象神，神物不至。"乃作甘泉宫，中为台，画天、地、泰一诸鬼神，而置祭具以致天神。丕，大。
㊻五利：《汉书》：胶东人栾大多方略而敢为大言，言曰："臣常往东海中，见安期、羡门之属。"乃拜为五利将军。刑：法。
㊼松、乔：《列仙传》："赤松子者，神农时雨师也，服水玉以教神农。"

又曰："王子乔者，周灵王太子晋，道士浮丘公接以上嵩山。"

【译文】

"周围的庐舍多达千座，巡行的道路纵横交错，辇路循环往复，长长的楼阶上登天桥。自未央宫到桂宫有阁道连接，经过长乐宫北达明光宫，西越城墙通建章宫，并与其附属建筑壁门、凤阙相沟通，铸金雀停留在凤阙的檐角上。建章宫旁的别风阙，结构精巧，高耸入云，成千上万的门户随冷暖而开关。正殿则崔嵬高大，层层楼台伸入半空，凌架于未央宫殿之上。经'骀荡'到'驳娑'，过'枍诣'而抵'天梁'，屋顶飞檐上覆，金色瓦珰和日光交相辉映使殿内充满光亮。神明台巍然而起，楼顶升入天际。超过了半空中的云雨，彩虹萦绕着栋梁。即便是身手矫健，也会惊呆愕然不敢登阶。攀登井乾楼还不到一半，就目眩心迷，离开栏杆向后靠，像掉下去中途又得救。心神恍惚失去常态，循回路下到低处。既然害怕登楼眺望，就下去彷徨周游。在迂回的甬道散步，幽静暗深不见阳光。打开阁门向上望去，好似游目天外，无依无靠空虚渺茫。俯视前面的唐中池和后面的太液池，波涛如沧海浩浩荡荡。碣石激起万丈巨浪，神岳脚下涛声如雷。瀛洲与方丈被浸漫其中，而蓬莱起于中央。灵草经冬犹荣，神树丛生。峻岩险峰高峻，藏金的石山峥嵘。一双铜柱耸入云端，上有高举仙掌承接甘露的铜人。甘露过滤了尘埃之混浊，清洁了颢气只剩下精英。文成将军的谎言得到信任，五利将军之法能够实行。也许只有赤松子、王子乔一类仙人，能时常游于此廷。这里实际上是群仙所居之馆，决不是我们能呆的地方。以上专写宫室中的别苑。

"尔乃盛娱游之壮观①，奋泰武乎上囿，因兹以威戎夸狄，耀威灵而讲武事②。命荆州使起鸟③，诏梁野而驱兽④。毛群内阗，飞羽上覆，接翼侧足，集禁林而屯聚。水衡虞人，修其营表，种别群分，部曲有署⑤。罘网连纮⑥，笼山络野，列卒周匝，星罗云布。于是乘銮舆⑦，备法驾⑧，帅群臣，披飞廉[9]，入苑门。遂绕酆、鄗[10]，历上兰[11]，六师发逐[12]，百兽骇殚[13]。震震爚爚[14]，雷奔电激，草木涂地[15]，山渊反覆[16]，蹂躏其十二三[17]，乃拗怒而少息[18]。尔乃期门佽飞[19]，列刃钻镞[20]，要趹追踪[21]，鸟惊触丝，兽骇值锋。机不虚掎[22]，弦不再控，矢不单杀，中必叠双。飑飑纷纷[23]，矰缴相缠[24]，风毛雨血，洒野蔽天。平原赤[25]，勇士厉[26]，猿狖失木[27]，豺狼慑窜[28]。尔乃移师趋险，并蹈潜秽[29]。穷虎奔突[30]，狂兕触蹶[31]，许少施巧，秦成力折[32]。掎僄狡[33]，扼猛噬[34]，脱角挫脰[35]，徒搏独杀[36]；挟师豹[37]，拖熊螭[38]，曳犀犛[39]，顿象罴[40]。超洞壑，越峻崖，蹷崭岩；巨石隤[41]，松柏仆[42]，丛林摧。草木无余，禽兽殄夷[43]。于是天子乃登属玉之馆[44]，历长杨之榭[45]，览山川之体势，观三军之杀获。原野萧条，目极四裔[46]，禽相镇压，兽相枕藉。然后收禽会众，论功赐胙[47]，陈轻骑以行炰[48]，腾酒车以斟酌，割鲜野食[49]，举烽命釂。以上田猎。

【注释】

①尔乃：连词。

②讲武：大陈武事。

③命荆州使起鸟：荆州，江湘之地，其俗习于捕鸟，故使起之。

④诏梁野而驱兽：梁野，巴、汉之人，其俗习于逐兽，故使其人驱之。

⑤“水衡虞人”几句：水衡，《汉书》：上林苑属水衡都尉。虞人，掌山泽之官。《周礼·夏官》：“虞人莱所田之野为表。”郑众曰：“表，所以识正行列也。”部曲，《续汉书》：“将军领军皆有部，大将军营五部，部校尉一人，部下有曲，曲有军候一人。”

⑥罘（fú）：捕兔网。纮（hóng）：绳子。

⑦乘銮舆：指天子。不敢直言，托于此。

⑧法驾：天子车驾有大驾、法驾、小驾。大驾则公卿奉引，备千乘万骑。法驾，公（卿）不在卤簿中，唯执金吾奉引，侍中骖乘。

⑨飞廉：馆名，武帝所作。

⑩酆（fēng）：文王所都，在鄠县东。鄗：武王所都，在上林苑中。

⑪上兰：上林苑有目兰观。

⑫六师：指军队。《尚书·周官》："司马掌邦政，统六师。"

⑬骇殚：惊惧。

⑭震震爚爚（yuè）：奔走的样子。

⑮涂：污。

⑯反覆：倾动。言车骑多，目眩乱，有似倾动。

⑰蹂：践。

⑱拗怒而少息：抑六师之怒而少停。拗，抑。

⑲期门：《汉书》：武帝舆北地良家子期于殿门，故号"期门"。佽（cì）飞：本秦左弋官，武帝改为佽飞官，有一令九丞，在上林中。

⑳钻：通"攒"。聚。鍭（hóu）：金镞翦羽。

㉑趹（jué）：奔。

㉒机：弩牙。掎（jǐ）：偏引。

㉓飑飑纷纷：众多。

㉔矰（zēng）：结缴于矢谓之矰。

㉕赤：空。

㉖厉：勉励，激励。

㉗猿狖（yòu）失木：猿狖颠蹶而失木枝。猿似猴而大，臂长。狖似狸。

㉘慑：惧。窜：走。

㉙潜：深。秽：榛芜之林，虎兕之居。

㉚穷：走投无路。突：急速向前或向外冲。

㉛蹶：倒。

㉜许少施巧,秦成力折:许少、秦成,均为人名。

㉝掎(jǐ):拉住一双腿。僄狡:兽之轻捷者。

㉞扼:用力掐住。噬:咬。

㉟脰(dòu):颈。

㊱徒搏独杀:空手搏杀。徒,空。

㊲师:狮子。

㊳螭(chī):山神,兽形。

㊴犛:同"牦"。牦牛。

㊵罴(pí):似熊而黄。

㊶隤(tuí):坠落,落下。

㊷仆:仆倒。

㊸殄(tiǎn):消灭,灭绝。夷:杀。

㊹属玉:水鸟,于观上塑之,因此名之属玉观。

㊺长杨:上林苑有长杨宫。榭:土高曰台,有木曰榭。

㊻裔:边远的地方。

㊼胙:肉。

㊽炰(páo):带毛煮。

㊾鲜:鸟兽新杀曰鲜。

【译文】

"为展示游乐之壮观,炫耀武力于上林苑,以此示威于戎狄,显神威又练兵,于是命令荆州百姓捕捉禽鸟,令梁野农民驱逐野兽。上林苑内群兽充斥,飞禽翳盖,鸟兽相接,兽足相连,集于森林,屯聚草莽。水衡、虞人,清除草木,设立标志。将鸟兽以种区别,按类划分。让部曲各管一方,分别布置。于是罗网相连,漫山遍野。士卒列队分布于四周,星罗棋布。于是这时天子乘坐专车,率领群臣百僚,驰出飞廉馆,进入上林苑。绕经鄠县、镐县,并过上兰观,六军发师追击,百兽惊骇乱窜。战车隆隆,奔驰向前;骏马穿掠,似闪电划空。草木仆倒,山渊翻覆,被捕获和遭击毙的禽兽有十分之二三，于是进攻的士卒抑怒而稍稍休息。于是期门、佽飞的勇士，一齐举刃拉弓，阻击狂奔之兽，追踪逃匿狡兽。鸟惊飞自投罗网，兽骇极自触刀锋。弓弦不虚控，箭未白发，一发而双中。弋箭纷飞，箭尾的丝绳绞缠在一起。血雨洒遍田野，羽毛遮蔽天空。兽血染红平原，勇士却更加勇猛。猿猴跌下树枝，豺狼四处奔窜。调动士兵直入险地，进入幽林深棘。被困之虎东奔西突，狂兕愤怒地头顶脚踢。如许少快手施展技巧，似秦成运用神力，拉住捷兽双腿，扼住猛兽咽喉。扳断角，折断颈，徒手搏斗。然后挟狮豹，拖熊螭，拽犀牦，捉住象罴。跨过深壑，越过峻岭；崭岩倒，巨石坍；松柏倒，丛林毁。草木不存，禽兽杀尽。于是天子登上属玉之馆，经历长杨之榭。览山川形貌，观三军之收获。只见原野萧条，放眼望去，四周鸟体堆积，兽躯相枕。然后收集猎物，评功赐赏。骑兵成队分送烤肉，车辆奔驰供应美酒。切割鲜肉，于野外进食；点燃烽火，举釂痛饮。以上写田猎。

"飨赐毕，劳逸齐，大辂鸣銮[①]，容与徘徊。集乎豫章之宇[②]，临乎昆明之池，左牵牛而右织女[③]，似云汉之无涯[④]。茂树荫蔚，芳草被堤，兰茝发色[⑤]，晔晔猗猗[⑥]，若摛锦与布绣[⑦]，烛耀乎其陂。鸟则玄鹤白鹭、黄鹄䴔鹳、鸧鸹鸨鶂、凫鹥鸿雁[⑧]，朝发河、海，夕宿江、汉，沉浮往来，云集雾散。于是后宫乘辚辂[⑨]，登龙舟，张凤盖，建华旗，袪黼帷[⑩]，镜清流，靡微风，澹淡浮[⑪]；棹女讴[⑫]，鼓吹震，声激越，謍厉天[⑬]，鸟群翔，鱼窥渊[⑭]。招白鹇[⑮]，下双鹄，揄文竿[⑯]，出比目[⑰]；抚鸿罿[⑱]，御矰缴[⑲]，方舟并骛[⑳]，俯仰极乐。以上水嬉。

【注释】

①大辂：玉辂。鸣銮：凡驭辂仪以銮和为节。

②豫章:观名。

③左牵牛而右织女:昆明池有二石人,牵牛、织女之像。

④云汉:天河。

⑤茝(chǎi):香草。

⑥晔晔猗猗:美茂之貌。

⑦摛(chī):舒。

⑧黄鹄(hú):天鹅。䴔䴖(jiāo guàn):水鸟。鸧鸹(cāng guā):白顶鹤、灰鹤。鸨䴗(bǎo yì):一种水鸟。凫(fú):野鸭。

⑨栈(zhàn):卧车。

⑩袪:举。黼(fǔ):半黑半白的花纹。

⑪澹(dàn):随风之貌。

⑫棹(zhào):船桨。讴:唱歌。

⑬訇(hōng):声大。

⑭窥:小视,窥视。引申为探测。

⑮招:举。白鹇:弓弩之属。

⑯文竿:以翠竹为文饰。

⑰比目:比目鱼。

⑱罿:舟中幢盖。

⑲缯缴:弋矢和系箭的东西,指弓箭。缯,通"矰"。

⑳方舟:两舟并起来。骛:通"鹜"。疾速行进。

【译文】

"颁飨结束,劳逸结合。天子乘上銮舆,缓缓前驱。集合于豫章之宇,面对着昆明池。池上有左右雕像,左牵牛右织女,波涛似银河无际。茂林荫蔚,芳草覆堤,兰草和白茝,光艳如锦绣舒展,映照池水。黑鹤白鹭,黄鹄䴔䴖,鸧鸹鸨䴗,凫鹥鸿雁,这些鸟早上从河海出发,晚上宿于江汉,浮游往来,云集雾散。于是后宫妃嫔,乘卧车,登龙舟。高竖凤盖,彩旗招展,拉开帷幕,以清水为镜,船随风漂浮。船女歌唱,鼓吹震耳,响彻云天；鸟群在空中翱翔，游鱼潜窥于深渊。拉开白鹇弓，射下双双天鹅；举起花纹钓竿，钓上比目鱼。撒下鱼网，射出系丝绳的飞缴。双舟并进，俯仰极乐。以上写水中嬉戏。

“遂乃风举云摇[①]，浮游溥览。前乘秦岭，后越九嵕，东薄河、华[②]，西涉岐、雍[③]。宫馆所历，百有余区，行所朝夕，储不改供。礼上下而接山川[④]，究休祐之所用[⑤]，采游童之欢谣[⑥]，第从臣之嘉颂[⑦]。于斯之时，都都相望，邑邑相属。国藉十世之基，家承百年之业，士食旧德之名氏，农服先畴之畎亩，商循族世之所鬻，工用高曾之规矩[⑧]。粲乎隐隐，各得其所。

【注释】

①举：起。

②薄：迫。

③雍：县名，在扶风。

④上下：天地。接：祭。

⑤究：尽。

⑥游童之欢谣：这是尧时的事，尧微服出访，想知道天下治理的情况，在康卫听儿童谣曰：“立我蒸人，莫匪尔极，不识不知，顺帝之则。”此谓今时同于尧时。

⑦第从臣之嘉颂：《汉书》：宣帝颇好神仙，王褒、张子侨等并待诏，所幸宫馆，辄为歌颂，第其高下，以差赐帛焉。

⑧“士食旧德之名氏”几句：《穀梁传》：“古者有士人、商人、农人、工人。”《淮南子》：古者至德之时，贾便其肆，农安其业，大夫安其职，而处士循其道也。

【译文】

“于是风飘云涌，浮游遍览。先登秦岭，后越九嵕，东临黄河太华，西过岐山雍县。经历之宫馆，有百余处，朝朝暮暮的行程，进奉丰厚的供应。敬天地祭山川，竭尽求福之所需。采集各地童谣，品评词臣的赞颂。于此之时，都都相望，邑邑相连。国奠十世之基，家承百年之业，士人享祖辈之名位，农人种先人的土地，商人经营世代所销售的货物，匠人使用祖宗留下的工具。国家繁荣兴盛，百姓各得其所宜。

“若臣者，徒观迹于旧墟，闻之乎故老，十分而未得其一端，故不能遍举也。”

【译文】

“像我这样的人，所见的只是长安旧迹，听到的也只是故老的描叙，没得到十分之一的情况，所以不能遍举。”

东都赋

东都主人喟然而叹曰①：“痛乎风俗之移人也②！子实秦人，矜夸馆室，保界河山③，信识昭、襄而知始皇矣④，乌睹大汉之云为乎⑤？夫大汉之开元也，奋布衣以登皇位，由数朞而创万代⑥，盖六籍所不能谈⑦，前圣靡得而言焉！当此之时，功有横而当天⑧，讨有逆而顺民⑨。故娄敬度势而献其说，萧公权宜而拓其制⑩。时岂泰而安之哉？计不得以已也⑪。吾子曾不是睹，顾曜后嗣之末造⑫，不亦暗乎？今将语子以建武之治、永平之事，监于太清⑬，以变子之惑志。以上言西京事不尽可法。

【注释】

①喟：叹气。

②风俗：《汉书》：人有刚柔缓急，音声不同，系水土之风气，谓之风；好恶取舍，动静无常，随君上之情欲，谓之俗。

③保界河山：守河山之险以为界。

④昭、襄：秦昭王、秦襄王。

⑤乌：哪。

⑥数朞：高祖起兵五年即帝位。朞，同“期”。

⑦六籍：六经。

⑧功有横而当天：谓高祖入关，秦王子婴降，而五星聚于东井。

⑨逆：以臣伐君。顺民：高祖入关，秦人争献牛酒，此为“顺民”。

⑩萧公权宜而拓其制：萧何修未央宫，上见壮丽，甚怒。何对曰：“天下未定，故可因遂就宫室。且天子以四海为家，非令壮丽，无以重威，且无令后代有以加也。”

⑪时岂泰而安之哉？计不得以已也：言天下初定，计不得止而都西京也。

⑫吾子曾不是睹，顾曜后嗣之末造：意为你不看度执权宜之由，反而炫耀后嗣子孙末代之所造，夸称武帝成帝神仙、昭阳之事，不也是昏暗不明吗？顾，反。曜，炫耀。

⑬太清：《淮南子》：“太清之化也，和顺以寂漠，质直以素朴。”高诱注：“太清，无为之化也。”

【译文】

东都主人感慨万千，叹了口气，说：“水土风气、人之习俗改变人，确实厉害得很啊！你真是个秦地人，夸耀西都宫室之美，山河之险，确实只知道秦昭、襄、始皇之事罢了，哪里了解汉朝的事呢？我大汉建国，高祖以布衣百姓的身份，奋起而终登帝位，由短短数年而创立万世的基业，这是六经上没有记载，先圣没有说过的事。在那个时候，攻伐骄横，讨伐无道，进军关中，既得天时，又顺民心，乃成大功，于是娄敬为顺其形势而主张定都长安，萧何以权宜之策而修建未央宫。当时哪里打算长居西都呢？只是天下初定，实不得已啊！你看不到这些情况，反而炫耀后嗣子孙末代之所造，这不是不明事理吗？我现在把建武年间的建设、永平年间的事情不加修饰、原原本本地告诉你，让你看清楚，这样也许会改变你的观点。以上讲西京之事不能全部效仿。

"往者王莽作逆，汉祚中缺[1]，天人致诛[2]，六合相灭。于时之乱，生人几亡，鬼神泯绝，壑无完柩。郛罔遗室，原野厌人之肉[3]，川谷流人之血。秦、项之灾犹不克半，书契以来未之或纪[4]。故下人号而上诉，上帝怀而降监，乃致命乎圣皇[5]。于是圣皇乃握乾符、阐坤珍[6]，披皇图、稽帝文[7]，赫然发愤，应若兴云，霆击昆阳，凭怒雷震[8]。遂超大河，跨北岳[9]，立号高邑，建都河、洛。绍百王之荒屯[10]，因造化之荡涤[11]，体元立制，继天而作[12]。系唐统[13]，接汉绪，茂育群生，恢复疆宇[14]，勋兼乎在昔，事勤乎三、五[15]，岂特方轨并迹、纷纶后辟、治近古之所务、蹈一圣之险易云尔哉[16]？

【注释】

①祚：位。

②天人：天意人事。

③厌：饱食。

④书契：指契文，文字。

⑤圣皇：这里指光武帝。

⑥乾符、坤珍：谓天地之瑞。

⑦皇图、帝文：谓图纬之文。

⑧凭怒雷震：盛怒如雷震。凭，盛。

⑨跨：据，占据。

⑩绍：继。屯：难。

⑪造化：天地。荡涤：除去。

⑫作：起。

⑬系：继。唐统：唐尧之统业。

⑭恢：大。

⑮三、五：三皇、五帝。

⑯轨：辙。后辟（bì）：君。险易：理乱。

【译文】

“过去王莽篡汉，倒行逆施，使汉世中断，天意人心共欲诛灭，四海百姓合力戮贼。那个时候天下大乱，生民惨遭涂炭，鬼神祭祀泯绝不继。沟壑之中没有完整的棺材，城郭之内没有剩下的房屋，原野之中堆满尸体，河水之中流着人血。秦始皇、项羽的灾祸比不上这时的一半惨，有史以来从没记录过这样的惨象。因此人民哀号之声上达于天，上帝感动，下视人间，把拯救灾难的任务交给了光武帝。于是光武手握天地符瑞，披览皇图，考察帝书，振臂高呼，应者云集，于昆阳之战大展雄风，势盛如雷震。于是渡黄河，占北岳，即位于高邑，建都于河洛。继续发扬百王攻坚克难、开拓进取的传统，顺承天意而荡涤弊政，建立年号朝制，承天命而即位。继承唐尧的大统，承接汉朝的基业，安抚百姓，扩展疆土，兼有古今的功勋，有三皇五帝治事的勤奋，岂只是平息天下纷争的灾难，做近古之世君主所做的事务，因袭某一圣主的治乱之策呢？

“且夫建武之元，天地革命①，四海之内②，更造夫妇，肇有父子，君臣初建，人伦实始，斯乃伏牺氏之所以基皇德也；分州土，立市朝，作舟舆，造器械，斯乃轩辕氏之所以开帝功也③；龚行天罚④，应天顺人，斯乃汤、武之所以昭王业也⑤。

迁都改邑，有殷宗中兴之则焉[6]；即土之中，有成周隆平之制焉。不阶尺土，一人之柄，同符乎高祖[7]；克己复礼[8]，以奉终始[9]，允恭乎孝文[10]；宪章稽古[11]，封岱勒成[12]，仪炳乎世宗[13]。案六经而校德，眇古昔而论功[14]，仁圣之事既该[15]，而帝王之道备矣！以上建武之治。

【注释】

①天地革命：《周易·革卦》："天地革而四时成。"又曰："汤武革命。"

②四海：《尔雅》曰："九夷、八狄、七戎、六蛮谓之四海。"

③轩辕：黄帝号轩辕氏。

④龚：通"恭"。恭敬。

⑤昭：明显，显著。

⑥则：制。

⑦"不阶尺寸"几句：孟子曰："纣去武丁未久也，尺地莫非其有也，一人莫非其臣也。"又曰："舜、文王相去千有余岁，若合符契。"

⑧克己复礼：古有志，克己复礼，仁也。

⑨终始：死生。

⑩允恭乎孝文：意谓躬自俭约，同于文帝。

⑪宪章：法则。

⑫勒：刻。

⑬世宗：即武帝。

⑭眇：美。

⑮该：备。

【译文】

"建武初年，改朝换代，天地重建，于是四海之内，重造夫妇之道，复有父子、君臣之礼，人伦纲常从此开始，这是像伏羲氏一样创立皇德；设立州郡，开市立朝，修造车船，制造器械，这是像轩辕氏一样开创帝功的措施；征伐无道，顺应天命人心，这是像商汤、周武一样昭明王业的地方。迁换都城，改名城邑，这有殷王盘庚中兴的法则；洛邑地处天下之中，心有周成康时的先制。不掌握一寸土、不掌控一个人而终成帝业，这和汉高祖相同；克制己身恢复礼制，终始俱善，躬自俭约，这和汉文帝一样；取法古圣而封泰山，刻石以记功德，礼仪昭明，这和汉武帝并称。按照六经所说而行使仁德，赞美古圣而评称功业，仁圣之事、帝王之道都完备了。以上说的是建武之治。

“至于永平之际，重熙而累洽[①]，盛三雍之上仪[②]，修衮龙之法服[③]。铺鸿藻[④]，信景铄[⑤]，扬世庙[⑥]，正雅乐，人神之和允洽，群臣之序既肃。乃动大辂[⑦]，遵皇衢[⑧]，省方巡狩，躬览万国之有无，考声教之所被，散皇明以烛幽。然后增周旧，修洛邑，扇巍巍，显翼翼[⑨]，光汉京于诸夏[⑩]，总八方而为之极[⑪]。以上永平之事。

【注释】

①熙：光。

②三雍：明堂、辟雍、灵台。

③衮：古代帝王或三公穿的礼服。

④敷：布。鸿：大。藻：文藻。

⑤信：申。景：大。铄：美。

⑥扬世庙：上尊号光武，庙曰世祖。

⑦大辂：帝王之车。

⑧皇衢：驰道。

⑨扇巍巍，显翼翼：宫阙显盛之貌。

⑩诸夏：统称中原地区。

⑪极：中。

【译文】

“到了永平年间，圣光显耀，教化和洽，盛举三雍的祭祀礼仪，修治华美威仪的冠冕朝服。布昭洪文，申张美德，显扬宗庙，端正雅乐，人神相处和洽，君臣之礼肃然。于是乘大辂，行驰道，到处巡视，遍览各地的风土人情，考察声教风气情况，用皇德照亮偏幽之处。然后扩建周都旧城，营建洛邑，宫殿巍峨雄伟，壮丽华美，美轮美奂，不可言传，汉京洛邑处于八方之中央，在中国之内最为显耀。以上说的是永平之事。

“于是皇城之内，宫室光明，阙廷神丽[①]，奢不可逾，俭不能侈。外则因原野以作苑，顺流泉而为沼。发蘋藻以潜鱼[②]，丰圃草以毓兽[③]。制同乎梁邹[④]，谊合乎灵囿。以上宫室。

【注释】

①阙：宫阙，宫殿。或说皇宫门前两边的楼。

②蘋、藻：水草。

③圃：博大。毓：育。

④制：规模。梁邹：天子之田。

【译文】

“因此皇城之中，宫室光明显耀，阙廷庄严华美，美而不奢，俭而不陋，奢俭合乎礼制。城外则就着原野而修建苑囿，顺着流水而作为池沼。生发水草而使鱼类得以繁殖，丰富树木而使野兽得以滋育。成制合乎古帝之梁邹，仪度合乎文王之灵囿。以上描写宫室。

“若乃顺时节而蒐狩[①]，简车徒以讲武，则必临之以《王制》，考之以《风》《雅》。历《驺虞》[②]，览《驷驖》[③]，嘉《车攻》[4],采《吉日》,礼官整仪,乘舆乃出。于是发鲸鱼[5],铿华钟[6],登玉辂[7],乘时龙[8]。凤盖棽丽[9],和銮玲珑。天官景从[10],寖威盛容。山灵护野[11],属御方神[12]。雨师泛洒[13],风伯清尘[14]。千乘雷起[15],万骑纷纭。元戎竟野[16],戈铤彗云[17]。羽旄扫霓[18],旌旗拂天。焱焱炎炎[19],扬光飞文。吐焰生风,欱野歕山。日月为之夺明,丘陵为之摇震。遂集乎中囿[20],陈师按屯。骈部曲[21],列校队,勒三军[22],誓将帅。然后举烽伐鼓,申令三驱[23],辎车霆激[24],骁骑电骛。由基发射[25],范氏施御[26],弦不睼禽,辔不诡遇[27],飞者未及翔,走者未及去。指顾倏忽[28],获车已实。乐不极盘[29],杀不尽物。马踠余足[30],士怒未渫[31],先驱复路,属车案节[32]。以上田猎。

【注释】

①蒐(sōu):春天打猎。狩:冬猎。

②驺虞:指一种义兽,不食生物。驺,管马的人。虞,管山泽的官。

③驖(tiě):赤黑色的马。

④嘉:赞美。

⑤鲸鱼:刻杵作鲸鱼形。

⑥铿:击打。华钟:钟有篆刻之文,故曰华。

⑦玉辂(lù):古代帝王所乘之车,以玉为饰。辂,绑在车辕上用来牵引车子的横木,引申为车子。

⑧时龙:谓随四时之色乘不同的马。龙,马高八尺以上曰龙。

⑨棽(shēn)丽:盛。

⑩天官:百官小吏。

⑪山灵:山神。

⑫属御:属车之御。方神:四方之神。

⑬雨师：毕星。

⑭风伯：箕星。

⑮千乘：极言车骑之多。

⑯元戎：戎车。

⑰铤（chán）：小矛。

⑱旄（máo）：大旗。

⑲焱焱（yàn）炎炎：戈矛车马之光。焱，火花。

⑳中囿：囿中。

㉑骈：陈列。

㉒勒三军：郑玄注《周礼》："天子六军，三居一偏。"故此言勒三军也。勒，统率，率领。

㉓三驱：《穀梁传》："三驱之礼，一为乾豆，二为宾客，三为充君之庖。"

㉔霆：言疾也。

㉕由基：养由基。《淮南子》曰："楚有神白猿，王自射之，则搏而嬉，使养由基射之，始调弓矫矢，未发而猿拥木号矣。"

㉖范氏：《孟子》曰："赵简子使王良御，终日不获一禽，反曰：'天下贱工也。'王良曰：'吾为范氏驱驰，终日不获一，为之诡遇，一朝而获十。'"赵岐注："范，法也，为法度之御，应礼之射，终日不得一。诡遇，非礼射也，则能获十。"

㉗诡遇：横射。

㉘倏忽：疾也。

㉙盘：乐。

㉚踠：屈。

㉛渫：歇。

㉜属车：《汉官仪》："大驾，属车八十一乘。"案节：驻节徐行。

【译文】

"如果皇上讲武狩猎，一定顺农时，简随从，不害于耕种，一定要考之于《王制》《风》《雅》，合乎其中的准则。于是观骀虞，阅驷骥，修车马，取吉日，礼官行过礼仪，才乘车骑马打猎去。于是拿着鲸鱼形棒，撞击华钟，登上玉辂，乘着好马。凤盖飘摇，佩玉和鸣。文武百官，紧随其后，威风凛凛，浩浩荡荡。山神护卫于野，众神助御于道。雨师洒道，风伯扫尘。千骑万乘纷纷纭纭，气势有如雷鸣。戎车竞奔于野，矛戈上指于天。羽旄扫拂云霞，旌旗拂过天边。矛戈光彩闪烁，吐散着光华，日月为之失色；车骑奔走如飞，漫山遍野，山陵为之震动。于是集中在苑囿之中，整军列队宣誓，然后点燃烽烟，击响军鼓，以作三驱之礼。于是车骑奔驰，如电闪雷鸣，射箭者如养由基一样，箭不虚发；驾车者像王良一样，合乎法度。飞鸟还来不及飞起，走兽还来不及奔跑，就被擒获了。转眼之间，猎物满载。乐不可极度，杀不可尽物。马犹有余力，士气未尽，驱车回京，驻节徐行。以上描写田猎。

“于是荐三牺[①]，效五牲[②]，礼神祇[③]，怀百灵[④]。觐明堂[⑤]，临辟雍，扬缉熙[⑥]，宣皇风，登灵台，考休征[⑦]。俯仰乎乾坤[⑧]，参象乎圣躬[⑨]。目中夏而布德[⑩]，瞰四裔而抗棱[⑪]。西荡河源[⑫]，东澹海漘[⑬]，北动幽崖，南耀朱垠[⑭]。殊方别区，界绝而不邻。自孝武之所不征，孝宣之所未臣，莫不陆詟水栗[⑮]，奔走而来宾。遂绥哀牢[⑯]，开永昌，春王三朝[⑰]，会同汉京。是日也，天子受四海之图籍，膺万国之贡珍[⑱]，内抚诸夏，外绥百蛮。尔乃盛礼兴乐，供帐置乎云龙之庭[⑲]，陈百寮而赞群后[⑳]，究皇仪而展帝容。于是庭实千品[㉑]，旨酒万钟。列金罍[㉒]，班玉觞[㉓]，嘉珍御[㉔]，太牢飨[㉕]。尔乃食举《雍》彻[㉖]，太师奏乐[㉗]。陈金石，布丝竹，钟鼓铿锵，管弦晔煜[㉘]。抗五声[㉙]，极六律[㉚]，歌九功[㉛]，舞八佾[㉜]，《韶》《武》备[㉝]，泰古毕[34]。四夷间奏[35],德广所及,《僸》《佅》《兜离》[36],罔不具集。万乐备,百礼暨[37],皇欢浃[38],群臣醉,降烟熅[39],调元气,然后撞钟告罢,百寮遂退。以上宴享。

【注释】

①三牺:祭天地宗庙之牺。

②效:郊,祭天。五牲:麋、鹿、麏、狼、兔。

③神祇:天神曰神,地神曰祇。

④百灵:百神。

⑤覲明堂:谓朝诸侯于明堂。覲,朝。

⑥缉熙:光明。

⑦休征:美行之验。

⑧俯仰乎乾坤:《周易·系辞》曰:"仰则观象于天,俯则观法于地。"

⑨圣躬:谓天子。

⑩中夏:中国。

⑪四裔:四夷。抗棱:传布神威。

⑫荡:涤。河源:在昆仑山。

⑬澹:动。漘(chún):水涯。

⑭朱垠:南方。

⑮讋(zhé):恐惧。栗(lì):害怕。

⑯绥:安。哀牢:西南夷号。置其地为永昌郡。永平十二年,西南夷内属。

⑰春王:《左传》云:"春王正月。"三朝:元日,指岁之朝,月之朝,日之朝。

⑱膺:受。

⑲供帐:供设帷帐。

⑳赞:引。

㉑庭实:贡献之物。千品:言多。

㉒罍(léi):古代盛酒器,也用盛水。

㉓觞(shāng):盛有酒的杯。

㉔珍:八珍。

㉕太牢:牛羊豕。

㉖食举:食举乐。《雍》:诗篇名。彻:贯彻,通达。

㉗太师:乐官。

㉘晔煜(yù):盛貌。

㉙五声:宫、商、角、徵、羽。

㉚六律:黄钟、太蔟、姑洗、蕤宾、夷则、无射。

㉛九功:金、木、水、火、土、谷、正德、利用、厚生。

㉜佾:舞行。

㉝《韶》:舜乐名。《武》:武王乐名。

㉞泰古:远古。

㉟间:迭。

㊱《僸》《佅》《兜离》:四夷之乐。

㊲万乐备,百礼暨:万乐、百礼,盛言之。暨,至。

㊳浃(jiā):透彻。

㊴煴(yūn):没有光焰的火。

【译文】

"于是供三牺五牲,祭祀诸神,率文武百官朝于明堂,来到辟雍殿,显扬光明,宣示皇风,登上灵台,叙美行之验。俯仰天地,观法天子,于中国之内布施仁德,于四夷之外举扬威风。向西到达黄河之源,向东到达大海之滨,向北到达幽崖,向南超越朱界。不同的地区国家,边界远隔而不相邻。汉武帝所不能征服、汉宣帝所不能臣服的地方,没有一个不震动惊悚,奔走而来朝贡。于是平定哀牢,置为永昌郡,正月朔日,会同于京城。这一天,皇上接受各地的图籍,接纳各国的贡物珍宝,内安抚百姓,外结交蛮夷。于是大设帷帐礼乐，把这些珍宝放在云龙庭之中，让百僚诸藩王都来观赏，他们赞叹不绝，展示皇帝的威仪声势。于是贡物盈廷，美酒万钟，摆着金罍，列着玉杯，美酒佳肴，八珍太牢，不一而足。一会儿食毕奏《雍》乐，太师演奏音乐。金玉丝竹，各种乐器并举而发，钟鼓铿锵，管弦清越。举五声，穷极六律，歌颂九功，舞蹈八佾，《韶》《武》之乐完备，远古之乐都有。四夷之乐迭发，凡是德泽所及之地的音乐，如《僸》《佅》《兜离》，无一不备。各种音乐都奏完了，各种礼仪都结束了之后，皇上欢洽，群臣沉醉，天降烟煴，调养元气，然后撞钟结束宴会，百官都退散回家。以上说的是宴饮享乐。

“于是圣上睹万方之欢娱，又沐浴于膏泽，惧其侈心之将萌，而怠于东作也[①]。乃申旧章[②]，下明诏，命有司，班宪度，昭节俭，示大素[③]。去后宫之丽饰，损乘舆之服御，抑工商之淫业[④]，兴农桑之盛务。遂令海内弃末而反本[⑤]，背伪而归真[⑥]，女修织纴[⑦]，男务耕耘。器用陶匏[⑧]，服尚素玄，耻纤靡而不服，贱奇丽而不珍，捐金于山[⑨]，沉珠于渊。以上农桑。

【注释】

①东作：《尚书·尧典》：“平秩东作。”注云：“岁起于春而始就耕。”

②旧章：《诗经·大雅·假乐》曰：“率由旧章。”郑玄注：“旧典文章。”

③大素：《列子·天瑞》曰：“大素者，质之始也。”

④淫业：不正当之业。

⑤末：商业。本：农业。

⑥背伪：去雕饰。归真：尚质素。

⑦织纴：织布。

⑧匏：瓠，葫芦一类东西。

⑨捐：抛弃，丢弃。

【译文】

“这样目睹各方欢娱，人们久享太平，圣上害怕他们的奢侈之心萌发，而懒于耕种。于是重申旧章，诏发明令，命有司颁发法度，明令勤俭节约。又去掉后宫的华丽装饰，斥损乘车的华丽装饰，抑制工商之业，振兴农桑事务。下令全国摈弃末技返事农业，去伪归真，女子织布，男子耕耘。器物主用陶器，服饰崇尚黑白，鄙视华美之衣而不穿，轻贱奇珍异宝而不用，把金子扔到山中，把珠宝沉入水底。以上谈及重视农桑。

“于是百姓涤瑕荡秽而镜至清[①]，形神寂漠[②]，耳目弗营[③]。嗜欲之源灭，廉耻之心生，莫不优游而自得[④]，玉润而金声[⑤]。是以四海之内，学校如林，庠序盈门，献酬交错，俎豆莘莘[⑥]，下舞上歌[⑦]，蹈德咏仁。登降饫宴之礼既毕[⑧]，因相与嗟叹玄德，谠言弘说[⑨]，咸含和而吐气，颂曰‘盛哉乎斯世’！以上学校。

【注释】

①瑕、秽：过恶。

②形神：《淮南子》曰：“形者生之舍，神者生之制也。”又曰：“和顺以寂寞。”

③营：迷惑。

④自得：《淮南子》：“吾所谓有天下者，自得而已。”

⑤玉润而金声：《礼记·聘义》孔子曰：“君子比德于玉焉，温润而泽，仁也。”《孟子》曰孔子“德如金声”。

⑥莘莘：众多。

⑦下舞上歌：《礼记·效特牲》：“歌者在上，贵人声也。”又“嗟叹之

不足，故手之舞之，足之蹈之”。

⑧登：由低处到高处。降：由高处往下走。饫（yù）：私宴，宴饮。

⑨谠言：美言。

【译文】

“于是百姓除邪去恶，形神清静，声色不营于耳目。各种奢侈欲望之源灭绝，人们的廉正之心生长，没有谁不悠然自得，崇仁尚德。因此四海之内，学校如林，庠序盈门，献酬交错，俎豆众多，大家载歌载舞，称颂仁德。等私宴之礼结束之后，大家相与感叹圣德，美言弘说，都争相称颂‘真是太平盛世啊’！以上谈及学校教育。

“今论者但知诵虞、夏之《书》，咏殷、周之《诗》，讲羲、文之《易》，论孔氏之《春秋》，罕能精古今之清浊[1]，究汉德之所由。唯子颇识旧典，又徒驰骋乎末流[2]。温故知新已难，而知德者鲜矣！且夫僻界西戎[3]，险阻四塞，修其防御[4]，孰与处乎土中，平夷洞达，万方辐凑[5]？秦岭、九嵕，泾、渭之川，曷若四渎、五岳[6]，带河溯洛，图书之渊？建章、甘泉，馆御列仙[7]，孰与灵台、明堂，统和天人？太液、昆明，鸟兽之囿，曷若辟雍海流[8]，道德之富？游侠逾侈[9]，犯义侵礼，孰与同履法度，翼翼济济也[10]？子徒习秦阿房之造天[11]，而不知京洛之有制也！识函谷之可关，而不知王者之无外也！”以上伸东抑西。

【注释】

①清浊：善恶。

②末流：下流。

③僻：远。

④防御：关禁。

⑤辐凑：辐凑于毂，聚集之义。

⑥四渎：江、河、淮、济。《河图》曰："天有四表，以布精魄，地有四渎，以出图书。"

⑦馆御：设台以进御神仙。

⑧辟雍海流：水四周于外，象四海。

⑨游侠：乡曲豪俊，游侠之雄。

⑩翼翼：敬。济济：多威仪。

⑪造：至。

【译文】

"现在的学者只知道背诵虞夏之时的《书经》，歌咏商、周之时的《诗经》，谈论伏羲、文王的《易经》，阐述孔子的《春秋》，很少有人能够精研古今的善恶，探寻汉德的来由。你很了解旧章典籍，可是又只在诸子杂家上下功夫。温故知新本来就很难了，而懂得德的就更少了！像西都界接西戎，山河险阻，四方闭塞，哪能比得上东都处于天地之中，四通八达，广阔枢要呢？秦岭九嵕，泾河渭水，哪里比得上四渎五岳，图、书之渊？建章、甘泉，设台进御神仙，哪里比得上灵台、明堂，能够统和天人？太液、昆明池，这只不过是鸟兽歇息之地罢了，哪里比得上辟雍之地，四周流水如海，且能在这里修德布仁？游侠横行，富家奢侈，违犯礼义，哪里比得上遵守法度，威仪众多？你只知道秦阿房宫雄伟高耸入云，而不知道东都洛邑的制度无比昌明！只知道函谷关险要，而不知道王者无外啊！"以上夸赞东都贬抑西都。

主人之辞未终，西都宾矍然失容①，逡巡降阶，惵然意下②，捧手欲辞。主人曰："复位，今将授子以五篇之诗③。"宾既卒业，乃称曰："美哉乎斯诗！义正乎扬雄，事实乎相如④。匪唯主人之好学，盖乃遭遇乎斯时也。小子狂简，不知所裁，既闻正道，请终身而诵之[5]！”

【注释】

①矍：视遽之貌。

②慄：恐惧。

③授：告。

④实：实际，事实。

⑤“小子狂简”几句：《论语》孔子曰：“吾党之小子狂简，斐然成章，不知所以裁之。”又：“‘不忮不求，何用不臧！’子路终身诵之。”

【译文】

主人的话还没说完，西都宾客脸上骤然变色，神情沮丧，徘徊无策，急急忙忙就要告辞。主人说：“请等一等，我要给你看五首诗。”西都宾客看完之后，称赞说：“这诗写得真是太好了！比扬雄的《长杨赋》《羽猎赋》雄伟而义正，比司马相如《子虚赋》《上林赋》华美而实在，不仅仅是你好学多才，而且是遇上了今天这个圣明之时啊！我狂妄浅薄，不知怎样做，既闻正道之后，让我终身诵读之。”

其诗曰：

【译文】

诗是这样的：

明堂诗

於昭明堂[1]，明堂孔阳[2]。圣皇宗祀[3]，穆穆煌煌[4]。上帝宴飨，五位时序[5]。谁其配之[6]？世祖光武。普天率土，各以其职[7]。猗欤缉熙[8]，允怀多福[9]。

【注释】

①於（wū）：叹美之辞。

②孔：甚。阳：明。

③圣皇宗祀：祭光武于明堂。

④穆穆：敬。煌煌：美。

⑤五位时序：各依其方而祭之。《汉书》："天神贵者太一，太一佐曰五帝。"《河图》："苍帝灵威仰，赤帝赤熛怒，黄帝含枢纽，白帝白招矩，黑帝叶光纪。"五位，五帝。

⑥配：在祭祀时附带被祭。

⑦各以其职：即各以其职来助祭。《诗经·小雅·北山之什》："溥天之下，莫非王土。率土之滨，莫非王臣。"

⑧猗：美。

⑨允：信。怀：来。

【译文】

明堂诗：

可赞美啊这明堂，明堂是多么明亮清朗！恭敬静穆如此美好，在这里祭祀先祖光武圣皇。上界的神灵降临受飨，祭献五帝按照他们各自的来途居处。有谁与神灵同时受祭？是世祖光武。普天之下的臣民们，都各按职位前来进献助祭。又美好啊又光明，心中相信必能求来厚福。

辟雍诗

乃流辟雍，辟雍汤汤①。圣皇莅止②，造舟为梁③。皤皤国老④，乃父乃兄。抑抑威仪⑤，孝友光明⑥。於赫太上⑦，示我汉行。洪化惟神，永观厥成⑧。

【注释】

①汤汤：水流貌。

②莅：临。

③造：至。

④皤皤：老人貌。

⑤抑抑：美。

⑥孝友：《尔雅》："善父母为孝，善兄弟为友。"

⑦於赫：叹美。太上：太古立德贤圣之人。

⑧观：示。

【译文】

辟雍诗：

辟雍四周清水环流啊，辟雍四周的清流浩浩荡荡。圣明君主亲临这里栖居，走过相连的小舟做成的桥梁。那些白发华首的国之老臣，应事之如父如兄。圣上的威仪庄严和美，发扬孝、友之道一片光明。呜呼！太古立德的贤圣之人啊，著养老之礼传示我汉家今应遵行。欲求鸿大教化须心执玄德才能传扬如神，上天啊祈愿您明示我这将实现且长久永恒！

灵台诗

乃经灵台，灵台既崇①。帝勤时登②，爰考休征③。三光宣精④，五行布序⑤。习习祥风⑥，祁祁甘雨⑦。百谷蓁蓁⑧，庶草蕃庑⑨。屡惟丰年，於皇乐胥⑩。

【注释】

①崇：高。

②时登：以时登之。

③爰：句首语气词。休：美。征：验。

④三光：日、月、星。宣：布。精：明。

⑤五行：水、火、金、木、土。布序：各顺其性。

⑥习习：和。

⑦祁祁：徐。

⑧百：言多。蓁蓁：盛貌。

⑨蕃庑：丰。

⑩乐胥：喜乐。

【译文】

灵台诗：

方才经过的那座灵台啊，那座灵台已建成是如此高峻。君王勉力勤政在不同季节亲往登临，于此考察天下祥瑞兆征。日月星辰流布光明，五行不相克害按序分布。祥风和暖习习吹拂，甘雨滋润徐徐飘洒。百谷蓁蓁多么繁盛，百草欣欣多么丰美。祈愿永远都是丰年，圣皇喜乐受天之佑。

宝鼎诗

岳修贡兮川效珍，吐金景兮歊浮云[①]。宝鼎见兮色纷缊[②]，焕其炳兮被龙文[③]。登祖庙兮享圣神，昭灵德兮弥亿年[④]。

【注释】

①景：光。歊（xiāo）：气出貌。

②纷缊（yùn）：盛貌。

③焕：光明。

④弥：终。

【译文】

宝鼎诗：

山岳也修贡来朝啊江流也来进献珍宝，金光四射啊又有浮云缭绕。宝鼎重现于世啊它的色彩璀璨纷缊，鲜明焕然啊满饰龙文。奉上宝鼎陈列祖庙啊用以祭祀圣神，昭明上天的圣德啊直至亿年。

白雉诗

启灵篇兮披瑞图[1]，获白雉兮效素乌，嘉祥阜兮集皇都。发皓羽兮奋翘英[2]，容洁朗兮于纯精。彰皇德兮侔周成[3]，永延长兮膺天庆。

【注释】

①灵篇：河洛之书。

②皓：白。翘：尾。

③彰：明。侔（móu）：等。

【译文】

白雉诗：

古帝尧与禹受天命之瑞啊启《洛书》阅《河图》，今世汉皇承运而兴啊也获白雉献素乌。扬起洁白的羽翅啊展开色彩缤纷的尾羽，鸟儿这天地太阳的精灵啊仪容多么端整清朗。她的降临是为了宣扬当今君王的圣德啊宛如古时周成王获白雉一样，蒙受上天赐福祥瑞啊祈愿这能永久流长。

苏轼·赤壁赋

前赤壁赋

【题解】

这篇赋写于元丰五年（1082）七月，此时苏轼已谪居黄州（今湖北黄冈）近四年。长期被贬，生活贫困，但他却能坦然处之，以达观的胸怀寻求精神的解脱。文章以月夜泛舟赤壁起笔，表现出作者超脱而又自由的审美心态，而后陡借客之洞箫呜咽发起议论，主客对答间写出人类千古不绝的怅惘迷茫与思考：人生短暂无常，究竟如何对待这一问题呢？作者阐述出自己在不断体验、感悟、探究当中获得的答案：即把视点从小我挪开到生生不息的宇宙，物我同一。这实际是拓展了庄周齐物论，同时也是佛家物不迁论的运用，由此遗忘纷扰世事及得失忧虑，确是中国文士哲人精神超越的一种办法。

壬戌之秋[1]，七月既望[2]，苏子与客泛舟[3]，游于赤壁之下[4]。清风徐来，水波不兴。举酒属客[5]，诵明月之诗[6]，歌窈窕之章[7]。少焉，月出于东山之上，徘徊于斗、牛之间[8]。白露横江，水光接天。纵一苇之所如[9]，凌万顷之茫然[10]。浩浩乎如冯虚御风[11]，而不知其所止。飘飘乎如遗世独立，羽化而登仙。以上游景。

【注释】

①壬戌：宋神宗元丰五年（1082）。

②既望：农历每月十五日为望，“既望”指十六日。既，尽，已过。

③苏子：苏轼自称。

④赤壁：周瑜大破曹操的赤壁在湖北嘉鱼东北的长江南岸，苏轼所

游的赤壁是湖北黄冈城外的赤鼻矶(又名"赤壁")。

⑤属客:劝请客人。

⑥明月之诗:指曹操《短歌行》。

⑦窈窕之章:指《诗经 · 周南 · 关雎》。

⑧斗、牛:指斗宿、牛宿。此指北斗星和牵牛星,位于吴越的分野。

⑨一苇:形容船小如一苇叶。一说指一束芦苇。《诗经 · 卫风 · 河广》:"谁谓河广?一苇杭之。"《三国志 · 吴书 · 王楼贺韦华传》:"长江之限,不可久恃,苟我不守,一苇可航也。"如:往。

⑩凌:越过。茫然:旷远迷茫的样子,形容长江。

⑪冯(píng)虚:凌空,腾空。冯,"凭"的古字。虚,太虚,太空。御:驾驭。

【译文】

壬戌年秋天的七月十六日,我和客人乘着小船,摇摇荡荡来到赤壁下面游玩观赏。清风轻轻地吹来,江面上水纹不起,波平浪静。我举起酒杯向客人劝酒,一边朗诵《短歌行》,又吟唱着《关雎》之章。一会儿,月亮从东边的山上升起来,在斗宿和牛宿之间徘徊着。白茫茫的水雾笼罩横铺在江面上,波光与天光相接。我们任凭这一叶扁舟随波漂流,漂过茫茫无边的江面。浩浩荡荡如同驾着长风而凌空飞行,不管飞向何方,也不知在何处停止。飘飘扬扬,好像要离开人世,毫无依托;又好像身生两翼,化仙而升天。以上写游览景色。

于是饮酒乐甚,扣舷而歌之。歌曰:"桂棹兮兰桨[①],击空明兮溯流光[②]。渺渺兮予怀[③],望美人兮天一方[④]!"客有吹洞箫者[⑤],倚歌而和之。其声呜呜然,如怨如慕,如泣如诉。余音袅袅[⑥],不绝如缕[⑦]。舞幽壑之潜蛟[⑧],泣孤舟之嫠妇[⑨]。

【注释】

①桂棹:桂树做的棹,摇船的工具。兰桨:兰木做的桨,也是摇船的工具。前推的叫“桨”,后推的叫“棹”。

②击空明:指船桨划开明净若空的水面。溯:逆流而上。流光:指月光。此处也可指月光映照的江面。

③渺渺:指微茫幽远的样子。

④美人:古代屈原以香草、美人比作贤人和君王,后代文人多继承这种手法。这里的美人可能指皇帝宋神宗。

⑤吹洞箫者:指道士杨世昌,苏轼的朋友,善吹箫。

⑥袅袅:形容声音宛转悠扬。

⑦缕:细丝。

⑧幽壑:深谷。

⑨嫠(lí)妇:寡妇。此处极力渲染音乐凄怆,感人至深。

【译文】

于是我们继续喝酒,至酒酣耳热之际,我敲击着船帮作拍子高歌起来。歌是这样的:“桂木棹啊兰木桨,划开水月交辉的江面啊,船儿在流动着月光的水面逆流而上。我的心飞向遥远的地方,眺望美人啊,天各一方!”客人中有一位善吹洞箫的,便和着我吟唱的节拍而吹奏起来。那箫声呜呜咽咽,像有所幽怨又像有所思念,像在低低哭泣又像在细细倾诉。吹过之后,仍然余音婉转,不绝如缕。那箫声,使深渊里的潜龙为之起舞,令那孤舟中的寡妇闻之哭泣。

苏子愀然[①],正襟危坐,而问客曰:“何为其然也?”客曰:“‘月明星稀,乌鹊南飞。’此非曹孟德之诗乎[②]?西望夏口[③],东望武昌[④],山川相缪[⑤],郁乎苍苍,此非孟德之困于周郎者乎[⑥]?方其破荆州,下江陵[⑦],顺流而东也,舳舻千里[⑧],

旌旗蔽空，酾酒临江⑨，横槊赋诗⑩，固一世之雄也，而今安在哉？况吾与子渔樵于江渚之上，侣鱼虾而友麋鹿，驾一叶之扁舟，举匏樽以相属⑪，寄蜉蝣于天地⑫，渺沧海之一粟。哀吾生之须臾，羡长江之无穷。挟飞仙以遨游⑬，抱明月而长终⑭。知不可乎骤得，托遗响于悲风⑮。”以上客因哀生世苦短而发悲声。

【注释】

①愀（qiǎo）然：忧愁的样子。

②曹孟德：即曹操，字孟德。

③夏口：古城名。在今湖北武汉。

④武昌：三国吴时武昌县，即今湖北鄂城。

⑤缪（liáo）：盘绕。

⑥周郎：即周瑜。

⑦方其破荆州，下江陵：汉建安十三年（208）七月，曹操南下，八月，荆州刺史刘表死，九月，其子刘琮以荆州降曹操。曹操得荆州后，又于今湖北当阳长阪一带败刘备，取江陵。荆州，今湖南、湖北一带，州治在今湖北襄阳。

⑧舳（zhú）舻：指大船。

⑨酾（shī）酒：滤酒，文中指酌酒。

⑩槊：长矛。

⑪匏（páo）樽：用匏瓜果实外壳制作的酒器。此处指酒杯。

⑫蜉蝣（fú yóu）：一种小虫，朝生夕死。

⑬挟：携同。

⑭长终：谓与明月相始终。

⑮遗响：遗音，余音。这里指箫声。

【译文】

我心情怅惘，整理好衣服，端正坐着，问客人道："您为什么吹得这样凄凉呢？"客人说："'月明星稀，乌鹊南飞。'这不是曹孟德的诗句吗？向西可以看到夏口，向东可以望见武昌，这里山环水绕郁郁苍苍，不正是当年周瑜大败曹孟德的地方吗？当曹孟德破荆州、下江陵，顺水而东，进军赤壁的时候，船舰首尾相接，千里不绝，战旗遮蔽了天空，他面对着长江而开怀痛饮，横握长矛而吟诗，真是一代英雄，不可一世，可现在到哪里去了呢？更何况你我在江湖山林间隐居，和鱼虾作伴，与麋鹿为友，驾着一叶小船，端起匏瓜瓢里的酒相互劝饮，就像蜉蝣一样在天地间寄托着短暂的生命，渺小如大海中的一粒细沙。慨叹我们生命的短促，而倾羡长江的无穷无尽。希望与仙人一道遨游，和明月一起万古长存。可我知道这不是轻而易举做得到的，因而在悲凉的秋风中以箫声寄托我的情思。"以上写客因生命短暂而悲叹。

苏子曰："客亦知夫水与月乎？逝者如斯[①]，而未尝往也；盈虚者如彼[②]，而卒莫消长也[③]。盖将自其变者而观之，则天地曾不能以一瞬；自其不变者而观之，则物与我皆无尽也，而又何羡乎？且夫天地之间，物各有主。苟非吾之所有，虽一毫而莫取。惟江上之清风，与山间之明月，耳得之而为声，目遇之而成色，取之无禁，用之不竭。是造物者之无尽藏也[④]，而吾与子之所共适。"以上苏子言物我皆有无尽之机，不必以短生为哀。

【注释】

①逝者如斯：语出《论语·子罕》："子在川上曰：'逝者如斯夫，不舍昼夜！'"

②盈虚：指满与缺。

③消长：减少与增多。

④造物者：古人以为天地万物都是天生、天造的，故称天为造物者。一指大自然。无尽藏（zàng）：无穷无尽的宝藏。

【译文】

我对客人说："您也了解那江水和月亮吗？逝去的就像这江水，可是它又确实没有流去；月圆月又缺，可是它最终并没有任何消长增减。如果从变化的角度来看，那么天地间的万事万物简直连眨眼的工夫都不能保持原状；而从那不变的观点来看，那么万事万物和我们本身又都是永恒无尽的，又有什么好羡慕天地神仙的呢？况且在天地之间，万物各有自己的所归。若不属于我们，那么即使一丝一毫也不能强取。只有这江面的清风和山间的明月，耳朵能听到它们的声音，眼睛能看到它们的颜色，取得和享受它们，无穷无尽，无人禁止。这是大自然无穷无尽的宝藏，也正是您和我所能共同享受的。"以上苏轼说自然与人都有无尽之机，不必因生命短暂而哀叹。

客喜而笑，洗盏更酌。肴核既尽，杯盘狼籍①。相与枕藉乎舟中②，不知东方之既白③。

【注释】

①狼籍：纵横散乱的样子。

②枕藉：纵横相枕而卧。

③既白：已经天亮。

【译文】

客人听了，高兴得笑起来，洗了一下杯子，重新斟上酒对饮。菜肴和果品吃完后，剩下的杯盘碗碟四散凌乱。我们相互倚靠着睡在船里，不知道东方天已经发亮。

后赤壁赋

【题解】

《后赤壁赋》是《前赤壁赋》的续篇，虽然一样的风月，却描述出两种境界：前赋字字秋色，以泛舟江上，月白风清，流波万顷，见景生议论，表述了作者的旷达情怀。后赋则句句冬景，以冬夜登山、江上泛舟的见闻与感受，渲染出一种可惊可怖的气氛，尤其篇末把道士化鹤的幻觉写得恍惚迷离，虚无缥缈，表达了作者孤寂悲凉、意欲超升绝俗的情思。此赋写景入微，状物入神，造语入化，圆熟灵脱，自然天成，与前赋各具神妙，可对而品读。

是岁十月之望①，步自雪堂②，将归于临皋。二客从予，过黄泥之坂③。霜露既降，木叶尽脱。人影在地，仰见明月。顾而乐之，行歌相答。已而叹曰："有客无酒，有酒无肴；月白风清，如此良夜何？"客曰："今者薄暮，举网得鱼，巨口细鳞，状如松江之鲈④。顾安所得酒乎⑤？"归而谋诸妇⑥，妇曰："我有斗酒，藏之久矣，以待子不时之需。"于是携酒与鱼，复游于赤壁之下。江流有声，断岸千尺⑦。山高月小，水落石出。曾日月之几何，而江山不可复识矣。以上游景。

【注释】

①是岁：指元丰五年（1082）。苏轼的《前赤壁赋》亦作于此年。望：每月十五。

②雪堂：与下文的"临皋"均是苏轼居住过的场所。元丰三年（1080）二月，他初至黄州，居定惠院，五月，迁临皋，四年，经营东坡，五年春在东坡筑雪堂。

③黄泥之坂：即黄泥坂，山坡名字，位于临皋、雪堂之间。

④松江：今吴淞江，盛产四鳃鲈鱼。

⑤顾：但，表示轻微转折。安所：哪里。

⑥谋：商量。

⑦断岸：江岸很陡峭。

【译文】

这一年的十月十五，我步行从雪堂出发，打算回到临皋。有两位客人与我同路，过黄泥坂。天气已经降了霜露，树叶全都落了。斜看地上人的影子，抬头只见明月当空。欣赏此景自有一番乐趣，于是三人边走边唱互相应答着。过了一会儿，我叹气说道："有客人而没有酒喝，有了酒又没有下酒菜；月色明亮，清风习习，这么美好的夜景，我们该如何度过呢？"客人回答说："今天傍晚时，撒网打了条鱼，鱼嘴大而鳞细，形状好像淞江中盛产的四鳃之鲈。但是从哪里才能搞到酒呢？"于是回家与妻子商量，妻对我讲："我这儿有一壶酒，已经保存很长时间了，以备你临时需要。"这时我们拿着酒和鱼，重新回到赤壁下面游览。江水流动发出声音，陡峭的江岸高有千尺。山高而月小，江水落潮，石出江面。时间才推移了几月，江山就不好再认识清楚了。以上写游览景色。

予乃摄衣而上①，履巉岩②，披蒙茸③，踞虎豹④，登虬龙⑤，攀栖鹘之危巢⑥，俯冯夷之幽宫⑦。盖二客不能从焉。划然长啸，草木震动，山鸣谷应，风起水涌。予亦悄然而悲⑧，肃然而恐，凛乎其不可留也⑨。反而登舟，放乎中流，听其所止而休焉。以上自构兴象，非必实事。

【注释】

①摄：提。

②履：登上。

③蒙茸：杂草丛生。

④踞虎豹：蹲坐在形似虎豹的石头上。

⑤虬（qiú）龙：弯曲的古木。

⑥鹘（hú）：一种猛禽。危：高。

⑦冯（píng）夷：水神名。

⑧悄然：忧愁的样子。

⑨凛乎：恐惧的样子。

【译文】

于是我提着衣襟走上山，登上陡峻的山岩，拨开密草，蹲坐在形如虎豹的石头上，攀上那弯曲如虬龙的古木，触摸栖息着鹘鸟的很高的巢穴，在那里向下可以看到水神冯夷居住的幽深宫殿。两位客人不能再跟随我走了。我高声呼哨，草木震动，山谷回应，风起水涌。我于是也感到悲伤而恐惧，以致不能继续在那里停留。又返回来登上小船，划船到江心，任船漂流到哪里就在哪里休息吧。以上为构建的意境，不一定是实景。

时夜将半，四顾寂寥。适有孤鹤，横江东来。翅如车轮，玄裳缟衣①，戛然长鸣②，掠余舟而西也。须臾客去，予亦就睡。梦一道士，羽衣翩跹③，过临皋之下，揖余而言曰④："赤壁之游乐乎？"问其姓名，俯而不答。"呜呼噫嘻！吾知之矣！畴昔之夜⑤，飞鸣而过我者，非子也耶？"道士顾笑⑥，余亦惊悟。开户视之，不见其处。以上亦自构意境，即庄子《逍遥游》、韩公《调张籍》之意。

【注释】

①玄裳缟（gǎo）衣：本意为黑裙白衣。这里形容鹤毛洁白，翅羽漆黑。

②戛然：鹤发出尖利的叫声。

③翩跹（piān xiān）：轻扬飘逸，轻快敏捷。

④揖：行拱手之礼。

⑤畴昔：昨日夜晚。

⑥顾：回头看。

【译文】

当时将到半夜了，四周看看寂寞空虚。恰好飞来一只鹤，横飞过江面从东而来。这只鹤翅膀大如车轮，黑羽白毛，如黑裙白衣，它尖声长号，轻擦过我的船飞向了西边。没多久，客人都走了，我也睡着了。梦中见到来了一个道士，穿着羽毛制的衣服轻快敏捷，经过临皋，向我拱手行礼说："赤壁一游高兴吗？"我问他的姓名，他低头无语。我说："哎呀！我明白了！昨天夜晚，鸣叫着由我们身边飞过，难道不是你吗？"道士回头一看，对我笑笑，我也惊醒了。打开门再看，已经不见他的踪迹了。以上也是构建的意境，有庄子《逍遥游》、韩愈《调张籍》的意味。

序跋类

易·下系十一爻

【题解】

本文是一篇依经文而言其理的《易》传。文章以孔子之言阐释了《易》经中的“憧憧往来，朋从尔思”等十一条爻辞，因为出自《系辞下传》，故题为《下系十一爻》。

《易》曰：“憧憧往来，朋从尔思①。”子曰：“天下何思何虑？天下同归而殊涂②，一致而百虑③。天下何思何虑？日往则月来，月往则日来，日月相推而明生焉。寒往则暑来，暑往则寒来，寒暑相推而岁成焉。往者屈也④，来者信也⑤，屈信相感而利生焉。尺蠖之屈⑥，以求信也；龙蛇之蛰⑦，以存身也。精义入神，以致用也；利用安身⑧，以崇德也。过此以往，未之或知也⑨；穷神知化⑩，德之盛也。”

【注释】

①憧憧（chōng）往来，朋从尔思：引《咸》卦九四爻辞。其意为：虽

然往来心意不定，当心意一定时，朋友们顺从你的想法。憧憧，心意不定。

②同归：指同归于“一”，亦即《系辞下》：“天下之动，贞夫一者也。”

③一致：即致一。

④屈：消退。

⑤信：通“伸”。进长。

⑥尺蠖（huò）：虫名。我国北方称“步曲”，南方称“造桥虫”。虫体细长，行动时，先屈而后伸。

⑦蛰：潜藏。

⑧利用安身：此“利”，当指上文“屈信相感而利生焉”之“利”，此“用”，当指“精义入神，以致用也”之“用”，故“利用”，实为能达到屈伸相感、精义入神的境界，方可安身。

⑨或：有。

⑩穷神知化：穷尽神道，通晓变化。神，阴阳不测。化，变化。

【译文】

《周易》说：“往来心意不定，当心意一定时，朋友们顺从你的想法。”孔子说：“天下有什么可以思索，有什么可以忧虑的呢？天下万物本同归于一而道路各异，虽归至于一，但有百般思虑。因此天下有什么可以忧虑的？日去则月来，月去则日来，日月来去相互推移而光明产生。寒去则暑来，暑去则寒来，寒暑相互推移而一岁形成。往意味着屈缩，来意味着伸展，屈伸相互感应而功利生成。尺蠖屈缩，以求得伸展；龙蛇蛰伏，以保存自身。精义能入于神，方可致力于运用；宜于运用以安居其身，方可以增崇其德。超过这些以求往，则有所不知；能穷尽神道，知晓变化，这才是德性隆盛的表现。”

《易》曰：“困于石，据于蒺藜，入于其宫，不见其妻，凶①。”子曰：“非所困而困焉②，名必辱；非所据而据焉③，身必危。既辱且危，死期将至，妻其可得见邪！”

【注释】

①“困于石”几句：引《困》卦六三爻辞。其意为：被石头所困，又被蒺藜占据，进入宫室，不见他的妻子，凶。

②非所困而困：是释“困于石”。困，困扰。

③非所据而据：是释“据于蒺藜”。据，占据。

【译文】

《周易》说：“被石头所困，又有蒺藜占据，入于宫室而看不到妻子，凶。”孔子说：“不该遭受困危的却受到了困危，其名必受羞辱；不该占据的而去占据，其身必有危险。既羞辱又有危险，死期将到，妻子还能见到吗！”

《易》曰：“公用射隼于高墉之上，获之，无不利[①]。”子曰：“隼者，禽也；弓矢者，器也；射之者，人也。君子藏器于身，待时而动，何不利之有？动而不括[②]，是以出而有获，语成器而动者也。”

【注释】

①“公用射隼于高墉之上”几句：引《解》卦上六爻辞。其意为：某公在高墙上射中隼鸟而获之，没有什么不利的。公，古代爵位。古分公、侯、伯、子、男五等。隼，鹰类鸟。墉，城墙。

②不括：即畅通自如。括，一本作“栝”。古代矢头曰镞，矢末曰括，引申为结阂、结碍。

【译文】

《周易》说：“公在高墙上射中了隼鸟，获得它没有什么不利。”孔子说：“隼，是禽鸟；弓矢，是射鸟的器具；射隼的是人。君子把器具藏在身上，等候时机而行动，哪有什么不利的？行动沉着而不急，所以出手而有所获，是说具备了现成的器具然后行动。”

子曰："小人不耻不仁，不畏不义，不见利不劝[1]，不威不惩[2]。小惩而大诫[3]，此小人之福也。《易》曰：'屦校灭趾，无咎[4]。'此之谓也。"

【注释】

①劝：勉。

②威：刑威。

③诫：即戒。

④屦校灭趾，无咎：引《噬嗑》初九爻辞。其意为：脚上施以刑具，刑具遮没了脚趾，看不见脚趾，无灾咎。校，古代木制刑具的通称。灭，遮没。

【译文】

孔子说："小人不知道羞耻不明了仁义，不使他畏惧不会有义举，不见功利不能劝勉他做好事，不用刑威不能惩罚制服。小的惩罚使他受到大的戒惧，以致不犯大罪，这是小人的福气。所以《周易》说：'脚上刑具掩盖了脚趾，无咎。'就是这个道理。"

"善不积不足以成名，恶不积不足以灭身。小人以小善为无益而弗为也[1]，以小恶为无伤而弗去也，故恶积而不可掩，罪大而不可解。《易》曰：'何校灭耳，凶[2]。'"

【注释】

①弗：不。

②何校灭耳，凶：引《噬嗑》上九爻辞。其意为：肩上荷以刑具，掩灭了耳朵，这是凶兆。何，"荷"的古字。

【译文】

“善事不积累，不足以成名；恶事不积累，不足以毁灭自身。小人将小的善事视为无益而不去做，把小的恶事视为无害而不去除，所以恶行积累到无法掩盖，罪大恶极因而不可解脱。所以《周易》说：‘荷载刑具，掩灭了耳朵，凶。’”

子曰：“危者，安其位者也；亡者，保其存者也；乱者，有其治者也。是故君子安而不忘危，存而不忘亡，治而不忘乱，是以身安而国家可保也。《易》曰：‘其亡其亡，系于苞桑[①]。’”

【注释】

①其亡其亡，系于苞桑：引《否》卦九五爻辞。其意为：将要灭亡，将要灭亡，因系于植桑而巩固。苞桑，桑树根。

【译文】

孔子说：“危险，是由于只想安居其位所致；灭亡，是由于只想保全生存所致；祸乱，是由治世引发。所以君子居安而不忘危险，生存不忘灭亡，太平治世而不忘祸乱，只有这样身体平安而国家可以保全。所以《周易》说：‘将要灭亡，将要灭亡，系于植桑而巩固。’”

子曰：“德薄而位尊，知小而谋大[①]，力小而任重[②]，鲜不及矣[③]。《易》曰：‘鼎折足，覆公饽，其形渥，凶[④]。’言不胜其任也。”

【注释】

①知：同“智”。

②任：负。

③鲜（xiǎn）：少。及：达到。此指受刑罚。

④“鼎折足”几句：引《鼎》卦九四爻辞。其意为：鼎足折断，将王公的八珍菜粥倒出来，沾濡了四周，这是凶兆。𫗧（sù），是一种糁与笋做成的八珍菜粥。形渥，沾濡之貌。

【译文】

孔子说：“德行浅薄而位处尊贵，才智低下而图谋大事，力量微小而肩负重任，很少有不受惩罚的。《周易》说：‘鼎足折断，把王公的八珍之粥倒出，沾濡了四周，凶。’这是说不能胜其任。”

子曰：“知几其神乎？君子上交不谄①，下交不渎②，其知几乎？几者，动之微，吉凶之先见者也。君子见几而作，不俟终日③。《易》曰：‘介于石，不终日，贞吉④。’介如石焉，宁用终日？断可识矣。君子知微知彰⑤，知柔知刚，万夫之望。”

【注释】

①谄：谀。

②渎（dú）：轻慢。

③俟（sì）：等候。

④介于石，不终日，贞吉：引《豫》卦六二爻辞。其意为：坚贞如同磐石，不待终日，占问得吉。介，中正坚定。亦有释为纤小者。于，如。

⑤彰：显明。

【译文】

孔子说：“能知晓事理的几微，大概是神吧？君子与上相交不谄媚，与下相交不渎慢，这算是知晓几微了吗？几，是事物变动的苗头，是吉凶的先兆。君子见几而动，不要等到天黑了。《周易》说：‘坚如磐石，不待天黑，占问得吉。’已经坚如磐石，还等待到天黑吗？其决断可以明识了。君子知几微知彰著，知柔顺知刚健，为万众仰慕。”

子曰："颜氏之子①，其殆庶几乎②？有不善未尝不知，知之未尝复行也。《易》曰：'不远复，无祇悔，元吉③。'"

【注释】

①颜氏之子：指孔子学生颜回。

②殆：将。庶：近。

③不远复，无祇悔，元吉：引《复》卦初九爻辞。其意为：离开不远就返回，无大后悔，开始得吉。祇，大。

【译文】

孔子说："颜回这个人，大概快知晓几微了吧？有不善的事未尝不知道，知道后未尝再犯。《周易》说：'离开不远就返回，无大悔，始而吉。'"

"天地絪缊①，万物化醇②；男女构精③，万物化生。《易》曰：'三人行，则损一人；一人行，则得其友④。'言致一也。"

【注释】

①絪缊（yīn yūn）：古代指天地阴阳二气交互作用的状态。

②醇：本指含酒精多的酒，此指凝厚。

③构：亦有作"搆""覯"者。有会合、交通之义。

④"三人行"几句：引《损》卦六三爻辞。其意为：三人同行，一人损去；一人独行，则可得其友人。

【译文】

"天地附着交感，万物化育凝固；阴阳媾精交合，万物化育衍生。《周易》说：'三人同行，则损去一人；一人独行，则得到友人。'说的是合二而归至于一。"

子曰："君子安其身而后动，易其心而后语①，定其交而后求②。君子修此三者，故全也。危以动，则民不与也③；惧以语，则民不应也；无交而求，则民不与也；莫之与，则伤之者至矣。《易》曰：'莫益之，或击之，立心勿恒，凶④。'"

【注释】

①易：平易。

②交：遇。

③与：助。

④"莫益之"几句：引《益》卦上九爻辞。其意为：得不到增益，或许要遭到攻击。没有恒心，必然有凶。

【译文】

孔子说："君子先安定下自身之后才行动，平易其心之后才说话，与人确定交情之后才有所求。君子能修养到这三种德行，才能全面。身处危难而行动，则民众不帮助；面临恐惧才说话，则民众不响应；没有交情而有所求，则民众不会帮助；不帮助，则受伤害的事就来了。《周易》说：'得不到增益，或许会受到攻击，立心而不恒，有凶。'"

史记·汉兴以来诸侯年表序

【题解】

《汉兴以来诸侯年表》记从汉高祖至武帝太初年间分封诸侯王的大事。在这篇序言中，作者对这百余年间有关分封的沿革做了简要交代，其中掺杂了作者对一些事情的看法。从中可以看出作者敢于直言、直抒胸臆的胆略。

太史公曰：殷以前尚矣。周分五等：公、侯、伯、子、男。然封伯禽、康叔于鲁、卫[①]，地各四百里，亲亲之义，褒有德也。太公于齐，兼五侯地，尊勤劳也。武王、成、康所封数百，而同姓五十五，地上不过百里，下三十里，以辅卫王室。管、蔡、康叔、曹、郑[②]，或过或损。厉、幽之后，王室缺，侯伯强国兴焉，天子微，弗能正。非德不纯，形势弱也。

【注释】

①伯禽：周公的儿子。康叔：武王的弟弟。

②管：管叔，名鲜，封于管（今河南郑州管城区）。蔡：蔡叔，名度，封于蔡（今河南上蔡）。曹：曹叔，名振铎，封于曹（今山东菏泽定陶区）。郑：郑桓公，名友，封于郑（初在今陕西华县，后迁今河南新郑）。

【译文】

太史公说：殷代以前，年代遥远。周代的封爵分为公、侯、伯、子、男五等。当时把伯禽封于鲁，把康叔封于卫，地方各为四百里，这有着维系亲情纽带的意义，同时也是对有德之人的奖励。把太公封于齐，拥有五个侯爵的土地，这是对于勤劳有功的人的尊崇。到了武王、成王及康王之世，所封的诸侯有数百之多，其中与周室同姓的有五十五个，诸侯的封地最大不超过百里，最小为三十里，用来辅弼捍卫王室。管叔、蔡叔、康叔及曹国和郑国，封地有的超过规定数，有的不及。到了厉王和幽王以后，王室的政治失修，侯伯的强国就兴盛起来了，当时天子的力量单薄，无法阻止。这并不是周王的道德不善，而是形势衰微的缘故。

汉兴，序二等[①]。高祖末年，非刘氏而王者，若无功上所不置而侯者，天下共诛之。高祖子弟同姓为王者九国[②]，唯独长沙异姓[3]，而功臣侯者百有余人。自雁门、太原以东至辽阳[4]，为燕、代国[5]；常山以南[6]，太行左转[7]，度河、济，阿、甄以东薄海[8]，为齐、赵国[9]；自陈以西[10]，南至九疑[11]，东带江、淮、穀、泗[12]，薄会稽，为梁、楚、吴、淮南、长沙国[13]。皆外接于胡、越。而内地北距山以东尽诸侯地，大者或五六郡，连城数十，置百官宫观，僭于天子。汉独有三河、东郡、颍川、南阳[14]，自江陵以西至蜀[15]，北自云中至陇西[16]，与内史凡十五郡[17]，而公主、列侯颇食邑其中。何者？天下初定，骨肉同姓少，故广强庶孽，以镇抚四海，用承卫天子也。以上王侯分地多汉郡少。

【注释】

①序二等：级别分为两等，大的为王，小的为侯。

②九国：指齐、楚、吴、淮南、燕、赵、梁、代、淮阳。

③长沙：今湖南长沙，吴芮封在此地。

④雁门：今山西代县。太原：今山西太原。辽阳：今辽宁辽阳。

⑤燕：起初为卢绾地。后绾入匈奴，于是立刘建（刘邦之子）为燕王。代：当初分封给刘仲（刘邦之兄），后来匈奴进攻，刘仲弃土逃回被罢黜，立刘恒（刘邦之子）为代王。

⑥常山：今山西恒山。因避文帝之讳，改“恒”为“常”。

⑦太行：太行山，在山西东部。

⑧阿：阿泽，在今山东阳谷。甄：在今山东鄄城北。

⑨齐：起初封给韩信，后封给刘肥（刘邦庶子）。赵：起初封给张耳，后封给刘如意（刘邦幼子）。

⑩陈：今河南淮阳。

⑪九疑：九嶷山，在湖南宁远南。

⑫榖：榖水，在今江苏砀山南，睢水支流，也叫砀水。泗：泗水，发源于今山东泗水陪尾山，古时泗水流经今山东曲阜鱼台、江苏徐州，至洪泽湖畔龙集附近入淮。

⑬梁：起初封给彭越，后封给刘恢（刘邦之子）。楚：起初封给韩信，后封给刘交（刘邦之弟）。吴：封给刘濞（刘邦之兄子）。淮南：起初封给英布，后封给刘长（刘邦之子）。

⑭三河：指河南、河东、河内。东郡：今河北大名、山东聊城、临清等地以西。颍川：今河南中部及南部。

⑮江陵：今湖北江陵。

⑯云中：今山西大同北。陇西：今甘肃陇西。

⑰内史：秦置官名。掌治理京师，后即为地域名。汉初之"内史"，辖长安、新丰等地。

【译文】

汉朝建立以后，封功臣为王、侯二等。高祖末年，不是刘氏而称王，或者对朝廷无功劳，天子没封他而自己称侯的，天下人共同起来讨伐他。高祖的子弟同姓而封王的有九国，只有长沙王异姓，功臣被封为侯的有一百多人。从雁门、太原以东到辽阳，是燕国和代国；从常山以南，太行山以东，越过黄河、济水和阿、甄两地，往东一直到海，是齐国和赵国；从陈地以西，南至九嶷山，往东包括江、淮、榖、泗四条河流，一直到会稽，是梁国、楚国、吴国、淮南国和长沙国。多国的外围都和胡、越接壤。内地北至太行山以东都是诸侯的封地，大的诸侯有的占地五六郡，拥有几十个城，设置百官，建立宫观，和天子差不多，真是僭越礼分。汉朝的天子只拥有河东郡、河西郡、河南郡、东郡、颍川郡、南阳郡，以及从江陵以西到蜀地，北边从云中到陇西，和京兆合起来不过十五郡，而公主和列侯的采地还多在里面。这是为什么呢？因为天下刚刚平定，同姓的骨肉少，所以广泛地扶植庶子，用来镇抚四方，翼卫天子。以上讲王国、侯国分地多而汉郡少。

汉定百年之间，亲属益疏，诸侯或骄侈，忕邪臣计谋为淫乱①，大者叛逆，小者不轨于法，以危其命，殒身亡国。天子观于上古，然后加惠，使诸侯得推恩分子弟国邑，故齐分为七②，赵分为六③，梁分为五④，淮南分三⑤，及天子支庶子为王，王子支庶为侯，百有余焉。吴、楚时，前后诸侯或以適削地，是以燕、代无北边郡，吴、淮南、长沙无南边郡，齐、赵、梁、楚支郡名山陂海咸纳于汉。诸侯稍微，大国不过十余城，小侯不过数十里，上足以奉贡职，下足以供养祭祀，以蕃辅京师。而汉郡八九十，形错诸侯间，犬牙相临，秉其厄塞地利⑥，强本干，弱枝叶之势也，尊卑明而万事各得其所矣。以上诸侯衰微而汉郡多。

【注释】

①忕（shì）：《索隐》曰："训习，言习于邪臣之谋计。"

②齐分为七：汉文帝时，分齐为齐、济北、济南、菑川、胶西、胶东、城阳七国。

③赵分为六：赵分为河间、广川、中山、常山、清河、赵六个小国。

④梁分为五：梁分为济川、济东、山阳、济阴、梁五个小国。

⑤淮南分三：淮南分为衡山、庐江、淮南三个小国。

⑥厄塞：险要的地方。

【译文】

汉朝平定天下以后百年之间，亲属的关系更为疏远，有的诸侯还骄矜奢侈起来，惯用奸邪之臣的计谋，做出淫乱的事，情节严重的叛逆犯上，情节较轻的不遵守法度，以致危及自己的性命，丧身亡国。天子效仿古法，于是加赐恩惠，让诸侯可以推恩，把国内的城邑分封子弟，因此齐国分为七国，赵国分为六国，梁国分为五国，淮南国分为三国，加上天子的支庶子封为王，诸王的支庶子封为侯，合起来共有一百多个诸侯。吴、楚作乱的前后，有些诸侯因罪而被削地，因此燕、代两国丧失了北边的郡，吴、淮南、长沙三国丧失了南边的郡，齐、赵、梁、楚国的支郡及名山、湖池全都纳入了天子的直辖范围。诸侯的势力逐渐衰微，大国不超过十几城，小侯只有几十里，对上来说，可以奉行贡职，对下来说，可以供给祭祀，藩卫京师。汉朝天子直辖的郡有八九十个，犬牙交错在诸侯的封地上，控制着诸侯的要塞和地利，造成本根强大、枝叶弱小的形势，于是尊卑分明，万事各得其所了。以上讲汉代诸侯不断被削弱而汉郡增多。

臣迁谨记高祖以来至太初诸侯[①]，谱其下益损之时，令后世得览。形势虽强，要之以仁义为本。

【注释】

①太初：汉武帝年号（前104—前101）。

【译文】

我恭谨地记载了高祖以来到太初年间所封的诸侯，在各诸侯的下面记上他们兴起和衰亡的时间，让后代可以观览。中央的形势虽然强大，但最重要的是推行仁义，这才是根本的办法。

韩愈·张中丞传后序

【题解】

张中丞即张巡。安史之乱时，受命率兵讨贼，屡建战功，名声甚高。后与许远死守江淮咽喉睢阳，以极微弱的兵力，抗击数十万叛军，最后弹尽粮绝，慷慨就义。但张巡死后，竟有人诬蔑、毁谤许远降贼有罪。其友人李翰为伸张正义，澄清事实，作《张巡传》，上书肃宗，辨明事情真相。五十年后，韩愈得读《张巡传》深有感慨，写下此文，表彰为国捐躯的张巡、许远等人的功绩，驳斥了小人的谬说。

元和二年四月十三日夜①，愈与吴郡张籍阅家中旧书②，得李翰所为《张巡传》③。翰以文章自名④，为此传颇详密，然尚恨有阙者，不为许远立传⑤，又不载雷万春事首尾⑥。

【注释】

①元和：唐宪宗年号（806—820）。元和二年，即807年。

②吴郡：今江苏苏州。张籍：字文昌，元和时著名诗人，是韩愈的学生。著有《张司业集》。

③李翰：赞皇（今属河北）人。官至翰林学士，是张巡的朋友。张巡：邓州申阳（今河南邓州）人。安史之乱时，任真源县令，曾起兵守雍丘（今河南杞县），抗击安禄山叛军，后与太守许远守睢阳（今河南商丘睢阳区），城破被俘殉难。张巡在固守睢阳时，诏拜御史中丞，故称张中丞。

④自名：自称，自许。

⑤许远：字令威。安史之乱时，任睢阳太守，同张巡共守睢阳，后城破被俘，叛军拟将他押送洛阳，不屈，于偃师（今属河南）遇害。

⑥雷万春：张巡部将，睢阳失守后，与张巡同时被害。

【译文】

元和二年四月十三日夜，韩愈与吴郡张籍阅读家中的旧书，看到了李翰所写的《张巡传》。李翰素以文章自许，因此这篇文章写得详细周全，但是仍有缺漏而令人遗憾，没有替许远写下传记，也没有记载雷万春事迹的前前后后。

远虽材若不及巡者，开门纳巡，位本在巡上，授之柄而处其下[1]，无所疑忌，竟与巡俱守死成功名[2]。城陷而虏，与巡死先后异耳[3]。两家子弟材智下，不能通知二父志，以为巡死而远就虏，疑畏死而辞服于贼[4]。远诚畏死，何苦守尺寸之地，食其所爱之肉[5]，以与贼抗而不降乎？当其围守时，外无蚍蜉蚁子之援[6]，所欲忠者，国与主耳。而贼语以国亡主灭[7]，远见救援不至，而贼来益众，必以其言为信。外无待而犹死守，人相食且尽[8]，虽愚人亦能数日而知死处矣[9]。远之不畏死，亦明矣！乌有城坏其徒俱死[10]，独蒙愧耻求活？虽至愚者不忍为。呜呼！而谓远之贤而为之耶？说者又谓远与巡分城而守，城之陷，自远所分始。以此诟远，此又与儿童之见无异[11]。人之将死，其脏腑必有先受其病者；引绳而绝之[12]，其绝必有处。观者见其然[13]，从而尤之[14]，其亦不达于理矣。小人之好议论，不乐成人之美[15]，如是哉！以上讼许远之屈。

【注释】

①柄：权柄。此处指兵权。

②竟：终于。

③耳：罢了。

④“两家子弟材智下”几句：安史之乱平定后，张巡儿子去疾轻信谣言，于唐代宗大历年间上书给皇帝，言睢阳城陷时，许远不忠于张巡，而屈服于叛军，并请追夺许远官爵。通知，通晓，完全了解。辞服，请降。

⑤食其所爱之肉：睢阳被围，城中粮尽，士卒多饿死，待雀鼠食尽，再以妇女、男子老弱食之，张巡杀爱妾，许远杀奴仆，以充军粮。

⑥蚍蜉（pí fú）：一种黑色的大蚂蚁，比喻当时连一点儿援军都没有。

⑦贼：指叛军。国亡主灭：指安史之乱后，长安陷落，唐玄宗李隆基逃往蜀中。叛将则以国家亡、君主死为词，劝降张巡、许远。

⑧且：将。

⑨数日：计算日期。

⑩乌有：哪里有。

⑪“说者又谓远与巡分城而守”几句：张巡与许远在共守睢阳城时，曾分城而守，张巡守城东北，许远守城西南。睢阳城陷落时，敌人先从许远所守地段攻入，而攻击许远的人便以此为理由对他们进行诬蔑。说者，指毁谤许远的人。

⑫引：拉。

⑬见其然：见到这种情况（指上文“城之陷，自远所分始”）。

⑭尤之：责难许远。

⑮不乐成人之美：《论语·颜渊》：“子曰：君子成人之美，不成人之恶，小人反是。”

【译文】

许远虽然才能不如张巡，但打开城门迎入张巡，官位本来在张巡之上，却授予张巡兵权而处于张巡的指挥之下，无所猜忌，最终与张巡一起死守城池，成就功名。城陷被俘，与张巡共同就义，不过有先有后罢了。两家后代的才智低下，不能通晓两位父辈大人的遗志，以为张巡死去而许远被俘，怀疑许远怕死而降敌。许远若真的怕死，又何苦守尺寸之地，并忍痛杀奴仆以充军粮，坚持抵抗敌人而不投降呢？当他们守城被围时，城外连一点儿援军都没有，他们忠心耿耿，只是为了国家和君主。而敌贼以国亡主灭招降，许远眼见救援的军队不来，而敌贼却越来越多，按理一定会相信敌人的话。外无援军却仍死守，人吃人也即将吃光，即使愚蠢的人也能计算时日而知道死将到来。许远不怕死是很明显的！哪有守城已破部下都亡，独独一人含愧受辱苟且偷生的？即使最愚蠢的人也不忍心。唉！又怎么能认为许远这种贤良之士会做这种事啊？毁谤许远的人又说许远与张巡分城守护，城陷落先从许远守护的地方开始。以此对许远诬蔑，这跟无知儿童的见识没有什么两样。快要死去的人，其脏腑必有先患病之处；绳子断裂，必有先裂口之处。旁观的人见到结果后，就责问先变之处，真是不通情达理。道德低下的人好议论人的是非，不喜欢成全别人的好事，如此而已！以上申辩许远的冤屈。

如巡、远之所成就，如此卓卓①，犹不得免，其他则又何说！当二公之初守也，宁能知人之卒不救②，弃城而逆遁③？苟此不能守④，虽避之他处何益？及其无救而且穷也，将其创残饿羸之余⑤，虽欲去，必不达。二公之贤，其讲之精矣⑥。守一城，捍天下，以千百就尽之卒⑦，战百万日滋之师⑧，蔽遮江、淮，沮遏其势⑨，天下之不亡，其谁之功也！当是时，弃城而图存者，不可一二数；擅强兵坐而观者相环也⑩。不追议此⑪，而责二公以死守，亦见其自比于逆乱，设淫辞而助之攻也⑫！

【注释】

①卓卓：特别突出，出众。

②宁能：哪能，岂能。

③弃城而逆遁：当时确有弃城东去之议，张巡、许远申述理由，坚决反对这样做。逆遁，事前逃走。

④苟：假使，如果。

⑤将：统率。创：创伤。羸（léi）：瘦弱。

⑥其讲：指许远、张巡二人的谋划。

⑦就尽：将尽。

⑧日滋：一天天增多。

⑨沮遏：阻止。

⑩擅强兵坐而观者相环也：拥有强大兵力而坐视不救的，睢阳周围都是。

⑪追议：追究，议论。

⑫设淫辞：制造夸大歪曲事实的言辞。

【译文】

张巡、许远的成就，可谓卓越出众，但仍不能免受指责，其他的人又该怎样说！当二位初守之时，哪能知道救兵始终不到，该丢城而逃亡呢？可是假使此城守不住，即使躲避到他处又有什么用呢？等到既无救兵且处境窘迫时，率领伤残、饥饿、羸弱的士卒，即使想逃离，也一定跑不远的。贤明的二公，其谋划也是周密的。守卫一城，捍卫天下，以千百名将要阵亡的士卒，抗击日益增长的百万之师，在江、淮之上筑成防线，阻遏敌军之势，天下没有灭亡，还能是谁的功劳！当时，弃城而图生存的，可不是一个两个；拥有强兵坐而不救的，为数也不少。不追究这些人的罪责，却责问二位以死相守，我觉得是他们辅助叛军，在用流言蜚语帮助叛军进攻！

愈尝从事于汴、徐二府①，屡道于两府间②，亲祭于其所谓双庙者③。其老人往往说巡、远时事云。以上明巡、远之功。

【注释】

①从事：唐代通称幕僚为从事，即帮助别人做事。汴、徐：汴州（今河南开封）、徐州（今江苏徐州）。韩愈曾在宣武节度使董晋部下任汴州推官。董晋死后，韩愈又依附于武宁节度使张建封，任徐州推官。

②屡道：几次经过。

③双庙：《新唐书·张巡传》载，张巡、许远死后，唐肃宗李亨追张巡为扬州大都督，许远为荆州大都督，并在睢阳为二人立了庙，岁时祭祀。

【译文】

我曾在汴、徐二府任职，几次经过两地之间，亲自到双庙去祭祀。那里的老人们常常说起张巡、许远当时的事情。以上说明张巡、许远之功。

南霁云之乞救于贺兰也[①]，贺兰嫉巡、远之声威功绩出己上，不肯出师救。爱霁云之勇且壮，不听其语，强留之，具食与乐[②]，延霁云坐[③]。霁云慷慨语曰："云来时，睢阳之人不食月余日矣！云虽欲独食，义不忍；虽食，且不下咽。"因拔所佩刀，断一指，血淋漓，以示贺兰。一座大惊，皆感激为云泣下。云知贺兰终无为云出师意，即驰去。将出城，抽矢射佛寺浮图[④]，矢着其上砖半箭，曰："吾归破贼，必灭贺兰，此矢所以志也[⑤]！"愈贞元中过泗州[⑥]，船上人犹指以相语。城陷，贼以刃胁降巡，巡不屈，即牵去，将斩之；又降霁云，云未应。巡呼云曰："南八[⑦]，男儿死耳，不可为不义屈！"云笑曰："欲将以有为也[⑧]。公有言，云敢不死！"即不屈。以上载南霁云之事。

【注释】

①南霁云：魏州顿丘（今河南清丰西南）人。安禄山反，参加平叛，后成为张巡的部将。贺兰：复姓，名进明。当时任河南节度使，拥重兵驻扎在临淮（今江苏泗洪临淮镇）。张巡曾派南霁云向他求援，他坐视不救。

②具食与乐：备好筵席与歌舞。

③延：请。

④浮图：佛塔。

⑤志：标记。

⑥贞元：唐德宗年号。泗州：州名。唐时属河南道，治所在临淮。

⑦南八：因南霁云在兄弟辈中排行第八，故称。

⑧将以有为：将有所作为。此句与上文的“又降霁云，云未应”相呼应。意谓南霁云自有打算，想通过诈降待机破敌雪恨。

【译文】

南霁云曾向贺兰进明求援，贺兰嫉妒张巡、许远的声望、功绩都超过了自己，不肯出兵相救。贺兰爱重霁云的勇敢和激壮，不听他的求救，强行挽留他，供给食物与歌舞，请霁云上坐。霁云慷慨地说：“我出来时，睢阳的人没有吃的有一个多月了！我虽然想独自食用一顿，但道义不容；即使吃了，也难以下咽。”于是拔出所佩带的刀，砍断一手指，鲜血淋漓，以向贺兰显示心意。在座的人都大吃一惊，都被感动得哭泣起来。霁云明白了贺兰最终没有派出救兵的意思，立即驰马而去。将要出城时，抽箭射击佛寺的佛塔，箭身一半射进佛塔的砖瓦里，说：“我回去击败敌贼之后，一定要灭了贺兰，用这箭来作证！”我于贞元年间经过泗州，坐在船上的人还指着那里互相谈论。睢阳城失陷后，敌人以刀胁逼张巡投降，张巡不屈服，立即被带走，准备斩首；又要霁云投降，霁云不回答。张巡高呼说：“南八，男子汉一死而已，不可向邪恶屈服。”霁云笑道：“我只是想将来还有要做的事。既然您都说了，我霁云哪敢不死！”于是终不屈服。以上记载南霁云之事。

张籍曰：有于嵩者[①]，少依于巡，及巡起事，嵩常在围中。籍大历中于和州乌江县见嵩[②]，嵩时年六十余矣。以巡初尝得临涣县尉[3]，好学无所不读。籍时尚小，粗问巡、远事，不能细也[4]。云巡长七尺余，须髯若神[5]。尝见嵩读《汉书》，谓嵩曰："何为久读此？"嵩曰："未熟也。"巡曰："吾于书读不过三遍，终身不忘也。"因诵嵩所读书，尽卷不错一字。嵩惊，以为巡偶熟此卷，因乱抽他帙以试[6]，无不尽然。嵩又取架上诸书，试以问巡，巡应口诵无疑。嵩从巡久，亦不见巡常读书也。为文章，操纸笔立书，未尝起草。初守睢阳时，士卒仅万人，城中居人户亦且数万，巡因一见问姓名，其后无不识者。巡怒，须髯辄张[7]。及城陷，贼缚巡等数十人，坐，且将戮，巡起旋，其众见巡起，或起或泣。巡曰："汝勿怖！死，命也。"众泣不能仰视。巡就戮时，颜色不乱[8]，阳阳如平常[9]。远，宽厚长者，貌如其心，与巡同年生，月日后于巡，呼巡为兄，死时年四十九。以上张籍述于嵩语记巡、远杂事。

【注释】

①于嵩：生平无考。

②大历：唐代宗年号。和州：治所历阳（今安徽和县）。乌江县：在今安徽和县东北。

③以巡：因张巡之故。张巡死节，唐朝加恩封赏他的亲戚、部下，故于嵩得临涣县尉之职。临涣县：在今安徽宿州西南。

④细：详细。

⑤须髯（rán）：胡须。

⑥因：于是。他帙（zhì）：其他一卷。帙，本是书套，此处指书。

⑦辄（zhé）：即，就。

⑧颜色不乱：脸色不变。

⑨阳阳：神色自若，安详镇定。

【译文】

张籍说：有位叫于嵩的，年轻时就依附于张巡，等到张巡起兵平叛，于嵩常在他身边。张籍曾在大历年间在和州乌江县见到于嵩，他当时已六十多岁了。因为张巡的缘故，于嵩得任临涣县尉之职。他勤奋好学，无所不读。张籍当时还小，大略地问问张巡、许远的事，说得也不很详细。据说张巡身高七尺多，胡须长得秀美如神。张巡曾经看见于嵩读《汉书》，对他说："为什么老是读这书？"于嵩回答说："没有熟记下来。"张巡说："我读书不超过三遍，终生不会忘记。"接着就背诵于嵩所读的那卷，背完这卷书后竟一字不错。于嵩感到吃惊，以为张巡恰好熟悉这卷，于是随便抽了其他卷来试他，结果都是如此。于嵩又取书架上的书，试着问张巡，张巡随着于嵩的提问应口背诵毫无迟疑。于嵩跟从张巡时间很长，却不见张巡经常读书。张巡写文章，拿起纸笔就写，不用打草稿。刚守睢阳城时，士兵将近一万人，城中居民也数万，张巡若见过面问过姓名，到后来没有不能记住的。张巡发怒时，胡须就张开。等到睢阳城失陷，敌人绑缚了张巡等数十人并让他们坐下来，即将杀戮，张巡站起来，众人见他站了起来，有的也跟着站起来，有的哭泣。张巡说："你们不用害怕！死，不就是一条命吗！"众人都哭得不能抬头。张巡英勇就义时，脸色不变，安详自若，犹如平常。许远是宽厚、德高望重的人，外貌和他的内心一样诚实宽厚，与张巡同年出生，出生的月日在张巡之后，故称张巡为兄，死时年仅四十九岁。以上是张籍记录的于嵩关于张巡、许远杂事的叙述。

嵩贞元中死于亳、宋间[①]。或传嵩有田在亳、宋间，武人夺而有之[②]，嵩将诣州讼理[③]，为所杀。嵩无子。张籍云。

【注释】

①亳（bó）：亳州，今安徽亳州。宋：宋州，即睢阳。

②武人：指军人。

③诣州讼理：到州里向官府告状。

【译文】

于嵩在贞元年间死在亳州和宋州一带。有人说于嵩在这一带有田地，军人们强夺并霸占了，于嵩要到州里告状，被他们杀害了。于嵩没有儿子。这些都是张籍讲述的。

曾巩·先大夫集后序

【题解】

这是曾巩为其祖父的文集所作的序。除概要介绍祖父的主要著作、交代写作序文的原因目的之外，用笔更多的是祖父仕宦后的主要政绩，赞扬了他勇于直谏、忠正刚直、不与邪恶妥协的精神，并为他屡遭奸佞阻扼，以致毁誉不一的不幸遭遇深表同情。文章在介绍祖父生平事略时，并不单纯叙事，而是夹叙夹议，叙议结合。

公所为书，号《仙凫羽翼》者三十卷，《西陲要纪》者十卷，《清边前要》五十卷，《广中台志》八十卷，《为臣要纪》三卷，《四声韵》五卷，总一百七十八卷，皆刊行于世。今类次诗赋书奏一百二十三篇①，又自为十卷，藏于家。

【注释】

①类次：分类排列。

【译文】

公所著的书，有《仙凫羽翼》三十卷，《西陲要纪》十卷，《清边前要》

五十卷,《广中台志》八十卷,《为臣要纪》三卷,《四声韵》五卷,总共一百七十八卷,都刊刻发行。现在又分别排列其诗赋书奏一百二十三篇,分为十卷,收藏在家里。

方五代之际,儒学既摈焉,后生小子,治术业于闾巷[①],文多浅近。是时公虽少,所学已皆知治乱得失兴坏之理,其为文闳深隽美,而长于讽谕,今类次乐府已下是也[②]。宋既平天下,公始出仕。当此之时,太祖、太宗已纲纪大法矣,公于是勇言当世之得失。其在朝廷,疾当事者不忠,故凡言天下之要,必本天子忧怜百姓、劳心万事之意,而推大臣从官执事之人,观望怀奸,不称天子属任之心,故治久未治。至其难言,则人有所不敢言者,虽屡不合而出,而所言益切[③],不以利害祸福动其意也。以上言在五代作乐府等,至宋作奏议。

【注释】

①闾巷:泛指民间。

②乐府:诗体名。初指乐府官署所采制的诗歌,后将魏、晋至唐可以入乐的诗歌,以及仿乐府古题的作品,统称乐府。宋以后的词、散曲、剧曲因配乐,有时也叫乐府。

③切:严厉。

【译文】

五代时,儒学被摈弃,后辈学子在民间从事学术研究,所作文章大多非常浅薄。当时公虽然年少,但已懂得治乱得失兴废的道理,为文博大精深,文笔优美,且擅长讽谕,现在分类排列于乐府后面的文章就具有这样的特点。宋朝建立后,公才出仕为官。当时太祖、太宗已经制定了国家大法,公经常勇于直言当今时事的得与失。他在朝廷里,恨当权者不竭尽忠心，所以只要谈及国家大事，必定本着天子应该怜恤百姓、为国家尽心尽力的意旨，指斥大臣从官及各部门的专职人员心存奸邪、左右观望，不按天子所嘱托的去做，所以整治了很久也没有使国家政治清明。有些难以说出的话，别人都不敢说，但公虽多次直言而遭弃逐，却并不为个人的利害祸福而动摇其意志，对邪恶的指斥更为严厉。以上讲公在五代作乐府诗，在宋作奏议。

始公尤见奇于太宗，自光禄寺丞、越州监酒税召见①，以为直史馆，遂为两浙转运使②。未久而真宗即位，益以材见知。初试以知制诰③，及西兵起④，又以为自陕以西经略判官⑤。而公尝切论大臣，当时皆不说，故不果用。然真宗终感其言，故为泉州⑥，未尽一岁，拜苏州⑦，五日，又为扬州⑧。将复召之也，而公于是时又上书，语斥大臣尤切，故卒以龃龉终⑨。以上言因论事屡起屡蹶。

【注释】

①光禄寺丞：官名。光禄寺有卿、少卿、丞、主簿各一人。卿掌祭祀朝令宴飨等事，丞参领之。越州：今浙江绍兴。监酒税：官名。

②两浙：今浙江及江苏丹徒以东。转运使：官名。掌一路财赋。

③试：试用，宋代官员任用方式之一。知制诰：官名。掌制诰诏令撰述之事。

④西兵：西夏军队。

⑤经略判官：官名。经略下的属官。

⑥泉州：今福建泉州。

⑦苏州：今江苏苏州。

⑧扬州：今江苏扬州。

⑨龃龉（jǔ yǔ）：抵触。

【译文】

最初公很为太宗所欣赏，自被召见授官为光禄寺丞、越州监酒税，继而被提升担任直史馆的官职，后又被任用为两浙转运使。不久真宗即位后，更以其才能而见知。先被任用为知制诰，等到西夏兵事起，又被任用为自陕以西的经略判官。但公经常严厉指斥大臣，这些大臣听说他被任用为经略判官，当时都不高兴，后来公果真没被任用。可是后来真宗还是被他的忠言所打动，所以在泉州不到一年，就授任苏州，五天后又授任扬州。正要召公回朝时，他又上书更加严厉地斥责大臣，后一直到死，他都遭到大臣的抵触而未被召回朝廷。以上讲因进言论事多次被任用、罢免。

公之言，其大者，以自唐之衰，民穷久矣，海内既集，天子方修法度，而用事者尚多烦碎，治财利之臣又益急，公独以谓宜遵简易、罢管榷①，以与民休息，塞天下望②。祥符初③，四方争言符应④，天子因之，遂用事泰山，祠汾阴⑤。而道家之说亦滋甚，自京师至四方，皆大治宫观。公益诤，以谓天命不可专任，宜绌奸臣，修人事，反复至数百千言。呜呼！公之尽忠，天子之受尽言，何必古人？此非传之所谓主圣臣直者乎？何其盛也！何其盛也！以上言奏议之大在罢管榷、谏封禅二事。

【注释】

①管榷：商税、关税征收事宜。

②望：怨恨。

③祥符：即大中祥符，宋真宗年号（1008—1016）。

④符应：天降祥瑞与人事相应。

⑤用事泰山，祠汾阴：宋真宗在泰山封禅，在汾阴祭后土。

【译文】

公的言论中，最重要的就是认为自唐代衰落以后，百姓一直处于穷困之中，现在天下已经统一，天子正在修治法令制度，可是办事的人多繁文缛节，治理财政的大臣又求财过急，所以公独认为应当遵从简朴便易的原则，停止征收商税，以使百姓休养生息，抚平他们心中积郁的怨气。祥符初年，到处都在争相谈论天将降祥瑞的事情，所以天子就在泰山封禅，在汾阴祭后土。当时道家的学说也很盛行，从京师到全国其他地方，都大量修建宫室道观。公更加直陈谏言，认为天命岂可由道家独专，应罢黜奸臣，整治人事，公就这样反反复复说了成百上千的话。唉！公所尽忠心和天子所接受的忠言，谁说不如古人呢？这不是史书所说的天子圣明和臣子忠直吗？多么好啊！多么好啊！以上讲了罢征商税、进谏封禅这两件主要的事。

公在两浙，奏罢苛税二百三十余条。在京西[①]，又与三司争论[②]，免民租，释逋负之在民者[③]，盖公之所试如此。所试者大，其庶几矣。公所尝言甚众，其在上前及书亡者，盖不得而集。其或从或否，而后常可思者，与历官行事，庐陵欧阳修公已铭公之碑特详焉[④]，此故不论，论其不尽载者。公卒以龃龉终，其功行或不得在史氏记。藉令记之，当时好公者少，史其果可信欤？后有君子欲推而考之，读公之碑与书，及予小子之序其意者，具见其表里，其于虚实之论可核矣。

【注释】

①京西：今河南开封、信阳等地及湖北北部。

②三司：官署名。北宋时为财政总枢，通管盐铁、度支、户部。

③逋（bū）负：拖欠的税赋。泛指各种未偿的债务。

④庐陵：今江西庐陵。

【译文】

公在两浙时，曾上奏罢免苛捐杂税二百三十多条。在京西，又与三司争论减免民租，免去百姓拖欠的赋税，公的任职情况大致就是这样。即或任用为高官，情形也大抵如此。公的言论很多，他上呈给天子的奏议及遗失的书信文字等，都不可能收入文集。对他，不论是受赞许的，还是受非议的，和将留待后人思考的，以及他历任的官职做的实事，庐陵欧阳修先生已详细地将这些镌刻在公的墓碑上了，在这里我就不再谈了，只说那些他没有记载的事情。公一直到死都遭到压抑，他的功绩和德行，也许不能为史家所记载。即使记载了，当时喜好公的人少，所记史事就真的可信吗？以后有哪位君子想推证查考，读公的碑铭、书籍，以及我这后辈小子写的序言，就可以理解字里行间所潜在的意思来，对于那些或虚或实的言论也可以查考对照了。

公卒，乃赠谏议大夫。姓曾氏，讳某，南丰人。序其书者，公之孙巩也。

【译文】

公去世后，被赠为谏议大夫。公姓曾，名某，南丰人。为他的书作序的，是其孙曾巩。

告语门四类

诏令类

书·吕刑

【题解】

据《史记》，周穆王初年，滥用刑罚，政乱民怨，吕侯为相，劝导穆王明德慎罚，制定刑律。本篇形式上为周穆王的诰词，但是体现的是吕侯的法律主张和刑罚规定，所以名为《吕刑》。吕侯后为甫侯，故古籍中又称《甫刑》。

全文由三部分组成。第一部分总结历史经验，主张采用中刑。第二部分较具体地说明刑律的条目以及审理案件的办法。第三部分讲正确地审理案件的态度，强调慎刑。

惟吕命①。王享国百年②，耄③，荒度作刑，以诘四方。王曰："若古有训，蚩尤惟始作乱④，延及于平民。罔不寇贼，鸱义奸宄，夺攘矫虔。苗民弗用灵⑤，制以刑，惟作五虐之刑曰法。杀戮无辜，爰始淫为劓、刵、椓、黥⑥。越兹丽刑并制⑦，罔差有辞。民兴胥渐，泯泯棼棼⑧，罔中于信，以覆诅盟。虐威庶戮，方告无辜于上。上帝监民，罔有馨香德，刑发闻惟腥。以上言苗民制刑之失。

【注释】

①惟：语助词，无实义。吕：吕侯，周穆王的大臣。《史记》《诗经》《礼记》等均作“甫侯”。命：古时臣命君也可称命。

②百年：据《史记·周本纪》，周穆王五十岁即位，在位五十五年。

③耄（mào）：年老，八九十岁的年纪。

④蚩（chī）尤：古时苗族酋长。

⑤灵：当作“令”。

⑥爰（yuán）：语首助词。淫：过分。劓（yì）：割鼻。刵（èr）：割耳。椓（zhuó）：宫刑，破坏男女生殖机能的酷刑。黥（qíng）：用刀刺人面额后以墨涂染的刑法，也叫墨刑。

⑦丽：施加刑罚。

⑧泯泯棼棼（fén）：纷乱的样子。

【译文】

吕侯建议周穆王制定刑罚。穆王在位，年已百岁，老迈之人，考虑时世所宜，建立刑罚，用以警戒四方诸侯。周王说：“古时本有遗训，从蚩尤开始犯上作乱，其影响及于平民。无不抄掠害人，轻义灭善，违法妄为，强取豪夺。三苗之人也不遵从法令，于是用刑罚来制御众人，制定五种残害形体的刑罚叫作法。遭到屠杀和刑辱的有许多是无罪的人，酷刑滥用，发明截去鼻子、割去耳朵、宫刑、墨刑等刑法。于此施刑之时，连带无罪之人，根本不听取申诉。小民互相欺诈，社会上纷乱无序，大家都不讲信用，推翻诅咒盟誓的诺言。三苗用刑罚虐待民众，大家就联合起来把自己无罪而受刑的情况告诉上帝。上帝看到民众的现状，知道了三苗毫无美德，滥用刑罚，政声丑恶。以上讲苗民制定刑法的不足之处。

“皇帝哀矜庶戮之不辜，报虐以威，遏绝苗民，无世在下。乃命重、黎[1]，绝地天通，罔有降格[2]。群后之逮在下，明明棐常[3]，鳏寡无盖[4]。皇帝亲问下民，鳏寡有辞于苗。德威惟畏，德明惟明。乃命三后，恤功于民。伯夷降典，折民惟刑；禹平水土，主名山川；稷降播种，农殖嘉谷。三后成功，惟殷于民。士制百姓于刑之中，以教祗德[5]。穆穆在上，明明在下，灼于四方，罔不惟德之勤，故乃明于刑之中，率乂于民棐彝[6]。典狱，非讫于威，惟讫于富。敬忌，罔有择言在身，惟克天德，自作元命，配享在下。”以上言皇帝制刑之中。

【注释】

①重（zhòng）、黎：传说颛顼氏时司天地的官名。重司天，黎司地。

②罔：不。格：升。

③棐（fěi）：辅。

④盖：蔽。

⑤祗（zhī）：恭敬。

⑥乂（yì）：治理。彝（yí）：常。

【译文】

“上帝怜悯民众无辜受刑戮的不幸，用严酷的手段来报复蚩尤的残虐，将他们赶尽杀绝，不让他们留在中土。于是任命重、黎分别司职天和地，使天神与地上庶民上下分绝，避免升降杂糅。诸侯有恩于下，非常洞明，就连鳏夫寡妇也没有壅蔽的隐情。上帝讯问下民，连鳏夫寡妇都对三苗有怨言。德政之威，才使人畏惧，德政彰明，才使人尊敬。又任命三位大臣，他们为民事而思虑勤苦。伯夷颁下典礼，以法断事；禹治理水土，负责命名山川；稷教民播种耕作，种植谷子。三人事业成功，民众受益很大。士师按照刑法恰当地制御臣民，教导臣民敬重德行。在上者有美德，在下者能明察，光辉照耀四方，人们无不勤勉地依据德教办事，以明德用刑，尽得中正，遵循治民之道，形成常规。主持法律案件的，不是靠刑罚之威来解决问题，而是要致福于人。外表恭敬，心存戒惧，自身不会受到指责。效天之德，断狱平均，以自己的善行求得长命之福，将来以功臣的身份祔祭于祖庙。”以上讲皇帝制定刑法得当。

王曰：“嗟！四方司政典狱，非尔惟作天牧？今尔何监？非时伯夷播刑之迪①？其今尔何惩？惟时苗民匪察于狱之丽，罔择吉人，观于五刑之中，惟时庶威夺货，断制五刑，以乱无辜。上帝不蠲，降咎于苗。苗民无辞于罚，乃绝厥世。”

【注释】

①迪：道。

【译文】

周王说：“唉！四方执政断狱的官员们，难道你们不是为上天治理臣民的吗？现在你们要效法的是什么呢？难道不是伯夷所传播的实施刑罚的制度吗？现在你们要以什么为教训呢？应该引为戒鉴的，正是苗人不能明察刑狱而滥施刑罚；不肯选择善人去考察五刑施用是否得当；那些仰仗权威的人，被委任来断制五刑，乱罚无罪。上帝认为他们的政治污浊不堪，降下大祸来诛杀他们。苗人没有遁词使自己摆脱上天的惩罚，世嗣中绝。”

王曰：“呜呼！念之哉。伯父、伯兄、仲叔、季弟、幼子、童孙，皆听朕言，庶有格命。今尔罔不由慰曰勤，尔罔或戒不勤。天齐于民，俾我一日，非终惟终在人。尔尚敬逆天命，以奉我一人！虽畏勿畏，虽休勿休①。惟敬五刑，以成三德。一人有庆②,兆民赖之,其宁惟永。”以上言断狱宜出以勤慎。

【注释】

①休:美好。

②一人:指天子。

【译文】

周王说:“唉!记住这些吧。大伯大叔、兄弟们、子孙晚辈,你们都要听我的话,这样大致就能顺天长命。现在你们没有不以勤勉自慰的,你们没有一个不以不够勤劳告诫自己的。上天为了整顿臣民,让我来掌握权柄,我一日之行失其道,这不是上天所成;得其理则是上天所成,所谓事在人为。你们应当恭敬地对待天命,拥戴我一人!行事虽有人敬畏你们,你们不要自以为是值得敬畏的;虽有人赞美你们,你们也不要自以为就是有美德。恭谨地执行五刑,以成就刚柔正直这三德。天子有善政,亿万民众就有依靠,国家可以长久安宁了。”以上讲断狱应做到勤勉、恭慎。

王曰:“吁!来,有邦有土,告尔祥刑。在今尔安百姓,何择非人?何敬非刑?何度非及?两造具备,师听五辞①。五辞简孚②,正于五刑。五刑不简,正于五罚;五罚不服,正于五过。五过之疵:惟官、惟反、惟内、惟货、惟来。其罪惟均,其审克之!五刑之疑有赦,五罚之疑有赦,其审克之!简孚有众,惟貌有稽③。无简不听,具严天威。

【注释】

①五辞:《周礼·小司寇》:“以五声听狱讼,求民情。一曰辞听,二曰色听,三曰气听,四曰耳听,五曰目听。”

②简:检查核对。孚:验证。

③稽：查考。

【译文】

周王说："唉！来，诸侯国君及诸位官员，让我告诉你们什么是善刑。现在你们安理民众，该选择什么人？难道不是善人吗？难道不该恭谨地对待五刑吗？难道不该考虑运用是否得当吗？原告和被告全都到齐，断狱官员要从五个方面去判断案情。这五方面判断的结果如与事实相符，就要与五刑的规定对照一下，看看该如何处罚。如果与五刑的规定不相应，就去对照一下五罚的规定；如果连五罚也有所未服，就对照一下五过的规定。所谓五过的弊端：或者是照顾被告曾做过官，或者用欺诈的手段翻案，或者因为被告的亲属有权有势，或者贪赃受贿、枉法徇私，或者因为有往来的交情。凡是断狱之官由此而轻重其词，操纵案情审理，都将与犯罪者同罪，只有清廉公正的审讯才能够核实案情！其罪拟施五刑而有疑问，那就宽赦他而降等按五罚处理；如果拟入五罚而有疑问，那就宽宥他而免除刑罚，只有清廉公正的审讯才能够核实案情！为了显示诚信，增加凝聚力，可以征询官、吏、民的意见，细枝末节也要仔细核查清楚。未曾核实的便不能据以论罪，但也要整肃上天的威严。治罪与宽宥都要如此。

"墨辟疑赦[①]，其罚百锾[②]，阅实其罪。劓辟疑赦，其罚惟倍，阅实其罪。剕辟疑赦[③]，其罚倍差，阅实其罪。宫辟疑赦，其罚六百锾，阅实其罪。大辟疑赦，其罚千锾，阅实其罪。墨罚之属千，劓罚之属千，剕罚之属五百，宫罚之属三百，大辟之罚，其属二百，五刑之属三千。

【注释】

①辟（pì）：刑罚。

②锾（huán）：古时重量单位，重六两。

③剕（fèi）：古代砍脚的酷刑。

【译文】

“拟处墨刑又有疑问的，宽宥减等，罚铜六百两，要核实他的罪过，使与处罚相当。拟处割鼻之刑又有疑问的，宽宥减等，罚铜数量要加倍，一千二百两，要核实他的罪过，使与处罚相当。拟处砍脚之刑又有疑问的，宽宥减等，罚铜增加一倍半，三千两，要核实他的罪过，使与处罚相当。拟处宫刑又有疑问的，宽宥减等，罚铜三千六百两，要核实他的罪过，使与处罚相当。拟处死刑又有疑问的，宽宥减等，罚铜六千两，要核实他的罪过，使与处罚相当。墨刑这一级的处罚条目有一千条，割鼻这一级的处罚条目有一千条，砍脚这一级的处罚条目有五百条，宫刑这一级的处罚条目有三百条，死刑这一级的处罚条目有二百条，五刑的条目合计有三千条。

“上下比罪，无僭乱辞，勿用不行，惟察惟法，其审克之！上刑适轻，下服；下刑适重，上服。轻重诸罚有权[①]。刑罚世轻世重，惟齐非齐，有伦有要。罚惩非死，人极于病。非佞折狱，惟良折狱，罔非在中。察辞于差，非从惟从。哀敬折狱，明启刑书胥占，咸庶中正。其刑其罚，其审克之。狱成而孚[②]，输而孚。其刑上备。有并两刑。”以上言疑狱设为罚赎之法。

【注释】

①权：权变。这里指根据情况灵活掌握。

②孚：信服。

【译文】

“定案要上下比较其罪之轻重，不要受某些被告差错混乱的供词的影响，这种供词是一定不能用来断狱的，只有明察供词，依据法理，通过清正公平的审讯，才能核实案情！一人偶然犯罪，有时重罪可以从轻使服下刑；一人多次故意犯罪，轻罪也可以从重使服上刑。掌握刑罚从轻从重，断狱之官可以灵活处理，临时斟酌。执行刑罚要根据时情或轻或重，制定法典则要整齐轻重情形，有条理，有要求。刑罚的目的是惩罚罪过，不是置人于死地，而是要让犯人由此受到重病一样的打击。不是靠口才来处理案件，而是靠善良公正的为人，务使断狱得当。要从矛盾、抵牾之处来考察供词，既要依据供词，又不能仅看供词。要以悲天悯人之心来审理案件，应该打开刑书，依据法典的规定，仔细掂量，使案件的处理分寸得当。无论是依五刑处理，还是按五罚处理，只有清廉公正的审理才能核实案情。定案要让人信服，如有变更、平反，也要让人信服。结案后据实上报。如果有两种以上罪状而只按一种罪来惩罚的，最终由周王决定。”以上讲疑案有罚赎的方法。

王曰："呜呼！敬之哉！官伯族姓。朕言多惧，朕敬于刑，有德惟刑。今天相民，作配在下。明清于单辞[①]，民之乱[②]，罔不中听狱之两辞。无或私家于狱之两辞！狱货非宝，惟府辜功，报以庶尤。永畏惟罚。非天不中，惟人在命。天罚不极，庶民罔有令政在于天下。"

【注释】

①单辞：无佐证之辞。

②乱：治。

【译文】

周王说："唉！要恭谨审慎地对待刑狱啊！官员们、父老们，同族和异姓的人们。我的话里多有畏惧之辞，这就是恭谨地对待刑狱，有德的统治者应当得当地运用刑罚。现在上天为了辅助民众，为他们相应地设置了君主，在下面治理臣民。对于没有佐证的片面之词，必须明察；要想治理好民众，没有不是兼听诉讼双方的供词的。听取供词时，不能从中营私取利！借审理刑狱而得来的财富可没什么值得宝贵的，而且这样做一定会招致广泛的怨恨，受到触犯众罪的报应。要永远以畏惧之心对待刑罚。并不是上天降罚不够公正，事由人为，违天则自取其咎。如上天不能把惩罚降到这些人身上，那么众民也就不能享有良好的政德了。”

王曰：“呜呼！嗣孙，今往何监？非德于民之中，尚明听之哉？哲人惟刑，无疆之辞，属于五极，咸中有庆。受王嘉师，监于兹祥刑。”

【译文】

周王说：“唉！子孙们，从今以后你们要以什么为戒呢？难道不是在民众中树立德政，崇尚明察兼听吗？选择明哲之人，付以刑狱之事，对于无穷无尽的讼词，要处理得都合乎五刑的规定，就会带来幸福。为王治理臣民的人，一定要认真地慎用刑罚啊。”

汉文帝·赐南粤王赵佗书

【题解】

吕后执政时，南粤王赵佗自立为帝，与汉朝相抗衡。文帝即位后，写信抚慰他，劝他息兵、去帝号，仍治南粤之地。信中措辞精当，语气谦和，表现了汉文帝审时度势、宽仁大度的智慧和胸怀。

皇帝谨问南粤王①：甚苦心劳意。朕，高皇帝侧室之子[②],弃外奉北藩于代[③]。道里辽远,壅蔽朴愚,未尝致书。高皇帝弃群臣,孝惠皇帝即世[④],高后自临事[⑤],不幸有疾,日进不衰[⑥],以故悖暴乎治[⑦]。诸吕为变故乱法[⑧],不能独制,乃取它姓子为孝惠皇帝嗣[⑨]。赖宗庙之灵,功臣之力,诛之已毕。朕以王侯吏不释之故[⑩],不得不立,今即位。

【注释】

①南粤王:即赵佗。吕后时,自尊为南越武帝。文帝立,使陆贾赐书(即本文)。赵佗去帝号称臣,上书自称"蛮夷大长老臣佗"。

②侧室之子:庶子。文帝非吕后所生,乃薄姬之子,故以此自称。

③弃外:指高帝十一年(前196)封文帝于代为代王之事。

④孝惠皇帝:汉惠帝刘盈,汉高祖之子,高帝十三年(前194)即位,在位七年,于公元前187年崩。

⑤高后:即高祖皇后吕雉。

⑥日进不衰:言吕后病情日益加重。

⑦悖(bèi):性情反常。

⑧诸吕:指吕产、吕禄等人。

⑨它姓子:因汉惠帝在位无子,吕后便取后宫美女所生之子立为太子,惠帝死后立为少帝,吕后家族废之,又立后宫女所生子为帝,与少帝实际皆为吕氏子嗣。

⑩不释:文帝辞让帝位但不得大臣官吏之许。

【译文】

我大汉皇帝恭谨地问候南粤王:你很是费心劳神吧。我身为高祖皇帝的庶子,以前被封到外地,作为代王,镇守北边的边境地区。路途遥远,消息闭塞,使我鄙陋无知,因此从来没有机会派信使去你那里沟通。后来高祖皇帝丢下他众多的大臣离世而去,孝惠皇帝继承君位,不久高皇后亲临朝政，但不幸染了疾病，病情日益加重，因而在治理国事上乖戾残暴。吕氏家族如吕产、吕禄等人蓄意作乱，扰乱法律，高皇后不能加以制止，竟然选取非刘姓的异姓子嗣立为孝惠皇帝的太子。有幸仰仗祖先宗庙的神灵，依靠朝廷功臣的力量，最终平定了吕氏众人的叛乱。我因为辞让帝位不得众臣的容许，不得不做皇帝，如今刚刚即位。

乃者闻王遗将军隆虑侯书[①]，求亲昆弟，请罢长沙两将军。朕以王书罢将军博阳侯[②]，亲昆弟在真定者，已遣人存问，修治先人冢。前日闻王发兵于边，为寇灾不止。当其时，长沙苦之，南郡尤甚，虽王之国，庸独利乎？必多杀士卒，伤良将吏，寡人之妻，孤人之子，独人父母。得一亡十，朕不忍为也。

【注释】

①隆虑侯：即周灶，封于隆虑（今河南林州），受吕后派遣率军进攻赵佗的将军。

②博阳侯：周聚。

【译文】

听说你写信给将军隆虑侯周灶，要求寻访在故乡的同宗兄弟，并请求停止长沙的两位将军进攻南越的行动。我照你书信的要求，已命令将军博阳侯周聚的军队停止进攻，凡是你在真定故乡的同宗兄弟，我也已经派人前去问候，并对你先人的坟墓进行修整。但前些日子了解到你在边境上发兵，作乱不止。在那个时候，不仅长沙饱受战乱之苦，南郡遭受的损害将更加严重，即便是南粤王你的国家，就能得到好处吗？结果一定是许多战士被杀害，良将遭伤亡，妻子成寡妇，孩子变为孤儿，父母无依无靠。得到一分好处而失去十分的利益，我不忍心这样做。

朕欲定地犬牙相入者，以问吏，吏曰："高皇帝所以介长沙土也。"朕不能擅变焉。吏曰："得王之地，不足以为大；得王之财，不足以为富。"服领以南[1]，王自治之。虽然，王之号为帝，两帝并立，亡一乘之使以通其道，是争也；争而不让，仁者不为也。愿与王分弃前患[2]，终今以来，通使如故。

【注释】

①服领：山名。当时为长沙郡的南界。

②分弃：共同捐弃。

【译文】

我想划定南边犬牙交错地带的地界，就此事询问官吏，官吏说："那里是当年高祖划隔长沙的界线。"所以我不能随便加以改变。官吏说："得到南粤王的土地，不能使汉地扩大；得到南粤王的钱财，也不能使我们富裕。"服领山以南，自然还是由你治理。虽然这样，你自号为"帝"，致使两个皇帝同时存立，又没有一位使者来进行沟通，这就是要和我争夺帝位；两帝相争互不退让，这不是仁德之人的做法。希望能与你共同捐弃以前的成见，从今以后直至永远互通使者像以前一样。

故使贾驰谕告王朕意[1]，王亦受之，毋为寇灾矣。上褚五十衣[2]，中褚三十衣，下褚二十衣，遗王。愿王听乐娱忧，存问邻国。

【注释】

①贾：陆贾，当时任太中大夫。

②褚：用棉花充装衣服叫"褚"。上褚、中褚、下褚，因用棉多少薄厚不同而区别称之。

【译文】

因此特派太中大夫陆贾策马向你告知我的想法，希望你也能接受，不要作乱了。同时送上上等棉衣五十件，中等棉衣三十件，下等棉衣二十件。希望南粤王你快乐逍遥，并问候你的邻国。

司马相如·谕巴蜀檄

【题解】

建元六年（前135），中郎将唐蒙奉命通夜郎、僰中，征发甚多，激起当地人民反对。武帝派司马相如前往宣谕，以安抚民心。司马相如遂写了此文，表达强化中央集权、反对武力征服、和平解决民族问题的思想。

文章句皆成双，长短相间，句式错综变化，流畅而富有韵律感，其流动飘逸，及动词的选用精当，都令人耳目一新。字当其位、语当其理，无不掷地有声、令人回味。

告巴蜀太守：蛮夷自擅不讨之日久矣①。时侵犯边境，劳士大夫②。陛下即位，存抚天下③，集安中国④。然后兴师出兵，北征匈奴，单于怖骇，交臂受事⑤，屈膝请和。康居西域⑥，重译纳贡⑦，稽首来享⑧。移师东指，闽越相诛⑨。右吊番禺⑩，太子入朝。南夷之君⑪，西僰之长⑫，常效贡职⑬，不敢惰怠。延颈举踵，喁喁然皆向风慕义⑭，欲为臣妾⑮。道里辽远⑯，山川阻深，不能自致⑰。夫不顺者已诛，而为善者未赏，故遣中郎将往宾之⑱。发巴蜀之士各五百人，以奉币⑲，卫使者不然⑳，靡有兵革之事㉑，战斗之患。今闻其乃发军兴制㉒，惊惧子弟㉓，忧患长老，郡又擅为转粟运输㉔，皆非陛下之意也。以上晓喻百姓以发卒之事。

【注释】

①蛮夷:古代对四方少数民族的泛称。自擅:自作主张。此指不服朝廷管辖。

②士大夫:古代指官僚阶层,此处指将帅的佐属。

③存抚:抚养、存恤。

④集安中国:和睦安定中国。中国,古代一般指华夏族居住的黄河下游地区,与"中原"同义。

⑤交臂受事:拱手臣服。

⑥康居:古西域国名。东临乌孙、大宛,南接大月氏、安息,西与奄蔡交界,王都在卑阗城。

⑦重(chóng)译:因语言不同而辗转翻译。

⑧稽首:古时的一种跪拜礼。稽,叩头至地。来享:进贡。

⑨闽越:又称东越,古代南方越人的一支。武帝建元六年(前135),闽越王郢擅自攻打南越,汉朝派兵进击,郢图谋抗拒,被其弟与族人杀死。文中"移师东指,闽越相诛"当指此事。

⑩吊:安抚。一说为"至"。番禺:古代南越王都,即今广东广州。因东伐南越,后至番禺,故言右吊。

⑪南夷:泛指云南、贵州及广西西北部少数民族。

⑫僰(bó):古族名。春秋前后居住在以僰道为中心的今川南及滇东一带。

⑬贡职:贡献赋税。

⑭喁喁(yóng)然:众人仰慕的样子。向风慕义:因敬慕而归附大义。义,大义,即汉朝。

⑮臣妾:春秋时男奴叫臣,女奴称妾。

⑯道里:路程。

⑰自致:亲自致意。

⑱中郎将:宫中护卫,秦时设置,汉代沿用。宾之:使之服从、归顺。

⑲奉币：供给财物。

⑳不然：意料不到的事情，犹言不测。

㉑靡：没有。兵革：兵器、衣甲的总称，引申为战争。

㉒兴制：指采用战时的法令制度。

㉓惊惧子弟：使年轻人惊慌害怕。

㉔转粟运输：用车马转运和输送粮食等物资。

【译文】

告知巴蜀太守：蛮夷不服朝廷管辖，很久未兴兵讨伐了。他们屡犯我边境，劳顿我军士将佐。当今陛下即位，先存体恤之心以抚养天下，和睦安定我中原大地。然后兴师出兵，向北讨伐匈奴，那单于闻之惊骇，拱手称臣，屈膝投降。康居等西域诸国亦派来使，辗转翻译请求恭敬地朝贺，谦卑地进贡。军队移师向东，闽越王被其弟和臣子诛杀。紧接着雄师又至番禺，安抚南粤王，南粤王即派太子来朝。南夷的君主，西僰的统帅，纷纷贡献赋税，人人效力我朝，不敢稍有懈怠。他们伸长脖子、抬高脚跟，殷勤地仰慕朝廷，期盼早日归义，想为我朝尽奴婢之劳。无奈山高路远，阻隔重重而不能前来致意。那叛逆不顺的已被诛灭，那柔顺为善的却未曾受到奖赏，因此遣中郎将前往，以使他们归附。征集发往巴蜀二郡的士卒各五百人，以便供奉贡品，警卫使者以防不测，兵戈相见之事并未发生，战争的忧患亦不存在。而今听说中郎将竟然发兵制定军法，让年轻者感到恐惧，使年长者心存忧虑，郡中又擅自输送粮食、转运物资，这都不是陛下的本意。以上告诉百姓发兵之事。

当行者或亡逃自贼杀，亦非人臣之节也。夫边郡之士，闻烽举燧燔[①]，皆摄弓而驰[②]，荷兵而走[③]，流汗相属[④]，惟恐居后；触白刃[⑤]，冒流矢[⑥]，议不反顾，计不旋踵[⑦]，人怀怒心，如报私仇。彼岂乐死恶生[⑧]，非编列之民[⑨]，而与巴蜀异主哉？计深虑远，急国家之难，而乐尽人臣之道也。故有剖符之封[10]，析圭而爵[11]，位为通侯[12]，居列东第[13]，终则遗显号于后世[14]，传土地于子孙，行事甚忠敬，居位甚安佚，名声施于无穷，功烈著而不灭[15]。是以贤人君子，肝脑涂中原，膏液润野草而不辞也[16]。今奉币使至南夷，即自贼杀，或亡逃抵诛[17]，身死无名[18]，谥为至愚[19]，耻及父母，为天下笑。人之度量相越[20]，岂不远哉！以上数百姓不忠死亡之罪。

【注释】

①烽举：烽火擎起。古时边疆在高台烧柴以示警。燧（suì）燔（fán）：焚烧的烟火。古代边防白昼报警的火炬为烽，夜里报警的火炬为燧。

②摄：拿。

③荷兵：扛着武器。

④属（zhǔ）：接连。

⑤白刃：利刀。

⑥流矢：飞箭。

⑦计不旋踵：在大计上不犹豫。旋踵，退缩。

⑧乐死恶（wù）生：喜欢死而厌恶生。

⑨编列之民：编入户籍的平民。

⑩剖符：古代帝王分封诸侯或功臣把符节一剖为二，双方各执其半作为信守的约证，称为“剖符”。

⑪析圭：剖开圭玉。析，分，剖。圭，用作凭信的玉，有青、白二色，白者藏于天子，青者藏于诸侯。

⑫通侯：爵位名。原名彻侯，因避武帝名讳而改称通侯。

⑬东第：甲第，即头等宅第。第，宅屋。

⑭终：死。指生命完结。显号：显赫的称号。

⑮功烈：功勋和事业。著：昭著。

⑯膏液：脂肪和油脂。此处指血肉。

⑰抵诛：当诛。此指至于诛戮。

⑱无名：无善名。

⑲谥（shì）：死后评定的称号。

⑳越：远。

【译文】

应征者有的逃亡离去，有的自相残杀，这并不是臣民所应有的节操。那戍守边境郡县的将士，一旦听说烽火燃起，柴薪焚烧，都手持弓箭驰马进击，肩扛武器飞奔沙场，汗流浃背仍紧随其后，深恐落后于人；为了道义，不惜身中利刃，胸挡飞箭而勇往直前，义无反顾没有丝毫退缩，个个怀一腔愤怒之心，如同为己利报私仇一般。难道他们喜死厌生，不是编入户籍的朝廷良民，而与巴蜀不属同一个君主吗？这是深谋远虑，急主上之急，难国家之难，乐于履行臣民的义务。昔日有剖符拜官、分圭受爵的人，居住头等府邸，地位高达列侯，死后还为后世留下尊贵的称号，给子孙传下封土和田地，活着时行为恭谨，居官时上下安逸，他们死后的名声自然延续久远，功业昭著当然永不灭绝。所以贤人君子以肝脑洒沃野，用血肉润野草也都在所不惜。而今供奉礼品到南夷的，那自杀而死，那因逃亡而被戮的人们，身虽死却没留下好名声，该称他为愚蠢至极的人，这耻辱殃及父母，为天下人所不齿。为人的器量和胸襟如此悬殊，其间的距离不是很远吗！以上数说百姓的不忠死亡之罪。

然此非独行者之罪也[①]，父兄之教不先，子弟之率不谨[②]；寡廉鲜耻，而俗不长厚也。其被刑戮[③]，不亦宜乎！以上让三老孝弟以不教诲之过。

【注释】

①非独：不仅仅。

②率：表率。谨：慎重。

③被：遭受，蒙受。

【译文】

当然这错误也并不完全在那些铤而走险的人，还在于父兄往日的督教不严，不能以身作则就没有榜样的力量；没有操守气节就没有廉耻之心，不知羞耻则风俗不再淳厚。有些人为此遭受诛戮，不是罪有应得吗？以上责备三老孝弟没有教化百姓。

陛下患使者有司之若彼[1]，悼不肖愚民之如此，故遣信使晓谕百姓以发卒之事[2]。因数之以不忠死亡之罪，让三老孝弟以不教诲之过[3]。方今田时[4]，重烦百姓[5]。已亲见近县[6]，恐远所谿谷山泽之民不遍闻。檄到，亟下县道[7]，咸谕陛下意[8]，毋忽[9]！

【注释】

①有司：古代设官分职，各有专司，因称官吏为"有司"。

②信使：使者。

③让：责备，责怪。三老：古时掌管教化的乡官。孝弟：汉时宣明教化的乡官，与三老职责相同。

④田：耕作，田作。

⑤重烦：深重的烦劳。

⑥亲见近县：亲自面谕郡旁近县之人。

⑦亟（jí）：赶快。道：行政区划名称。汉代设置于少数民族聚居区，与县同级。

⑧咸:普遍,都。

⑨忽:忽略,不重视。

【译文】

当今皇上如此担忧使者和官员,如此哀伤不肖不贤的愚民们,因此派遣诚信的使者来明明白白告知百姓征发士卒的事情。以对朝廷不忠的罪名斥责逃亡、自杀的蠢人,以不予教诲的过失责备三老孝悌教化不严。时值耕种季节,要特别慎重对待百姓,不使其过分烦劳。本官已面告郡旁近县的百姓,因担心地处边远溪谷山泽的人不能及时听到而发此文。檄文到达之日,尽快下发各县、道,令百姓普遍知晓皇帝的心意,务必不要忽视!

汉光武帝·赐窦融玺书

【题解】

本玺书写作于光武帝即位初。当时窦融被推为河西五郡大将军。河西距中原遥远,消息阻隔,占据陇上的隗嚣欲割据自立,而窦融决定归依汉朝。光武帝遂写了这封信,分析形势,以坚定窦融归顺的意志。

制诏行河西五郡大将军事、属国都尉:劳镇守边五郡,兵马精强,仓库有蓄,民庶殷富,外则折挫羌胡,内则百姓蒙福。威德流闻,虚心相望,道路隔塞,邑邑何已[①]?长史所奉书献马悉至[②],深知厚意。今益州有公孙子阳、天水有隗将军[③],方蜀、汉相攻,权在将军,举足左右,便有轻重。以此言之,欲相厚岂有量哉!诸事具长史所见,将军所知。王者迭兴,千载一会。欲遂立桓、文[④],辅微国,当勉卒功业;欲三分鼎足,连衡合从[⑤],亦宜以时定。天下未并,吾与尔绝域，非相吞之国。今之议者，必有任嚣效尉佗制七郡之计⑥。王者有分土，无分民，自适己事而已。今以黄金二百斤赐将军，便宜辄言。

【注释】

①邑邑：通“悒悒”。郁闷不乐的样子。

②长史：汉官职名号。在此玺书之前，窦融曾派遣其长史刘钧向光武帝奉献窦融的书信及马匹。

③益州：汉代州名。在今四川境内。公孙子阳：公孙述，当时占据蜀地。隗（wěi）将军：隗嚣，字季孟，天水成纪（在今甘肃静宁西南）人。当时占据陇上之地。

④桓、文：指春秋五霸中的齐桓公、晋文公。

⑤连横合从：战国时，张仪游说六国共同事秦称连横，苏秦说六国合而抗秦称合纵。此处指窦融与隗嚣、公孙述等人联合共同抗汉。从，同“纵”。

⑥任嚣：秦时南海尉，病重时对龙川令赵佗说，南海几千里的土地，可以自立建国，并让赵佗执行南海尉之事。七郡：南海苍梧、郁林、合浦、交趾、九真、南海、日南七郡。

【译文】

制诏行河西五郡大将军事、属国都尉窦融大将军：你辛苦劳累地镇守河西边地武威、张掖、酒泉、敦煌、金城五郡之地，兵马精良强壮，仓库积蓄丰富，百姓殷实富裕，对外挫败了西羌等少数民族的气焰，对内给百姓带来了巨大的好处。声威恩德广为流传，我殷切地希望能见你一面，但由于山川阻隔路途遥远，这番心愿什么时候才能实现？前不久你派来的长史刘钧献上的书信和马匹都已收到，我十分了解你的深情厚意。如今益州有公孙子阳、天水有隗嚣将军，正在蜀、汉相攻，此时的关键就在将军你身上，你是举足轻重的。从这一点来讲，我要寄托在你身上的厚望怎可以限量！各种复杂的态势是你的长史目睹的，也是将军你十分了解的。称王的人一代又一代地出现，但机会却是千载难得的。你想像当年的齐桓公、晋文公一样，辅佐已经很微弱了的国家，就应当努力建立丰功伟业；想要独霸一方，和汉朝、隗嚣三分天下，合纵连横，也应该根据时机早做决定。天下现在还没有统一，我和你远隔千山万水，并不是两个对立的能互相吞并的国家。现在议论形势发展趋势的人，必定有像当年南海尉任嚣给赵佗出主意那样，教人割据自立的人。但天下称王的人只有划分土地，没有划分百姓的情况，只是各自根据自己的情况来定而已。现在将黄金二百斤赏赐给你，并顺便说了上述这几句话。

奏议类

书·无逸

【题解】

据《史记》记载，周成王年长之后，周公还政，他担心成王贪图享乐，作《无逸》“以诫成王”。无，副词，表示否定，相当于“不可”，“不要”。逸，放纵，荒淫。其内容是对殷周统治经验的总结，文字流畅，中心突出，条理分明，感情饱满，在《尚书》中，当推杰作。有学者怀疑本篇晚出。

本文的中心思想是“君子所，其无逸”，“知小人之依”。周公认为，“君子”首先应该了解“稼穑之艰难”，然后才能知道“小人”的疾苦和隐衷。这样的观点是以前不曾有过的，对以后统治者“以农立国”的政策有重要的影响。

周公曰：“呜呼！君子所①，其无逸。先知稼穑之艰难②，乃逸，则知小人之依③。相小人，厥父母勤劳稼穑④，厥子乃不知稼穑之艰难，乃逸，乃谚⑤，既诞⑥，否则侮厥父母曰⑦：‘昔之人无闻知。’”

【注释】

①所:所在的地方。

②稼穑(sè):耕种和收获,泛指农业劳动。

③依:隐痛,苦衷。

④厥:其,代词。

⑤谚:通"喭"。粗野不恭。

⑥诞:放肆。

⑦否则:一作不则,犹于是。

【译文】

周公说:"唉!君子居其位,不应放纵荒淫。先要知道农田耕作的艰难,这样,就是身处安逸的环境,也会了解种田人的疾苦。看看这样的小民吧,他们的父母辛勤劳作,春种秋收,而这些孩子们却不懂得农耕的艰难,自己过起放纵的日子,言行粗鲁,行为放肆,于是轻侮自己的父母,说:'上了岁数的人什么也不懂。'"

周公曰:"呜呼!我闻曰,昔在殷王中宗①,严恭寅畏②,天命自度③,治民祗惧④,不敢荒宁。肆中宗之享国⑤,七十有五年。其在高宗⑥,时旧劳于外⑦,爰暨小人⑧。作其即位,乃或亮阴⑨,三年不言。其惟不言,言乃雍⑩。不敢荒宁,嘉靖殷邦⑪,至于小大,无时或怨。肆高宗之享国,五十有九年。其在祖甲⑫,不义惟王,旧为小人⑬。作其即位,爰知小人之依,能保惠于庶民,不敢侮鳏寡。肆祖甲之享国,三十有三年。自时厥后,立王生则逸。生则逸,不知稼穑之艰难,不闻小人之劳,惟耽乐之从。自时厥后,亦罔或克寿⑭。或十年,或七八年,或五六年,或四三年。"以上殷王。

【注释】

①中宗：太戊，商代国君。在位时殷道中兴，庙号中宗。

②严恭：庄严恭敬。寅畏：敬畏，恭敬戒惧。

③度（duó）：衡量。

④祇（zhī）惧：敬慎，小心谨慎。

⑤肆：因此。

⑥高宗：武丁，商代国君。任用傅说（yuè），勤于政事，使殷又趋强盛。

⑦时：通“是”。代词。此指殷高宗。旧劳于外：武丁为太子时，其父使其行役在外，颇知劳苦。

⑧爰：于是。暨：与。

⑨亮阴：指帝王居丧。

⑩雍：欢悦貌。

⑪嘉：善。靖：治。

⑫祖甲：商代国君。

⑬旧：久。

⑭罔（wǎng）：没有。克：能够。

【译文】

周公说：“唉！我听说，过去殷王中宗严肃庄重，恭敬戒惧，以天命为标准来衡量要求自己，以谨慎敬畏的态度治理民众，不敢懈怠和贪图安乐。因此中宗在位达七十五年之久。到了高宗，他曾经在外行役，得以与小民一起劳作。等到他即位为王，正当其父故去，便居庐守丧，三年不主动谈论国事。正因为如此，所以当他偶尔谈及国事时，就深得大臣们的拥戴。他不敢懈怠和贪图逸乐，殷朝就这样被治理得很好，小民、大臣都没有怨言。因此高宗在位达五十九年。到了祖甲，他认为代兄为王是不合道理的，所以出逃，长期做小民。等到他即位为王，就能了解小民的疾苦，能够保佑民众，施以恩惠，就连那些鳏寡孤独无依无靠的人也不敢轻慢。因此祖甲在位达三十三年。在这以后的殷王们，生来就贪图逸乐。生来就贪图逸乐，既不了解种庄稼的艰难，又不了解种田人的辛苦，只是一味地沉浸在享乐之中。从这以后，也没有长年在位的殷王了。其执政时间，有的十年，有的七八年，有的五六年，有的三四年。”以上讲商代君王。

周公曰：“呜呼！厥亦惟我周太王、王季①，克自抑畏。文王卑服②，即康功、田功③。徽柔懿恭④，怀保小民，惠鲜鳏寡⑤。自朝至于日中昃⑥，不遑暇食⑦，用咸和万民⑧。文王不敢盘于游田⑨，以庶邦惟正之供⑩。文王受命惟中身⑪，厥享国五十年。”以上文王。

【注释】

①太王：古公亶（dǎn）父。周文王的祖父。他领导周人开发岐山的荒地发展农业生产，使周逐渐强盛，武王时追尊为太王。王季：名季历，商末人。古公亶父最小的儿子，文王之父。

②服：从事。

③康功：平易道路之事。

④徽：美，良。

⑤惠：爱。鲜：善。

⑥昃（zè）：太阳偏西。

⑦遑：闲暇。

⑧用：以。

⑨盘：娱乐，欢乐。

⑩正：正税，指正常的贡赋。供：献。一说，正，通“政”；供，通“恭”。惟正之供，意即为政恭谨。

⑪中身：中年。

【译文】

周公说："唉！只有我们周朝的太王、王季，事事谦逊谨慎。文王也曾经从事过卑下的劳作，像修路、耕田等。他心地仁慈善良，态度和蔼恭谨，爱护小民，也爱护那些鳏寡孤独无依无靠的人。他从早上忙到中午，忙到日头偏西，忙得没有时间吃饭，就是为了使大众生活和谐安乐。文王不敢把各邦国贡献的赋税都用于田猎游乐。文王中年时接受天命，他在位达五十年。"以上讲周文王。

周公曰："呜呼！继自今嗣王①，则其无淫于观、于逸、于游、于田②，以万民惟正之供。无皇曰③：'今日耽乐。'乃非民攸训④，非天攸若⑤，时人丕则有愆⑥。无若殷王受之迷乱⑦，酗于酒德哉！"以上诫嗣王。

【注释】

①嗣王：即周成王。

②淫：过度，无节制。

③皇：汉石经作"兄"，即况，且。

④攸（yōu）：所。训：榜样，典范。

⑤若：顺。

⑥丕则：于是。

⑦殷王受：即殷纣王，名受，谥号纣，商代最后一位君主。

【译文】

周公说："唉！现在继位的君王啊，希望你不要把大众缴纳的赋税无节制地挥霍到观赏、逸乐、游玩、田猎等方面。不要说：'今天先享受享受吧。'这样，就不成其为民众的榜样，就不是顺应天意了，这样做就犯了大错。所以不要像殷纣王那样地迷乱酗酒啊！"以上劝诫周成王。

周公曰："呜呼！我闻曰，古之人，犹胥训告[①]，胥保惠，胥教诲，民无或胥诪张为幻[②]。此厥不听，人乃训之，乃变乱先王之正刑[③]，至于小大。民否则厥心违怨[④]，否则厥口诅祝。"以上不拒训告者。

【注释】

①胥（xū）：互相。

②诪（zhōu）张：欺诳诈惑。

③正刑：正法，正常的法度。

④否：一作不，指无所适从。

【译文】

周公说："唉！我听说，古时候人们互相训告、互相扶持、互相教诲，民众之间没有互相欺诳诈惑。如果不听这些话，人们也会以之为榜样，这样就会变乱先王的法制，小民大臣全都乱套了。民众无所适从，则心中怨恨；无所适从，则口出诅咒之言。"以上讲不应当排斥训告者。

周公曰："呜呼！自殷王中宗及高宗，及祖甲，及我周文王，兹四人迪哲[①]。厥或告之曰：'小人怨汝詈汝。'则皇自敬德[②]。厥愆[③]，曰：'朕之愆。'允若时[④]，不啻不敢含怒，此厥不听，人乃或诪张为幻。曰：'小人怨汝詈汝。'则信之。则若时：不永念厥辟[⑤]，不宽绰厥心，乱罚无罪，杀无辜。怨有同，是丛于厥身[⑥]。"以上不罪怨詈者。

【注释】

①迪哲：蹈智，即蹈行圣明之道。

②皇自：更加。熹平石经作"兄曰"，韦昭《国语》注曰："兄，盖也。"

③愆：罪过，过失。

④允：信实，诚信。时：是。

⑤辟：法度。

⑥从：聚集。

【译文】

周公说："唉！从殷中宗到高宗，到祖甲，以及我朝文王，这四位都是蹈行圣明之道的君主。如果有人告诉他们说：'小民在怨你骂你。'他们就会更加谨慎地行动。如果有了过失，他们就说：'这是我的过失。'确实如此，他们不但不敢怀藏怒气，而且还希望能及时听到这些话，知道不听这些话，人们就会互相欺骗诈惑。如果有人告诉你说：'小民在怨恨你骂你。'你应当认真考虑这些话。如果你这样做：不把法度放在心上，不放宽自己的胸怀，胡乱惩罚那些没有罪过的人，妄杀那些无辜的人。这样的话，就会天下同怨，这些怨恨都会聚集到你身上。"以上讲不能怪罪责骂者。

周公曰："呜呼！嗣王其监于兹。"

【译文】

周公说："唉！嗣位之王，你可要引为借鉴啊！"

贾谊·陈政事疏

【题解】

本文见于《汉书·贾谊传》，当系班固摘取贾谊《新书》中"切于世事"者拼凑而成。它尖锐地指出西汉社会潜伏的矛盾和危机，笔锋犀利，言辞激切，富有感染力。

臣窃惟事势，可为痛哭者一，可为流涕者二，可为长太息者六，若其他背理而伤道者，难遍以疏举[①]。进言者皆曰“天下已安已治矣”，臣独以为未也。曰安且治者，非愚则谀，皆非事实知治乱之体者也。夫抱火厝之积薪之下而寝其上[②]，火未及然，因谓之安，方今之势，何以异此？本末舛逆[③]，首尾衡决[④]，国制抢攘[⑤]，非甚有纪，胡可谓治？陛下何不壹令臣得孰数之于前[⑥]，因陈治安之策，试详择焉。

【注释】

①疏举：逐条列举。

②厝（cuò）：安置。

③舛（chuǎn）：相违背。

④衡决：横裂，不衔接。

⑤抢（chéng）攘：纷乱的样子。

⑥孰数：审慎周密地列举。孰，审慎，周密。

【译文】

我私下里思考天下的政治局势，认为令人痛哭的事有一，使人流泪的事有二，为之深深叹息的事有六，至于其他违背事理、有损大道的事，就很难历数了。向陛下进言的人都说“天下已经安定太平了”，而我却认为并非如此。那些说天下已经安定太平的人，不是愚昧无知，就是阿谀奉承，都不是认真推究事实而明了治乱之道的人。把火放在柴堆下面，而自己躺在柴堆顶上，火没燃烧起来时就说这很安全，今天的局势，与此有何不同？本末错乱，首尾割裂，国家政局混乱，没有秩序，这怎么能说是安定太平呢？陛下何不让我一一详加列举，为此而陈述使天下长治久安的策略，由陛下仔细选择。

夫射猎之娱，与安危之机孰急？使为治，劳智虑，苦身体，乏钟鼓之乐，勿为可也。乐与今同，而加之诸侯轨道①，兵革不动，民保首领，匈奴宾服，四荒乡风②，百姓素朴，狱讼衰息。大数既得③，则天下顺治，海内之气，清和咸理，生为明帝，没为明神，名誉之美，垂于无穷。礼祖有功而宗有德④。使顾成之庙称为太宗⑤，上配太祖，与汉亡极。建久安之势，成长治之业，以承祖庙，以奉六亲⑥，至孝也；以幸天下，以育群生，至仁也；立纲陈纪⑦，轻重同得⑧，后可以为万世法程，虽有愚幼不肖之嗣，犹得蒙业而安，至明也。以陛下之明达，因使少知治体者得佐下风，致此非难也。其具可素陈于前，愿幸无忽。臣谨稽之天地，验之往古，按之当今之务，日夜念此至孰也⑨，虽使舜、禹复生，为陛下计，亡以易此⑩。以上序。

【注释】

①轨道：遵循法度。

②乡风：趋从教化。乡，通“向”。

③大数：大要。

④祖有功而宗有德：颜师古注：“祖，始也，始受命也。宗，尊也，有德可尊。”

⑤顾成之庙：汉文帝为自己所作之庙，遗址在今陕西西安西北。

⑥六亲：即父、母、兄、弟、妻、子。

⑦立纲陈纪：指确立制度、法度、秩序等。

⑧轻重同得：指大小、主次、贵贱等秩序井然。

⑨孰：同“熟”。成熟。

⑩亡：无，没有。

【译文】

那打猎的娱乐和有关国家安危的要事，哪一个更急迫？如果治理好国家，就一定会使帝王身心疲劳困乏，又缺少各种消遣的乐趣，那么不做也就罢了。而实际上帝王乐趣不减于今，又能令诸侯遵循法制，战争止息，百姓得以保全生命，匈奴臣服顺从，四方都趋从教化，民众淳良质朴，诉讼和刑罚也不再发生。做到以上这些要点之后，国家就秩序井然安定，海内清明和平，生前被称为明君，百年之后也会成为伟大的神灵，美好的名声永远流传。礼仪规定始受天命开创基业的帝王庙号可称为祖，有德行的帝王庙号可称为宗。如果陛下的顾成庙能够获得太宗的庙号，和太祖皇帝一起接受后世的祭祀与纪念，那就能和汉室江山一样永恒。创建长治久安的局面和功业，上继祖先，不负亲人，这才是最大的孝；使自己的功业有利于国家，有利于百姓，这才是最大的仁；创立制度，确立秩序，大小事物都井然有序，这样才能成为后世永久的法则，即使后代出现了愚蠢、幼小或者没有才能、不讲道德的君主，还能因继承祖业而得以安定，这才是最大的圣明。以陛下的圣明通达，只要让粗通治乱之道的人稍加辅佐，做到这些并不困难。我可以详加论述，希望陛下不要忽视。我慎重地推究天地之道，对照以往的历史，考察当今的局势，日夜思考这些问题，结论已经非常成熟完善了，即使舜、禹复生，为陛下谋划，也不能想出新方案来代替我的意见。以上是序言。

夫树国固必相疑之势，下数被其殃，上数爽其忧[①]，甚非所以安上而全下也。今或亲弟谋为东帝[②]，亲兄之子西乡而击[③]，今吴又见告矣[④]。天子春秋鼎盛，行义未过，德泽有加焉，犹尚如是，况莫大诸侯[⑤]，权力且十此者乎？

【注释】

①爽：受伤害。

②亲弟谋为东帝：指汉文帝的弟弟淮南王刘长图谋联合匈奴、闽越造反。

③亲兄之子西乡而击：指济北王刘兴居趁匈奴入侵之机起兵造反。刘兴居是汉文帝之兄齐王刘肥之子。

④吴又见告：指吴王刘濞不守法度，不遵礼义，收买人心，扩张实力，图谋造反。

⑤莫大：最大。

【译文】

建立诸侯国会产生皇帝和诸侯上下猜疑的矛盾，诸侯多次因此而遭殃，皇帝也经常为此而发愁，这确实不是既巩固皇权又保全诸侯的好办法。不久前，发生了陛下亲弟弟图谋在东方割据称帝，以及陛下亲哥哥的儿子造反起兵向西进攻的事情，而今又有人告发吴王刘濞不守法度。现在天子正当壮年，又施行仁义，没有过错，对诸侯也常施以恩惠，他们还是如此，何况那些力量比淮南、济北大十倍的最大的诸侯呢？

然而天下少安，何也？大国之王幼弱未壮，汉之所置傅相，方握其事。数年之后，诸侯之王大抵皆冠[①]，血气方刚，汉之傅相，称病而赐罢，彼自丞尉以上，遍置私人。如此，有异淮南、济北之为邪？此时而欲为治安，虽尧、舜不治。

【注释】

①冠：古代男子二十岁举行的加冠之礼，表示其成人。

【译文】

但是现在国家还暂时安定，这是为什么呢？因为大诸侯国的国君年纪还小，汉室所任命的傅、相还掌握着诸侯国的事权。等过些年，诸侯王大多成年了，正是血气方刚的时候，他们会让汉室任命的傅、相回家养病，加以罢免，丞、尉以上的职位，都安排上忠于自己的人。这样的做法和淮南王、济北王的叛乱行为有什么不同呢？这时想天下太平安定，就是尧、舜再生也办不到。

黄帝曰："日中必熭[①]，操刀必割。"今令此道顺而全安，甚易。不肯蚤为，已乃堕骨肉之属而抗刭之[②]，岂有异秦之季世乎？夫以天子之位，乘今之时，因天之助，尚惮以危为安，以乱为治。假设陛下居齐桓之处，将不合诸侯而匡天下乎？臣又知陛下有所必不能矣。假设天下如曩时[③]，淮阴侯尚王楚[④]，黥布王淮南[⑤]，彭越王梁[⑥]，韩信王韩[⑦]，张敖王赵[⑧]，贯高为相[⑨]，卢绾王燕[⑩]，陈豨在代[⑪]，令此六七公者皆亡恙，当是时而陛下即天子位，能自安乎？臣有以知陛下之不能也。天下淆乱，高皇帝与诸公并起，非有仄室之势以豫席之也[⑫]。诸公幸者，乃为中涓[⑬]，其次仅得舍人[⑭]，材之不逮至远也。高皇帝以明圣威武即天子位，割膏腴之地以王诸公，多者百余城，少者乃三四十县，德至渥也[⑮]。然其后十年之间，反者九起。陛下之与诸公，非亲角材而臣之也[⑯]，又非身封王之也，自高皇帝不能以是一岁为安，故臣知陛下之不能也。然尚有可诿者[⑰]，曰疏，臣请试言其亲者。假令悼惠王王齐[⑱]，元王王楚[⑲]，中子王赵[⑳]，幽王王淮阳[㉑]，共王王梁[㉒]，灵王王燕[㉓]，厉王王淮南[㉔]，六七贵人皆亡恙，当是时陛下即位，能为治乎？臣又知陛下之不能也。若此诸王，虽名为臣，实皆有布衣昆弟之心[㉕]，虑亡不帝制而天子自为者[㉖]。擅爵人，赦死罪，甚者或戴黄屋[㉗]，汉法令非行也。虽行不轨如厉王者[㉘]，令之不肯听，召之安可致乎？幸而来至，法安可得加？动一亲戚，天下圜视而起[29]，陛下之臣虽有悍如冯敬者[30]，适启其口，匕首已陷其胸矣。陛下虽贤，谁与领此[31]？故疏者必危，亲者必乱，已然之效也。其异姓负强而动者，汉已幸胜之矣，又不易其所以然。同姓袭是迹而动[32]，既有征矣，其势尽又复然。殃祸之变，未知所移[33]，明帝处之尚不能以安，后世将如之何？

【注释】

①蔧(wèi)：暴晒，晒干。

②抗刭(jǐng)：斩首。刭，用刀割颈。

③曩(nǎng)：以往，以前。

④淮阴侯：即韩信，西汉开国功臣。初封楚王，后被诬谋反，降为淮阴侯。后以谋反被杀。王：称王。

⑤黥布：即英布，秦末汉初名将，西汉开国功臣。封淮南王，以谋反被诛。

⑥彭越：西汉开国功臣。封梁王，后被诬以谋反被杀。

⑦韩信：即韩王信，战国末韩襄王庶孙，西汉开国功臣。汉高祖二年(前205)，将兵略定韩地，立为韩王。后因受猜疑而投靠匈奴，被汉将斩杀。

⑧张敖：西汉开国功臣张耳之子，张耳卒，嗣为赵王。尚鲁元公主。因受其相贯高刺杀高祖刘邦牵累，贬宣平侯。

⑨贯高：赵王张敖之相。因不满刘邦对张敖傲慢无礼而谋刺刘邦，被发觉逮捕。在为张敖辩解脱罪后自杀。

⑩卢绾：汉高祖刘邦的同乡好友，随刘邦起兵征战。汉初封为燕王。刘邦大杀功臣，卢绾为自保，陈豨反时暗自与之联系，并勾结匈奴。事发，逃亡并死于匈奴。

⑪陈豨：西汉功臣。随刘邦起事入关，深受宠信。后拜为代相，监赵、代边兵。因广招宾客而受猜忌，遂起兵造反，兵败被杀。

⑫仄室：侧室，庶出之子。豫席：预先有所凭借依仗。豫，预先，事先。席，凭借，倚仗。

⑬中涓：君主的左右亲信。

⑭舍人：王公贵人私门之官。

⑮渥（wò）：深厚。

⑯角材：考量才能。

⑰诿：推托，推诿。

⑱悼惠王：指齐悼惠王刘肥。高祖刘邦之子，文帝之异母兄。高祖六年（前201）封齐王。卒谥悼惠。

⑲元王：指楚元王刘交。高祖同父异母弟。韩信被贬淮阴侯后，刘交被封为楚王。卒谥元。

⑳中子：此指赵隐王刘如意。高祖宠姬戚夫人所生，深受高祖喜爱，几次欲废太子刘盈而立之。高祖崩，被吕后毒杀。

㉑幽王：此指赵幽王刘友。高祖之子，初立为淮阳王。惠帝元年（前194），徙王赵，以吕氏之女为后。刘友不爱其后，遂被吕后幽闭而死。谥幽。

㉒共王：此指赵共王刘恢。高祖之子，初封梁王。吕后七年（前181）徙王赵，以吕产女为王后。恢有爱姬，王后鸩杀之，遂忧郁自杀。谥共。

㉓灵王：此指燕灵王刘建。高祖之子，卢绾逃亡后被封为燕王。死后其子为吕后所杀，国除。

㉔厉王：此指淮南厉王刘长。高祖之子，初封淮南王。文帝即位，他骄纵跋扈，自作法令，藏匿亡命，又擅杀辟阳侯审食其。文帝前六年（前174），图谋叛乱，事泄被拘，谪徙蜀严道，途中绝食而死。谥厉。

㉕布衣昆弟之心：平民百姓家兄弟一样的心思。

㉖虑：谋划。帝制而天子自为：拥有皇帝一样的用度气派而自己做皇帝。

㉗黄屋：帝王专用的车。其车盖为黄缯制成，故称。

㉘虽：通“唯”。语首助词。

㉙圜（huán）视：互相顾看。

㉚冯敬：文帝时任典客，迁御史大夫。曾与宰相张苍等案治淮南王刘长，请判其死罪。

㉛领：治理。

㉜袭是迹：因袭了这种路子。指同姓诸侯也像异姓诸侯一样谋反。

㉝移：变动，发展。

【译文】

黄帝说：“太阳到正午必定暴晒，拿起刀来必定分割。”意思是做事必须当机立断。现在趁诸侯王羽翼未丰时调整汉室与诸侯的关系，而巩固皇权，保全诸侯，是很容易的。如果不及时处置，闹到骨肉反目成仇、互相残杀的地步，又与暴秦末世的情形有什么两样呢？以当今天子的地位，既乘天时，又有天助，还担心把危急的局面当安定，把混乱的形势当稳固。假设陛下处于当年齐桓公的境地，就不会去联合诸侯而一匡天下吗？我知道陛下是必定做不到的。如果天下还是旧时局面，淮阴侯韩信还是楚王，黥布还是淮南王，彭越还是梁王，韩王信还是韩王，张敖还是赵王，贯高还是赵国相，卢绾还是燕王，陈豨还在代地，要是这六七个人还在世，而陛下此时登上天子之位，会感到放心吗？我知道陛下必定是做不到的。天下大乱，高皇帝和他们同时崛起，他们并不是因为和高皇帝沾亲带故有所依仗才得了一官半职。他们中幸运的才能当上君王的左右亲信，一般的只不过做到王公贵人私门之官，和高皇帝比才能相差非常远。高皇帝凭借他的圣明神武登上皇帝之位，划出肥沃的土地，封他们当诸侯王，多的有一百多座城市，少的也有三四十个县，恩德真是深厚。但是此后十年间,反叛的事却多次发生。陛下并非因为才能胜过那些人而令他们俯首称臣,又不曾亲自封他们为诸侯王,施以恩惠,连高皇帝也不能因才高过人及有恩于诸侯而得到哪怕是一年的安宁,所以我知道陛下更做不到了。但是还有可推托的理由,就是异姓王和汉室关系疏远,那么就让我举亲近的同姓王的例子吧。假设悼惠王仍做齐王,元王仍是楚王,高皇帝的中子仍是赵王,幽王仍是淮阳王,共王仍是梁王,灵王仍是燕王,厉王仍是淮南王,这六七个贵人还在世,而陛下这时当了天子,能使天下安定吗?我又知道陛下必定做不到。像这些诸侯王,虽然名义上是臣子,却都有平民百姓家兄弟之间的念头,都想自己当皇帝。他们擅自封赐爵位,私自赦免死刑犯人,甚至乘坐皇帝才能坐的黄屋车,不遵行汉室的法令。像淮南厉王那样行为不轨的诸侯,命令他都不肯服从,召他到长安来,他又怎么肯来呢?就算来了,又怎么加以惩处呢?惩罚了一个诸侯王,天下诸侯立即互相顾看而起,即使陛下有像冯敬那样强悍的大臣,弹劾不法诸侯的话刚一出口,匕首就已刺进他的胸膛了。陛下固然贤明,可有谁能与陛下共同治理天下呢?所以异姓王疏远,必然造反;同姓王亲近,必然作乱;这是已经验证的事理。那些依靠强大实力造反的异姓王,汉室已经幸运地战胜了他们,却不去改变导致叛乱的旧的分封制度。现在同姓王又要发生犯上作乱的事情,已有明显的迹象了,叛乱势力衰落又兴起。灾祸不知会怎样变化发展,圣明的君主此时尚不足以使天下安定,后世又能如何?

屠牛坦一朝解十二牛①,而芒刃不顿者,所排击剥割,皆众理解也②。至于髋髀之所③,非斤则斧。夫仁义恩厚,人主之芒刃也;权势法制,人主之斤斧也。今诸侯王皆众髋髀也,释斤斧之用,而欲婴以芒刃④,臣以为不缺则折。胡不用之淮南、济北?势不可也。

【注释】

①屠牛坦：古代善于屠牛的人，名坦。

②理：物质组织的纹路。解（xiè）：指关节、骨骼相连接的地方。

③髋髀（kuān bì）：胯骨与股骨。

④婴：施加。

【译文】

从前有个名叫坦的屠夫，一天分解十二头牛，而刀刃不钝，这是因为刀所刺入、切割的地方都是骨肉纹路、关节缝隙之处。而对付胯骨和大腿骨，不是用大刀就是用斧子。仁义恩惠是君主的小刀，权力和法令是君主的斧子。现在的诸侯王都像骨头一样强硬，如果对付他们不用斧子却用小刀，我认为非崩即折。为什么仁义恩惠不能用于淮南厉王刘长、济北王刘兴居呢？是形势不允许。

臣窃迹前事，大抵强者先反。淮阴王楚最强，则最先反；韩信倚胡，则又反；贯高因赵资，则又反；陈豨兵精，则又反；彭越用梁，则又反；黥布用淮南，则又反；卢绾最弱，最后反。长沙乃在二万五千户耳[①]，功少而最完，势疏而最忠，非独性异人也，亦形势然也。曩令樊、郦、绛、灌据数十城而王[②]，今虽以残亡可也；令信、越之伦列为彻侯而居，虽至今存可也。然则天下之大计可知已。欲诸王之皆忠附，则莫若令如长沙王；欲臣子之勿菹醢[③]，则莫若令如樊、郦等；欲天下之治安，莫若众建诸侯而少其力，力少则易使以义，国小则无邪心。令海内之势如身之使臂，臂之使指，莫不制从，诸侯之君不敢有异心，辐凑并进而归命天子[④]。虽在细民，且知其安，故天下咸知陛下之明。割地定制，令齐、赵、楚各为若干国，使悼惠王、幽王、元王之子孙毕以次各受祖之分地，地尽而止，及燕、梁他国皆然。其分地众而子孙少者，建以为国，空而置之，须其子孙生者[⑤]，举使君之。诸侯之地其削颇入汉者，为徙其侯国及封其子孙也，所以数偿之。一寸之地，一人之众，天子亡所利焉，诚以定制而已，故天下咸知陛下之廉。地制壹定，宗室子孙莫虑不王，下无倍畔之心[⑥]，上无诛伐之志，故天下咸知陛下之仁。法立而不犯，令行而不逆，贯高、利幾之谋不生[⑦]，柴奇、开章之计不萌[⑧]，细民乡善，大臣致顺，故天下咸知陛下之义。卧赤子天下之上而安，植遗腹[⑨]，朝委裘[⑩]，而天下不乱，当时大治，后世诵圣。壹动而五业附，陛下谁惮而久不为此？

【注释】

①长沙：此指长沙王吴芮。秦时为番阳令，秦末率越人起兵，号番君。从项羽入函谷关，被封为衡山王。曾奉项羽命与黥布击杀义帝于江中。项羽死，高祖即位，以其部将梅销曾从入关功多，封吴芮为长沙王。卒谥文。在：通“才”。

②樊、郦、绛、灌：即樊哙、郦商、周勃、灌婴，皆为西汉开国功臣。

③菹醢（zū hǎi）：古代把人剁成肉酱的酷刑。

④辐凑：亦作“辐辏”。车辐聚集于毂上，比喻人或物聚集一处。

⑤须：等待。

⑥倍畔：背叛。倍，通“背”。

⑦利幾：西汉初将领，本为项羽部将，受封为颍川侯。高祖至洛阳，召见所有在册的侯爵，利幾认为高祖是想要除掉自己，起兵造反，为高祖击破。

⑧柴奇、开章之计:《史记·淮南王列传》:"大夫但、士五开章等七十人与棘蒲侯太子奇谋反,欲以危宗庙社稷。使开章阴告长,与谋使闽越及匈奴发其兵。"柴奇,西汉开国功臣棘蒲侯柴武之子。开章,即士五开章,为因罪失去民爵(古代君王赐给民间有功者的爵位)之士兵。

⑨植遗腹:立遗腹子。

⑩朝:朝拜。委裘:旧谓帝位虚设,唯置故君遗衣于座而受朝。

【译文】

我私下研究了以前的诸侯王,大体上是强大的诸侯最先造反。淮阴侯韩信最初封王于楚,势力最强,所以最先造反;韩王信靠近匈奴,其次造反;贯高凭借赵国的力量,跟着造反;陈豨兵强马壮,接着造反;彭越倚靠梁地,造反迟一些;黥布在淮南,造反更晚;卢绾力量最弱,造反也最晚。而长沙王封地只有二万五千户,功劳是最小的,却能得到保全,关系是最为疏远的,却最忠诚,这并不是因为长沙王的本性与别人不同,这是形势造成的。如果当初樊哙、郦商、周勃、灌婴等功臣占据数十城池而封王,到今天可能都已经败亡了;如果韩信、彭越这些人当初仅仅封为彻侯,可能现在还活着。经过这样的分析,治理国家的大政方针可以清楚了。想要诸侯王忠诚安分,不如让他们像长沙王那样;想要臣子不变成肉酱,最好使他们像樊哙、郦商那样势孤力单;想要天下长治久安,不如多封诸侯,削弱他们的力量,力量削弱了,就易于用道义约束他们,封地缩小了,就不会产生作乱的念头。使国家的政治局势像身体支配手臂,手臂带动手指一样,使其无不服从,诸侯不敢有二心,像车辐条都指向轴心一样,听命于天子。即使是平民,也知道这就是天下太平,因而全国上下都知道陛下的圣明。分封土地,确定制度,把齐、赵、楚大国分为多个小国,让悼惠王、幽王、元王的子孙,完全按照次序分给祖先封地,土地分完为止,梁、燕各国都这样做。那些封地大而子孙少的诸侯可以预先建立诸侯国,等他们的子孙出生再封为国君。诸侯因罪被削夺封地,就给他们换个地方作为封国，把他们的子孙封到其他地方，补偿与被削夺的同样数量的土地。皇帝并不希图诸侯的一寸土地、一个臣民，完全是为天下安定而已，这样天下人都会知道陛下没有贪心。封地的制度统一、确定，宗室的子孙就不必为当不上诸侯而忧虑，臣下没有背叛的意图，皇帝没有杀戮征伐的想法，所以天下人都知道陛下的仁爱。法制确定无人违反，法令施行没人反对，贯高、利幾的阴谋也就不再发生，柴奇、开章的计策也不会萌发，小民向善，大臣服从，天下人都会知道陛下遵守道义。这样，即使让婴儿当天子，天下也能稳定，立遗腹子为帝，让臣民朝拜先帝遗物，国家也不至于动乱，皇帝在世时社会安定，后世万代也会歌颂他的圣明。一举五得，陛下还有什么顾虑，为什么迟迟不行动呢？

天下之势方病大瘇①。一胫之大几如要②，一指之大几如股，平居不可屈信③，一二指搐，身虑亡聊④。失今不治，必为锢疾⑤，后虽有扁鹊，不能为已。病非徒瘇也，又苦蹠盭⑥。元王之子，帝之从弟也；今之王者，从弟之子也。惠王之子，亲兄子也；今之王者，兄子之子也。亲者或亡分地以安天下，疏者或制大权以逼天子。臣故曰非徒病瘇也，又苦蹠盭。可为痛哭者，此病是也。以上痛哭之一。

【注释】

①瘇（zhǒng）：脚肿病。

②要：同“腰”。

③信：通“伸”。

④亡聊：无所依赖，无以聊生。

⑤锢疾：痼疾。经久难治的疾病。锢，通“痼”。积久难治的病。

⑥蹠（zhí）：同“蹠”。亦作“跖”，脚掌。盭（lì）：弯曲，扭曲。

【译文】

而今天下大势正像一个得极重的脚肿病的人。一条小腿和腰一般大，一根手指像大腿一样粗，平常不能伸屈，一两个指头抽动，身体就没了依靠。如今不及时治疗，必定成为顽固的疾病，以后就是遇上神医扁鹊也没救了。现在的形势又不仅是患脚肿病，又有脚趾扭曲不能行走的痛苦。楚元王的儿子是陛下的堂弟，而今的楚王是陛下堂弟的儿子。齐悼惠王的儿子是陛下亲哥哥的儿子，现在的齐王是陛下亲哥哥的孙子。亲近的宗室没有封地以安定天下，疏远的宗室却握有重权以威迫天子。所以我说现在的形势不仅是患脚肿病，又有脚趾扭曲不能行走的痛苦。令人痛哭的，就是这个病啊。以上是“可为痛哭”之一。

天下之势方倒县[①]。凡天子者，天下之首，何也？上也。蛮夷者，天下之足，何也？下也。今匈奴嫚侮侵掠[②]，至不敬也，为天下患，至亡已也，而汉岁致金絮采缯以奉之。夷狄征令[③]，是主上之操也；天子共贡，是臣下之礼也。足反居上，首顾居下，倒县如此，莫之能解，犹为国有人乎？非亶倒县而已[④]，又类辟[⑤]，且病痱[⑥]。夫辟者一面病，痱者一方痛。今西边北边之郡，虽有长爵不轻得复[⑦]，五尺以上不轻得息[⑧]，斥候望烽燧不得卧[⑨]，将吏被介胄而睡，臣故曰一方病矣。医能治之，而上不使，可为流涕者此也。

【注释】

①县（xuán）：作“悬”义，挂。

②嫚侮（màn wǔ）：轻蔑侮辱。

③征令：征召及施令。

④亶（dàn）：通“但”。

⑤辟:作“躄”义。脚病。

⑥病痱(féi):患风瘫之症。痱,中风,偏瘫。

⑦长爵:高爵。汉朝的爵位共二十级,第九级的“五大夫”以上,就可以免除徭役,等于有了特权。而且这种“爵”也可以用来赎罪、减刑,还可以转卖以获得钱财。但“爵”不等于“官”,级位再高也不能居官治民。轻:易。复:免除徭役或赋税。

⑧五尺:指尚未成年的儿童。

⑨斥候:侦察候望的人。烽燧:古代边防报警的信号,白天放烟叫烽,夜间举火叫燧。

【译文】

天下的形势又像倒挂的人。皇帝是天下的首领,为什么呢?因其地位高。蛮夷是天下的脚,为什么呢?因其地位低。现在匈奴欺侮我国家,侵扰我边境,劫掠我人民,是大不敬,是天下大患,不到灭亡不罢休,而汉室却每年送给他们钱币、棉絮和彩色的绢帛。征召夷狄并对其发号施令,是天子的权力;向天子贡献财物,是臣下的义务。脚反在上面,头反在下面,这样倒挂着却没人能解救,又怎能说有治国之才呢?不仅是倒悬而已,又得上了脚病和风瘫之症。脚病和风瘫都只是局部的病痛。如今在西北边境一带,有爵位的人也难以免除租赋,未成年的男子便劳作不停,侦察敌军、瞭望烽火的人不敢休息,军队的将士都穿着盔甲睡觉,随时准备出征,所以我说这是局部的病痛。可以治好,而陛下却不去治疗,令人流泪的就是这个病。

陛下何忍以帝皇之号为戎人诸侯?势既卑辱,而祸不息,长此安穷?进谋者率以为是,固不可解也,亡具甚矣[①]。臣窃料匈奴之众不过汉一大县,以天下之大困于一县之众,甚为执事者羞之。陛下何不试以臣为属国之官以主匈奴[②]？行臣之计，请必系单于之颈而制其命，伏中行说而笞其背[③]，举匈奴之众惟上之令。今不猎猛敌而猎田彘，不搏反寇而搏畜兔，玩细娱而不图大患，非所以为安也。德可远施，威可远加，而直数百里外威令不信，可为流涕者此也。以上流涕之二。

【注释】

①具：才能。

②属国：汉代官署名。汉于边郡置属国，以安置降附者，设都尉掌管属国事务。

③中行说：西汉燕人。文帝时宦者，奉使送公主妻匈奴单于，后降单于，以汉事告匈奴，为单于谋划，骚扰西汉边境。

【译文】

陛下为何甘愿以皇帝之尊去做戎人的诸侯呢？地位既卑下可耻，又不能消除祸患，长此以往，何时到头呢？为陛下出主意的都认为这是正确的策略，我实在不理解，这太无能了。我私自计算匈奴的民众不过汉朝一个大县的人数，天下这么大，却被一县之众的匈奴所困扰，实在替执政者感到羞耻。陛下何不让我当属国都尉这样的官职，让我主管有关匈奴的事务？实行我的计策，必定能擒住单于，掌控他的性命，降伏叛臣中行说，打他的板子，让匈奴人完全听从皇帝的命令。而今不去打击凶猛的敌人却去打野猪，不与贼寇搏斗却和家兔戏耍，做小游戏却不筹划去除心腹大患的策略，这可不是安定天下的举动。恩德本可用以施行于远方，武力本可用以控制边疆，而现在长安数百里外的地方汉朝的权力和法令都不能施行，这是一件令人流泪的事。以上是“可为流泪”之二。

今民卖僮者，为之绣衣丝履，偏诸缘[①]，内之闲中[②]。是古天子后服，所以庙而不宴者也[3]，而庶人得以衣婢妾。白縠之表[4]，薄纨之里[5]，緁以偏诸[6]，美者黼绣[7]，是古天子之服，今富人大贾嘉会召客者以被墙。古者以奉一帝一后而节适[8]，今庶人屋壁得为帝服，倡优下贱得为后饰，然而天下不屈者[9]，殆未有也。且帝之身自衣皂绨[10]，而富民墙屋被文绣；天子之后以缘其领，庶人孽妾缘其履；此臣所谓舛也[11]。夫百人作之不能衣一人，欲天下亡寒，胡可得也？一人耕之，十人聚而食之，欲天下亡饥，不可得也。饥寒切于民之肌肤，欲其亡为奸邪，不可得也。国已屈矣，盗贼直须时耳，然而献计者曰“毋动”，为大耳。夫俗，至大不敬也，至亡等也，至冒上也，进计者犹曰“毋为”，可为长太息者此也。以上长太息之一。

【注释】

①偏诸：即《说文解字》之“扁绪”，《广雅》之“编绪”，指衣服、鞋子的花边。缘：给衣服镶边。

②闲：栅栏。服虔注：“闲，卖奴婢阑。”

③庙而不宴：颜师古注：“入庙则服之，宴处则不着，盖贵之也。”庙，祭祖，祭祀。

④白縠（hú）：白色绉纱。

⑤薄纨（wán）：轻薄的白色细绢。

⑥緁（qiè）：缝衣边。

⑦黼（fǔ）绣：古代礼服上所绣的花纹，黑白相间，为斧形。

⑧节适：谓有节制而适度。

⑨屈：贫穷。

⑩皂绨：黑色粗绸。绨，比绸子粗厚的纺织品。

⑪舛（chuǎn）：错乱，差错。

【译文】

现在卖僮仆的人，给僮仆穿上绣花的衣服和丝制的鞋子，衣服和鞋子还镶上花边，把他们放在卖奴婢的栅栏里。本来是古代天子皇后的礼服，只用于宗庙祭祀而不用于宴乐，而百姓却拿来给侍女、丫鬟穿用。轻纱的外衣，素绢的衬衣，缝上花边，绣上漂亮的斧形花纹，这本来是古代天子的衣服，而今财主、巨商却在宴请宾客时装饰墙壁。以前这些东西供一位皇帝一位皇后穿用是有节制的、适宜的，现在平民百姓的墙壁上却装饰着帝王的衣服，歌舞演戏供人娱乐的下等人却穿戴着皇后的服饰，然而天下财物不匮乏，那是没有的事。况且皇帝自己身穿黑色粗厚的丝织品，而财主的墙壁上挂着绣满花纹的绢帛；皇后衣领上的镶边，平民的宠妾却用在鞋上；所以我说这是颠倒错乱的事。一百个人制作的织物也不够一个人穿用，想天下人都有衣穿不受寒，怎能办到？一个人耕作，要供十个人食用，想天下人都有饭吃不挨饿，实在做不到。寒冷和饥饿是民众的切肤之痛，这种情况下要他们安分守己，不造反，根本不可能。国家已经很穷困了，贼寇作乱是迟早的事，然而为陛下出主意的人说“不要有所改易”，这是说大话。社会风气已经变得完全不讲恭敬了，完全没有上下尊卑之分了，以至于犯上的事都已发生，出主意的人还在说“不要有所作为”，这正是使人深深叹息的事。以上为“令人深深叹息”之一。

商君遗礼义，弃仁恩，并心于进取，行之二岁，秦俗日败。故秦人家富子壮则出分，家贫子壮则出赘。借父耰鉏，虑有德色[①]；母取箕帚，立而谇语[②]。抱哺其子，与公并倨[③]；妇姑不相说，则反唇而相稽[④]。其慈子耆利，不同禽兽者亡几耳。然并心而赴时，犹日蹶六国，兼天下。功成求得矣，终不知反廉愧之节，仁义之厚。信并兼之法，遂进取之业，天下大败；众掩寡，智欺愚，勇威怯，壮陵衰，其乱至矣。是以大贤起之，威震海内，德从天下。曩之为秦者，今转而为汉矣。然其遗风余俗，犹尚未改。今世以侈靡相竞，而上无制度，弃礼义，捐廉耻日甚，可谓月异而岁不同矣。逐利不耳[5]，虑非顾行也，今其甚者杀父兄矣。盗者剟寝户之帘[6]，搴两庙之器[7]，白昼大都之中剽吏而夺之金[8]。矫伪者出几十万石粟、赋六百余万钱[9]，乘传而行郡国[10]，此其无行义之尤至者也。而大臣特以簿书不报、期会之间以为大故[11]。至于俗流失，世坏败，因恬而不知怪，虑不动于耳目，以为是适然耳。夫移风易俗，使天下回心而向道，类非俗吏之所能为也。俗吏之所务，在于刀笔筐箧[12]，而不知大体。陛下又不自忧，窃为陛下惜之。

【注释】

①德色：颜师古注："容色自矜为恩德也。"

②谇（suì）语：斥责，责骂。

③并倨：吴乘权注："对敌而相拒也。"并，并列。倨，傲慢无礼。

④稽：计较，争论。

⑤逐利不耳：只追求其有没有利益。

⑥剟（duō）：割取。寝：皇家宗庙后殿藏先人衣冠之处。

⑦搴（qiān）：拔取。两庙：指汉高祖、汉惠帝庙堂。

⑧剽（piào）：抢劫。

⑨矫伪者出几十万石粟：颜师古注："言诈为文书，以出仓粟近十万石耳。"矫伪者，弄虚作假的人，诈骗犯。矫伪，作伪，虚假。

⑩乘传：乘坐驿车。传，驿站的马车。

⑪簿书：官署中的文书簿册。期会：谓在规定的期限内实施政令。多指有关朝廷或官府的财物出入。

⑫刀笔筐箧：颜师古注："刀所以削书札。筐箧所以盛书。"

【译文】

商鞅执政时丢掉礼义之道，抛弃仁义恩德，集中心思攫取利益，这样的政策实行了两年，秦国的风俗就已日益败坏下去。所以秦国的家庭，家里富裕的，儿子成年就分家，家里贫穷的，儿子大了就让他入赘别家。儿子把耰鉏等农具借给父亲，就会觉得是施以恩德；母亲用一下箕帚，就会遭儿子斥责。儿媳哺育孩子，傲慢地和公公平起平坐；媳妇和婆婆闹矛盾，就互相对骂。秦国人疼爱自己的孩子，却又贪图利益，行为和禽兽相差不多。但是他们齐心合力，又掌握了时机，还是能打败六国，统一天下。后来他们获得了成功，满足了心愿，然而他们到底不懂得树立廉耻之心和仁义之德。深信弱肉强食的法则，去创立进取的功业，才导致国家衰败；以多打少，以智欺愚，以硬欺软，以强凌弱，这是混乱的极致。所以大贤大德的高皇帝从而崛起，威权震慑海内，德行感化天下。于是昔日秦朝的天下，变成了今天汉室的江山。但是秦朝留下来的风俗，还没有转变。当今社会以奢侈浪费相竞争，可朝廷却没有法制规矩来限制它，不讲礼义，不要廉耻的事越来越多，可以说是日新月异了。人们唯利是图，不管行为是否端正，更有甚者，竟然杀害自己的父兄。盗贼公然割取皇家陵墓寝殿窗户上的帘子，偷走高祖、惠帝庙里的祭器，光天化日之下，大城市之中也敢劫掠官吏，夺取钱财。诈骗犯能诈为文书调出官仓几十万石谷子、六百多万税钱，乘坐驿站的马车在各郡国通行无阻，这都是极不讲仁义的行为。可大臣却只把公文呈报不及时、朝廷官府的财物出入不准时当作大问题。至于风气的败坏、世道的衰颓则完全恬然不知，不以为怪，对这类事不闻不问，毫不关心，认为是理所当然。转移风气，改变习俗，让天下人转回心思，遵守道德，这确实不是平常小吏能做到的事。平常小吏只能做些抄写文书的小事，不懂得治国之道。陛下自己不为此而担忧，我实在为陛下感到惋惜。

夫立君臣，等上下，使父子有礼，六亲有纪，此非天之所为，人之所设也。夫人之所设，不为不立，不植则僵[①]，不修则坏。管子曰[②]："礼义廉耻，是谓四维；四维不张，国乃灭亡[③]。"使管子愚人也则可，管子而少知治体，则是岂可不为寒心哉！秦灭四维而不张，故君臣乖乱，六亲殃戮，奸人并起，万民离叛，凡十三岁，而社稷为虚。今四维犹未备也，故奸人几幸[④]，而众心疑惑。岂如今定经制，令君君臣臣，上下有差，父子六亲各得其宜，奸人亡所几幸，而群臣众信，上不疑惑。此业壹定，世世常安，而后有所持循矣。若夫经制不定，是犹渡江河亡维楫[⑤]，中流而遇风波，船必覆矣。可为长太息者此也。以上长太息之二。

【注释】

①僵：倒下。

②管子：即管仲，春秋时期齐国政治家。

③"礼义廉耻"几句：见《管子·国颂》。

④几幸：非分企求。几，通"冀"。

⑤维：缆绳。楫（jí）：船桨。

【译文】

设立君臣名位，区别上下尊卑，使父子都遵循礼法，亲属关系合乎秩序，这都不是自然产生的，而是人为设立的。人为设立的，不施行就不能确立，不树立就会倒下，不巩固就会被破坏。管子说："礼、义、廉、耻是维系社会的四大要素，这四大要素不能推行，国家就要灭亡。"假设管子是个愚昧的人也就罢了，管子即使是个稍懂得些治国之道的人，那么怎能不为四维不张而寒心呢！秦朝灭弃礼、义、廉、耻四维而不推行，所以君臣关系颠倒错乱，宗室亲属都被杀害，坏人受到提拔，民众都已离心离德，只不过十三年国家就灭亡了。当今礼、义、廉、耻四维仍未完全具备，因而坏人还心存非分之想，民众的心里还有疑虑。哪里比得上现在确定一贯的制度，使君主像君主的样子，臣子像臣子的样子，上下等级分明，父子亲人各尽义务，让坏人无法心存非分之想，群臣顺从，民众信服，上下不致互相猜疑呢。这样的制度一确定，可以使后世长治久安，后代的君主才有可以坚守遵循的法度。要是一贯的制度不能确定，就像没有缆绳和船桨的船横渡江河，在中流遇上风浪，势必翻船。这就是令人深深叹息的事啊。以上为“令人深深叹息”之二。

夏为天子，十有余世，而殷受之。殷为天子，二十余世，而周受之。周为天子，三十余世，而秦受之。秦为天子，二世而亡。人性不甚相远也，何三代之君有道之长，而秦无道之暴也？其故可知也。古之王者，太子乃生，固举以礼[①]，使士负之，有司齐肃端冕[②]，见之南郊，见于天也。过阙则下，过庙则趋，孝子之道也。故自为赤子而教固已行矣。昔者成王幼在襁褓之中，召公为太保，周公为太傅，太公为太师。保，保其身体；傅，傅之德义；师，道之教训；此三公之职也。于是为置三少，皆上大夫也，曰少保、少傅、少师，是与太子宴者也[③]。故乃孩提有识，三公、三少固明仁孝礼义以道习之，逐去邪人，不使见恶行。于是皆选天下之端士，孝弟博闻有道术者，以卫翼之，使与太子居处出入。故太子乃生而见正事，闻正言，行正道，左右前后皆正人也。夫习与正人居之，不能毋正，犹生长于齐不能不齐言也；习与不正人居之，不能毋不正，犹生长于楚之地不能不楚言也。故择其所耆，必先受业，乃得尝之；择其所乐，必先有习，乃得为之。孔子曰："少成若天性，习贯如自然。"及太子少长，知妃色，则入于学。学者，所学之官也[④]。《学礼》曰："帝入东学，上亲而贵仁，则亲疏有序而恩相及矣；帝入南学，上齿而贵信，则长幼有差而民不诬矣；帝入西学，上贤而贵德，则圣智在位而功不遗矣；帝入北学，上贵而尊爵，则贵贱有等而下不隃矣；帝入太学，承师问道，退习而考于太傅，太傅罚其不则而匡其不及，则德智长而治道得矣。此五学者既成于上，则百姓黎民化辑于下矣[⑤]。"及太子既冠成人，免于保、傅之严，则有记过之史，彻膳之宰[⑥]，进善之旌[⑦]，诽谤之木[⑧]，敢谏之鼓[⑨]。瞽史诵诗，工诵箴谏[⑩]，大夫进谋，士传民语[⑪]。习与智长，故切而不愧[⑫]；化与心成，故中道若性[⑬]。三代之礼，春朝朝日，秋暮夕月，所以明有敬也；春秋入学，坐国老[⑭]，执酱而亲馈之，所以明有孝也；行以鸾和[⑮]，步中《采齐》[⑯]，趣中《肆夏》，所以明有度也。其于禽兽，见其生不见其死，闻其声不食其肉，故远庖厨，所以长恩，且明有仁也。

【注释】

①举：抚育。

②齐（zhāi）肃：庄重敬慎。齐，同"斋"。端冕：玄衣和大冠。古代帝王、贵族的礼服。此指身穿礼服。

③宴：安居。

④官：谓官舍。

⑤化辑:受教化而变得和睦。

⑥彻膳之宰:掌管膳食之官。颜师古注:“有阙则谏。”

⑦进善之旌:进善言者,立于旌旗之下。

⑧诽谤之木:立于朝廷前,任人书写批评时政内容的木牌。

⑨敢谏之鼓:进谏者所敲之鼓。

⑩工:精通音乐的乐人。箴:文体的一种。以规劝告诫为主。

⑪民语:民间广泛流行的定型的俗语谣谚。一般言简意赅,多反映人民的生活经验和愿望。

⑫切:指学行上切磋相正。

⑬中道:品格正直中正。一说,中读去声,中道,即合道。

⑭国老:指告老退职的卿、大夫、士。

⑮鸾和:鸾与和,古代车上的两种铃子。

⑯《采齐》:与下文的《肆夏》,均为古乐章名。

【译文】

夏朝的天子传了十几代,商朝受天命而代替了夏朝。商朝的天子传了二十几代,周朝又代替了商朝。周朝的天子传了三十几代,又被秦朝取代。秦朝的天子只两代就亡了国。人的本性相差不太远,可为什么夏、商、周三代的君主治国有道且国运长久,而秦朝皇帝无道又残暴呢?这里面的缘故可以知道。古代君王,太子刚刚出生,就举行抚育他的仪式,让士大夫背着太子,百官庄重敬慎地穿着正式朝服,在南郊拜见太子,告之于天。经过宫门必须下车,路过宗庙必须小跑而过,以示尊敬,这是孝子应守的规矩。所以从婴儿时起,教育已经开始了。当初周成王还在襁褓之中时,就有召公做太保,周公做太傅,姜太公做太师。太保是照顾太子身体的,太傅使太子懂得仁义道德,太师用道义来引导太子,这是三公的职责。此后又为太子设立三少,都是上大夫级的官员,称为少保、少傅、少师,这些人平常和太子相伴。在太子还是幼儿、略有知识时,三公、三少就已经用仁爱、孝道、礼义来教导太子,赶走太子身边的坏人,不让他见到任何丑恶的行为。这时又选择天下正直、懂得孝道，又学识渊博、懂得事理的人来护卫、辅佐太子，让他们和太子一道起居出入。这样太子生来就见到正当的行为，听见正经的言论，行为合乎规矩，周围都是正直的人。太子常和正直的人相处，不可能不正直，就像生于齐、长于齐的人不可能不会齐地的方言；常和坏人相处，不可能不变坏，就像生于楚、长于楚的人不可能不会楚地的方言。所以当太子选择他所嗜好的事物之前必须先跟随老师学习，才能尝试；选择他所爱好的事物之前，必须先学习，然后去行动。孔子说："少成若天性，习惯如自然。"意思是小时候养成的习惯就像天生的一样。等太子逐渐长大，懂得欣赏妃子的容颜以后，就让他上学。学官，就是学习的地方。《学礼》说："皇帝入东学，学习尊重亲人、崇尚仁义，就会区别亲疏关系、感受亲人的恩情；皇帝入南学，学习尊重老人、遵守信义，就懂得长幼有序而民风诚实；皇帝入西学，学习尊重贤才、崇尚德行，就能使贤德的人取得权位，达成功业；皇帝入北学，学习尊敬贵族、尊崇爵位，就可以区别贵贱，没人敢超越等级；皇帝入太学，向太师请教做人治国之道，下学后经常温习，接受太傅的检查，太傅则惩罚他的出格行为，纠正他不足之处，这样就培养了智慧和道德，懂得了治国之道。天子在这五方面学有所成，天下的百姓也就都有教养、易治理了。"等到太子成年，不再受太保、太傅的约束以后，又有负责记录过错的史官、负责进谏阙失的宰、立在旌下进奏善言的人、为了提意见用的谏木以及鼓励人大胆劝谏的鼓，这些都是用来劝谏太子的。盲诗人背诵诗歌，乐工唱诵规谏的箴文，卿大夫出谋划策，列士传诵民间谣谚。良好的习惯和智慧一同增长，因学行经历了切磋纠正就不会自愧；教化和心智共同成长，所以他的正直品格如同天性。夏、商、周三代的礼仪规定，天子在春天的早晨礼拜朝阳，秋天的夜晚礼拜月亮，以表明对天地的崇敬；春秋两季要到学宫，请告老退职的卿、大夫、士入座，亲手向他们进献食物，以表明对老人的孝敬；坐车行走时有车铃应和，步行合于《采齐》的节奏，急行合乎《肆夏》的韵律，以体现行动极有规律。对于禽兽，见到它们活着的样子，听见它们的声音，就不忍杀死它们，吃它们的肉，所以远离厨房，以培养同情心，表现对一切生命的仁爱。

夫三代之所以长久者，以其辅翼太子有此具也。及秦而不然，其俗固非贵辞让也，所上者告讦也[①]；固非贵礼义也，所上者刑罚也。使赵高傅胡亥而教之狱，所习者非斩、劓人，则夷人之三族也。故胡亥今日即位而明日射人，忠谏者谓之诽谤，深计者谓之妖言，其视杀人若艾草菅然[②]。岂惟胡亥之性恶哉？彼其所以导之者非其理故也。

【注释】

①告讦（jié）：揭发别人的隐私。

②艾（yì）：通“刈”。刈割，斩除。草菅：草茅。

【译文】

夏、商、周三代所以国运长久，是因他们有一套完整的教育太子的方法。而秦朝却不是这样，他们的风俗不崇尚谦让，而是崇尚告发别人；治国不遵循礼义，而是崇尚刑罚。让赵高当胡亥的老师，教他如何断案用刑，胡亥熟知的不是砍头、削鼻，就是杀光别人的全家。所以胡亥刚刚即位就滥用刑罚，把忠心劝谏当成诽谤君王，把深谋远虑说成妖言惑众，把杀人看作除草一样简单。难道是胡亥本性残暴吗？不，是没有用正确的道理来教导他的缘故啊。

鄙谚曰：“不习为吏，视已成事[①]。”又曰：“前车覆，后车诫。”夫三代之所以长久者，其已事可知也，然而不能从者，是不法圣智也。秦世之所以亟绝者，其辙迹可见也，然而不避，是后车又将覆也。夫存亡之变，治乱之机，其要在是矣。

天下之命，县于太子；太子之善，在于早谕教与选左右。夫心未滥而先谕教[②]，则化易成也；开于道术智谊之指，则教之力也。若其服习积贯[③]，则左右而已。夫胡、粤之人，生而同声，耆欲不异，及其长而成俗，累数译而不能相通，行有虽死而不相为者，则教习然也。臣故曰选左右、早谕教最急。夫教得而左右正，则太子正矣，太子正而天下定矣。《书》曰："一人有庆，兆民赖之。"此时务也。以上长太息之三。

【注释】

①不习为吏，视已成事：不熟悉怎样做小吏，就看过去的事是怎样做的。已成事，过去的事情。

②滥：没有节制。

③服习：习惯。积贯：积惯，惯习。

【译文】

俗话说："不熟悉怎样做小吏，就看过去的事是怎样做的。"又说："前面的车翻了，后面的车要引以为戒。"夏、商、周三代长治久安的道理可以探知，却不能遵从，这是不学习、效法圣德智慧的先王。秦朝迅速灭绝的道路是明白可见的，但不吸取教训，及时躲避，这会使后车重蹈覆辙。国家存亡的变化，治乱的关键，那些重要的道理都在这里。天下未来的命运，掌握在太子手中；而太子的好坏，在于尽早地教导和严格挑选左右侍从之人。在太子的心思开始放纵之前教育他，教化就容易完成；启发太子，使他了解道德、学术、智慧、行谊的大义，是教育的作用。至于太子平日的习惯，就决定于他左右侍从之人了。那北方的胡人、南方的粤人，生来发相同的声音，爱好、欲求也没什么不同，等他们长大，各自遵从本族的风俗习惯以后，双方的语言就是经过多次翻译仍然不能互相理解，行为至死也仍不相同，这是教导、熏习的缘故。所以我说慎选太子侍从和及早教导是最紧要的事。如果教育得当，侍从都是正直之士，那么太子的思想、行为都会端正，太子端正则天下安定。《尚书》说："帝王一人之善，是天下百姓的依靠。"这是当前最紧要的事务。以上为"令人深深叹息"之三。

凡人之智，能见已然，不能见将然。夫礼者禁于将然之前，而法者禁于已然之后，是故法之所用易见，而礼之所为至难知也。若夫庆赏以劝善，刑罚以惩恶，先王执此之政，坚如金石，行此之令，信如四时，据此之公，无私如天地耳，岂顾不用哉？然而曰"礼云礼云"者[①]，贵绝恶于未萌，而起教于微眇[②]，使民日迁善、远罪而不自知也。孔子曰："听讼，吾犹人也，必也使无讼乎[③]！"为人主计者，莫如先审取舍。取舍之极定于内[④]，而安危之萌应于外矣。安者非一日而安也，危者非一日而危也，皆以积渐然，不可不察也。人主之所积，在其取舍。以礼义治之者，积礼义；以刑罚治之者，积刑罚。刑罚积而民怨背，礼义积而民和亲。故世主欲民之善同，而所以使民善者或异，或道之以德教，或驱之以法令。道之以德教者，德教洽而民气乐；驱之以法令者，法令极而民风哀。哀乐之感，祸福之应也。秦王之欲尊宗庙而安子孙，与汤、武同，然而汤、武广大其德行，六七百岁而弗失，秦王治天下，十余岁则大败。此无他故矣，汤、武之定取舍审，而秦王之定取舍不审矣。夫天下，大器也，今人之置器，置诸安处则安，置诸危处则危。天下之情与器亡以异，在天子之所置之。汤、武置天下于仁义礼乐，而德泽洽，禽兽草木广裕，德被蛮貊四夷，累子孙数十世，此天下所共闻也。秦王置天下于法令刑罚，德泽亡一有，而怨毒盈于世，下憎恶之如仇雠，祸几及身，子孙诛绝，此天下之所共见也。是非其明效大验邪？人之言曰："听言之道，必以其事观之，则言者莫敢妄言。"今或言礼谊之不如法令，教化之不如刑罚，人主胡不引殷、周、秦事以观之也？以上长太息之四。

【注释】

①"礼云礼云"者：指《论语·阳货》："子曰：'礼云礼云，玉帛云乎哉？乐云乐云，钟鼓云乎哉？'"

②微眇：细小，微末。

③"听讼"几句：出自《论语·颜渊》。

④极：中，中正的准则。

【译文】

平常人的智力只能认识已然的事实，不能预见将来。礼的作用就是把错误行为限制于未发生以前，而法的作用却是在罪行发生之后才去禁止，所以法的作用显而易见，礼的功用实在难以知晓。至于用奖赏来鼓励善行，用刑罚来惩罚罪恶，先王运用这一政策就像金石一样坚定，发布这样的命令就像四季一样准确，帝王掌握这样的公正，像天地一样毫无私心，难道反而不运用它吗？人们常说礼啊礼啊的，其重要的意义是消除罪恶于未萌之际，开始教化于低微之时，使人民一天天趋向道德、远离罪恶却丝毫没有察觉。孔子说："审理案件，我和别人没有不同，如果能完全消除诉讼多好啊！"为君王计，没有比审慎选择治国之道更重要的了。这选择治国之道的准则一旦在朝中决定，安危的迹象就会相应出现在天下。安定不是一天能做到的，凶险也不是一天产生的，都是从小到大逐渐积累而成的，这一点不能不推究。君主积累什么，在于选择怎样的治国之道。用礼义治国的，就积累礼义；用刑罚治国的，就积累刑罚。积累刑罚的则人民怨恨背叛，积累礼义的则人民和睦团结。历代帝王都有使民众向善的愿望，而手段各异，有的用道德教化来劝导，有的用严刑峻法来威迫。用道德教化劝导的，普遍遵守社会道德，民心欢愉；用严刑峻法威逼的，法令严酷，民心哀苦。民心的欢愉或哀苦是国家幸福或灾祸的应验。秦王和商汤、周武一样，都有尊崇祖庙、安定后世的愿望，但商汤、周武全面施行仁义道德，六七百年国家也不致衰亡，秦王治国十几年就灭亡了。这没有其他原因，因为商汤、周武选择治国之道较审慎，而秦王选择治国之道不审慎。国家好比一个大器具，把它放在安稳的地方就安全，放在危险的地方就危险。国家的情形和器具没有两样，在于天子怎么治理。商汤、周武王治理国家以仁义礼乐为基础，广施恩惠，连禽兽草木也繁茂起来，恩德一直达到边远的少数民族地区，商周的子孙传承几十代，这是天下人都知道的。秦王把法令刑罚当作治国的基础，对百姓没有一点恩泽，而怨怒仇恨遍于天下，人民痛恨他就像痛恨仇敌，灾殃差一点就降临到他身上，他的子孙后代全被杀光，这也是天下所共知的。这不就是明确而显著的效果吗？人们说："听别人的话，要用事实来检验，这样就不会有人胡说了。"要是有人说用礼义治国不如用法令，用教化治国不如用刑罚，那么君主何不用商、周两代和秦朝的事实来检验呢？以上为"令人深深叹息"之四。

人主之尊譬如堂，群臣如陛，众庶如地。故陛九级上，廉远地[1]，则堂高；陛亡级，廉近地，则堂卑。高者难攀，卑者易陵，理势然也。故古者圣王制为等列，内有公、卿、大夫、士，外有公、侯、伯、子、男，然后有官师、小吏，延及庶人，等级分明，而天子加焉，故其尊不可及也。里谚曰"欲投鼠而忌器"，此善谕也。鼠近于器，尚惮不投，恐伤其器，况于贵臣之近主乎！廉耻节礼以治君子，故有赐死而亡戮辱。是以黥、劓之罪不及大夫，以其离主上不远也。礼不敢齿君之路马②，蹴其刍者有罚，见君之几杖则起，遭君之乘车则下，入正门则趋，君之宠臣虽或有过，刑戮之罪不加其身者，尊君之故也，此所以为主上豫远不敬也，所以体貌大臣而厉其节也③。今自王、侯、三公之贵，皆天子之所改容而礼之也④。古天子之所谓伯父、伯舅也，而今与众庶同黥、劓、髡、刖、笞、傌、弃市之法⑤，然则堂不亡陛乎？被戮辱者不泰迫乎⑥？廉耻不行，大臣无乃握重权，大官而有徒隶亡耻之心乎？夫望夷之事⑦，二世见当以重法者⑧，投鼠而不忌器之习也。

【注释】

①廉：堂侧面。此盖指堂基。

②齿君之路马：问御马的年龄。路马，古代指为君主驾车的马。因君主之车名路车，故称。

③体貌：谓以礼相待，敬重。体，通“礼”。厉：同“励”。激励。

④改容：改变仪容。

⑤髡（kūn）：古代剃去男子头发的刑罚。傌（mà）：汉代刑罚之一，与“骂”音义同。弃市：弃之于市，谓处死刑。

⑥泰迫：过于迫近。泰，同“太”。迫，颜师古注：“迫天子也。”

⑦望夷：秦代宫名。故址在今陕西泾阳东南，因东北临泾水以望北夷，故名。秦末，赵高指使人杀秦二世于此。

⑧二世见当以重法：赵高指使女婿阎乐等冲进望夷宫，例数秦二世罪行，逼其自杀。当，判罪。

【译文】

君主的尊严就像殿堂，群臣好比台阶，百姓就是土地。台阶多，台基高，则殿堂高；缺少台阶，台基矮，殿堂也就低矮。殿堂高大则难以攀登，低矮则易于毁坏，事理就是这样。所以古代帝王创立等级制度，国都之内有公、卿、大夫、士，国都之外有公、侯、伯、子、男，此外又有各级官吏，最后才是百姓，等级分明，而天子凌驾于一切等级之上，所以天子的尊严是谁也比不上的。民谚说"欲投鼠而忌器"，这是个好的比喻。老鼠靠近器皿，人们还不敢打它，怕打碎了器皿，更何况君主身边的贵臣呢！廉耻、节操、礼义是用来制约君子的，所以只有赐死之刑，不会有杀头的耻辱。因此对于大夫以上的人不用刺字、割鼻之类的刑罚，这是他们离君主不远的缘故。《礼》规定：不敢问御马的年龄，乱踢御马草料的人要受罚，看见君主日常使用过的几案和手杖要起身致敬，遇到君主的车队必须下车，进入宫殿正门要小跑，君主的宠臣即使有过错也不用杀头的刑罚，这都是为了尊敬君主的缘故，为了使君主预先远离不敬的行为，为了礼遇大臣而且激励他们的气节。现在王、侯、三公等贵臣，天子都应该严肃恭敬地礼遇他们。古代天子称为伯父、伯舅的那些人，而今却和平民百姓一样，受到刺字、割鼻、剃发、砍脚、鞭打、辱骂、杀头的刑罚，这不就是殿堂失去了台阶吗？用杀头之刑侮辱大臣，不是太过于迫近天子了吗？不培养大臣的廉耻之心，不是让当高官、握重权的人像囚徒一样没有廉耻之心吗？望夷宫之事，秦二世都被处死，这是因为缺乏投鼠忌器的风气。

臣闻之，履虽鲜不加于枕，冠虽敝不以苴履[①]。夫尝已在贵宠之位，天子改容而礼貌之矣，吏民尝俯伏以敬畏之矣，今而有过，帝令废之可也，退之可也，赐之死可也，灭之可也；若夫束缚之，系绁之[②]，输之司寇，编之徒官，司寇小吏詈骂而榜笞之，殆非所以令众庶见也。夫卑贱者习知尊贵者之一旦吾亦乃可以加此也，非所以习天下也，非尊尊贵贵之化也。夫天子之所尝敬，众庶之所尝宠，死而死耳，贱人安得如此而顿辱之哉！

【注释】

①苴（jū）：垫鞋底的草垫。

②系绁：用绳子捆住。

【译文】

我听说，鞋子再新也不能放在枕头上，帽子再破也不敢用来垫鞋。那些曾在尊贵、宠信的地位任职，受到过天子礼遇的，受到过小吏和百姓礼拜和敬畏的人，如果有了过错，天子下令将他免官、流放、赐死、灭门都可以；要是捆绑他，关押他，送到司法部门，编到囚徒行列，并让负责刑法的官吏辱骂或鞭打他，这事绝对不能让百姓知道。地位卑贱的人一旦熟知对于尊贵的大臣，有一天我也能这样对待他，这可不行，这不是尊敬大臣的风气。天子礼遇过的人、平民百姓曾经敬仰过的人，死是可以死，地位低贱的人怎么能这样折磨、侮辱他呢！

豫让事中行之君，智伯伐而灭之，移事智伯。及赵灭智伯，豫让衅面吞炭①，必报襄子，五起而不中。人问豫子，豫子曰："中行众人畜我，我故众人事之；智伯国士遇我，我故国士报之。"故此一豫让也，反君事仇，行若狗彘，已而抗节致忠，行出乎列士，人主使然也。故主上遇其大臣如遇犬马，彼将犬马自为也；如遇官徒②，彼将官徒自为也。顽顿亡耻③，奊诟亡节④，廉耻不立，且不自好，苟若而可，故见利则逝，见便则夺。主上有败，则因而挺之矣[5]；主上有患，则吾苟免而已，立而观之耳；有便吾身者，则欺卖而利之耳。人主将何便于此？群下至众，而主上至少也，所托财器职业者粹于群下也。俱亡耻，俱苟安[6]，则主上最病。故古者礼不及庶人，刑不至大夫，所以厉宠臣之节也。古者大臣有坐不廉而废者，不谓不廉，曰"簠簋不饰"[7]；坐污秽淫乱、男女无别者，不曰污秽，曰"帷薄不修"；坐罢软不胜任者，不曰罢软，曰"下官不职"。故贵大臣定有其罪矣，犹未斥然正以呼之也，尚迁就而为之讳也。故其在大谴、大何之域者[8]，闻谴、何则白冠氂缨[9]，盘水加剑[10]，造请室而请罪耳[10]，上不执缚系引而行也。其有中罪者，闻命而自弛[12]，上不使人颈盭而加也[13]。其有大罪者，闻命则北面再拜，跪而自裁，上不使捽抑而刑之也[14]，曰："子大夫自有过耳，吾遇子有礼矣。"遇之有礼，故群臣自憙[15]，婴以廉耻[16]，故人矜节行。上设廉耻礼义以遇其臣，而臣不以节行报其上者，则非人类也。故化成俗定，则为人臣者，主耳忘身，国耳忘家，公耳忘私，利不苟就，害不苟去，唯义所在。上之化也。故父兄之臣诚死宗庙，法度之臣诚死社稷，辅翼之臣诚死君上，守圄扞敌之臣诚死城郭封疆。故曰圣人有金城者，比物此志也。彼且为我死，故吾得与之俱生；彼且为我亡，故吾得与之俱存；夫将为我危，故吾得与之俱安。顾行而忘利，守节而仗义，故可以托不御之权，可以寄六尺之孤[17]。此厉廉耻、行礼谊之所致也，主上何丧焉？此之不为，而顾彼之久行，故曰可为长太息者此也。以上长太息之五。

【注释】

①衅面吞炭:谓毁容变声。郑玄曰:“衅,漆面以易貌;吞炭,以变声也。”

②官徒:在官府服劳役的犯人。

③顽顿:犹顽钝。圆滑无骨气。顿,通“钝”。

④奊(xǐ)诟:谓无志气节操。奊,通“谿”。

⑤挻(shān):篡取,夺取。

⑥苟安:苟且偷安。

⑦簠簋(fǔ guǐ):两种盛黍稷稻粱之礼器。簠为方形,簋为圆形,用青铜或陶制成。

⑧何:通“呵”。谴责,呵斥。

⑨氂(máo)缨:用毛做的帽带。大臣犯罪时用之,以示自请罪谴。

⑩盘水加剑:以盘盛水,加剑其上,表示请罪自刎。

⑪请室:请罪之室,即囚禁有罪官吏的牢狱。

⑫自弛:自废而死。

⑬颈盭(lì):盭其颈,即扭转脖子。

⑭捽(zuó)抑:揪住往下按。

⑮憙:喜欢。

⑯婴:施加。

⑰六尺之孤:未成年的孤儿。此指幼小的君主。

【译文】

豫让曾是晋国中行氏的臣子,智伯消灭了中行氏后,他又转投智伯为臣。等到赵氏消灭了智伯,豫让毁容易面、吞炭变声,一定要向赵襄子报仇,五次行动都没有得手。有人问豫让为什么这样做,豫让说:“中行氏像对待一般人一样对待我,我也像一般人一样回报他;智伯像对待国士一样对待我,我就像国士一样回报他。”同是一个豫让,叛变君主,做敌人的臣子,行为如同猪狗般不知廉耻,后来却表现出高尚的节操,行为超出一般的士人，这都是君主的态度决定的。所以君主像对待犬马一样对待臣下，他们就有犬马一样的行为；像对待囚徒一样对待臣下，他们就有囚徒一样的行为。圆滑没有骨气，缺少志气，丧失节操，不知廉耻，又不能洁身自好，如果能允许这样，那么臣下就会为私利叛离君主，见到好处就去争夺。君主失败，则乘机篡位；君主有难，则只顾自己逃避，站在一旁看热闹；有利于己便欺骗、叛卖君主，为的是得到好处。这些对君主又有什么好处呢？臣下非常多，而君主只有一个，可以托付财物、职权的全集中于臣下之中。如果他们全无廉耻之心，总是苟且偷安，那君主最倒霉。所以古代"礼不及庶人，刑不至大夫"，是为了激励近臣的节操。古时候大臣因贪污而罢官的，不明说他贪污，而说他家的餐具不整饬；因腐化淫乱、男女无别而罢官的，不说他行为污秽，而是说他家的帐子太薄、不整齐；因软弱不胜任而罢官的，不说他软弱，而是说他的下属不称职。尊贵的大臣有罪，也不能直接说出他的罪名，还要迁就，为他隐瞒遮盖。所以受到严重谴责、问责的大臣，在受到君主谴责追问时就戴上白帽子，系上毛编的帽缨，托着一盘水、一把剑，到狱中请罪，君主并不捆绑他，把他强行押走。那些罪行不大不小的大臣听到治罪的命令就要自杀而死，君主不令人扭着他的脖子砍头。那些犯了重罪的大臣听到治罪的命令就要向北面行再拜之礼，跪着自杀，君主并不令人抓着他的头发按在地上砍头，而是说："你这个大臣自己犯了法，我可是以礼待你的啊。"君主以礼相待，群臣就能洁身自好，用廉耻来自律，崇尚高尚的节操和行为。君主用礼义廉耻等道德来对待群臣，而臣下不用高尚的节操和行为回报君主，那简直不是人了。这种自爱、自律的风气形成以后，做臣子的必然会为君主而奋不顾身，为国家而忘记自家，为公众利益而抛弃一己私利，有好处不随便去拿，有患难不随便地躲避，唯以正义所在为标准。君主积极提倡这种风气，能使事君如事父兄的大臣愿为宗庙而死，遵守法纪的大臣愿为国家而死，善于辅佐君主的大臣愿为君主而死，守土卫边的大臣愿为国土而死。所以说圣人有金城汤池一样坚固的城防，就是用来比喻这个的。臣下愿为君主而死，所以君主和臣下可以共生；臣下愿为君主而亡，所以君主和臣下可以共存；臣下为君主的安危思虑，所以君主和臣下可以共安危。只想到行为的高洁，忘记了自身的利益，坚守气节和正义，这样君主才能给予他不加限制的权力，可以托付幼小的遗孤。这些都是激励臣下的廉耻之心，遵循礼义而获得的，君主有什么损失呢？不这样做，却任凭秦朝的坏风气、旧习俗流行下去，所以我才说这是令人深深叹息的事。以上为“令人深深叹息”之五。

匡衡·戒妃匹劝经学威仪之则疏

【题解】

这篇疏上奏于汉元帝竟宁元年（前33）。作者以儒家纲常伦理为指导，劝谏皇帝修身养性，实行合乎礼仪规范的婚姻来整治后宫，并深习六经，以明德义，威严仪表，整肃朝纲政纪，达到天下大治。全疏条理明晰，疏密有致。

陛下秉至孝，哀伤思慕不绝于心，未有游虞弋射之宴[①]，诚隆于慎终追远[②]，无穷已也。窃愿陛下虽圣性得之，犹复加圣心焉。《诗》曰“茕茕在疚”[③]，言成王丧毕思慕，意气未能平也，盖所以就文、武之业，崇大化之本也。

【注释】

①游虞：嬉戏娱乐。虞，通“娱”。

②慎终追远：谨慎恭敬地处理父母的丧事，追念远代祖先。

③茕茕（qióng）在疚：出自《诗经·周颂·闵予小子》。表示孤独哀伤、无所依靠的样子。在疚，在忧患痛苦之中。

【译文】

陛下天性非常孝顺，对先帝的哀伤思念之情永存内心，没有游乐射猎的欢娱，确实重视谨慎恭敬地处理丧事，追念远代祖先，没有穷尽。臣私下希望陛下虽有这样好的天性，仍能不断用圣人的心去加强它。《诗经》说“无依无靠，多么忧伤”，这是形容成王处理丧事后思念祖先，内心的忧郁之情难以排解，这也正是成王之所以能够继承文王、武王的功业，并加以发扬光大的根本。

臣又闻之师曰：“妃匹之际，生民之始，万福之原。婚姻之礼正，然后品物遂而天命全。”孔子论《诗》以《关雎》为始，言太上者民之父母[①]，后夫人之行，不侔乎天地，则无以奉神灵之统，而理万物之宜。故《诗》曰：“窈窕淑女，君子好仇[②]。”言能致其贞淑，不贰其操。情欲之感，无介乎容仪；宴私之意，不形乎动静。夫然后可以配至尊而为宗庙主。此纲纪之首、王教之端也。自上世以来，三代兴废，未有不由此者也。愿陛下详览得失盛衰之效，以定大基，采有德，戒声色，近严敬，远技能。以上戒妃匹。

【注释】

①太上：居于最尊贵的地位。

②窈窕淑女，君子好仇（qiú）：出自《诗经·周南·关雎》。仇，配偶。

【译文】

臣记得先师说过：“夫妻婚配的时候，是人生的开始，万种幸福的源头。婚姻礼仪端庄周正，然后万物顺遂，天命齐备。”孔子议论《诗经》，从《关雎》入手，讲的是居于尊贵地位的人，是百姓的父母，如果妃后、夫人的德行与天地运行不相符合，那就不可能有敬奉神灵的体统来条贯万事万物的事理。所以《诗经》说："美丽善良的姑娘，有位好青年想和她配成双。"意思是女子坚守节操，忠贞不贰。情趣欲望的感受，不系于容貌仪表；游宴玩耍的意愿，不见乎行动止息。这样才可以与至尊的君王结成婚姻，共同成为国家的统治者。所以说婚姻是纲纪的起首、礼教的开端。自从上古以来，夏、商、周三个朝代的兴起和衰落，没有不以此为缘由的。希望陛下考查过去历史的得失兴衰，用以巩固皇朝根本，要物色有品性的人，戒除靡靡之音和女色，接近严肃谨慎的人，远离花言巧语、诡计多端的人。以上劝诫夫妻婚配之事。

窃见圣德纯茂，专精《诗》《书》，好乐无厌。臣衡材驽，无以辅相善义，宣扬德音。臣闻六经者，圣人所以统天地之心、著善恶之归、明吉凶之分、通人道之正、使不悖于本性者也。故审六艺之指，则天人之理可得而和，草木昆虫可得而育，此永永不易之道也。及《论语》《孝经》，圣人言行之要，宜究其意。以上劝经学。

【译文】

臣私下看见陛下的圣德纯良美好，专心学习《诗经》《尚书》，喜好正声雅乐毫不满足。臣匡衡才识浅薄，不能辅助陛下美好的道义，宣扬陛下仁德的言论。臣听说六经是圣人用来统御天下人心、指明善恶的结局、明示吉凶的分别、指示做人的正道、让人们不要违背本性的著作。所以考察六经的核心主旨，可以使天人关系的道理明白和顺，使草木昆虫万物得以养育，这是亘古不变的道理。还有《论语》《孝经》，也都是圣人们重要言行的记录，应探求其中的深刻道理。以上劝谏学习经学。

臣又闻圣王之自为动静周旋，奉天承亲，临朝飨臣，物有节文，以章人伦。盖钦翼祗栗[①]，事天之容也；温恭敬逊，承亲之礼也；正躬严恪[②]，临众之仪也；嘉惠和说，飨下之颜也。举错动作，物遵其仪，故形为仁义，动为法则。孔子曰："德义可尊，容止可观，进退可度，以临其民，是以其民畏而爱之，则而象之[③]。"《大雅》云："敬慎威仪，惟民之则[④]。"诸侯正月朝觐天子，天子惟道德，昭穆穆以视之[⑤]，又观以礼乐，飨醴乃归。故万国莫不获赐祉福，蒙化而成俗。今正月初幸路寝[⑥]，临朝贺，置酒以飨万方。《传》曰"君子慎始"[⑦]，愿陛下留神动静之节，使群下得望盛德休光，以立基桢[⑧]，天下幸甚！

【注释】

①钦翼：恭敬，谨慎。祗（zhī）栗：敬慎，恐惧。

②严恪（kè）：严肃谨慎恭敬。

③"德义可尊"几句：出自《孝经》。

④敬慎威仪，惟民之则：出自《诗经·大雅·抑》。

⑤穆穆：仪容恭顺端庄。

⑥路寝：古代天子、诸侯的正厅。

⑦君子慎始：出自《周易·系辞》。

⑧基桢：根基，引申为准则、榜样。基，建筑物的根脚。桢，筑墙时两端的柱子。

【译文】

臣又听说圣明君王的所作所为，无论动静周旋，奉天之命，承亲之意，还是当朝处理国事，宴飨群臣，事事都有节制法度，以发扬人伦的美德。敬慎小心，是侍奉上天的仪容；和悦恭顺谨慎，是侍奉祖先的礼仪；正直慎重恭敬，是统御百官的原则；施予恩惠，和颜悦色，是对待臣下的态度。举止行为，凡事都要遵循一定的礼仪规范，因此在外貌形象上是一副仁义容颜，一举一动都可以成为效法的榜样。孔子说："君王的仁德道义可以尊崇，容貌行止可以观察，前进后退可以衡量，这样治理他的百姓，因此他的百姓既敬畏又爱戴他，以他为榜样。"《诗经·大雅·抑》讲："谨慎你的仪表，百姓就会效仿你。"诸侯们在每年正月朝觐天子，天子只显示道德，表露端庄，让他们真实看到天子的威严，又让诸侯们观看礼仪和音乐，受到丰盛的招待后，方才返回各自封邑。这样诸侯们都受到天子赐予的大福大贵，使他们接受感化而形成习惯。今年正月初一陛下初次驾临正殿，接受文武百官的朝贺，设置筵席，慰劳四方。《易传》说"君子开始时就要谨慎"，希望陛下留意行动和止息的仪节，让臣子们得以仰望高贵品德的光彩，为国家奠立坚固的基础和准则，那么天下就很有希望，很可庆幸了！

诸葛亮·出师表

【题解】

本文是诸葛亮于建兴五年（227）北伐时，给蜀汉后主刘禅上的一份表章。文中，作者分析了当时蜀国所处的形势，谆谆告诫后主要牢记先帝遗愿，执法平正，采纳忠言，重用贤臣，励志自振，使他能专心一意于北伐大业。最后作者以自己的亲身经历，表白了自己为报答刘备的知遇之恩和临终嘱托，以兴复汉室为己任的决心。文章层次分明，文笔酣畅，感情真挚，感染力极强。

臣亮言：先帝创业未半①，而中道崩殂②。今天下三分③，益州罢弊④，此诚危急存亡之秋也⑤。然侍卫之臣不懈于内，忠志之士忘身于外者，盖追先帝之殊遇⑥，欲报之于陛下也。诚宜开张圣听，以光先帝遗德，恢宏志士之气⑦；不宜妄自菲薄[⑧],引喻失义[⑨],以塞忠谏之路也。

【注释】

①先帝:前代已故的帝王。这里指蜀汉昭烈帝刘备。

②崩殂(cú):指帝王之死。

③三分:指魏、蜀、吴三国政权鼎立。

④益州:州名。地有今四川、陕西、重庆、云南、贵州的一部分,治所在成都。这里指蜀汉。罢(pí)弊:即疲敝,疲弱困乏。

⑤秋:时候,日子。

⑥殊遇:特别的待遇,指恩宠、信任。

⑦恢宏:发扬,扩大。

⑧妄自菲薄:毫无根据地看轻自己。

⑨失义:不合大义。

【译文】

臣亮奏言:先帝创建大业还未完成一半,就中途去世了。现在天下三分鼎立,我们益州是这样的疲困,这真是危急存亡的紧要时刻啊。然而在朝廷侍从护卫陛下的大臣们毫不懈怠,在外的忠贞将士们奋不顾身,那是因为大家在追念先帝对他们的特殊恩遇,想在陛下您这里报答。陛下实在应该广泛听取大家的意见,以发扬光大先帝留下的美德,激励志士们的志气;不应该轻率地看轻自己,言谈训谕时有失大义,以致堵塞臣民们尽忠规谏之路。

宫中府中[①],俱为一体,陟罚臧否[②],不宜异同。若有作奸犯科,及为忠善者,宜付有司,论其刑赏,以昭陛下平明之治,不宜偏私,使内外异法也。以上言刑赏宜公。

【注释】

①宫中：指内廷侍臣。府中：指相府官吏。

②陟（zhì）罚：提升与惩罚。臧否（pǐ）：褒扬与贬斥。臧，善。否，恶。

【译文】

内廷侍臣和相府官吏，都是一个整体，凡有所奖惩，不应该有所不同。如果有做坏事违犯法律的，或者是尽忠为善的，应该交付有关主管部门的官员，以论定对他们的处罚和赏赐，以此来显示陛下处事的公正贤明，不应该有所偏袒，使宫中、府中法令不一。以上说刑赏应公正。

侍中侍郎郭攸之、费祎、董允等[①]，此皆良实，志虑忠纯，是以先帝简拔以遗陛下。愚以为宫中之事，事无大小，悉以咨之，然后施行，必能裨补阙漏，有所广益。将军向宠[②]，性行淑均[③]，晓畅军事，试用于昔日，先帝称之曰能，是以众议举宠为督[④]。愚以为营中之事，事无大小，悉以咨之，必能使行阵和穆、优劣得所也。亲贤臣，远小人，此先汉所以兴隆也；亲小人，远贤臣，此后汉所以倾颓也。先帝在时，每与臣论此事，未尝不叹息痛恨于桓、灵也[⑤]。侍中、尚书、长史、参军[⑥]，此悉贞亮死节之臣也，愿陛下亲之信之，则汉室之隆，可计日而待也。以上言信任忠贤。

【注释】

①侍中：秦汉时为丞相属官，因侍从皇帝左右，出入宫廷，应对顾问，地位渐形显贵。侍郎：东汉以后，尚书属官任满三年称侍郎。郭攸之：字演长，三国蜀南阳（今河南南阳）人。任侍中。费祎：字文伟，三国蜀江夏黾鄳（今河南信阳东北）人。当时任侍中。董允：字休昭，三国蜀南郡枝江（今湖北枝江东北）人。当时任侍郎。

②向宠：三国蜀襄阳宜城（今湖北宜城南）人。蜀大臣向朗的兄子，后主时先后任中部督和中领军。

③淑均：善良公正。

④举宠为督：推举向宠任统领禁卫军的中部督。

⑤桓、灵：东汉末年的桓帝刘志和灵帝刘宏。桓帝、灵帝时重用宦官、外戚，政治腐败，使东汉走向灭亡。

⑥尚书：执掌文书奏章，协助皇帝处理政务的官员。这里指陈震。长史：丞相府主要佐官。这里指张裔。参军：丞相府主管军事的佐官。这里指蒋琬。

【译文】

侍中郭攸之、费祎，侍郎董允等，都是善良诚实的人，他们心志忠贞纯正，所以先帝选拔出来留给陛下。臣以为宫廷中的事情，不论大小，都应先征求他们的意见后再施行，这样必能弥补缺点和疏忽之处，获得更好的效果。将军向宠，品行善良公正，通晓军事，往日试用过他，先帝称赞他能干，因此大家推举他做中部督。臣认为禁卫军中的事情，无论大小，都要先问他，这样必能使军队内部协调一致，对将士处置合宜，使他们各得其所。亲近贤臣，疏远小人，前汉因此兴旺强盛；亲近小人，疏远贤臣，后汉因此倾覆颓败。先帝在世的时候，每次与臣谈及此事，没有不对桓帝、灵帝感到惋惜痛心的。侍中郭攸之、费祎，尚书陈震，长史张裔，参军蒋琬，都是忠贞磊落、能以死报国的臣子，愿陛下亲近他们，信任他们，那么汉王室的复兴，就指日可待了。以上讲信任忠臣贤才。

臣本布衣，躬耕于南阳①，苟全性命于乱世，不求闻达于诸侯。先帝不以臣卑鄙②，猥自枉屈③，三顾臣于草庐之中，谘臣以当世之事。由是感激，遂许先帝以驰驱④。后值倾覆⑤，受任于败军之际，奉命于危难之间，尔来二十有一年矣。先帝知臣谨慎，故临崩寄臣以大事也。受命以来，夙夜忧叹，恐托付不效，以伤先帝之明。故五月渡泸[6]，深入不毛。今南方已定，兵甲已足，当奖帅三军，北定中原。庶竭驽钝，攘除奸凶，兴复汉室，还于旧都[7]，此臣之所以报先帝而忠陛下之职分也。以上自陈志事。

【注释】

①南阳：郡名。郡治在今河南南阳。

②卑鄙：地位低微，见识浅陋。

③猥（wěi）：谦辞。犹辱、承。枉屈：屈尊就卑的意思。

④驰驱：据《诸葛亮集》《资治通鉴》等多版本，疑应为"驱驰"。

⑤倾覆：覆灭。这里为失败。指建安十三年（208）刘备在长坂被曹操打败。

⑥泸：泸水，即金沙江河段。诸葛亮于建兴三年（225）率军渡过泸水，平定南中四郡。

⑦旧都：指长安和洛阳。

【译文】

臣本来是一个平民百姓，在南阳耕田为生，在动乱的时代只求能保全性命，不想向诸侯谋求做官扬名。先帝不因为臣地位卑下，见识浅陋，不惜降低身份，委屈自己，三次到茅草屋之中来看望，向臣征询关于天下大事的意见。臣为之感动，就答应为先帝效劳。后来遭到失败，臣受任于败军之际，奉命于危难之间，到现在已经二十一年了。先帝了解臣为人谨慎，所以临终把国家大事托付给臣。自接受遗命以来，臣日夜忧虑，生怕先帝托付给臣的大事没有成效，从而有损先帝明于鉴察的名声。所以臣在五月率军渡过泸水，深入到不毛之地。现在南方已经平定，兵员装备已经充足，应当激励并统率三军，北进克复中原。也许臣能竭尽低下的能力，铲除奸恶凶狠的敌人，兴复汉家河山，回到原来的京都，这是臣用来报答先帝并尽忠于陛下的职责啊。以上是诸葛亮自己陈述抱负。

至于斟酌损益，进尽忠言，则攸之、祎、允之任也。愿陛下托臣以讨贼兴复之效，不效则治臣之罪，以告先帝之灵。若无兴德之言，则责攸之、祎、允之咎以彰其慢。陛下亦宜自谋，以咨诹善道[1]，察纳雅言，深追先帝遗诏，臣不胜受恩感激。今当远离，临表涕泣，不知所云。

【注释】

①咨诹（zōu）：询问，谋划。善道：好的途径，好的方法。

【译文】

至于权衡政事的得失分寸，向陛下进谏忠言，那就是郭攸之、费祎、董允的责任了。希望陛下能将讨伐奸贼、兴复汉室的大事托付给臣，如果没有成就，就治臣之罪，以禀告先帝的在天之灵。如果没有劝勉陛下发扬圣德的言论，就要追究郭攸之、费祎、董允的过失，以彰显他们的怠惰。陛下自己也应该多加考虑，征求正确的途径、方法，明察并接纳忠正的言论，深深追念先帝的遗诏，那臣对陛下的恩德就感激不尽了。现在臣就要出征了，面对表文，不禁流下了眼泪，不知道自己说了些什么。

书牍类

左传·叔向诒子产书

【题解】

这封书信反映了春秋后期的社会变革。郑国柱石之臣、执政上卿子产铸刑鼎，将刑法公之于众，这本是一种历史的进步，却遭到了旧势力的反对，晋国大夫叔向即其中之一。他写这封信责备子产，力图说服子产依然按照文王的办法来统治人民，但没能奏效。毕竟子产的做法是顺应历史潮流的。

始吾有虞于子[①]，今则已矣。昔先王议事以制[②]，不为刑辟，惧民之有争心也[③]。犹不可禁御，是故闲之以义[④]，纠之以政，行之以礼，守之以信，奉之以仁[⑤]，制为禄位以劝其从[⑥]，严断刑罚以威其淫[⑦]。惧其未也，故诲之以忠，耸之以行[⑧]，教之以务[⑨]，使之以和[⑩]，临之以敬，莅之以强[⑪]，断之以刚。犹求圣哲之上[⑫]，明察之官[⑬]，忠信之长，慈惠之师，民于是乎可任使也，而不生祸乱。以上言古不为刑辟。

【注释】

①虞:希望。

②议事以制:针对具体事情来制定刑法,不预先制定。

③争心:争讼之心。

④闲:防范。

⑤奉:奉养。

⑥劝其从:规劝人民服从教诲。

⑦淫:放纵。

⑧耸:警惧。

⑨务:专业技术知识。

⑩使之以和:驱使百姓而又让其心悦诚服。

⑪莅:临。

⑫上:圣哲之德。

⑬官:卿、大夫。

【译文】

最初,我曾寄希望于您,现在已经彻底失望了。过去先王都是针对具体事情制定刑法,不预先制定出来,是担心百姓有争讼之心。即使如此仍不能禁止,所以用道义来防范,用政令来矫正,用礼仪来规范行为,用信用来进行统治,用仁爱来对待他们,制定出禄位来劝勉,鼓励他们服从教诲,用严厉的刑罚来威吓放纵的人。担心这些措施还不够,所以又教导他们忠诚,使其警惧自己的行为,教给他们专业技术知识,驱使百姓而又让其心悦诚服,严肃认真地对待他们,在他们面前保持威严,决定其事时要坚决果断。除此之外还要寻求圣哲的君上,明察秋毫的卿、大夫,忠诚守信的官吏,慈惠的师长,这样百姓才可任你驱使,而不滋生祸乱。

以上讲上古不制刑法。

民知有辟①,则不忌于上②,并有争心,以征于书③,而侥幸以成之，弗可为矣。夏有乱政而作《禹刑》，商有乱政而作《汤刑》，周有乱政而作《九刑》[4]，三辟之兴，皆叔世也[5]。今吾子相郑国，作封洫[6]，立谤政[7]，制参辟[8]，铸刑书，将以靖民，不亦难乎？以上言刑书不足靖民。

【注释】

①辟：法。

②不忌于上：权力移给法律，所以民不畏上。

③书：法律条文。

④《九刑》：周朝衰微时，取文王、武王所审定的案件以为标准，而制定的刑书。

⑤叔世：衰微之世。

⑥封洫（xù）：田界和水沟。

⑦谤政：遭人毁谤的政策，指子产作丘赋。丘赋是按田亩征收的军赋制度，规定"方一里为井，十六井为丘，每丘出戎马一匹，牛三头"。

⑧参辟：指上述三个刑法。

【译文】

百姓知道有法，认为权力已移给法律，就不会畏惧统治者，并滋生出争讼之心，他们凡事征引刑法以为依据，希图侥幸获得成功，所以立刑法是行不通的。夏朝在政局混乱时制定了《禹刑》，商朝政局混乱时制定了《汤刑》，周朝政局混乱时制定了《九刑》，三个刑法的诞生，都在衰微的末世。现在您主持郑国的政务，划定田界水沟，实施受人毁谤的政令，效法《禹刑》《汤刑》《九刑》，制定末世之刑法，铸刑法于鼎上，想用这样的办法来安定百姓，不是太难了吗？以上讲刑法不足以安定百姓。

《诗》曰："仪式刑文王之德，日靖四方[①]。"又曰："仪刑文王，万邦作孚[②]。"如是，何辟之有？民知争端矣，将弃礼而征于书。锥刀之末[③]，将尽争之。乱狱滋丰，贿赂并行，终子之世，郑其败乎！肸闻之[④]，国将亡，必多制，其此之谓乎！以上言刑书足以兆乱。

【注释】

①仪式刑文王之德，日靖四方：出自《诗经·大雅·文王》末章。仪式刑，效法。

②万邦作孚：意谓文王为天下所信。孚，信。

③锥刀之末：细微小事。

④肸（xī）：叔向名羊舌肸、杨肸。

【译文】

《诗经》上说："效法文王之德，天下安定。"又说："效法文王，天下信赖。"如果这样做的话，要刑法做什么呢？百姓知道了争讼的依据，就会丢弃礼法而征引法律条文，细微小事，也要诉诸刑法。违法事件将会增多，贿赂并行，在您有生之年，郑国将会衰败！肸听说，国家将要灭亡的时候，必然会频繁改制，这说的就是郑国现在的情况吧！以上讲刑法足以招来祸乱。

魏文帝·与吴质书

【题解】

这是魏文帝曹丕给文友吴质的一封信。信中追想二人昔日游乐的情景，也表达二人深厚友情，并感叹人生短暂，乐少苦多，时不永在。其心情是深郁的。这封信婉转哀切，情真隽永，结构严谨。作品的语言也显得清丽中有力度，浅白中见深厚，给人以无限的自然、亲切之感。

二月三日丕白：岁月易得，别来行复四年。三年不见，《东山》犹叹其远[①]，况乃过之，思何可支！虽书疏往返，未足解其劳结。

【注释】

①《东山》：《诗经》篇名。周公东征将归，作此诗以慰军士之久役者。

【译文】

二月三日丕告说：岁月易逝，分别又近四年了。三年不见，《东山》诗还叹息人们离别的时间长，况且我们已经超过了三年，思念之情怎么能忍受！虽然书信往来，但也难解忧闷。

昔年疾疫，亲故多离其灾，徐、陈、应、刘[①]，一时俱逝，痛可言邪！昔日游处，行则连舆，止则接席，何曾须臾相失？每至觞酌流行，丝竹并奏，酒酣耳热，仰而赋诗，当此之时，忽然不自知乐也。谓百年已分，可长共相保；何图数年之间，零落略尽，言之伤心！顷撰其遗文，都为一集。观其姓名，已为鬼录；追思昔游，犹在心目，而此诸子，化为粪壤，可复道哉！以上追述昔游。

【注释】

①徐、陈、应、刘：指徐幹，字伟长；陈琳，字孔璋；应玚，字德琏；刘桢，字公幹，均属“建安七子”成员。

【译文】

前些年因为疾疫，亲朋故友多遭病灾，徐幹、陈琳、应玚、刘桢相继去世，我的悲痛之情怎么能用言语表达！昔日游历处，行时车车连缀，止时席席接并，什么时候有片刻离别？每当传杯敬盏，弦乐齐奏，酒酣耳热之时，大家昂头赋诗，在当时，全然不知道这有多么快乐。原认为有百年之寿的命份，可长久相互扶持；谁料想数年之间，像凋谢的花一样相继都去世了，说来真令人伤心啊！不久前编定他们的遗文，并为一卷。看到他们的姓名，知道其已上了死人的名录；追思往昔游历，仿若历历在目，然而这些人已成粪土尘埃，还能说些什么呢！以上追忆昔日游历。

观古今文人，类不护细行，鲜能以名节自立。而伟长独怀文抱质，恬淡寡欲，有箕山之志[①]，可谓彬彬君子者矣。著《中论》二十余篇，成一家之言，辞义典雅，足传于后，此子为不朽矣。德琏常斐然有述作之意，其才学足以著书，美志不遂，良可痛惜。间者历览诸子之文，对之抆泪[②]，既痛逝者，行自念也。孔璋章表殊健[③]，微为繁富。公幹有逸气，但未遒耳[④]。其五言诗之善者，妙绝时人。元瑜书记翩翩，致足乐也。仲宣续自善于辞赋[⑤]，惜其体弱，不足起其文，至于所善，古人无以远过。以上评论诸子。

【注释】

①箕山：指许由。相传尧欲让君位与他，他逃至箕山下，农耕而食。

②抆（wěn）：擦。

③孔璋：陈琳字。生平事迹详见陈琳《为袁绍檄豫州》作者小传。

④遒（qiú）：有力，强健。

⑤仲宣续自善于辞赋：《文选》李善注曰："言仲宣最少，续彼众贤。"续，一作独。

【译文】

纵观古今文人，往往大多不顾细枝末节，少有以名誉节操著称于世的。然而徐幹人品文采兼备，恬淡少欲，有许由隐居箕山的志趣，可称文雅的君子啊。著有《中论》二十多篇，成一家之说，辞义典雅，足以留传后世，这人可以永垂不朽啊！应玚文采斐然，有著书立说的宏愿，其才学足当此任，可美好志愿难以实现，实在令人痛惜！得闲遍观这些人的文章，对之泪下，既是伤悼亡人，又是自悼啊。陈琳章表气势磅礴，但稍有冗繁之弊。刘桢有飘逸之气，但缺乏遒劲罢了，他那些优秀的五言诗，当时无人与之比肩。阮瑀的公文翩然多姿，令人愉悦。王粲继承辞赋传统，自有所长，可惜他文体虚弱，不能振兴文风，至于他擅长的文辞，古人难有超过他多少的。以上评论诸位。

昔伯牙绝弦于锺期，仲尼覆醢于子路[①]，痛知音之难遇，伤门人之莫逮。诸子但为未及古人，自一时之隽也。今之存者，已不逮矣。后生可畏，来者难诬，然恐吾与足下不及见也。年行已长大，所怀万端，时有所虑，至通夜不瞑，志意何时复类昔日？已成老翁，但未白头耳。光武言："年三十余，在兵中十岁，所更非一。"吾德不及之，年与之齐矣。以犬羊之质，服虎豹之文；无众星之明，假日月之光，动见瞻观，何时易乎？恐永不复得为昔日游也。少壮真当努力，年一过往，何可攀援？古人思炳烛夜游[②]，良有以也。以上自慨。

【注释】

①醢（hǎi）：肉、鱼等制成的酱。

②炳烛：秉烛。

【译文】

从前锺子期死后伯牙不再弹琴，孔夫子听说子路被剁成肉酱，便将家中的肉酱倒掉不吃，这是伤痛知音难得，悲惋弟子难求。这些人虽比不上古人，但也是一世俊秀。现在活着的人，已经很少有人超过他们了。

后生可畏，将来的人难以轻视，恐怕我和您都来不及见到这些了。我年岁已大，思绪万端，忧虑常上心头，以致通夜难眠，志向何时再能恢复如初？已经成为老人，只是没有白头罢了。光武帝说："年岁三十多了，在军队里十多年，经历的事件非同一般。"我的德行比不上光武帝，年岁与他却相差无几。有着犬羊的性情，却披着虎豹的皮毛；无众星的明亮，只能借助日月的光辉，一举一动都被奉为楷模，这种局面何时会有所改变呢？恐怕永远不能像往常那样快游了。少壮时真是应该好好努力，年岁一过，就什么都抓不住了。古人思慕秉烛夜游，确是有它的原因啊！以上自我慨叹。

顷何以自娱？颇复有所述造不？东望於邑[①]，裁书叙心。丕白。

【注释】

①於邑：叹息声。

【译文】

近日有什么可以使自己快活的呢？又有好多文章吗？向东怅望不得，唯有用信表心。丕告白。

韩愈·与孟尚书书

【题解】

孟尚书即孟简。《旧唐书·宪宗纪》载：元和十三年五月，"以户部侍郎孟简检校工部尚书、襄州刺史、山南东道节度使"。故信中称孟简为"孟尚书"。元和十四年(819)，韩愈由谏迎佛骨事贬潮州，和当地僧人大颠交游甚好，人们传言他信奉了佛教；十四年冬韩愈迁到袁州，第二年，孟简写信提到这事，韩愈于是写这封信回答他。

此文理足气盛，浩如江海，虽千转百折，雄肆之气不变，当属韩愈散文中一流作品，可以和《原道》相并而读。

愈白：行官自南回[①]，过吉州[②]，得吾兄二十四日手书数番，忻悚兼至[③]。未审入秋来眠食何似，伏惟万福[④]！

【注释】

①行官：唐制，刺史、节度使有行官，主将命，往来京师及邻道。此处指韩愈任袁州刺史之行官。

②吉州：治庐陵县，今江西吉安。元和十五年（820），太子宾客分司孟简贬作吉州司马。

③忻悚（xīn sǒng）：喜悦与恐惧。忻，同“欣”。

④伏惟：下对上陈述己见时所用敬辞。

【译文】

韩愈启白：行官从南绕回，路过吉州，得到兄长您二十四日亲写的信札，使我喜惧同生。不知入秋以来您睡眠饮食如何，在此恭祝您多福！

来示云[①]，有人传愈近少信奉释氏[②]，此传之者妄也。潮州时[③]，有一老僧，号大颠[④]，颇聪明，识道理。远地无可与语者，故自山召至州郭，留十数日。实能外形骸，以理自胜，不为事物侵乱。与之语，虽不尽解，要自胸中无滞碍。以为难得，因与往来。及祭神至海上，遂造其庐。及来袁州[⑤]，留衣服为别，乃人之情，非崇信其法，求福田利益也[⑥]。孔子云：“丘之祷久矣[⑦]。”凡君子行己立身，自有法度，圣贤事业，具在方册[⑧]，可效可师[⑨]。仰不愧天，俯不愧人，内不愧心[⑩]，积善积恶，殃庆自各以其类至[⑪]。何有去圣人之道，舍先王之法，而从夷狄之教，以求福利也？《诗》不云乎："恺悌君子，求福不回[12]。"《传》又曰："不为威惕，不为利疚[13]。"假如释氏能与人为祸祟，非守道君子之所惧也，况万万无此理。且彼佛者，果何人哉？其行事类君子耶？小人耶？若君子也，必不妄加祸于守道之人；如小人也，其身已死，其鬼不灵。天地神祇，昭布森列，非可诬也，又肯令其鬼行胸臆、作威福于其间哉？进退无所据，而信奉之，亦且惑矣。以上辨己不信佛。

【注释】

①来示云：来信说。示，敬称他人来信。

②少：稍，略微。

③潮州：治海阳县，今广东潮阳。

④大颠：《景德传灯录》卷十四曰："潮州大颠和尚，初参石头（希迁大师），言下大悟，后辞往潮州灵山隐居，学者四集。"灵山在潮阳县西。

⑤袁州：治宜春县，今江西宜春。

⑥福田：《法苑珠林·福田篇》："《优婆塞戒经》云：佛言世间福田凡有三种，一报恩田，二功德田，三贫穷田。"世间法言，广植福田，可得种种善报。

⑦孔子云："丘之祷久矣"：见《论语·述而》篇。意谓修德明心即为祷祝荐神。

⑧方册：书籍。方，板。册，借作策意，策，简也。

⑨效、师：仿效，师法。

⑩"仰不愧天"几句：《孟子·尽心上》曰："仰不愧于天，俯不怍于人。"意谓心地光明坦荡，无所愧疚。

⑪积善积恶,殃庆自各以其类至:《周易·坤·文言传》曰:"积善之家必有余庆,积不善之家必有余殃。"

⑫恺悌君子,求福不回:见《诗经·大雅·旱麓》。不回,不违背祖先之德。《毛诗》中"恺悌"亦作"岂弟"。

⑬不为威惕,不为利疚:见《春秋左传》哀公十六年"不为利谄,不为威惕"。疚,不安。惕,恐惧担心。

【译文】

来信说,有人传言韩愈近来有点信奉佛教了,这是传言的人胡说。在潮州的时候,有一个年老僧人,法号大颠,很聪明,懂得道理。我处于偏僻之所没有谈得来的人,所以就把他从山中召请到州城中,留住了十来天。他的确能够将名利形骸置于一旁,自得理趣,不被杂事外物侵入扰乱心境。和他谈话,虽然不完全理解,但也觉心胸无所滞碍,清明高远。我因此认为此乃难得之人,便和他来往。等前去海上祭拜神灵时,就登访他的住所。到迁移袁州时,又留赠衣服作为告别之礼,这是人之常情,并非尊崇信仰他们的教法,谋求福田和种种善报。孔子说:"丘之祷久矣。"凡是君子行事修身,都自有一定之规。圣贤所事之业,全都列记在书籍之中,可以效仿师从。抬头不觉有愧于天,俯身不觉有愧于人,内视不觉有愧于良心,积累善恶,福祸就自然随之而来。哪里能抛弃圣人之道,丢弃先王法度,却去追随于蛮邦的教法,来谋求福田和善报呢?《诗经》不是说了吗?"恺悌君子,求福不回。"《春秋左传》也说:"不为威惕,不为利疚。"倘若佛教能够给人们制造祸福,就不会被守循大道的君子所畏惧,况且也绝没有这样的道理。再说他们的佛,究竟是什么样的人呢?他做事像君子还是小人呢?如果是君子,一定不会随意把灾祸降加给遵循大道的人;如果是小人,他的身体已经死灭,他的鬼魂也自然不会灵验。天地神祇,都清清楚楚地布列四周,无法欺骗瞒哄,又怎肯让他的鬼魂任意在此作威作福呢?进一步说,退一步言,都毫无根据,却信奉他,也真让人疑惑不解。以上说明自己不信佛。

且愈不助释氏而排之者，其亦有说。孟子云："今天下不之杨则之墨[①]。"杨、墨交乱，而圣贤之道不明，则三纲沦而九法斁[②]，礼乐崩而夷狄横，几何其不为禽兽也？故曰："能言距杨、墨者，圣人之徒也[③]。"扬子云云："古者杨、墨塞路，孟子辞而辟之，廓如也[④]。"夫杨、墨行，正道废，且将数百年，以至于秦，卒灭先王之法，烧除其经，坑杀学士，天下遂大乱。及秦灭，汉兴且百年，尚未知修明先王之道。其后始除挟书之律[⑤]，稍求亡书[⑥]，招学士，经虽少得，尚皆残缺，十亡二三。故学士多老死，新者不见全经，不能尽知先王之事，各以所见为守，分离乖隔，不合不公[⑦]。二帝、三王、群圣人之道于是大坏[⑧]，后之学者无所寻逐，以至于今，泯泯也[⑨]。其祸出于杨、墨肆行而莫之禁故也。孟子虽贤圣，不得位，空言无施，虽切何补[⑩]？然赖其言，而今学者尚知宗孔氏，崇仁义，贵王贱霸而已。其大经大法，皆亡灭而不救，坏烂而不收，所谓存十一于千百，安在其能廓如也！然向无孟氏，则皆服左衽而言侏离矣[⑪]。故愈尝推尊孟氏，以为功不在禹下者[⑫]，为此也。以上言孟子辟杨、墨。

【注释】

①今天下不之杨则之墨：见《孟子·滕文公下》："天下之言不归杨则归墨，杨、墨之道不熄，孔子之道不著。"

②三纲：君为臣纲，父为子纲，夫为妻纲。九法：九畴之法。斁（dù）：败坏。

③能言距杨、墨者，圣人之徒也：见《孟子·滕文公下》。距，即"拒"。

④"古者杨、墨塞路"几句：见扬雄《法言·吾子篇》。辟，开启，开

辟，亦即驳斥意。廓如，谓其广大可通。

⑤除挟书之律：废除关于藏书治罪的律令。秦律，敢有挟书者族。

⑥稍求亡书：《汉书·艺文志》："汉兴，改秦之败，大收篇籍，广开献书之路。迄孝武世，书缺简脱，礼坏乐崩……于是建藏书之策，置写书之官，下及诸子传说，皆充秘府。至成帝时，以书颇散亡，使谒者陈农求遗书于天下。"

⑦"故学士多老死"几句：此谓古文学者和今文学者之争。

⑧二帝：尧、舜。三王：夏、殷、周之禹、汤、文王。

⑨泯泯：纷乱意。

⑩空言无施，虽切何补：只是言教却无从实施，尽管急切又有什么用处呢？

⑪左衽：谓夷狄之人。衽，衣襟。侏离：蛮夷语声。

⑫故愈尝推尊孟氏，以为功不在禹下者：《孟子·滕文公下》曰："昔者禹抑洪水，而天下平；周公兼夷狄，驱猛兽，而百姓宁；孔子成《春秋》，而乱臣贼子惧。我亦欲正人心，息邪说，距詖行，以承三圣者。"推孟子于禹同本于此处。

【译文】

而且韩愈不敬助佛教却拼力排斥它，也有自己的道理。孟子说："今天下不之杨则之墨。"杨朱、墨子之说交替杂出使圣贤之道不昭明，三纲沦落九法败坏，礼乐制度崩溃而蛮夷之术横行，离禽兽还能差多远呢？所以说："能言距杨、墨者，圣人之徒也。"扬雄说："古者杨、墨塞路，孟子辞而辟之，廓如也。"杨、墨之道行于天下，大道沦废，几近数百年之久，直至秦代，终于毁灭了先王法度，烧除经典，坑杀儒士，天下于是大乱。等秦代灭亡，汉朝兴起至于百年，还不知道修习彰明先王之道。这之后才开始废除藏书治罪的律令，逐渐下令搜寻亡失的书册，招徕习儒之士，经典虽说稍稍获得了一些，可残少缺失的还是有十分之二三。这样，由于习学儒术的人大多或死或老，新修的人又看不到完整的经书，不能全然了解先王的法度、史实，各自抱守片面之见，彼此分隔背离，既不全面也不客观。二帝三王、诸多圣人之道就这样被破坏得十分厉害，以至于后来的修习者没有可以探究追随的，直到今天，还是纷乱不明。祸根就在于杨、墨学说泛滥天下却控制不住。孟子即使贤能圣明，但不能获得合适的职位，只好空论言教而无以实施，尽管急切努力又有什么用处呢？但是幸而有他的言论，当今的修习者还懂得宗奉孔子，崇尚仁义，推重王道一统，鄙薄割据称霸。可那些述行大道的经典法度还都是灭亡得不到拯救，坏烂得不到辑录，只能说存留了千分之十、百分之一，哪里有什么扬雄所说的大道畅通无阻啊！然而如果没有孟子，人们恐怕将更要统于夷族异道了。所以我曾经推崇尊重孟子，认为他的功劳不在大禹之下，就是这个原因。以上说孟子反对杨、墨学说。

汉氏已来，群儒区区修补[①]，百孔千疮，随乱随失[②]，其危如一发引千钧，绵绵延延[③]，浸以微灭[④]。于是时也，而倡释、老于其间，鼓天下之众而从之。呜呼，其亦不仁甚矣！释、老之害，过于杨、墨；韩愈之贤，不及孟子。孟子不能救之于未亡之前，而韩愈乃欲全之于已坏之后。呜呼，其亦不量其力，且见其身之危，莫之救以死也。虽然，使其道由愈而粗传，虽灭死万万无恨！天地鬼神，临之在上，质之在傍[⑤]，又安得因一摧折，自毁其道，以从于邪也？以上言己辟佛，上承孟子之绪。

【注释】

①区区：小意。

②随乱随失：随即被整理随即又遗失。

③绵绵延延：危长而不绝。

④浸:逐渐。

⑤质:评断。

【译文】

汉朝以后,群儒小修微补,整个儒道百孔千疮,一时被整理一时又散失,危险得像用一根头发牵引千钧重物,就这样绵延断续,逐渐临于衰微灭亡。在这种时候,却去倡导释、老之说,鼓动天下民众追从。唉,这也太不道德了!释、老的危害要超过杨、墨,我韩愈的贤能比不上孟子。孟子尚且不能在大道尚未亡失以前有所补救,韩愈却想在大道已经崩坏之后力挽危势。唉,那也太不自量力了,并且在他由此而身处危境时,没有谁肯拼力以死相救啊!即便如此,让大道由我韩愈传延其基本轮廓,哪怕此身灭死也绝无遗憾。天地鬼神,在天上看着,在身旁评断,我又怎能因为一次挫折,就放弃所追寻的大道,信奉邪法呢?以上说自己不信佛,继承孟子绪业。

籍、湜辈虽屡指教[①],不知果能不叛去否[②]。辱吾兄眷厚,而不获承命[③],惟增惭惧,死罪死罪[④]!愈再拜。

【注释】

①籍、湜:指张籍、皇甫湜。

②果:终究。叛去:谓其事佛弃儒。

③不获承命:不能受命。

④死罪死罪:谓不能承受孟简之命,与之相违,故称此以自谢。

【译文】

张籍、皇甫湜这些人我虽然屡屡指点教导,可不知是否终究不背离所教。承蒙您对我眷顾厚爱,我却不能听从诲命,只能增添惭惧之心,死罪死罪!韩愈再拜。

韩愈·答李翊书

【题解】

本文写于唐德宗贞元十七年(801)。这篇书信体的论说文,是韩愈文论中颇有代表性的一篇。他结合自己学写文章的经验教训,回答了李翊提出的如何习文的问题,阐明了关于古文创作的一些见解。

韩愈提倡文道合一和文以载道,此文强调的中心也还是这点。他指出文章的根本在于道,文章的思想内容要蕴含着一定的哲理意识。韩愈把作家品德修养的重要性,提到相当的高度。他认为文章是作家品格的反映,作家要想写出好的文章,必须加强品德修养。全文论述透彻,气势充畅;层层深入,波澜起伏;比喻形象生动,语言婉转含蓄。

六月二十六日,愈白,李生足下:生之书辞甚高,而其问何下而恭也?能如是,谁不欲告生以其道?道德之归也有日矣①,况其外之文乎②!抑愈所谓望孔子之门墙而不入于其宫者,焉足以知是且非耶?虽然,不可不为生言之。

【注释】

①归:属于。有日:不久。

②其外:韩愈认为文章应表现道德,故称。其,道德。

【译文】

六月二十六日,韩愈启白,李翊足下:您的书信文辞很好,可为什么请教我时那样谦虚恭敬呀!您能这样,谁不希望把自己懂得的道理告诉您?您将成为有道的人为时不会太久,能写好表现道德的文章更不用说了!不过我也还只是望见了孔子的门墙,还未进入宫室,哪能分辨是和非呢?即使是这样,但我还是不能不给您说几句。

生所谓立言者是也[①],生所为者与所期者甚似而几矣[②]。抑不知生之志,蕲胜于人而取于人耶[③]?将蕲至于古之立言者耶?蕲胜于人而取于人,则固胜于人而可取于人矣。将蕲至于古之立言者,则无望其速成,无诱于势利[④],养其根而俟其实[⑤],加其膏而希其光。根之茂者其实遂,膏之沃者其光晔[⑥]。仁义之人,其言蔼如也[⑦]。以上徐徐引入而教之务实之学。

【注释】

①立言:著书立说,传于后世。

②期:期望。几:接近。

③蕲(qí):求,希望。取于人:为他人所取用。

④无诱于势利:即不要被势利所引诱。当时人们为追逐势利,获取富贵,多作时文,不作古文。韩愈则不然,他希望人们作古文,不要为势利所引诱。

⑤俟:等待的意思。

⑥晔(yè):指灯光明亮。

⑦蔼如:和气温顺。如,词尾,相当于“然”。

【译文】

您所谈到的著书立说,您所作的和您所期望的已经很相似很接近了。但不知您的志向是希望超过别人被人们所取用,还是希望达到古之著书立说的境界呢?希望超过别人而且被人们所取用,则本来就已超过了别人而可以被人们取用了;希望达到古代著书立说的程度,那就不要希望能很快成功,不要为势利所引诱,要培养好根基而等待它结果,多给灯里加油才能指望它发出更亮的光。根发达的果实才会饱满,油多的灯发出的光才会明亮。仁义的人,他的文辞言语就自然会循循善诱,和顺可亲。以上徐徐引入,教导李生要务实。

抑又有难者，愈之所为，不自知其至犹未也，虽然，学之二十余年矣。始者非三代、两汉之书不敢观，非圣人之志不敢存。处若忘，行若遗，俨乎其若思，茫乎其若迷①。当其取于心而注于手也②，惟陈言之务去③，戛戛乎其难哉④。其观于人，不知其非笑之为非笑也⑤。如是者亦有年，犹不改，然后识古书之正伪⑥，与虽正而不至焉者，昭昭然白黑分矣。以上言始事之艰难。

【注释】

①“处若忘”几句：形容韩愈专心致志读书的情形。处，静居。行，行动。俨乎，俨然，严肃。茫乎，茫茫然。若迷，好像迷惑不清，找不出头绪。

②取于心：即取之于心，犹言在心里要捕捉文章的内容。注于手：用手书写出来好像流水倾注一样畅快。

③惟陈言之务去：即务去陈言，去掉陈旧言辞。

④戛戛（jiá）：此处形容用力。

⑤非笑：讥笑。

⑥正：指内容纯正的文章。伪：指缺乏实际内容而专事形式摹仿的驳杂作品。

【译文】

不过这里又有较麻烦的事，我自己所做的，还不知是否已经达到古之著书立说者的境界，虽然没法肯定，但我学习大道也已有二十多年了。开始学时非三代、两汉的书不敢看，不是圣人的文章不敢存。读书时，若静处则忘乎所以，若行走则若有所失，若严肃时则似有所思，茫然时就像迷路一样。当我在心里捕捉好文章的内容然后倾注于手笔时，一定努力除去陈旧言辞，实在很困难吃力。拿给别人看时，对别人的讥笑也毫不理会。这样坚持多年而不改，才能识别古书的纯正与驳杂，以及虽然纯正但未尽善尽美之作，心中明白清楚就如同黑白分明一般。以上讲开始时的艰难。

而务去之①，乃徐有得也。当其取于心而注于手也，汩汩然来矣②。其观于人也，笑之则以为喜，誉之则以为忧③，以其犹有人之说者存也。如是者亦有年，然后浩乎其沛然矣④。吾又惧其杂也，迎而距之⑤，平心而察之，其皆醇也⑥，然后肆焉⑦。以上言继事之充沛。

【注释】

①而务去之：指去掉上文所说的古书之伪及意思"虽正而不至焉"的弊病。

②汩汩（gǔ）：流水声，这里是以急速的流水比喻写文章得心应手，文思勃发。

③笑之则以为喜，誉之则以为忧：有人讥笑我的文章我就高兴，称赞我的文章我就忧愁。

④然后浩乎其沛然矣：以浩荡澎湃的大水比喻文章充沛，气势博大。正如韩愈弟子皇甫湜所说："韩吏部之文如长江秋注，千里一道。"

⑤迎而距之：对文章中不纯正的成份加以剔除。距，同"拒"。

⑥醇：同"纯"，纯净。

⑦肆：这里是挥笔放手写下去的意思。

【译文】

然后努力着远离这些驳杂的和未臻完境的书所犯的毛病，于是才渐渐有所得。当从心底捕捉文章的内容并写出来时，犹如流水般得心应手，文思勃发。这时的文章被人观看，若有人讥笑我就高兴，若有人称赞我就忧愁，因为文章中还有人们的陈言旧辞存在。这样又过若干年，所作文章才内容充沛，气势博大。我又担心文章杂而不纯，便自觉剔除那些芜杂不纯的地方，静心细察，内容都纯正了，然后挥手放心写下去。以上讲继续努力时的充沛。

虽然，不可以不养也。行之乎仁义之途，游之乎《诗》《书》之源，无迷其途，无绝其源，终吾身而已矣。气，水也[①]；言，浮物也[②]。水大，而物之浮者大小毕浮。气之与言犹是也，气盛，则言之短长与声之高下者皆宜。以上言终事在养气。

【注释】

①气，水也：借水作譬语，犹言文章的气势如水势。

②言，浮物也：文章的语言就像水面上漂浮的东西一样。

【译文】

虽然如此，还不可以不继续修养、丰富自己。行走在仁义的路途上，悠游在《诗》《书》的源泉里，不迷失方向，不断绝源泉，准备终身坚持下去了。文章的气势如水势，文章的语言就像水面上漂浮的东西一样。水大，东西不论大小都能浮起来。文章的气势与语言关系也是如此，其气势盛大，言词的长短与声调的高低就会适宜。以上讲终事在于养气。

虽如是，其敢自谓几于成乎？虽几于成，其用于人也奚取焉？虽然，待用于人者，其肖于器耶，用与舍属诸人。君子则不然，处心有道，行己有方，用则施诸人，舍则传诸其徒，垂诸文而为后世法。如是者，其亦足乐乎？其无足乐也？有志乎古者希矣[①]！志乎古必遗乎今，吾诚乐而悲之。

亟称其人[2]，所以劝之，非敢褒其可褒，而贬其可贬也。问于愈者多矣，念生之言不志乎利，聊相为言之。愈白。

【注释】

①希：同“稀”。

②亟（qì）称其人：一再称赞志于古的人。亟，屡次。

【译文】

虽然如此，难道就能以为接近成功了吗？即使接近成功了，自己被别人任用，那接近成功的文章也未必被人采用。而且，等待为人所用的人，就如同器具用物一样，取用和舍弃都由别人决定。君子则不这样，他们内心有修养，行动有准则，为人所用时，把自己的道德修养行动准则加惠于别人；不为人所用时，把自己的道德修养、行动准则传给学生，使按照道德写出来的文章可流传下去，为后世效法。这样，是令人快意还是不足为快呢？有志学古人立言的人太少了！立志学古人立言必定被今人所遗弃，我为志于古的人欢乐，又为他们被今人遗弃而悲伤。我一再称赞志于古的人，意在勉励他们，并不是要褒扬其可褒扬之处，贬斥其可贬斥之处啊。求教于我的人有很多，看您的言谈立志很高，而不志于求利，所以才给您讲了以上一些话。韩愈启白。

哀祭类

书·金縢册祝之辞

【题解】

《金縢·册祝之辞》,即《尚书·金縢》篇中周公姬旦为患病的周武王祝祷之辞,表现了周公的忠诚。

既克商二年①,王有疾,弗豫。二公曰②:“我其为王穆卜?”周公曰:“未可以戚我先王③。”公乃自以为功,为三坛同墠④。为坛于南方,北面,周公立焉。植璧秉珪⑤,乃告太王、王季、文王⑥。史乃册祝曰:

【注释】

①既:已经。

②二公:指太公、召公。

③戚:忧虑。

④坛:祭坛。同墠:谓三坛同用此场地。墠,祭祀用的场地。

⑤植:通“置”。放。

⑥太王：武王的曾祖，名古公亶父，周王朝开创人之一。王季：武王的祖父，名季历。文王：武王父姬昌。

【译文】

在殷商已经被灭掉的第二年，武王生病，身体不舒服。太公、召公说："让我们恭敬地为王的疾病占卜好吗？"周公说："不要使我们的先王忧虑。"周公打算以自己的生命做质，便清除一块土地作为祭祀的场所，在上面筑起三个祭坛。祭坛建在南边，面向北方，周公站在祭坛之上。祭坛上放着璧玉，周公手里拿着玉圭，然后周公便向太王、王季、文王祷告。史官就把周公祷告的祝辞写在典册上，内容是：

"惟尔元孙某，遘厉虐疾①。若尔三王是有丕子之责于天②，以旦代某之身。予仁若考能③，多材多艺，能事鬼神。乃元孙不若旦多材多艺，不能事鬼神。乃命于帝庭，敷佑四方，用能定尔子孙于下地。四方之民罔不祗畏④。呜呼！无坠天之降宝命，我先王亦永有依归。今我即命于元龟⑤，尔之许我，我其以璧与珪归俟尔命；尔不许我，我乃屏璧与珪⑥。"

【注释】

①遘（gòu）：生，遭遇。

②丕：奉，遵行。

③若考：指有先人一样的德行。考，死去的父亲。

④祗（zhī）：恭敬。

⑤元龟：大龟。古代用龟甲以占卜。

⑥屏（bǐng）：排除，屏弃。

【译文】

"（列位先王）你们的元孙身患重病。假如三位先王的在天之灵有何不适，需要做子孙的去服侍，那就让我姬旦代替他去服侍列位吧！我有仁德又巧捷，身负各种才能技艺，能够侍奉鬼神。你们那位元孙既不像我这样具有多方面的才艺，又不能侍奉鬼神。他从天帝那里接受天命，正对天下实行统治，在这大地之上安定三位先王的子孙后代。各地的臣民对他既恭敬又畏惧。唉！只要不丧失上天所赐的天命，那么我朝的列祖列宗也就永远有所归依了。现在，我就要受三王之命用大龟甲占卜吉凶，如果先王们能答应我的请求，我就献上玉璧、玉珪，等候列位的命令；如果先王们不能答应我的请求，我就把这玉璧、玉珪带回去。”

屈原·九歌

【题解】

《九歌》十一篇，一般被认为是屈原流放湘沅时期根据当地民间祭祀乐歌加工创作的辞赋作品，用来表现自己忠君爱国，抒发自己内心抑郁苦闷等情感。对“九歌”这个篇名，大致有两类观点，一类认为“九歌”是远古乐曲名，“九”并非数之实指；另一类则认为“九”是实指数目，“九歌”是用来祭祀东君、云中君、湘君、湘夫人、大司命、少司命、河伯、山鬼、国殇等九神，“东皇太一”篇和“礼魂”篇分别是迎神序曲和送神尾声。

作品描写生动，用意婉曲，于叙事中见感情，是一个既简又丰，既质又美，既实又虚，看似单纯，其实复杂的多面体。

东皇太一

吉日兮辰良，穆将愉兮上皇[①]。抚长剑兮玉珥[②]，璆锵鸣兮琳琅[③]。瑶席兮玉瑱[④]，盍将把兮琼芳[⑤]。蕙肴烝兮兰藉[⑥]，奠桂酒兮椒浆。扬枹兮拊鼓[⑦]，疏缓节兮安歌。陈竽瑟兮浩倡[⑧]。灵偃蹇兮姣服[⑨]，芳菲菲兮满堂。五音纷兮繁会[10],君欣欣兮乐康[11]。

【注释】

①穆:恭敬的样子。上皇:即东皇太一。

②玉珥:剑把上的玉饰。

③璆锵(qiú qiāng):所佩之玉相互撞击发出的声音。琳琅(lín láng):美玉。

④瑶席:用蕃草编的席子。瑶,通"蕃"。香草名。玉瑱(zhèn):压席子的玉器。瑱,通"镇"。

⑤盍:句首语助词。琼芳:指似玉之花。

⑥肴烝:古时饮宴,把肉切成大块,盛于俎中,叫肴烝,也叫折俎。《国语·周语》:"亲戚宴飨,则有肴烝。"韦昭注:"肴烝,升体解节折之俎也。"藉:用东西垫着。

⑦枹(fú):同"桴"。鼓槌。拊(fǔ):敲击。

⑧浩倡:放声歌唱。倡,同"唱"。

⑨灵:这里指巫女。偃蹇(yǎn jiǎn):舞蹈蹁跹貌。姣服:服饰华美。

⑩五音:古指宫、商、角、徵、羽。繁会:犹交响。谓繁多的音调互相参错。

⑪君:即东皇太一。

【译文】

选取吉日和良辰,恭敬愉悦我东皇。轻抚剑柄之玉饰,所佩美玉响璆锵。香蕃为席玉作镇,似玉之花满席香。蕙包肴烝垫兰草,斟上桂酒与椒浆。挥扬鼓槌敲击鼓,节奏舒缓歌安详。再将竽瑟来摆上,随曲放声去高唱。巫女蹁跹来舞蹈,艳装丽服芳满堂。五音相谐美旋律,东皇欣然乐以康。

云中君

浴兰汤兮沐芳，华采衣兮若英①。灵连蜷兮既留②，烂昭昭兮未央③。蹇将憺兮寿宫④，与日月兮齐光。龙驾兮帝服，聊翱游兮周章⑤。灵皇皇兮既降⑥，猋远举兮云中⑦。览冀州兮有余⑧，横四海兮焉穷⑨？思夫君兮太息⑩，极劳心兮忡忡⑪。

【注释】

①英：花。一说通“瑛”。指美玉之光。

②灵：即云神。连蜷（quán）：回环宛曲的样子。留：这里指降临。

③未央：没有穷尽。

④蹇：句首语助词。憺（dàn）：安乐。寿宫：供神的殿堂，一说为云神所居之天庭。

⑤周章：周游。

⑥皇皇：同“煌煌”。广大灿烂貌。

⑦猋（biāo）：迅疾。

⑧冀州：中国古代设九州，冀州为九州之首，所以这里用以代指整个中国。

⑨四海：古人以四海为四方的边极。焉穷：无穷。

⑩君：即云神。太息：叹息。

⑪劳心兮忡忡（chōng）：犹言忧心忡忡。劳心，忧心。忡忡，同“忡忡”。忧虑不安的样子。

【译文】

在放有兰草的热水中洗身，用饱含花朵芬芳的水濯发，穿上五色之衣，就像花放异彩。云神蹁跹而降，明丽灿烂无比。安然处于神堂，可与日月同辉。乘着龙驾之车，穿上天帝之服，姑且遨游太空。广大灿烂的云神时而降临，紧接着又迅速地高升入云。俯瞰九州，横跨四海，漫无边际。想着云神您，我不禁叹息，忧心忡忡。

湘君

君不行兮夷犹[①]，蹇谁留兮中洲[②]？美要眇兮宜修[③]，沛吾乘兮桂舟[④]。令沅、湘兮无波[⑤]，使江水兮安流。望夫君兮归来，吹参差兮谁思[⑥]？驾飞龙兮北征，邅吾道兮洞庭[⑦]。薜荔拍兮蕙绸[⑧]，荃桡兮兰旌[⑨]。望涔阳兮极浦[⑩]，横大江兮扬灵[⑪]。扬灵兮未极，女婵媛兮为予太息[⑫]。横流涕兮潺湲[⑬]，隐思君兮陫恻[⑭]。桂棹兮兰枻[⑮]，斫冰兮积雪。采薜荔兮水中，搴芙蓉兮木末[⑯]。心不同兮媒劳，恩不甚兮轻绝。石濑兮浅浅[⑰]，飞龙兮翩翩。交不忠兮怨长，期不信兮告予以不闲[⑱]。朝骋骛兮江皋[⑲]，夕弭节兮北渚[⑳]。鸟次兮屋上[㉑]，水周兮堂下。捐予玦兮江中[㉒]，遗予佩兮澧浦[㉓]。采芳洲兮杜若[㉔]，将以遗兮下女[㉕]。时不可兮再得，聊逍遥兮容与[㉖]。

【注释】

①君：指湘君。夷犹：犹豫的样子。

②中洲：水中陆地。

③要眇：妖眇，窈窕。宜修：修饰打扮得恰到好处。

④沛：船疾行于水中的样子。

⑤沅、湘：分别指沅江、湘江。

⑥参差（cēn cī）：即“篸箬”，指排箫，因形状参差不齐而得名。

⑦邅（zhān）：返转，回转。

⑧拍：通“帕”。旌旗的总称。一说拍通“箔”。指帘子。

⑨桡（ráo）：旗杆上的曲柄，用来悬帛和装饰，一说指船桨。按，此

句前有本有“承”“乘”“采”等字，皆误。

⑩涔（cén）阳：地名。在洞庭湖和长江之间的涔水北岸。极浦：犹言远滩。浦，水滨，水滩。

⑪扬灵：指湘君显神，发出灵光。一说指飞速行船，灵，同“舲”，与“舲”同，是一种有窗户的船。

⑫女：侍女。婵媛（chán yuán）：关切，牵挂。

⑬潺湲（chán yuán）：流动的样子。

⑭隐：忧愁，痛苦。陫恻：悲伤的样子。

⑮棹：长的船桨。枻（yì）：短的船桨。

⑯搴（qiān）：摘取。芙蓉：荷花。

⑰濑（lài）：底下为沙石的浅水。

⑱期：相约。

⑲骋骛（wù）：疾驰。江皋：江边。

⑳弭节：徘徊，停滞。渚（zhǔ）：水中小陆地。

㉑次：栖息。

㉒捐：丢弃。玦（jué）：古时佩戴的玉器。环形，有缺口。

㉓佩：玉佩。澧浦：澧水之边。

㉔芳洲：指香草生长的地方。杜若：香草名。

㉕遗（wèi）：赠送。下女：这里指湘君的下女，即侍女。

㉖容与：从容宽适的样子。

【译文】

湘君您为何犹豫不决不往前行？您为了谁而留在那中洲？我打扮得恰到好处、美丽窈窕，乘着急行于江中的桂树所做之舟。让沅水和湘江之水不起波浪，叫长江之水安静流淌。然而我期望的您还是没有前来，我吹响排箫是为思念谁呢？您驾着飞龙向北而来，中途却又改变了来我这里的路线转去了洞庭。用薜荔做旗，用蕙草来捆束，用荃荪草装饰旗杆，用兰草装饰旌旗。遥望涔阳极远的水边，我看到您渡过了宽阔的江面。虽然远远望见了您，但您并没有到我的身边，我的侍女也替我发出关切的叹息。泪下如雨不可停止，思念您啊悲愁不已。用桂树制作，用兰草装饰的船桨，劈开水上的冰雪，我仍在继续追寻着您。就如去水中采取薜荔，到树梢摘取荷花。两颗心不能彼此倾慕，只能使媒人白费苦劳，感情不深，轻易便会断绝。浅石滩上的水，轻快地流淌着，您驾着的飞龙在上面轻飞而过。相交相爱而不忠诚，只能让人长久地哀怨，相约而不按时前来，却告诉我说没有空闲。我早晨急驰于江边，傍晚则滞留于小岛。飞鸟在屋上栖息，流水在堂下周流。我将您送我的玉玦丢进长江之中，我把您送我的佩玉扔在澧水之边。我到长满香草的地方采撷杜若，用来送给您的侍女。时光流逝不能再回来，姑且逍遥自乐宽怀自慰。

湘夫人

帝子降兮北渚[①]，目眇眇兮愁予[②]。袅袅兮秋风[③]，洞庭波兮木叶下。登白薠兮骋望[④]，与佳期兮夕张[⑤]。鸟何萃兮蘋中[⑥]？罾何为兮木上[⑦]？沅有芷兮澧有兰，思公子兮未敢言[⑧]。荒忽兮远望[⑨]，观流水兮潺湲。麋何为兮庭中？蛟何为兮水裔[⑩]？朝驰予马兮江皋，夕济兮西澨[⑪]。闻佳人兮召予[⑫]，将腾驾兮偕逝[⑬]。筑室兮水中，葺之兮荷盖。荪壁兮紫坛，播芳椒兮成堂。桂栋兮兰橑[⑭]，辛夷楣兮药房[⑮]。罔薜荔兮为帷[⑯]，擗蕙櫋兮既张[⑰]。白玉兮为镇，疏石兰兮为芳[⑱]。芷葺兮荷屋，缭之兮杜衡。合百草兮实庭，建芳馨兮庑门[⑲]。九嶷缤兮并迎[⑳]，灵之来兮如云。捐予袂兮江中[㉑]，遗予褋兮澧浦[㉒]。搴汀洲兮杜若[㉓]，将以遗兮远者[㉔]。时不可兮骤得[㉕]，聊逍遥兮容与。

【注释】

①帝子:指湘夫人。

②眇眇:极目远望貌。

③袅袅(niǎo):微风吹动的样子。

④白薠(pín):水中浮草。

⑤张:布设。

⑥萃:聚集,汇集。

⑦罾(zēng):鱼网。

⑧公子:指湘夫人。

⑨荒忽:同"恍惚"。不分明。

⑩水裔:水边。

⑪澨(shì):水边。

⑫佳人:指湘夫人。

⑬逝:去,往。

⑭橑(lǎo):椽子。

⑮辛夷:香木名。楣:门上的横木。药:即芷。房:指卧房,卧室。

⑯罔:同"网"。

⑰擗(pǐ):用手分开。櫋(mián):一本作"槾"。即幔,帐顶。一说指室内隔扇。

⑱石兰:兰草的一种。

⑲建:陈列。芳馨:这里泛指各种香草。庑(wǔ):廊。

⑳九疑:山名。又名九嶷山、苍梧山,在今湖南宁远南。传说湘君居于此,这里代指此山中的诸神。

㉑袂(mèi):衣袖,借指上衣。

㉒褋(dié):单衣。

㉓汀洲:水中平地。

㉔远者:远方的人。此指湘夫人。

㉕骤：数次。

【译文】

湘夫人您降临北边的小岛，我极目远望无限愁思。袅袅秋风吹皱洞庭湖水，树叶飘然落下。登上长有白蘋的地方放眼而望，和美人相约今晚相会，因此赶快布设。山鸟为何聚集于水中的蘋草间，鱼网为何挂在了树上？沅水有芷草，澧水有兰草，我思念您却未曾敢用话语表白。向远处望恍恍惚惚不甚分明，但见流水潺潺而行。麋鹿为什么跑到了庭院之中？蛟龙为何到了岸上？我早晨策马于江边，傍晚则渡河到了西岸。听见了佳人对我的召唤，我愿和您并驾齐驱一起前行。我将在水里修筑起宫室，用荷叶来修饰我们的屋顶。用荃荪草来装饰我们的墙壁，用紫苏装饰我们的庭院，撒播芬芳的香椒修饰我们的殿堂。用桂木做栋梁，用兰草装饰椽子，用辛夷木做门楣，用芷草装饰卧房。用薜荔网成帷帐，将蕙草分开放在帐顶之上。白玉镇在席四方，分开石兰四溢其芳。用芷草和荷叶修筑房屋，再用杜蘅来环绕。把百草集中到庭院之内，将众花陈列在门廊之前。九嶷山上诸神和我一起来迎驾，他们纷纷前来之时就像云彩会聚。我将您赠我的袂丢入长江之中，我将您赠我的襟扔在澧水之边。我到水中的平地上采撷杜若，将它赠给远方的佳人。时机不可能屡屡得到，姑且逍遥自得宽怀自慰。

大司命

广开兮天门，纷吾乘兮玄云①。令飘风兮先驱，使涑雨兮洒尘②。君回翔兮以下③，逾空桑兮从女④。纷总总兮九州，何寿夭兮在予？高飞兮安翔，乘清气兮御阴阳。吾与君兮齐速⑤，导帝之兮九坑⑥。灵衣兮披披，玉佩兮陆离。壹阴兮壹阳，众莫知兮予所为⑦。折疏麻兮瑶华⑧，将以遗兮离居。老冉冉兮既极⑨，不浸近兮愈疏⑩。乘龙兮辚辚⑪，高驰兮冲天。结桂枝兮延伫[12],羌愈思兮愁人[13]。愁人兮奈何,愿若今兮无亏。固人命兮有当[14],孰离合兮可为!

【注释】

①吾:指大司命。这里是男巫代大司命自称。

②涷(dōng)雨:暴雨。

③君:男巫称呼大司命之敬词。

④空桑:神话传说中的山名。女:同“汝”。男巫称呼大司命之代词。

⑤吾:男巫自称。与:跟从。齐速:同“齐遬”。虔诚恭敬貌。

⑥帝:天帝。九坑(gāng):九州岛。坑,大山坡,土冈。

⑦予:男巫代大司命自称。

⑧疏麻:传说中的一种神麻,其花似玉,食之可以延年。瑶华:玉华,玉色之花。

⑨冉冉:渐渐。

⑩浸近:稍稍亲近。

⑪辚辚(lín):车行之声。

⑫延伫(zhù):久立眺望。

⑬羌:句首语助词。

⑭当:常。

【译文】

天门大开,我乘着纷纭的黑云而来。让狂风做我的先驱,叫滂沱大雨开道。您盘旋而下,我飞越空桑神山紧随着您。纷繁广大的九州岛,人们的长寿和短命为什么都操纵在您的手中?您飞升于高天安然翱翔,乘着清霄之气驾驭着万物的化生。我恭敬虔诚地跟随着您,引导着天帝君临九州岛。神灵的衣服轻柔飘逸,神灵的玉佩色彩斑斓。我一时为阴,一时为阳,众生没有谁知道我的所为。折下开有如玉之花的神麻和瑶华,赠给那离群索居的人。老之将至,不稍稍亲近,将和您更加疏远。

乘着发出辚辚之声的龙驾之车，于高处奔驰直上青天。编结桂枝伫立痴望，越想越使人愁肠满结。发愁又能怎么样，但愿如今生今世永无亏损。本来人的命运有常，哪里是与神疏远或亲近可以改变的！

少司命

秋兰兮蘼芜[①]，罗生兮堂下[②]。绿叶兮素枝，芳菲菲兮袭予。夫人自有兮美子，荪何以兮愁苦[③]？秋兰兮青青[④]，绿叶兮紫茎。满堂兮美人，忽独与予兮目成[⑤]。入不言兮出不辞，乘回风兮载云旗。悲莫悲兮生别离，乐莫乐兮新相知。荷衣兮蕙带，倏而来兮忽而逝。夕宿兮帝郊[⑥]，君谁须兮云之际[⑦]？与女沐兮咸池[⑧]，晞女发兮阳之阿[⑨]。望美人兮未来[⑩]，临风怳兮浩歌[⑪]。孔盖兮翠旌[⑫]，登九天兮抚彗星。竦长剑兮拥幼艾[⑬]，荪独宜兮为民正[⑭]。

【注释】

①秋兰：即兰草。蘼芜：草名。

②罗：并列。

③荪：一作“荃”，本指一种香草，这里用以代指少司命。

④青青：茂盛。青，同“菁”。

⑤目成：以目传情。

⑥帝郊：天上之国的郊野。

⑦须：等待。

⑧女：同“汝”。指少司命。咸池：神话传说中的池名。

⑨晞（xī）：晒干。阳之阿：神话传说中的山名。

⑩美人：指少司命。

⑪怳（huǎng）：同“恍”。心神不定，失意的样子。浩歌：放声高歌，

大声歌唱。

⑫孔：孔雀。翠：翡翠鸟。

⑬竦（sǒng）：执，拿。幼艾：指儿童。

⑭正：官长，主宰。

【译文】

秋天的兰草和蘼芜草，杂生于屋堂之下。绿色之叶素白之枝，芳香浓浓四溢侵袭着我。人家都自然而然已有了好儿好女，少司命您为何还这样愁苦？秋兰繁盛，绿叶紫茎是那样美丽。美人满堂，您忽然独独与我以目传情。您降临时不言语，离去时也不告别，乘着旋风以云为旗。要说悲伤，没有比活着但必须分离更悲伤的，要说快乐，没有比新遇到一个知己更快乐的。以荷花为衣，以蕙草做带，您倏忽而来又突然离去。晚上在天国的郊野歇宿，您在天云之际是等待谁呢？和您一起在咸池沐浴，您在阳之阿山晒干您的秀发。盼望着与您相会，但您始终不再来，临着大风我神情恍惚，放声高歌。以孔雀毛为车盖，以翠鸟羽为旌旗，登上九天去安抚彗星。手握长剑，保佑童孺，只有您才真正适合做众生的主宰。

东君

暾将出兮东方①，照吾槛兮扶桑②。抚予马兮安驱，夜皎皎兮既明。驾龙辀兮乘雷③，载云旗兮委蛇。长太息兮将上，心低徊兮顾怀。羌声色兮娱人，观者憺兮忘归④。縆瑟兮交鼓⑤，萧钟兮瑶簴⑥。鸣篪兮吹竽⑦，思灵保兮贤姱⑧。翾飞兮翠曾⑨，展诗兮会舞。应律兮合节，灵之来兮蔽日。青云衣兮白霓裳，举长矢兮射天狼⑩。操予弧兮反沦降⑪，援北斗兮酌桂浆⑫。撰余辔兮高驰翔⑬，杳冥冥兮以东行⑭。

【注释】

①暾(tūn):初升的太阳。

②槛(jiàn):栏杆。扶桑:神话中的树木,是日出之处。

③辀(zhōu):车辕。这里代指车子。

④憺(dàn):安于,贪恋。

⑤絙(gēng):拧紧瑟弦。

⑥萧:通“捄”。敲击。瑶:通“摇”。簴(jù):悬钟之架。

⑦篪(chí):同“箎”。古代的一种竹制乐器。

⑧灵保:扮神的巫。姱(kuā):美好。

⑨翾(xuān):鸟飞的样子。翠:翠鸟。曾:通“翻”。鸟高飞貌。

⑩天狼:星名。古人以为主侵掠。王逸注:“以喻贪残。”

⑪弧:星座名。即弧矢,共有九星,形似弓箭,故又称天弓。反:同“返”。

⑫北斗:指北斗星座,形似杓子。

⑬撰:抓住。

⑭杳:深远貌。

【译文】

初升的太阳出现在东方,照耀着扶桑我太阳神的栏杆。轻抚着我的马安然驱驰,黑夜于是隐去,天空已经变得一片光明。驾着龙拉的车乘上雷霆,以彩云为旌旗逶迤前行。长长地叹息一声将要向上升举,心里还想在低处徘徊回首怀念。美丽的歌舞是那样动人让人享受,观看者都贪恋不已流连忘返。拧紧瑟弦弹奏,交叉敲响乐鼓,击打编钟使钟架都摇晃。吹响箎和竽,想着让神灵保佑既贤且美。翠鸟忽而低飞忽而高举,展开歌喉吟唱,并且一起舞蹈。应着旋律合着节拍,神灵来的时候遮天蔽日。青云为衣白虹作裳,拉开长弓射向天狼。拿着我的天弓返回下降,捧起北斗酌饮桂花酿制的酒浆。抓住我的马辔在高高的天空中奔驰翱翔,在深远幽暗中又向东行驶。

河伯

与女游兮九河[①]，冲风起兮横波[②]。乘水车兮荷盖，驾两龙兮骖螭[③]。登昆仑兮四望，心飞扬兮浩荡。日将暮兮怅忘归，惟极浦兮寤怀。鱼鳞屋兮龙堂，紫贝阙兮朱宫。灵何为兮水中[④]，乘白鼋兮逐文鱼[⑤]？与女游兮河之渚，流澌纷兮将来下[⑥]。子交手兮东行，送美人兮南浦。波滔滔兮来迎，鱼邻邻兮媵予[⑦]。

【注释】

①九河：即黄河。

②冲风：暴风。

③骖：乘，驾驭。螭（chī）：无角的龙。

④灵：指河伯。

⑤鼋（yuán）：大鳖。文鱼：有花斑的鱼。

⑥澌（sī）：流水。

⑦邻邻：一个挨着一个。媵（yìng）：陪送。

【译文】

跟随您在黄河中游玩，暴风突起大波汹涌河水横流。乘着用荷叶做篷的水神之车，两龙主驾，螭为骖马。登上昆仑山举目四望，心情激越飞扬，波荡不已。白昼即将过去夜幕就要降临，内心惆怅忘记了返回，在极远的水边，睡不着觉，时时怀思。鱼鳞饰屋，龙鳞饰堂，用紫贝做成阙观，把宫殿涂成朱红。您为何在水中，乘着大白鳖追逐有花纹的鱼？跟随您游玩到河中的岛上，只见河水不断地涌动奔流而下。您握手告别向东而去，我送您一直送到南边的河岸。水波滔滔纷纷前来迎接您的大驾，鱼儿一个挨着一个都来陪我送别。

山鬼

若有人兮山之阿[①]，被薜荔兮带女萝[②]。既含睇兮又宜笑[③]，子慕予兮善窈窕。乘赤豹兮从文狸，辛夷车兮结桂旗。被石兰兮带杜蘅，折芳馨兮遗所思。予处幽篁兮终不见天[④]，路险难兮独后来。表独立兮山之上[⑤]，云容容兮而在下[⑥]。杳冥冥兮羌昼晦[⑦]，东风飘飘兮神灵雨。留灵修兮憺忘归[⑧]，岁既晏兮孰华予[⑨]？采三秀兮于山间[⑩]，石磊磊兮葛蔓蔓[⑪]。怨公子兮怅忘归，君思我兮不得闲。山中人兮芳杜若[⑫]，饮石泉兮荫松柏，君思我兮然疑作[⑬]。雷填填兮雨冥冥[⑭]，猿啾啾兮狖夜鸣[⑮]。风飒飒兮木萧萧[⑯]，思公子兮徒离忧。

【注释】

①若：句首语助词。人：指山鬼。

②被：同“披”。女萝：一种寄生植物，又名松萝。

③含睇（dì）：含情而视。宜笑：笑得自然貌。

④幽篁（huáng）：竹林深处。

⑤表：独立特出貌。

⑥容容：常作“溶溶”，流云涌动貌。

⑦羌：句中助词。

⑧灵修：指山鬼所思念者。

⑨晏（yàn）：晚。华：同“花”。以……为花，即爱。

⑩三秀：即芝草。芝草一年开三次花，故有此称呼。

⑪磊磊：石块重叠貌。葛：草名。

⑫山中人：山鬼自称。

⑬然疑作：或信或疑，时信时疑。

⑭填填：雷声。冥冥：形容阴雨连绵时的昏暗。

⑮啾啾：猿叫声。狖（yòu）：黑色长尾猿。

⑯飒飒：风声。萧萧：风吹叶落之声。

【译文】

山之深处有个人儿，披着薜荔，松萝为带。双目脉脉含情，脸上露出迷人微笑，美丽多情，令您爱慕。乘着赤色之豹，与花狸为伍，以辛夷木做车，编结桂花为旗。披上石兰，用杜蘅做带子，采摘花儿，送给心上人。我住在竹林深处总是见不到天日，路途艰险所以总是最后姗姗来迟。高山之巅特立独出，流云在山下涌动。昏黑幽暗白昼也不见光明，东风吹来神灵又开始降雨。我要留住心上人让他心安忘归，年龄已大谁还爱我？到山间采取芝草，山石层叠，葛草蔓蔓。对公子的幽怨油然而生，惆怅无限，使我忘记了返回，您说想我但没有空闲前来相会。我以杜若为香脂，喝的是石中流出的泉水，住的是松柏搭盖的房屋。您说您想我，让我或信或疑。雷声填填，大雨阴阴，猿声啾啾，狖出夜鸣。风吹飒飒，叶落萧萧，我想念公子只是徒生忧愁。

国殇

操吴戈兮被犀甲①，车错毂兮短兵接②。旌蔽日兮敌若云，矢交坠兮士争先。陵予阵兮躐予行③，左骖殪兮右刃伤④。霾两轮兮絷四马⑤，援玉枹兮击鸣鼓⑥。天时怼兮威灵怒⑦，严杀尽兮弃原野⑧。出不入兮往不返，平原忽兮路超远⑨。带长剑兮挟秦弓，首虽离兮心不惩⑩。诚既勇兮又以武⑪，终刚强兮不可陵。身既死兮神以灵⑫，魂魄毅兮为鬼雄。

【注释】

①吴戈：吴国制造的戈，据传是一种最锋利的戈。

②毂（gǔ）：车轮的代称。短兵：刀、剑一类的短武器。

③陵：侵犯。躐（liè）：践踏。行：行列。

④骖：驾车时位于两边的马。殪（yì）：仆地而死。

⑤霾（mái）：通“埋”。絷（zhí）：绊住。

⑥玉枹（fú）：有玉饰的鼓槌。

⑦怼（duì）：怨愤。威灵：神灵。

⑧严杀：激战。尽：止。

⑨忽：形容风尘弥漫之状。

⑩心不惩：指心中并不屈服。

⑪武：指富有力量。

⑫神以灵：精神不灭，化为英灵。

【译文】

手执吴戈，身披犀甲，战车交错，短兵相接。旌旗蔽日，敌军如云，箭矢乱飞，士卒争先。敌攻我阵，敌冲我伍，左边骖马，仆地而亡，右边骖马，则被砍伤。车轮被埋，马儿被绊，拿起鼓槌，猛击战鼓。此时此刻，苍天愤懑，神灵震怒，激战之后，横尸遍野。出门之人，不再进门，征战之人，不再返回，平原之上，风尘弥漫，长路漫漫，异常遥远。身佩长剑，肩挎秦弓，脑袋可丢，志不能屈。确实可称：又勇又武，始终刚强，不可侵犯。肉身虽死，精神不灭，化为英灵，坚毅之魂，鬼中之雄。

礼魂

成礼兮会鼓[①]，传芭兮代舞[②]，姱女倡兮容与。春兰兮秋菊，长无绝兮终古[③]。

【注释】

①成礼：指祭祀的典礼已完成。

②芭：同“葩”。花朵。代舞：交替而舞。

③终古：永远，永久。

【译文】

祭祀典礼,既已完成,众鼓齐鸣,花儿传递,交替而舞,美女轻唱,从容舒缓。春兰秋菊,永发不止,终无绝时。

韩愈·祭柳子厚文

【题解】

本文是韩愈为纪念柳宗元作的一篇祭文。文章笔势恣肆挥洒,起伏跌宕。起笔处率性自然,痛惜之情溢于言表。其后慨叹人生如梦,有由人及己之想,时扬时抑,得其全体,语意真挚,似淡而实深。柳子厚,即柳宗元,因为参加王叔文集团谋求政治改革,事败,贬任柳州刺史。元和十四年(819)病卒。

维年月日①,韩愈谨以清酌庶羞之奠②,祭于亡友柳子厚之灵。

【注释】

①维年月日:祭文一般事先写好,临事时填明日期。

②谨:郑重。清酌庶羞:清冽之酒和众多美味。羞,即“馐”。奠:祭品。

【译文】

某年某月某日,韩愈郑重把清酒以及家常菜肴祭献在亡友柳子厚的灵前。

嗟嗟子厚,而至然耶?自古莫不然,我又何嗟①?人之生世,如梦一觉②,其间利害,竟亦何校③?当其梦时,有乐有悲,及其既觉,岂足追维④!以上言生死常理。

【注释】

①自古莫不然，我又何嗟：从古以来人都要死，我叹息悲哀又有何用？

②人之生世，如梦一觉（jiào）：出自《庄子·齐物论》："方其梦也，不知其梦也，梦之中又占其梦焉，觉而后知其梦也。"一觉，一次睡眠。

③校：计较。

④惟：思。

【译文】

唉，子厚啊，竟然也人到百年！从古以来无不如此，我又有什么好叹息呢？人生一世，如梦一场，这当中的利害得失，最终又能如何计较呢？做梦的时候，有快乐有悲哀，等梦醒以后，哪里能够追回什么？以上讲生死的常理。

凡物之生，不愿为材，牺樽青黄[①]，乃木之灾。子之中弃，天脱絷羁[②]，玉珮琼琚[③]，大放厥辞[④]。富贵无能，磨灭谁纪[⑤]？子之自著[⑥]，表表愈伟[⑦]。不善为斫，血指汗颜[⑧]，巧匠旁观[⑨]，缩手袖间。子之文章，而不用世，乃令吾徒，掌帝之制。子之视人，自以无前，一斥不复[⑩]，群飞刺天[⑪]。以上言柳之才高不用。

【注释】

①牺樽青黄：牺，酒器，以木为之，青黄其饰。《庄子·天地》："百年之木，破为牺尊。"

②天脱絷羁（zhí jī）：上天脱去你所有羁绊。

③琼琚（jū）：华美的佩玉。

④大放厥辞：谓极力铺陈辞藻。此以玉佩琼琚状其铺陈之华美。厥，其，他的。辞，亦作"词"，文辞，言辞。

⑤富贵无能，磨灭谁纪：此用以标注对比柳宗元。富贵然而无能之辈，在历史中被磨灭有谁会记载他们？

⑥自著：自己标榜显明自己。

⑦表表：伟异之称。伟：高大而美。

⑧不善为斫（zhuó），血指汗颜：此处韩愈自指。不善于雕饰木器，使得指头出血满面流汗。斫，雕饰。

⑨巧匠：比柳宗元。

⑩一斥不复：被贬斥以后再未复起。柳宗元于“永贞革新”失败后，被贬为永州司马，后徙柳州刺史。

⑪群飞刺天：飞，一作“非”。言非之者众。刺，犹责也。

【译文】

大凡万物生长，都不愿做成使用之材，制成酒尊、纹上青黄花饰，是树木的灾难。您到中期时候，上天脱去您的一切羁绊，您将您那美如玉佩琼琚的文辞大力铺扬发表。自古以来，富贵然而无能之辈，磨灭万千有谁记得？您努力标榜自显，卓尔不群身姿高美。那些手笨无能的人们，忙得指头流血满头大汗，您分明是个巧匠却在一旁闲观，把手缩在袖子里面。您写文章条理分明，可惜没有为世所用，而让我们这些人，执掌皇帝的法令制度。您自认为本领无人能比，有谁会料到一下子被贬斥再没有复升，只使得流言蜚语四处蔓延。以上讲柳宗元空负才华却不得任用。

嗟嗟子厚，今也则亡。临绝之音，一何琅琅[①]？遍告诸友，以寄厥子，不鄙谓余[②]，亦托以死。凡今之交，观势厚薄，余岂可保[③]，能承子托[④]？非我知子[⑤]，子实命我[⑥]，犹有鬼神，宁敢遗堕[⑦]？念子永归，无复来期[⑧]，设祭棺前，矢心以辞[⑨]。呜呼哀哉！尚飨。以上述哀。

【注释】

①琅琅(láng):金石撞击声。谓声音清脆或不绝于耳。

②不鄙:不轻视。

③保:担保,保证。

④承:承蒙,担负。

⑤知子:与子相知。

⑥命:指命,托命。

⑦遗堕:忘记丢弃。意谓临绝之托。

⑧期:约定,约会。

⑨矢心:发誓。

【译文】

唉,子厚啊!现在您逝去了。临终的遗言,至今犹在耳边。告诉所有的朋友,拜托他们照顾您的孩子,不鄙弃于我,就以死后之事相托吧。大凡现在人们交往,都是视势力大小而变,我哪里就一定能保证,能够担负您的重托?并非我与您相知,实在是您指命于我,加上还有鬼神的督察,我怎敢弃置您的信任不顾?哀念您永远归去,不再能够相期再会,在棺柩前陈列祭品,以文辞向您发誓不负所托。悲伤啊!请享用祭品。以上叙述哀思。

韩愈·祭张员外文

【题解】

张员外,即张署,河间人,唐贞元中任监察御史,后贬谪为临武令。历任刑部员外郎、虔、澧二州刺史,终职于河南令。卒年六十。

张署是韩愈半生患难之交,情同手足,故祭文通篇文字如出肺腑,感人至深。全文详略得当,伸繁缩简,读来井然有序;用字造语奇崛特出,令人称奇。

维年月日[①]，彰义军行军司马、守太子右庶子兼御史中丞韩愈谨遣某乙[②]，以庶羞清酌之奠祭于亡友故河南县令张十二员外之灵[③]。

【注释】

①维年月日：祭文格式，临事时详填时间。

②彰义军：唐方镇名，唐于蔡州置淮西节度使，后改彰义军，治所在今河南汝南。行军司马：官名。从四品下，战时掌弼戎政，平时习屯狩练兵。韩愈时任此职。太子右庶子：东宫春坊属官，正四品下，掌侍从、献纳、启奏诸事。御史中丞：御史台属官，为御史大夫佐二官，正四品下。

③张十二员外：应作张十一员外。韩愈与署赠和诗皆以十一相称，如《洞庭湖阻风赠张十一署》等。

【译文】

某年某月某日，彰义军行军司马、守太子右庶子兼御史中丞韩愈郑重派遣某人，把众多美味清冽好酒等祭品祭在亡友故河南县令张十一员外的灵前。

贞元十九，君为御史；余以无能，同诏并峙[①]。君德浑刚，标高揭己[②]，有不吾如，唾犹泥滓[③]。余戆而狂，年未三纪[④]，乘气加人，无挟自恃。彼婉娈者[⑤]，实惮吾曹[⑥]，侧肩帖耳，有舌如刀[⑦]。我落阳山，以尹鼯猱[⑧]；君飘临武，山林之牢[⑨]。岁弊寒凶，雪虐风饕[⑩]，颠于马下，我泗君咷[⑪]。夜息南山，同卧一席，守隶防夫，抵顶交跖[⑫]。洞庭漫汗[⑬]，粘天无壁[⑭]，风涛相豗[⑮]，中作霹雳[⑯]。追程盲进[⑰]，飒船箭激[⑱]。南上湘水[⑲]，屈氏所沉[20]。二妃行迷，泪踪染林[21]。山哀浦思，鸟兽叫音。余唱君和，百篇在吟[22]。

【注释】

①同诏并峙(zhì)：朝廷同时下命。贞元十九年(803)冬，韩愈与署并任监察御史。峙，置，立。

②君德浑刚，标高揭己：谓署品德天性刚直，表现出高风亮节。

③泥滓(zǐ)：沉淀的杂质污垢。

④年未三纪：韩愈代宗大历三年(768)戊申生，至德宗贞元十九年(803)癸未，恰三十六年。按古以十二年岁星一周为一纪。

⑤婉娈：《诗经·齐风·甫田》："婉兮娈兮。"毛传云："婉娈，少好貌。"此借比群小。

⑥惮(dàn)：惧怕。曹：辈。

⑦侧肩帖耳，有舌如刀：谓群小谀上谗忠，其唇舌鼓动有如利刃。韩愈、张署、李方叔同为御史，时方旱饥，上疏乞请宽民徭赋，为李实所谗，俱贬南方，署贬郴州临武令，愈贬连州阳山令。二人同赴贬所。

⑧尹：县主。此处用为动词。鼯(wú)：鼠类。俗称飞鼠，别名夷由。猱(náo)：兽名，猕猴。此谓赴蛮夷之地任职县令。

⑨君飘临武，山林之牢：谓署漂泊临武这样一个覆林未垦之地。临武，唐江南道郴州临武县，今湖南临武县治。牢，狱，圈。

⑩岁弊寒凶，雪虐风饕(tāo)：意指值逢岁末天气恶寒，雪大风骤。弊，尽。虐，残暴。饕，狠贪。

⑪泗(sì)：流泪的样子。咷(táo)：哭声。

⑫抵顶交跖：头抵着头，脚压着脚。跖，脚。

⑬漫汗：广大。

⑭粘天无壁：水天相连，中无间隔。

⑮豗(huī)：相击而生喧闹之声。

⑯霹雳：暴雷声音。

⑰盲：傍晚时分。

⑱飒（fān）：船帐。箭激：如箭射出。

⑲湘水：此指湘江支流汨罗江。

⑳屈氏：指屈原。

㉑二妃行迷，泪踪染林：《博物志》："尧之二女、舜之二妃曰湘夫人，舜崩，二女啼，以涕挥竹，竹尽斑。"即指此事。

㉒余唱君和，百篇在吟：韩愈有《湘中诗》，张署有《赠韩退之》诗，大概作于此时。百篇，言多，非确指。

【译文】

贞元十九年的时候，您被任命做御史；我凭着无能之才，也得以与您同职。您的品德天性刚正，示现出高风亮节，那些不属我辈的小人，对此唾骂不屑一顾。我性戆直并且狂傲，年纪尚未到三十六，凭着年轻气盛，没有可以倚恃的只能依靠自己。那些卑鄙小人，实在是惧怕我们，他们倾斜肩膀，垂下耳朵，唇舌鼓动有如利刃。我被贬落到阳山，到蛮夷之地当县令；您漂泊去往临武，那里山林茂密得就像牢狱。正值年终酷寒时际，大雪暴虐狂风凶残，自马背跌落下来，我和您流泪痛哭。晚上歇息在南山，同睡一张床上，和兵卒衙役一样，头抵脚压在一起。洞庭湖浩荡广阔，天水相接没有间隙，大风大浪互相拍击，时而发出暴雷一样的巨响。兼程赶路黄昏疾行，张帆的船如箭离弦行走如飞。向南沿着湘水上溯，到了屈原自沉的地方。两位湘妃行踪迷离，留下来的泪迹沾染了竹林。山岭悲哀江水怀思，鸟兽时时啼叫无休。我吟出诗后您就唱和，百篇诗文即景赋出。

君止于县，我又南逾[①]。把盏相饮，后期有无？期宿界上，一夕相语[②]。自别几时，遽变寒暑。枕臂欹眠，加余以股[③]。仆来告言，虎入厩处，无敢惊逐，以我骡去。君云是物，不骏于乘，虎取而往，来寅其征[4]。我预在此，与君俱膺[5]，猛兽果信，恶祷而凭。

【注释】

①君止于县，我又南逾：临武属郴州，在阳山以北，故云。

②期宿界上，一夕相语：贞元二十年（804）冬韩愈与张署会宿临武界上，古代地方官不得私自离开辖地。期，满一年。一夕相语，交谈了一夜。

③枕臂欹眠，加余以股：隐用严光事典。《后汉书·严光传》："因共偃卧，光以足加帝腹上。"喻二人交深情重。

④"仆来告言"几句：樊汝霖注云："公贞元十九年与张俱令南方，明年冬会宿临武界上，虎入公厩取骡去。骡，驴子也。虎，寅属也，公载张语云云，已而顺宗即位，皆改江陵府掾，公法曹，张功曹。"此八句概述岭南北归事。

⑤膺：受。

【译文】

您停留在临武县，我则又向南翻越山岭。手把酒盏彼此对饮，以后是不是还能相见呢？一年以后会宿界上，整夜一起谈话不止。从分别经历了多长时间，寒暑这样快地相互递变。相互枕着胳膊斜身而睡，您又把腿压在我身上。仆人前来报告说，有虎进了马厩，不敢惊吓驱逐，叼着我们的驴子走了。您说这驴子，骑起来走得太慢，老虎取食归去正好，来年寅月应当有所征验。我在这里参与了这事情，所以和您一起接受这个预示。孟春首月果然证实如此，如果不是以德祷祝于天，还能凭借什么呢？

余出岭中[1]，君俟州下[2]。偕掾江陵[3]，非余望者。郴山奇变[4]，其水清写[5]，泊沙倚石，有遌无舍[6]。衡阳放酒[7]，熊咆虎嗥[8]。不存令章，罚筹猬毛[9]。委舟湘流[10]，往观南岳。云壁潭潭[11]，穹林攸擢[12]。避风太湖[13]，七日鹿角[14]。钩登大鲇[15]，怒颊豕豞[16]。脔盘炙酒[17]，群奴余啄[18]。走官阶下，首下尻高[19]。下马伏涂，从事是遭。

【注释】

①岭：指五岭之骑田岭（腊岭），愈由阳山北归至郴州经此。

②俟：等待。州：即郴州，因在衡山之阳，也称衡阳。

③掾：属官通称。江陵：江南道荆州地，上元年改江陵府。

④郴山：郴州南有黄岑山，郴江之源于此。

⑤写：同“泻”。

⑥遌（è）：偶遇。

⑦衡阳：唐江南道衡州治衡阳县，今湖南衡阳。放酒：纵情饮酒。

⑧熊咆虎嗥（háo）：咆、嗥原谓熊虎声，此指韩愈等猜拳行令。

⑨不存令章，罚筹猬毛：唐人会饮，以章为酒令，违令者罚，以筹计数，此谓违令罚酒，多如刺猬之毛，无法筹计，故令章难察。

⑩委舟：坐船。湘流：湘水。

⑪云壁：岩高如壁。潭潭：山涧深邃。

⑫穹：喻树木之大。擢（zhuó）：挺拔。

⑬太湖：指洞庭湖。

⑭鹿角：即鹿角山，处巴陵南五十里洞庭湖滨。

⑮鲇（nián）：鲇鱼。

⑯豕豞（hòu）：猪叫声。

⑰脔（luán）盘：切成块状的鱼肉。

⑱啄：吃。

⑲首下尻（kāo）高：低下头，翘起屁股，鞠躬叩首貌。韩愈与署皆属僚，见长官需行礼叩头。后句“下马伏途”也指为长官行礼避道。

尻,屁股。

【译文】

我调离岭南,您候命在郴州。我们同任江陵属官,这简直是我想都不敢想的。郴山雄奇变幻,山上水流清澈而泻,停留倚靠在大小石头上,偶遇行人却看不到有村舍人家。在衡阳纵酒畅饮,猜拳行令的喊叫声如虎啸熊吼。违令罚酒,多如刺猬之毛,纵有令章也无从筹计。乘船沿着湘水而行,前往观赏南岳山峰。衡山山岩高耸入云,山涧幽深难测,树木高大而又挺拔秀丽。在洞庭湖遭遇狂风,避于鹿角山七日。放钩钓起大鲇鱼,鲇鱼鼓腮如猪叫。一块块鱼肉放在盘中用来下酒,剩下的都被众仆分享吃光。赴江陵官位低卑,脑袋冲下屁股朝上时时叩头。下了马趴在路中,经常碰到这样的事情。

予征博士,君以使已①,相见京师,过愿之始。分教东生②,君掾雍首③。两都相望④,于别何有?解手背面⑤,遂十一年。君出我入,如相避然,生阔死休⑥,吞不复宣。以上叙两人离合踪迹。

【注释】

①予征博士,君以使已:元和元年(806)六月,韩愈被召还京授国子博士。贞元二十一年(805)八月路恕为邕管经略使,上表请署为判官,改殿中侍御史,不行。

②分教东生;指元和二年,韩愈分司东都,为博士教东都太学生。

③君掾雍首:署为京兆府司录参军,乃京兆尹李鄘僚属。雍首,关中为雍州地,当要害之地。

④两都:唐以京兆府长安为西京,亦称上都,河南洛阳为东京,亦称东都。

⑤解手：分手。背面：以面相逆，意同解手。
⑥生阔死休：谓生离死别。阔，疏远。休，停止。

【译文】

我被征召做了博士，您因为邕管经略使仍然停留原地，相见于京师，开始成为奢望。我在东都教授生徒，您在京兆府担任官职。两地彼此遥相对望，除了分别又有何为？分手各去再不相逢，就这样过去了十一年。您离开京城去往东都，我又从那里重归了京城，就好像是在彼此躲避一般，生时阔别难聚，到您逝去更是从此永离，勉强吞声就不再提了。以上讲两人聚散之踪迹。

刑官属郎①，引章讦夺②，权臣不爱，南康是斡③。明条谨狱，氓獠户歌④。用迁澧浦⑤，为人受瘥⑥。还家东都，起令河南，屈拜后生，愤所不堪⑦。屡以正免，身伸事蹇⑧，竟死不升，孰劝为善？以上叙张末年事迹。

【注释】

①刑官属郎：张署曾任尚书刑部员外郎。
②讦（jié）夺：受攻讦而被夺官。讦，攻击别人短处或揭人阴私。
③南康：唐虔州南康郡治赣县，今江西赣县。斡（wò）：旋转。
④氓：民。獠：指西南少数民族。
⑤澧浦：澧水。指张署迁任澧州刺史。
⑥瘥（cuó）：疾病。
⑦屈拜后生，愤所不堪：指张署为河南令，年老，恶于逢迎拜走，以病辞官，闭门而死。
⑧身伸事蹇：品格修养得以成全，一生仕途却不顺利。蹇，坎坷。

【译文】

就任刑部员外郎，您刚正不阿被人攻击，以致权臣不喜，将您又调任到了南康。您明确律条严整狱律，百姓家家欢歌。再次迁任到了澧浦，为了他人自己承受痛苦。带领家室又回东都，诏命起用任做河南令，含屈受辱迎拜后辈，心中愤懑难以忍受。多次由于忠正遭受罢免，品格得以伸张，仕途却不顺利，到了死也没有升迁，谁还能勉励人们去做善事？以上叙述张署晚年事迹。

丞相南讨，余辱司马，议兵大梁①，走出洛下。哭不凭棺，奠不亲斝②，不抚其子③，葬不送野。望君伤怀，有陨如泻。铭君之绩，纳石壤中，爰及祖考④，纪德事功。外著后世，鬼神与通。君其奚憾⑤，不鉴予衷。呜呼哀哉！尚飨。以上述哀。

【注释】

①议兵：指韩愈出洛适汴，劝说韩弘协助平定吴元济叛乱事。大梁：汴州。

②斝（jiǎ）：古盛酒之具，圆口，三足。

③不抚其子：不能安抚您的子女。

④祖考：祖先。考，称亡父。

⑤奚：何。

【译文】

丞相征讨南方，我蒙爱做了司马，前往大梁商量出兵之事，匆匆忙忙出离洛下。哀悼您却不能凭依您的棺木，祭奠您也不能亲自向您献酒，不能安抚您的孩子，埋葬您时也不能随送您去野外。想念您使我心中伤痛，禁不住泪流满面有如水泻。在石碑上刻下您的功绩，把它放入土壤之中，上及您先辈的功德事业，一并刻之于石。向外昭明于后世，鬼神与之相互交通。您还有什么遗憾呢？只是不审察我的心意。悲伤啊！请享用祭品。以上叙述哀痛。

记载门四类

传志类

史记·伯夷列传

【题解】

本文是《史记》七十列传的第一篇。列传是纪传体史书的体裁之一,记载历史人物的事迹,为司马迁所首创。伯夷,是商代孤竹君的儿子,古代高尚守节者的典型。在文中,作者只是简略地叙述了伯夷的遭遇,更多的则是借孔子言论,以许由、务光、颜回做陪衬,用盗跖做对比,杂引经传,大发议论,抒发自己心中的感慨和不平,即所谓借他人之杯酒,浇自己之块垒。虽是史事,实为心声,这是读此文不能不加以注意的。

夫学者载籍极博[①],犹考信于六艺[②]。《诗》《书》虽缺,然虞、夏之文可知也[③]。尧将逊位,让于虞舜。舜、禹之间,岳牧咸荐[④],乃试之于位,典职数十年,功用既兴,然后授政。示天下重器,王者大统,传天下若斯之难也。而说者曰尧让天下于许由[⑤],许由不受,耻之逃隐。及夏之时,有卞随、务光者[⑥]。此何以称焉?太史公曰:余登箕山[⑦],其上盖有许由冢云。孔子序列古之仁圣贤人,如吴太伯、伯夷之伦详矣[8]。余以所闻由、光义至高，其文辞不少概见[9]，何哉？以上言由、光事不载于《诗》《书》，不可信。

【注释】

①载籍：书籍。

②六艺：指《尚书》《仪礼》《乐经》《诗经》《周易》《春秋》六部经书。

③虞、夏之文：指《尚书》中的《尧典》《舜典》《大禹谟》。

④岳牧：古代传说中的四岳和十二州牧的合称。四岳指传说中尧舜时的四方部落首领。

⑤说者：指诸子杂记。许由：尧时隐士。传说尧要让位给许由，许由不受，就逃到颍水之阳、箕山之下。

⑥卞随、务光：传说中的夏朝高士。传说商汤灭夏桀后，要把帝位让给他们，他们拒不接受，并投颍水而死。

⑦箕山：山名。在今河南登封东南。

⑧吴太伯：周太王的长子。太王有三个儿子：太伯、仲雍、季历。季历之子就是周文王姬昌。相传太王预见到姬昌的圣贤，想传位给季历，以便让姬昌接替。太伯为遂父愿，便同仲雍出走，到达吴国，故称吴太伯。

⑨其文辞：记载他们的文字。

【译文】

学者即便读书极为广博，也还要从六经中考据征信。《诗经》《尚书》虽有残缺，但是还可了解到虞舜、夏禹时期的文献。尧将要退位时，把帝位让给虞舜。在舜和禹之间，是由四岳和十二牧共同举荐禹，并在一定岗位任职数十年，取得成绩之后，才被授予帝位。这是为了表明天下是最贵重的宝器，帝王是最尊贵的位置，传让天下是如此艰难。然而有的书上说尧把天下让给许由，许由不接受，并以此为耻，就逃走隐居去了。到了夏代，卞随、务光也是这样的人。这又如何解说呢？太史公说：我曾登上箕山，那上面有许由的坟墓。孔子一一叙说排列古代的仁德、圣贤之人，像吴太伯、伯夷就说得很详细清楚。就我所听到的，许由、务光的德行是最高尚的了，但是关于他们事迹的文字却一点也没有见到，这是什么原因呢？以上说许由、务光等人的传说没有被《诗经》《尚书》记载，因而不可信。

孔子曰："伯夷、叔齐[①]，不念旧恶，怨是用希。""求仁得仁，又何怨乎？"余悲伯夷之意[②]，睹轶诗可异焉[③]。其传曰：

【注释】

①叔齐：伯夷之弟。

②悲：悲叹。

③轶诗：指后引的歌辞，因未收入《诗经》，故称轶诗。轶，通"佚"。

【译文】

孔子说："伯夷、叔齐，不计较过去的仇恨，因此怨恨很少。""他们求仁得仁，又有什么可怨恨的呢？"我为伯夷的想法而悲叹，看到他们散失的诗篇而更感惊异。史书中有关他们的事迹记载如下：

伯夷、叔齐，孤竹君之二子也。父欲立叔齐，及父卒，叔齐让伯夷。伯夷曰："父命也。"遂逃去。叔齐亦不肯立而逃之。国人立其中子[①]。于是伯夷、叔齐闻西伯昌善养老，盍往归焉[②]？及至，西伯卒，武王载木主[③]，号为文王，东伐纣。伯夷、叔齐叩马而谏曰："父死不葬，爰及干戈，可谓孝乎？以臣弑君，可谓仁乎？"左右欲兵之。太公曰[④]："此义人也。"扶而去之。武王已平殷乱，天下宗周，而伯夷、叔齐耻之，义不食周粟，隐于首阳山[⑤]，采薇而食之[⑥]。及饿且死，作歌。其辞曰："登彼西山兮[7]，采其薇矣。以暴易暴兮，不知其非矣。神农、虞、夏忽焉没兮[8]，我安适归矣[9]？于嗟徂兮，命之衰矣[10]！"遂饿死于首阳山。

【注释】

①中（zhòng）子：次子。古代兄弟排行按伯、仲、叔、季次序。中，通"仲"。

②盍：何不。

③木主：西伯姬昌的木制灵牌。

④太公：吕尚，号太公望，齐国始祖。

⑤首阳山：又名雷首山、历山，在今山西芮城西北。也有说在陇西的，还有说在洛阳东北的。

⑥薇（wēi）：蕨类植物，即巢菜，野豌豆。

⑦西山：即首阳山。

⑧神农：传说中的三皇之一。

⑨安：哪里。适：去，往。

⑩于嗟徂兮，命之衰矣：犹言"唉，我就要死啦，命运就是这样坏啊"。于嗟，也作"吁嗟"，叹息声。徂，云，这里指死。

【译文】

伯夷、叔齐是孤竹国国君的两个儿子。父亲想立叔齐为嗣君，等到父亲去世，叔齐让伯夷做国君。伯夷说："这是父命。"于是逃去。叔齐也不肯当国君而逃走。国中人只好拥立孤竹君的二儿子。在这个时候，伯夷、叔齐听说西伯姬昌善于奉养老人，便想为什么不去投奔他呢？等到了那里，西伯姬昌却去世了，其子武王姬发载着姬昌的灵位，追尊谥号为"文王"，并率军向东去攻打商纣。伯夷、叔齐拦在武王马前劝谏，说："父亲死了，不去安葬，就发动战争，能说是孝顺吗？作为臣下去弑君主，能说是仁义吗？"武王的左右随从想杀掉伯夷、叔齐。太公望说："这是两个讲仁义的人。"于是扶起他们让他们走了。武王克商取胜，天下归于周朝，而伯夷、叔齐深以为耻，他们坚持道义不吃周朝的粮食，隐居在首阳山上，采摘野豌豆吃。等到即将饿死的时候，作了一首歌，歌词唱道："登上了那西山啊，采摘那里的野豌豆。用暴力解决暴政啊，却不知自己之错。神农、虞舜、夏禹的时代迅速逝去，我到哪里去啊？可叹死之将至啊，命运是如此衰弱！"终于饿死在首阳山。

由此观之，怨耶非耶？以上言夷、齐事惟孔子之言可信，传及轶诗不可信。

【译文】

由此看来，他们到底怨恨还是不怨恨呢？以上说明伯夷、叔齐的事只有孔子的话可信，传说及轶诗不可信。

或曰："天道无亲，常与善人。"若伯夷、叔齐，可谓善人者非耶？积仁絜行如此而饿死！且七十子之徒[①]，仲尼独荐颜渊为好学[②]。然回也屡空，糟糠不厌[③]，而卒蚤夭[④]。天之报施善人，其何如哉？盗跖日杀不辜[⑤]，肝人之肉[⑥]，暴戾恣睢，聚党数千人，横行天下，竟以寿终。是遵何德哉？此其尤大彰明较著者也。若至近世，操行不轨，专犯忌讳，而终身逸乐，富厚累世不绝。或择地而蹈之，时然后出言，行不由径，非公正不发愤，而遇祸灾者，不可称数也。余甚惑焉，傥所谓天道，是邪非邪？以上言天道难凭。

【注释】

①七十子之徒：相传孔丘有弟子三千，贤者七十二。

②颜渊：即颜回，孔子最得意的学生。

③糟糠：借指粗劣的食物。

④卒：终于。

⑤跖（zhí）：相传为春秋末期鲁国人，为横行一时的大盗，故名之为盗跖。

⑥肝人之肉：泷川资言以为当作“脍（kuài）人之肉”，《庄子·盗跖》称其“脍人肝而铺之”。脍，切肉成丝。

【译文】

有人说：“天道公正，常帮助好人。”像伯夷、叔齐，可不可以说是好人呢？他们这样积累仁德，纯洁品行最终却饿死。而七十贤徒中，孔子只推举颜回为好学。但颜回却常陷于贫困，连粗劣的食物都吃不饱，最后早死。上天报答给善人的，又是些什么呢？盗跖每天杀死无辜的人，吃人的心肝，残暴凶横，聚集党徒几千人，横行天下，他竟然寿终正寝。这是遵循什么道德呢？这是最大最突出的例子。就是到了近世，有些人品行不端，专干犯法的事，却终身安逸享乐，富贵连绵几代不断。有些人选择好地方才踏上去，选择好时机才说话，不走小道，不是公正的事情不发愤去干，然而他们中遭遇灾祸的，却不可胜数。我很疑惑，假如这就是所谓的天道，它到底是对还是错？以上讲天道难以依靠。

子曰“道不同不相为谋”，亦各从其志也。故曰“富贵如可求，虽执鞭之士，吾亦为之。如不可求，从吾所好”，“岁寒，然后知松柏之后凋”。举世混浊，清士乃见，岂以其重若彼，其轻若此哉？君子疾没世而名不称焉。

【译文】

孔子说，“主张不同，不要互相商量”，也就是各自按自己的意志去做吧。因此孔子又说，“富贵如果可以求得到，就是执鞭当马夫，我也愿意干；如果不可求，我就根据我的爱好去做”，还说“天气冷了，才知道松柏是最后凋谢的”。整个世界混浊，品行高洁之士才会显现，这难道不是因为他们重视德行，轻视富贵吗？君子最痛恨死后名声不能传扬于后世。

贾子曰[①]：“贪夫徇财[②]，烈士徇名，夸者死权[③]，众庶冯生[④]。”“同明相照，同类相求。”“云从龙，风从虎，圣人作而万物睹[⑤]。”伯夷、叔齐虽贤，得夫子而名益彰。颜渊虽笃学，附骥尾而行益显[⑥]。岩穴之士[⑦]，趋舍有时若此[⑧]，类名湮灭而不称[⑨]，悲夫！闾巷之人[⑩]，欲砥行立名者[⑪]，非附青云之士[⑫]，恶能施于后世哉[⑬]？以上言已欲立名于后世，恨不得孔子为依归。

【注释】

①贾子：贾谊，洛阳人，西汉政论家、文学家。文中的话引自贾谊的《鹏鸟赋》。

②徇：通“殉”。为了达到某种目的而献出生命。

③死权：为争权而死。

④冯：通“凭”。依靠。

⑤作：起，出现。睹：显现，彰明。

⑥附骥尾：苍蝇附骥尾而行远，这里是比喻。骥，千里马。

⑦岩穴之士：隐居山野的人，即隐士。

⑧趋：进取。舍：隐退。

⑨类名：美名。湮灭：埋没。

⑩闾巷之人：平民。这里指有才能而在下位的人。

⑪砥（dǐ）：磨刀石，引申为磨砺。

⑫青云之士：德行高尚或地位显耀的人。

⑬恶：通“乌”。怎么。

【译文】

贾谊说：“贪利的人为财而死，壮烈的人为名而死，矜夸的人为权而死，一般百姓只知保全自己的生命。”“同是光明就会互相照映，同是一类事物就会互相应求。”“云跟随龙，风跟着虎，圣人出现万物才能得以彰显。”伯夷、叔齐虽是贤人，有了孔子的赞扬才使他们的名声更加昭著。颜回虽然好学，也只是附在千里马之尾才使他的德行更加显明。乡野隐士，他们出仕和隐退有时也像叔齐、伯夷、颜回等贤者，但美名埋没而不传于世，是真可悲啊！身居穷巷的平民，想砥砺品行建立名声，不依附那些德高望重的人，怎么能扬名于后世呢？以上讲自己欲扬名于后世，遗憾没有孔子这样的圣人可以依靠。

史记·孟子荀卿列传

【题解】

孟子、荀卿都是战国时著名思想家。作者在文章结构上做了别具匠心的安排。先谈孟子之书引发出感慨，从而导入正文，简叙孟子的身世、经历和主张，接着以大量篇幅叙述和孟子同时代的著名学者，并通过驺衍游诸侯受到的礼遇和孟子适齐魏受困的对比，说明孟子的“仁政”主张在“以攻伐为贤”的时代是不能实现的。在叙述荀卿时，指出他“五十始游学于齐”，在稷下“三为祭酒”。虽仅此寥寥数语，荀子的学术声望已表露无遗。

太史公曰：余读孟子书，至梁惠王问“何以利吾国”①，未尝不废书而叹也。曰：嗟乎，利诚乱之始也[2]！夫子罕言利者[3]，常防其原也。故曰“放于利而行，多怨”。自天子至于庶人，好利之弊何以异哉！

【注释】

①梁惠王：即魏惠王魏罃。

②诚：的确，确实。

③夫子：指孔子。原是孔子的弟子对他的尊称，后人沿用。

【译文】

太史公说：我读《孟子》一书，读到梁惠王问“怎样才能有利于我的国家”时，未曾不放下书而感叹，说：唉！功利的确是祸乱的源头啊！孔夫子很少谈利，就是要时常预防祸乱的本源。所以说，“依据取利而做事，会招惹很多人的怨恨”。从天子到一般百姓，在喜好功利的弊病方面有什么不同呢？

孟轲，邹人也[1]。受业子思之门人[2]。道既通，游事齐宣王[3]，宣王不能用。适梁，梁惠王不果所言[4]，则见以为迂远而阔于事情。当是之时，秦用商君[5]，富国强兵；楚、魏用吴起[6]，战胜弱敌；齐威王、宣王用孙子、田忌之徒[7]，而诸侯东面朝齐。天下方务于合从连衡[8]，以攻伐为贤，而孟轲乃述唐、虞、三代之德[9]，是以所如者不合[10]。退而与万章之徒序《诗》《书》[11]，述仲尼之意，作《孟子》七篇。以上孟子。

【注释】

①邹：小国名。在今山东邹城一带。

②子思：即孔伋，战国时鲁国学者，孔子之孙。门人：学生，弟子。

③齐宣王：战国时齐国君主，名辟疆，前319—前301年在位。

④不果所言：不兑现自己对孟子的诺言，即空口称赞孟子学说而不采纳实行。

⑤商君：即商鞅。在秦孝公支持下，变法强秦。

⑥吴起：战国时卫国人。曾任魏将，屡建战功，后遭魏相公叔陷害，投奔楚国。受到楚悼王重用，实行变法革新，率兵南平百越、北灭陈、蔡，却三晋，西伐秦，使楚国强盛。

⑦齐威王：名因齐，前356—前320在位。齐宣王之父。孙子：孙膑。战国时著名军事家。曾任齐威王的军师，先后设计败魏军于桂陵和马陵，著有《孙膑兵法》。田忌：齐将，在孙膑辅佐下先后两次大败魏军。

⑧合从：即合纵，战国时东方六国联合抗秦的策略和活动。连衡：即连横，指秦国联合东方某一国或几国去进攻其他国家的策略和活动。

⑨唐：即陶唐氏，传说中远古部落名。尧是其领袖。虞：即有虞氏，传说中远古部落名。舜是其领袖。三代：指夏、商、周。

⑩如：去，到。

⑪万章：孟子的学生。

【译文】

孟轲，是邹国人。他求学于孔伋的弟子门下。在学业有成后，孟轲游说齐宣王，宣王没有任用他。孟轲又前往魏国，魏惠王不兑现对孟子的诺言，并认为他的言论迂阔而不切实际。在那时，秦国任用商鞅变法，富国强兵；楚、魏任用吴起，战胜削弱了敌人；齐威王、齐宣王任用孙膑和田忌等人，因而诸侯国都到东方来朝见齐王。天下各国正致力于进行合纵、连横的斗争，以战争为能事，而孟轲却论述唐尧、虞舜和夏、商、周三代的德政，因此这与他所到的国家的要求不适合。于是，孟轲便返回自己的国家和万章等人依次整理《诗》《书》，阐述孔子的思想，写出《孟子》七篇。以上是孟子的事迹。

其后有驺子之属[①]。

【注释】

①驺:同“邹”。这里是姓。

【译文】

在孟轲以后有驺子等人。

齐有三驺子。其前邹忌[①],以鼓琴干威王,因及国政,封为成侯而受相印,先孟子。

【注释】

①邹忌:曾任齐相国,劝说齐威王奖励国人进谏,封为成侯。

【译文】

齐国有三个驺子:最早的是邹忌,他以弹琴的道理求见齐威王,由弹琴的道理说到治国安民之道,被封为成侯,并被任命为相国。他出生在孟轲之前。

其次驺衍[①],后孟子。驺衍睹有国者益淫侈,不能尚德,若《大雅》整之于身,施及黎庶矣[②]。乃深观阴阳消息而作怪迂之变[③],《终始》《大圣》之篇十余万言。其语闳大不经[④],必先验小物,推而大之,至于无垠。先序今以上至黄帝,学者所共术,大并世盛衰[⑤],因载其禨祥度制[⑥],推而远之,至天地未生,窈冥不可考而原也[⑦]。先列中国名山大川,通谷禽兽,水土所殖,物类所珍,因而推之,及海外人之所不能睹[8]。称引天地剖判以来，五德转移[9]，治各有宜，而符应若兹[10]。以为儒者所谓中国者，于天下乃八十一分居其一分耳。中国名曰赤县神州。赤县神州内自有九州，禹之序九州是也，不得为州数。中国外如赤县神州者九，乃所谓九州也[11]。于是有裨海环之[12]，人民禽兽莫能相通者，如一区中者，乃为一州。如此者九，乃有大瀛海环其外[13]，天地之际焉。其术皆此类也。然要其归[14]，必止乎仁义节俭，君臣上下六亲之施[15]，始也滥耳[16]。王公大人初见其术，惧然顾化，其后不能行之。

【注释】

①驺衍：战国时齐国人，阴阳家的代表人物，提出“五德终始”说。著有《邹子》和《邹子终始》，已佚失。

②若《大雅》整之于身，施（yì）及黎庶矣：《诗经·大雅·思齐》中有“刑于寡妻，至于兄弟，以御于家邦”之说，即此所谓“整之于身，施及黎庶”，即古代的修齐治平之道。施，延伸，推广。

③阴阳：中国古代哲学中的一对范畴。消息：灭亡和生长。怪：怪诞。

④不经：不合常规，不合儒家经典。

⑤并：通“傍”。随着。

⑥机（jī）：祈神求福，吉凶的先兆。

⑦窈冥：深奥。

⑧海外：泛指遥远的异域。

⑨五德转移：指金、木、水、火、土五种物质相生相克和终而复始的五种变化。

⑩符应：古时以所谓天降“符瑞”来附会人事相应，谓之“符应”。

⑪九州：一般指传说中的我国上古行政区划，即冀、兖、青、徐、扬、

荆、豫、梁、雍。这里指驺衍地理学说中的九州，亦称“大九州”。

⑫裨海：小海。

⑬瀛海：大海。

⑭要：探求。归：旨归，宗旨。

⑮六亲：六种亲属。说法不一，通常以父、母、兄、弟、夫、妻为六亲。

⑯滥：虚无缥缈，荒诞不经。

【译文】

其次是驺衍，在孟轲之后。驺衍看到国君们更加荒淫奢侈，不能推行德政，像《大雅》里说的那样先修养好自身品德，再推行到平民百姓中。于是就深入观察阴阳变化，记述各种怪诞异常的变化，写作《终始》《大圣》篇等达十余万字。他的话大都空阔远大，不合常规，都是先验证细小事物，然后推而广之，以至于无边无际。首先叙述从现在上溯到黄帝，学者们所共同研讨的，大致随着时代的盛衰，因时记载那些消灾求福、趋吉避凶的措施，接着往上追溯，直至天地尚未形成之际那深远奥秘而无从探究的时代。先记述中国的名山大河，深谷的禽兽，水里和土地上所生长的事物，以及物产中最珍贵的，然后从此推论到海洋以外以及人们所看不到的东西。论述从天地分开以来，五行相生相克，每个朝代，只有因时制宜，才能使天命和人事互相感应。他认为儒者所说的中国，只是天下的八十一分之一罢了。中国名叫赤县神州。赤县神州内有九州，就是禹所分的九州，但这种州不能算作州。中国之外像赤县神州一样的州有九个，这才是所谓的“九州”。在这里有小海环绕它，人民和动物都不能彼此来往，犹如在一个特定区域中，这才是一州。像这样的州有九个。再有大海环绕它，那才是天地的边际。驺衍的学说大都是属于这一类的。然而总结其学说的宗旨，必定不出仁义节俭和君臣上下六亲的范围，只是乍听起来他的说法荒诞不经罢了。王公贵族开始看到他的学说，惊惧而受感化，但此后却不能实行它。

是以驺子重于齐①。适梁，惠王郊迎②，执宾主之礼。适赵，平原君侧行襒席③。如燕，昭王拥彗先驱④，请列弟子之座而受业，筑碣石宫⑤，身亲往师之。作《主运》。其游诸侯见尊礼如此，岂与仲尼菜色陈、蔡⑥，孟轲困于齐、梁同乎哉！故武王以仁义伐纣而王，伯夷饿不食周粟；卫灵公问陈⑦，而孔子不答；梁惠王谋欲攻赵，孟轲称太王去邠⑧。此岂有意阿世俗苟合而已哉！持方枘欲内圜凿⑨，其能入乎？或曰，伊尹负鼎而勉汤以王⑩，百里奚饭牛车下而缪公用霸⑪，作先合，然后引之大道。驺衍其言虽不轨，傥亦有牛鼎之意乎⑫？以上叙驺衍而及孔孟之不肯阿世。

【注释】

①重：看重，这里是被动用法。

②郊迎：到郊外迎接，是古代一种较隆重的礼遇。

③平原君：赵胜。赵惠文王之弟，曾任赵相，养食客数千人。襒（bié）席：拂拭座席表示敬意。中华书局修订本《史记》作“撇”。

④昭王：即燕昭王，姬子。拥彗：拿着扫帚。

⑤碣石宫：宫名。旧址在北京西郊。

⑥仲尼菜色陈、蔡：指孔子周游列国时，有一次在陈蔡边境被围困，断了粮，以致忍饥挨饿好几天。菜色，饥饿的脸色。

⑦陈：同“阵”。引申为军事。

⑧太王：指周太王古公亶父。邠：地名。在今山西彬县东北。

⑨枘（ruì）：榫头。内：通“纳”。圜：通“圆”。

⑩伊尹：名挚，亦称阿衡。据说他是有莘氏陪嫁过来的奴隶，曾“负鼎俎，以滋味说汤”，后被商汤委以国政，辅汤伐夏。

⑪百里奚：春秋时秦国大夫。原为虞国大夫，虞亡被晋俘去，作为陪

嫁之臣送入秦国。后出走楚，帮人养牛，为楚人所执，又被秦穆公赎回，用为大夫，辅佐穆公成就霸业。饭牛：喂牛。缪公：即秦穆公，春秋五霸之一。

⑫傥：通“倘”。或者，倘或。

【译文】

因此驺衍在齐国受到重视。他到魏国，魏惠王到郊外相迎，行宾主之礼。他到赵国，平原君侧身陪同他行进，亲自为他拂拭座席。他到燕国，燕昭王拿着扫帚在前边引路，请求让自己成为他的学生而受业，并修筑碣石宫让他居住，亲自前去向他学习。驺衍在这时写了《主运》。他到诸侯国游说，受到这般尊贵的礼遇，哪像仲尼受困陈、蔡挨饿，孟轲受困齐、魏那样呢？所以周武王凭着仁义讨灭商纣而建立王业，伯夷却饿着肚子遵循道义而不吃周朝的粮食；卫灵公问孔子战阵之事，孔子却不愿回答；魏惠王企图进攻赵国，孟轲却赞扬周太王离开邠的事情。这些难道是有意讨好世俗而求苟合吗？拿着方形的榫头想要放到圆形的卯眼里去，难道能放进去吗？有人说，伊尹依靠烹饪去勉励商汤为王，百里奚本来喂牛，而秦穆公用他以成就霸业，先求得合作，然后引导对方走上正道。驺衍的言论虽不合常规，或许也有百里奚喂牛、伊尹负鼎的意图吧。以上记驺衍之事以及孔子、孟子不肯阿从世俗。

自驺衍与齐之稷下先生①，如淳于髡、慎到、环渊、接子、田骈、驺奭之徒②，各著书言治乱之事，以干世主③，岂可胜道哉！

【注释】

①稷下：地名。在今山东淄博东北。齐宣王曾在此地广置学官，招揽游说之士数千人，任其讲学议论。

②淳于髡：齐国学者。慎到：战国时法家人物，主张循自然而立法。

重视“势”，强调法令的执行全归统治者的威势，著有《慎子》，已失传。环渊：战国时道家人物。接子：战国时道家人物。著有《接子》二篇，已失传。田骈：战国时齐国学士，与淳于髡共称稷下先生，学黄老道德之术。著有《田子》二十五篇，已失传。驺奭(shì)：战国时阴阳家，著有《驺奭子》十二篇，已失传。

③世主：当时的君主。

【译文】

从驺衍到齐国稷下的学者，如淳于髡、慎到、环渊、接子、田骈、驺奭等人，各自著书论述治乱之事，以此来影响当时的国君，哪里能说得完呢！

淳于髡，齐人也。博闻强记，学无所主。其谏说，慕晏婴之为人也[①]，然而承意观色为务。客有见髡于梁惠王，惠王屏左右[②]，独坐而再见之，终无言也。惠王怪之，以让客曰：“子之称淳于先生，管、晏不及[③]，及见寡人，寡人未有得也。岂寡人不足为言邪？何故哉？”客以谓髡。髡曰：“固也。吾前见王，王志在驱逐[④]；后复见王，王志在音声[⑤]。吾是以默然。”客具以报王，王大骇，曰：“嗟乎，淳于先生诚圣人也！前淳于先生之来，人有献善马者，寡人未及视，会先生至[⑥]。后先生之来，人有献讴者[⑦]，未及试，亦会先生来。寡人虽屏人，然私心在彼，有之。”后淳于髡见，壹语连三日三夜无倦。惠王欲以卿相位待之，髡因谢去。于是送以安车驾驷[⑧]，束帛加璧[⑨]，黄金百镒[⑩]。终身不仕。

【注释】

①晏婴：春秋时齐国贤臣，以善谏著称。

②屏：屏退。

③管：指管仲，春秋时齐国大臣，辅助齐桓公成就霸业。晏：指晏婴。

④驱逐：策马驰逐。

⑤音声：指音乐女色的玩乐享受。

⑥会：巧逢。

⑦讴（ōu）：歌唱。

⑧安车：古代一种可以坐乘的小车。

⑨束帛：一捆帛（相当于五匹）。

⑩镒（yì）：古代重量单位，合二十两或二十四两。

【译文】

淳于髡是齐国人。他博闻强记，学问不主一家。他进谏的时候，喜欢效仿晏婴的做法，然而主要致力于奉承旨意察言观色。有宾客把淳于髡引见给魏惠王，魏惠王屏退左右侍从，单独两次接见他，而淳于髡始终未发一言。魏惠王感到奇怪，因此责备那位宾客说："你赞扬淳于先生，说管仲、晏婴都比不上他，等到他来见我，我却不能从他那里得到一点教益。难道是我不配同他说话吗？这是什么缘故呢？"客人把这些话转告淳于髡。淳于髡说："是这样。我前一次见到大王，他的心思在策马驰逐；后一次见大王，他心里在想声色娱乐。我因此才沉默不说话。"宾客把这些全都禀告给魏惠王，魏惠王十分惊讶，说道："唉！淳于先生确实是一个圣人！第一次淳于先生来时，正巧有人献给我一匹好马，我尚未及验看，碰巧淳于先生就来了。后一次淳于先生来时，有人献给我善于歌舞的人，我还未来得及试试，凑巧淳于先生又来了。我虽然屏退了左右人等，可心思仍在那些事情上，是这样。"过后，淳于髡被魏惠王接见，一次谈话说了三天三夜，双方都不感疲倦。魏惠王想让他担任卿相，淳于髡辞谢而去。魏惠王送给他四匹马拉的坐车一辆，成捆的丝绸另加玉璧，黄金一百镒。淳于髡终生没有做官。

慎到，赵人；田骈、接子，齐人；环渊，楚人。皆学黄、老道德之术，因发明序其指意。故慎到著十二论，环渊著上下篇，而田骈、接子皆有所论焉。

【译文】

慎到是赵国人，田骈、接子是齐国人，环渊是楚国人。他们都研讨黄老道德之学，并因此阐明自己的旨意。慎到写了十二篇论，环渊写了上、下篇，而田骈、接子也都有论著。

驺奭者，齐诸驺子，亦颇采驺衍之说以纪文①。

【注释】

①纪文：著述。

【译文】

驺奭是齐国诸邹子之一，也较多地采纳驺衍的学说来著述文章。

于是齐王嘉之①，自如淳于髡以下，皆命曰列大夫，为开第康庄之衢②，高门大屋，尊宠之。览天下诸侯宾客③，言齐能致天下贤士也。以上杂叙淳于髡、慎到、田骈、环渊、驺奭五人。

【注释】

①齐王：指齐宣王。

②开第：修建住宅。衢（qú）：四通八达的路。

③览：展示。

【译文】

当时，齐宣王赏识他们，自淳于髡以下的人，都称作列大夫，给他们在交通方便处修建宅第,高门大屋,用以表示尊宠。展示给天下诸侯国的宾客看,以说明齐国能招纳天下贤能之人。以上杂记淳于髡、慎到、田骈、环渊、驺奭五人。

荀卿,赵人,年五十始来游学于齐。驺衍之术迂大而闳辩;奭也文具难施;淳于髡久与处①,时有得善言。故齐人颂曰:"谈天衍,雕龙奭②,炙毂过髡③。"田骈之属皆已死。齐襄王时④,而荀卿最为老师。齐尚修列大夫之缺,而荀卿三为祭酒焉⑤。齐人或谗荀卿,乃适楚,而春申君以为兰陵令⑥。春申君死而荀卿废,因家兰陵⑦。李斯尝为弟子⑧,已而相秦。荀卿嫉浊世之政,亡国乱君相属,不遂大道而营于巫祝⑨,信禨祥,鄙儒小拘,如庄周等又滑稽乱俗⑩,于是推儒、墨、道德之行事兴坏⑪,序列著数万言而卒。因葬兰陵。以上荀子。

【注释】

①处:居住。

②雕龙:指修饰文字。

③炙毂过:给车轴上油的油瓶,油虽尽,但仍有余留的油泽。这里比喻富有智慧。过,也作"锞"。

④齐襄王:名法章,前283—前265年在位,齐湣王之子。

⑤祭酒:古代会同飨宴时,酹酒祭神的尊长者。后亦泛指年长或位尊者,至汉代始以祭酒为学官名。

⑥春申君:黄歇。战国时楚国贵族,战国四公子之一。曾任左徒、令尹。受封于吴,号春申君。兰陵:楚县名。治所在今山东枣庄东南。

⑦家:安家。

⑧李斯：楚国上蔡（今属河南）人。曾任秦始皇的丞相，后为秦二世所杀。

⑨遂：遵循。营：通“荧”。迷惑。巫祝：装神弄鬼替人祈祷的人。

⑩庄周：战国时宋人，道家学说的代表人物，著有《庄子》，语多荒诞。

⑪墨：指墨家，创始人墨翟，他主张“兼爱”“非攻”“尚贤”“节用”等。

【译文】

荀卿是赵国人，五十岁时方去齐国游学。驺衍的学说迂阔而雄辩；驺奭的文章写得完美却难于实施；与淳于髡相处时间长了，经常能得到有益的言论。所以齐国人称颂道：“谈天道变化是驺衍，修饰文章是驺奭，智慧无穷的是淳于髡。”田骈等人都已死去。齐襄王时，荀卿是当时稷下学者中年纪最长、学问最大的人。齐国尚需补充列大夫的缺位，而荀卿三次充当祭酒。齐国有人谗害荀卿，荀卿便前往楚国，春申君让他当兰陵县令。春申君死后，荀卿被免官，因此就在兰陵定居。李斯曾经做过他的学生，后来当了秦国的丞相。荀卿憎恨乱世的政治，乱亡之国和昏庸之君接连不断，不遵循正道而被巫祝、吉凶预兆所迷惑，浅陋的儒生拘于小节，而像庄周等人，又语多荒诞，扰乱世俗，因此荀卿推究儒家、墨家、道家学说及其实践的利弊，整理写出数万字的著作后去世。死后埋葬在兰陵。以上记荀子之事。

而赵亦有公孙龙为坚白、同异之辩①，剧子之言②；魏有李悝③，尽地力之教；楚有尸子、长卢④；阿之吁子焉⑤。自如孟子至于吁子，世多有其书，故不论其传云。

【注释】

①公孙龙：名家的代表人物，著有《公孙龙子》。坚白、同异之辩：当时名家关于“坚白”“同异”两个问题的争论。公孙龙学派提出在“坚白石”命题中“坚”“白”两种属性是可以脱离“石”而单

独存在的实体。惠施学派则提出“合同异”的观点。二者都陷入形而上学的诡辩论中。

②剧子：法家，著有《剧子》，已失传。

③李悝（kuī）：魏文侯曾用他为相，李悝汇集当时各国法律编成《法经》，它是我国古代第一部比较完整的法典。

④尸子：战国时楚人，名佼，著有《尸子》，已失传。长卢：战国时楚人，道家，著有《长卢子》九篇。

⑤吁（xū）子：吁婴，齐国学者，相传著有《吁子》十八篇。

【译文】

赵国也有公孙龙进行了“坚白”与“同异”的辩论，还有剧子的言论；魏国有李悝实行尽地力的教化；楚国有尸子和长卢；在阿邑有吁婴。从孟轲到吁婴，世上多有他们的著作，因此不作其传了。

盖墨翟，宋之大夫，善守御，为节用。或曰并孔子时，或曰在其后。以上附及公孙龙等七人。

【译文】

墨翟是宋国大夫，善于防守和抵御的战术，主张节用。有人说墨翟与孔子是同时代人，有人说他在孔子之后。以上附带记录公孙龙等七人。

以孟子、荀子为主，而杂列周末诸子十四人，错综成交。

史记·魏其武安侯列传

【题解】

本文虽题为《魏其武安侯列传》，实际上是魏其侯窦婴、武安侯田蚡、将军灌夫三人的合传。

文章通过叙述窦婴与田蚡之间的矛盾斗争，揭露了汉代统治集团内部尔虞我诈、相互倾轧的一面，具有深刻的社会意义。窦婴的为人正直、荐进贤士，灌夫的倔强不屈、不凌弱小，以及田蚡的仗势害人、专横跋扈，在传中都有逼真描写，表明了作者的爱憎。在表现汉景帝与窦太后、王太后与窦太后、汉武帝与王太后之间的权力之争时，文章用笔却很含蓄，这是读者在阅读这篇传记时所应该注意的。

魏其侯窦婴者，孝文后从兄子也①。父世观津人②。喜宾客。孝文时，婴为吴相，病免。孝景初即位，为詹事③。

【注释】

①孝文后：即汉景帝的母亲窦太后。

②观津：汉县名。治所在今河北武邑东南。

③詹事：掌管皇后、太子宫中事务的官员。

【译文】

魏其侯窦婴，是孝文皇后的侄子。从他父亲以上，世代家居观津，喜欢交结宾客。孝文帝时，窦婴是吴国国相，因病免职。孝景帝即位，起用窦婴为詹事。

梁孝王者，孝景弟也，其母窦太后爱之。梁孝王朝，因昆弟燕饮。是时上未立太子，酒酣，从容言曰："千秋之后传梁王。"太后欢。窦婴引卮酒进上，曰："天下者，高祖天下，父子相传，此汉之约也，上何以得擅传梁王！"太后由此憎窦婴。窦婴亦薄其官，因病免。太后除窦婴门籍，不得入朝请。

【译文】

梁孝王是汉景帝的弟弟，他的母亲窦太后很喜欢他。梁孝王入朝觐见,以亲兄弟的身份出席皇帝的宴会。当时皇上还没有册立太子,喝酒喝到高兴时,孝景帝满不在乎地说:“我死之后,把王位传给梁王。”太后听了十分高兴。这时窦婴举了一杯酒,献给景帝说:“天下是高祖的天下,帝位应父子相传,这是汉朝的法定制度,皇上怎么可以擅自做主传位给梁王呢!”窦太后因此憎恨窦婴。窦婴也嫌詹事官职太小,便托病辞职。窦太后于是把准许窦婴出入宫禁的名籍除掉,不准他进宫朝见。

孝景三年,吴、楚反,上察宗室诸窦毋如窦婴贤,乃召婴。婴入见,固辞谢病不足任。太后亦惭。于是上曰:“天下方有急,王孙宁可以让邪?”乃拜婴为大将军,赐金千斤。窦婴乃言袁盎、栾布诸名将贤士在家者进之。所赐金,陈之廊庑下,军吏过,辄令财取为用[①],金无入家者。窦婴守荥阳,监齐、赵兵。七国兵已尽破,封婴为魏其侯。诸游士宾客争归魏其侯。孝景时每朝议大事,条侯、魏其侯,诸列侯莫敢与亢礼[②]。以上魏其破吴楚。

【注释】

①财取为用:酌量用度,随便取去。财,通“裁”。裁酌。

②亢礼:平等的礼仪。亢,同“抗”。

【译文】

孝景帝三年,吴、楚起兵叛变,皇帝遍查刘氏宗族和外戚窦氏诸人,都没有像窦婴那样有才智的人,于是征召窦婴。窦婴入朝见皇帝以后,他坚决推辞,借口有病,不足以担当重任。窦太后至此也感到惭愧。皇上说:“现在天下正有危难,你怎么可以推辞呢?”就任命窦婴为大将军,赏赐给他黄金千斤。这时袁盎、栾布等名将贤士都退职在家,窦婴就向景帝推荐起用他们。窦婴把皇帝赏给他的金子都摆在廊下和穿堂之中,每逢属下的军吏来见，就叫他们随意取去用，从没有把赏赐的金子拿到私宅去。窦婴坐镇荥阳，监督齐、赵两路讨伐军队。等到七国叛军都被平定，就封窦婴为魏其侯。这时那些游说的士人和宾客都争相投奔魏其侯门下。孝景帝每当上朝和群臣商议大事，别的大臣都不敢和条侯周亚夫、魏其侯窦婴平起平坐。以上记述魏其侯窦婴平定七国之乱。

孝景四年，立栗太子，使魏其侯为太子傅。孝景七年，栗太子废，魏其数争不能得。魏其谢病，屏居蓝田南山之下数月，诸宾客辩士说之，莫能来。梁人高遂乃说魏其曰："能富贵将军者，上也；能亲将军者，太后也。今将军傅太子，太子废而不能争；争不能得，又弗能死。自引谢病[①]，拥赵女，屏闲处而不朝。相提而论，是自明扬主上之过。有如两宫螫将军[②]，则妻子毋类矣[③]。"魏其侯然之，乃遂起，朝请如故。

【注释】

①自引谢病：托病走开。

②两宫：这里指太后和汉景帝。螫（shì）：蜂、蝎用针刺刺人，这里指忌恨、加害。

③妻子毋类：妻和子都被诛灭。毋类，绝种，一个不留。

【译文】

孝景帝四年，立栗太子，命魏其侯当太子的老师。孝景帝七年，栗太子被废，窦婴多次谏争，都没有结果。他便托病退居，在蓝田山下闲居了好几个月，许多宾客和辩士前去规劝，没有人能把他劝回来。梁国人高遂对魏其侯说："能使您富贵的是皇上，能使您成为朝廷亲信的是太后。现在您当太子的老师，太子被废不能争辩；争辩没有人听，又不能去死。自己托病引退，拥着歌姬美女，闲居在山下而不肯入京朝见。相比而言，这是自我表白而宣扬皇上的过失。假使皇上和太后都对您不满而又加害于您，那您的妻子、儿子无一能幸免。”窦婴认为高遂说得对，便复出任事，和从前一样上朝觐见皇帝。

桃侯免相[①]，窦太后数言魏其侯。孝景帝曰：“太后岂以为臣有爱[②]，不相魏其？魏其者，沾沾自喜耳，多易[③]。难以为相，持重。”遂不用，用建陵侯卫绾为丞相。以上魏其屏废复起不得为相。

【注释】

①桃侯：名刘舍。

②爱：爱惜，吝惜。

③多易：常常草率从事。

【译文】

当桃侯刘舍被免去相位时，窦太后多次推荐魏其侯当丞相。景帝说：“太后难道以为我有所吝惜，而不让魏其侯当丞相？魏其侯这个人骄傲自满，做事往往轻率随便。很难让他做丞相，担当重任。”终于没有任用他，让建陵侯卫绾当了丞相。以上记魏其侯摈黜复起后没能为相。

武安侯田蚡者，孝景后同母弟也，生长陵。魏其已为大将军后，方盛，蚡为诸郎，未贵，往来侍酒魏其，跪起如子侄[①]。及孝景晚节，蚡益贵幸，为太中大夫。蚡辩有口，学《槃盂》诸书[②]，王太后贤之。孝景崩，即日太子立，称制[③]，所镇抚多有田蚡宾客计策。蚡弟田胜，皆以太后弟，孝景后三年封蚡为武安侯，胜为周阳侯。武安侯新欲用事为相，卑下宾客，进名士家居者贵之，欲以倾魏其诸将相。

【注释】

①子侄:《史记》作“子姓”,意同。

②《槃盂》诸书:相传为黄帝史官孔甲所作的铭文,书写在槃盂等器物上。

③称制:代行皇帝的职权。

【译文】

武安侯田蚡,是孝景帝皇后的同母弟弟,生在长陵。魏其侯已经当了大将军、正当权力兴盛之时,田蚡只是个普通郎官,还没有显贵,往来于窦婴家,陪侍窦婴饮酒,时跪时起,恭敬得像是窦家的晚辈一样。到景帝晚年,田蚡高升而且得宠,任职太中大夫。田蚡善辩论,有口才,能传习古文字,王太后更看重他。景帝去世,同日太子即位,由太后摄政称制,所有安抚、镇压的事大多采纳田蚡及其宾客的计策。田蚡弟弟田胜,都因是太后弟弟,景帝后元三年,封田蚡为武安侯,田胜为周阳侯。武安侯开始想当权做丞相,谦恭自下,延揽宾客,推荐闲居在家有名望的人,给予优厚的待遇,想以此排挤窦婴一派的将相们。

建元元年①,丞相绾病免,上议置丞相、太尉。籍福说武安侯曰:“魏其贵久矣,天下士素归之。今将军初兴,未如魏其,即上以将军为丞相,必让魏其。魏其为丞相,将军必为太尉。太尉、丞相尊等耳,又有让贤名。”武安侯乃微言太后风上②,于是乃以魏其侯为丞相,武安侯为太尉。以上魏其为相。

【注释】

①建元元年:前140年。建元,汉武帝年号(前140—前135)。

②微言:委婉地说。风:同“讽”。暗示的意思。

【译文】

建元元年，丞相卫绾因病免官，皇帝让大臣们讨论谁来担任丞相、太尉。籍福劝武安侯说："魏其侯显贵已很久了，天下的贤士一向归附他。现在您刚刚显贵，不能和魏其侯相比，如果皇上有意用您为丞相，您一定要把相位让给魏其侯。魏其侯当了丞相，您一定做太尉。太尉和丞相地位同样尊贵，这样您既得了太尉，又有了让相给贤者的好名声。"武安侯就把这一意见含蓄地告诉了太后，让她转达给皇帝，于是皇上让魏其侯当了丞相，武安侯当了太尉。以上讲魏其侯为相。

籍福贺魏其侯，因吊曰[①]："君侯资性喜善疾恶，方今善人誉君侯，故至丞相；然君侯且疾恶，恶人众，亦且毁君侯。君侯能兼容，则幸久；不能，今以毁去矣。"魏其不听。

【注释】

①吊：这里指告诫、警告、提醒。

【译文】

籍福向魏其侯祝贺，顺便规劝他说："君侯的本性喜善嫉恶，现在好人称道大人，所以您当了丞相；但是您嫉恨恶人，恶人相当多，他们也会谤毁您的。如果您对好人和坏人都能宽容些，那么您的相位就能维持长久；否则，马上就会受到人家的诽谤而失掉相位。"魏其侯没有听从他的话。

魏其、武安俱好儒术，推毂赵绾为御史大夫[①]，王臧为郎中令。迎鲁申公，欲设明堂[②]，令列侯就国，除关，以礼为服制，以兴太平。举適诸窦宗室毋节行者，除其属籍。时诸外家为列侯，列侯多尚公主，皆不欲就国，以故毁日至窦太后。太后好黄、老之言，而魏其、武安、赵绾、王臧等务隆推儒术，贬道家言，是以窦太后滋不说魏其等。及建元二年，御史大夫赵绾请无奏事东宫[③]。窦太后大怒，乃罢逐赵绾、王臧等，而免丞相、太尉，以柏至侯许昌为丞相，武强侯庄青翟为御史大夫。魏其、武安由此以侯家居。以上魏其罢相。

【注释】

①推毂（gǔ）：本指推车前进，这里借以比喻推荐人才。毂，车轴。

②明堂：古代帝王宣明政教的地方。

③东宫：当时太后居于长乐宫，长乐宫在大内东部。这里借指太后。

【译文】

魏其侯、武安侯都喜欢儒家学说，推举赵绾为御史大夫，王臧为郎中令。请来鲁申公，准备设立明堂，让诸侯都回到自己的封地上去，废除关禁，按照古礼来规定服制，用以表明太平的气象。并且检举窦氏和刘氏宗室中品行不好的人，除掉他们在族谱中的名字。当时许多外戚是列侯，他们大多娶公主为妻，都不愿回到他们的封地去，因此毁谤窦婴等人的话天天都传到窦太后的耳朵里。窦太后喜欢黄老学说，而魏其侯、武安侯、赵绾、王臧等人却极力推崇儒家学说，贬低道家学说，所以窦太后越来越不喜欢窦婴等人。到了建元二年，御史大夫赵绾请武帝不要再把政事奏告窦太后，不想让窦太后干预政事。窦太后大怒，就罢免了赵绾、王臧等人，并且撤了丞相、太尉的职，用柏至侯许昌做丞相，武强侯庄青翟任御史大夫。从此，魏其侯、武安侯只以侯的身份在家闲居。以上记魏其侯窦婴被罢相。

武安侯虽不任职，以王太后故，亲幸，数言事多效，天下吏士趋势利者，皆去魏其归武安，武安日益横。建元六年，窦太后崩，丞相昌、御史大夫青翟坐丧事不办，免。以武安侯蚡为丞相，以大司农韩安国为御史大夫。天下士郡国诸侯愈益附武安。

【译文】

武安侯虽然不担任官职了，但因为王太后的关系，仍然受到皇帝的宠爱，屡次议论政事，大多被采纳，天下趋炎附势的官吏和士人，都离开魏其侯跑到武安侯的门下，武安侯一天比一天骄横起来。建元六年，窦太后去世，丞相许昌、御史大夫庄青翟因操办窦太后的丧事不力，都被免职。于是皇上任用武安侯田蚡为丞相，任用大司农韩安国为御史大夫。于是天下的士人、郡国的官吏和诸侯王更加依附武安侯了。

武安者，貌侵①，生贵甚。又以为诸侯王多长，上初即位，富于春秋，蚡以肺腑为京师相，非痛折节以礼诎之，天下不肃。当是时，丞相入奏事，坐语移日，所言皆听。荐人或起家至二千石，权移主上。上乃曰："君除吏已尽未②？吾亦欲除吏。"尝请考工地益宅，上怒曰："君何不遂取武库！"是后乃退。尝召客饮，坐其兄盖侯南乡，自坐东乡，以为汉相尊，不可以兄故私桡。武安由此滋骄，治宅甲诸第，田园极膏腴，而市买郡县器物相属于道。前堂罗钟鼓，立曲旃③；后房妇女以百数。诸侯奉金玉狗马玩好，不可胜数。以上武安贵盛。

【注释】

①貌侵：容貌丑恶。侵，同"寝"。

②除吏：除去旧职换新职，后来以新授官职称除授。

③曲旃：一种旗子。曲，指旗杆上端是弯的。旃，指用整幅帛制成的长幡。

【译文】

武安侯相貌丑陋，出身却异常尊贵。他认为当时的诸侯王都年纪较大，新皇帝刚刚继位，年纪还很轻，自己以外戚的地位来当丞相，如果不狠狠地以礼法制服诸侯，那天下便不能整肃。在那个时候，丞相入朝奏事，往往一坐就是很久，他所提的意见，皇帝一概接受。他所推荐的人，有的由家居一下提拔到二千石的职位，皇帝的权力逐渐转移到他手里。于是皇帝说："你委任的官吏任用完了没有？我也想委任几个官呢！"有一回，他向皇上请求占用考工衙门的余地扩建自己的私宅，皇上大怒，对他说："你何不把我的武库也一起占用了呢？"从这以后，他才稍稍收敛了一些。有一次，他请客人喝酒，让他的哥哥盖侯面向南坐，他自己却面向东坐，认为汉朝的丞相尊贵，不能因为自己哥哥的缘故，就私自降低了自己的身份。从此以后，田蚡更加骄横，他所修建的住宅是所有贵族府第中最好的，他的田地庄园都是非常肥沃的土地，他派到郡县去采购名贵器物的人，在路上络绎不绝。家中前堂排列了钟鼓，树立着整幅绣帛制作的曲柄长幡，后院妇女有数百人。诸侯奉送给他的珍宝、狗马及古玩陈设，数都数不清。以上讲武安侯高贵显赫。

魏其失窦太后，益疏不用，无势，诸客稍稍自引而怠傲，唯灌将军独不失故。魏其日默默不得志，而独厚遇灌将军。

【译文】

魏其侯失去窦太后的庇护，更加被疏远，不受重用，没有权势，门下的许多宾客渐渐地离开了他，甚至对魏其侯态度傲慢，唯独灌将军对他不改变原来的态度。魏其侯因不得志而闷闷不乐，只是对灌将军很优待。

灌将军夫者，颍阴人也①。夫父张孟，尝为颍阴侯婴舍人，得幸，因进之至二千石，故蒙灌氏姓为灌孟。吴、楚反时，颍阴侯灌何为将军，属太尉，请灌孟为校尉。夫以千人与父俱。灌孟年老，颍阴侯强请之，郁郁不得意，故战常陷坚，遂死吴军中。军法，父子俱从军，有死事，得与丧归。灌夫不肯随丧归，奋曰："愿取吴王若将军头，以报父之仇。"于是灌夫被甲持戟，募军中壮士所善愿从者数十人。及出壁门，莫敢前。独二人及从奴十数骑驰入吴军，至吴将麾下，所杀伤数十人。不得前，复驰还，走入汉壁，皆亡其奴，独与一骑归。夫身中大创十余，适有万金良药，故得无死。夫创少瘳，又复请将军曰："吾益知吴壁中曲折，请复往。"将军壮义之，恐亡夫，乃言太尉，太尉乃固止之。吴已破，灌夫以此名闻天下。

【注释】

①颍阴：汉县名。治所在今河南许昌。

【译文】

将军灌夫是颍阴人。他的父亲张孟，曾经当过颍阴侯灌婴的家人，很受宠信，因此被灌婴推荐，当官至二千石，所以用了灌氏的姓，改名灌孟。吴、楚两国造反时，颍阴侯灌何为将军，隶属于太尉周亚夫，向太尉举荐灌孟为校尉。灌夫也带了一千人跟他父亲同行。当时灌孟年纪已很大了，太尉本来不想用他，由于颍阴侯坚决举荐，才答应让灌孟做校尉，因此灌孟郁郁不得志，战斗时常冲击敌阵的坚固处，终于战死在吴国军中。按照当时的军法规定，凡是父子都从军的，如有一人战死，未死者可以护送灵柩回乡。但灌夫不肯扶丧回家，他激奋地说："我要取吴王或者吴将的头，来报杀父之仇。"于是灌夫披甲持戟，召集军中素来和他相好并情愿跟他一起去的壮士几十人。等到走出营门时,大多不敢再前进。只有两人和随从的奴仆十几骑冲入吴军中,一直攻到吴军的将旗之下,杀伤了几十个敌人。因为无法再向前冲,才又退回汉营,家奴都阵亡了,只有他与一骑一人归来。灌夫身受重伤十多处,恰好有名贵的良药把创伤治好,才没有死。灌夫的伤略微好了一些,又去请命于将军说:"我现在更加熟悉吴营中的地形了,请允许我再次出战。"灌何对灌夫的勇气很钦佩,对他的行为也很同情,深恐灌夫再去有性命危险,于是把这件事告知太尉,太尉坚决阻止他去。等到吴军被打败后,灌夫也名闻天下。

颍阴侯言之上,上以夫为中郎将。数月,坐法去。后家居长安,长安中诸公莫弗称之。孝景时,至代相。孝景崩,今上初即位,以为淮阳天下交,劲兵处,故徙夫为淮阳太守。建元元年,入为太仆。二年,夫与长乐卫尉窦甫饮,轻重不得,夫醉,搏甫。甫,窦太后昆弟也。上恐太后诛夫,徙为燕相。数岁,坐法去官,家居长安。以上灌夫得名位及去官始末。

【译文】

灌何把灌夫的英勇行为报告了皇帝,景帝就任命灌夫为中郎将。几个月后,因为犯法而免官。后来灌夫搬到长安去住,京师里的诸多显贵没有不称赞灌夫的。孝景帝时,灌夫官至代相。景帝死,武帝刚刚即位,认为淮阳是天下的交通枢纽,必须驻扎强大兵力加以防守,因此调任灌夫为淮阳太守。建元元年,由淮阳太守内调为太仆。建元二年,灌夫和长乐卫尉窦甫饮酒,发生争执,当时灌夫已经酒醉,就出手打了窦甫。窦甫本是窦太后的兄弟。皇上怕太后杀灌夫,调他任燕相。几年后又因违法免官,居住在长安家中。以上记灌夫得到名声、官职及罢官始末。

灌夫为人刚直使酒，不好面谀。贵戚诸有势在己之右，不欲加礼，必陵之；诸士在己之左，愈贫贱，尤益敬，与钧[①]。稠人广众，荐宠下辈。士亦以此多之[②]。

【注释】

①钧：通“均”。

②多：推重。

【译文】

灌夫为人刚强直爽，常使酒任性，不喜欢当面恭维人。对一些权势在他之上的贵戚，他不愿特别恭敬他们，而且一定要冒犯他们；对一些地位比他低下的士人，越是贫贱，他越是敬重他们，以平等的礼节对待他们。在大庭广众之下，对于地位低下的后进总是推荐夸奖。因此一般人士都很敬重他。

夫不喜文学，好任侠，已然诺。诸所与交通，无非豪桀大猾。家累数千万，食客日数十百人。陂池田园，宗族宾客为权利，横于颍川。颍川儿乃歌之曰：“颍水清，灌氏宁；颍水浊，灌氏族。”

【译文】

灌夫不喜欢斯斯文文，好仗义任侠，答应了人家的事一定办到。那些和他交往的人，无不是有名有势的豪强或狡黠之徒。他家中的资产有几千万，每天的食客有几十上百人。他在居所修建池塘、田地庄园，灌夫的宗族宾客往往争权夺利，在颍川一带横行无忌。于是颍川的儿童为此而作歌道：“颍水清清，灌家安宁；颍水混浊，灌家灭族。”

灌夫家居虽富，然失势，卿相侍中宾客益衰。及魏其侯失势，亦欲倚灌夫引绳批根生平慕之后弃之者[1]，灌夫亦倚魏其而通列侯宗室为名高。两人相为引重，其游如父子然。相得欢甚，无厌，恨相知晚也。以上窦、灌相得。

【注释】

①引绳批根：互相合力，排斥异己。

【译文】

灌夫家中虽然很富有，但失去势力，位居卿相、侍中的显贵及宾客们都逐渐和他疏远了。等到魏其侯失势时，想依靠灌夫去同那些趋炎附势的人算账，而灌夫也想利用魏其侯的关系交接那些列侯和宗室们，以提高自己的名声。两个人互相攀引借重，过往亲密得如父子一般。两人极为投契，毫不嫌忌，只恨相知太晚了。以上记窦婴与灌夫非常要好。

灌夫有服[1]，过丞相。丞相从容曰："吾欲与仲孺过魏其侯，会仲孺有服。"灌夫曰："将军乃肯幸临况魏其侯[2]，夫安敢以服为解！请语魏其侯帐具[3]，将军旦日蚤临。"武安许诺。灌夫具语魏其侯如所谓武安侯。魏其与其夫人益市牛酒，夜洒埽，蚤帐具至旦。平明，令门下候伺。至日中，丞相不来。魏其谓灌夫曰："丞相岂忘之哉？"灌夫不怿[4]，曰："夫以服请，宜往。"乃驾，自往迎丞相。丞相特前戏许灌夫，殊无意往。及夫至门，丞相尚卧。于是夫入见，曰："将军昨日幸许过魏其，魏其夫妻治具，自旦至今，未敢尝食。"武安鄂谢曰："吾昨日醉，忽忘与仲孺言。"乃驾往，又徐行，灌夫愈益怒。及饮酒酣，夫起舞属丞相[5]，丞相不起，夫从坐上语侵之。魏其乃扶灌夫去，谢丞相。丞相卒饮至夜，极欢而去。

【注释】

①有服：居丧之意。服，旧时丧礼规定穿戴的丧服。

②临况：犹言光临、惠顾。况，通“贶”。恩赐。

③帐具：指一切陈设用的器具。

④不怿（yì）：不高兴。怿，悦。

⑤属：请。

【译文】

灌夫家有丧事，在服丧期内，登门拜访丞相田蚡。田蚡漫不经心地说：“我想和你一起去拜访魏其侯，恰值你在服丧期间，不便前往。”灌夫说：“将军居然肯屈驾拜访魏其侯，我怎敢因服丧而推辞呢？让我先通知魏其侯，好叫他有所准备，请您明天早点光临。”武安侯答应了。灌夫就把与武安侯相约的详情原原本本告诉了魏其侯。魏其侯与夫人特地买了许多酒肉，连夜打扫房屋，早早陈设起来，直忙到天明。天刚亮，魏其侯就命家人等在门外探听侍候。但是到了中午，田蚡也没来。魏其侯对灌夫说：“丞相难道忘了吗？”灌夫很不高兴地说：“我不嫌在服丧期间请他践约，他应该前来。”于是就驾了车，亲自前往迎接丞相。丞相昨天只是顺口答应了灌夫，根本没有打算真的去赴宴。等灌夫到他家时，丞相还在睡觉。于是灌夫进去见他说：“昨天幸蒙丞相答应去拜访魏其侯，魏其侯夫妇已经置办好酒席，从早晨等到现在，还没敢开席呢！”田蚡一愣，表示歉意说：“我昨天喝醉了，一时忘了和你的约会。”于是坐车前往，路上走得很慢，灌夫更加生气。等酒喝到高兴时，灌夫起舞，舞毕邀请丞相，田蚡竟不起身，灌夫便在酒筵上用话冒犯丞相。魏其侯忙把灌夫扶下去，向田蚡表示歉意。田蚡一直喝酒到深夜，才尽兴而归。

丞相尝使籍福请魏其城南田。魏其大望曰[①]:"老仆虽弃,将军虽贵,宁可以势夺乎!"不许。灌夫闻,怒,骂籍福。籍福恶两人有郄,乃谩自好谢丞相曰[②]:"魏其老且死,易忍,且待之。"已而武安闻魏其、灌夫实怒不予田,亦怒曰:"魏其子尝杀人,蚡活之。蚡事魏其无所不可,何爱数顷田?且灌夫何与也?吾不敢复求田。"武安由此大怨灌夫、魏其。

【注释】

①望:怨恨。

②谩:欺蒙,诡诈。

【译文】

丞相曾派籍福求取魏其侯在城南的土地。魏其侯大为怨恨,说:"我虽被朝廷废弃不用,将军尽管在高位,难道就可以仗势硬夺我的土地吗?"不肯答应。灌夫听说后,非常生气,大骂籍福。籍福不愿让田蚡和窦婴之间发生矛盾,就撒了一个谎,自己用好言去回报丞相,说:"魏其侯年事已高,就要死了,再忍些日子也不难,姑且再等一等吧!"不久,武安侯听说魏其侯和灌夫是出于愤怒而不肯把田地给他,也很生气,说:"魏其侯的儿子曾犯了杀人大罪,是我救了他。我服事魏其侯的时候,没有什么事不肯依他,为什么他却吝惜这几顷田地呢!况且这跟灌夫有什么相干!我不敢再要这块地了。"从此,武安侯对魏其侯、灌夫二人大为怨恨。

元光四年春,丞相言灌夫家在颍川,横甚,民苦之,请案[①]。上曰:"此丞相事,何请。"灌夫亦持丞相阴事,为奸利,受淮南王金与语言。宾客居间,遂止,俱解。以上灌夫与武安构衅而俱解。

【注释】

①案:检查,核实。

【译文】

元光四年的春天,丞相奏言灌夫家在颍川极为骄横,百姓都深受其苦,请求皇帝查办灌夫。皇帝说:“这是丞相职内的事,何必请示!”灌夫也抓住了丞相的短处作为要挟:用不正当的手段谋取个人的私利,收受淮南王的贿赂,泄漏不该说的话。后来因宾客们从中调解,双方才停止互相攻击,怨恨也得到了缓解。以上记灌夫和武安侯田蚡之间结怨而又被调解。

夏,丞相取燕王女为夫人,有太后诏,召列侯宗室皆往贺。魏其侯过灌夫,欲与俱。夫谢曰:“夫数以酒失得过丞相,丞相今者又与夫有郄。”魏其曰:“事已解。”强与俱。饮酒酣,武安起为寿,坐皆避席伏。已魏其侯为寿,独故人避席耳,余半膝席[①]。灌夫不悦。起行酒,至武安,武安膝席曰:“不能满觞。”夫怒,因嘻笑曰:“将军贵人也,属之!”时武安不肯。行酒次至临汝侯[②],临汝侯方与程不识耳语,又不避席。夫无所发怒,乃骂临汝侯曰:“生平毁程不识不直一钱,今日长者为寿,乃效女儿呫嗫耳语[③]!”武安谓灌夫曰:“程、李俱东西宫卫尉,今众辱程将军,仲孺独不为李将军地乎?”灌夫曰:“今日斩头陷胸,何知程、李乎!”坐乃起更衣,稍稍去。魏其侯麾灌夫出。武安遂怒曰:“此吾骄灌夫罪。”乃令骑留灌夫,灌夫欲出不得。籍福起为谢,案灌夫项令谢。夫愈怒,不肯谢。武安乃麾骑缚夫置传舍,召长史曰:“今日召宗室,有诏。”劾灌夫骂坐不敬,系居室。遂按其前事,遣吏分曹逐捕诸灌氏支属,皆得弃市罪。以上魏其、灌夫往贺武安遂构大衅。

【注释】

①膝席：跪在座席上。这里是说其余客人只是欠身直腰跪起，而身未离席。

②临汝侯：指灌贤，刘邦功臣灌婴之孙。

③呫嗫（chè niè）：低声耳语。

【译文】

这年夏天，丞相娶燕王的女儿为夫人，太后下了诏令，叫列侯宗室都前往祝贺。魏其侯去找灌夫，打算和他一起去。灌夫推辞说："我屡次因为酒醉失礼而得罪了丞相，并且丞相近来和我有仇。"魏其侯说："事情已经过去了。"硬拉灌夫一起去。酒喝到高兴的时候，武安侯起身为客人敬酒，所有的宾客都离开席位，伏在地上，表示不敢当。轮到魏其侯敬酒时，只有那些与魏其侯有旧交情的人才离席，其余的客人不过半起长跪在席上。灌夫看在眼里，心里很不高兴。灌夫起身依次给人斟酒，斟到武安侯时，武安侯双膝长跪在席上，说："我不能再喝满杯了。"灌夫很生气，就嬉笑着说："您是个贵人，但还是请饮满一杯吧！"但武安侯还是不肯。斟酒斟到临汝侯，临汝侯正在跟程不识悄悄地附耳讲话，又不离坐。灌夫一肚子怒气无处发泄，就大骂临汝侯道："你平时诽谤程不识，把他贬得一钱不值，现在长辈向你敬酒，你反倒学小女孩的样子咬着耳朵叽叽咕咕地说个没完！"武安侯对灌夫说："程不识和李广都是宫廷的卫尉，现在你当众羞辱程将军，难道你就不替李将军留点面子？"灌夫说："今天杀我的头穿我的胸，我都不在乎，还管什么程啊李的！"席上的客人们看见势头不妙，便起身托词上厕所，陆续地散去。魏其侯挥手叫灌夫也赶快走。武安侯于是生气地说："这是我平时宠惯了灌夫的过错。"便命令手下的人把灌夫扣留下来，灌夫想走也走不了了。籍福赶紧站起来为灌夫向丞相赔礼，并且用手按着灌夫的脖子，让他低头认错。灌夫更加愤怒，不肯认错。武安侯于是命令手下的人把灌夫捆起来，看管在客馆里，并把长史找来说："今天宴请宾客，是奉太后的旨意。"于是弹劾灌夫，说他在宴席上辱骂宾客，轻侮旨意，应按不敬罪处理，关押在居室狱中。同时重提旧案，彻查灌夫在颍川的种种不法行为，派遣差吏分头捉拿灌家各支的亲属，都判决为杀头示众的罪名。以上记魏其侯、灌夫去恭贺武安侯却引发冲突。

魏其侯大愧，为资使宾客请，莫能解。武安吏皆为耳目，诸灌氏皆亡匿，夫系，遂不得告言武安阴事。魏其锐身为救灌夫，夫人谏魏其曰："灌将军得罪丞相，与太后家忤，宁可救邪？"魏其侯曰："侯自我得之，自我捐之，无所恨。且终不令灌仲孺独死，婴独生。"乃匿其家，窃出上书。立召入，具言灌夫醉饱事，不足诛。上然之，赐魏其食，曰："东朝廷辩之①。"

【注释】

①东朝：指太后所居住的东宫。

【译文】

魏其侯感到十分懊悔，出钱请宾客为灌夫讲情，没有成功。武安侯的手下即是他的耳目，灌家漏网的人都分头逃窜和躲藏起来了，灌夫本人又被拘押着，因而他们不可能再揭发武安侯的种种罪行。魏其侯挺身而出全力营救灌夫，他的夫人劝他说："灌将军得罪了丞相，和太后家的人做对，难道能救得了吗？"魏其侯说："侯爵是我自己挣来的，现在由我把它抛掉，也没什么可遗憾的。何况我也绝不能让灌夫一个人去死，而我窦婴倒一个人活着！"于是瞒着家里人，私自出来上书给皇帝。皇帝立刻把他召进宫里，窦婴详细说明了灌夫酒醉失态的事情，认为这够不上重刑和死罪。皇帝赞同他的看法，便赐魏其侯一起吃饭，说："到东宫那里去公开辩论这件事吧。”

魏其之东朝，盛推灌夫之善，言其醉饱得过，乃丞相以他事诬罪之。武安又盛毁灌夫所为横恣，罪逆不道。魏其度不可奈何，因言丞相短。武安曰：“天下幸而安乐无事，蚡得为肺腑，所好音乐狗马田宅。蚡所爱倡优巧匠之属，不如魏其、灌夫日夜招聚天下豪桀壮士与论议，腹诽而心谤，不仰视天而俯画地，辟倪两宫间[①]，幸天下有变，而欲有大功。臣乃不知魏其等所为。”于是上问朝臣：“两人孰是？”御史大夫韩安国曰：“魏其言灌夫父死事，身荷戟驰入不测之吴军，身被数十创，名冠三军，此天下壮士，非有大恶，争杯酒，不足引他过以诛也。魏其言是也。丞相亦言灌夫通奸猾，侵细民，家累巨万，横恣颍川，凌轹宗室[②]，侵犯骨肉，此所谓‘枝大于本，胫大于股，不折必披’，丞相言亦是。唯明主裁之。”主爵都尉汲黯是魏其。内史郑当时是魏其，后不敢坚对。余皆莫敢对。上怒内史曰：“公平生数言魏其、武安长短，今日廷论，局趣效辕下驹[③]，吾并斩若属矣。”即罢起入，上食太后。太后亦已使人候伺，具以告太后。太后怒，不食，曰：“今我在也，而人皆籍吾弟[④]，令我百岁后，皆鱼肉之矣。且帝宁能为石人邪！此特帝在，即录录，设百岁后，是属宁有可信者乎？”上谢曰：“俱宗室外家，故廷辩之。不然，此一狱吏所决耳。”是时郎中令石建为上分别言两人事。

【注释】

①辟倪：通“睥睨”。斜视。

②凌轹(lì):糟蹋。凌,凌驾,欺压。轹,本指车轮碾压,这里指欺凌。

③局趣:指局促,拘束。趣,通“促”。

④籍:践踏,欺凌。

【译文】

魏其侯到了东宫,极力推奖灌夫的长处,说他这回是酒后失言,而丞相却用别的事端来诬害灌夫。武安侯又极力诋毁灌夫,说他所作所为骄横放纵,他的罪行实为大逆不道。魏其侯揣度对田蚡再没有其他办法了,就揭出了田蚡的短处。武安侯说:“天下有幸平安无事,我得以充任朝廷的重臣,我所爱好的只是音乐田宅狗马而已。我所喜爱的歌舞乐人、能工巧匠之类,远不如魏其侯、灌夫日夜招募天下豪杰壮士和他们商量讨论,心怀不满,暗地里诽谤朝政,不是仰视天文,便是俯画地理,窥测太后和皇上的动静,希望天下变乱,妄图趁机建立大功。我不明白魏其侯他们究竟在那里干什么。”于是皇上问在朝的大臣们:“窦婴、田蚡两个人谁是谁非?”御史大夫韩安国说:“魏其侯说,灌夫父亲当年为国战死,他亲自持戟闯入险恶的吴军营中,身上受了几十处重伤,名冠三军,他是天下少见的勇士,没有太大的罪,只不过是喝醉了酒而发生了口角,不应该援引别的过失来杀他。魏其侯的话有道理。丞相说,灌夫勾结奸猾不轨之徒,侵夺小民,家财积累多达千万,在颍川任意横行,触犯宗室,欺凌皇族,这正像俗语说的‘树枝比树干粗,小腿比大腿粗,结果不是折断就一定会分裂’,丞相说得也对。只有请圣明的皇帝自己裁决两家的是非了。”主爵都尉汲黯认为魏其侯说得对。内史郑当时也以魏其侯所说的为是,但后来却又不敢坚持自己的意见。其余的人都没敢发表意见。皇上嫌内史不敢坚持己见,就向他发怒道:“你平时多次谈论魏其侯、武安侯的长短,今天当廷公开辩论,却又像驾在车辕下的马一样畏首畏尾,我把你们这些家伙一并斩了!”于是皇帝罢朝起身,入内宫侍候太后吃饭。太后也已经派人在暗中探听朝廷辩论的情况,这些人已把详细情况告诉了太后。太后生了气,不吃饭,说:“现在我还活着,他们竟敢作践我的弟弟；假若我死了之后，别人就会像对待鱼肉一样任意宰割我的弟弟了。况且皇上你能做一个石头人吗？特别是现在皇帝尚健在，这班大臣就只知随声附和；假若皇帝不在了，这班人还能靠得住吗？”皇上解释说：“魏其侯和武安侯两家都是外戚，所以让他们在朝廷上辩论。否则，一个狱吏就可以决断这件事。”这时，郎中令石建把窦婴和田蚡两个人的事分别向皇上做了介绍。

武安已罢朝，出止车门，召韩御史大夫载，怒曰：“与长孺共一老秃翁，何为首鼠两端？”韩御史良久谓丞相曰：“君何不自喜[①]？夫魏其毁君，君当免冠解印绶归，曰‘臣以肺腑幸得待罪，固非其任，魏其言皆是’。如此，上必多君有让，不废君。魏其必内愧，杜门齰舌自杀[②]。今人毁君，君亦毁之，譬如贾竖女子争言，何其无大体也！”武安谢罪曰：“争时急，不知出此。”以上廷辩。

【注释】

①不自喜：不自重，不自爱。

②齰（zé）舌：缄口不说话。齰，啮，咬。

【译文】

武安侯下朝出了宫禁的外门，招呼御史大夫韩安国乘自己的车子同行，生气地说：“我和你共同对付一个秃老头子有什么难办的，为什么还犹豫不定呢？”韩安国沉默了好一会儿，才对田蚡说：“你为什么不自爱自重呢？魏其侯攻击你，你应当向皇帝免冠解下印绶谢罪，辞职回家，说：‘我因为是皇帝至亲的缘故，侥幸身居相位，本来是不能胜任的，魏其侯对我的批评是对的。’这样，皇帝一定会赞美你有谦让的美德，不让你辞职。魏其侯一定会因此内心惭愧，关起门来咬舌自杀。现在别人攻击你，你也攻击别人，好像奸商泼妇吵架一样，多么不识大体啊！”武安侯认错说：“我在朝廷争辩时性子太急，没有想到这么做。”以上记魏其侯窦婴、武安侯田蚡在朝廷上辩论。

于是上使御史簿责魏其所言灌夫，颇不雠，欺谩。劾系都司空[①]。孝景时，魏其尝受遗诏[②]，曰：“事有不便，以便宜论上。”及系，灌夫罪至族，事日急，诸公莫敢复明言于上。魏其乃使昆弟子上书言之，幸得复召见。书奏上，而案尚书大行无遗诏。诏书独藏魏其家，家丞封。乃劾魏其矫先帝诏，罪当弃市。五年十月，悉论灌夫及家属。魏其良久乃闻，闻即恚[③]，病痱[④]，不食欲死。或闻上无意杀魏其，魏其复食，治病。议定不死矣，乃有蜚语为恶言闻上，故以十二月晦论弃市渭城。其春，武安侯病，专呼服谢罪。使巫视鬼者视之，见魏其、灌夫共守，欲杀之。竟死。子恬嗣。以上魏其、灌夫之戮，武安之死。

【注释】

①都司空：宗正的属官，主管诏狱（皇帝发来的案犯）。

②尝：曾经。

③恚（huì）：恼恨，发怒。

④痱（fèi）：风病。

【译文】

后来皇帝又派御史按文书查考魏其侯所说的有关灌夫的情况，发现很多不符合事实的地方，犯了欺骗皇帝的罪。于是魏其侯受到御史的弹劾，被拘押在都司空衙门的狱中。当孝景帝临终的时候，魏其侯曾接受一份遗诏，遗诏上说：“遇到麻烦，可以看情况向皇帝报告说明。”等到灌夫被捕后，罪该灭族，情况一天比一天紧急，大臣们谁也不敢再向皇帝提起这件事。魏其侯只好让他的侄子上书，说明受有遗诏，希望能得到再被召见的机会。上书奏给皇帝后，查对尚书省的档案，却找不到先帝的这份遗诏。这道诏书只藏在魏其侯家中，由其家臣盖印封存。于是魏其侯又被指控伪造先帝的遗诏，罪应处死。元光五年十月，灌夫和他的家属全部被处决了。魏其侯过了许久才听到这个消息，听说后非常恼怒、悲愤，得了中风的大病，拒绝进食，只想死去。后来又听说皇上没有杀他的意思，这才恢复了饮食，医疗病体。朝廷已经决定不把魏其侯处死刑了，但是，这时竟然又有流言传播，说魏其侯的坏话，被皇帝听到，因此就在这年十二月的最后一天，魏其侯在渭城的大街上被斩首示众。次年春天，武安侯病了，不停地大声呼叫，承认自己有罪，谢罪不止。请了能看见鬼的巫师来诊视他的病，巫师看见魏其侯、灌夫两个鬼魂共同守住武安侯，想要杀他。田蚡终于死去。他的儿子田恬继承了武安侯的封号。以上记录魏其侯窦婴、灌夫被杀，武安侯田蚡死去。

元朔三年①，武安侯坐衣襜褕入宫②，不敬③。淮南王安谋反觉，治。王前朝，武安侯为太尉，时迎王至霸上，谓王曰："上未有太子，大王最贤，高祖孙，即宫车晏驾，非大王立当谁哉！"淮南王大喜，厚遗金财物。上自魏其时不直武安，特为太后故耳。及闻淮南王金事，上曰："使武安侯在者，族矣。"

【注释】

①元朔三年：前126年。元朔，汉武帝年号（前128—前123）。

②襜褕（chān yú）：短衣，不是进宫朝见该穿的衣服。

③不敬：据梁玉绳考证，此下缺"国除"二字。《惠景间侯者年表》作

“坐衣襜褕入宫廷中，不敬，国除。”

【译文】

元朔三年，田恬因没有穿朝服走进宫廷，犯了大不敬的罪。后来，淮南王刘安准备谋反的事被发觉了，朝廷下令彻查严办。淮南王之前曾进京朝见，当时田蚡是太尉，到灞上迎接淮南王说：“皇帝现在还没有太子，大王您最英明，是高祖的嫡孙，一旦皇帝去世，不立大王，还有谁可立呢？”淮南王听了非常高兴，送给田蚡许多金银财物。皇帝自从魏其侯被杀时起，就对田蚡不满，只因碍于太后的缘故，不便把他怎样罢了。等听说武安侯接受淮南王赠金的事，就说：“假如武安侯还活着的话，也该灭族了！”

太史公曰：魏其、武安皆以外戚重，灌夫用一时决策而名显。魏其之举以吴、楚，武安之贵在日月之际。然魏其诚不知时变，灌夫无术而不逊，两人相翼，乃成祸乱。武安负贵而好权，杯酒责望，陷彼两贤。呜呼哀哉！迁怒及人，命亦不延。众庶不载，竟被恶言。呜呼哀哉！祸所从来矣！

【译文】

太史公说：魏其侯、武安侯都是因外戚的身份而被重用，灌夫则是因为一时勇敢驰入吴军报父仇而出名。魏其侯是因平定吴楚七国之乱而发迹，武安侯的尊贵是凭借武帝刚继位和窦太后、王太后当权的机会。但是魏其侯实在不懂随时变通的道理，灌夫没有手腕而又不肯谦让，二人互相依重，终于酿成了祸害。武安侯仗恃自己显贵的地位，喜欢玩弄权术，因为一杯酒的怨愤，竟然陷害了两位贤人。唉，真是可悲啊！因为恨灌夫而兼及窦婴，结果连自己的性命也没有保住。朝野上下都不推重，终于蒙受了坏名声。唉，真正可悲可叹！这就是招致祸患的缘由啊！

汉书·霍光传

【题解】

《汉书》中霍光与金日磾同传。此传主要记述了霍光受汉武帝托孤后，经过复杂的斗争，完成了辅昭帝、废昌邑王、立宣帝三件大事，以及霍氏宗族夷灭，一世而绝之事。作者大力称誉了霍光的沉静详审、忠勤事主和大智大勇，也写了霍光的虚伪世故、专横霸道、徇私枉法、任人唯亲、党亲连体、盘踞朝廷。传文层次清楚，详略得当，将霍光一生真实、形象地刻画了出来。废立昌邑王一节尤为精彩，而最有深意之处是所载徐福上书始末。

霍光字子孟，票骑将军去病弟也[①]。父中孺[②]，河东平阳人也[③]，以县吏给事平阳侯家[④]，与侍者卫少儿私通而生去病。中孺吏毕归家[⑤]，娶妇生光，因绝不相闻[⑥]。久之，少儿女弟子夫得幸于武帝[⑦]，立为皇后，去病以皇后姊子贵幸。既壮大，乃自知父为霍中孺，未及求问。会为票骑将军击匈奴，道出河东，河东太守郊迎[⑧]，负弩矢先驱[⑨]，至平阳传舍，遣吏迎霍中孺。中孺趋入拜谒，将军迎拜，因跪曰："去病不早自知为大人遗体也[⑩]。"中孺扶服叩头[⑪]，曰："老臣得托命将军，此天力也。"去病大为中孺买田宅、奴婢而去。还，复过焉[⑫]，乃将光西至长安[⑬]，时年十余岁。任光为郎[⑭]，稍迁诸曹、侍中[⑮]。去病死后，光为奉车都尉、光禄大夫[⑯]，出则奉车，入侍左右，出入禁闼二十余年[⑰]，小心谨慎，未尝有过，甚见亲信。

【注释】

①票骑将军:又称"骠骑将军",官名。位次于丞相,主征伐。去病:姓霍,汉武帝时为骠骑将军,曾六次出击匈奴,多有战功,拜封骠骑将军,封冠军侯。后人称为"霍骠骑"。

②中:通"仲"。

③河东:郡名。治所在今陕西夏县。因其地在黄河以东而得名。平阳:县名。治所在今山西临汾西南。

④给事:供事,意则言供使唤,侍候奔走。平阳侯:汉相曹参的后代曹寿。

⑤吏毕:在平阳侯家供事完毕。

⑥绝:断绝关系。

⑦女弟:即妹妹。子夫:人名。为汉武帝后,生戾太子。

⑧郊迎:迎接于郊外。

⑨先驱:引路,向导。

⑩遗体:留下来的身体。这是说子女的身体是父母留下来的。

⑪扶服:同"匍匐"。俯伏。

⑫过:意即探望。

⑬将:带着。

⑭任:保举。汉制,吏二千石以上者视事年满三载,可以保举弟或子一人为郎。

⑮侍中:官名。其职掌为侍从皇帝左右,出入宫廷,应对顾问,亦常代表皇帝与公卿辩论朝政。

⑯奉车都尉:官名。简称"奉车"。汉武帝始置,掌陪奉皇帝御乘舆马。光禄大夫:官名。秩比二千石,掌顾问应对,属光禄勋。

⑰禁闼(tà):皇宫中的门。

【译文】

霍光,字子孟,是骠骑将军霍去病的弟弟。他的父亲霍中孺是河东郡平阳县人，早年曾以县吏的身份服侍平阳侯家，和平阳侯家的侍女卫少儿私通生下了霍去病。后来，中孺服役期满回到家中，娶了妻子，生下了霍光，因而和卫少儿母子断绝了来往。过了很久以后，卫少儿的妹妹卫子夫被汉武帝宠爱，立为皇后，霍去病以皇后姐姐之子的身份随之富贵并得到汉武帝的宠爱。霍去病长大了以后，知道自己的亲生父亲是霍中孺，但一直没顾上寻找。恰好有一次他以骠骑将军的身份率军出击匈奴，途经河东郡，河东郡太守赶到郡境边界迎接霍去病，还亲自背着弩矢为他引路，到了平阳县的传舍后，派当地的官吏迎请霍中孺。霍中孺一路小跑进了门，拜谒霍去病，霍去病迎上前去，跪拜说道："去病我早先并不知自己是大人您的儿子啊！"霍中孺俯伏在地，叩头答道："老臣能托命将军，这是上天的神力啊！"霍去病为霍中孺买了许多的田地、房宅和奴婢，然后离去。战争结束，回师时又经过河东，霍去病顺道把霍光带到了长安，当时霍光才是个十几岁的少年。霍光最先被任命为郎官，不久便升为诸曹、侍中。霍去病死后，霍光官至奉车都尉、光禄大夫，汉武帝出行，霍光就陪他乘车，汉武帝回宫，霍光就侍候他左右，出入宫廷禁地二十多年，一直小心谨慎，从未出过任何差错，因而深得汉武帝的亲近和信任。

征和二年[①]，卫太子为江充所败[②]，而燕王旦、广陵王胥皆多过失[③]。是时，上年老，宠姬钩弋赵倢伃有男[④]，上心欲以为嗣，命大臣辅之。察群臣唯光任大重，可属社稷。上乃使黄门画者画周公负成王朝诸侯赐光[⑤]。后元二年春[⑥]，上游五柞宫[⑦]，病笃，光涕泣问曰："如有不讳[⑧]，谁当嗣者？"上曰："君未谕前画意邪[⑨]？立少子，君行周公之事。"光顿首让曰："臣不如金日磾[⑩]。"日磾亦曰："臣外国人，不如光。"上以光为大司马大将军[⑪]，日磾为车骑将军[⑫]，及太仆上官桀为左将军⑬,搜粟都尉桑弘羊为御史大夫⑭,皆拜卧内床下,受遗诏辅少主。明日,武帝崩,太子袭尊号,是为孝昭皇帝。帝年八岁,政事壹决于光⑮。以上事武帝受遗诏辅幼主。

【注释】

①征和二年:前91年。征和,汉武帝年号(前92—前89)。

②卫太子:名据,卫皇后所生,故称卫太子。谥戾,又称戾太子。江充:邯郸人。汉武帝拜他为绣衣使者(直属于皇帝的司法官),因事与太子不和。征和二年,汉武帝病。江充见汉武帝年老,恐汉武帝死后为太子所杀,于是诬陷太子。太子把他杀了。丞相率兵攻打太子,太子兵败,逃亡外地,后自缢而死。

③燕王旦:刘旦,武帝第二子。广陵王胥:刘胥,武帝第四子。

④钩弋(yì):宫名。倢伃:同"婕妤(jié yú)"。女官名。位同上卿,爵比列侯。昭帝的母亲赵倢伃住钩弋宫,故称钩弋赵倢伃。

⑤黄门:官署名。为专掌在宫内服务、侍奉皇帝的机构。画者:画工。

⑥后元二年:前87年。后元,汉武帝年号(前88—前87)。

⑦五柞(zuò)宫:西汉离宫。

⑧不讳:无法忌讳的事,指死。

⑨谕:同"喻"。明白,了解。

⑩金日磾(mì dī):字翁叔,本匈奴休屠王太子。汉武帝元狩年间(前122—前117),昆邪王杀休屠王降汉,金日磾及其母、弟均被收入汉廷。后被汉武帝重用。

⑪大司马:冠于将军之上的加衔,有了这个加衔,就可以辅佐朝政。

⑫车骑将军:仅次于大将军、骠骑将军的军衔。

⑬太仆:官名。掌管皇帝的乘舆。上官桀:字少叔,陇西上邽(今甘肃天水)人。左将军:官名。位次上卿,主征伐。

⑭搜粟都尉:官名。掌军粮。桑弘羊:洛阳人,武帝时的理财大臣。

御史大夫：官名。位次丞相，主掌弹劾、纠察及图籍秘书事宜。

⑮壹：一切。

【译文】

征和二年，卫太子被江充陷害而死，而燕王刘旦和广陵王刘胥两个人所犯过失又挺多。当时，汉武帝已经年迈，他的宠姬钩弋赵倢伃生了一个儿子，汉武帝想立这个年幼的儿子做太子，要挑选大臣来辅佐他。汉武帝逐一考察各位大臣，认为只有霍光堪当此重任，可以社稷相托。于是他便命黄门的画师绘制了一幅周公背着周成王朝见诸侯的图，赐给了霍光。后元二年春天，武帝游幸到五柞宫，病势垂危，霍光流泪问道："如果万一发生不幸，该让谁来继承皇位呢？"汉武帝说："难道您还不明白我先前送您那幅画的意思吗？立少子为帝，由您像周公辅佐周成王那样辅佐他。"霍光叩头辞让说："我不如金日磾合适。"金日磾也说："我是外国人，还是霍光更合适。"汉武帝于是任命霍光为大司马大将军，金日磾为车骑将军，并任命太仆上官桀为左将军，搜粟都尉桑弘羊为御史大夫，他们几个人都在皇帝卧室的床边拜受官职，受汉武帝遗诏辅佐年少的皇帝。第二天，汉武帝就去世了，太子继承了皇帝的尊号，他就是孝昭帝。当时，汉昭帝才八岁，国家大事统统由霍光代为决断。以上记霍光事侍汉武帝，受遗诏辅佐年幼的皇帝。

先是，后元年[①]，侍中仆射莽何罗与弟重合侯通谋为逆[②]，时，光与金日磾、上官桀等共诛之，功未录[③]。武帝病，封玺书曰[④]："帝崩发书以从事[⑤]。"遗诏封金日磾为秺侯[⑥]，上官桀为安阳侯[⑦]，光为博陆侯[⑧]，皆以前捕反者功封。时，卫尉王莽子男忽侍中[⑨]，扬语曰："帝崩，忽常在左右，安得遗诏封三子事！群儿自相贵耳。"光闻之，切让王莽，莽鸩杀忽[⑩]。

【注释】

①后元年：即后元元年，前88年。

②侍中仆射（yè）：官名。领导侍中者。仆射有主任或领班之意。莽何罗：本姓马，改为莽系东汉明德马皇后所为。重合：县名。治所在今山东乐陵西。

③功未录：功绩没有登记，即没有论功行赏。

④玺书：指封口盖有皇帝御玺的诏书。玺，印，自秦以后专指皇帝的印。

⑤发：打开。从事：此处指依照玺书的指示办事。

⑥秺（dù）：县名。治所在今山东成武西北。

⑦安阳：县名。治所在今河南正阳西南。

⑧博陆：博，大。陆，平。取其嘉名，无此县。霍光食邑为北海、河间、东郡。

⑨王莽：字稚叔，天水（今属甘肃）人。与西汉末年建立新朝的王莽不是一个人。

⑩鸩（zhèn）：用鸩鸟的羽毛泡成的毒酒。此处意为用鸩酒杀人。

【译文】

在这以前，即后元元年，侍中仆射马何罗和他的弟弟重合侯马通阴谋叛上作乱，当时是霍光、金日磾和上官桀等人共同诛讨了马氏兄弟，立了大功而没有论功行赏。汉武帝在病危时曾将一道玺书密封起来，说："等我死了以后再拆开，照着上边写的去办。"这份遗诏封金日磾为秺侯，上官桀为安阳侯，霍光为博陆侯，三人都是因以前捕获谋反者有功而受封。当时卫尉王莽的儿子王忽正在宫内供职，他听到这件事以后四处扬言道："先帝病危的时候，我经常服侍左右，哪里有这份封他们为侯的遗诏！这是这帮人自己抬高自己。"霍光听到这些话以后，狠狠地把王莽斥责了一通，王莽随后就用毒酒把王忽给毒死了。

光为人沉静详审，长财七尺三寸①，白皙，疏眉目，美须髯。每出入下殿门，止进有常处，郎仆射窃识视之，不失尺寸，其资性端正如此②。初辅幼主，政自己出，天下想闻其风采。殿中尝有怪，一夜群臣相惊，光召尚符玺郎③，郎不肯授光。光欲夺之，郎按剑曰："臣头可得，玺不可得也！"光甚谊之④。明日，诏增此郎秩二等。众庶莫不多光。

【注释】

①财：通"才"。仅仅，刚刚。

②资性：天性。

③尚符玺郎：官名。属符节令，掌管皇帝的印玺符节。

④谊：通"义"。

【译文】

霍光为人沉着稳重，处事审慎周密，身高仅七尺三寸，皮肤白皙，眉目疏朗，须髯很美。每次出入宫殿、上下殿门时，所停所进都有固定的位置，郎官仆射曾暗暗观察过，结果发现每次都丝毫不差，霍光的资性端正，由此可见。霍光刚开始辅政时，国家的政令都是由他制定，天下的臣民都仰慕他的风采。有一次，宫中闹鬼，一夜之间，大臣们惊恐不安，霍光把尚符玺郎召来，让他把玉玺交给自己，这位郎官不肯给霍光。霍光便上前去夺，郎官按着佩剑说："我的头可以给你，但是皇上的玉玺可不能给你！"霍光听了以后，甚为感动。第二天，就下诏给这位郎官加秩二等。众人知道这件事后，没有人不称赞霍光的。

光与左将军桀结婚相亲①，光长女为桀子安妻。有女年与帝相配，桀因帝姊鄂邑盖主内安女后宫为倢伃②，数月立为皇后。父安为票骑将军，封桑乐侯。光时休沐出③，桀辄入代光决事。桀父子既尊盛，而德长公主④。公主内行不修[5]，近幸河间丁外人。桀、安欲为外人求封，幸依国家故事以列侯尚公主者[6]，光不许。又为外人求光禄大夫，欲令得召见，又不许。长主大以是怨光。而桀、安数为外人求官爵弗能得，亦惭。自先帝时，桀已为九卿[7]，位在光右。及父子并为将军，有椒房中宫之重[8]，皇后亲安女，光乃其外祖，而顾专制朝事，繇是与光争权。

【注释】

①结婚：结为儿女亲家。妇之父母与夫之父母相称为婚姻。

②鄂邑盖主：汉武帝长女，封为鄂邑长公主。鄂邑，今湖北鄂城。因其嫁给盖侯，故又称盖主。汉昭帝是她抚养长大的。内：同“纳”，送进去。

③休沐：休假。汉制，中朝官（大司马、左右前后将军、侍中、左右曹、诸吏、骑散、中常侍）每五天可回私宅休沐一次。

④德：感恩。

⑤内行：私生活。不修：不检点。

⑥幸：希望。故事：旧例。列侯：汉制，刘姓子孙封侯者为诸侯，异姓功臣封侯者，谓之列侯，亦称彻侯。

⑦九卿：中央政府的九位高级官员。汉朝为奉常（太常）、郎中令（光禄勋）、卫尉、太仆、廷尉、典客（大鸿胪）、宗正（宗伯）、治粟内史（大司农）、少府。武帝后元二年以前，上官桀已为太仆，而霍光只是奉车都尉、光禄大夫，位在九卿之下。

⑧椒房：皇后所居之处。椒是香料，用椒和泥涂墙，取其温暖芳香。中宫：皇后的宫殿。

【译文】

霍光和左将军上官桀是儿女亲家，霍光的大女儿嫁给上官桀的儿子上官安为妻。上官安有个女儿，年龄和汉昭帝相仿，上官桀通过汉昭帝姐姐鄂邑盖主的关系，将上官安的女儿送入后宫，先是立为倢伃，几个月后就成了汉昭帝的皇后。汉昭帝任命上官安为骠骑将军，封他做桑乐侯。每当霍光出宫休假时，上官桀便入宫，代替霍光处理朝政。上官桀父子尊贵起来之后，对长公主充满了感激。长公主的私生活不太检点，和河间人丁外人私通。上官桀父子就想替丁外人谋求爵位，打算在他封侯之后按照国家旧例和公主结婚，霍光没有同意。他们又想让丁外人做光禄大夫，以便他能得到皇帝的召见，霍光又不同意。长公主因此非常怨恨霍光。上官桀父子几次为丁外人求封求官都未能如愿，也觉得对不起长公主。在汉武帝当政时期，上官桀就已经是九卿了，官位高于霍光。等到父子两人同时做了将军，又是汉昭帝的外戚，皇后是上官安的亲生女儿，霍光不过是皇后的外祖父，反倒独揽大权，因此他们就开始和霍光争权夺势。

燕王旦自以昭帝兄，常怀怨望。及御史大夫桑弘羊建造酒榷盐铁①，为国兴利，伐其功，欲为子弟得官，亦怨恨光。于是盖主、上官桀、安及弘羊皆与燕王旦通谋，诈令人为燕王上书，言："光出都肄郎羽林②，道上称趩③，太官先置④。"又引："苏武前使匈奴，拘留二十年不降，还乃为典属国⑤，而大将军长史敞亡功为搜粟都尉，又擅调益莫府校尉⑥。光专权自恣，疑有非常⑦。臣旦愿归符玺，入宿卫⑧，察奸臣变。"候司光出沐日奏之⑨。桀欲从中下其事，桑弘羊当与诸大臣共执退光。书奏，帝不肯下。

【注释】

①酒榷盐铁：指酒业和盐铁专营、专卖。榷，专利。

②肄：习。羽林：指羽林军（保卫宫禁的军队）。此处指把郎官和羽林军集合起来操练演习。

③称趩：传令戒严。趩，同“跸”。古代帝王出行时，禁止行人来往，叫作跸。

④太官：掌管皇帝饮食的官，属少府。

⑤典属国：官名。掌管来归附的各外族属国。

⑥莫府：即幕府，军队出征，要住在幕帐里，故将军府称为幕府。校尉：武官名。位决于将军，随职务冠以名号。

⑦非常：此处言篡位之事。

⑧宿卫：值宿护卫。

⑨司：同“伺”。

【译文】

燕王刘旦自认为是汉昭帝的兄长，理应继承皇位，所以对汉昭帝继位一直是心怀不满。御史大夫桑弘羊曾经制定过酒榷、官营盐铁等为国兴利的大政，居功自傲，想为子弟求官，遭到拒绝，也怨恨霍光。于是，盖主、上官桀父子及桑弘羊等人便都和燕王旦暗中勾结，他们指使某人以燕王旦的名义向汉昭帝写了一份上书，说：“霍光出宫阅试郎官、羽林兵演习的时候，在路上像皇帝出行一样传令戒严，还指派太官先行，为他准备饮食。”又说：“苏武奉命出使匈奴，被拘留了二十年而不投降，回国之后才官为典属国，但大将军的长史杨敞却无功而升官至搜粟都尉，霍光还擅自调动军官，增加其幕府的校尉。霍光独霸大权，无所顾忌，恐怕是心怀异志。臣旦愿意归还符玺，回京宿卫，督察防范奸臣之变。”他们计划乘霍光出宫休假时将这份上书呈报给汉昭帝。上官桀想从内朝将此上书批转给有关部门查处，由桑弘羊联合其他大臣共同逼迫霍光辞官交权。不料上书呈给汉昭帝后，却被汉昭帝扣住不发。

明旦，光闻之，止画室中不入[①]。上问：“大将军安在？”

左将军桀对曰："以燕王告其罪，故不敢入。"有诏召大将军。光入，免冠顿首谢，上曰："将军冠。朕知是书诈也，将军亡罪。"光曰："陛下何以知之？"上曰："将军之广明[2]，都郎属耳[3]；调校尉以来未能十日，燕王何以得知之？且将军为非，不须校尉。"是时，帝年十四，尚书左右皆惊，而上书者果亡，捕之甚急。桀等惧，白上小事不足遂[4]，上不听。

【注释】

①画室：指殿前西阁之室。西阁画古帝王像，故称。

②广明：驿亭名。在汉长安城东。

③都郎：考核郎官。属：近，指时间很近。

④遂：竟。指追究到底。

【译文】

第二天早上，霍光知道了这件事，他入宫后，先待在画室之中，不见汉昭帝。汉昭帝问："大将军在哪？"左将军上官桀回答说："因为燕王控告了他的罪行，所以他不敢来见陛下您了。"汉昭帝下诏召见大将军。霍光进来之后，摘下官帽，跪伏在地叩头请罪，汉昭帝对他说："请将军把帽子戴上。朕知道这份上书是假的，将军您没什么罪过。"霍光问："陛下您是怎么知道的呢？"汉昭帝说："将军到广明去，不过是考察郎吏的成绩而已，调动幕府校尉也只是近十天之内的事情，燕王他怎么会这么快就知道了呢？何况将军如果真要图谋不轨，也用不着校尉。"当时汉昭帝年仅十四岁，此语一出，身旁的尚书和近臣都感到惊讶，冒名上书的人果然逃走了，官府开始紧急搜捕。上官桀等人怕事情败露，就对汉昭帝说，这是小事一桩，用不着穷追不舍，汉昭帝根本不听他们的。

后桀党与有谮光者[1]，上辄怒曰："大将军忠臣，先帝所属以辅朕身，敢有毁者坐之[②]。”自是桀等不敢复言，乃谋令长公主置酒请光，伏兵格杀之[③]，因废帝，迎立燕王为天子。事发觉，光尽诛桀、安、弘羊、外人宗族。燕王、盖主皆自杀。光威震海内。昭帝既冠，遂委任光，讫十三年[④]，百姓充实，四夷宾服[⑤]。以上事昭帝诛上官、桑、丁、燕王、盖主等。

【注释】

①党与：同党的人，党羽。谮：诬陷。

②坐之：此处指要让他因陷害人而获罪。坐，犯罪。

③格：击。

④讫：终。昭帝在位十三年，国政由霍光主持，故言“讫十三年”。

⑤宾服：臣服。

【译文】

后来，上官桀的同党又在汉昭帝面前说霍光的坏话，汉昭帝一听就龙颜大怒，说道：“大将军是忠臣，是先帝为我选的辅佐大臣，今后谁再敢诽谤他，就判谁的罪！”从此，上官桀等人再也不敢在汉昭帝面前说霍光的坏话了，而是计划让长公主设酒席宴请霍光，事先埋下伏兵，在霍光赴宴时把他杀掉，然后就废黜汉昭帝，迎请燕王旦继承帝位。霍光知道这件事后，就将上官桀父子、桑弘羊、丁外人等全部灭族。燕王和长公主都自杀了。霍光因此而威震四方。汉昭帝成人之后，仍让霍光处理朝政，霍光辅政十三年，天下百姓都生活富足，周边各族也都归服汉朝。以上记载霍光事奉汉昭帝，杀上官桀父子、桑弘羊、丁外人、燕王、盖主等。

元平元年[①]，昭帝崩，亡嗣。武帝六男独有广陵王胥在[②]，群臣议所立，咸持广陵王。王本以行失道[③]，先帝所不用。光内不自安。郎有上书言：“周太王废太伯立王季[④]，文王舍伯邑考立武王[5]，唯在所宜，虽废长立少可也。广陵王不可以承宗庙。”言合光意。光以其书视丞相敞等，擢郎为九江太守，即日承皇太后诏[6]，遣行大鸿胪事少府乐成、宗正德、光禄大夫吉、中郎将利汉迎昌邑王贺[7]。

【注释】

①元平元年：前74年。元平，汉昭帝年号（前74）。

②武帝六男：长子卫太子刘据，次子齐怀王刘闳，三子燕剌王刘旦，四子广陵王刘胥，五子昌邑王刘髆（bó），六子昭帝刘弗陵。

③失道：行为失去正道，即行为不端。

④太伯：王季之兄，其父周太王不立太伯而立王季。

⑤伯邑考：周文王长子，其父周文王不立伯邑考而立武王。

⑥皇太后：指昭帝的上官皇后，系霍光外孙女。

⑦行：兼摄。大鸿胪：官名。掌管朝贺庆吊的赞礼司仪。少府：官名。掌司山海池泽的税收。宗正：官名。掌管皇族事务。乐成：即史乐成，其官职为少府，时兼代大鸿胪职事。德：刘德。吉：丙吉。利汉：史失其姓。昌邑：在今山东金乡西北。

【译文】

元平元年，汉昭帝病逝，没有儿子继位。汉武帝的六个儿子只有广陵王胥还活在人世，大臣们在讨论皇位继承人时，都支持广陵王。但是，广陵王胥早年因为品行不端，被汉武帝排斥在帝位之外。霍光内心自感不安。这时有位郎官上书说：“当年周太王废太伯而立王季，周文王则舍弃伯邑考而立周武王，只要对国家有利，即便是废长立少也是可以的。广陵王不能继承帝位。”此言正合霍光心意。于是霍光把这份奏书给丞相杨敞等人传看，并将这位郎官提拔为九江郡的太守，当天就秉承皇太后的旨意，派遣代理大鸿胪的少府乐成、宗正刘德、光禄大夫丙吉和中郎将利汉等人到昌邑国,迎请昌邑王刘贺。

贺者,武帝孙,昌邑哀王子也。既至,即位,行淫乱。光忧懑,独以问所亲故吏大司农田延年[1]。延年曰:"将军为国柱石[2],审此人不可,何不建白太后[3],更选贤而立之?"光曰:"今欲如是,于古尝有此不?"延年曰:"伊尹相殷,废太甲以安宗庙[4],后世称其忠。将军若能行此,亦汉之伊尹也。"光乃引延年给事中[5],阴与车骑将军张安世图计,遂召丞相、御史、将军、列侯、中二千石、大夫、博士会议未央宫[6]。光曰:"昌邑王行昏乱,恐危社稷,如何?"群臣皆惊鄂失色[7],莫敢发言,但唯唯而已[8]。田延年前,离席按剑,曰:"先帝属将军以幼孤,寄将军以天下,以将军忠贤能安刘氏也。今群下鼎沸[9],社稷将倾,且汉之传谥常为孝者,以长有天下,令宗庙血食也。如令汉家绝祀[10],将军虽死,何面目见先帝于地下乎?今日之议,不得旋踵[11]。群臣后应者,臣请剑斩之。"光谢曰:"九卿责光是也。天下匈匈不安[12],光当受难。"于是议者皆叩头,曰:"万姓之命在于将军,唯大将军令。"

【注释】

①故吏:昔日僚属。大司农:汉九卿之一,掌管国家财政。田延年:字子宾,曾为霍光幕僚。

②柱石:指担当国家重任的人,如柱支梁,如石承柱。

③建白:陈述意见。建,建议。白,说明。

④伊尹相殷,废太甲以安宗庙:伊尹是殷商贤相,太甲是商汤之孙。

太甲继位后，纵欲妄为，伊尹将其流放桐宫。过了三年，太甲改过自新，伊尹又接他回来，让他重新执政。

⑤引：援引。此处为提拔推荐之意。给事中：官名。因供职宫中，故称。掌顾问应对。

⑥中二千石：汉制，官吏按所得俸禄多寡分为若干等级。九卿及御史大夫、执金吾均为中二千石，此处指这些官。大夫：官名。掌议论，属光禄勋。博士：官名。掌通晓古今事物，国有疑事，备问对。

⑦鄂：通“愕”。惊讶。

⑧唯唯：应答声。

⑨鼎沸：像鼎中的开水那样沸腾着，喻人心不安。

⑩绝祀：断绝祭祀，意为亡国。

⑪不得旋踵：意为不得犹豫。旋踵，转动脚跟向后退。

⑫匈匈：同“汹汹”。纷扰不安的样子。

【译文】

刘贺是汉武帝的孙子，昌邑哀王刘髆的儿子。他到达长安后，继承了帝位，但却行为淫乱。霍光因此忧虑愤懑，单独询问所亲信的老部下大司农田延年。田延年说：“将军您是国家的柱石，既然已看出昌邑王不配当皇帝，为什么不把您的意见告知皇太后，另选贤人立为皇帝呢？”霍光说道：“我正想这么做，却不知古代是否有此先例？”田延年说：“当初伊尹做殷朝宰相时，曾将太甲废黜以安定国家，后代都称伊尹为忠臣。将军如果现在也能像伊尹一样的话，那就是汉朝的伊尹了。”霍光于是便举荐田延年担任给事中，私下又和车骑将军张安世筹划安排，然后召集丞相、御史大夫、诸位将军、列侯、中二千石以上大臣及诸位大夫、博士在未央宫开会商讨废黜之事。霍光说：“昌邑王昏聩淫乱，这样下去的话恐怕汉朝天下难保，大家说说怎么办好呢？”参加会议的人一听，一个个都害怕得变了脸色，谁也不敢发言，只是唯唯诺诺而已。田延年一看站了起来，离席前行，手按着佩剑说：“先帝所以把年幼的孤儿托付给将军，把天下托付给将军，是因为将军忠诚贤明，能安定刘氏天下。但现在天下臣民人心不稳，国家将要倾覆，汉帝谥法之所以要用孝字当先，就是长久统治天下，使祖宗的亡灵得到祭祀。如果汉家的祭祀断绝，将军即便死了，又有何面目去地下见先帝呢？今天讨论废黜的事，必须即刻做出决断。群臣哪一个敢拖延答应的，我请求将军允许我当场把他斩杀！”霍光谢罪说：“九卿对我的责备很对。现在天下局势动荡，我霍光理当受此责难。”于是参与商议的人纷纷跪下磕头，说：“天下百姓的命运都由大将军您来掌握，我们一切听从大将军的指挥。”

光即与群臣俱见白太后①，具陈昌邑王不可以承宗庙状。皇太后乃车驾幸未央承明殿，诏诸禁门毋内昌邑群臣。王入朝太后还，乘辇欲归温室②，中黄门宦者各持门扇③，王入，门闭，昌邑群臣不得入。王曰：“何为？”大将军跪曰：“有皇太后诏，毋内昌邑群臣。”王曰：“徐之，何乃惊人如是！”光使尽驱出昌邑群臣，置金马门外④，车骑将军安世将羽林骑收缚二百余人，皆送廷尉诏狱⑤。令故昭帝侍中中臣侍守王⑥。光敕左右：“谨宿卫，卒有物故自裁⑦，令我负天下，有杀主名。”王尚未自知当废，谓左右：“我故群臣从官安得罪，而大将军尽系之乎？”

【注释】

①见白：谒见并禀白。

②温室：即温室殿，在未央宫内，为冬日取温之地。

③中黄门宦者：住于宫中在黄门外服役的宦官。黄门，因宫门是黄色，故称。

④金马门：未央宫前有铜马，故未央宫门叫金马门。

⑤诏狱：监狱的一种，专门囚禁皇帝特旨交审的罪犯。

⑥中臣侍：当为中常侍，加官名。

⑦卒：通“猝”。仓促。物故：意为死亡。

【译文】

霍光立刻率领诸位大臣朝见了太后，向她详细陈述了昌邑王不堪为帝的种种情形。皇太后听完就乘车来到未央宫的承明殿，传令各处禁门，不许放进昌邑群臣。昌邑王去朝见皇太后，扑空而归，正要乘辇回温室去，中黄门的宦官在宫门两边扶着门扇，昌邑王刚一进来立刻关上大门，把昌邑群臣都隔在门外。昌邑王问：“这是要干什么？”大将军跪下答道：“皇太后刚才下诏，不许昌邑群臣进来。”昌邑王说：“慢一点不行吗？何必把人吓成这样呢？”霍光把昌邑群臣统统驱赶到金马门外，车骑将军张安世率领羽林骑兵将这二百多人全都捆绑起来，押送到廷尉诏狱看管。霍光命令原先在宫中侍奉汉昭帝的宦官看守昌邑王。霍光对侍从们说：“要小心看护！要是他突然死亡，或是自杀，我就要背上弑上杀主的恶名，无法向天下人交代了。”昌邑王此时还不知自己将被废黜，他问身边的人：“我的那些属下到底犯了什么罪，大将军把他们全都捆起来？”

顷之，有太后诏召王，王闻召，意恐，乃曰：“我安得罪而召我哉！”太后被珠襦[①]，盛服坐武帐中[②]，侍御数百人皆持兵[③]，期门武士陛戟[④]，陈列殿下。群臣以次上殿，召昌邑王伏前听诏。光与群臣连名奏王，尚书令读奏曰：

【注释】

①珠襦：贯珠而做成的短衣。

②武帐：帷帐中设置矛、戟、钺、盾和弓矢五兵，故叫武帐。

③侍御：守卫在左右的侍从。

④期门：官名。掌执兵器随从皇帝，属光禄勋。陛戟：在殿阶下持戟护卫。

【译文】

不一会儿，皇太后召见昌邑王的诏书到了，昌邑王听召之后，内心开始有些惶恐，又问道："我犯了什么罪？皇太后召见我干什么？"皇太后披了件缀有珍珠的短袄，穿着盛装端坐于武帐之中，几百名侍卫都手持兵器，期门武士们执戟守卫台阶，他们都排列在殿下。朝廷大臣以品秩为序先后步入大殿，皇太后让昌邑王俯伏座前听候诏令。霍光和诸大臣联名上书控告昌邑王，尚书令宣读他们的奏书道：

丞相臣敞、大司马大将军臣光、车骑将军臣安世、度辽将军臣明友、前将军臣增、后将军臣充国、御史大夫臣谊、宜春侯臣谭、当涂侯臣圣、随桃侯臣昌乐、杜侯臣屠耆堂、太仆臣延年、太常臣昌、大司农臣延年、宗正臣德、少府臣乐成、廷尉臣光、执金吾臣延寿、大鸿胪臣贤、左冯翊臣广明、右扶风臣德、长信少府臣嘉、典属国臣武、京辅都尉臣广汉、司隶校尉臣辟兵、诸吏文学光禄大夫臣迁、臣畸、臣吉、臣赐、臣管、臣胜、臣梁、臣长幸、臣夏侯胜、太中大夫臣德、臣卬昧死言皇太后陛下[①]：臣敞等顿首死罪。天子所以永保宗庙总壹海内者[②]，以慈孝、礼谊、赏罚为本。孝昭皇帝早弃天下，亡嗣，臣敞等议，礼曰"为人后者为之子也"，昌邑王宜嗣后，遣宗正、大鸿胪、光禄大夫奉节使征昌邑王典丧[③]。服斩缞[④]，亡悲哀之心，废礼谊，居道上不素食，使从官略女子载衣车[5]，内所居传舍。始至谒见，立为皇太子，常私买鸡豚以食。受皇帝信玺、行玺大行前[6]，就次发玺不封[7]。从官更持节[8]，引内昌邑从官驺宰官奴二百余人[9]，常与居禁闼内敖戏。自之符玺取节十六[10]，朝暮临[11]，令从官更持节从[12]。为书曰："皇帝问侍中君卿：使中御府令高昌奉黄金千斤[13]，赐君卿取十妻。"大行在前殿，发乐府乐器，引内昌邑乐人，击鼓歌吹作俳倡[14]。会下还[15]，上前殿，击钟磬，召内泰壹宗庙乐人辇道牟首[16]，鼓吹歌舞，悉奏众乐。发长安厨三太牢具祠阁室中[17]，祀已，与从官饮啖。驾法驾[18]，皮轩鸾旗[19]，驱驰北宫、桂宫[20]，弄彘斗虎。召皇太后御小马车[21]，使官奴骑乘，游戏掖庭中[22]。与孝昭皇帝宫人蒙等淫乱，诏掖庭令敢泄言要斩[23]。

【注释】

①明友：姓范。增：姓韩。前将军、后将军：官名。位上卿，掌兵及征伐之事。充国：姓赵，汉武帝时破匈奴有功。谊：姓蔡。谭：姓王，袭父封为宜春侯。圣：姓魏，袭父封为当涂侯。昌乐：姓赵。故苍梧王赵光之子，光降汉，封随桃侯，昌乐袭父封。屠耆堂：本胡人。其祖父复陆支降汉，封杜侯。延年：姓杜。昌：姓苏。德：姓刘。乐成：姓史。光：姓李。执金吾：官名。负责京师治安巡逻时，手持金吾。吾，大棒的名称，质地为铜，故称金吾。延寿：姓李。贤：姓韦。左冯翊：官名。与京兆尹、右扶风共治京城地区，称三辅。广明：姓田。德：姓周。长信少府：官名。掌皇太后宫。太后居长信宫，故名。嘉：史不载其姓。武：姓苏。广汉：姓赵。司隶校尉：

官名。掌巡察京师及近郊、察举百官及京师近郊一切违法者。辟兵:史不载其姓。诸吏文学光禄大夫:概指下文所说诸人的官职,或为诸吏,或为文学,或为光禄大夫。迁:姓王。畸:姓宋。吉:即景吉。赐、管、胜、梁、长幸:史均未载其姓。太中大夫:官名。掌议论。德:史不载其姓。卬:姓赵,充国之子。

②总壹:统一。

③奉节:持太后所给旄节。典丧:主持丧事。

④斩缞(cuī):用最粗的生麻布做的孝衣,衣的下边不用针缝,是丧服中最重者。

⑤略:通“掠”。衣车:后面有帷幔遮蔽,前面门可开关的车。

⑥信玺、行玺:汉初皇帝有三玺:天子之玺,皇帝自己佩戴着;信玺、行玺则存于符节台。大行前:指昭帝的灵柩前。

⑦次:指所居之位。发玺:打开封匣取出玺来。玺乃国宝,当缄封之。昌邑王于大行前受之,退还所次,将其取出,让凡人见之,行为极不严肃。

⑧更:更替。

⑨驺(zōu)宰:官名。为驺之长,掌驾御或骑从。

⑩符玺:指藏符玺的官署。

⑪临:哭奠死者。

⑫更持节从:更互执节,从之哭临之所。此处是说昌邑王对符节也很不严肃。

⑬中御府令:掌宫中衣服财宝之官。

⑭俳倡:谐戏,演戏。倡,乐人。

⑮下:指昭帝的灵柩下葬。葬还不居丧位,便处前殿,是失礼之举。

⑯泰壹:即太一,神名。辇道:帝王车驾所行之路。牟首:池名。在上林苑中。辇道牟首,指从辇道到牟首。此句指把祭祀太一神和祭祀宗庙时演奏的乐工召纳到后宫。

⑰长安厨：官署名。太牢：牛、羊、豕三牲。具：馔，此指祭品。祠：祭祀。阁室：阁道旁的屋子。

⑱法驾：皇帝乘车的一种。法驾只有祭天和郊祀社稷时才能用。

⑲皮轩：用虎皮做屏障的车。鸾旗：用羽毛编起来系在幢旁的一种旗子。皮轩、鸾旗均为先行的仪仗。

⑳北宫、桂宫：均在未央宫北。

㉑召：招来，此作取来。小马：又叫果下马，高三尺。

㉒掖庭：宫殿内的旁舍，此指宫廷。

㉓掖庭令：宫廷内管宫女的官。

【译文】

丞相臣敞、大司马大将军臣光、车骑将军臣安世、度辽将军臣明友、前将军臣增、后将军臣充国、御史大夫臣谊、宜春侯臣谭、当涂侯臣圣、随桃侯臣昌乐、杜侯臣屠耆堂、太仆臣延年、太常臣昌、大司农臣延年、宗正臣德、少府臣乐成、廷尉臣光、执金吾臣延寿、大鸿胪臣贤、左冯翊臣广明、右扶风臣德、长信少府臣嘉、典属国臣武、京辅都尉臣广汉、司隶校尉臣辟兵、诸吏文学光禄大夫臣迁、臣畸、臣吉、臣赐、臣管、臣胜、臣梁、臣长幸、臣夏侯胜、太中大夫臣德、臣卬冒死告于皇太后陛下：臣敞等顿首死罪。天子所以能够永远保持祖宗神灵的祭祀不废并且统领海内百姓，是因为他以讲慈孝、倡礼仪、赏功罚过为根本。孝昭帝没有留下子嗣便过早去世，臣敞等商议，古礼有言“做了某人的后代，便是某人的儿子”，昌邑王适于成为孝昭帝的后代，于是就派遣宗正、大鸿胪、光禄大夫等奉节出使，征召昌邑王来京主持孝昭帝的葬仪。可是，他穿着斩缞之服，却无悲哀之心，不遵循礼仪制度，在奔丧途中不吃素食，指使其属下抢劫女子，载于衣车之中，并将其带入所居旅舍之内淫乐。初到长安，谒见太后，被立为皇太子，常常私下买鸡、猪来吃。在昭帝的灵柩前拜受皇帝信玺、行玺等物，回去就打开试用，用毕又不封匣。他令属下轮流持汉节将昌邑国内的官吏、驺宰和奴婢二百余人引入皇宫，并经常和他们在宫中嬉戏。他自己到符节台取走十六根符节，每天早晚哭吊昭帝时都让他的侍从持节随行。他写了封玺书说："皇帝问候侍中君卿：今特遣中御府令高昌携带黄金千斤前往，赐君以金，用它去娶十个女人吧。"昭帝的灵柩尚在前殿未葬，他就拿出乐府的乐器，召来昌邑国的乐师和演员，击鼓歌舞、吹拉弹唱，演滑稽戏。下葬回来之后便在前殿敲钟击磬，召来原先祭祀太一神庙的乐工，在辇道及牟首鼓吹歌舞，将祭神所用的乐曲全都演奏了一遍。他还下令将长安厨所有的三太牢祠具搬至阁室中祭祀鬼神，祠毕即和属下将祭品吃喝一空。他乘法驾，用皮轩鸾旗，在北宫、桂宫之中策马疾驰，戏猪斗虎。调用皇太后专用的小马及车辆，供昌邑官奴们骑坐、游戏于后宫。他还和孝昭帝的宫人蒙等奸淫为乐，并对掖庭令说，谁要敢把这些事说出去，就处以腰斩之刑。

太后曰："止！为人臣子当悖乱如是邪！"王离席伏。尚书令复读曰：

【译文】

皇太后喝道："停一下！为人臣子应该如此昏乱乖悖吗！"昌邑王吓得离开座席，拜伏于地。尚书令接着往下读：

取诸侯王、列侯、二千石绶及墨绶、黄绶以并佩昌邑郎官者免奴①。变易节上黄旄以赤②。发御府金钱、刀剑、玉器、采缯③，赏赐所与游戏者。与从官官奴夜饮，湛沔于酒④。诏太官上乘舆食如故。食监奏未释服未可御故食⑤，复诏太官趣具，无关食监⑥。太官不敢具,即使从官出买鸡豚,诏殿门内[⑦],以为常。独夜设九宾温室[⑧],延见姊夫昌邑关内侯。祖宗庙祠未举,为玺书使使者持节,以三太牢祠昌邑哀王园庙,称嗣子皇帝[⑨]。受玺以来二十七日,使者旁午[⑩],持节诏诸官署征发,凡千一百二十七事。文学光禄大夫夏侯胜等及侍中傅嘉数进谏以过失,使人簿责胜,缚嘉系狱。荒淫迷惑,失帝王礼谊,乱汉制度。臣敞等数进谏,不变更,日以益甚,恐危社稷,天下不安。

【注释】

①诸侯王、列侯、二千石绶及墨绶、黄绶:汉制,皇子封为王,其实为诸侯,总称为诸侯王。诸侯王金印盭(lì,绿色)绶,列侯金印紫绶,二千石银印青绶,秩比六百石以上铜印墨绶,比二百石以上铜印黄绶。免奴:被赦免为良人的奴隶。

②旄:节上用旄牛尾做的装饰。此句意为将黄旄改为赤旄。

③御府:宫中藏财物的府库。采缯:有文彩的丝织物。

④湛沔:同"沉湎"。沉溺。

⑤食监:掌管皇帝膳食的官员。未释服:未脱孝服,指居丧期间。

⑥关:由,经过。

⑦殿门:指看守殿门者。内:同"纳"。使入。

⑧设九宾温室:在温室殿中设九宾之礼。九宾,由傧者九人以次传呼接迎上殿。只有接待贵宾方行此仪。

⑨"祖宗庙祠未举"几句:举:举行。汉制,新君即位,须在已葬故君三十六日之后,才祭祀祖先宗庙。园庙:此处指陵庙。昌邑王未祭祀祖先宗庙,而私祭其父昌邑哀王,是违礼;既为昭帝嗣子,再对哀王称"嗣子皇帝",也是违礼。

⑩旁午：交错，纷繁。

【译文】

私自取出诸侯王、列侯、二千石官的绶带及黑绶、黄绶多条，让昌邑国的郎官佩带，把他们赦免为良人。将节上的黄色旄饰变为赤红色。将御府中的金钱、刀剑、玉器、彩丝等物随意赏赐给那些陪他游玩的人们。与他的从官、官奴们整夜聚饮，沉湎于酒。诏令太官送上皇帝的日常膳食。食监报告说，服丧期间不能如此，他又一次下诏让太官快办，不必报告食监。太官不敢准备，他便指使手下人出宫购买鸡、猪，命令各殿门不得阻拦，每天都是如此。有一天夜里，他在温室大设九宾之礼，单独会见其姐夫昌邑关内侯。列祖列宗的庙祠尚未举行，他却写下玺书，派遣使者持节外出，以三太牢之礼祭祀昌邑哀王的园庙，并自称嗣子皇帝。从接受了皇帝玺印以后至今二十七天当中，他派遣的使者纷进纷出，持节诏令各官署征发之事多达一千一百二十七件。文学光禄大夫夏侯胜等及侍中傅嘉屡次进谏，批评其过失，他派人罗列夏侯胜的罪状并加以审问，将傅嘉捆绑起来，投入狱中。总之，昌邑王的言行荒谬、淫乱、昏庸，丧失了帝王的礼仪，破坏了汉家的制度。臣敞等多次进谏，但他非但没有收敛而且还愈演愈烈，这样下去怕是要危及国家，天下不安。

臣敞等谨与博士臣霸、臣隽舍、臣德、臣虞舍、臣射、臣仓议[①]，皆曰："高皇帝建功业为汉太祖，孝文皇帝慈仁节俭为太宗，今陛下嗣孝昭皇帝后，行淫辟不轨。《诗》云[②]：'藉曰未知[③]，亦既抱子。'五辟之属，莫大不孝[④]。周襄王不能事母[⑤]，《春秋》曰'天王出居于郑'[⑥]，繇不孝出之[⑦]，绝之于天下也[⑧]。宗庙重于君，陛下未见命高庙[⑨]，不可以承天序[⑩]，奉祖宗庙，子万姓，当废。”臣请有司御史大夫臣谊、宗正臣德、太常臣昌与太祝以一太牢具[11]，告祠高庙。臣敞等昧死以闻。

【注释】

①霸、德、射、仓：四人姓氏，史不详载。隽舍、虞舍：二人同名，故标出姓来。

②《诗》：指《诗经·大雅·抑》之诗。

③藉曰：假使说。

④五辟之属，莫大不孝：《孝经·五刑章》有“五刑之属三千，而罪莫大于不孝”之语。五辟，五刑。属，类。

⑤周襄王：名郑。襄王生母早死，父惠王又娶惠后。

⑥天王出居于郑：出于《春秋·僖公二十四年》，《公羊传》说：“王者无外，其言出，不能乎母也。”

⑦出之：指用“出”字来贬他。

⑧绝：弃绝。

⑨未见命高庙：未曾受命于高庙。

⑩天序：意为天命。

⑪有司：有关官员。太祝：官名。掌祭祀宗庙，属太常。

【译文】

臣敞等谨与博士臣霸、臣隽舍、臣德、臣虞舍、臣射、臣仓商议，他们都说：“高皇帝建功立业，故庙号为汉太祖，孝文皇帝慈仁节俭，故庙号为汉太宗，今昌邑王嗣为孝昭帝的后代，行为邪僻不轨。《诗经》上说：‘假使说他不懂事，也是有了孩子的人了。’五刑之罪，莫重于不孝。古时周襄王不能善侍母亲，《春秋》便书以‘天子出居于郑’，以不孝之罪而用‘出’字来贬他，让天下人都与之相绝。宗庙重于国君，况且陛下还未到高祖庙中祭告，所以他不能够承受天命，奉祀宗庙，为万民父母，应当废黜。”臣请求有关部门的官吏陪同御史大夫臣谊、宗正臣德、太常臣昌与太祝一起到高庙，以太牢的礼仪告祭高皇帝之灵。臣敞等冒死告诉您这些情况。

皇太后诏曰："可。"

【译文】

皇太后下诏说："同意大臣的意见。"

光令王起拜受诏，王曰："闻天子有争臣七人①，虽亡道不失天下。"光曰："皇太后诏废，安得天子！"乃即持其手，解脱其玺组②，奉上太后，扶王下殿，出金马门，群臣随送。王西面拜，曰："愚戆不任汉事③。"起就乘舆副车④。大将军光送至昌邑邸⑤，光谢曰："王行自绝于天，臣等驽怯⑥，不能杀身报德。臣宁负王，不敢负社稷。愿王自爱，臣长不复见左右⑦。"光涕泣而去。群臣奏言："古者废放之人屏于远方⑧，不及以政，请徙王贺汉中房陵县。"太后诏归贺昌邑，赐汤沐邑二千户⑨。昌邑群臣坐亡辅导之谊，陷王于恶，光悉诛杀二百余人。出死⑩，号呼市中曰："当断不断，反受其乱。"以上废昌邑王。

【注释】

①争：通"诤"。争臣，谏诤之臣。昌邑王此番话本于《孝经·谏诤章》。

②玺组：玺绶。

③戆（zhuàng）：愚。不任：担任不起。

④乘舆副车：皇帝的副车。昌邑既被废，只能乘副车。

⑤邸：诸侯王到京朝见皇帝时所住的房舍。

⑥驽：劣马，喻指才能低下。

⑦左右：指昌邑王左右伺候的人。此句则婉言，我永远不能与你见面了。

⑧屏：弃。

⑨汤沐邑：古代帝王赐给诸侯来朝时斋戒自洁的地方。战国以后，国君赐给大臣的封邑亦叫汤沐邑。

⑩出死：出狱到刑场被处死刑。

【译文】

霍光让昌邑王起来拜受太后诏书，昌邑王说："我听说，如果天子身边有七位诤臣的话，即便他是无道之君，也不会失掉天下。"霍光说："皇太后已经下诏将你废黜了，还自称什么天子！"说罢就上前抓住昌邑王的手，解下他身上的御玺，捧着交给皇太后，然后又搀扶昌邑王走下宫殿，来到金马门外，群臣跟随送行。昌邑王面西而拜，说道："愚戆之人，自然不堪主事汉廷。"说罢起身，坐上了乘舆副车。大将军霍光将昌邑王送到昌邑邸，然后向昌邑王道歉说："大王您是自绝于天下，臣等既无才又胆怯，不能杀身以报答您的恩德。臣宁可有负于大王，不敢有负于国家。希望大王自己多多珍重，臣从今以后不再与您相见了。"说完就流着眼泪离开了昌邑邸。大臣们又建议说："古时候都把废黜之人流放到远方边地，不让他干扰国家的政令，我们请求把昌邑王贺流徙到汉中郡房陵县。"皇太后下诏，让刘贺回昌邑，除去封国，另赐他汤沐邑二千户。昌邑群臣因为没有尽到辅佐之责，致使昌邑王犯下罪行，霍光把他们处死二百多人。这二百余人临死前在市中大声呼喊："当断不断，反受其乱！"以上记废黜昌邑王。

光坐庭中①，会丞相以下议定所立。广陵王已前不用，及燕刺王反诛，其子不在议中。近亲唯有卫太子孙号皇曾孙在民间，咸称述焉。光遂复与丞相敞等上奏曰："《礼》曰[②]：'人道亲亲故尊祖[③]，尊祖故敬宗。'大宗亡嗣[④]，择支子孙贤者为嗣。孝武皇帝曾孙病已，武帝时有诏掖庭养视[⑤]，至今年十八，师受《诗》《论语》《孝经》，躬行节俭，慈仁爱人，可以嗣孝昭皇帝后，奉承祖宗庙，子万姓。臣昧死以闻。"皇太后诏曰："可。"光遣宗正刘德至曾孙家尚冠里[⑥]，洗沐赐御衣[⑦]，太仆以軨猎车迎曾孙就斋宗正府[⑧]，入未央宫见皇太后，封为阳武侯[⑨]。已而光奉上皇帝玺绶[⑩]，谒于高庙，是为孝宣皇帝。

【注释】

①庭：指掖庭。

②《礼》：指《礼记·大传》。

③亲亲：爱自己的父母。

④大宗：贵族之家，父死由嫡长子继嗣，代代相传，即所谓"百世不迁之宗"。皇室则以皇帝之世代相传为大宗。

⑤武帝时有诏掖庭养视：巫蛊事起，卫太子一支的人，除病已外，全被杀害。后来武帝后悔了，于是命令掖庭抚养病已。

⑥尚冠里：里名。在长安城南。

⑦御衣：御府衣，宫内库中的衣服。

⑧軨猎车：一种轻便的小车。本为射猎所乘之车。斋：斋戒。修身反省叫斋，斋必有所戒，故叫斋戒。

⑨阳武：县名。今属河南。按制，庶人不能立为皇帝，故先封宣帝为阳武侯。

⑩已而：不久。

【译文】

霍光坐于掖庭之中，召集丞相以下官员讨论拥立新的皇帝。广陵王之前已被舍弃不用，燕王旦因谋反而自杀，其子弟便不在考虑之列。皇室近亲就只剩下号称皇曾孙的卫太子之孙，此人生活在民间，受到普遍称赞。于是，霍光便又一次与丞相杨敞等人上书皇太后，奏书说："《礼》书有言：'人道亲亲故尊祖，尊祖故敬宗。'大宗如果没有继承人，可以从旁支的子孙中选择贤者为继承人。孝武皇帝的曾孙病已，武帝曾下令由掖庭收养，至今已经十八岁了，拜师学习了《诗经》《论语》《孝经》，躬行节俭，慈仁爱人，可以做孝昭皇帝的后代，奉承祖先的宗庙，统治万民。臣冒死以告。"皇太后下诏同意。霍光便派遣宗正刘德来到尚冠里皇曾孙的家里，让他洗濯沐浴，赏赐给他御衣，太仆用轮猎车将曾孙迎接至宗正府进行斋戒。随后来到未央宫朝见皇太后，被封为阳武侯。霍光立即献上皇帝的玺印和绶带，带他参拜了高祖之庙，这就是孝宣皇帝。

明年，下诏曰："夫褒有德，赏元功，古今通谊也。大司马大将军光宿卫忠正，宣德明恩，守节秉谊，以安宗庙。其以河北、东武阳益封光万七千户。"与故所食凡二万户。赏赐前后黄金七千斤，钱六千万，杂缯三万匹，奴婢百七十人，马二千匹，甲第一区。以上立宣帝。

【译文】

孝宣皇帝即位的第二年，颁发诏书说："褒奖有德之人，赏赐有功之臣，是古往今来的通义。大司马大将军霍光以忠正之心在宫禁之中值宿警卫，宣扬道德，彰明恩泽，保守臣节，秉持仁义，使国家安定。今从河北、东武阳两地给霍光加封一万七千户。"连同先前所封食邑，共二万户。前后赏赐的黄金达七千斤，另有钱六千万，各色彩帛三万匹，奴婢一百七十人，马二千匹，上等的住宅一区。以上立汉宣帝。

自昭帝时，光子禹及兄孙云皆中郎将，云弟山奉车都尉、侍中，领胡越兵[①]。光两女婿为东西宫卫尉[②]，昆弟诸婿外孙皆奉朝请[③]，为诸曹大夫、骑都尉、给事中[④]。党亲连体[⑤]，根据于朝廷。光自后元秉持万机[⑥]，及上即位，乃归政。上谦让不受，诸事皆先关白光[⑦]，然后奏御天子。光每朝见，上虚己敛容[⑧]，礼下之已甚[⑨]。

【注释】

①领胡越兵：统率外族归附的军队。

②光两女婿：指范明友和邓广汉，他们分别为未央宫和长乐宫卫尉。

③昆弟诸婿外孙：指霍光兄弟辈的女婿和外孙。奉朝请：朝廷有事即参加朝会，此为一种礼遇。

④骑都尉：官名。统率羽林骑，属光禄勋。

⑤党亲：党羽亲戚。

⑥万机：指帝王日常的繁杂政务。

⑦关白：禀告请示。

⑧敛容：即态度严肃起来。

⑨已甚：太过。

【译文】

自昭帝时起，霍光的儿子霍禹及霍光兄长之孙霍云都已官至中郎将，霍云的弟弟霍山为奉车都尉、侍中，统领胡越骑兵。霍光的两个女婿分别担任东、西宫的卫尉，霍光兄弟的女婿及外孙也都可参与朝会，分别担任诸曹大夫、骑都尉、给事中等职。霍氏党羽亲族连成一体，盘根错节地控制了朝廷各个要害部门。霍光从武帝后元二年起便总理朝政，待宣帝即位后，霍光才把权力交还他。宣帝谦让再三，不肯理政，所有的政事都要先请示霍光，然后才报告天子。每次霍光来朝见，宣帝都是很恭敬地接待他，对他非常尊重和礼貌。

光秉政前后二十年，地节二年春病笃[①]，车驾自临问光病，上为之涕泣。光上书谢恩曰："愿分国邑三千户，以封兄孙奉车都尉山为列侯，奉兄票骑将军去病祀。"事下丞相御史，即日拜光子禹为右将军。

【注释】

①地节二年：前68年。地节，汉宣帝年号（前69—前66）。

【译文】

霍光执政先后二十年，地节二年的春天，他的病势沉重，汉宣帝亲自到他家中探望问候，为他病重而难过得掉下了眼泪。霍光上书宣帝谢恩说："请求从国邑中分出三千户，封哥哥的孙子奉车都尉霍山为列侯，以使哥哥骠骑将军去病得到祭祀。"宣帝请丞相、御史大夫处理此事，并在接到上书的当天，便拜霍光之子禹为右将军。

光薨，上及皇太后亲临光丧。太中大夫任宣与侍御史五人持节护丧事。中二千石治莫府冢上[①]。赐金钱、缯絮，绣被百领，衣五十箧，璧珠玑玉衣、梓宫、便房、黄肠题凑各一具[②]，枞木外臧椁十五具[③]。东园温明[④]，皆如乘舆制度[⑤]。载光尸柩以辒辌车[⑥]，黄屋左纛[⑦]，发材官轻车北军五校士军陈至茂陵[⑧]，以送其葬。谥曰宣成侯。发三河卒穿复土[⑨]，起冢祠堂[⑩]，置园邑三百家[⑪]，长丞奉守如旧法[⑫]。

【注释】

①治莫府冢上:在坟上设立临时办公处。

②璧:圆形而中心有孔的玉。玑:不圆的珠子。玉衣:裹尸之物。梓宫:用梓木做的棺材。便房:用楩木做成的椁。题凑:用木累在棺上,如四面有檐的屋子,木的头都向内,故称。题,头。凑,聚。因用黄心柏木,所以叫黄肠题凑。

③外臧椁:厨厩之属。臧,通“藏”。

④东园:官署名。专门制作供丧葬用的器物,属少府。温明:古代葬器。形如方漆桶,开一面,置镜其中,以悬尸上。

⑤乘舆制度:指皇帝的丧葬制度。

⑥辒辌(wēn liáng)车:像衣车,旁有窗,关上则温,打开则凉。本为供人卧息的车,后用于载丧,便成为丧车。

⑦黄屋:用黄缯作车盖的里子。左纛:在车衡左方插上纛。纛,饰有羽毛的大旗。黄屋左纛,均为皇帝的乘舆制度。

⑧材官:高级武官手下的武弁。轻车:汉代兵种之一。北军:汉代禁军之一,共五营。五校:即五营。北军五校军士只有在皇帝出殡时才充任仪仗队。军陈:军队排列成行阵。陈,同“阵”。

⑨三河:指河东、河内、河南三郡。卒:指服劳役的隶卒。穿:穿圹,即挖掘墓穴。复土:下棺后把土填上。

⑩起冢:封起坟头。

⑪园邑:汉代帝王的陵墓称园,或称园邑。霍光照帝王葬礼,盖为特例。句意谓安排三百户人家看守陵墓。

⑫长丞:看守陵园的官吏。

【译文】

霍光去世之后,汉宣帝和皇太后都亲来吊唁。太中大夫任宣与五名侍御史持节监护督办丧事。朝廷的中二千石级官员在墓地上设置临时机构治丧。汉宣帝赏赐了许多金钱和帛绢丝绵,还赏赐绣被一百条,衣服五十箱，还有镶有美玉玑珠的金缕玉衣、梓宫、便房、黄肠题凑各一具，枞木外藏椁十五具。还有东园制作的温明秘器，都是按照皇帝葬制的规格。出葬时用辒辌车装载霍光的尸柩，黄屋左纛，调发材官、轻车及北军五个营的士兵列阵送葬直到茂陵。赐霍光谥号为宣成侯。征发三河戍卒掘坑填土，堆筑坟冢，建造祠堂，安置三百户人家由长丞负责，依例为霍光看冢守园。

既葬，封山为乐平侯，以奉车都尉领尚书事。天子思光功德，下诏曰："故大司马大将军博陆侯宿卫孝武皇帝三十余年，辅孝昭皇帝十有余年，遭大难，躬秉谊，率三公、九卿、大夫定万世册①，以安社稷，天下蒸庶咸以康宁②。功德茂盛，朕甚嘉之。复其后世③，畴其爵邑④，世世无有所与⑤，功如萧相国。"以上光薨。

【注释】

①三公：西汉以丞相（大司徒）、太尉（大司马）、御史大夫（大司空）合称三公。

②蒸庶：百姓。蒸，通"烝"，众。

③复：免除赋税徭役。

④畴：等级，次序。

⑤与：通"预"。

【译文】

葬礼之后，汉宣帝封霍山为乐平侯，以奉车都尉之职兼管尚书事务。天子追思霍光的功德，下诏书说："已故大司马大将军博陆侯在宫禁中侍奉孝武皇帝三十多年，辅佐孝昭帝十多年，当国家大难临头之际，坚持大义，亲自率领三公九卿诸大夫定下万世之策，使国家安定，黎民百姓得以康宁。功德茂盛，朕对此极为赞许。从今以后，免除其后人一切赋税徭役,不递减其爵位封邑,世世代代不许更改,功与萧相国一样。”以上讲霍光去世。

明年夏,封太子外祖父许广汉为平恩侯,复下诏曰:“宣成侯光宿卫忠正,勤劳国家,善善及后世,其封光兄孙中郎将云为冠阳侯。”禹既嗣为博陆侯,太夫人显改光时所自造茔制而侈大之①,起三出阙②,筑神道③,北临昭灵,南出承恩,盛饰祠室,辇阁通属永巷④,而幽良人婢妾守之。广治第室,作乘舆辇,加画绣絪冯⑤,黄金涂,韦絮荐轮⑥,侍婢以五采丝挽显,游戏第中。初,光爱幸监奴冯子都⑦,常与计事,及显寡居,与子都乱。而禹、山亦并缮治第宅,走马驰逐平乐馆⑧。云当朝请,数称病私出,多从宾客,张围猎黄山苑中⑨,使苍头奴上朝谒⑩,莫敢谴者。而显及诸女,昼夜出入长信宫殿中⑪,亡期度⑫。

【注释】

①茔:墓。

②起三出阙:墓前石阙有三个门出入。

③神道:墓前大道。

④永巷:宫中的长巷。此处指在墓上作辇阁之道及长巷。

⑤絪冯:即茵凭,绣画的车垫子。絪,通“茵”。

⑥韦絮荐轮:用熟牛皮裹车轮,加上丝絮,使车行走时,不至于震动。

⑦监奴:监知家务奴婢。冯子都:名殷。

⑧平乐馆:上林苑中的跑马场。

⑨张围:布网。黄山苑:在今陕西兴平。

⑩苍头奴:头包青巾的奴仆。上谒:参见尊贵者。

⑪长信宫殿：上官太后（霍光外孙女）所居住的宫殿。

⑫亡期度：没有时间的限制。

【译文】

第二年夏天，宣帝封太子的外祖父许广汉为平恩侯，又下诏书说：“宣成侯霍光在宫禁中侍奉天子，忠贞不二，为国家立下汗马功劳，褒奖善人要泽及后世，故封霍光兄长之孙中郎将霍云为冠阳侯。”霍禹继承了霍光的博陆侯爵位之后，他的母亲显便将霍光生前自定的墓地规制改易扩大，建起了有三个门洞的石阙，修筑了神道，墓地北端临近昭灵馆，南端逾出承恩馆，还大肆修饰祠堂，使冢上的辇阁之道与永巷相连通，将一些平民出身的婢妾幽禁于墓园之中守冢。还扩修宅院房屋，私自仿制辇车，加画绣的车垫，以黄金涂饰，用熟牛皮裹着丝絮包住车轮，显坐在辇车上，让奴婢们用五彩丝带拉着在宅院中游乐。先前，霍光很宠幸霍府的家奴总管冯子都，经常与他商议一些事情，等到显守寡独居之后，她便与冯子都勾搭成奸。霍禹、霍山也都修饰宅第，在平乐馆内飞马驰骋。霍云好几次托病不入朝议事，私下带领众多的宾客在黄山苑中张围行猎，却指使其家奴上朝谒见，大家都敢怒不敢言。显及其诸女常常不分昼夜地出入太后所居的长信宫，毫无时间的限度。

宣帝自在民间闻知霍氏尊盛日久，内不能善。光薨，上始躬亲朝政，御史大夫魏相给事中。显谓禹、云、山：“女曹不务奉大将军余业，今大夫给事中，他人壹间①，女能复自救邪？”后两家奴争道②，霍氏奴入御史府，欲蹋大夫门，御史为叩头谢，乃去。人以谓霍氏，显等始知忧。以上光家骄恣不法事。

【注释】

①间：挑拨离间。

②两家：指霍氏和御史家。

【译文】

汉宣帝早在民间时就知道霍氏已享有多年的尊盛，内心不认为这是件好事。霍光去世后，宣帝开始亲理朝政，御史大夫魏相又加官给事中。显对霍禹、霍云、霍山等人说："你们还不去维护大将军遗留下来的基业？现在御史大夫担任给事中，日后如有人挑拨离间，你们还来得及自救吗？"后来，霍府和魏府两家的家奴因抢道发生争执，霍府家奴闯入御史府，要踢坏御史府的大门，御史大夫给他们磕头赔罪，方才罢休离去。有人把这件事告诉了霍氏，显这才开始忧虑起来。以上讲霍家多为骄傲放纵不法之事。

会魏大夫为丞相，数燕见言事[①]。平恩侯与侍中金安上等径出入省中。时，霍山自若领尚书，上令吏民得奏封事[②]，不关尚书，群臣进见独往来[③]，于是霍氏甚恶之。宣帝始立微时许妃为皇后[④]。显爱小女成君，欲贵之，私使乳医淳于衍行毒药杀许后[⑤]，因劝光内成君，代立为后，语在《外戚传》。始，许后暴崩，吏捕诸医，劾衍侍疾亡状不道，下狱。吏簿问急，显恐事败，即具以实语光。光大惊，欲自发举，不忍，犹与[⑥]。会奏上，因署衍勿论[⑦]。光薨后，语稍泄。于是上始闻之而未察，乃徙光女婿度辽将军未央卫尉平陵侯范明友为光禄勋[⑧]，次婿诸吏中郎将羽林监任胜出为安定太守。数月，复出光姊婿给事中光禄大夫张朔为蜀郡太守，群孙婿中郎将王汉为武威太守。顷之，复徙光长女婿长乐卫尉邓广汉为少府。更以禹为大司马，冠小冠，亡印绶，罢其右将军屯兵官属，特使禹官名与光俱大司马者[⑨]。又收范明友度辽将军印绶，但为光禄勋。及光中女婿赵平为散骑骑都尉光禄大夫将屯兵，又收平骑都尉印绶。诸领胡越骑、羽林及两宫卫将屯兵，悉易以所亲信许、史子弟代之⑩。以上宣帝裁抑光家。

【注释】

①燕见：帝王闲暇时进见。

②封事：密封的奏章。

③进见独往来：各自单独进言于皇帝。

④微时：地位低贱的时候。

⑤乳医：产科医生。

⑥犹与：同“犹豫”。迟疑不决。

⑦署：批，批于奏后。

⑧徙：调动。

⑨特：但。俱大司马者：言霍禹仍像霍光一样为大司马，但无兵校可指挥。

⑩许：指许广汉。史：指史伯。二人皆为宣帝亲信。

【译文】

此后不久魏相拜为丞相，宣帝好几次在退朝之后召他议事。平恩侯和侍中金安上等人也大摇大摆地出入宫禁。当时，霍山虽然依旧兼管尚书事务，但宣帝却下令允许吏民将奏章密封直接奏上，不必经尚书的处理，这样百官就可以各自单独向皇帝进言，霍氏对此非常不满。汉宣帝起初把他在民间娶的妻子许氏立为皇后。显疼爱她的小女儿成君，为使成君尊贵，私下指使产科医生淳于衍用毒药将许皇后害死，然后又劝说霍光把成君送入后宫，代立为皇后，事情记载在《外戚传》中。当初，许皇后突然死亡之时，官员将医生统统抓了起来，指控淳于衍等人治疗不力，有大逆不道之罪，将他们关进监牢。官员审讯非常严厉，显担心事情败露，便将实情全部告诉了霍光。霍光听了大吃一惊，他本想亲自揭发检举，但又于心不忍，为此而犹豫不决。正好有关部门将审讯的情况报了上来，霍光便批示不再追究淳于衍的罪行。霍光死后，这件事逐渐走漏风声。于是宣帝也开始有所耳闻，但还未明察虚实，所以先将霍光的女婿度辽将军未央宫卫尉平陵侯范明友调任光禄勋，将霍光的二女婿诸吏中郎将羽林监任胜放出京师任安定郡太守。几个月后，又调任霍光姐姐的女婿给事中光禄大夫张朔为蜀郡太守，调任霍光孙女婿中郎将王汉任武威太守。不久，又将霍光的长女婿长乐宫卫尉邓广汉调任为少府。改任霍禹为大司马，戴小冠，不给印绶，解除了他的右将军职务并遣散其旧有兵卒官吏，只是在名义上使霍禹和霍光一样官居大司马。又收回了范明友的度辽将军的印绶，仅保留了光禄勋的职务。霍光的中女婿赵平原为散骑都尉光禄大夫，有领兵权，也被收回了骑都尉的印绶。所有统领胡越骑兵、羽林军及两宫卫尉的重要军职，一律都换由他亲信的许、史两家的子弟取而代之。以上记宣帝消减霍氏家族的权柄。

禹为大司马，称病。禹故长史任宣候问，禹曰："我何病？县官非我家将军不得至是[①]，今将军坟墓未干，尽外我家，反任许、史，夺我印绶，令人不省死[②]。"宣见禹恨望深，乃谓曰："大将军时何可复行！持国权柄，杀生在手中。廷尉李种、王平、左冯翊贾胜胡及车丞相女婿少府徐仁皆坐逆将军意下狱死。使乐成小家子得幸将军[③]，至九卿封侯。百官以下但事冯子都、王子方等[④]，视丞相亡如也[⑤]。各自有时，今许、史自天子骨肉，贵正宜耳。大司马欲用是怨恨，愚以为不可。"禹默然。数日，起视事。

【注释】

①县官:指天子。

②不省死:令人不能理解。

③使乐成:即史乐成,霍光家奴。

④冯子都、王子方:均为霍光的家奴。

⑤亡如:没有什么,不看在眼里。

【译文】

霍禹为大司马,称病在家。他以前的幕府长史任宣前来探问,霍禹说:"我哪里是生病!皇上还不是靠了我家大将军的拥立才成了天子,可现在大将军坟上的土还没干,他就开始竭力排斥我们家了,反过来却重用许、史两家,夺我实权,让人至死也难以理解。"任宣见霍禹怀恨很深,就开导他说:"大将军的时代怎么还会再有呢?他掌握着国家大权,生杀予夺易如反掌。廷尉李种、王平、左冯翊贾胜胡及车丞相的女婿少府徐仁等人,都因违背了大将军的意愿而被治罪,死于狱中。而史乐成原本贫寒出身,就因为大将军喜欢他,也就能官列九卿,受封为侯。当时朝廷百官都乐意为冯子都、王子方效力,对丞相却视若不见。每家都有自己的盛衰之时,现今许、史两家与天子骨肉相亲,他们尊贵有势是理所当然的。大司马若因此而心怀怨恨,我认为是不可以的。"霍禹听了默然不语。几天之后,就开始办公治事了。

显及禹、山、云自见日侵削,数相对啼泣,自怨。山曰:"今丞相用事,县官信之,尽变易大将军时法令,以公田赋与贫民,发扬大将军过失。又诸儒生多窭人子[1],远客饥寒,喜妄说狂言,不避忌讳,大将军常仇之,今陛下好与诸儒生语,人人自使书封事,多言我家者。尝有上书言大将军时主弱臣强,专制擅权,今其子孙用事,昆弟益骄恣,恐危宗庙,灾异数见，尽为是也。其言绝痛，山屏不奏其书。后上书者益黠，尽奏封事，辄下中书令出取之，不关尚书，益不信人。”显曰：“丞相数言我家，独亡罪乎？”山曰：“丞相廉正，安得罪？我家昆弟诸婿多不谨。又闻民间讙言霍氏毒杀许皇后[2]，宁有是邪？”显恐急，即具以实告山、云、禹。山、云、禹惊曰：“如是，何不早告禹等！县官离散斥逐诸婿，用是故也。此大事，诛罚不小，奈何？”于是始有邪谋矣。以上霍氏邪谋之所由萌。

【注释】

①窭（jù）：贫寒。

②讙：喧哗。

【译文】

显及霍禹、霍山、霍云等人看到霍氏权势日渐被侵占削夺，几次相对哭诉，自相埋怨。霍山说：“现在丞相掌权管事，皇上对他言听计从，把大将军在世时定下的法律全都给变换了，还把国家的公田出租给贫民，又大肆宣扬大将军的过失。还有那些儒生，多是贫寒人家子弟，远道来到京城，衣食不保，却最喜欢口出狂言，说话无遮无拦，大将军活着的时候很讨厌他们，如今陛下却偏喜欢和这些人谈论，让他们纷纷上书议论国事，多有论及我们霍家的。曾有一封上书说，大将军时是主弱臣强，指责大将军独揽大权，专断政事，现在朝廷又重用大将军的子弟，其兄弟亲属更加骄纵恣意，恐怕会危害祖宗江山，近来几次出现灾异，原因就在这里。这份上书言辞尖锐激烈，我便摒除不奏。谁知以后的上书之人更为狡猾，全都为密封奏本，皇上立即派中书令出宫调取，不再先由尚书过目，这明显是愈发不信任我们了。”显问他：“丞相三番五次挑咱家的毛病，难道他就没有罪过吗？”霍山说：“丞相廉洁公正，哪里有罪过呢？可我们家的兄弟和女婿们却多是言行不谨。我还听说,社会上纷纷传言,说我们霍家毒死了许皇后,是真的吗?”显听了很害怕,便详细将实情告诉霍禹、霍山、霍云。霍禹、霍山、霍云听了大吃一惊,埋怨显说:“既然真有此事,您怎么不早点告诉我们!皇上现在拆散退斥我家诸位女婿,就是因为他已经知道了这件事。这可是株连九族的大事,怎么来对付呢?”就这样,霍氏开始图谋不轨了。以上讲霍家欲谋反的诱因。

初,赵平客石夏善为天官①,语平曰:“荧惑守御星②,御星,太仆奉车都尉也,不黜则死。”平内忧山等。云舅李竟所善张赦见云家卒卒③,谓竟曰:“今丞相与平恩侯用事,可令太夫人言太后,先诛此两人。移徙陛下,在太后耳。”长安男子张章告之,事下廷尉。执金吾捕张赦、石夏等,后有诏止勿捕。山等愈恐,相谓曰:“此县官重太后,故不竟也。然恶端已见,又有弑许后事,陛下虽宽仁,恐左右不听,久之犹发,发即族矣,不如先也。”遂令诸女各归报其夫,皆曰:“安所相避④?”

【注释】

①天官:通晓星相天文者。

②荧惑:火星。守:犯。

③卒卒:急急忙忙。

④安所相避:无处避祸。意即只能铤而走险了。

【译文】

当初,赵平有一位宾客叫石夏,善于观察星象,他对赵平说:“我看见荧惑冲犯了御星,御星是太仆、奉车都尉的象征,霍山如果不是被黜退,便有杀身之祸。”赵平听罢心中很为霍山等人担忧。霍云舅舅李竟的好朋友张赦看到霍家人惶惶不安的样子，就对李竟说："现在是丞相和平恩侯两人当权主事，可通过太夫人转告太后，先除掉他们。然后废黜天子，只是太后一句话的事情了。"长安男子张章告发了此事，汉宣帝让廷尉处理。执金吾要逮捕张赦、石夏等人，后来汉宣帝下令停止逮捕。霍山等人更加惶恐，商议说："这是皇上看重太后，所以没有追究到底。但现在已得罪了天子，加上弑杀许皇后的事，陛下即使再宽仁容人，也挡不住他身边近臣的挑拨煽动，所以过一段时间肯定还要继续追查，一旦查清，我们就要被灭族除根了，不如我们先动手。"于是诸女各回夫家，将霍山等人的打算告诉自己的丈夫，这些人听了都说："是祸躲不过，干吧！"

会李竟坐与诸侯王交通，辞语及霍氏，有诏云、山不宜宿卫，免就第。光诸女遇太后无礼[①]，冯子都数犯法，上并以为让，山、禹等甚恐。显梦第中井水溢流庭下，灶居树上，又梦大将军谓显曰："知捕儿不？亟下捕之。"第中鼠暴多，与人相触，以尾画地。鸮数鸣殿前树上[②]。第门自坏。云尚冠里宅中门亦坏。巷端人共见有人居云屋上，彻瓦投地，就视，亡有，大怪之。禹梦车骑声正讙来捕禹，举家忧愁。山曰："丞相擅减宗庙羔、菟、蛙[③]，可以此罪也。"谋令太后为博平君置酒，召丞相、平恩侯以下，使范明友、邓广汉承太后制引斩之，因废天子而立禹。约定未发，云拜为玄菟太守，太中大夫任宣为代郡太守。山又坐写秘书[④]，显为上书献城西第，入马千匹，以赎山罪。书报闻[⑤]，会事发觉，云、山、明友自杀，显、禹、广汉等捕得。禹要斩，显及诸女昆弟皆弃市，唯独霍后废处昭台宫，与霍氏相连坐诛灭者数千家。以上霍氏祸端之发。

【注释】

①光诸女遇太后无礼：霍光的女儿认为她们是上官太后的姨妈，对她就不太礼貌了。

②鸮（xiāo）：一种凶猛的鸟。

③羔：小羊。菟：通“兔”。

④写：通“泄”。泄露。

⑤书报闻：宣帝在奏书上批复知道了。

【译文】

恰巧这时李竟因私下与诸侯王来往而获罪入狱，在供词中涉及霍氏阴谋，汉宣帝下诏说霍云、霍山不宜再在宫中值宿警卫，将他们罢官归家。同时，霍光诸女慢待太后，冯子都屡次违法，宣帝也一并加以谴责，霍山、霍禹等人陷入极度恐慌之中。显梦见自家院中井水翻涌，横溢于庭院，火灶支到了树上，又梦见大将军对她说：“知道我们儿子要被抓起来了吗？马上就要来抓了。”宅第中又突然窜出许多老鼠，它们和人直撞，用尾巴在地上乱划；鸮鸟几次飞到屋前鸣叫；府上的大门也无缘无故地坏了。霍云在尚冠里的住宅也是屋门自坏。在巷头居住的人明明看见有人爬到霍云家的屋顶上，揭下瓦片往地上扔，走近一看却什么也没有，大为奇怪。霍禹在梦中听见隆隆的车马之声，是前来抓他的，霍氏全家不胜忧愁。霍山说：“丞相擅自减少了宗庙祭祀所用羊羔、兔子和青蛙的数量，可以借此问罪。”他们计划由上官太后出面宴请博平君，召丞相和平恩侯前来陪同，再由范明友、邓广汉承太后的旨意诛杀此二人，借势废黜天子，立霍禹为天子。商议妥当，正待行动时，宣帝任命霍云为玄菟郡太守，任命太中大夫任宣为代郡太守。而霍山则因泄露机密而获罪，显上书说，愿意献出城西的住宅和一千匹马为霍山赎罪。宣帝在奏书上批复知道了，这时，霍氏政变的阴谋也被揭露出来，霍云、霍山、范明友畏罪自杀，显、霍禹、邓广汉等人被捕。霍禹被腰斩，显及诸女、兄弟都被处以死刑，唯独剩下霍皇后一人活了下来，但也被废，幽禁于昭台宫，受霍氏牵连诛杀的有数千家之多。以上讲霍氏阴谋被揭露。

上乃下诏曰:“乃者东织室令史张赦使魏郡豪李竟报冠阳侯云谋为大逆,朕以大将军故,抑而不扬,冀其自新。今大司马博陆侯禹与母宣成侯夫人显及从昆弟子冠阳侯云、乐平侯山、诸姊妹婿谋为大逆,欲诖误百姓[①]。赖宗庙神灵,先发得[②],咸伏其辜,朕甚悼之。诸为霍氏所诖误,事在丙申前[③],未发觉在吏者,皆赦除之。男子张章先发觉,以语期门董忠,忠告左曹杨恽,恽告侍中金安上。恽召见对状,后章上书以闻。侍中史高与金安上建发其事,言无入霍氏禁闼,卒不得遂其谋,皆雠有功[④]。封章为博成侯,忠高昌侯,恽平通侯,安上都成侯,高乐陵侯。”以上霍氏诛戮赏诸有功者。

【注释】

①诖(guà):牵连,连累。

②发得:事发而捕得。

③丙申:八月朔日。

④雠:等,同。

【译文】

汉宣帝于是下诏说:“不久以前,东织室令张赦通过魏郡的豪强李竟唆使冠阳侯霍云犯上作乱,朕看在大将军的面子上将此事压下不提,希望他能悔过自新。现在大司马博陆侯霍禹和他的母亲宣成侯夫人显以及其堂兄弟子冠阳侯霍云、乐平侯霍山、诸姊妹女婿阴谋反叛,欲遗害百姓。幸赖祖宗神灵保佑,被事先发觉,将他们抓获,现在都已经引罪伏法了,朕对此事甚为遗憾。凡在八月一日以前为霍氏所陷害而关押在狱的官吏和民众,未发现有真实罪过的,一律赦免释放。男子张章最先发现霍氏阴谋，随即告诉了期门董忠，董忠又告知左曹杨恽，杨恽则告知侍中金安上。经杨恽的调查核实，由张章上书告发。侍中史高和金安上协同处置此事，传令不许霍氏进入宫廷，最终使他们的阴谋失败，这些人立下了同样的功劳。因此封张章为博成侯，董忠为高昌侯，杨恽为平通侯，金安上为都成侯，史高为乐陵侯。”以上记霍氏被灭后奖赏诸位有功之人。

初，霍氏奢侈，茂陵徐生曰：“霍氏必亡。夫奢则不逊，不逊必侮上。侮上者，逆道也。在人之右，众必害之。霍氏秉权日久，害之者多矣。天下害之，而又行以逆道，不亡何待！”乃上疏言：“霍氏泰盛①，陛下即爱厚之，宜以时抑制，无使至亡。”书三上，辄报闻。其后霍氏诛灭，而告霍氏者皆封。人为徐生上书曰：“臣闻客有过主人者，见其灶直突②，傍有积薪，客谓主人，更为曲突，远徙其薪，不者且有火患。主人默然不应。俄而家果失火，邻里共救之，幸而得息。于是杀牛置酒，谢其邻人，灼烂者在于上行③，余各以功次坐，而不录言曲突者。人谓主人曰：‘乡使听客之言，不费牛、酒，终亡火患。今论功而请宾，曲突徙薪亡恩泽，燋头烂额为上客邪④？’主人乃寤而请之⑤。今茂陵徐福数上书言霍氏且有变，宜防绝之。乡使福说得行，则国亡裂土出爵之费，臣亡逆乱诛灭之败。往事既已，而福独不蒙其功，唯陛下察之，贵徙薪曲突之策，使居焦发灼烂之右。”上乃赐福帛十匹，后以为郎。以上补叙徐福事。

【注释】

①泰：通“太”。过于，过分。

②突：烟囱。

③灼烂：火烧伤。上行：此指上座。

④燋：通“焦”。火伤。

⑤寤：通“悟”。醒悟过来。

【译文】

当初，霍家生活豪奢，茂陵的徐生就说：“霍家一定会败亡，奢侈之人必然不恭顺，不恭顺必然会欺侮主上。而欺侮主上是大逆不道的行为。在人之上的人，大家必定会妒忌他。霍家擅权多年，妒忌他们的人多得很。既遭大家的妒忌，又有大逆不道的行为，哪有不亡的道理。”于是他上书说：“霍氏现在过于尊盛，陛下倘若真心爱护他们，就应选择合适的机会，削弱其权势，不要使他们走上覆灭的道路。”徐生连续写了三份这样的奏书，皇上都只批复知道了。后来霍氏果然被灭族，那些告发霍氏罪行的人都因功封侯。有人为徐生鸣不平，上书汉宣帝说：“臣听说有一人到某家去拜访，看到这家火灶的烟囱是笔直的，灶旁还堆放了许多柴火，他对主人说，应改用弯曲的烟囱，把柴火挪远一点，否则容易发生火灾。主人听罢，默然不语。不久果然失火，邻居们都来救火，侥幸将火扑灭。于是这家主人杀牛买酒，设宴酬谢众邻居，那些被烧伤的人被请至上席，其余的人也都按出力大小就座，单单不请提醒他改灶搬柴的人。有人对主人说：‘假若当初您听了那位客人的劝告，不必破费杀牛买酒，最终也不会发生火灾。可您今天大请宾客，论功入座，劝您改灶搬柴的人的恩德被遗忘，焦头烂额之人奉为上宾，这好吗？’主人听了，恍然大悟，便把那位客人请来赴宴。今有茂陵人徐福，曾经几次上书提醒陛下，霍氏将会有变故，最好能防患于未然。假若当初听从了他的意见，不仅陛下可以免去分土封侯的开支，而且大臣们也不会落得犯上作乱、宗族夷灭的下场。现在事情已经过去了，还剩下徐福一人有功未赏，希望陛下明察此事，重视曲突徙薪的良策，使其功在焦发灼烂者之上。”于是宣帝赐给徐福十匹帛，后来又让他做了郎官。以上补记徐福之事。

宣帝始立，谒见高庙，大将军光从骖乘[①]，上内严惮之，若有芒刺在背。后车骑将军张安世代光骖乘，天子从容肆体[②]，甚安近焉。及光身死而宗族竟诛，故俗传之曰："威震主者不畜，霍氏之祸萌于骖乘。"

【注释】

①骖乘（chéng）：陪乘。

②肆：放松。

【译文】

宣帝即位之初到高庙参拜，大将军霍光骖乘，宣帝内心对他非常忌惮，犹如芒刺在背。后来车骑将军张安世代替霍光骖乘，天子举止从容，四肢舒展，很是安和。等到霍光去世而其宗族也全被诛灭，民间流传这样一句话："威震主者不能长久，霍氏之祸萌于骖乘。"

至成帝时，为光置守冢百家，吏卒奉祠焉。元始二年[①]，封光从父昆弟曾孙阳为博陆侯，千户。

【注释】

①元始二年：2年。元始，汉平帝年号（1—5）。

【译文】

成帝即位后，为霍光设置了百户守冢人家，令吏卒以时祭祀。元始二年，平帝又封霍光堂伯父之兄弟的曾孙为博陆侯，食邑一千户。

韩愈·赠太尉许国公神道碑铭

【题解】

此文写于长庆三年(823)。韩愈曾同韩弘一起参加过平淮西吴元济的叛乱,对他很了解,韩弘死后安葬时,当时任京兆尹的韩愈又被派监护他的丧事,就应人之邀写了神道碑的铭文。文章主要叙述了韩弘在汴州任职时,不受蔡州、郓州等叛将的诱惑,听从朝廷之令打败叛军之事。

韩弘的为人,颇有争议,韩愈不厌其烦地写他为汴帅的经过,治理汴州,拒绝与蔡、郓二州合伙,平定蔡州,入朝献物、献治汴之功,又总叙治汴之功,以应前文。为此,当时有些人说韩愈是收受钱财才下此文笔,韩愈的“谀墓”之名就由此得来。

韩,姬姓[①],以国氏。其先有自颍川徙阳夏者[②],其地于今为陈之太康[③]。太康之韩,其称盖久,然自公始大著。公讳弘。公之父曰海[④],为人魁伟沉塞[⑤],以武勇游仕许、汴之间[⑥]。寡言自可[⑦],不与人交,众推以为巨人长者,官至游击将军[⑧],赠太师。娶乡邑刘氏女,生公,是为齐国太夫人。

【注释】

①韩,姬姓:韩姓出自唐叔虞之后,曲沃桓叔之子万,食邑于韩,因以为氏。代为晋卿,后分晋为国。韩为秦灭,复以国为氏,出颍川,后避王莽之乱,居南阳。

②其先有自颍川徙阳夏者:指韩暨之后的韩氏。阳夏,今河南太康。

③陈:陈州,今河南淮阳,唐时属河南道。

④海:按,《新唐书·世系表》为垂。

⑤塞:实。

⑥许：许州，今河南许昌。

⑦可：合宜，好。

⑧游击将军：官名。汉始置，为杂号将军。后代沿置，为武散官。

【译文】

韩本姓姬，后以国名为姓氏。他的先人有从颍川迁徙到阳夏的，就是今天陈州太康县。太康韩氏早就为人所知，只是从韩公开始才声名显扬。韩公名弘。其父亲名海，为人胸怀宽广，沉稳实在，凭着一身武艺和勇猛，在许州、汴州一带为官。他寡言少语，不与人一般见识，众人都认为他是德行好、值得尊敬的人，官至游击将军，去世后赠太师。娶同乡姓刘的女子为妻，生下韩公，妻被封为齐国太夫人。

夫人之兄，曰司徒玄佐[①]，有功建中、贞元之间[②]，为宣武军帅，有汴、宋、亳、颍四州之地，兵士十万人。公少依舅氏，读书，习骑射。事亲孝谨，侃侃自将[③]，不纵为子弟华靡遨放事[④]。出入敬恭，军中皆目之。尝一抵京师，就明经试[⑤]，退曰："此不足发名成业。"复去，从舅氏学。将兵数百人，悉识其材鄙、怯勇，指付必堪其事。司徒叹奇之，士卒属心，诸老将皆自以为不及。司徒卒，去为宋南城将[⑥]。比六七岁[⑦]，汴军连乱不定[⑧]。贞元十五年，刘逸淮死[⑨]，军中皆曰："此军司徒所树，必择其骨肉为士卒所慕赖者付之。今见在人，莫如韩甥，且其功最大，而材又俊。"即柄授之，而请命于天子。天子以为然，遂自大理评事拜工部尚书，代逸淮为宣武军节度使[⑩]，悉有其舅司徒之兵与地。众果大悦，便之。以上许公所以得镇汴。

【注释】

①玄佐:刘玄佐,滑州匡城(今河南长垣)人。官至司徒。

②建中、贞元:都为唐德宗李适的年号。建中,780—784年。贞元,785—805年。

③侃侃:和乐的样子。自将:谓卫护自己。

④遨:同“敖”。游嬉,闲游。放:恣纵,放任。

⑤明经:唐代科举制度科目之一,与进士科并列,同为士流所重。主要考试经义。

⑥宋南城:宋州南城。

⑦比:等到。

⑧汴军连乱不定:贞元十五年(799),董晋死,以行军司马陆长源为使,军乱,杀长源,以宋州刺史刘逸淮为使。

⑨刘逸淮:怀州武涉(今河南武涉)人。任宣武节度使后皇上赐名刘全谅。

⑩为宣武节度使:按,《新唐书·韩弘传》为“宣武节度副大使知节度事”。

【译文】

夫人的哥哥是司徒刘玄佐,在建中、贞元年间有功于朝廷,是宣武军节度使,拥有汴、宋、亳、颍四州之地,兵数十万之众。韩公少年时依靠舅舅,读书,学习骑射。孝顺父母,一派温和,不放纵自己做纨绔子弟的那些浮华糜烂恣意游戏之事。无论在外面还是在家中对人都是恭恭敬敬,军中的人有目共睹。韩公曾有一次去京师参加明经科的考试,回来后说:“这不足以扬声名成大业。”依然继续跟随舅舅学习。韩公领兵数百人,知道每个人是有才还是无才、是勇敢还是懦弱,分派给他们的事情一定都能胜任。司徒感叹称奇,士兵们心归向他,各位老将们都承认自己不如他。司徒去世后,韩公离开宣武军到宋州南城军做将领。过了六七年,汴州的军队不断有内乱发生。贞元十五年,刘逸淮逝世,军中人都说："这支军队是司徒建起来的，必须选司徒的亲属中士兵们所仰慕信赖的人，才可以把军权交给他。现在眼前的人没有比司徒的外甥韩公更合适的了，而且他的功劳也最大，才能又出众。"就把权力交给了他，并上报天子。天子认为可以，就把韩公从大理评事升为工部尚书，替代刘逸淮为宣武军节度使，拥有他舅舅原来所有的兵力和地盘。众人果真十分高兴，做事配合。以上写韩弘之所以得镇汴州的来由。

当此时，陈、许帅曲环死①，而吴少诚反②，自将围许，求援于逸淮，啖之以陈归汴③，使数辈在馆④，公悉驱出斩之，选卒三千人，会诸军击少诚许下。少诚失势以走，河南无事。以上拒蔡。

【注释】

①曲环：人名。陕州安邑（今山西夏县）人。

②吴少诚反：贞元十五年（799）三月，彰义军节度使吴少诚反。

③啖（dàn）：引诱，利诱。

④使数辈在馆：吴少诚与刘义淮谋袭陈、许，刘义淮刚刚死，吴少诚的使者还来不及走，仍在寓馆。辈，人。馆，接待宾客的寓馆。

【译文】

就在这时，陈、许节度使曲环死了，吴少诚起来造反，亲自带兵围困许州，并向刘逸淮求援，以把陈州划给汴州来引诱，派来的使者数人还在寓馆，韩公得知后把使者全都推出斩首，挑选三千精兵，会同其他部队在许州城下攻打吴少诚。吴少诚失利逃走，河南得以平安无事。以上述其拒蔡。

公曰："自吾舅没，五乱于汴者，吾苗薅而发栉之几尽①。然不一揃刈②,不足令震骇。”命刘锷以其卒三百人③,待命于门④,数之以数与于乱⑤,自以为功,并斩之以徇⑥,血流波道。自是讫公之朝京师,廿有一年,莫敢有讙呶叫号于城郭者⑦。以上治汴。

【注释】

①苗薅(hāo)而发栉:像给苗田除草和梳头发去脏物一样,都是剔除的意思。薅,除去田中的杂草。栉,梳头发。

②揃(jiǎn):剪灭。刈(yì):割。多用于草或谷类,引申为杀。

③刘锷:一个部将,《旧唐书·韩弘传》说他“凶卒之魁也”。

④门:衙门。

⑤数(shǔ)之以数(shù)与(yù)于乱:清点其中多次参加叛乱的人。

⑥徇:对众昭示。

⑦讙呶(náo):号呼喧哗的意思。讙,通“喧”。喧哗。呶,喧哗。

【译文】

韩公说:“自从我舅舅去世,汴州已经五次有人作乱,我像除草梳头一样几乎已把他们剔除。但不把叛乱分子彻底铲除干净,就不足以让人震惊害怕。”他命令刘锷带领手下三百人在衙门待命,历数他们数次参与暴乱,还自以为有功,将他们全部斩首示众,顿时血流成河。从那时到韩公去京师二十一年,再也没有人敢在城下大呼小叫来冒犯。以上写他治理汴州情况。

李师古作言起事①,屯兵于曹②,以吓滑帅③,且告假道④。公使谓曰:“汝能越吾界而为盗邪?有以相待,无为空言。”滑帅告急,公使谓曰:“吾在此,公无恐。”或告曰:“翦棘夷道⑤,兵且至矣,请备之!”公曰:“兵来不除道也⑥。”不为应。师古诈穷变索，迁延旋军。以上拒郓。

【注释】

①李师古：祖父李正己，高丽人。曾为平卢、淄青节度观察使，父李纳辈归顺。

②曹：曹州，治所在济阴县，今山东曹县西北。

③滑帅：指李元素，字太朴，检校工部尚书，义成军节度使。义成军治所在滑州（今河南滑县），所以叫滑帅。

④假道：借路。

⑤翦棘：斩荆棘。翦，同“剪”。斩断，削弱。夷：削平。

⑥除道：修治道路。

【译文】

李师古制造谎言起兵兴事，屯兵于曹州，来吓唬驻滑州的节度使，并向他借道。韩公派人对他说：“你怎么能越过我的地盘去做强盗呢？我可有对付你的东西，这绝不是空话。”驻滑州的节度使告急，韩公派人对他说：“有我在此，你不要担心。”李师古又派人来告诉他：“我们正披荆斩棘，铺平道路，大兵就要到了，请做好准备！”韩公说：“兵来我不会给他们让道的。”没有答应敌人的要求。李师古的骗术用完，伎俩使尽，只好退兵回去。以上写他拒绝郓州方面合伙。

少诚以牛皮鞋材遗师古，师古以盐资少诚，潜过公界，觉，皆留输之库。曰：“此于法不得以私相馈。”以上并拒蔡、郓。

【译文】

吴少诚送牛皮鞋料给李师古，李师古就送盐来资助吴少诚，偷偷经过韩公的属地，被发觉，东西都被扣下，送到了府库中。韩公说：“这些东西法令上规定不能私自相互赠送。”以上写他拒蔡、拒郓。

田弘正之开魏博①，李师道使来告曰②：“我代与田氏约相保援③，今弘正非其族④，又首变两河事⑤，亦公之所恶，我将与成德合军讨之⑥，敢告。”公谓其使曰：“我不知利害，知奉诏行事耳，若兵北过河，我即东兵以取曹。”师道惧，不敢动，弘正以济。以上拒郓。

【注释】

①田弘正：本名天兴，字安道。开：开发，开拓。魏博：魏州和博州，魏博节度使治所在魏州。魏州治贵乡县，今河北大名东。博州治聊城县，今山东聊城西北。

②李师道：李师古的异母弟弟。元和元年（806）闰六月，李师古死，李师道从节度副使权知郓州事，充节度留后，后升检校工部尚书，兼郓州大都督府长史，充平卢淄青节度副大使，知节度事。

③我代与田氏约相保援：《旧唐书·田悦传》载，李正己曾同田悦（田承嗣的父亲，田弘正的祖父）共同阴谋抗命，李正己死后，李纳又派兵帮助田悦对付昭义军的讨伐。

④弘正非其族：田弘正的父亲田廷蚧与田承嗣为从兄弟，所以承嗣爱他，认为必兴吾宗。这句话是李师道诬陷他的话。

⑤首变两河事：指河南、河北藩镇割据，皆以地方为私有，而弘正举六州版籍归顺朝廷，为首变两河事。

⑥成德：指成德军节度使王承宗。

【译文】

田弘正已使魏州和博州归顺朝廷，李师古派人来对韩公说：“我家世代与田氏约定相互保护援救，现在田弘正不是他们家的人，又第一个改变两河之事，也是公所憎恶的，我将与成德军合兵讨伐，特告诉公。”韩公派人去对他说：“我不懂得利害关系，只知道奉诏行事，如果你的军旅向北越过大河，我就立即出兵东取曹州。”李师古一听很害怕，不敢动了，田弘正得以保全。以上写他拒郓。

诛吴元济也[1]，命公都统诸军，曰：“无自行以遏北寇！”公请使子公武以兵万三千人会讨蔡下[2]，归财与粮[3]，以济诸军，卒擒蔡奸。于是以公为侍中，而以公武为鄜坊丹延节度使[4]。以上平蔡。

【注释】

①吴元济：沧州清池（今河北沧州）人。彰义军节度使吴少阳之子。因父死后未得到任命，元和十年（815）正月反。唐宪宗派大军平乱，俘虏吴元济，将之斩首。

②公武：韩公武，韩弘之子，字从偃，为宣武行营兵司马，讨吴元济时被授宣武军都虞候。蔡：蔡州，治所汝南，今河南汝南。

③归：通“馈”。赠送。

④鄜（fū）：鄜州，治所洛交，今陕西富县。坊：坊州，治所中部，今陕西中部。丹：丹州，治所义川，今陕西宜川。延：延州，治所肤施，即今陕西延安。

【译文】

讨伐吴元济时，圣上任韩公为淮西诸军行营都统，他说：“我无须亲自去，就可以阻止北寇。”他让儿子韩公武率兵一万三千人会同讨伐叛军的部队于蔡州城下，给部队送物资和粮食，终于生擒了蔡州的奸贼。因此韩公被加封为侍中，韩公武被封为鄜坊丹延节度使。以上写他平定蔡州。

师道之诛,公以兵东下,进围考城[①],克之;遂进迫曹,曹寇乞降。郓部既平[②],以上平郓。公曰:“吾无事于此。”其朝京师,天子曰:“大臣不可以暑行,其秋之待。”公曰:“君为仁,臣为恭,可矣。”遂行。既至,献马三千匹,绢五十万匹,他锦纨绮缬又三万[③],金银器千,而汴之库厩钱以贯数者,尚余百万,绢亦合百余万匹,马七千,粮三百万斛[④],兵械多至不可数。初公有汴,承五乱之后,掠赏之余,且敛且给,恒无宿储。至是,公私充塞,至于露积不垣。

【注释】

①考城:古考城县,唐时属曹州,今属河南兰考。

②郓部既平:元和十四年(819)二月,李师道的部将刘悟在郓州擒住他,并将其斩首,送于魏博军。平卢自李正己后,兼领兖郓诸州,所以称郓部。郓,郓州,治所东平,今山东东平西北。

③纨:细绢。缬(xié):有花纹的丝织品。

④斛(hú):容器单位,十斗为一斛。

【译文】

讨伐李师古,韩公带兵东下,围困考城,攻下;就进攻曹州,曹州贼寇乞降。郓州平定后,以上写他平定郓州。韩公说:“我在这里没事了。”拟去京师朝见皇上,天子说:“大臣不可以在大夏天赶路,等到秋天再来。”韩公说:“皇帝仁慈,做臣子要恭敬才是,值得啊!”于是去了京师。到京师后,韩公献上马三千匹,绢五十万匹,其他绫罗锦缎三万匹,金银器具一千个,同时汴州的府库、厩中还有钱一百万贯,绢一百多万匹,马七千匹,粮食三百万斛,兵器、器械多得不可胜数。韩公最初接手汴州之时,汴州刚刚经过五次动乱之后,劫掠封赏之余,一边征收一边供给,平常都没有隔夜的供给。到现在官家与个人的仓库都充塞有余,以至于挤塌了墙,把储备的东西露在外面。

册拜司徒兼中书令。进见上殿,拜跪给扶[①]。赞元经体[②],不治细微,天子敬之。元和十五年,今天子即位[③],公为冢宰[④],又除河中节度使[⑤]。在镇三年,以疾乞归。复拜司徒中书令。病不能朝,以长庆二年十二月三日薨于永崇里第,年五十八。天子为之罢朝三日,赠太尉,赐布粟,其葬物有司官给之,京兆尹监护[⑥]。明年七月某日,葬于万年县少陵原[⑦],京城东南三十里,楚国夫人翟氏祔[⑧]。子男二人:长曰肃元,某官;次曰公武,某官。肃元早死。公之将薨,公武暴病先卒,公哀伤之,月余遂薨。无子,以公武子孙绍宗为主后。以上叙卒葬。

【注释】

①拜跪给扶:唐朝有给扶制,即对位尊年老者,加兵给扶。

②赞元经体:上佐皇帝,下理群臣。赞,佐助。元,元首,指皇帝。经,治理。体,身体,指群臣。

③今天子:指唐穆宗李恒(821—825年在位)。

④冢宰:为百官之长。因韩弘兼中书令,故韩愈称之为"冢宰"。

⑤除河中节度使:韩弘为河中尹,充河中、晋、绛、慈等州节度使。河中,唐河东道河中府,治所在河东,今山西永济。

⑥京兆尹:当时的京兆尹为韩愈。

⑦万年:今陕西长安。

⑧楚国夫人翟氏:韩氏妻。祔(fù):合葬。

【译文】

皇帝册封韩公为司徒,兼中书令。韩公进宫拜见皇帝时,受到跪拜给扶的礼遇。他上佐皇帝，下理群臣，对细枝末节并不过分追究，连皇上都很尊重他。元和十五年，当今皇上即位，封韩公为中书令，后又任他为河中节度使。在河中任职三年后，韩公因病请皇上让他回京师。皇上又封他为司徒兼中书令。韩公病重无法上朝，长庆二年十二月三日，在永崇里府第中去世，享年五十八岁。皇上为他停朝三天，赠太尉，赐给布匹、米粟，下葬的用品由有司供给，派京兆尹监护丧事。第二年七月某日，葬于京城东南三十里的万年县少陵原，与楚国夫人翟氏合葬。韩公有两个儿子：长子叫韩肃元，任某官；次子叫韩公武，任某官。韩肃元早死，韩公还未去世时，公武得暴病先行去世，韩公失子伤心，一个多月后去世。因为没有儿子，就让公武的儿子、他的孙子，韩绍宗主理后事。以上述其去世后归乡安葬。

汴之南则蔡，北则郓，二寇患公居间[①]，为己不利，卑身佞辞，求与公好，荐女请昏[②]，使日月至。既不可得，则飞谋钓谤，以间染我。公先事候情，坏其机牙[③]，奸不得发，王诛以成。最功定次[④]，孰与高下？以上明许公之功即通篇意旨。

【注释】

①二寇：指李师道和吴元济。

②昏：通“婚”。

③机牙：弩牙。这里比喻要害处。机，弩箭上的发射机关。

④最：合计，总计。

【译文】

汴州的南面是蔡州，北面则是郓州，两州叛贼担心韩公在中间会对自己不利，就卑躬屈膝、甜言蜜语，想与他交好，还想把女儿嫁到韩家联姻，不时派使者前来。后见不成，就阴谋诽谤中伤韩公，来离间并败坏他的名声。韩公先伺望了一下他们的情况，攻其要害处，使他们的奸计不得实施，皇帝最后铲除了他们。论功定次，谁能与韩公比高低？以上阐明韩公的功绩，也是本篇文章的主旨。

公子公武，与公一时俱授弓钺①，处藩为将，疆土相望。公武以母忧去镇，公母弟充②，自金吾代将渭北。公以司徒中书令治蒲，于时，弟充自郑、滑节度平宣武之乱，以司空居汴。自唐以来，莫与为比。

【注释】

①授弓钺：授官职的意思。

②母弟：同母所生的弟弟。充：韩充，本名璀，为右金吾卫将军。

【译文】

韩公的公子韩公武与他同时授官职，各自在藩地为将，疆土相隔不远。韩公武因母亲去世辞官，韩公的弟弟韩充，从金吾卫调过来代替他守渭北。就在韩公以司徒兼中书令身份任职河中时，他弟弟韩充从郑滑节度使转任汴州平定宣武之乱，被授官司空。从唐朝以来，没有谁可以相比。

公之为治，严不为烦，止除害本，不多教条①。与人必信，吏得其职，赋入无所漏失，人安乐之，在所以富。公与人有畛域②，不为戏狎③，人得一笑语，重于金帛之赐。其罪杀人，不发声色，问法何如，不自为重轻，故无敢犯者。其铭曰：

【注释】

①教条：官署或学塾中所颁布的劝谕性文告。

②畛（zhěn）域：范围，界限。畛，田间小路。

③戏狎：轻浮嬉戏。

【译文】

韩公治理之道，严正而不烦多，只消除祸害本身，少用文告示人。与人必有信用，大小官吏尽得其职，赋税收入没有一点漏差，百姓安居乐业，所在之处官民富足。韩公与人交往，保持界限，从不嬉戏狎笑，听到他的一句笑话，比得金帛之赐还难。他惩处犯人以至杀人，都不动声色，只是问法律上应该怎么办，从不擅自决定量刑轻重，所以没有人敢冒犯他而作乱。铭文为：

在贞元世，汴兵五猘[①]。将得其人，众乃一愒[②]。其人为谁，韩姓许公。磔其枭狼[③]，养以雨风。桑谷奋张[④]，厥壤大丰。贞元元孙[⑤]，命正我宇[⑥]。公为臣宗，处得地所。河流两壖[⑦]，盗连为群。雄唱雌和，首尾一身。公居其间，为帝督奸，察其嚬呻[⑧]，与其睨眴[⑨]。左顾失视，右顾而跽[⑩]。蔡先郓锄，三年而墟。槁干四呼，终莫敢濡。常山幽都[⑪]，孰陪孰扶？天施不留，其讨不逋。许公预焉，其赉何如？悠悠四方，既广既长。无有外事[⑫]，朝廷之治。许公来朝，车马干戈。相乎将乎，威仪之多。将则是已，相则三公。释师十万，归居庙堂。上之宅忧[⑬]，公让太宰[⑭]。养安蒲坂[⑮]，万邦绝等。有弟有子，提兵守藩。一时三侯，人莫敢扳。生莫与荣，殁莫与令[⑯]。刻文此碑，以鸿厥庆。

【注释】

①猘（zhì）：狗发疯，引申为暴乱。

②愒(qì):休息。

③磔(zhé):一种酷刑,即分尸。枭狼:指叛军头目。枭,骁勇,豪雄。

④桑谷奋张:形容庄稼旺盛。

⑤贞元元孙:指唐宪宗,他是有贞元年号的唐德宗的孙子。

⑥正:纠正,引申为平定。

⑦壖(ruán):河边地。

⑧嚬呻:痛苦呻吟。嚬,同"颦(pín)"。

⑨睨眴(shùn):斜视。

⑩跽(jì):长跪。双膝着地,上身挺直。

⑪常山:恒州,指成德军。幽都:即幽州。

⑫无有外事:指蔡、郓已平。

⑬宅忧:居丧。忧,指父母之丧。

⑭让:推让。太宰:官名。

⑮蒲坂:尧的都城,周明帝改为蒲州,唐开元时改为河中府。

⑯令:美好。

【译文】

贞元年间,汴州五次有人兴兵作乱。要一个人出马,民众才得休息。那人是谁?姓韩的许国公。他斩除匪首,又遇到风调雨顺。田地庄稼旺盛,汴州大获丰收。当今皇上,命令平定疆域。韩公为朝中大臣们所尊崇,被派到任所。河流两岸,群盗为患。此起彼伏,首尾相应。韩公正处中间,替皇上监视奸臣。察觉到他们蠢蠢欲动,轻轻斜看了一眼,左右匪首皆不敢再有举动。蔡州匪先被铲除,三年之内郓州只是一个废墟。四境之内,民心像干柴一样,非常容易引起野火般的状况,但最终没有人敢有所动作。他在常山和幽州时,有谁陪同他经历艰辛,有谁扶助他战胜险阻?天要施予的,它不会保留;天要讨还的,它不会推延。许国公参与完成各项事业,他得到的赏赐是什么呢?遥远的四方土地,宽阔广大。外地没有事端,朝廷治理得非常有秩序。许国公到京师来朝见皇上，带着大批的车马兵器。迎接队伍整齐威武，上至丞相下至将军都在，仪式真是庄严威武。被封河中节度使，再拜司徒。离别十万大军，又归居朝堂。皇上居丧，韩公辞让太宰之封。年老归田，安养于蒲坂，没有哪个国家的大臣有这样好的结局。韩公的弟弟和儿子，都各自领兵为将。一时间，没有人敢与之攀比。他活着时无限荣耀，死以后无比光彩。在碑上刻下这篇铭文，是为了光大对他的颂扬。

韩愈·试大理评事王君墓志铭

【题解】

本文写于元和九年(814)，记述了王适“怀抱负气”，落拓不羁，终于默然死去的这样一个小人物的生平，表达了自己对王适怀才不遇的慨叹和不平。通过拒绝卢从史的“钩致”，写出王适的注重名节。虽是琐事，却生动传神地刻画出他狂放、直率的性格。同时，作者突破了碑志的格套，“骗婚”一段文字更使王适“奇男子”的形象幽默地凸现出来。

文章文字生动，亦庄亦谐，既强调了真实性，又注重了艺术描写，在艺术上可与某些唐人传奇媲美。王安石把它称为韩愈墓志铭中的“尤奇”之作。

君讳适，姓王氏，好读书，怀奇负气[①]，不肯随人后举选。见功业有道路可指取，有名节可以戾契致[②]，困于无资地[③]，不能自出，乃以干诸公贵人，借助声势。诸公贵人既志得，皆乐熟软媚耳目者[④]，不喜闻生语[⑤]，一见，辄戒门以绝。上初即位[⑥]，以四科募天下士[⑦]。君笑曰：“此非吾时邪！”即提所作书，缘道歌吟，趋直言试[⑧]。既至，对语惊人，不中第⑨，益困。

【注释】

①怀奇：指怀抱杰出的才能。负气：恃其意气，不肯屈居人下。负，恃。

②见功业有道路可指取，有名节可以戾（lì）契致：指取，用手指拿来，比喻毫不费力就可得到。有名节可以戾契致，朱熹认为"有"字应属上句，言功业有道路可指取而有之，名节可戾契而致之。童第德认为"有"应为"而"。戾契，原意是曲折倾斜，这里指科举考试之外的其他可以获得名节的途径。

③资地：资财，地位。

④熟软媚耳目者：甜言蜜语谄媚逢迎的人。熟软，形容言语使人喜爱，如同熟烂柔软可口的食物一样。

⑤生语：生硬不顺耳的话。

⑥上：这里指唐宪宗李纯。

⑦四科：指贤良方正直言极谏科、才识兼茂明于体用科、达于吏理可使从政科和军谋弘远堪任将帅科，是明经、进士之外特开的科目。

⑧趋：赴，应。直言试：指贤良方正直言极谏科的考试。此为元和二年（807）四月事。

⑨不中第：没有考中，落榜。第，科举考试考中者的等次。

【译文】

王君名适，喜欢读书，怀抱奇志，恃其才学，不肯跟在别人后面去参加科举考试。他看到功业有其他道路可以轻取，名节也可以另辟蹊径获得，但苦于没有钱财地位，无法凭自己的力量出人头地，就去拜见公卿权贵，以便借助他们的声势。那些公卿权贵已经志满意得，都喜欢甜言蜜语谄己耳目的人，不喜欢听刚正不顺耳的话，见过他一回，就告诫看门的人不要再让他进来。皇上刚即位时，以四科考试来招募天下人才，王君笑着说："这不正是我的机会吗？"就提着所写的书，一路上一边走一边咏诗唱歌，去参加贤良方正直言极谏科的考试。考试时，他直言惊人，结果没有考中，从此更加困窘。

久之，闻金吾李将军年少喜事[①]，可撼[②]。乃踏门告曰："天下奇男子王适，愿见将军白事。"一见，语合意，往来门下。卢从史既节度昭义军[③]，张甚，奴视法度士[④]，欲闻无顾忌大语[⑤]，有以君生平告者，即遣客钩致[⑥]。君曰："狂子不足以共事。"立谢客。李将军由是待益厚，奏为其卫胄曹参军[⑦]，充引驾仗判官[⑧]，尽用其言。将军迁帅凤翔[⑨]，君随往，改试大理评事[⑩]，摄监察御史、观察判官[⑪]。栉垢爬痒[⑫]，民获苏醒。

【注释】

①金吾：即金吾卫，保护皇帝的卫队，有左右之分。李将军：指李惟简。宪宗时任左金吾卫大将军，后出为凤翔节度使。

②可撼：可以打动、说动。

③卢从史：当时的昭义节度使。后因勾结王承宗作乱，赐死。节度：节制调度。昭义：又名泽潞，唐方镇名（治所在潞州，今山西长治），大历元年（766）号昭义军。

④奴视：鄙视。奴，把……当成奴隶一样的。法度士：讲求礼法的士人。

⑤无顾忌大语：没有顾忌的话。此处指不顾忌儒家礼法、鼓动跋扈割据乃至背叛朝廷、兴兵作乱的言语。

⑥客：说客。钩致：想办法弄来，此处以用钩钓鱼比喻得到人才的办法。一说"钩"与"致"同义，这里是拉拢的意思。

⑦胄曹参军：官名。即左金吾卫胄曹参军。

⑧引驾仗判官：官名。掌管皇帝出行时仪仗等事。

⑨迁：升迁。凤翔：今陕西凤翔。元和六年（811）五月，李惟简升凤翔陇州节度使。

⑩大理评事：官名。为大理寺卿属官。

⑪摄：兼任，代理。观察判官：官名。为节度使属官，掌观察吏治民情。

⑫栉（zhì）垢爬痒：比喻替老百姓除去弊政和减轻痛苦。栉垢，以梳子梳去污垢。栉，梳子和篦子的总称。爬痒，挠痒。

【译文】

过了很长时间，王君听说金吾卫李将军年轻好事，可以说动，就登门禀报："天下奇男子王适，希望见到李将军谈论事情。"一见面，王君的谈话就很合乎李将军的心意，从此便经常出入李将军门下。卢从史任昭义军节度使后，嚣张得很，看不起讲究礼法的士人，想听一些无所顾忌的话，有人把王君的生平告诉卢从史，卢立即派人想拉拢王君到他手下。王君说："卢从史是个狂妄之人，不足以共事。"立即谢绝了来客。李将军从此越发厚待他，保奏他为金吾卫胄曹参军，作引驾仗判官，他的话都予以实行。李将军升凤翔节度使后，王君也随他去了凤翔，改任大理评事，兼监察御史、观察判官。在任上王君兴利除弊，当地的百姓获得了休养生息。

居岁余，如有所不乐①，一旦载妻子入阌乡南山不顾②。中书舍人王涯、独孤郁，吏部郎中张惟素，比部郎中韩愈③，日发书问讯，顾不可强起，不即荐。明年九月，疾病，舆医京师。其月某日卒，年四十四。十一月某日，即葬京城西南长安县界中。曾祖爽，洪州武宁令④；祖微，右卫骑曹参军⑤；父嵩，苏州昆山丞。妻上谷侯氏处士高女⑥。

【注释】

①如有所不乐:好像心里有些不快活。指王适和李惟简意见不合。

②阌(wén)乡:县名。今河南灵宝。

③"中书舍人王涯、独孤郁"几句:中书舍人,官名。掌侍进奏,参议表章。王涯,字广津,太原(今属山西)人。两次为相,官至司空。独孤郁,字古风,洛阳(今属河南)人。古文家独孤及之子,官至秘书少监。吏部郎中,官名。掌文官阶品、朝集、禄赐。张惟素,元和年间曾任吏部侍郎。比部郎中,官名。掌管京师、诸州会计事项。元和八年(813)三月,韩愈任比部郎中史馆撰修。

④洪州武宁:今江西武宁。

⑤右卫骑曹参军:官名。左右卫设骑曹参军务一人,掌管外府杂畜簿账、牧养等事。

⑥上谷:郡名。治所在易县(今河北易县)。侯氏处士高:处士侯高。处士,有才德而隐居不仕的人。侯高,字玄览,上谷人。和孟郊、韩愈等人相善。

【译文】

在凤翔住了一年多时间,王君好像有些不快活,一天用车拉着妻子儿女绝然地去了阌乡县南山。中书舍人王涯、独孤郁,吏部郎中张惟素,比部郎中韩愈连日寄信问讯,看那样子不可能勉强他出来做官,就不再向朝廷推荐他。第二年九月王君患病,用车拉到京城就医。某月某日去世,时年四十四岁。十一月某日,下葬在京城西南的长安县内。王君的曾祖王爽,曾任洪州武宁县令;祖父王微,曾任右卫骑曹参军;父亲王嵩,曾任苏州昆山县丞。妻子是上谷的隐士侯高的女儿。

高固奇士,自方阿衡、太师[①],世莫能用吾言。再试吏,再怒去,发狂投江水。初,处士将嫁其女,惩曰[②]:"吾以龃龉穷[③],一女,怜之,必嫁官人,不以与凡子。"君曰:"吾求妇氏久矣，惟此翁可人意，且闻其女贤，不可以失。”即谩谓媒妪：“吾明经及第[4]，且选[5]，即官人。侯翁女幸嫁，若能令翁许我，请进百金为妪谢。”许诺，白翁。翁曰：“诚官人邪？取文书来[6]。”君计穷吐实，妪曰：“无苦[7]，翁大人[8]，不疑人欺我。得一卷书，粗若告身者，我袖以往，翁见未必取视[9]，幸而听我[10]。”行其谋。翁望见文书衔袖[11]，果信不疑，曰：“足矣。”以女与王氏。生三子，一男二女。男三岁夭死；长女嫁亳州永城尉姚侹，其季始十岁。铭曰：

【注释】

①方：比。阿衡：殷代官名。指伊尹。殷汤和太甲时，伊尹曾任阿衡。太师：官名。指吕望（姜太公）。周武王时，吕望曾任太师。

②惩：惩戒，以过去的事作为教训。

③龃龉（jǔ yǔ）：齿不正，比喻和人家意见不合。

④明经：唐代科举分秀才、进士、明经、明法等科，明经科以通晓经义取士。

⑤且选：将被选为官员。

⑥文书：授官文书。唐代朝廷授官时，由吏部发给文书，盖好印信，印文是“尚书吏部告身之印”。因此，授官文书又叫作“告身”。

⑦无苦：不要难过。无，同“勿”。不要。苦，难过。

⑧大人：即“君子人”的意思，忠厚之人，不懂得欺骗。

⑨取视：要到手认真看。

⑩幸：希望。而：同“尔”。你。

⑪衔袖：塞在袖子里。衔，含。

【译文】

侯高本是个奇士，以阿衡、太师自比，认为世上没有谁能采纳自己的主张。两次做试用的官吏,两次都愤而辞职,后来精神失常投江自杀。起初,侯高处士要嫁女儿时,鉴于自己一生没有做官的教训,说:“我因与人意见不合而困窘,我就这么一个女儿,很疼爱她,一定让她嫁个做官的,不能嫁给平民百姓。”王君说:“我寻妻家很久了,只有这个老翁合乎我的心意,而且我听说他女儿贤惠,机不可失。”就骗媒婆说:“我明经科及第,将要被授官职,就要是做官的人了。侯翁的女儿要嫁人,如果你能让侯翁把女儿许配给我,我给你一百金作谢礼。”媒婆答应去向侯翁说说。侯翁问:“真的是做官的吗? 拿文书来。”王君没办法,只好对媒婆说了实话,媒婆说:“不用难过,侯翁是位君子,为人厚道,从不疑心别人欺骗他。你弄一卷像文书那样粗的书,我放在袖筒里去他家,侯翁看见,未必会拿过去验看,希望你听我的。”于是王君按照媒婆的计谋行事。侯翁看见媒婆袖筒里揣着“授官文书”,果然信而不疑,说:“够了。”就把女儿嫁给了王君。侯氏生了三个孩子,一个儿子,两个女儿。儿子三岁就夭折了。大女儿嫁给亳州永城县尉姚侹,小女儿才十岁。铭文是:

鼎也不可以柱车①,马也不可使守闾②。佩玉长裾③,不利走趋④。只系其逢⑤,不系巧愚。不谐其须,有衔不祛⑥。钻石埋辞,以列幽墟⑦。

【注释】

①柱:同“拄”。支撑。

②守闾:看守里巷的大门,此为狗的事。

③佩玉:古代士大夫以及贵族身上所佩戴的玉器。士大夫们都很讲究行路的步伐和佩玉的响声相应,以示其从容不迫。长裾:长衣襟。

④走趋:快步走。

⑤系:关系。逢:遭遇,指遇合遭际。

⑥有衔不祛：指胸怀抱负未能施展。衔，含，蓄积。

⑦幽墟：幽暗的丘墓。

【译文】

鼎不可以用来支撑车辆，马不可以用来看守里巷。佩玉饰、着长服，不便于快步行趋。人生的穷通只看其遇合遭际，与聪明还是愚钝没有关系。与世俗需求不合，即使胸怀大志也不能得到展施。刻石镌上哀辞吧，把它埋在幽暗的丘墓里。

欧阳修·泷冈阡表

【题解】

本文是作者在其父亡六十年后，自己已是六十四岁时为父母写的阡表，即墓碑文。

文章主要是寄托对父母的哀思，但同时也通过陈述三代祖先所得的封赠，来显示先祖的荣耀，表明自己终有所成，“不辱其先”。

朱自清、叶圣陶在《欧阳修〈泷冈阡表〉指导大概》一文中指出：“这篇文字，通体只有一条线索，就是一个‘待’字。”这个评语十分精当。开首“有待”二字乃一篇之主，对全文起总领的作用，后母待子、子待荣分说，以证主旨，从而达到前呼后应、行文结构严密的效果。

呜呼！惟我皇考崇公卜吉于泷冈之六十年①，其子修始克表于其阡②。非敢缓也，盖有待也。

【注释】

①皇考：子女对亡父的尊称。卜吉：选择吉日下葬，或选择吉祥的葬地。泷（shuāng）冈：在今江西永丰沙溪镇南凤凰山。

②克：能。阡：通向墓室的甬道。

【译文】

啊！在卜算吉日将先父崇公安葬于泷冈六十周年之际，他的儿子修才立碑于墓前。并非敢于延缓不办，是因为有所期待啊。

修不幸，生四岁而孤[①]。太夫人守节自誓[②]，居贫，自力于衣食，以长以教，俾至于成人。太夫人告之曰："汝父为吏，廉而好施与，喜宾客。其俸禄虽薄，常不使有余，曰：'毋以是为我累。'故其亡也，无一瓦之覆，一垄之植，以庇而为生。吾何恃而能自守邪？吾于汝父，知其一二，以有待于汝也。自吾为汝家妇，不及事吾姑，然知汝父之能养也。汝孤而幼，吾不能知汝之必有立，然知汝父之必将有后也。吾之始归也[③]，汝父免于母丧方逾年，岁时祭祀，则必涕泣曰：'祭而丰，不如养之薄也。'间御酒食，则又涕泣曰：'昔常不足，而今有余，其何及也！'吾始一二见之，以为新免于丧适然耳[④]。既而其后常然，至其终身未尝不然。吾虽不及事姑，而以此知汝父之能养也。汝父为吏，尝夜烛治官书，屡废而叹。吾问之，则曰：'此死狱也，我求其生不得尔。'吾曰：'生可求乎？'曰：'求其生而不得，则死者与我皆无恨也，矧求而有得邪！以其有得，则知不求而死者有恨也。夫常求其生犹失之死，而世常求其死也。'回顾乳者抱汝而立于旁，因指而叹曰：'术者谓我岁行在戌将死[⑤]，使其言然，吾不及见儿之立也，后当以我语告之。'其平居教他子弟，常用此语，吾耳熟焉，故能详也。其施于外事，吾不能知；其居于家，无所矜饰，而所为如此，是真发于中者邪！呜呼！

其心厚于仁者邪！此吾知汝父之必将有后也。汝其勉之！夫养不必丰，要于孝；利虽不得溥于物，要其心之厚于仁。吾不能教汝，此汝父之志也。”修泣而志之，不敢忘。以上述母语称父之德。

【注释】

①孤：幼而无父之谓。

②太夫人：指欧阳修的母亲郑氏夫人。太，对高一辈人的尊称。

③归：女子出嫁。

④适然：事理当然。

⑤戍：古代以干支纪年，指戌年。

【译文】

修十分不幸，出生四年就失去了父亲。太夫人立志守节，在贫困中依靠自己的力量来维持全家的生活，而且还要抚养、教育我成长，使我能够长大成人。太夫人告诉我说：“你父亲为官时，不仅清廉而且乐于帮助别人，喜欢接待宾客。他的俸禄较少，但并不节省开支有所积蓄，他说：‘多了反倒成为我的累赘。’所以，在他去世后，我们家上无片瓦遮挡，下无一垄地种，没有藉以保障生活的东西。我是凭借着什么坚守节操的呢？我对你父亲，是了解一些的，我是期待着你长大成人啊。当初我到你们家做媳妇的时候，没能够赶上侍候婆婆，可是我了解你父亲是位孝顺养亲的人。你父亲死时你还年幼，那时我可没看出来你长大能不能自立成人，但是我知道，你父亲一定有后人了。我刚到你们家时，你父亲为你祖母服丧刚刚满一年，每逢过节祭祀的时候，他总流着泪水说：‘祭奠时东西再丰富，也不及让我在简陋的环境里多奉养老母生活几年啊！’有时饮酒，就又流着泪说：‘从前家里食用经常不足，现在生活有了富余，可是已经来不及用来孝敬母亲了啊！’开始我听他说了一两回，还以为他是服丧刚刚满期，偶尔这样说的。可是以后他经常这样讲，直到他去世，从来没有停过。我虽然没有机会赶上侍奉婆婆，但从这些事里知道你父亲对他母亲是很孝顺的。你父亲为官时，时常在夜间点着蜡烛办理案卷公务，其间经常放下案卷感叹。我问他这是为什么，他告诉我说：'这是一个应该处以死刑的，我想替犯人寻找一条活路，但找不出来。'我问他：'活路是能够找出来吗？'他说：'我替他找活路如找不到，那死刑的犯人和我都会没有怨言，何况有寻找得到活路的时候呢！如果他有找到活路的可能，那么知道没有人为自己找活路而死的人就会有遗恨。常常替死刑犯人寻找活路还因失误而错杀，何况世上有些人经常要将他们置于死地呢。'回头看到乳娘抱着你立在旁边，于是指着你感叹道：'占卜的人说我活到戌年就要死，假使他的话是对的，那么我就见不到儿子自立成人了，以后应该把我的话告诉他。'他平时教育后辈人也时常这样讲，我耳朵听熟了，所以能记得很详细。他在外面做事的情况，我没能了解，他在家里从不摆什么样子，他之所以这样做的原因，是真正发自于他内心的。唉！他心存忠厚，这就是我知道你父亲一定会后继有人的缘故。你可要努力啊！奉养父母的东西不必要很丰富，重要的在于孝心；给众人带来好处不可能遍及每一个人，重要的是做人要有深厚的仁爱之心。我不能教诲你，可这是你父亲的志向啊。"我流着泪水把这些话铭记于心，不敢忘记。以上记叙太夫人讲述其父崇公的盛德。

先公少孤力学，咸平三年，进士及第，为道州判官，泗、绵二州推官，又为泰州判官，享年五十有九，葬沙溪之泷冈。以上崇公仕履。

【译文】

先父从小就失去了父亲，成了孤儿，他努力学习，在咸平三年中了进士，曾任道州判官和泗州、绵州的推官，又任过泰州判官，享年五十九岁，葬于沙溪的泷冈。以上是其父崇公仕宦经历。

太夫人姓郑氏，考讳德仪，世为江南名族。太夫人恭俭仁爱而有礼，初封福昌县太君，进封乐安、安康、彭城三郡太君[1]。自其家少微时，治其家以俭约，其后常不使过之，曰："吾儿不能苟合于世，俭薄所以居患难也。"其后修贬夷陵，太夫人言笑自若，曰："汝家故贫贱也，吾处之有素矣。汝能安之，吾亦安矣。"以上太夫人。

【注释】

①太君：宋代制度，把朝廷卿监和地方知州等官的母亲封县太君，朝廷侍郎、学士和地方观察、留后等官的母亲封郡太君。这里是写欧阳修母亲郑氏所得封赠。

【译文】

太夫人郑氏，她父亲名叫德仪，他们是江南世代的名门望族。太夫人为人谦虚仁爱，十分讲求礼仪，开始时封为福昌县太君，进而封为乐安、安康、彭城三郡太君。由于家中有些贫穷，她治理家务就更节俭了，之后，她一直不允许超过这个限度，她曾讲过："我儿不应随意迎合世俗，保持俭朴的习惯是为了一旦身处艰难也能正常生活。"后来我被贬到夷陵，太夫人谈笑和平日一样，说道："你家原本就十分贫穷，我习惯生活在这样的环境里。你能在这样的条件下安心生活，我也能在这样的环境里安心度日。"以上记太夫人。

自先公之亡二十年，修始得禄而养[1]。又十有二年，列官于朝，始得赠封其亲。又十年，修为龙图阁直学士、尚书吏部郎中，留守南京，太夫人以疾终于官舍，享年七十有二。又八年，修以非才入副枢密，遂参政事，又七年而罢。自登二府[2]，天子推恩，褒其三世。盖自嘉祐以来，逢国大庆，必加宠锡。皇曾祖府君累赠金紫光禄大夫、太师、中书令[③]，曾祖妣累封楚国太夫人；皇祖府君累赠金紫光禄大夫、太师、中书令兼尚书令[④]，祖妣累封吴国太夫人；皇考崇公累赠金紫光禄大夫、太师、中书令兼尚书令，皇妣累封越国太夫人。今上初郊，皇考赐爵为崇国公，太夫人进号魏国。以上封赠。

【注释】

①得禄而养：得官俸禄而奉养母亲。

②二府：指中书省和枢密院。

③皇曾祖府君：即曾祖父。“府君”是子孙对其祖先（男性）的尊称。

④皇祖府君：即祖父。

【译文】

自从先父去世后，过了二十年，我才能用俸禄来奉养我的母亲。又过了十二年，我在朝廷为官，先父才获得了天子的封赠。又过了十年，我出任龙图阁直学士、尚书吏部郎中，留守南京，太夫人病逝于我的官邸里，享年七十二岁。又过了八年，我这个无才的人，晋升到了枢密院任枢密副使，因此能够参与国家的政事，又过了七年，被罢黜。自从晋升到中书门下和枢密院任职，天子赐恩，褒扬我的三代祖先。因此，从嘉祐之后，每到国家有重大庆祝活动时，总要恩赐荣誉。曾祖父最后封赠为金紫光禄大夫、太师、中书令，曾祖母被封赠为楚国太夫人；祖父封赠为金紫光禄大夫、太师、中书令兼尚书令，祖母被封赠为吴国太夫人；父亲崇公封赠为金紫光禄大夫、太师、中书令兼尚书令，母亲封赠为越国太夫人。当今天子第一次举行祭天时，父亲被恩赐为崇国公，母亲进封为魏国夫人。以上为欧阳修前代被赐封的爵位。

于是小子修泣而言曰：“呜呼！为善无不报，而迟速有时，此理之常也。惟我祖考，积善成德，宜享其隆。虽不克有于其躬，而赐爵受封，显荣褒大，实有三朝之锡命，是足以表见于后世而庇赖其子孙矣。”乃列其世谱，具刻于碑。既又载我皇考崇公之遗训，太夫人之所以教而有待于修者，并揭于阡，俾知夫小子修之德薄能鲜，遭时窃位，而幸全大节，不辱其先者，其来有自。

【译文】

由此，儿修流着泪水讲：“唉！但凡做了好事的人没有不得到回报的，只是有时早有时晚，这是常理。我的祖上，做了许多好事，积善成德，理应享受这样的隆恩盛典。即使他们不能亲自承受，可赐爵受封，大显荣耀，倍受褒扬，实则已有三朝皇恩封赠我家的诏书，这些已经足以显扬后世，荫庇子孙了。”于是我将它们记入家谱，刻入碑碣。又将我父亲崇公的遗训，我母亲教诲我、期待我立志成人的言行，一并刊刻于墓室的甬道之中，好让人们知道小子欧阳修德行虽然浅薄，能力又差，遇到好的年代，身居显赫位置，幸而能保全大节，没有给他的祖上带来耻辱，是有由来的。

熙宁三年岁次庚戌四月辛酉朔十有五日乙亥[1]，男推诚保德崇仁翊戴功臣、观文殿学士、特进、行兵部尚书、知青州军州事兼管内劝农使、充京东东路安抚使、上柱国、乐安郡开国公，食邑四千三百户、食实封一千二百户修表。

【注释】

①熙宁三年：1070年。熙宁，宋神宗年号（1068—1077）。

【译文】

熙宁三年，庚戌年，四月初一辛酉，十五日乙亥，儿子推诚保德崇仁翊戴功臣、观文殿学士、特进、行兵部尚书、知青州军州事兼管内劝农使、充京东东路安抚使、上柱国、乐安郡开国公,食邑四千三百户、食实封一千二百户,欧阳修表。

王安石·王深父墓志铭

【题解】

本文开篇点出墓主和作者是朋友的关系。墓主王深父即《游褒禅山记》中提到的四个同游者之一。正因为两人交往很深,因此作者对王深父为人、品格的评价就很真挚可信。王深父虽为世人称道,但能真正了解其为人的却并不多,王安石对此表示出深深的遗憾。作者又以孟轲、扬雄与之相比,更加深了这一层意思。

吾友深父,书足以致其言①,言足以遂其志②,志欲以圣人之道为己任③,盖非至于命弗止也,故不为小廉曲谨以投众人耳目④,而取舍、进退、去就必度于仁义⑤。世皆称其学问、文章、行治,然真知其人者不多,而多见谓迂阔⑥,不足趣时合变⑦。嗟乎!是乃所以为深父也。令深父而有以合乎彼,则必无以同乎此矣。以上总括大意。

【注释】

①致:表达,传达。

②遂:表明。

③圣人之道:圣人的政治主张,圣人的道义。

④小廉曲谨:指谨小慎微的行为。投:投合,迎合。

⑤度:考虑,顾及。

⑥迂阔：不切实情。

⑦趣时合变：审时度势，随机应变。

【译文】

我的朋友王深父，著书足以表达他的言谈，言谈足以表明他的志向，他的志向是想以圣人的道义作为自己的责任，大概不到性命交关的时候是不会停止的，因此不故意做出那些谨小慎微的举动去投合世人的耳目，而在决定取舍、进退、去就的时候，一定要考虑仁义的问题。世人都称许他的学问、文章、行为，但是真正了解他的人并不多，而多数人见了会说他不切实情，不能够趋时因势、随机应变。唉！这就是他之所以是深父的原因啊。假使深父能做到合乎那些，那就必定没有与这些相同的地方了。以上概括大意。

尝独以谓天之生夫人也，殆将以寿考成其才[①]，使有待而后显，以施泽于天下。或者诱其言，以明先王之道，觉后世之民[②]。呜呼！孰以为道不任于天，德不酬于人[③]？而今死矣。甚哉！圣人君子之难知也[④]！以孟轲之圣，而弟子所愿止于管仲、晏婴[⑤]，况余人乎？至于扬雄，尤当世之所贱简，其为门人者，一侯芭而已。芭称雄书以为胜《周易》，《易》不可胜也，芭尚不为知雄者。而人皆曰："古之人生无所遇合[⑥]，至于没久而后世莫不知[⑦]。"若轲、雄者，其没皆过千岁，读其书知其意者甚少，则后世所谓知者，未必真也。夫此两人以老而终，幸能著书，书具在，然尚如此。嗟乎深父！其智虽能知轲，其于为雄，虽几可以无愧，然其志未就[⑧]，其书未具，而既早死，岂特无所遇于今，又将无所传于后？天之生夫人也，而命之如此，盖非余所能知也。以上虑深父之无传。

【注释】

①寿考：长寿。

②觉：唤醒，使……觉醒。

③德：恩惠。酬：报答。

④甚哉！圣人君子之难知也：正常语序应为："圣人君子之难知也，甚哉！"用这种倒装的语序，是为了突出加重感叹的语气，表达强烈的感情。

⑤愿：倾慕。

⑥遇合：得到君王的赏识。后来也指宾主相得。

⑦没：死去。

⑧就：成就，完成。

【译文】

我曾经单纯地认为上天之所以让人生下来，大概将会使他们长寿以使之成才，使人有所期盼之后再能够显示出来，去为天下谋福利。或者对他们进行言语诱导，使之明白先王的政治主张，唤醒后世的民众。唉！谁会想到还没有为上天承担道义，没有向民众报答恩惠，现在却死了呢？圣人君子实在是太难了解了！以孟轲那样的圣人，他的弟子所倾慕的，只是管仲、晏婴，何况其他人呢？至于扬雄，尤其被当世人所鄙视，成为他门徒的，只有一个侯芭罢了。侯芭称赞扬雄的著作，认为胜过了《周易》。扬雄认为《周易》是不可能被超过的，侯芭仍不能算是了解扬雄的人。而人们都会说："古时候的人，生前没有得到君王的赏识，等到死去很久，后代的人就没有不知道的。"像孟轲、扬雄，他们死去都超过了一千年，读他们的著作而能知道他们本意的人却很少，那么后世所说的了解未必一定就是真的。这两个人以年老而终其寿命，庆幸还能够写书立说，著书都还存在，尚且是这样。唉！深父的才智虽然能了解孟轲，和扬雄相比，虽然几乎可以没有自愧不如的地方，然而他的志向未能实现，著作未能完成，但却早早地死掉，岂不是既无法在当今获得世人的欣赏，又将无法传名于后世么？上天之所以生下这个人，而命运又像这样不济，这就是我所不能知道的了。以上忧虑深父的名声不能传世。

深父讳回，本河南王氏。其后自光州之固始迁福州之侯官，为侯官人者三世。曾祖讳某，某官。祖讳某，某官。考讳某，尚书兵部员外郎。兵部葬颍州之汝阴，故今为汝阴人。深父尝以进士补亳州卫真县主簿，岁余自免去。有劝之仕者，辄辞以养母①。其卒以治平二年七月二十八日，年四十三。于是朝廷用荐者以为某军节度推官，知陈州南顿县事②，书下而深父死矣。夫人曾氏，先若干日卒。子男一人，某。女二人，皆尚幼。诸弟以某年某月某日，葬深父某县某乡某里，以曾氏祔。铭曰：

【注释】

①辄辞以养母：总是以奉养母亲为由而推辞。

②知陈州南顿县事：做陈州南顿县的知县。宋朝时称做某州或某县的知州、知县，通常说“知某州事”或“知某县事”。

【译文】

深父名回，本是河南王氏。后来从光州固始县迁居福州侯官县，在侯官已居住三代了。曾祖父讳某，某官。祖讳某，某官。父亲讳某，官至尚书兵部员外郎。王兵部死后葬在颍州汝阴县，所以现在是汝阴人。深父曾经以进士的身份补亳州卫真县主簿，一年多后，自己请求离任。有人劝他出来做官，他就以奉养母亲为借口推辞。他死于治平二年七月二十八日，享年四十三岁。当时朝廷因有人推荐而用他做某军节度推官，并任陈州南顿县知县，委任书下达而深父却死了。夫人曾氏，先于深父几天死去。儿子一个，某。女儿两个，都还年幼。他的弟弟们在某年某月某日将深父葬在某县某乡某里，并以曾氏祔葬。铭文说：

呜呼深父！维德之仔肩①，以迪祖武②。厥艰荒遐，力必践取。莫吾知庸③，亦莫吾侮。神则尚反，归形此土。

【注释】

①仔（zī）肩：担任。

②迪：引导，实践。

③庸：功勋，功劳。

【译文】

唉，深父！肩负着道义的重担，去实现祖先的武功。即使是那艰苦荒远的地方，也要尽力去争取。没有人知道我的功劳，也不要对我加以侮辱。魂灵已经返回上天，肉体却归息于这片黄土。

叙记类

左传·秦晋韩之战

【题解】

本文所记载的是发生于鲁僖公十五年（前645）的一次以少胜多的战役。

晋献公死后，其外逃的儿子夷吾为了能回国做国君，用割让土地的方法对秦穆公进行贿赂，终于在齐、秦的干预下达到了目的，成为晋惠公。但他不履行诺言，背信弃义，终于引发了这场战争。秦军将士同仇敌忾，士气旺盛，而晋惠公刚愎自用，不听劝告，导致了晋军的失败，自己也成为秦军的俘虏。作者将秦穆公的虚伪、贪婪，晋惠公的无耻表现得淋漓尽致，既表达了自己的爱憎，也阐述了"多行不义必自毙"的道理。

晋侯之入也①，秦穆姬属贾君焉②，且曰："尽纳群公子。"晋侯烝于贾君③，又不纳群公子，是以穆姬怨之。晋侯许赂中大夫④，既而皆背之⑤。赂秦伯以河外列城五⑥，东尽虢略⑦，南及华山⑧，内及解梁城⑨，既而不与。晋饥，秦输之粟；秦饥，晋闭之籴⑩，故秦伯伐晋。以上构怨之由。

【注释】

①晋侯：即晋惠公，继位前称公子夷吾。入：指晋惠公于鲁僖公九年（前651）在齐、秦帮助下回晋做了国君。

②穆姬：晋太子申生同母姐姐，亦为晋惠公姐姐，秦穆公夫人。贾君：一说为申生妃（见清代惠栋的《左传补注》和清代洪亮吉的《春秋左传诂》）；一说为晋献公的次妃（见晋代杜预的《春秋左传集解》）。曾国藩取后一说。

③烝：下淫上为烝。

④中大夫：指晋国执政的大夫，如里克、丕郑等人。

⑤背：背信弃义，指晋惠公入国后不但未给这些人好处，反而杀了他们。

⑥河外：指黄河以南。列城五：连城五座。

⑦虢略：晋国东边与虢国为邻，所以称虢略，在今河南嵩县西北。

⑧华山：即西岳华山，在今陕西华阴境内。

⑨解（xiè）梁城：在今山西临晋南。

⑩闭：禁止。

【译文】

晋惠公回国继位时，秦穆姬嘱托他照顾贾君，并且说："你要把逃亡在外的各位公子都接纳回国。"但晋惠公即位后奸淫了贾君，又不接纳众公子，所以穆姬怨恨他。晋惠公当初许诺给晋国的执政大夫以好处，但后来又背弃了自己的诺言。他还用黄河以南五座连城贿赂秦穆公，作为秦支持自己回国为君的代价，东边至虢略，南边至华山，北边至晋国的内地解梁城，可后来又不给了。晋国闹饥荒，秦国输送粮食给晋国；而秦国遇到饥馑，晋却不卖给秦国粮食。所以秦穆公要讨伐晋国。以上是秦晋结仇的原因。

卜徒父筮之[①]，吉。涉河，侯车败[②]。诘之[③]，对曰："乃大吉也，三败必获晋君。其卦遇‘蛊’④，曰：‘千乘三去，三去之余，获其雄狐⑤。’夫狐‘蛊’，必其君也。‘蛊’之贞，风也；其悔，山也⑥。岁云秋矣⑦，我落其实而取其材⑧，所以克也。实落材亡，不败何待？”三败及韩。以上详叙卜人，简叙三败。

【注释】

①卜徒父：秦国的卜官。

②侯车败：晋侯的车失利。

③诘：询问。

④蛊（gǔ）：《周易》中的卦名。

⑤“千乘三去”几句：为卦辞。千乘，此指诸侯。雄狐，此指晋惠公。

⑥“‘蛊’之贞”几句：内卦为贞，外卦为悔，风是秦的象征，山是晋的象征。

⑦岁云秋矣：夏历七月，是孟秋之月。

⑧我落其实：我指秦国，因为风象征秦国。其实，山上树木的果实。取其材：取用山上的木材。山象征晋国。

【译文】

卜徒父为秦师卜筮，吉利。卦象预示着秦国的军队将渡河，晋侯的军车必败。秦穆公询问卦情，卜徒父回答说：“此卦是象征秦师大吉的，秦军连续将晋军打败三次，三次之后，一定会俘获晋君。这个卦遇到了‘蛊’，卦辞上说：‘必定三次败走，三次败走之后，一定擒获其首。’所谓狐‘蛊’一定指的是晋君。‘蛊’的内卦是风，‘蛊’的外卦是山。现在已经是秋天了，风将山上的树木果实都吹落了，山上的木材可以取用，如此卦兆可知我们一定战胜晋军。既然晋国像山上树木的果实那样落了，木材被砍伐了，不败还等什么？”晋军三次战败之后到了韩地。以上详细叙述卜徒父的占卜，简叙晋国三败。

晋侯谓庆郑曰:“寇深矣[①],若之何?”对曰:“君实深之[②],可若何?”公曰:“不孙[③]。”卜右[④],庆郑吉[⑤],弗使。步扬御戎[⑥],家仆徒为右,乘小驷[⑦],郑入也[⑧]。庆郑曰:“古者大事[⑨],必乘其产[⑩],生其水土而知其人心,安其教训而服习其道,唯所纳之,无不如志[⑪]。今乘异产,以从戎事,及惧而变,将与人易[⑫]。乱气狡愤[⑬],阴血周作[⑭],张脉偾兴[⑮],外强中干。进退不可,周旋不能,君必悔之。”弗听。

【注释】

①深:深入。

②君实深之:是君主您招致秦军的深入。

③不孙:说话无礼。孙,同“逊”。

④卜右:占卜决定谁可做晋惠公的兵车右卫。

⑤庆郑吉:由庆郑担任晋惠公的兵车右卫吉利。

⑥步扬:御步扬,他和家仆徒均为晋国大夫。

⑦小驷:马名。

⑧郑入:郑国献的。

⑨大事:古代把战争和祭祀看作国家的大事,这里指战争。

⑩其产:本国出产的马。其,指本国,下同。

⑪志:心的意向。

⑫“今乘异产”几句:乘异国所产的马来打仗,临战时马会因害怕而改变常态,将会与人的意愿相反。

⑬乱气:呼吸紧张,喘气失去正常的节奏。狡愤:狡有错乱的意思。愤,动。

⑭阴血:体内的血液。周作:周身而作,指血液遍体急遽循环。

⑮张脉偾(fèn)兴:血脉急涨沸腾。

【译文】

晋侯对庆郑说："敌人已经深入了，怎么办呢？"庆郑回答说："国君您自己招致了敌人的深入，又能怎么办？"晋惠公申斥说："出言不逊。"占卜决定谁可做晋侯的兵车右卫，结果是庆郑做车右吉利，晋侯厌恶他无礼，弃而不用。而由御步扬驾驶兵车，家仆徒做车右，驾着郑国献的名叫小驷的马。庆郑说："古时出兵作战，一定乘本国出产的马，它们生长在本国土地上，知道本国人的心意，接受本国人的教训，熟悉本国道路，听凭你使用，没有不称人心意的。现在您驾着异国出产的马去打仗，遇到意外就会因害怕而失去常态，必将违背人的意志。马一受到刺激就呼吸紧张急促，血脉在全身急剧循环，由于血脉急涨沸腾，体外虽有强形而体内气力枯竭。这样，它进退不得，又不能周旋下去，那时您一定后悔。"晋惠公不听。

九月，晋侯逆秦师①，使韩简视师②，复曰："师少于我，斗士倍我。"公曰："何故？"对曰："出因其资，入用其宠，饥食其粟，三施而无报，是以来也。今又击之，我怠秦奋③，倍犹未也④。"公曰："一夫不可狃⑤，况国乎？"遂使请战，曰："寡人不佞⑥，能合其众而不能离也⑦，君若不还，无所逃命。"秦伯使公孙枝对曰："君之未入，寡人惧之；入而未定列，犹吾忧也；苟列定矣，敢不承命。"韩简退曰："吾幸而得囚⑧。"以上详叙庆郑、韩简之语。

【注释】

①逆：迎战。

②韩简：晋国大夫。视师：观察秦国兵力强弱。

③奋：振奋。

④犹未：还不止。

⑤狃（niǔ）：轻慢。

⑥不佞：谦辞。犹言不才。佞，才能。

⑦合：使集合。

⑧吾幸而得囚：能做秦国的俘虏已经是幸运的了。意指晋必败无疑。

【译文】

九月，晋惠公率军迎战秦国军队，派大夫韩简去观察秦军的兵力强弱，韩简回来说："秦军兵力少于我军，而他们的斗志却是我们的两倍。"晋惠公问："这是为什么？"回答说："您当初逃亡时依靠秦资助，归国为君时得其力相助，晋遇荒年时吃的是秦国输送来的粮食，秦国三次施恩而没有得到报答，所以来讨伐我们。现在我们又迎击秦军，我们懈怠而秦军振奋，他们的斗志多我们一倍还不止呢。"晋惠公说："一个普通人都不能受人轻慢，何况一个国家？"就派韩简去挑战，说："寡人不才，能集合军队却不能解散他们，您如果不退兵，晋国是不会回避秦军的攻击的。"秦穆公派公孙枝回答说："您没有回晋国之前，我为您担心害怕；回国而没能定位，我还是为您发愁；如今您君位已定，我不敢不接受您的挑战了。"韩简回到晋营说："我们能做秦人的俘虏就已经很幸运了。"以上详叙庆郑、韩简的话。

壬戌[①]，战于韩原[②]，晋戎马还泞而止[③]。公号庆郑。庆郑曰："愎谏违卜[④]，固败是求，又何逃焉？"遂去之[⑤]。梁由靡御韩简，虢射为右，辂秦伯[⑥]，将止之[⑦]。郑以救公误之，遂失秦伯[⑧]。秦获晋侯以归。以上实叙战事。

【注释】

①壬戌：九月十三日。

②韩原：晋国地名。在今陕西韩城西南，位于河西。但秦晋韩之战，

俘获晋侯，应在河东，从文章中“涉河，侯车败”，“寇深矣”等记载，证明本文中的“韩原”不在河西，而在河东（参见《中国古今地名大辞典》中“韩原”条）。

③晋戎马：晋侯兵车上的马，即小驷。

④愎谏：不听劝告。

⑤去之：不顾而去，指庆郑不救晋惠公自顾走开了。

⑥辂（yà）：通“迓”。迎。

⑦止：擒获。

⑧郑以救公误之，遂失秦伯：庆郑不救晋侯，晋侯便招呼韩简来救，故将其俘获秦伯的好机会失掉了。

【译文】

九月十三日，秦、晋战于韩原。晋惠公的小驷陷入泥泞盘旋，出不来了。惠公向庆郑呼救。庆郑说：“不接受劝告，又不照卜筮去做，实在是自找失败，又怎么能逃得掉呢？”不去救晋惠公掉头而去。梁由靡给韩简驾兵车，虢射做韩简的车右，迎面遇上秦穆公，就要抓住穆公了。由于庆郑弃晋惠公不顾，韩简去救惠公而耽误了时机，于是没能抓到秦伯。秦军俘虏了晋惠公回国。以上叙述韩原战事。

晋大夫反首拔舍从之①。秦伯使辞焉，曰：“二三子何其戚也②？寡人之从君而西也，亦晋之妖梦是践③，岂敢以至④？”晋大夫三拜稽首曰：“君履后土而戴皇天⑤，皇天后土实闻君之言，群臣敢在下风⑥。”

【注释】

①反首：乱头发下垂。拔舍：拔草铺地，在草中露宿。

②戚：忧伤。

③晋之妖梦是践：只是为了压息晋国的妖梦之言罢了。据《左

传·僖公十年》记载，晋国大夫狐突没有睡觉而遇见太子申生的鬼魂，说晋惠公无礼，将在韩地败于秦军。践，压息。

④以至：指将晋君作为战俘带回秦国。

⑤履：踩着。

⑥敢在下风：秦伯在上，晋臣在下，秦伯的话，晋臣都听到了。

【译文】

晋国的大夫乱发下垂，拔草铺地露宿在草中，跟着秦军走。秦穆公派人要他们离开，说："你们何必这么伤心呢？我随晋军西行，也是要压息晋国的妖梦之言罢了，怎么敢将你们国君作为战俘带回秦国呢？"晋国大夫三拜叩头说："您脚踏泥土头顶皇天，皇天后土都听到了您的话，我们晋国群臣在您之下也都听到了。"

穆姬闻晋侯将至，以太子罃、弘与女简璧登台而履薪焉[①]。使以免服衰绖逆[②]，且告曰："上天降灾，使我两君匪以玉帛相见[③]，而以兴戎。若晋君朝以入，则婢子夕以死；夕以入，则朝以死。唯君裁之。"乃舍诸灵台[④]。

【注释】

①登台而履薪：穆姬要带儿女们自杀，所以登台，脚下堆积薪柴。

②免（wèn）服衰绖（cuī dié）：丧服。逆：迎候。

③两君：指秦穆公与晋惠公。以玉帛相见：古代外交礼节，两国国君正常相见时，以玉帛互赠。

④灵台：周朝的故宫，在今陕西西安。

【译文】

穆姬听说晋侯就要到了，领着太子罃、公子弘和女儿简璧登台履薪准备自杀。她派人穿上丧服去迎候秦穆公，并且让人告知穆公："上天降下灾祸，使秦、晋两国国君不以玉帛相见，而以兵戎相会。如果晋国国君早晨到，我晚上就死；晋君晚上到，我就早晨死。请君王您裁夺。”于是秦穆公让晋惠公在灵台住下。

大夫请以入。公曰：“获晋侯，以厚归也。既而丧归[1]，焉用之？大夫其何有焉？且晋人戚忧以重我[2]，天地以要我[3]。不图晋忧[4]，重其怒也[5]；我食吾言，背天地也。重怒难任，背天不祥，必归晋君。”公子絷曰[6]：“不如杀之，无聚慝焉[7]。”子桑曰[8]：“归之而质其太子，必得大成[9]。晋未可灭而杀其君，只以成恶。且史佚有言曰[10]：‘无始祸，无怙乱，无重怒。’重怒难任，陵人不祥。”乃许晋平[11]。以上叙秦获晋侯之事。

【注释】

①丧归：掳了晋君回国将引起夫人、儿女自杀，所以称丧归。

②戚忧：忧伤。重：感动，指晋国群臣“反首拔舍”的行为感动了秦伯。

③要：约束，指晋臣用天地之神听见“岂敢以至”的话约束秦穆公。

④图：考虑。

⑤重：加重。

⑥公子絷（zhí）：秦国大夫。

⑦慝（tè）：罪恶。

⑧子桑：公孙枝。

⑨大成：好结果，即满意的和约。

⑩史佚（yì）：周武王时的太史，名叫佚。

⑪平：讲和。

【译文】

秦国群臣请求将晋君带回秦国都城。秦穆公说：“俘虏了晋侯，我原以为是归国时的光荣。如今却要引出丧事了,带晋侯回去有什么用呢?你们又能得到什么好处?况且晋国群臣的忧伤感动了我,天地也会用我的承诺来约束我。不考虑晋人的忧伤,会加重他们的愤怒;违背自己的诺言,是背弃了天地。加重晋国人的愤怒这种后果我担当不起,背弃天地对我不吉利,一定得将晋君放回去。"公子絷说:"不如杀掉他,不能让他回国再相聚作恶。"子桑说:"放他回去而以他的太子做人质,一定会获得好结果。在不可能灭掉晋国的情况下杀了他们的国君,只会造成相互间的憎恨。况且周武王时叫佚的太史说过:'不要做祸乱之首,不要乘人之危,不要增加别人对自己的怨怒。'加重别人的愤怒难以承担后果,恃强凌辱他人对自己不吉利。"于是答应晋人讲和。以上是秦国俘获晋惠公之事。

晋侯使郤乞告瑕吕饴甥[1],且召之。子金教之言曰:"朝国人而以君命赏[2],且告之曰:'孤虽归,辱社稷矣。其卜贰圉也[3]。'"众皆哭。晋于是乎作爰田[4]。吕甥曰:"君亡之不恤[5],而群臣是忧,惠之至也。将若君何?"众曰:"何为而可?"对曰:"征缮以辅孺子[6],诸侯闻之,丧君有君,群臣辑睦[7],甲兵益多,好我者劝,恶我者惧,庶有益乎!"众说,晋于是乎作州兵[8]。以上叙晋臣谋归其君。

【注释】

①郤(xì)乞:晋大夫。瑕吕饴甥:即吕甥,姓瑕吕,名饴甥,字子金。晋惠公听说秦将同意晋讲和,所以告诉吕甥,并召他来秦国接自己。

②国人:晋国群臣。

③贰:取代。圉(yǔ):晋惠公的太子。

④作爰田:改变田制,即将公田的税收赏给群臣。

⑤恤：顾虑。

⑥征：赋税。缮：整治。孺子：指太子圉。

⑦辑睦：团结和睦。

⑧作州兵：训练地方武装。州为当时的民户编制，五党（每党五百家）为一州，计二千五百家。

【译文】

晋惠公派郤乞将秦国允许晋讲和的事告诉瑕吕饴甥，并要他来秦国。吕甥教给郤乞这么做："你先接见群臣，代表国君下命令赏赐他们，并转告国君的话说：'我虽然回来了，却有辱于国家。占卜决定以太子圉取代我吧。'"大家都哭了。晋国于是开始做爰田，将公田税收赏给群臣。吕甥说："国君流亡在外没有考虑自己，而是为我们大家担忧发愁，这真是对我们恩惠到极点了。我们应该怎样报答国君呢？"大家说："您认为我们该做些什么事才对得起国君呢？"吕甥说："征收赋税，整顿甲兵以辅佐太子，诸侯听到我们失去旧主立了新君，群臣团结和睦，甲兵越来越多，与我们友好的国家会勉励我们，与我们不友善的国家会害怕我们，这样做会带来好处的！"大家都很高兴地同意了，晋国于是开始训练地方武装。以上叙述晋国臣子商议如何迎归君王。

初，晋献公筮嫁伯姬于秦，遇"归妹"之"睽"①。史苏占之曰②："不吉。其繇曰③：'士刲羊，亦无衁也。女承筐，亦无贶也④。西邻责言⑤，不可偿也。"归妹"之"睽"，犹无相也。'"震"之"离"，亦"离"之"震"⑥，为雷为火，为嬴败姬⑦，车说其輹⑧，火焚其旗，不利行师，败于宗丘⑨。"归妹""睽"孤⑩，寇张之弧⑪，侄其从姑⑫，六年其逋⑬，逃归其国，而弃其家，明年其死于高梁之虚⑭。"及惠公在秦，曰："先君若从史苏之占，吾不及此夫。"韩简侍，曰："龟，象也；筮，数也。物生而后有象，象而后有滋，滋而后有数。先君之败德，及可数乎？史苏是占，勿从何益？《诗》曰：'下民之孽，匪降自天，僔沓背憎，职竞由人⑮。'" 以上详叙前此筮事。

【注释】

①归妹、睽：均为卦名。

②史苏：晋国卜筮的太史，名苏。

③繇（zhòu）：卦辞。

④"士刲（kuī）羊"几句：刲，宰杀。衁（huāng），血。贶（kuàng），赐给，即所得。

⑤西邻：指秦国，因当时秦国位置在西。责言：责备的话。

⑥"震"之"离"，亦"离"之"震"："震"卦变为"离"卦，也就是"离"卦变为"震"卦。震、离，均为卦名。

⑦为雷为火，为嬴败姬："震"是雷，"离"是火，女嫁出去反害娘家的卦象，所以说"嬴败姬"，秦国国君姓嬴，晋国国君姓姬。

⑧輹（fù）：车厢下面钩住车轴的木头。

⑨宗丘：丘即邑，宗邑即祖先之地，意为在自己本国内。

⑩孤：孤单，指惠公被俘，被押至秦国，身孤影单。

⑪寇张之弧：遇到敌寇之难而有弓矢之警。弧，木弓。

⑫侄从其姑：秦穆公夫人穆姬为惠公太子圉的姑姑，此句暗指太子圉去秦国做人质。

⑬逋：逃亡。

⑭高粱：晋国地名。虚：废墟。

⑮"下民之孽"几句：孽，灾殃。匪，同"非"。僔（zǔn）沓，当面奉承。背憎，背后憎恨。职，主要。

【译文】

当初，晋献公为了将伯姬嫁给秦国而占筮，占得"归妹"卦变成

“睽”卦。太史苏占卦说：“不吉利。卦辞说：‘男人杀羊不见血，女人担筐无所得。西邻的责难，无法补偿。归妹变为睽，无人相助。’‘震’卦变成‘离’卦，也就是‘离’卦变‘震’卦，‘震’是雷，‘离’是火，这是嫁出去的女儿反会害娘家的卦象，嬴姓会打败姬姓，钩住车轴的木头会脱落，火会烧掉旗子，不利出师作战，会败于自己的国门之内。‘归妹’‘睽’卦孤单，会遇到敌寇之难而有弓矢之警。侄儿跟着姑母，六年之后逃亡，逃回自己的国，而抛弃了自己的家，第二年会死于高梁的废墟上。”等到晋惠公被俘到秦国，就说：“先君如果听从史苏的占卜，我也到不了这个地步。”韩简正陪伴在旁边，说：“龟卜以图象来显示，占筮用数字来告知。事物生成后才有形象，有形象后才能滋长，滋长繁衍才有数字。占只能知凶吉，但不能改变凶吉，先君德行败坏，做的错事能够数得清吗？即使听从了史苏的占卜又能有什么益处？《诗经》上说：‘百姓的灾殃，不是从天上降下来的，当面奉承背后憎恨，主要来自人们之间的相互争逐。’”以上是晋惠公、韩简追论当年卜筮之事。

十月，晋阴饴甥会秦伯[①]，盟于王城[②]。

【注释】

①阴饴甥：即吕甥，他的食邑在阴，所以也称他阴饴甥。

②王城：秦地，在今陕西朝邑东。

【译文】

十月，晋国吕甥会同秦穆公，在王城这个地方签订盟约。

秦伯曰：“晋国和乎[①]？”对曰：“不和。小人耻失其君而悼丧其亲，不惮征缮以立圉也[②]，曰：‘必报仇，宁事戎狄。’君子爱其君而知其罪，不惮征缮以待秦命，曰：‘必报德，有死无二[3]。’以此不和。”秦伯曰：“国谓君何[4]？”对曰：“小人戚[5]，谓之不免。君子恕[6]，以为必归。小人曰：‘我毒秦[7]，秦岂归君？’君子曰：‘我知罪矣，秦必归君。贰而执之[8]，服而舍之[9]，德莫厚焉，刑莫威焉。服者怀德，贰者畏刑。此一役也[10]，秦可以霸。纳而不定，废而不立，以德为怨，秦不其然。’”秦伯曰：“是吾心也。”改馆晋侯，馈七牢焉[11]。以上叙秦晋之平。

【注释】

①和：相符，一致。

②立圉：立太子圉为国君。

③二：二心。

④谓：以为，认为。

⑤戚：忧戚，忧愁。

⑥恕：推己及人，即用自己的想法去推测别人的想法。

⑦我毒秦：我们伤害了秦国，指晋三施而不报的事。

⑧贰：二心，即叛离。

⑨服：服罪。舍：释放。

⑩一役：指秦不计前嫌，放回晋惠公会使诸侯威服，相当于一次战役的功效。

⑪牢：牛、羊、猪各一为一牢。

【译文】

秦穆公问：“你们晋国人的意见一致吗？”吕甥回答说：“不一致。小人以国君被俘为耻辱，并哀痛自己在战争中失去的亲人，不怕征收赋税，整治甲兵以拥立圉为国君，说：‘一定要报这个仇，宁可侍奉戎狄也在所不惜。’君子爱护自己的国君，但又知道他的罪过，不怕征收赋税，整治甲兵以等待秦国放回晋君的命令,说:‘一定报答秦国的恩德,就是死了也没有二心。’所以意见不一致。”秦穆公问:“晋国人对晋君的命运如何估计?”回答说:“小人们很难过,认为国君不免一死。君子以己之心推测秦伯,认为国君一定会被放回来。小人说:‘我们伤害了秦国,秦国难道还会放国君回来吗?’君子说:‘我们知罪了,秦国一定会放回我们的国君。有二心时抓住他,认错服罪就放了他,秦国的恩德再大也没有了,秦国的刑罚再威严不过了。服罪的人感念秦的恩德,怀有二心者畏惧秦的刑罚。有秦国送回晋君这件事,秦国可以完成霸业了。送晋君回国而又不安定他的君位,废掉晋君而不立新君,这是将恩德变为仇怨,秦国是不会这样做的。’”秦穆公说:“我心里也是这么想的。”于是为晋侯改换客馆,并以国君之礼相待,送给他七牢礼物。以上叙述秦晋讲和。

蛾析谓庆郑曰[①]:“盍行乎[②]?”对曰:“陷君于败,败而不死,又使失刑,非人臣也。臣而不臣[③],行将焉入?”十一月,晋侯归。丁丑,杀庆郑而后入。

【注释】

①蛾析:晋国大夫。

②盍:何不。行:逃走。

③不臣:失掉作为人臣的本分。

【译文】

蛾析对庆郑说:“你还不逃走?”庆郑回答说:“使国君失败,国君战败自己又不能战死,现在逃走又会使国君不能对我处以刑罚,这不是做臣子的行为。作为臣子而失掉了为臣之道,就是逃走又能逃到哪里去呢?”十一月,晋惠公回国。十一月廿九日,杀了庆郑之后回到了晋国国都。

是岁,晋又饥,秦伯又饩之粟[①],曰:“吾怨其君而矜其民[②]。且吾闻唐叔之封也[③]，箕子曰[④]：'其后必大[⑤]。'晋其庸可冀乎[⑥]！姑树德焉以待能者。"于是秦始征晋河东，置官司焉[⑦]。

【注释】

①饩（xì）：赠送。

②矜（jīn）：怜悯。

③唐叔：晋国始封之君，武王之子。

④箕子：殷纣王的庶兄，殷亡国后归周。

⑤大：强大。

⑥庸：难道。

⑦司：管理。

【译文】

这一年，晋国又遇上了荒年，秦穆公又送粮食给晋，他说："我怨恨晋国国君可又怜悯晋国的百姓。而且我听说唐叔被封于晋时，箕子说：'他的后代一定强大。'晋国难道可以图谋吗？暂且树立一些恩德，等着将来能人出现吧。"从这时起秦国开始征收晋国河东的赋税，设置官吏管理这个地区。

通鉴·赤壁之战

【题解】

此篇选自《资治通鉴》第六十五卷。东汉末年，曹操初步统一北方，率兵二十余万南下，攻占荆州，刘备仓皇败逃。曹军继续南下意欲攻打孙权。迫于形势，孙、刘联盟，合军五万，共同抗曹。曹军进到赤壁，小战失利，退驻江北，与孙、刘联军隔江对峙。曹军远道而来，不服水土，不善使船，为防止战船在江中晃动，操命人用铁链将沿江战船全部首尾相连。

乘此机会，周瑜派人火攻曹营，曹军大败。曹操退守北方，刘备占据荆州地区，孙权雄踞江南，形成曹、刘、孙对峙局面。赤壁之战是我国历史上以少胜多的著名战役之一，它奠定了魏、蜀、吴三国鼎立的形势。

初，鲁肃闻刘表卒[①]，言于孙权曰："荆州与国邻接[②]，江山险固，沃野万里，士民殷富，若据而有之，此帝王之资也。今刘表新亡，二子不协[③]，军中诸将，各有彼此[④]。刘备天下枭雄，与操有隙，寄寓于表，表恶其能而不能用也。若备与彼协心，上下齐同，则宜抚安，与结盟好；如有离违[⑤]，宜别图之，以济大事。肃请得奉命吊表二子，并慰劳其军中用事者，及说备使抚表众，同心一意，共治曹操，备必喜而从命。如其克谐[⑥]，天下可定也。今不速往，恐为操所先。"权即遣肃行。到夏口[⑦]，闻操已向荆州，晨夜兼道，比至南郡[⑧]，而琮已降，备南走，肃径迎之，与备会于当阳长坂[⑨]。肃宣权旨，论天下事势，致殷勤之意，且问备曰："豫州今欲何至[⑩]？"备曰："与苍梧太守吴巨有旧[⑪]，欲往投之。"肃曰："孙讨虏聪明仁惠[⑫]，敬贤礼士，江表英豪，咸归附之，已据有六郡[⑬]，兵精粮多，足以立事。今为君计，莫若遣腹心自结于东，以共济世业。而欲投吴巨，巨是凡人，偏在远郡，行将为人所并，岂足托乎！"备甚悦。肃又谓诸葛亮曰："我，子瑜友也。"即共定交。子瑜者，亮兄瑾也，避乱江东，为孙权长史。备用肃计，进住鄂县之樊口[⑭]。曹操自江陵将顺江东下。诸葛亮谓刘备曰："事急矣，请奉命求救于孙将军。"遂与鲁肃俱诣孙权。以上鲁肃西上见刘备，约诸葛亮东下见孙权。

【注释】

①刘表:汉末地方豪强,生前任荆州牧。

②荆州:汉武帝所置十三刺史部之一。辖境约当今湖北、湖南两省及河南、贵州、广东、广西的一部分。

③二子不协:刘表的两个儿子刘琦、刘琮不和睦。因为刘表及后妻偏爱次子刘琮。

④各有彼此:军中诸将有的依附刘琦,有的依附刘琮。

⑤离违:指人有离心,互相违异。

⑥克谐:能够顺利。

⑦夏口:当今湖北武昌。

⑧南郡:治所在今湖北江陵的纪南故城。

⑨当阳长坂:在今湖北当阳。

⑩豫州:刘备曾任豫州刺史,故有此称呼。

⑪苍梧:今属广西。

⑫孙讨虏:孙权在汉建安五年(200)被封为讨虏将军。

⑬六郡:即会稽、吴郡、丹阳、豫章、庐陵、庐江。

⑭鄂县:今湖北鄂州。樊口:即娘子湖入长江之处,在今湖北鄂州。

【译文】

当初,鲁肃听说刘表去世,就对孙权说:“荆州和我们相邻,地势险要,沃野万里,百姓富足,如果我们占据荆州,将为称帝奠定基础。现在刘表刚刚去世,他的两个儿子不和,军中各位将领也各护其主。刘备本是一个英雄人物,因与曹操有矛盾,寄居在刘表这里,刘表嫉妒他的才能而不用他。如果刘备与刘表的儿子能同心协力,和睦相处,那么我们应前去安抚,与刘备结成盟友;反之,如果刘备另有打算,我们就要再做考虑,以便成就大事。我请求您让我去荆州抚慰刘表的儿子及军中诸位将领,并乘机劝说刘备收抚刘表的属下,和我们联合起来,共同对付曹操,刘备一定会很高兴地同意的。如果这件事能够顺利,天下就可以平定了。现在不抓紧时间去荆州，恐怕就会被曹操抢在前面了。”孙权立即同意，派遣鲁肃前去荆州。鲁肃到达夏口，听说曹操已经出发前去荆州，于是昼夜兼程。等到达南郡，听说刘琮已投降，刘备正向南撤退，鲁肃赶快迎上去，与刘备在当阳的长坂会合。鲁肃向刘备转达了孙权的问候，为刘备详细论述天下大势，表达了殷勤之意，并且问刘备：“现在刘豫州打算到哪里去呢？”刘备说：“我和苍梧郡太守吴巨有些交情，现在想投奔他去。”鲁肃说：“我们孙将军聪明仁惠，敬贤礼士，江东的英雄豪杰都集中在他那里，现在孙将军掌管东吴六郡，兵精粮多，足以成就大业。现在替您谋划，不如派个心腹之人与东吴结成盟友，共同完成大业。而您想去投奔吴巨，我看很不合适。吴巨不过是个凡夫俗子，所住的地方又很偏远，很快就会被别人吞并，怎么可以依靠呢？”刘备听后，很是高兴。鲁肃又对诸葛亮说：“我和诸葛子瑜是好朋友。”这样，诸葛亮也与鲁肃结为好友。子瑜名瑾，他是诸葛亮的哥哥，为避战乱，来到江东，在孙权手下任长史。刘备接受了鲁肃的意见，进军驻扎在鄂县的樊口。曹操率大军自江陵顺长江东下。诸葛亮对刘备说：“形势危急，请让我赶快去向孙将军求救吧。”诸葛亮与鲁肃一起去拜见孙权。以上讲鲁肃西上见刘备，约诸葛亮东下面见孙权。

亮见权于柴桑[①]，说权曰：“海内大乱，将军起兵江东，刘豫州收众汉南，与曹操共争天下。今操芟夷大难[②]，略已平矣，遂破荆州，威震四海。英雄无用武之地，故豫州遁逃至此，愿将军量力而处之。若能以吴、越之众与中国抗衡[③]，不如早与之绝；若不能，何不按兵束甲，北面而事之！今将军外托服从之名，而内怀犹豫之计[④]，事急而不断，祸至无日矣。”权曰：“苟如君言，刘豫州何不遂事之乎？”亮曰：“田横[⑤]，齐之壮士耳，犹守义不辱；况刘豫州王室之胄[⑥]，英才盖世，众士慕仰，若水之归海。若事之不济，此乃天也，安能复为之下乎！”权勃然曰：“吾不能举全吴之地，十万之众，受制于人。吾计决矣！非刘豫州莫可以当曹操者；然豫州新败之后，安能抗此难乎？”亮曰：“豫州军虽败于长坂，今战士还者及关羽水军精甲万人，刘琦合江夏战士亦不下万人。曹操之众，远来疲敝，闻追豫州，轻骑一日一夜行三百余里，此所谓‘强弩之末势不能穿鲁缟’者也⑦。故《兵法》忌之，曰‘必蹶上将军’⑧。且北方之人，不习水战；又，荆州之民附操者，逼兵势耳，非心服也。今将军诚能命猛将统兵数万，与豫州协规同力⑨，破操军必矣。操军破，必北还；如此，则荆、吴之势强，鼎足之形成矣。成败之机，在于今日！”权大悦，与其群下谋之。以上诸葛亮说孙权。⑩

【注释】

①柴桑：今江西九江。

②芟（shān）夷：削除。

③抗衡：势力相当。

④犹豫：兽名。像麂，性多疑虑，所以比喻迟疑不决的人为犹豫。

⑤田横：秦末狄县（今山东高青）人。原是齐国贵族，汉朝建立，率党徒五百余人逃亡海岛。汉高祖派人前去迎接。田横在回来途中因不愿称臣于汉，自刎而死。海上五百党徒闻讯亦皆自刎而死。

⑥胄：指帝王或贵族的后裔。

⑦鲁缟（gǎo）：鲁国生产的薄绢。缟，未经染色的绢。

⑧蹶：失败，挫折。

⑨协规：意为合谋。

⑩此句原在“与其群下谋之”前，今据文意改。

【译文】

诸葛亮在柴桑与孙权会面，劝孙权说：“天下大乱，将军在长江以东起兵，刘豫州在汉南收服众人，与曹操共争天下。现在曹操在北方削除强敌，基本平定了北方，接着又南下攻破荆州，威名震惊四方。面对曹操大军，刘豫州英雄无用武之地，只好暂避此处，希望将军仔细想想量力而行。如果依靠吴、越之众与中原的曹操抗衡，那么不如早日与曹操绝交；如果不能与之抗衡，为什么不收兵卸甲，臣服于曹操！现在将军表面上服从于曹操，内心里又想起兵抗曹，迟疑不决，事到临头还不能决断，祸事很快就会来临了。”孙权说：“如果真像你说的这样，那么刘豫州为什么不臣服于曹操呢？”诸葛亮说：“田横，只是齐国的一名壮士，他都能保全义气，宁死不屈；何况刘豫州是汉王室后代，英才盖世，人人仰慕，就像水流渴望归向大海一样。若大业不能完成，也只是命运不好，怎么可能向曹操屈服！”孙权听后愤然而起：“我不能让全吴之地，十万之众，受制于人。我主意已定！除了刘豫州没有能对付曹操的人；不过刘豫州最近刚打了败仗，又怎么能抵抗得住这大难呢？”诸葛亮说：“刘豫州虽然在当阳长坂与曹军交手失利，可是眼下归来的散兵及关羽手中的水军精锐还有一万人，刘琦手中的江夏战士也不下一万人。曹操军队远道而来，士兵疲累，据说为追刘豫州，轻骑兵一日一夜追三百余里，这就是所谓的‘强弓射出的箭尽管有力，但到了射程的尽头，力量已不能穿透一块鲁国的薄绸’。所以《孙子兵法》忌讳这种做法，说‘这样做一定会使主帅遭到挫败’。而且，曹军都是北方人，不懂水战；再加上荆州归附曹操的民众，只是迫于兵势罢了，并不真心拥护他。如果将军真能命猛将统领数万兵力，与刘豫州同心协力，那是一定会打败曹军的。曹军败，必然退回北方；那时东吴、荆州的势力就强盛了，鼎足之势就形成了。成败之机，就在今天。”孙权听后很高兴，马上召集群臣共同商议。以上诸葛亮说服孙权。

是时，曹操遗权书曰："近者奉辞伐罪，旄麾南指，刘琮束手。今治水军八十万众，方与将军会猎于吴。"权以示臣下，莫不响震失色。长史张昭等曰[①]："曹公，豺虎也，挟天子以征四方，动以朝廷为辞；今日拒之，事更不顺。且将军大势可以拒操者，长江也。今操得荆州，奄有其地，刘表治水军，蒙冲斗舰乃以千数[②]，操悉浮以沿江，兼有步兵，水陆俱下，此为长江之险已与我共之矣，而势力众寡又不可论。愚谓大计不如迎之。"鲁肃独不言。权起更衣，肃追于宇下。权知其意，执肃手曰："卿欲何言？"肃曰："向察众人之议，专欲误将军，不足与图大事。今肃可迎操耳，如将军不可也。何以言之？今肃迎操，操当以肃还付乡党，品其名位，犹不失下曹从事，乘犊车[③]，从吏卒，交游士林，累官故不失州郡也。将军迎操，欲安所归乎？愿早定大计，莫用众人之议也！"权叹息曰："诸人持议，甚失孤望。今卿廓开大计，正与孤同。"

【注释】

①张昭：字子布，彭城（今江苏徐州）人。

②蒙冲斗舰：以生牛皮蒙船，前后左右都有射箭的窗口，可以御敌。

③犊车：即牛车。

【译文】

这时，曹操派人给孙权送来一封信，上面写道："最近我奉天子的命令讨伐叛逆之臣，大军南下，刘琮已经投降。现在我率领八十万水军，将与将军会猎于吴地。"孙权把信给群臣看，群臣都大惊失色。长史张昭等人说："曹操是个如豺狼虎豹一样凶恶的人，他假借皇帝的名义四处征讨，动不动就打着朝廷派遣的旗号；我们现在抵抗他，事更不顺。况且，我们能够抵挡曹军的只有长江天险。可现在曹军已得到荆州，占据荆州全部土地，刘表水军的千艘战船也都被曹军占有，沿长江摆开，岸上还有步兵，水陆大军一齐东下，长江天险已由曹操和我们共有，我们的兵力与曹操相比也是寡不敌众。依我的愚见，不如迎合他。”只有鲁肃不吭声。孙权退入后堂更衣，鲁肃追到檐下。孙权明白他的意思，拉着他的手问：“你要跟我说什么？”鲁肃说：“刚才听众人说的话，真的会害了将军，不能跟他们图谋大事。现在我可以迎合曹操，而将军却不能。为什么这样说呢？现在我迎合曹操，想必他会把我送还家乡，品评我的名位，还少不得让我做一个低级官员，乘牛车，跟随着吏卒，跟读书人交游，慢慢地也能做到州郡一级官员。可是将军迎合曹操，又想如何安身呢？希望您早定大计，不要听他们的话！”孙权叹息说：“张昭他们的话太让我失望了。现在你阐发远大的谋略，真是说到我的心里去了。”

时周瑜受使至番阳[①]，肃劝权召瑜还。瑜至，谓权曰：“操虽托名汉相，其实汉贼也。将军以神武雄才，兼仗父兄之烈，割据江东，地方数千里，兵精足用，英雄乐业，当横行天下，为汉家除残去秽；况操自送死，而可迎之邪？请为将军筹之：今北土未平，马超、韩遂尚在关西[②]，为操后患；而操舍鞍马，仗舟楫，与吴、越争衡；今又盛寒，马无藁草[③]；驱中国士众远涉江、湖之间，不习水土，必生疾病。此数者用兵之患也，而操皆冒行之。将军禽操[④]，宜在今日。瑜请得精兵数万人，进驻夏口，保为将军破之！”权曰：“老贼欲废汉自立久矣，徒忌二袁、吕布、刘表与孤耳[⑤]；今数雄已灭，惟孤尚存。孤与老贼势不两立，君言当击，甚与孤合，此天以君授孤也。”因拔刀斫前奏案曰：“诸将吏敢复有言当迎操者,与此案同!”乃罢会。

【注释】

①番阳:今江西鄱阳。

②关西:指函谷关以西,今陕西、甘肃两省境内。

③藁(gǎo):多年生草本植物。

④禽:“擒”的古字。

⑤二袁:指袁绍、袁术。

【译文】

当时周瑜正驻守在鄱阳,鲁肃劝孙权赶快把周瑜召回来商议对策。周瑜奉命赶回来后,孙权召群臣议事,周瑜对孙权说:“曹操虽然托名汉朝的丞相,其实是汉朝的奸贼。将军以神武雄才,又承袭父兄的功业,独占江东数千里土地,兵力雄厚,英雄乐业,当横行天下,为汉王朝铲除奸贼;况且曹操这次是来送死,为什么要迎合他?请让我为您分析:现在北方还没有平定,马超、韩遂还驻兵在函谷关以西,是曹操后方的隐患;而曹军现在弃马乘船,与生长在水乡的吴越人交战;现在天气寒冷,马匹找不到草料;驱使中原士兵长途跋涉来到满是江河湖海的南方,不服水土,必会生病。如此种种,都是用兵所要忌讳的不利条件,可曹操却占全了。将军要想活捉曹操,机会就在现在。我请求给我数万精兵,进驻夏口,保证为将军大败曹军!”孙权说:“曹贼早就想废汉,自己称帝,只不过惧怕袁绍、袁术、吕布、刘表和我;现在那几位都已被消灭了,只有我还在。我与老贼誓不两立,你主张迎战曹操,正合我意,这是上天派你来帮助我。”说着,孙权拔出佩刀,一刀劈下桌子的一角说:“再有人敢提迎合曹操,就是如此下场!”就散了会。

是夜,瑜复见权曰:“诸人徒见操书言水步八十万而各恐慑,不复料其虚实,便开此议,甚无谓也。今以实校之,彼所将中国人不过十五六万，且已久疲；所得表众亦极七八万耳，尚怀狐疑。夫以疲病之卒御狐疑之众，众数虽多，甚未足畏。瑜得精兵五万，自足制之，愿将军勿虑！”权抚其背曰：“公瑾[①]，卿言至此，甚合孤心。子布、元表诸人[②]，各顾妻子，挟持私虑，深失所望；独卿与子敬与孤同耳[③]，此天以卿二人赞孤也。五万兵难卒合，已选三万人，船粮战具俱办。卿与子敬、程公便在前发[④]，孤当续发人众，多载资粮，为卿后援。卿能办之者诚决，邂逅不如意，便还就孤，孤当与孟德决之。”遂以周瑜、程普为左、右督，将兵与备并力逆操；以鲁肃为赞军校尉，助画方略。以上孙权与吴臣廷议。

【注释】

①公瑾：周瑜之字。

②子布：张昭之字。元表：秦松之字。

③子敬：鲁肃之字。

④程公：指程普，当时江东诸将中程普年岁最大，故称程公。

【译文】

当天夜里，周瑜又去见孙权说：“众人只见曹操在书信中自称领兵水步八十万，就被吓住了，也不想想是真是假，就准备迎合，真是太不像话了。现在以实际情况来核对一下，曹操从中原带来的士兵不过十五六万人，而且都已非常疲惫；收拢刘表部下最多也就七八万人，尚且心怀狐疑。以疲惫生病的士卒统御心怀狐疑之众，人数虽多也没什么可怕的。我只要精兵五万，就足够了，请将军不必担心！”孙权拍着周瑜的背说：“你能这样说，让我很高兴。子布、元表等人都只顾自己的家人，处处为自己着想，我很失望；只有你和子敬与我心意相同，这是上天派你们二人来帮助我。现在一时间凑不出五万人马，已经选出三万人，船粮战具都已准备好。你和鲁肃、程公先率军出发，我会继续招兵，多准备粮草，做你的后援。你与曹军交锋，能战则战，不能战就回来，让我亲自与曹孟德决战。”于是孙权任命周瑜、程普为左、右督军，率兵与刘备合作迎战曹操；任命鲁肃为赞军校尉，协助军中将领出谋划策。以上讲孙权与吴群臣商议。

刘备在樊口，日遣逻吏于水次候望权军①。吏望见瑜船，驰往白备，备遣人慰劳之。瑜曰：“有军任，不可得委署②；傥能屈威③，诚副其所望。”备乃乘单舸往见瑜，曰：“今拒曹公，深为得计。战卒有几？”瑜曰：“三万人。”备曰：“恨少。”瑜曰：“此自足用，豫州但观瑜破之。”备欲呼鲁肃等共会语，瑜曰：“受命不得妄委署。若欲见子敬，可别过之。”备深愧喜。以上刘备往见周瑜。

【注释】

①逻吏：巡逻兵。

②委：放弃，离开。署：职位，军署。

③傥：倘或。

【译文】

刘备在樊口，每日派巡逻的士兵在江边眺望孙权的军队。巡逻兵看到周瑜的战船，急忙跑去告诉刘备，刘备派人去慰问周瑜。周瑜对来人说：“军命在身，不敢擅离职守；如果刘使君能屈就前来，我诚惶诚恐恭候使君。”刘备乘一只小船前去会见周瑜，说：“迎战曹操，是明智的决定。你现在带了多少人马？”周瑜说：“三万。”刘备说：“可惜太少了。”周瑜说：“这就足够了，刘豫州只管等着瞧吧，看我怎么打败曹军。”刘备还想叫鲁肃来一起交谈，周瑜说：“身负重任，不敢随意。您若想见子敬，可以单独去见他。”刘备又惭愧又欢喜。以上是刘备见周瑜。

进，与操遇于赤壁[①]。时操军众，已有疾疫。初一交战，操军不利，引次江北。瑜等在南岸，瑜部将黄盖曰：“今寇众我寡，难与持久。操军方连船舰，首尾相接，可烧而走也。”乃取蒙冲斗舰十艘，载燥荻、枯柴[②]，灌油其中，裹以帷幕，上建旌旗，豫备走舸[③]，系于其尾。先以书遗操，诈云欲降。时东南风急，盖以十舰最著前，中江举帆，余船以次俱进。操军吏士皆出营立观，指言盖降。去北军二里余，同时发火，火烈风猛，船往如箭，烧尽北船，延及岸上营落。顷之，烟炎张天，人马烧溺死者甚众。瑜等率轻锐继其后，雷鼓大震，北军大坏。操引军从华容道步走[④]，遇泥泞，道不通，天又大风，悉使羸兵负草填之，骑乃得过。羸兵为人马所蹈藉，陷泥中，死者甚众。刘备、周瑜水陆并进，追操至南郡。时操军兼以饥疫，死者大半。操乃留征南将军曹仁、横野将军徐晃守江陵[⑤]，折冲将军乐进守襄阳[⑥]，引军北还。以上赤壁战事。

【注释】

①赤壁：在长江之右岸，胡三省注曰：“赤壁山，在今嘉鱼县，对江北之乌林。”

②荻（dí）：多年生草本植物。

③走舸：战船之一种。

④华容：地名。胡三省注曰：“华容，今石首也。”

⑤曹仁：曹操的堂弟，字子孝。徐晃：字公明，河东杨（今山西洪洞）人。

⑥乐进：字文谦。

【译文】

周瑜率军前进，与曹军相遇在赤壁。这时曹军中有许多士兵已经染上疫病。两军初次交战，曹军失利，退驻江北。周瑜率军驻扎长江南岸，周瑜手下的大将黄盖说："现在敌众我寡，很难长期坚持。曹军战船都是连在一起的，首尾相接，可以用火攻。"周瑜采纳了黄盖的建议，准备了十艘蒙冲斗舰，船内装满荻草和干柴，灌了火油，用布遮住，船上插上旗帜，船尾系着撤走时用的快船。黄盖先派人给曹操送去书信，谎称要前来投降。当时正刮着东南风，黄盖率领这十艘船由南岸向北岸行驶，走到江中心升起船帆，黄盖的船走在最前面，其他的船跟在后面。曹军官兵都出营站在岸边观看，指指点点地说黄盖前来投降。船队离北岸还有二里左右，同时点火，火烈风猛，船借风势，如箭驶去北岸，将曹军战船全部烧毁，又波及岸上兵营。顷刻之间，烟火冲天，人马烧死、投江淹死者不计其数。周瑜率轻锐部队随后过江，鼓声大震，大败曹军。曹操领残部败走华容道，道路泥泞，不得通行，又遇狂风，曹操让疲弱的士兵背干草充填道路，才能骑马通过。又有疲弱的士兵被人挤马踏，陷于泥中，伤亡很多。刘备、周瑜率军水陆并进，追曹操一直追到南郡。这时曹军连饥带病，死伤大半。曹操只好留征南将军曹仁、横野将军徐晃守江陵，让折冲将军乐进守襄阳，然后率残部撤回北方。以上是赤壁之战的情况。

周瑜、程普将数万众，与曹仁隔江未战。甘宁请先径取夷陵[①]，往，即得其城，因入守之。益州将袭肃举军降[②]，周瑜表以肃兵益横野中郎将吕蒙[③]。蒙盛称："肃有胆用，且慕化远来，于义宜益，不宜夺也。"权善其言，还肃兵。曹仁遣兵围甘宁，宁困急，求救于周瑜。诸将以为兵少不足分。吕蒙谓周瑜、程普曰："留凌公绩于江陵[④]，蒙与君行，解围释急，势亦不久。蒙保公绩能十日守也。"瑜从之，大破仁兵于夷陵，获马三百匹而还。于是将士形势自倍。瑜乃渡江，屯北岸，与仁相拒。

【注释】

①甘宁：字兴霸，临江（今重庆忠县）人。夷陵：今湖北宜昌。

②益州：汉武帝时十三刺史部之一，辖境约今四川省境内。袭肃：人名。姓袭名肃。

③吕蒙：字子明，三国时汝南富陂（今安徽阜南）人。

④凌公绩：即凌统。

【译文】

周瑜、程普率数万军队，与曹仁隔江对峙。甘宁请求先去攻取夷陵，他领兵前去，很快攻下夷陵，率军进驻。益州守将袭肃率军投降孙权，周瑜上表建议把袭肃的军队划归横野中郎将吕蒙。吕蒙极口称赞："袭肃有胆识，有才干，而且是仰慕孙将军而率军投降，于道义上讲应该嘉奖，而不是夺其兵权。"孙权认为吕蒙说得很对，将降军仍归还袭肃带领。曹仁派兵围困甘宁驻守的夷陵，甘宁危急，向周瑜求救。各位将领认为现在兵力不足，无法派出援军。吕蒙对周瑜、程普说："留下凌公绩守江陵，我与将军同行，解救甘宁之急，不会用很长时间。我保证凌公绩在江陵能守住十日。"周瑜听从了吕蒙的意见，率军增援夷陵，大败曹仁，俘获战马三百匹，胜利返回江陵。此时兵强马壮，士气高昂。周瑜率军渡过长江，驻扎北岸，与曹仁相对抗。

韩愈·平淮西碑

【题解】

淮西，指蔡州，唐方镇名，唐置淮西节度使于此，后改为彰义军。治所在今河南汝南。元和九年（814），彰义军节度使吴少阳卒，其子元济匿不发丧，不久举兵四出，焚劫邻境。元和十二年（817），宰臣裴度被任为淮西宣慰处置使，督统诸将平定淮西之乱，韩愈随为行军司马。平复蔡州以后，韩愈回到京师依旨撰写《平淮西碑》碑文。韩愈认为平复叛乱，功归裴度，引起李愬不满。李愬妻子是唐安公主女，因此前往皇宫，上诉碑文不实，应推愬功为第一，唐宪宗李纯于是下诏将已经镌刻好的碑削砍掉，又令翰林学士段文昌重作一篇来记载平叛事。

天以唐克肖其德①，圣子神孙，继继承承，于千万年，敬戒不怠。全付所覆②，四海九州，罔有内外，悉主悉臣③。高祖、太宗，既除既治④；高宗、中、睿⑤，休养生息；至于玄宗⑥，受报收功，极炽而丰⑦，物众地大，孽牙其间⑧；肃宗、代宗⑨，德祖顺考⑩，以勤以容⑪。大慝适去⑫，稂莠不薅⑬。相臣将臣，文恬武嬉，习熟见闻，以为当然。

【注释】

①克：能够。肖（xiào）：相似。

②付：给予。所覆：所覆盖管理的地方。指天下。

③罔有内外，悉主悉臣：《五百家补注》曰：“谓悉以为主而臣之也。”

④既除既治：《补注》曰：“除谓除乱也。”既，已经。

⑤高宗：名治。太宗子。中宗：名显。睿宗：名旦。皆高宗子。

⑥玄宗：名隆基。睿宗子。

⑦炽：盛。

⑧孽牙其间：这里指灾祸之端渐生其间，即“安史之乱”。孽，灾祸。牙，通“芽”。萌芽之意。

⑨肃宗：名亨。玄宗子。代宗：名豫。肃宗子。

⑩德祖：指德宗，名适。代宗子。顺考：指顺宗，名诵。德宗子，宪宗

父。考，《礼记·曲礼》曰："生曰父曰母曰妻，死曰考曰妣曰嫔。"

⑪以：而。勤：致力于政。容：宽容。

⑫大慝：指"安史之乱"，及朱泚、李希烈叛乱事。

⑬稂（láng）莠（yǒu）不薅（hāo）：稂为莠之未成者，莠则已成而扬起者，是禾粟间一种相似的草。一说稂乃狼尾草，莠则狗尾草。薅，《说文》："拔去田草也。"此处指"安史之乱"平后，肃宗朝"瓜分河北地付授叛将，护养孽萌，以成祸根"（《新唐书·藩镇魏博》）。

【译文】

上苍因为有唐一代能够遵沿它的大德，圣子神孙，继承传延千万年而谨慎敬事不敢懈怠。所以上苍就把它笼括的大地全部托付给了唐，使四海九州，无论内外都统于一国。高祖、太宗完成了铲除诸乱、安邦定国的大业；高宗、中宗、睿宗接着减免赋税，鼓励生产，休养万民，繁荣经济；到了玄宗时代，自然地安享先帝治业的成果功绩，到了极端丰盛的地步，但谁料地大物众，灾祸之端渐起其间；肃宗、代宗、德宗、顺宗数帝便兢业勤政，宽容理国。刚刚消除了大患难，杂草还未拔尽。文臣武将，就各自愉快嬉戏，得其所乐，把见闻到的割据称霸之事，视为理所应该。

睿圣文武皇帝①，既受群臣朝，乃考图数贡②。曰："呜呼！天既全付予有家，今传次在予，予不能事事，其何以见于郊庙③？"群臣震慑，奔走率职。明年，平夏④；又明年，平蜀⑤；又明年，平江东⑥；又明年，平泽、潞⑦。遂定易、定⑧，致魏、博、贝、卫、澶、相，无不从志⑨。皇帝曰："不可究武⑩，予其少息⑪。"以上叙前世及宪宗平诸路。

【注释】

①睿圣文武皇帝:指宪宗。

②考图数贡:考舆图之广狭,计贡赋之至与不至。

③郊庙:祭天于郊,祭祖于庙。

④平夏:指平定杨惠琳叛乱。夏,唐夏州,治朔方县,在今陕西榆林。

⑤平蜀:指平定刘阐在蜀地的叛乱。案,惠琳、刘阐伏诛事皆在元和元年(806),韩愈书“明年平夏,又明年平蜀”,有误,《新唐书》载此碑,删“又明年”三字。

⑥平江东:指平定李锜在润州的叛乱。润州,今江苏镇江。

⑦平泽、潞:指平定昭义节度使卢从史的叛乱。昭义节度使兼领泽、潞二州。泽州治晋城县(今山西晋城),潞州治上党县(今山西长治)。

⑧定易、定:指元和五年(810)十月,义武军节度使张茂昭以易、定二州归于有司。“安史之乱”后,两河藩帅各自据于一地,父死子代,张茂昭表请举族还朝,可谓识大义者。唐河北道定州治安喜县(今河北定州),易州治易县(今河北易县)。

⑨无不从志:指魏博节度使田兴以魏、博等六州归于有司事。魏州治贵乡县(今河北大名),博州治聊城县(今山东聊城),贝州治清河县(今河北清河),卫州治汲县(今河南汲县),澶州治顿丘县(今河南清丰),相州治安阳县(今河南安阳)。

⑩究:穷,极。

⑪息:安。

【译文】

睿圣文武皇帝即位,受群臣朝贺,于详细核定版图广狭、审计贡赋的交纳后说:“唉!上苍既已托社稷给我们家,现在传位到我,我如不能担任治国大事,怎么有面目去祭祀皇天先祖?”群臣震惊畏惧,慌张忙碌,各尽职守。第二年,平复夏州;第三年,平复蜀地;第四年,平复江东;第五年，平复泽、潞。然后又安定易州、定州，使魏、博、贝、卫、澶、相六州没有敢不遵从圣意的。皇帝说："不能穷兵黩武，我们略作休息。"以上记叙历任皇帝功绩及唐宪宗平叛诸路。

九年，蔡将死[①]，蔡人立其子元济以请，不许。遂烧舞阳，犯叶、襄城；以动东都，放兵四劫[②]。皇帝历问于朝，一二臣外[③]，皆曰："蔡帅之不廷授，于今五十年，传三姓四将[④]，其树本坚[⑤]，兵利卒顽，不与他等。因抚而有，顺且无事。"大官臆决唱声[⑥]，万口和附，并为一谈，牢不可破。

【注释】

①九年，蔡将死：指元和九年（814）闰八月丙辰，彰义军节度使吴少阳卒。蔡州治汝南县（今河南汝南）。

②"遂烧舞阳"几句：《新唐书·藩镇宣武彰义泽潞》："元济不得命，乃悉兵四出，焚舞阳及叶，掠襄城、阳翟。"舞阳，今属河南。叶，今河南叶县。襄城，今属河南。放，纵。

③一二臣：指武元衡、裴度。

④"蔡帅之不廷授"几句：自宝应元年（762）七月李忠臣为淮西节度使后，淮西节度屡以乱替：李希烈逐忠臣，陈希（仙奇）使人毒杀希烈，吴少诚杀陈奇，吴少阳又杀少诚子元庆而代之。李、陈、吴凡三姓。希烈、仙奇、少诚、少阳凡四将。廷授，朝廷授命。

⑤本：根本。

⑥臆决：以己意决之。

【译文】

元和九年，蔡将吴少阳死去，蔡人上表请立他的儿子吴元济再主此地，没有得到准许。于是吴元济焚舞阳，兵犯叶县、襄城，扰动东都洛阳，纵使士卒四处抢劫。皇帝在朝中一一询问，除一二臣以外，其余人都说："蔡帅不在朝廷封授，到现在已有五十年，传了三个姓氏的四个将领，可谓根深叶茂，兵器锋利，士卒顽固，不能和其余地方等同对待。顺着他的要求安抚后使他归顺朝廷，就平安无事了。"重臣首先以意决断，倡导此议，然后群官同声附和，几乎使这个说法牢不可破。

皇帝曰："惟天惟祖宗所以付任予者，庶其在此，予何敢不力！况一二臣同，不为无助。"曰："光颜，汝为陈许帅，维是河东、魏博、郃阳三军之在行者，汝皆将之[①]。"曰："重胤，汝故有河阳、怀，今益以汝，维是朔方、义成、陕、益、凤翔、延庆七军之在行者，汝皆将之[②]。"曰："弘，汝以卒万二千属而子公武往讨之[③]。"曰："文通[④]，汝守寿，维是宣武、淮南、宣歙、浙西四军之行于寿者[⑤]，汝皆将之。"曰："道古[⑥]，汝其观察鄂岳。"曰："愬，汝帅唐邓随[⑦]，各以其兵进战。"曰："度，汝长御史，其往视师。"曰："度，惟汝予同，汝遂相予，以赏罚用命不用命[⑧]。"曰："弘，汝其以节都统诸军[⑨]。"曰："守谦，汝出入左右，汝惟近臣，其往抚师[⑩]。"曰："度，汝其往，衣服饮食予士，无寒无饥。以既厥事，遂生蔡人。赐汝节斧、通天御带，卫卒三百。凡兹廷臣，汝择自从，惟其贤能，无惮大吏。庚申，予其临门送汝[⑪]。"曰："御史，予闵士大夫战甚苦，自今以往，非郊庙祠祀，其无用乐[⑫]。"以上命将伐蔡。

【注释】

①"光颜"几句：元和九年（814）九月，以洛州刺史李光颜为陈州刺

史、忠武军都知兵马使。冬十月又任命李光颜为许州刺史、忠武军节度使。陈州治宛丘县(今河南淮阳),许州治长社县(今河南许昌)。河东、魏博、郃阳三军,指河东、魏博节度使所率军和郃阳军。郃阳,今陕西武功。

②“重胤”几句:元和五年(810)夏四月,以昭义都知兵马使乌重胤为怀州刺史,河阳五城节度使;九年闰八月兼汝州刺史。朔方,即朔方节度使率军(节度使治所在灵州,即今甘肃灵武)。义成,义成军节度使率军(节度使治所在滑州,治白马县,即今河南滑县)。陕,陕虢节度使率军(节度使治所在陕州,治陕县,即今河南陕县)。益,指西川节度使率军(节度使治所在益州,治成都,即今四川成都)。凤翔,凤翔节度使率军(节度使治所在凤翔府,治天兴县,即今陕西凤翔)。延,属鄜坊节度使辖军(节度使治所在鄜州),延即延州,在今陕西延安。庆,属邠宁节度使辖军(节度使治所在邠州),庆即今甘肃庆阳。

③弘,汝以卒万二千属而子公武往讨之:授韩弘淮西诸军行营都统职,弘令其子公武率师一万三千隶李光颜军共讨淮西。万二千,乃“万三千”之误(据韩愈撰韩弘《神道碑》、段文昌《平淮西碑》)。

④文通:即李文通,元和十年(815)二月代令狐通为寿州团练。

⑤宣武:指宣武军节度使率军〔兴元元年(806),徙治汴州,即今河南开封〕。淮南:指淮南节度使率军(节度使治所在扬州,附郭为江都县,在今江苏扬州)。宣歙:指宣歙观察使率军(其治所在宣州,治宣城县,即今安徽宣城)。浙西:浙西节度使率军(治所在润州,治丹徒县,在今江苏镇江)。

⑥道古:即李道古,嗣曹王李皋之子,元和十一年(816)代柳公绰镇鄂岳(鄂州为鄂岳观察使治所,治江夏县,在今湖北武昌)。

⑦愬,汝帅唐邓随:指任命李愬为检校左散骑常侍,为随唐邓节度

使。唐州、邓州、随州在今河南南部、湖北北部一带。

⑧“度”几句：元和九年(814)十月，改裴度为御史中丞，寻兼刑部侍郎，奉使蔡州行营，宣慰诸军。用命不用命，语出《尚书·甘誓》：“用命赏于祖，不用命戮于社。”

⑨弘，汝其以节都统诸军：元和十年(815)九月，以宣武军节度使韩弘充淮西行营兵马都统。

⑩“守谦”几句：元和十年(815)十一月命内侍梁守谦监淮西行营诸军事。

⑪“度”几句：元和十二年(817)秋七月，制以裴度守门下侍郎，同平章事，使持节蔡州诸军事，蔡州刺史，充彰义军节度，申光蔡观察处置等使，仍充淮西宣慰处置使。八月三日，度赴淮西，诏以神策军三百骑卫从，上御通化门慰勉之。通天带，即犀带。

⑫“御史”几句：以刑部侍郎马总兼御史大夫，充淮西行营诸军宣慰副使，跟随裴度出征。闵，后多作“悯”。其，副词，表强调。

【译文】

皇帝说：“上苍先祖托付我用心力去做的，正是在这样的事情上，我怎么敢不认真努力！而且有一两个大臣和我意见相同，也不算没有辅助了。”于是颁布命令说：“李光颜，你做陈许帅，河东、魏博、郃阳三地军队出征者，都由你统率。”说：“乌重胤，你过去已治有河阳、怀州之地，现再加你汝州，今后凡朔方、义成、陕、益、凤翔、延庆地七支出征的军队，都由你统率。”说：“韩弘，你调拨兵卒一万二千人，归你儿子公武支配，从军讨贼。”说：“李文通，你据守寿地，宣武、淮南、宣歙、浙西四支营驻寿地的军队，都由你统率。”说：“李道古，你任鄂岳观察使。”说：“李愬，你为唐邓随军统帅，诸将各自率军前往作战。”说：“裴度，你任御史中丞，去战区督军作战。”又说：“裴度，只有你和我心意相同，你做我的丞相，赏罚听命和抗令者。”说：“韩弘，你充任诸军都统。”说：“梁守谦，你出入宫禁，是我近臣，由你前去抚慰军队。”说：“裴度，你去，供给我的士卒们衣服饮食，使他们不寒不饥。完成征讨大事，使蔡地百姓免于死地。赐给你节斧、犀带，及卫卒三百人。所有朝廷臣吏，任你选择跟从，不论其官职大小，只要贤能即可。庚申日，我到通化门送你。”说：“御史，我心里怜悯士大夫们作战太苦，从现在以后，除郊庙祭祀事，不再奏曲宴乐。”以上命令部将讨伐蔡州。

颜、胤、武合攻其北，大战十六，得栅、城、县二十三，降人卒四万[①]。道古攻其东南，八战，降万三千，再入申，破其外城。文通战其东，十余遇，降万二千。愬入其西，得贼将辄释不杀，用其策，战比有功[②]。十二年八月，丞相度至师，都统弘责战益急，颜、胤、武合战益用命。元济尽并其众洄曲以备[③]。十月壬申，愬用所得贼将，自文城因天大雪[④]，疾驰百二十里，用夜半到蔡，破其门，取元济以献，尽得其属人卒。以上战事。

【注释】

①“颜、胤、武合攻其北”几句：指李光颜、乌重胤、韩公武等人攻敌克地概况。

②“愬入其西”几句：李愬得降将丁士良、吴秀琳、李忠义、李祐等，用他们的力量与智慧，不断取胜。

③元济尽并其众洄曲以备：吴元济闻郾城不守，甚惧，时董重质守洄曲，元济悉发亲近及守城卒诣重质以拒之。

④文城：在蔡州西南一百二十里。

【译文】

光颜、重胤、公武合力攻打蔡州地北，大战十六回，拔栅防、城、县共二十三个，降俘蔡军四万人。李道古攻打东南处，八战，降俘蔡军三万人,进入申州,攻破了它的外城。李文通在东方作战,与敌遭遇十余回合,得降卒一万二千人。李愬捣入西地,擒获敌军将领就释放不杀,使用他们的献策,屡战而有功。十二年八月,丞相裴度到了军队,都统韩弘催促诸军进攻更加急促,光颜、重胤、公武并力作战也更加负责听命。吴元济把他的军众全部调到洄曲以为防备。十月壬申日,李愬使用降将之计,从文城出发,由于天正大雪,疾行军百二十里,夜半到达蔡州城,破门而入,擒获吴元济献于朝廷,全部收伏其手下兵卒。以上讲作战情况。

辛巳,丞相度入蔡,以皇帝命赦其人①。淮西平,大飨赉功②。师还之日,因以其食赐蔡人。凡蔡卒三万五千,其不乐为兵,愿归为农者十九,悉纵之。斩元济京师③。册功:弘加侍中④;愬为左仆射⑤,帅山南东道;颜、胤皆加司空⑥;公武以散骑常侍⑦,帅鄜坊丹延;道古进大夫⑧;文通加散骑常侍。丞相度朝京师,道封晋国公,进阶金紫光禄大夫⑨,以旧官相。而以其副总为工部尚书⑩,领蔡任。以上册功。

【注释】

①赦其人:《旧唐书·宪宗纪》:"十月甲申,诏:'淮西立功将士,委韩弘、裴度条疏奏闻,淮西军人,一切不问,宜准元敕给复二年。'"

②赉(lài):赐予,给予。

③斩元济京师:即将吴元济斩于京城独柳树。

④侍中:门下省长官。

⑤仆射(yè):有左、右之分,为宰相之职。

⑥司空:三公官,参议国事。

⑦散骑常侍:有左、右之分,分属门下、中书省。

⑧大夫:指光禄大夫、荣禄大夫等,原为文职散官称谓,专为封赠时用。

⑨金紫：左右光禄大夫、荣禄大夫，皆银章青绶，其重者，诏加金章紫绶，谓之金紫光禄大夫。

⑩工部：六部之一，掌管工程营造事项，其长官为尚书。

【译文】

辛巳日，丞相裴度进入蔡州城，宣布皇帝的赦命，不治兵众之罪。淮西平复了，因而大摆酒宴，犒赏三军。部队返回的时候，把余粮尽赐蔡地百姓。所有蔡军士卒，三万五千人众，不愿当兵从伍想归家为农的有十分之九，都放他们回去。在京城杀了吴元济。表册封赏：韩弘加任侍中；李愬任左仆射，统领山南东道军；李光颜、乌重胤加司空官；韩公武任散骑常侍，统领鄜坊丹延军队；李道古进任光禄大夫；李文通加散骑常侍职。丞相裴度进朝京师时，在路上封晋国公，又升金紫光禄大夫，仍然为丞相。而让他的副手马总担任了工部尚书职，统领蔡州地。以上分封功臣。

既还奏，群臣请纪圣功，被之金石。皇帝以命臣愈。臣愈再拜稽首而献文曰：

【译文】

凯歌还朝以后，群臣请记述圣上功德，刻于金石。皇帝因此命令臣韩愈担此重任。臣韩愈再拜叩首并献上文章：

唐承天命，遂臣万邦。孰居近土，袭盗以狂。往在玄宗，崇极而圮。河北悍骄[①]，河南附起[②]。四圣不宥[③]，屡兴师征。有不能克，益戍以兵。夫耕不食，妇织不裳[④]。输之以车，为卒赐粮。外多失朝，旷不岳狩[⑤]。百隶怠官，事忘其旧。

【注释】

①河北悍骄：指“安史之乱”后，燕、赵、魏相继而起（燕谓卢龙朱滔，赵谓成德王武俊，魏谓魏博田承嗣、田悦等，皆尝反）。

②河南附起：指汴、蔡之地屡乱。陈景云注：“按‘汴’当作‘郓’。时郓帅李师道方与蔡寇相首尾，与汴无涉。又统诸军讨蔡者即汴帅韩弘也。”

③四圣：肃、代、德、顺宗。

④夫耕不食，妇织不裳：不食、不裳皆因为出征士卒供给军需，即下“输之以车，为卒赐粮”。

⑤外多失朝，旷不岳狩：因乱者所隔故，在外做官者难以朝觐，巡狩四岳之礼也多旷废。

【译文】

唐秉上苍之命，统治四海万邦。但于所居近地，盗贼迭起猖狂。从前玄宗时代，高坐至极后颓。河北骄纵强悍，河南应之而起。四帝毫不宥宽，屡屡兴兵讨伐。凡有难克叛城，即添出征士兵。男子耕作少食，女人织布无衣。用车输送，慰师衣食。居官在外难朝，旷废巡岳大礼。众官玩忽职守，诸事都不是从前那样。

帝时继位，顾瞻咨嗟。惟汝文武，孰恤予家。既斩吴、蜀，旋取山东。魏将首义，六州降从。淮蔡不顺，自以为强。提兵叫讙，欲事故常[①]。始命讨之，遂连奸邻[②]。阴遣刺客，来贼相臣[③]。方战未利，内惊京师。群公上言，莫若惠来。帝为不闻[④]，与神为谋。乃相同德，以讫天诛[⑤]。

【注释】

①故常：指如少诚、少阳旧事，伪表请主兵，据地一方。

②奸邻：指郓州李师道及恒州王承宗。

③阴遣刺客，来贼相臣：指武元衡、裴度因力主兵讨淮蔡，故李师道等遣刺客弑之，元衡死，裴度伤。事见《旧唐书·元衡传》《裴度传》。

④帝为不闻：谓不听其言。

⑤讫：完毕。

【译文】

皇帝陛下继位，环瞻不住叹息。你们文武百官，谁恤皇家天下。斩断吴、蜀之乱，又取山东地区。魏将深明大义，六州归降顺从。淮蔡不听圣命，自认强可支撑。举兵叫嚣四进，欲效从前据霸。刚刚诏命讨伐，牵动奸邻不宁。暗中派遣刺客，弑杀两位丞相。初战之时不利，朝廷上下震惊。大臣纷纷上言，请求安抚使归。皇帝陛下不听，又与神鬼同谋。于是同心共德，意在替天诛逆。

乃敕颜、胤、愬、武、古、通，咸统于弘，各奏汝功。三方分攻[①]，五万其师。大军北乘，厥数倍之[②]。常兵时曲，军士蠢蠢。既翦陵云，蔡卒大窘。胜之邵陵，郾城来降。自夏入秋，复屯相望。兵顿不励，告功不时[③]。帝哀征夫，命相往釐[④]。士饱而歌，马腾于槽。试之新城[⑤]，贼遇败逃。尽抽其有，聚以防我[⑥]。西师跃入，道无留者。

【注释】

①三方分攻：即上所谓道古攻其东南，文通战其东，愬入其西。

②大军北乘，厥数倍之：始详叙颜、胤、武合攻其北之事。

③“自夏入秋”几句：自四月败贼郾城之后，五月愬又败之于张柴，

自此以后，三个月没有战胜的捷报，八月重胤又有贾店之败，所以说“告功不时”。顿，通“钝”。励，通“厉”。即利也。

④相：谓裴度。釐：理。

⑤试之新城：指裴度至行营后，于方城沱口观板筑，五沟贼遽至，光颜决战于前却之，裴度才得脱险。

⑥聚以防我：谓董重质兵守洄曲。

【译文】

颁旨任命颜、胤、愬、武、古、通，都于韩弘帐下，各自进战立功。三个方向、五万军队，分别攻打蔡州诸地。大军合力并攻，兵量数倍敌师。蔡军屯于时曲，蠢蠢欲有所动。我师剪拔陵云，蔡军于是窘迫。我军邵陵告捷，郾城因此来降。从夏至于秋季，屯营按兵相望。兵卒委顿不锐，捷报少传京师。陛下哀悯将士，诏命丞相慰兵。士卒得粮高歌，战马欢腾于槽。磨砺之师再举，新城试兵斗敌，贼军慌张败逃。尽数调拨兵力，聚集以防我师。李愬西师捣蔡，其余城郭皆降。

额额蔡城[1]，其疆千里。既入而有，莫不顺俟。帝有恩言，相度来宣：诛止其魁，释其下人。蔡之卒夫，投甲呼舞；蔡之妇女，迎门笑语。蔡人告饥，船粟往哺；蔡人告寒，赐以缯布。始时蔡人，禁不往来[2]；今相从戏，里门夜开。始时蔡人，进战退戮；今旰而起[3]，左飧右粥。为之择人，以收余惫；选吏赐牛，教而不税。

【注释】

①额额(é)：大貌。

②始时蔡人，禁不往来：《旧唐书·裴度传》：“旧令：途无偶语，夜不

燃烛，人或以酒食相过从者，以军法论。度乃约法，唯盗贼、斗杀外，余尽除之，其往来者，不复以昼夜为限，于是蔡之遗黎始知有生人之乐。”

③旰（gàn）：晚。

【译文】

浩阔蔡州之地，疆宇几至千里。已入居守其城，无不顺从待命。皇帝陛下颁诏，丞相裴度来宣：诛囚罪魁祸首，释放随从众人。兵士投甲呼舞，妇女迎门笑语。蔡民言告少粮，朝廷载粮往济；蔡民言告缺衣，朝廷赐给帛布。以前蔡州百姓，明令禁止往来；现今蔡州百姓，嬉闹里门夜开。从前蔡州百姓，或进战死沙场，或退为将所杀；现今昼眠晚起，丰衣足食甚乐。挑出能干官吏，收抚疲乏之民；赐给蔡民耕牛，使之休养生息，安抚不抽赋税。

蔡人有言：“始迷不知。今乃大觉，羞前之为。”蔡人有言：“天子明圣。不顺族诛，顺保性命。汝不吾信，视此蔡方。孰为不顺，往斧其吭[①]。凡叛有数[②]，声势相倚。吾强不支，汝弱奚恃？其告而长，而父而兄[③]，奔走偕来，同我太平。”淮蔡为乱，天子伐之。既伐而饥，天子活之。始议伐蔡，卿士莫随。既伐四年，小大并疑[④]。不赦不疑，由天子明。凡此蔡功，惟断乃成[⑤]。既定淮蔡，四夷毕来。遂开明堂[⑥]，坐以治之。

【注释】

①吭（háng）：喉。

②凡叛有数：谓叛乱者数镇，如王承宗、李师道等。数，几个。

③而：尔。

④小大：指小臣大臣。

⑤惟断乃成：因断而事皆成。断，决断。

⑥明堂：古代天子举行大典的地方。

【译文】

蔡州百姓欢言："起初迷不自知。现在终于清醒，羞愧以前作为。"蔡州百姓欢言："大唐天子圣明。不顺朝廷族诛，顺能保全性命。你若不信我言，请看蔡州情形。谁想不顺朝廷，就是不想活命。叛乱还有数州，声势相互倚持。我们强大尚难支撑，你们弱小想要依靠什么？告诉你的长官，还有你的父兄，一起归顺朝廷，大家共享太平。"淮蔡之地叛乱，天子出兵讨伐。伐后蔡地饥荒，天子使之活命。起初讨论伐蔡，大臣全不赞同。已经出师四年，大小朝臣纷纷怀疑。天子贤德圣明，坚持不赦不疑。克复蔡地功劳，全由决断所成。淮蔡安定以后，四方异族来朝。天子大开明堂，坐而化治天下。

韩愈·柳州罗池庙碑

【题解】

此文写于长庆三年(823)。文中叙述了柳宗元任柳州刺史时的政绩和死后"成神"的"神迹"，最后加上迎享送神诗，写出了柳州人民对他的爱戴，表达了作者对他的追思。

韩愈因柳宗元之死写过三篇文章：《祭柳子厚文》《柳子厚墓志铭》和本文，文体不同，突出的主题也不同。本文和柳宗元的文体很相近。林纾《韩柳文研究法》："此文幽峭颇近柳州，如'天幸惠仁侯，若不化服，我则非人'，此三语，纯乎柳州矣。"文中的迎享送神诗，和屈原的风格相近，让人想起《楚辞·九歌》，文字清新优美，情韵醇厚。

罗池庙者，故刺史柳侯庙也[①]。柳侯为州[②]，不鄙夷其民[3]，动以礼法。三年，民各自矜奋[4]："兹土虽远京师，吾等亦天氓[5]，今天幸惠仁侯[6]，若不化服[7]，我则非人。"于是老少相教语，莫违侯令。凡有所为，于其乡闾及于其家[8]，皆曰："吾侯闻之，得无不可于意否[9]？"莫不忖度而后从事。凡令之期[10]，民劝趋之[11]，无有后先，必以其时。于是民业有经[12]，公无负租[13]，流逋四归[14]，乐生兴事。宅有新屋，步有新船[15]，池园洁修，猪牛鸭鸡，肥大蕃息。子严父诏[16]，妇顺夫指[17]，嫁娶葬送，各有条法，出相弟长[18]，入相慈孝[19]。先时，民贫以男女相质[20]，久不得赎，尽没为隶。我侯之至，按国之故[21]，以佣除本[22]，悉夺归之[23]。大修孔子庙，城郭巷道，皆治使端正，树以名木。柳民既皆悦喜。以上生能泽其民[24]。

【注释】

①柳侯：指柳宗元。刺史专一方之政，相当于古代诸侯，因此称刺史作"侯"。

②为州：指任州刺史。

③不鄙夷其民：不以柳民为鄙为夷而贱视之。鄙夷，贱视。

④矜奋：奋勉。矜，矜持，自尊。奋，奋发。

⑤天氓：天民，天朝的百姓，即同在"天子"治理之下的人民。一说古人认为人民是"禀受天地中和之气"所生的，因此称作天民。

⑥惠：赐给。

⑦化：感化。服：服从。

⑧乡闾：即乡里。

⑨得无：同"得毋"。疑问词。不可于意：不乐意。

⑩期：期约，要求。

⑪劝：乐于。趋：向。

⑫经：常规。

⑬负租：收不进来的欠租。

⑭流逋四归：一向流亡逃走的百姓，现在从四面八方回来。流，流亡。逋，逃走。

⑮步：通“埠”。水边停船的地方。

⑯严：尊严。此处作动词用。诏：教诲，告诫。

⑰指：意旨。

⑱弟：同“悌”。对同辈人友爱。长：敬顺长辈。

⑲慈：爱儿女。孝：孝顺父母。

⑳质：抵押。

㉑故：指国家旧有的事例和规章。

㉒佣：佣金，工钱。本：指所借之钱。

㉓夺：争取。

㉔此句原在“柳民既皆悦喜”前，今据文意改。

【译文】

罗池庙是祭祀已故刺史柳侯的庙。柳侯曾在此做过刺史，他不因为老百姓处在边地生活习惯落后而鄙视他们，而用礼法来教化。三年后，柳州的百姓都很自尊地对自己说：“柳州这地方虽远离京城，但我们也是天朝的百姓，现在有幸天赐一位仁德的刺史，如果还不被感化而服从他，我们就太不合人情了。”于是老少相互告诫，不要违背柳侯的命令。凡是打算在乡里或家中做某件事的，大家都会问：“我们柳侯知道这件事，是不是会不乐意呢？”无不仔细掂量后再行事的。凡是柳侯下的令中要求做的，老百姓都乐于去做，不提前也不错后，肯定按照他规定的时间完成。这样百姓做事有了常规，公家没有收不进来的欠租，一向流亡逃走的百姓从四面八方回来，安居乐业。住处盖起新屋，埠上开来新船，池塘园林修饰整洁，猪牛鸭鸡肥大繁多。做子女的遵循父亲的教诲，做妻子的顺从丈夫的意旨，婚丧嫁娶，各有条例、法令可遵，在外爱护同辈、尊敬长辈，回家慈爱儿女、孝顺父母。前时老百姓穷，借债用子女做抵押，时间长了不能赎回，孩子就被没收为奴隶。我们柳侯来到这里，按照国家旧有的规章条例，以佣金抵销债款的办法，使孩子都回到了家中。柳侯还大修孔子庙，整治城中大路小巷使之干净整洁，并栽上一些树木。柳州的老百姓都为柳州的变化感到高兴。以上讲柳侯生时能施恩德给他的百姓。

尝与其部将魏忠、谢宁、欧阳翼饮酒驿亭①，谓曰："吾弃于时而寄于此②，与若等好也③。明年吾将死，死而为神，后三年，为庙祀我。"及期而死。三年孟秋辛卯④，侯降于州之后堂，欧阳翼等见而拜之。其夕，梦翼而告曰："馆我于罗池。"其月景辰⑤，庙成，大祭，过客李仪醉酒，慢侮堂上，得疾，扶出庙门即死。以上死能惊动祸福之。

【注释】

①部将：刺史兼理军事，其部下有司马、司兵、参军事等属官，所以称他们为部将。驿亭：指柳州东亭。位于城南，西与驿站相连。柳宗元有《柳州东亭记》。

②弃于时：为时代所弃。指被朝廷贬官之事。

③若等：你们。

④三年孟秋辛卯：指柳宗元死后三年，时为穆宗（李恒）长庆二年七月。

⑤景辰：即丙辰。唐人避世祖李昞（唐高祖李渊之父）的讳而改用景字。

【译文】

柳侯曾和部属魏忠、谢宁、欧阳翼在驿亭饮酒，对他们说："我被时代所弃，寄居在这里，和你们交好。明年，我会死，死后会成为神。死后三年，你们建庙祭祀我。"到期果然死了。三年后七月辛卯，柳侯神降临在州府后堂，欧阳翼等人见到后叩拜他。当天夜里，柳侯托梦给欧阳翼，告诉他说："让我住在罗池旁。"当月丙辰，罗池庙竣工，举行了大规模的祭祀活动。有个叫李仪的过客喝醉了酒，在庙堂上傲慢无礼，侮辱了柳侯，结果当时就得了病，扶出庙门就死了。以上讲柳侯死后能够赐福降祸于人。

明年春，魏忠、欧阳翼使谢宁来京师，请书其事于石。余谓柳侯生能泽其民，死能惊动福祸之，以食其土，可谓灵也已。作迎享送神诗遗柳民，俾歌以祀焉，而并刻之。柳侯，河东人①，讳宗元，字子厚。贤而有文章，尝位于朝，光显矣，已而摈不用。其辞曰：

【注释】

①河东：今山西解县。

【译文】

第二年春天，魏忠、欧阳翼派谢宁到京城，请我把柳侯的事迹写下来好刻在石碑上。我认为柳侯生前能恩泽百姓，死后能赐福降祸于人，而受到当地百姓的供养，可以说是很灵了。于是我做了一首迎送神灵的诗给柳州百姓，让他们唱着歌来祭祀他，而且把它一起刻上。柳侯，河东人，名叫宗元，字子厚。为人贤德且文才过人，曾经在朝廷里做官，光辉显耀一时，随后遭贬，不得重用。诗中说：

荔子丹兮蕉黄①，杂肴蔬兮进侯堂。侯之船兮两旗②，度中流兮风泊之，待侯不来兮不知我悲。侯乘驹兮入庙③，慰我民兮不嚬以笑④。鹅之山兮柳之水⑤，桂树团团兮⑥，白石齿齿⑦。侯朝出游兮暮来归，春与猿吟兮，秋鹤与飞[⑧]。北方之人兮[⑨]，为侯是非[⑩]。千秋万岁兮，侯无我违[⑪]。福我兮寿我，驱厉鬼兮山之左[⑫]。下无苦湿兮高无干[⑬]，秔稌充羡兮[⑭]，蛇蛟结蟠[⑮]。我民报事兮无怠其始[⑯]，自今兮钦于世世[⑰]。

【注释】

①荔子：即荔枝。蕉：香蕉。一说为芭蕉。

②侯之船兮两旗：《五百家注音辩》本引朱廷玉言曰："湖湘士人云，柳人迎神，其俗以一船两旗，置木马偶人于舟，作乐而导之登岸，而趋于庙。"

③驹：指船中的木马。

④不嚬（pín）以笑：不愁而喜。嚬，同"颦"。皱着眉头。以，而。

⑤鹅之山：鹅山即峨山，位于柳州城西四十里。山巅有石，状如鹅，故名。柳：柳江，流经柳州城南门外。

⑥团团：形容桂树枝叶繁密攒聚成圆形。

⑦齿齿：形容石在水中排列整齐，像牙齿一样。

⑧春与猿吟兮，秋鹤与飞：柳侯之神和猿鹤同游，往来倏忽不止，兼用抱朴子"君子化为猿鹤"之意。

⑨北方：指长安。

⑩为侯是非：说柳侯的坏话。为，同"谓"。是非，偏义副词，取"非"之意。

⑪无我违：不要离开我们。

⑫驱厉鬼：保护人民不生病的意思。厉鬼，恶鬼。韩愈此句依柳宗元《龙城石刻》（残片）："龙城柳，神所守。驱厉鬼，出匕首。福土氓，制九丑。"山之左：山之东。

⑬下无苦湿兮高无干：低田不涝，高田不旱，意思是雨水均匀。

⑭秔稌（jīng tú）：泛指农作物。秔，没有黏性的稻。稌，有黏性的稻。充羡：充足而有多余。

⑮蛇蛟结蟠：指柳侯之神，能够制服蛇蛟，使它们结蟠潜伏，不出来害人。相传蛇潜伏在深山泥土中，当时人以为山洪暴发就是它出来作怪。蟠，同“磐”。

⑯报事：举行祭神典礼。报，为报恩德而举行祭祀。

⑰钦：敬奉。末句为送神之词。

【译文】

荔枝红啊香蕉黄，各种蔬菜菜肴啊送进了侯堂。柳侯的船啊插着两面旗，渡中流啊风浪把船泊。等待柳侯他却不来啊，他哪里知道我的悲哀。柳侯骑马驹啊进了庙，为安抚我们百姓啊他不悲而笑。鹅山上啊柳江畔，桂树茂密团团啊，白石排列如齿。柳侯早晨出游啊日暮归来，春天与猿同吟啊，秋天与鹤同飞。北方的人，还在说你的坏话。千秋万岁啊，柳侯不离开我们。赐给我们幸福啊让我们长寿，驱逐病魔啊赶到山东边。低田不涝啊高田不旱，稻谷丰收啊，蛇蛟不再害人。我们老百姓啊祭祀答谢你，始终不会懈怠，从今天开始啊世世敬仰你。

典志类

书·禹贡

【题解】

《禹贡》，选自《尚书》，是我国最早的地理著作，详细记载了古代政治制度、九州的划分、山川的方位脉络、物产分布、土壤性质等，内容十分丰富。全文体系完整，结构严密，尤其可贵的是，它在内容上基本抛弃了神话迷信的成分，记载多凿凿有据，开创了地理学征实派先河。至于《禹贡》写定的时代，历代学者分歧很大，现多认为是战国时的作品。

禹敷土①，随山刊木②，奠高山大川。

【注释】

①敷：铺陈。

②刊：雕刻。

【译文】

大禹把天下划分为九州，随山川地形划界，沿界在树木上雕刻界标。他致奠山川，为之命名。

冀州：既载壶口[①]，治梁及岐[②]。既修太原，至于岳阳[③]。覃怀厎绩[④]，至于衡漳[⑤]。厥土惟白壤，厥赋惟上上错[⑥]，厥田惟中中。恒、卫既从[⑦]，大陆既作[⑧]。岛夷皮服[⑨]，夹右碣石[⑩]，入于河。

【注释】

①既：已经。载：完成。壶口：山名。在今山西长治东南。

②梁：山名。在今陕西韩城。岐：山名。在今陕西岐山。

③岳：太岳山。在今山西霍州。阳：山南为阳。

④覃（tán）怀：在今河南武陟西。厎（zhǐ）：致，获得。

⑤衡漳：古水名。即漳水。据孔颖达疏，衡，即古“横”字，漳水横流入河，故云横漳。

⑥上上：最上等，第一等。错：杂，错杂。此指第一等与第二等相交错。

⑦恒：古水名。源出今山西恒山北麓，东流入滱水。卫：古水名。源出今河北灵寿，东北入滹沱河。

⑧大陆：泽名。在今河北巨鹿。

⑨岛夷：指我国东部近海一带及海岛上的居民。皮服：皮衣。此指以皮衣进贡。

⑩碣石：山名。一说在渤海西岸古黄河河口。

【译文】

冀州：已经完成壶口的工程，又去治理梁山和岐山。修治好太原附近的河道，一直达到太岳山的南面。修治覃怀一带的工程，又修治横流入黄河的漳水。这里的土质白细松软，所缴纳的赋税在九州之中列第一等，也间杂出第二等，田地属第五等。恒水、卫水已经疏通，大陆泽一带也可以耕作了。东方诸岛夷人来朝贡的皮衣等物品，可以由海路绕过碣石进入黄河。

济、河惟兖州。九河既道，雷夏既泽①，灉、沮会同②。桑土既蚕，是降丘宅土。厥土黑坟③，厥草惟繇④，厥木惟条⑤，厥田惟中下，厥赋贞⑥。作十有三载乃同。厥贡漆丝，厥篚织文⑦。浮于济、漯⑧，达于河。

【注释】

①雷夏：泽名。在今山东菏泽。

②灉（yōng）：古水名。故道约在今山东西部、河北南部一带。沮（jū）：古水名。在今山东境内。

③坟：肥沃。

④繇（yáo）：茂盛，一说发芽。

⑤条：长，高大。

⑥贞：下下，最低的等级，第九等。孔颖达疏："诸州赋无下下，贞即下下，为第九也。此州治水最在后毕，州为第九成功，其赋亦为第九，列赋于九州之差，与第九州相当，故变文为贞，见此意也。"

⑦篚（fěi）：圆形竹器。

⑧济（jǐ）：古水名。古四渎之一。漯（tà）：古水名。为古黄河的支流。

【译文】

济水、黄河一带为兖州。黄河下游的九条河道疏通了，雷夏一带聚积成大泽，灉水和沮水汇合而入。宜桑之地适于发展养蚕业，所以民众逐渐从山地迁到平原居住。这里的土质黑而肥沃，水草茂盛，林木高大，田地属第六等，赋税列第九等。经营了十三年之久，这里才和其他州一样。这里进贡漆、丝，有各种花纹的丝织品盛在竹筐里。上贡时走水路，由济水、漯水进入黄河。

海、岱惟青州。嵎夷既略①，潍、淄其道②。厥土白坟，海滨广斥③，厥田惟上下，厥赋中上。厥贡盐絺④，海物惟错，岱畎丝、枲、铅、松、怪石⑤。莱夷作牧⑥。厥篚檿丝⑦。浮于汶，达于济。

【注释】

①嵎（yú）夷：地名。古代指山东东部滨海地区。

②潍：水名。今称潍河。在山东东部。淄：水名。即今山东的淄河。

③斥：咸卤。

④絺（chī）：细葛布。

⑤畎（quǎn）：山谷。枲（xǐ）：不结子的大麻。纤维可制麻布。

⑥莱夷：古国名。殷周时分布在今山东半岛东北部。春秋时为齐所灭。作牧：放牧。

⑦檿（yǎn）：山桑，其材可制弓。

【译文】

渤海、泰山之间是青州。嵎夷已经平治，潍水、淄水也都疏通。这里的土质灰白肥沃，滨海地区多为盐碱地，田地属第三等，赋税列第四等。这里的贡品是盐、细葛布和各种海产品，以及泰山谷中所产的丝、麻、铅、松木、怪石。莱夷之地可以放牧。用山桑木材和丝作贡品盛在竹筐里，进贡时由汶水直入济水。

海、岱及淮惟徐州。淮、沂其乂①，蒙、羽其艺②，大野既猪③，东原厎平④。厥土赤埴坟⑤，草木渐包⑥，厥田惟上中，厥赋中中。厥贡惟土五色⑦，羽畎夏翟⑧，峄阳孤桐⑨，泗滨浮磬⑩，淮夷玭珠暨鱼⑪。厥篚玄纤缟⑫。浮于淮、泗，达于河。

【注释】

①乂（yì）：治。

②蒙：山名。在今山东蒙阴。羽：山名。在今江苏连云港。艺：种植。

③大野：即巨野泽，在今山东巨野。猪：即“潴（zhū）”，水停积处。

④东原：在今山东东平。厎平：得以平复。谓大水已退，可以耕种。

⑤埴（zhí）：黏土。

⑥包：通“苞”。草木丛生。

⑦土五色：五色土，指青、赤、白、黑、黄五种颜色的土，供天子筑社坛之用，象征四方及中央。

⑧夏翟（dí）：羽毛五色的长尾山鸡。

⑨峄（yì）：山名。又名邹山或邹峄山，在今山东邹城。

⑩泗：水名。源于今山东泗水县东，四源并发，故名。浮磬：水边一种能制磬的石头。磬，石制的敲击乐器。

⑪玭（pín）珠：珍珠。玭，产珍珠的蚌类。

⑫缟（gǎo）：白细的生绢。

【译文】

渤海、泰山与淮水之间是徐州。淮水、沂水已治理好，蒙山、羽山开发后也可以耕种了，大野泽蓄水为湖，东原一带水退复原也可以耕作了。这里的土壤是红色的肥沃黏土，草木逐渐茂盛起来，这里的田地属第二等，赋税居第五等。这里的贡品是五色土，羽山山谷中的野鸡，峄山南坡独生的桐木，泗水边制磬的浮石，淮夷的珍珠和鱼类。黑色丝绸白色生绢盛在竹筐里。由淮水、泗水进入黄河。

淮、海惟扬州。彭蠡既猪①，阳鸟攸居②。三江既入③，震泽厎定④。筱簜既敷⑤，厥草惟夭⑥，厥木惟乔，厥土惟涂泥，厥田惟下下，厥赋下上，上错。厥贡惟金三品⑦，瑶、琨、筱、簜、齿、革、羽、毛惟木⑧。岛夷卉服⑨。厥篚织贝，厥包橘柚，锡贡⑩。沿于江、海，达于淮、泗。

【注释】

①彭蠡(lǐ):泽名。旧注以为当今江西鄱阳湖,一说应在长江北岸,约当今湖北东部、安徽西部一带之滨江诸湖。

②阳鸟:鸿雁一类的候鸟。

③三江:众多水道的总称。

④震泽:太湖古名。

⑤筱(xiǎo):小竹。簜(dàng):大竹。

⑥夭:草木茂盛的样子。

⑦金三品:三种金属,指金、银、铜。

⑧惟木:二字难解,且与通篇体例不合,疑衍。

⑨卉服:用绨葛做的衣服。

⑩锡贡:待天子有令而后进贡。有别于常贡。

【译文】

淮水与大海之间是扬州。彭蠡汇成湖泊,候鸟在那里过冬。众多的河流被疏通入海,震泽就平定了。小竹大竹普遍生长,野草繁茂,树木高大。这里泥土湿润,田地属第九等,赋税列在第七等,间或也出第六等。贡品有金、银、铜三种金属,还有玉石、竹子、象牙、皮革、羽毛、旄牛尾,和岛上居民用绨葛制成的衣服。把贝锦放在竹筐里,把橘子、柚子包裹起来进献,要等到天子有令时再进贡。进贡时沿着长江或海岸,最后到达淮水、泗水。

荆及衡阳惟荆州[①]。江、汉朝宗于海,九江孔殷[②],沱、潜既道[③],云土梦作乂[④]。厥土惟涂泥,厥田惟下中,厥赋上下。厥贡羽、毛、齿、革,惟金三品,杶、榦、栝、柏[⑤],砺、砥、砮、丹[⑥],惟箘、簵、楛[⑦],三邦底贡厥名[⑧]。包匦菁茅[⑨],厥篚玄纁玑组[⑩],九江纳锡大龟。浮于江、沱、潜、汉,逾于洛,至于南河。

【注释】

①荆：山名。在今湖北南漳西部。

②九江：旧说不一，近人以为“九”为虚数，指流入洞庭湖的诸条河流。

③沱：水名。长江支流。潜：水名。汉水支流。

④云土梦作乂：谓云梦泽已得到治理。云土，云泽露出了泥土。梦作乂，梦泽的土地已治理完毕。云，云泽；梦，梦泽。合言之为一，分言之为二。

⑤杶（chūn）：木名。可制琴。榦：木名。即柘（zhè），宜作弓箭。栝（kuò）：木名。即桧（guì）。木材桃红色，有香味，细致坚实。

⑥砮（nǔ）：可制箭镞的石头。丹：丹砂。

⑦箘（jùn）：竹笋。簬（lù）：竹名。楛（hù）：木名。

⑧厎贡：进贡。

⑨匦（guǐ）：匣子。菁（jīng）茅：一种茅草，祭祀时过滤酒中渣滓之用。

⑩纁（xūn）：浅绛色。玑组：珠串。一说文彩似珠子的丝带。

【译文】

由荆山到衡山以南为荆州。长江和汉水在这里合流，奔向大海；许多支流汇集到洞庭，水势大极了，沱水、潜水已经疏通，云泽、梦泽都已经修治。这里泥土湿润，田地属于第八等，赋税居第三等。荆州的贡品是羽毛、牦牛尾、象牙、皮革，金、银、铜三种金属，杶木、柘木、栝木、柏木，磨石、砮石、朱砂，竹笋、美竹、楛木，这里一些邦国则贡上当地名产。将菁茅包裹捆扎，黑色和浅绛色的锦缎和成串的珍珠盛在竹筐里，九江上贡大龟。贡赋由长江、沱水、潜水、汉水水运北上，经一段陆运到洛水，再由洛水入黄河。

荆、河惟豫州。伊、洛、瀍、涧既入于河①，荥波既猪②。

导菏泽[3]，被孟猪[4]。厥土惟壤，下土坟垆[5]，厥田惟中上，厥赋错上中。厥贡漆、枲、絺、纻[6]，厥篚纤纩[7]，锡贡磬错[8]。浮于洛，达于河。

【注释】

①伊、洛、瀍（chán）、涧：都是水名。四条河都流经今河南境内。

②荥波：泽名。在今河南荥阳。

③菏泽：古泽名。其地说法不一，班固谓在山东定陶（今山东定陶西北）。

④被：及。孟猪：又作孟诸。古泽名。在今河南商丘东北、虞城西北。

⑤垆：黑色或黄黑色坚硬而质粗不粘的土壤。

⑥纻（zhù）：苎麻织成的粗布。

⑦纩（kuàng）：新绵。

⑧磬错：磨磬用的石头。错，琢玉石的砺石，磨石。

【译文】

荆山、黄河之间为豫州。伊水、洛水、瀍水、涧水已疏通流入黄河，荥波汇为湖泊。又疏导菏泽，直到孟猪泽。豫州土质柔细，低洼之处是肥沃疏松的黑土，田地属第四等，赋税居第二等，有时列第一等。豫州的贡品是漆、麻、细葛布、纻麻布，盛在竹筐里的贡品是细绵，依令进贡磨磬的磨石。贡赋由洛水水运入黄河。

华阳、黑水惟梁州[1]。岷、嶓既艺[2]，沱、潜既道。蔡、蒙旅平[3]，和夷厎绩[4]。厥土青黎[5]，厥田惟下上，厥赋下中三错。厥贡璆、铁、银、镂、砮、磬[6]，熊、罴、狐、狸、织皮[7]，西倾因桓是来[8]，浮于潜，逾于沔[9]，入于渭，乱于河[10]。

【注释】

①华阳：华山之南。黑水：众说不一，有金沙江、雅砻江、澜沧江或怒江等各种说法，现一般认为应为横断山区大河中的一条。

②岷：山名。在今四川北部。嶓（bō）：山名。嶓冢山，在今陕西宁强。

③蔡：即峨眉山。蒙：山名。在今四川雅安。旅：治。

④和：即今大渡河。夷：指西南夷。厎绩：致功，取得功绩。

⑤青黎：青黑色。黎，黑色。后作“黧”。

⑥璆（qiú）：美玉。镂（lòu）：钢铁。铁和碳的合金。

⑦织皮：用兽毛织成的呢毡之属。

⑧西倾：山名。在今青海东部和甘肃西南部交界处，属秦岭西端。桓：水名。即今白龙江。发源于今甘肃岷县。

⑨逾：越过，经过。此指从陆路转运。沔水：即汉水。

⑩乱：过，至。

【译文】

华山之南与黑水之间为梁州。岷山和嶓冢山已经垦殖，沱水和潜水已经疏通。蔡山和蒙山都已平治，和水流域的夷人治理也已成功。这里的土壤青黑色，田地属第七等，赋税居第八等，有时也夹杂着第七或第九等。此地贡品有美玉、铁、银、镂钢、砮石、磬、熊、罴、狐、狸、呢毡。西倾山的贡品由桓水运来，其他贡赋由潜水水运，经陆路转运入沔水、渭水，进入黄河。

黑水、西河惟雍州①。弱水既西②，泾属渭汭③，漆、沮既从④，沣水攸同⑤。荆、岐既旅⑥，终南、惇物⑦，至于鸟鼠⑧。原隰厎绩⑨，至于猪野⑩。三危既宅⑪，三苗丕叙⑫。厥土惟黄壤，厥田惟上上，厥赋中下。厥贡惟球、琳、琅玕⑬。浮于积石⑭，至于龙门、西河⑮，会于渭汭。织皮昆仑、析支、渠搜[16]，西戎即叙。以上九州。

【注释】

①黑水：水名。雍州之黑水与梁州之黑水不同，一般认为即额济纳河。西河：指今陕西与山西交界线上的黄河。

②弱水：水名。刘起釪说："这是《禹贡》中唯一西流之水，……发源于今甘肃山丹县焉支山西麓、穷石之东，西北流至张掖，合来自祁连山西南之羌谷水后，亦称张掖河。继而西北流经今高台县，过合黎山西南，又称合黎水。经合黎峡口折而向北流，经酒泉东的金塔县东北，过巴丹吉林沙漠西部，即所谓'入于流沙'，最后东北入于居延海。"

③泾：水名。渭河的支流，在陕西中部。属（zhǔ）：汇入。渭：水名。黄河最大支流，源出甘肃鸟鼠山，横贯陕西中部，至潼关入黄河。汭（ruì）：河流会合处或河流弯曲处。

④漆：水名。渭河支流，今名漆水河。发源于陕西麟游西，东南流至武功西注入渭河。沮：水名。在陕西岐山一带。

⑤沣水：水名。源出陕西秦岭山中，北流至西安西北入渭水。攸：所。同：会合。

⑥荆：山名。荆山，在今陕西富平西南，又称北条荆山，荆州的荆山称南条荆山。

⑦终南：终南山。一说指秦岭。惇（dūn）物：山名。在今陕西眉县东南。

⑧鸟鼠：山名。又名青雀山，在今甘肃渭源西南。

⑨原隰（xí）：平原湿地。这里指豳地，在今陕西旬邑、彬县境内。隰，低湿之地。

⑩猪野：泽名。在今甘肃民勤东北。

⑪三危：山名。说法不一，今甘肃敦煌南党河旁有三危山。

⑫三苗：古代南方民族名。居处约在今湖南、江西境内。《尚书·尧典》曰："窜三苗于三危。"故被迁徙于西方。丕叙：意即安置就绪。

⑬琅玕（láng gān）：美石。

⑭积石：山名。即小积石山。在今甘肃积石山保安族东乡族撒拉族自治县。

⑮龙门：山名。在今陕西韩城。

⑯昆仑、析支、渠搜：均西方部族名。

【译文】

黑水、西河之间为雍州。弱水已疏导向西流，泾水疏通入渭水，漆水、沮水也已疏通，沣水也导入渭水。北条荆山和岐山已治理好，终南山、惇物山，一直到鸟鼠山，都治理完毕。平原与低地，直到猪野泽，都治理成功。三危一带已有居民，三苗已经安置就绪。这里土壤为黄土，田地属第一等，赋税居第六等。贡品有玉石珠宝。贡赋由积石山入黄河走水路，直至龙门山、西河，会集到渭水弯曲处。昆仑、析支、渠搜贡献呢毡等毛织品，西戎各国也都归服了。以上为九州。

导岍及岐①，至于荆山②，逾于河；壶口、雷首至于太岳③；厎柱、析城至于王屋④；太行、恒山至于碣石⑤，入于海。

【注释】

①岍（qiān）：山名。在今陕西陇县西南，为汧水（今称千水）所出。

②荆山：此指上文北条荆山。

③雷首：山名。在今山西永济东南。

④厎柱：山名。原在今河南三门峡的黄河中，因不利行船，现已被炸掉，修成了三门峡水电站。析城：山名。在今山西阳城西南。王屋：山名。在今山西阳城西南，西跨垣曲界，南跨河南济源，山有三重，形状似屋，故名。

⑤太行：山名。南起河南济源，北至河北井陉、鹿泉，在今河南、山西、河北三省交界处。

【译文】

大禹疏通了岍山和岐山，直至北条荆山，穿过黄河；从壶口山，经雷首山直到太岳山；由厎柱山、析城山，到达王屋山；太行山，通过恒山，直到碣石山，伸入海中。

西倾、朱圉、鸟鼠至于太华①；熊耳、外方、桐柏至于陪尾②。

【注释】

①朱圉：山名。在今甘肃甘谷西南。太华：即华山。

②熊耳：山名。在今河南卢氏东。外方：山名。即嵩山。在今河南登封北。桐柏：山名。在今河南桐柏西南。陪尾：山名。在今湖北安陆东北。

【译文】

由西倾山、朱圉山、鸟鼠山到太华山；经过熊耳山、外方山、桐柏山到达陪尾山。

导嶓冢，至于荆山①；内方②，至于大别③。

【注释】

①荆山：此指荆州的南条荆山。

②内方：山名。今称章山，又名马良山或马仙山，在今湖北钟祥西南，逾汉水与荆门接界。

③大别：山名。即今河南、湖北、安徽三省交界处之大别山。

【译文】

开通嶓冢山，直到南条荆山；经过内方山到大别山。

岷山之阳，至于衡山，过九江，至于敷浅原[①]。以上导山四章。

【注释】

①敷浅原：指庐山南麓今江西德安傅阳山的高平之地。

【译文】

从岷山的南面到衡山，越过九江，到达敷浅原。以上疏通山岳四章。

导弱水，至于合黎[①]，余波入于流沙[②]。

【注释】

①合黎：山名。在今甘肃山丹、张掖、高台、酒泉的北面。

②余波：指水的下游。流沙：指西北沙漠地区。

【译文】

又疏导弱水到达合黎山，其下游注入沙漠。

导黑水，至于三危，入于南海。

【译文】

疏导黑水到三危山，流入南海。

导河、积石，至于龙门；南至于华阴，东至于底柱，又东至于孟津[①]，东过洛汭[②]，至于大伾[③]；北过洚水[④]，至于大陆[⑤]；又北播为九河[⑥]，同为逆河[⑦]，入于海。

【注释】

①孟津:黄河渡口名。在今河南孟州南。

②洛汭:洛水入黄河处。在今河南巩义境内。

③大伾:山名。在今河南浚县西南。

④洚水:水名。又作绛水、降水,漳水的别称。源自今山西屯留西发鸠谷,东流至今河北曲周南入古黄河。

⑤大陆:即大陆泽。旧址在今河北之巨鹿、隆尧、任县一带。

⑥播:分散。九河:指黄河下游分成许多河道。九,泛指多。

⑦逆河:王充耘《读书管见》曰:"以海潮逆水而得名。"

【译文】

又疏导黄河,从积石山直到龙门山;河流向南直到华山的北面,然后向东流经底柱山、孟津、洛水,直到大伾山;然后转折向北,经过洚水,直到大陆泽;又向北分为许多支流,共同承迎黄河的大水,流入大海。

嶓冢导漾①,东流为汉,又东,为沧浪之水②,过三澨③,至于大别,南入于江。东汇泽为彭蠡,东为北江,入于海④。

【注释】

①漾:古水名。源出嶓冢山,南流为嘉陵江,与东流的汉水不是一个水系。

②沧浪之水:指今湖北丹江口至襄阳间的汉水。

③三澨(shì):旧注说法不一。刘起釪说:"当为沧浪之水以南的汉水边上三大堤防处。"《禹贡锥指》:"三澨当在淯水入汉处,一在襄阳北,即大堤;一在樊城南,一在三洲口东,皆襄阳县地。"

④东为北江,入于海:指汉水又从长江中分出,因其在长江北面,故称北江。刘起釪说:"把汉水和江水说成平行入海的二水,这是《禹贡》作者不了解长江下游情况,凭远道风闻的说法写成的,因

而大错。”

【译文】

从嶓冢山开始疏导漾水，向东流即是汉水，再向东便是沧浪水，过三澨，流到大别山，向南流入长江。向东汇入彭蠡泽，再向东称北江，流入大海。

岷山导江，东别为沱，又东至于澧[①]；过九江，至于东陵[②]，东迤北，会于汇[③]；东为中江[④]，入于海。

【注释】

①澧(lǐ)：水名。源出湖南桑植，再向南向东经大庸、慈利、石门、澧县、津市，再向南流入七里湖。

②东陵：据《水经·江水注》：“又东过下雉县北，利水从东陵西南注之。”利水“出庐江郡之东陵乡，江夏有西陵县，故是言‘东’矣。《尚书》云江水‘过九江至于东陵’者也。”据此，则东陵应在湖北之东部。

③会于汇：曾运乾说：“‘汇’为‘淮’之假借字。两大水相合曰会，江、淮势均力敌，故云‘会’。古江、淮本通，《孟子》言‘禹决汝汉排淮泗而注之江’，是也。”

④中江：指今之长江，因北有汉水，南有彭蠡，故称。

【译文】

从岷山开始疏导长江，向东则有支流名沱水，再向东到澧水；经过九江，到达东陵，向东斜流向北就汇入淮河，又向东流为中江，然后流入大海。

导沇水[①]，东流为济，入于河，溢为荥；东出于陶丘北[②]，又东至于菏，又东北，会于汶；又北，东入于海。

【注释】

①沇（yǎn）水：济水的别称。发源于河南济源王屋山，至温县入黄河。又自荥泽复出黄河南，东流至山东广饶入渤海。

②陶丘：地名。在今山东定陶西南。

【译文】

疏导沇水，向东流的河段则名为济水，流入黄河，河水流溢积聚形成荥泽；然后由陶丘的北面向东流去，直到菏泽，又向东北流去，与汶水相会；又向北流，折向东方，流入大海。

导淮自桐柏，东会于泗、沂，东入于海。

【译文】

从桐柏山疏导淮河，东流汇合泗水、沂水，再向东流入大海。

导渭自鸟鼠同穴[1]，东会于沣，又东会于泾，又东过漆、沮，入于河。

【注释】

①鸟鼠同穴：古山名。即鸟鼠山。孔传："鸟鼠共为雌雄，同穴处此山，遂名山曰鸟鼠，渭水出焉。"

【译文】

从鸟鼠山开始疏导渭水，向东会合沣水，再向东会合泾水，又向东经过漆水、沮水，流入黄河。

导洛自熊耳，东北会于涧、瀍；又东会于伊，又东北入于河。以上导水九章。

【译文】

从熊耳山开始疏导洛水，向东北流去会合涧水、瀍水；又向东和伊水相会，再向东北流入黄河。以上疏导河流九章。

九州攸同，四隩既宅[①]，九山刊旅[②]，九川涤源，九泽既陂[③]，四海会同。六府孔修[④]，庶土交正[⑤]，厎慎财赋[⑥]，咸则三壤成赋[⑦]。中邦锡土、姓[⑧]，祗台德先，不距朕行[⑨]。

【注释】

①隩（ào）：四方可居的土地。

②刊旅：砍削树木，做出标志，以利人通行。

③陂（bēi）：堤岸。

④六府：水、火、金、木、土、谷。孔：很，甚。

⑤庶土交正：各方的土地都已按规定向天子贡纳赋税。交，俱。正，通“征”。

⑥厎慎财赋：意即谨慎地征收财赋。厎，尽，极。

⑦三壤：指土地上、中、下三等肥瘠程度。成赋：应纳的赋税。

⑧中邦：指九州。锡土、姓：天子分封诸侯，赐之土，赐之姓。锡，通“赐”。

⑨祗台（yí）德先，不距朕行：各方诸侯须把尊敬我的德行放在首位，不许违背我的行事。祗，敬。台，第一人称代词，我。距，违。朕，我。

【译文】

这样，九州同一，四方的土地都可以安居。九州的大山都已经得到治理，树立标志，利于通行，九州的大川都已经疏通源头，九州的大泽也都筑起堤防，四海之内，贡物都可以达到京师。六种生活物资，修治得非常齐备。各地土质得到恰当的评估，慎重地确定贡赋等级，都要根据土质上中下来交纳。对诸侯赐土封国,各国应该把尊敬我的德行放在首位,不得违背我的政教。

五百里甸服①:百里赋纳总②,二百里纳铚③,三百里纳秸服④,四百里粟,五百里米⑤。

【注释】

①甸服:古制称离王城五百里的区域。甸,王田,即天子的直辖领地。

②百里赋纳总:半径五百里的甸服又按离京城远近分成五个纳税圈,第一个百里圈是交纳全禾。总,指全禾,即连带谷穗与禾茎。

③铚:古代的一种短镰刀,此处指用镰刀割下的禾穗。

④秸:去了芒的禾穗。服:疑为衍文。

⑤米:舂好的米。

【译文】

天子王畿之外五百里的地带为甸服:其中靠近王畿一百里以内的地方,缴纳带禾秸的庄稼;二百里以内的地方,缴纳禾穗;三百里以内的地方,缴纳去掉秸芒的禾穗;四百里以内的地方,缴纳带壳的谷物;五百里以内的地方,缴纳脱粒的粟米。

五百里侯服①:百里采②,二百里男邦③,三百里诸侯。

【注释】

①五百里侯服:甸服外圈五百里称作"侯服",是各个诸侯国存在的区域。侯,诸侯。或说斥侯,意即为天子防范盗贼。

②百里采:在侯服的五百里内分成三个义务圈,第一个义务圈替天子服各种差役。采,政事,官职。《集解》引马融曰:"采,事也,各受王事者。"

③男邦：男爵小国。

【译文】

甸服以外五百里的地带为侯服：其中靠近甸服一百里以内的地方，作为卿大夫的采邑；二百里之内的地方，则是封男爵的地方；另外三百里的范围，是封诸侯的地带。

五百里绥服①：三百里揆文教②，二百里奋武卫。

【注释】

①五百里绥服：侯服外圈五百里称绥服，替天子做安抚之事。孔安国曰："绥，安也，服王者政教。"

②揆文教：帮天子向周边民族发布文教。孔安国曰："揆，度也。度王者文教而行之，三百里皆同。"

【译文】

侯服以外五百里的地带为绥服：其中靠近侯服三百里以内的地方，要揆度当地人民生活的情形来施行教化；三百里以外的地方，兴武力以拱卫天子。

五百里要服①：三百里夷②，二百里蔡③。

【注释】

①五百里要服：绥服外圈五百里称要服，接受天子的约束。要，约，约束。

②夷：孔安国曰："守平常之教，服王事而已。"

③蔡：马融曰："蔡，法也。受王者刑法而已。"

【译文】

绥服以外五百里的地带为要服：靠近绥服三百里的地方，给夷人居住;三百里以外的地方,是只服从周王法令而不必服役纳税的地方。

五百里荒服[①]:三百里蛮[②],二百里流[③]。

【注释】

①五百里荒服:要服外圈五百里称作荒服。马融曰:“政教荒忽,因其故俗而治之。”

②蛮:马融曰:“蛮,慢也。礼简怠慢,来不距,去不禁。”

③流:马融曰:“流行无城郭常居。”

【译文】

要服以外五百里的地带为荒服:靠近要服三百里以内的地方,给蛮人居住;三百里以外的地方,流放罪人。

东渐于海,西被于流沙,朔南暨[①],声教讫于四海。禹锡玄圭,告厥成功。

【注释】

①朔南暨:疑文字有脱讹,应作“北至朔方,南暨某某”。朔,北方。暨,及。

【译文】

东面到大海,西面到流沙,从北到南,政令、教化行于四海。于是帝舜赐给大禹青黑色的玉圭,用以表彰他的巨大功业。

史记·平准书

【题解】

本文为《史记》八书之一,记载了汉代的经济政策及与其有密切联系的武帝年间的连年对外征伐。文章在肯定汉武帝“文治武功”的同时，也披露了广大劳动者为此所付出的沉重代价。

平准，是古代政府运输物资、平抑物价的一种经济措施。本文认为：“大农之诸官尽笼天下之货物，贵即卖之，贱则买之。如此，富商大贾无所牟大利，则反本，而万物不得腾踊，故抑天下物，名曰平准。”从中我们不难看出汉代经济政策的基本精神。

汉兴，接秦之弊①，丈夫从军旅②，老弱转粮饷③，作业剧而财匮④，自天子不能具钧驷⑤，而将相或乘牛车，齐民无藏盖⑥。于是为秦钱重难用⑦，更令民铸钱，一黄金一斤⑧，约法省禁。而不轨逐利之民⑨，蓄积余业以稽市物⑩，物踊腾粜⑪，米至石万钱，马一匹则百金⑫。

【注释】

①弊：指社会经济的凋零衰败。

②丈夫：指男性青壮年。从：参加。

③转：运输。

④作业：从事的事业、工作。这里指劳役。剧：极，甚。

⑤自：即使。钧驷：古代一套车由四匹一样颜色的马拉称钧驷。

⑥齐民：平民百姓。藏盖：积蓄。

⑦为：因为。秦钱重：秦钱半两，重十二铢。

⑧一黄金一斤：一锭黄金的标准重量改定为一斤。秦时以一镒（二十两）为一金，汉初以一斤（十六两）为一金。汉代的一斤相当于今之0.5165市斤。黄金，也称“金”。

⑨不轨：不遵法度。

⑩余业：犹言“末业”，指商业。稽：囤积。

⑪物踊腾粜（tiào）：物价猛涨的时候卖出。踊腾，意为物价飞速上涨。粜，卖粮食。这里即指卖出东西。

⑫百金：百万钱。汉之一金约折合万钱。

【译文】

汉朝兴起，承接了秦朝衰败的状况，青壮年男子加入军队去打仗，年老体弱的人也去从事为军队运输粮饷的工作，劳役繁重而又资财匮乏，即使天子自己坐的车也没有四匹同样毛色的马来拉，将相中有人则只能乘坐牛车了，普通百姓没有一点点积蓄。那个时候，由于秦代的钱币太重而难以使用，改令百姓铸造新的重量轻的钱，规定一锭黄金重为一斤，简约法令，减少禁例。但是那些不遵守法令而一味追逐利润的人，通过商业积聚了丰厚的钱财，并囤积大量市场上的货物，在物价飞涨时卖出，导致米每石一万钱，一匹马则卖一百万钱。

天下已平，高祖乃令贾人不得衣丝乘车，重租税以困辱之。孝惠、高后时[①]，为天下初定，复弛商贾之律，然市井之子孙亦不得仕宦为吏[②]。量吏禄[③]，度官用[④]，以赋于民[⑤]。而山川园池市井租税之入，自天子以至于封君汤沐邑[⑥]，皆各为私奉养焉[⑦]，不领于天下之经费[⑧]。漕转山东粟[⑨]，以给中都官[⑩]，岁不过数十万石。

【注释】

①孝惠：刘邦的儿子汉惠帝刘盈，前194—前188年在位。高后：汉高祖刘邦的皇后吕雉，在惠帝死后称制，直至前180年去世。

②市井之子孙：工商业者的子弟。市井，即市场。这里特指商人。

③吏禄：官吏的俸禄。

④官用：政府费用。

⑤以赋于民：向人民征收赋税。

⑥封君：指分封的诸王及公主、列侯。汤沐邑：分封之地，古时受封王侯在晋见天子时要沐浴。汤沐邑在这里特指封地。

⑦私奉养：私人生活的费用，犹如后世之所谓俸禄、薪金。

⑧不领于天下之经费：不向主管国家经费的大司农要钱。经，常。

⑨山东：战国及以后的秦汉时，称崤山以东的广大地区为山东。

⑩中都官：指京师的各官府、衙门。

【译文】

天下已经太平，高祖于是命令商人不能穿丝制衣服，不许乘车，向他们征收很重的租税使他们困窘羞辱。孝惠、高后时期，由于天下刚刚安定，重新放松了对商人限制的法令，然而商人的子孙们仍然不允许做官。政府根据官吏的俸禄及办公费用的数量向百姓征税。各地山、川、园、池的开发所得以及市场上商业的税务收入，再加上天子和各诸侯封君的汤沐邑的收入，这些都分别作为供应天子和诸侯封君们的生活费用，都不再向国库支取经费。从山东用水路输运到京师供给各官府的粮食，每年不超过数十万石。

至孝文时①，荚钱益多②，轻，乃更铸四铢钱，其文为“半两”，令民纵得自铸钱。故吴③，诸侯也，以即山铸钱，富埒天子④，其后卒以叛逆⑤。邓通⑥，大夫也，以铸钱财过王者。故吴、邓氏钱布天下⑦，而铸钱之禁生焉⑧。

【注释】

①孝文：刘邦的儿子，汉文帝刘恒，前179—前157年在位。

②荚钱：汉高祖准许百姓自铸钱，钱愈铸愈薄，小如榆荚，故曰“荚钱”。

③吴：指刘濞（bì），高祖刘邦的侄子，前195年受封为吴王。

④埒（liè）：等于。

⑤卒以叛逆：刘濞于景帝三年（前154）举兵叛乱，后被讨平。卒，终于。

⑥邓通：四川蜀郡南安（今四川乐山）人。汉文帝的男宠，曾官至上大夫。

⑦布：流传，流通。

⑧铸钱之禁生焉：即谓武帝建元四年（前137）之国家造三铢钱，并下令“盗铸诸金钱罪皆死”事，见后文。

【译文】

到了孝文帝在位时，荚钱增多，且越来越轻了，于是改铸四铢钱，钱上标志为“半两”，允许百姓按标准自己铸造。所以吴王刘濞不过是个诸侯，就凭借自己封地内的铜山铸造钱币，富贵得可以与天子平起平坐，到后来他终于成了反叛之徒。邓通，也不过是大夫而已，因为铸钱而拥有的财富超过诸侯王。因此吴国、邓氏的铸钱遍布天下，于是朝廷禁止私人铸钱的法令就产生了。

匈奴数侵盗北边①，屯戍者多②，边粟不足给食当食者③。于是募民能输及转粟于边者拜爵④，爵得至大庶长⑤。

【注释】

①匈奴数侵盗北边：文帝三年（前177）、十四年（前166）、后元六年（前158），匈奴曾入侵北边。

②屯戍：驻扎边境。

③给食（jǐ sì）：给养。

④募民能输及转粟于边者拜爵：即汉文帝采纳晁错的意见，号召农民向国家交纳粮食，并把粮食运送到边防前线上去，而国家则按照他们所交粮食的数目，赐给相应的爵位。输，向国家捐纳粮食。

拜爵,封赏爵位。汉朝的爵位共二十级,第九级的"五大夫"以上,就可以免除徭役,等于有了特权。而且这种"爵"也可以用来赎罪、减刑,还可以转卖以获得钱财。但"爵"不等于"官",级位再高也不能居官治民。

⑤大庶长:汉之爵位的第十八级,再往上就是侯爵了。

【译文】

匈奴多次侵掠北部边境,国家派驻了很多军队防备匈奴,边境的粮食不能充足地供给军兵士卒。于是号召百姓能贡献粮食给国家并运粮食到边境去的可以封爵,爵位最高可以到大庶长的级别。

孝景时①,上郡以西旱②,亦复修卖爵令,而贱其价以招民;及徒复作得输粟县官以除罪③。益造苑马以广用④,而宫室列观舆马益增修矣⑤。

【注释】

①孝景:汉景帝刘启,汉文帝的儿子。前156—前141年在位。

②上郡:西汉时郡名。治所在今陕西榆林东南。

③徒:被判徒刑的人。复作:已弛其刑,但尚未服满劳役的犯人。县官:朝廷,此指官府。除罪:免罪。

④造苑马:修造苑囿,饲养马匹。

⑤列观:各种皇室的游憩之所。舆马:车马。

【译文】

孝景帝在位时,上郡以西发生旱灾,又重新修订卖爵令,并降低所卖爵位的价格以招徕百姓;被判徒刑及服刑未满的苦役犯也可以通过向官府交纳粮食而免罪。牧苑的建造增加了用来养马的地方从而可以满足军用,宫室楼台车马也随之更多更华美了。

至今上即位数岁[①],汉兴七十余年之间,国家无事,非遇水旱之灾,民则人给家足,都鄙廪庾皆满[②],而府库余货财。京师之钱累巨万[③],贯朽而不可校[④]。太仓之粟陈陈相因[⑤],充溢露积于外,至腐败不可食。众庶街巷有马,阡陌之间成群[⑥],而乘字牝者傧而不得聚会[⑦]。守闾阎者食粱肉[⑧],为吏者长子孙[⑨],居官者以为姓号[⑩]。故人人自爱而重犯法,先行义而绌耻辱焉[⑪]。当此之时,网疏而民富,役财骄溢[⑫],或至兼并豪党之徒[⑬],以武断于乡曲[⑭]。宗室有土公卿大夫以下[⑮],争于奢侈,室庐舆服僭于上[⑯],无限度。物盛而衰,固其变也。以上言先富盛而后渐贫。

【注释】

①今上:这里指汉武帝刘彻,景帝之子。前140—前87年在位。

②都鄙:郡县治所所在的城邑。廪庾:米仓,通指仓库。

③累巨万:有好几个"巨万"。累,重也。巨万,也称大万,万万,即今所谓亿。

④贯:穿铜钱的绳索。校(jiào):计算,核对。

⑤太仓:都城的大仓库。

⑥阡陌:田间的小路,此指田野。

⑦字牝(pìn):有孕的母畜,此处指有孕的母马。傧:通"摈"。排斥。

⑧闾阎:乡党里巷的大门。粱肉:指精致的食品。

⑨为吏者长子孙:《史记集解》引如淳曰:"时无事,吏不数转,至于子孙长大而不转职任。"按,汉高祖、惠帝时任职最久的滕公,官太仆三十五年;武帝时郭广意,官光禄大夫至六十一年。

⑩居官者以为姓号:居官年久,遂以其职掌为其姓氏,如仓氏、庾氏等等。

⑪绌（chù）：除去，废退。此处指避免。

⑫役财骄溢：占有财产的人骄奢放纵。役，支配，占有。

⑬或：甚或，甚至。

⑭武断：以权势独断独行。乡曲：乡村。

⑮有土：有封邑的王侯。

⑯僭（jiàn）：超越本分，冒用在上者的职权、名义行事。

【译文】

当今皇上即位已经多年，汉朝兴起则已有七十余年，国家在这段时期内平安无事，如果不是遇到水旱灾害，百姓就能做到人能自给，家能富足，都城和边邑粮食丰盈，库府储财很多。京师的钱积累数亿，穿钱的绳子朽断了，钱多得不能数清。太仓所存的粮食陈粮压着陈粮，满得溢出仓外，以至于腐败而不能食用。普通百姓居住的街巷有马，田野上马匹成群，乘有孕母马的人就要受到歧视，不许参加体面人的聚会。里巷门口的看守吃的是精美的米面肉食，做官者在任上把子孙养大成人，时间一长他们使用官名作为姓氏。所以人人自爱，不轻易去触犯法律，很看重端正的品行而避免能招致耻辱的行为。那时候，法纪宽松，百姓富足，有的人就依恃富足而放纵，行不法之事，甚至那些兼并土地、豪强霸道的人在乡里凭权势独断专行。宗室贵族、有封地的王侯、公、卿、大夫以下，追逐奢侈，住宅、车辆、衣服都超越了名分，没有限度。事物发展到鼎盛时期也就到了转衰的时候，这是必然的变化规律。以上说由富裕强盛而转向贫困。

自是之后，严助、朱买臣等招来东瓯[①]，事两越[②]，江、淮之间萧然烦费矣[③]。唐蒙、司马相如开路西南夷[④]，凿山通道千余里，以广巴、蜀[⑤]，巴、蜀之民罢焉。彭吴贾灭朝鲜[⑥]，置沧海之郡[⑦]，则燕、齐之间靡然发动[⑧]。及王恢设谋马邑[⑨]，匈奴绝和亲，侵扰北边，兵连而不解，天下苦其劳，而干戈日滋。行者赍[10]，居者送，中外骚扰而相奉，百姓抏敝以巧法[11]，财赂衰耗而不赡。入物者补官，出货者除罪，选举陵迟[12]，廉耻相冒[13]，武力进用，法严令具。兴利之臣自此始也[14]。以上言因贫而进兴利之臣。

【注释】

①严助：原名庄助，因避汉明帝刘庄之讳，东汉人称之曰严助。严助曾劝导汉武帝用事于东越。朱买臣：武帝时先为中大夫，后又为会稽太守，是劝导并实际参加了对东越用兵的人。东瓯：汉初瓯越人建立的小国。其都城在今浙江温州。

②两越：指南越和闽越两小国。南越国都城在今广州。闽越是汉初东越人建立的小国，都城旧说在今福州，今多认为在福建武夷山。

③萧然：骚动不安的样子。烦费：耗费。

④唐蒙：先曾为番禺（今广州）令，前135年上书皇帝，要开通夜郎（在今贵州西北部及云南、四川部分地区）的道路，因之受封为中郎将，带领千余人赴夜郎。司马相如：西汉蜀郡成都人，字长卿，西汉著名的大辞赋家，又曾以中郎将身份为通西南夷事宣慰巴蜀。西南夷：指汉时对分布在今甘肃南部、四川西部、南部和云南、贵州一带的少数民族的总称。

⑤巴、蜀：皆郡名。巴郡治所在江州（今重庆嘉陵江北岸），蜀郡治所在今成都。

⑥彭吴：汉武帝官吏，奉命开通秽貊（mò）到朝鲜道路。贾：当依《汉书·食货志》作"穿"。凿通。

⑦置沧海之郡：沧海郡，即古秽貊国，在今朝鲜中部。梁玉绳曰："沧海郡，武帝元朔元年（前128）置，三年罢，因秽貊内属置为郡，非

以兵灭之。而灭朝鲜在元封三年(前108),置真番、临屯、乐浪、玄菟四郡。……则'灭朝鲜''置沧海'判然两事。"

⑧靡然:犹言"纷然",劳扰的样子。

⑨王恢设谋马邑:武帝元光二年(前133),王恢设谋伏兵马邑欲袭匈奴,未成。王恢,武帝时将领,武帝时多次上书反对与匈奴和亲,力主击之。因马邑之谋无功而返,武帝下令诛之,因而自杀。马邑,在今山西朔州一带。

⑩赍(jī):携带。

⑪抏(wán)敝:穷困。抏,消耗。

⑫选举陵迟:用人制度愈来愈坏。选举,地方选而举之,朝廷选择任用。陵迟,衰退。

⑬冒:蒙混。

⑭兴利之臣:指以东郭咸阳、桑弘羊为首的大商人式的谋臣。

【译文】

从此以后,严助、朱买臣等人招徕东瓯,平定两越,江淮之间骚动不宁而资财耗费。唐蒙、司马相如开辟了通向西南夷的道路,凿山开通道路有千余里,用以开拓巴、蜀之地,巴蜀的百姓于是疲惫不堪。彭吴开通了从秽貉到朝鲜的道路,设置了沧海郡,燕、齐地区的百姓就劳扰不堪了。到王恢设马邑伏兵之计,匈奴与汉断绝和亲之好,侵扰北部边境,战争相连不断,百姓承受了繁重劳役之苦,战争日渐增多。出征者随身带着衣食,后方的人向前线运送军需,中央与地方都受到骚扰,共同供应战争需要,百姓穷困而使用巧诈方法逃避朝廷政令,政府财货耗尽而无以自足。向官府交纳财物就能做官和免罪,官吏的选拔制度到此时受到破坏,人们都顾不得廉耻之心,勇武有力者得到任用,法令也越来越严酷,越来越细致。这时候,以开发财源为能事的大臣开始出现了。以上说因贫困而任用兴利之臣。

其后汉将岁以数万骑出击胡[1]，及车骑将军卫青取匈奴河南地[2]，筑朔方[3]。当是时，汉通西南夷道，作者数万人，千里负担馈粮，率十余钟致一石[4]，散币于邛、僰以集之[5]。数岁道不通，蛮夷因以数攻，吏发兵诛之。悉巴、蜀租赋不足以更之[6]，乃募豪民田南夷[7]，入粟县官，而内受钱于都内[8]。以上田南夷入粟。兴利之事一。

【注释】

①胡：指匈奴。

②车骑（jì）将军卫青：武帝时名将，字仲卿，武帝皇后卫子夫之弟。数败匈奴，后官至大将军，封长平侯。车骑将军，西汉武官名。地位仅次于大将军、骠骑将军。河南地：今内蒙古河套地区。

③朔方：指朔方郡。郡治朔方，在今内蒙古杭锦旗北。

④钟：计量单位，六石四斗为一钟。

⑤币：财物。邛（qióng）：古民族名。在今四川西昌地区。僰（bó）：古民族名。散居于四川宜宾地区。集：安定，抚慰。

⑥更：抵偿。

⑦田南夷：在南夷地区种植庄稼。南夷在今贵州境内，即所谓夜郎，其地先已归汉。

⑧都内：指都内令丞，大司农的属官。

【译文】

此后汉将每年带数万骑兵出击匈奴，直到车骑将军卫青夺取了匈奴的河南地区建筑了朔方城，设立朔方郡。正当这时候，汉朝修筑通往西南夷的道路，修路的有好几万人，往千里之外运送粮食，大概十多钟才能送到一石，又给邛人、僰人发放钱财使他们安定。道路多年未开通，西南夷于是多次攻击筑路的汉人，汉朝官吏派兵讨伐。全部巴、蜀地区的租赋不能满足军需，于是招募豪民到南夷耕种，向地方官府交纳粮食，在京城大司农下属都内令丞那里领取款额。以上记招募豪民到南夷耕种交纳粮食。这是第一种兴利之事。

东置沧海之郡，人徒之费拟于南夷[1]。又兴十万余人筑卫朔方，转漕甚辽远，自山东咸被其劳[2]，费数十百巨万，府库益虚。乃募民能入奴婢得以终身复[3]，为郎增秩[4]，及入羊为郎[5]，始于此。以上募民入奴婢、入羊。兴利之事二。

【注释】

①拟：等于。

②被：遭受。

③复：免除徭役。

④郎：皇帝的侍从官员。增秩：提升官职。

⑤入羊为郎：指当时大畜牧主卜式屡屡向朝廷捐献财物，被武帝任命为中郎之事。

【译文】

东面设置沧海郡，役使民众的费用与在南夷地区的花费相等。又动用十多万人建筑、守卫朔方城，转运粮食路途遥远，从崤山往东都受到了这种牵累之苦，费用达到数十、数百亿，国家府库更加空虚了。于是招募百姓，那些能向官府献奴婢的可以终身免除徭役，做郎官者得到提升，献纳羊而做郎官的事情也从此时开始。以上记招募百姓献奴婢、献羊。这是第二种兴利之事。

其后四年，而汉遣大将将六将军[1]，军十余万，击右贤王[2]，获首虏万五千级[3]。明年，大将军将六将军仍再出击胡，得首虏万九千级。捕斩首虏之士受赐黄金二十余万斤，虏数万人皆得厚赏，衣食仰给县官④；而汉军之士马死者十余万，兵甲之财转漕之费不与焉⑤。于是大农陈藏钱经耗⑥，赋税既竭，犹不足以奉战士。有司言："天子曰：'朕闻五帝之教不相复而治，禹、汤之法不同道而王，所由殊路，而建德一也⑦。北边未安，朕甚悼之。日者，大将军攻匈奴，斩首虏万九千级，留蹛无所食⑧。议令民得买爵及赎禁固免减罪⑨。'请置赏官，命曰武功爵⑩。级十七万，凡直三十余万金。诸买武功爵官首者试补吏⑪，先除⑫；千夫如五大夫⑬，其有罪又减二等；爵得至乐卿，以显军功⑭。"军功多用越等⑮，大者封侯卿大夫，小者郎吏。吏道杂而多端，则官职耗废⑯。以上买爵。兴利之事三。

【注释】

①大将将六将军：当作"大将军将六将军"。大将军指卫青。

②右贤王：匈奴西部地区的最高君长，地位仅次于单于。

③首虏：被斩的敌人首级与生获的俘虏。

④县官：指朝廷。

⑤不与焉：不计算在内。

⑥大农：官名。即大司农，九卿之一，掌管财政。陈藏：犹言旧有。经耗：疑意为尽耗，全部用尽。

⑦建德：创建了辉煌的道德、功业。

⑧留蹛（zhì）：延搁。

⑨赎禁固：因犯罪而被禁锢者，今可交钱赎免。禁固，因犯罪而禁止做官或参与政治活动。免减罪：即交钱可以减刑或全部免罪。

⑩武功爵:西汉设立的因武功而封的爵位,共十一级。

⑪官首:武功爵第五级。

⑫先除:优先任命。除,任命官职。

⑬千夫:武功爵第七级。

⑭爵得至乐卿,以显军功:花钱买的武功爵最高到乐卿,更高的爵位必须靠实际军功获得。乐卿,武功爵第八级。

⑮军功多用越等:意谓真正立有军功的人受爵往往超越等级。用,因。

⑯耗废:荒废。

【译文】

之后四年,汉朝派了大将军卫青率领六位将军,十多万军队,攻击匈奴的右贤王,共杀死和俘虏匈奴一万五千人。第二年,卫青率六位将军再次出击匈奴,共斩杀和俘获匈奴一万九千余人。那些杀死、俘虏匈奴士兵的人得到的赏赐总共有二十余万斤黄金,上万的匈奴人也得到丰厚的奖赏,吃饭穿衣都依靠汉朝官府;但汉军的士兵及战马死在战场上的也达十余万,兵器铠甲、水陆运输所需物品钱财还没有包括在内。那时候大司农原来积累的钱财耗费殆尽,赋税也已枯竭,还不够战士的供给。有关官员说:"天子说:'我听说五帝虽采用互不相同的教化,却都能使国家安定太平;禹和汤的法令不相同,但都当了王。他们采用了不同的途径,而建立的功业是一样的。现在北部边塞没有得到安宁,我很忧虑。前些日子大将军北击匈奴,斩杀、俘虏了一万九千余人,到现在还未加以赏赐。可以商订一个办法,让百姓可以买爵,交钱解除禁锢或赎免减罪,从而筹到所需款项。'根据这一指示,请设置奖赏官职,名叫武功爵。十七万一级,一共可以得到三十多万金。所有捐钱买武功爵'官首'一级的试用为吏员,优先任用;'千夫'一级的和五大夫待遇相同,有罪者可以减少二等罪过;买爵的级别最高到乐卿为止,更高的则留给有实际军功的人来彰显他们的功绩。"有军功的人大多是越级提拔,功劳大的封侯做卿大夫,功劳小的可做郎、吏。官吏来源复杂又多端管理,以致有些官职接近于无用。以上记买爵。这是第三种兴利之事。

自公孙弘以《春秋》之义绳臣下取汉相[1]，张汤用峻文决理为廷尉[2]，于是见知之法生[3]，而废格沮诽穷治之狱用矣[4]。其明年，淮南、衡山、江都王谋反迹见[5]，而公卿寻端治之[6]，竟其党与[7]，而坐死者数万人，长吏益惨急而法令明察。

【注释】

①公孙弘：西汉淄川（今山东寿光一带）人。治《春秋公羊传》，后为武帝丞相，封平津侯，尤其擅长附会《春秋》"义理"达到自己的目的。以《春秋》之义绳臣下：公孙弘为相后，曾规定各级官府都必须选配儒生为属吏；官吏的升迁，要看他们对儒家典章礼法的掌握程度；做事要以儒家经典为根据。绳，约束，以为准则。

②张汤：西汉杜陵（今陕西西安东）人。武帝时任廷尉、御史大夫，严刑峻法，打击豪强，是当时著名的"酷吏"。峻文：意同"酷法"。文，法律条文。廷尉：西汉官名，九卿之一，掌刑狱。

③见知之法：官吏见到违法之事不加纠劾即为有罪。

④废格：废除不行。沮诽：对抗皇帝的诏令。穷治之狱：追根究底地办理案件。

⑤淮南：指淮南王刘安。衡山：指衡山王刘赐。江都：指江都王刘建。

⑥寻端：寻根究底，找碴子。

⑦竟其党与：指将其党羽查得净尽。

【译文】

从公孙弘用《春秋》义理约束臣下做了汉相，张汤用严酷法令做了廷尉，于是产生了"见知之法"，追根究底地查办以废除天子的命令不加执行、诽谤天子一类为罪名的案子也出现了。这之后的第二年，淮南王、衡山王、江都王阴谋造反的事露出了迹象,公卿们寻根究底地来审理,追查他们的党羽,被牵连到此案内而被判死罪的人数达到数万,官吏们的执法更加严峻,且法令条文愈来愈苛细。

当是之时,招尊方正贤良文学之士①,或至公卿大夫。公孙弘以汉相,布被,食不重味②,为天下先。然无益于俗,稍骛于功利矣③。以上因言利而峻法。文中枢纽。

【注释】

①方正贤良文学:贤良方正,或贤良文学,或贤良与文学并立,均为汉代选拔官吏的科目,凡选中者,皆授官职。

②食不重(chóng)味:吃饭时只吃一个菜。

③骛:追求。

【译文】

这时候,朝廷招徕、尊敬方正贤良文学这类读书人,有人做到了公卿大夫。公孙弘做汉丞相,盖布被子,吃得很俭朴,为的是给天下的人树立一个榜样。但是对于改变当时的社会风气并没有太多益处,因为人们已经逐渐地全部去追求功利了。以上记人们追求功利所以刑法愈加严苛。此文之枢纽。

其明年,骠骑仍再出击胡①,获首四万。其秋,浑邪王率数万之众来降②,于是汉发车二万乘迎之。既至,受赏,赐及有功之士。是岁费凡百余巨万。

【注释】

①骠骑:指骠骑将军霍去病。骠骑将军,高级武官名,仅次于大将军。

②浑邪王：浑邪是匈奴的一个部落，浑邪王指浑邪部落的首领。

【译文】

又过了一年，汉朝骠骑将军两次北击匈奴，杀死匈奴兵达四万人。那年秋天，匈奴的浑邪王率领部众数万前来归降，因此汉朝发动两万辆车前往迎接。等他们到达长安，都受到汉朝赏赐，霍去病及手下立下军功者也都受到朝廷赏赐。这一年总共花费达到了一百多亿。

初，先是往十余岁河决观①，梁、楚之地固已数困②，而缘河之郡堤塞河，辄决坏，费不可胜计。其后番系欲省底柱之漕③，穿汾、河渠以为溉田④，作者数万人；郑当时为渭漕渠回远⑤，凿直渠自长安至华阴，作者数万人；朔方亦穿渠，作者数万人：各历二三期，功未就，费亦各巨万十数。

【注释】

①观：观县，在今河南清丰西南。

②梁、楚：都是西汉时分封的诸侯国。梁国治所在睢阳（今河南商丘南），楚国治所在彭城（今江苏徐州）。

③番（pó）系：人名。武帝时任河东太守，建议以汾水灌田以节漕运。底柱：即底柱山，位于今河南三门峡。

④穿汾、河渠：番系为避免底柱漕运的艰难，故倡议在河东地区开渠引黄河水、汾水，经黄河、渭水，直接向长安供应粮食。汾、河，汾水、黄河。

⑤郑当时：人名。武帝时任大司农。渭漕渠：通过渭水向长安运送粮食的渠道。回远：曲折绕远。

【译文】

最初，十多年前黄河在观县决口，梁、楚一带本来遭受数年灾荒，沿河的郡筑堤以堵塞黄河决口，又经常被黄河冲坏，损失无法算清。之后番系为了避开底柱山一段艰难的水运，开渠引汾水和黄河用以灌溉农田，修挖渠道的人达到数万；郑当时因为渭水运输曲折路远，开凿了从长安到华阴的直渠，修渠者也达数万；朔方郡也在开渠，劳力也达数万人：这些工程都经历了两三年，却没有完成，各处费用也都各以十亿计了。

天子为伐胡，盛养马，马之来食长安者数万匹，卒牵掌者关中不足，乃调旁近郡。而胡降者皆衣食县官，县官不给，天子乃损膳①，解乘舆驷②，出御府禁藏以赡之③。

【注释】

①损膳：降低伙食标准。

②乘舆：皇帝的车驾。驷：原指一车四马，这里即指拉车的马。

③出御府禁藏（zàng）：拿出皇帝私人府库中贮存的东西。御府、禁藏，皆皇家府库，上属少府。

【译文】

天子为了讨伐匈奴，大量喂养马匹，长安城内饲养了数万匹马，征调马夫时，关中地区不能满足，就征调附近郡的。而匈奴归降的人衣食都是官府供给，官府供给匮乏了，天子就降低伙食标准，减少自己御用的车马，拿出内廷府库所藏钱财供养这些人。

其明年，山东被水灾，民多饥乏，于是天子遣使者虚郡国仓廥以振贫民①。犹不足，又募豪富人相贷假②。尚不能相救，乃徙贫民于关以西③，及充朔方以南新秦中④，七十余万口，衣食皆仰给县官。数岁，假予产业，使者分部护之⑤，冠盖相望。其费以亿计，不可胜数。

【注释】

①仓廥（kuài）：粮库。

②贷假：借贷。

③关：指函谷关。

④新秦中：古地区名。在今内蒙古河套一带。前214年，秦始皇派蒙恬打退匈奴，取得其他。因其地近秦中（今陕西中部地区），故称之曰新秦中，属朔方郡。

⑤分部：按区，按片。护：监护，管理。

【译文】

第二年，山东地区遭受水灾，百姓大多饥寒交迫，于是天子派使者把郡国粮仓的粮食都拿出来以赈济灾民。这样还是不够用，又招募富豪之家把粮食借给灾区贫民。还是不能救济所有贫民，于是将贫民迁徙到函谷关以西地区，充实朔方以南新秦中地区，迁徙的达七十多万口，吃穿都依靠官府供给。几年之中，政府借给他们住宿、生产所需，派使者把这些迁徙之民分部管理，使者的车辆在长安到新秦中的路上络绎不绝，花费以亿计算，没法数清。

于是县官大空，而富商大贾或蹛财役贫①，转毂百数②，废居居邑③，封君皆低首仰给。冶铸煮盐，财或累万金，而不佐国家之急，黎民重困。以上凡伐胡、塞河、穿渠、养马、振灾五者皆耗财之事。

【注释】

①蹛财役贫：积聚财货，役使百姓。蹛，通“滞”。贮藏意。

②转毂：转运财货的车子。

③废居居邑：舍弃乡村旧居而居住在城市中。

【译文】

这时国库空虚了，而富商大贾却有人囤积财物奴役贫民，运货车辆数以百计，舍弃乡村旧居而居住在城市中贱买贵卖，即使有封邑的列侯都要俯首依靠他们供给。这些人冶铁煮盐，有的积累钱财达万金，却不愿帮助国家度过危难，普通百姓变得更加贫困。以上讨伐匈奴、堵塞黄河决口、开挖河渠、养马、赈灾这五件事都是耗费钱财之事。

于是天子与公卿议，更钱造币以赡用，而摧浮淫并兼之徒①。是时禁苑有白鹿而少府多银锡②。自孝文更造四铢钱③，至是岁四十余年，从建元以来④，用少，县官往往即多铜山而铸钱，民亦间盗铸钱，不可胜数。钱益多而轻，物益少而贵。有司言曰："古者皮币⑤，诸侯以聘享⑥。金有三等，黄金为上，白金为中⑦，赤金为下⑧。今半两钱法重四铢，而奸或盗摩钱里取镕⑨，钱益轻薄而物贵，则远方用币烦费不省。"乃以白鹿皮方尺，缘以藻缋⑩，为皮币，直四十万。王侯宗室朝觐聘享⑪，必以皮币荐璧⑫，然后得行。

【注释】

①摧：打击。浮淫并兼之徒：骄横不法的豪强和兼并土地的富商大贾。

②禁苑：皇家苑囿。少府：官名，九卿之一，负责为皇帝私家理财，掌管山川池泽的收入和供皇室使用的手工制造等。

③四铢钱：前175年，孝文帝下令改铸四铢重的"半两"钱为法定货币。

④建元：汉武帝的第一个年号，前140—前135年。

⑤皮币：以毛皮作货币。

⑥聘享：聘问献纳。指诸侯间的礼节性往来。

⑦白金：白银。

⑧赤金：黄铜。

⑨摩：通“磨”。磨错。钱里：没有文字的钱面。

⑩藻缋（huì）：彩绣。

⑪朝觐：王侯见天子称朝觐。

⑫荐：衬垫。

【译文】

天子于是同公卿们商议：通过改铸新钱、制造新币来充盈财政之用，并打击那些不法的兼并土地的富商大贾。这时天子苑囿中有白鹿，少府也存有很多银锡。自从孝文帝改铸四铢钱，到此时已是四十多年了，从建元以来，钱财少，官府于是在铜矿的山边铸钱，豪强之家也偷偷铸钱，多不可数。钱增加越来越多，却越来越不值钱，货物越来越少，价格变得更昂贵。有关官员就说：“古时候的皮币，诸侯用它聘问献纳。金分上中下三等，依次为黄金、白金、赤金。现在用的半两钱标准重量为四铢，奸邪之人偷偷地磨损钱币的里面从而获得铜屑镕铸成钱，钱币越来越轻而物价愈加昂贵，因而边塞之地用钱烦费不省。”于是用白鹿皮，一尺见方，边缘用彩线刺绣，制成皮币，一张值四十万，王侯宗室朝觐聘享必须要以皮币垫璧，这以后才能行礼。

又造银锡为白金。以为天用莫如龙[①]，地用莫如马，人用莫如龟，故白金三品：其一曰重八两，圜之，其文龙，名曰“白选”，直三千；二曰重差小，方之，其文马，直五百；三曰复小，撱之，其文龟，直三百。令县官销半两钱，更铸三铢钱[②]，文如其重。盗铸诸金钱罪皆死，而吏民之盗铸白金者不可胜数。以上鹿皮币、白金三品。兴利之事四。

【注释】

①用：行事，行动。

②更铸三铢钱：这是武帝之第二次铸“三铢钱”，第一次在建元元年（前140）。

【译文】

又把银锡制造成白金。官员认为在天空飞行的东西中没有什么能比得上龙，陆地上跑的东西没有什么能比得上马，人们使用的物件中，没有什么能比得上龟，所以白金又分三类：一为重八两，圆形，上面花纹呈龙状，名为“白选”，每个价值三千；第二种重量稍轻些，方形，马形花纹，每个价值五百；第三种更轻，椭圆形状，花纹为龟，每个价值三百。命令地方官府把半两钱加以销毁，改铸三铢钱，钱上的标志文字与实际重量一致。偷铸各种白金钱和三铢钱的人都要处死，但官吏与百姓私自铸造白金钱的仍不可胜数。以上记鹿皮币、三种白金。这是第四种兴利之事。

于是以东郭咸阳、孔仅为大农丞[①]，领盐铁事；桑弘羊以计算用事[②]，侍中[③]。咸阳，齐之大煮盐[④]，孔仅，南阳大冶，皆致生累千金，故郑当时进言之。弘羊，雒阳贾人子，以心计，年十三侍中。故三人言利事析秋毫矣[⑤]。

【注释】

①大农丞：大农令（后称大司农）的副职。

②桑弘羊：武帝时任治粟都尉，领大司农。昭帝时为御史大夫。计算：核算数目，会计。用事：主事，掌权。

③侍中：在宫中侍奉皇帝。后成为官名。

④大煮盐：大盐商。

⑤利事：赢利之事。析秋毫：极言其计算之精，毫厘不差。秋毫，秋天新长出的兽毛，以喻事物之细小。

【译文】

当时任用东郭咸阳、孔仅做大农丞，掌管盐铁事宜；桑弘羊凭借计算才能而主事，在皇帝身边侍奉。东郭咸阳是齐地大盐商，孔仅是南阳大铁商，都置有产业积累千金财富，所以郑当时推荐他们。桑弘羊，是洛阳一个商人的儿子，因工于心算，十三岁就到宫中侍奉皇帝。因此这三人谈赢利之事可以说是算计到了最细微的程度。

法既益严，吏多废免。兵革数动，民多买复及五大夫①，征发之士益鲜。于是除千夫、五大夫为吏②，不欲者出马；故吏皆通適令伐棘上林③，作昆明池④。

【注释】

①买复：百姓缴纳一定的财物以免徭役。五大夫：汉之爵位第九级。文帝时规定百姓可以捐粮买爵，到五大夫一级就可以免徭役。

②除千夫、五大夫为吏：按，当时法令严酷，为吏者极易得罪，有爵者常不想为吏，这是强制他们为吏。

③故吏：指因罪被免的官吏。適：通"谪"。责罚。上林：上林苑，汉代皇家猎场。故址在今陕西西安西。

④昆明池：武帝为练水军而修造。故址在今陕西西安西南一带。

【译文】

法令更加严峻，官吏多被罢黜。多次的战争，百姓很多为免除徭役买爵至五大夫级别，能够征调来的士兵日益减少。所以任命有武功爵千夫和民爵五大夫的人为吏，不愿为吏者要交纳一匹马；原来因罪被免的官吏都罚到上林苑打柴，或去修昆明池。

其明年，大将军、骠骑大出击胡①，得首虏八九万级，赏赐五十万金，汉军马死者十余万匹，转漕车甲之费不与焉。是时财匮，战士颇不得禄矣。

【注释】

①大将军：指卫青。骠骑：指霍去病。

【译文】

第二年，卫青、霍去病率兵大举北击匈奴，共斩首及俘虏达八九万人之多，赏赐他们五十万金。汉朝军队战马死亡达十万多匹，这还不包括水陆运输、车甲费用。这时候财用匮乏，战士有时连每月的薪水都不能按时拿到。

有司言三铢钱轻，易奸诈，乃更请诸郡国铸五铢钱，周郭其下①，令不可磨取鋊焉。

【注释】

①周郭：铜钱的周围轮廓。郭，同“廓”。边缘。

【译文】

有关官员说三铢钱轻，容易为奸诈之徒造假，于是建议各郡国改铸五铢钱，钱币外沿铸成厚边，使私人无法从中磨得铜屑盗铸成钱。

大农上盐铁丞孔仅、咸阳言①：“山海，天地之藏也，皆宜属少府②，陛下不私，以属大农佐赋③。愿募民自给费④，因官器作煮盐，官与牢盆⑤。浮食奇民欲擅管山海之货⑥，以致富羡，役利细民⑦。其沮事之议⑧，不可胜听。敢私铸铁器煮盐者，钛左趾⑨，没入其器物。郡不出铁者，置小铁官⑩，便属在所县。”使孔仅、东郭咸阳乘传举行天下盐铁⑪，作官府，除故盐铁家富者为吏。吏道益杂，不选⑫，而多贾人矣。以上举行盐铁。兴利之事五。

【注释】

①盐铁丞:大司农的属官,分管盐铁事务。

②少府:西汉官名。九卿之一。掌山海池泽的收入及皇室用品制作。

③属大农佐赋:意即将其归为国用,令其补充赋税之不足。按,少府为皇帝私人理财,大农令管理全国的财政收支。山海之利原属少府,后因对外用兵,财力不足,而转归大农,故二人有所谓"不私""佐赋"之说。

④自给费:自己准备费用。

⑤牢盆:煮盐用的铁盆。

⑥浮食奇民:指从事商业的商人和豪强。擅管:独占,垄断。

⑦细民:贫民。

⑧沮事:破坏确定的事,这里指反对盐铁官营。

⑨钛(dài):在足上套上钳形铁块。

⑩小铁官:《史记集解》引邓展曰:"铸故铁。"意即主管熔化废铁以铸造日常用具。因为当时禁民私铸,故这等事也须设官主之。

⑪举行:全面地巡行视察。举,全部。

⑫不选:不再经过各郡、国的荐举与朝廷的选拔。

【译文】

大农奏上盐铁丞孔仅、东郭咸阳的意见说:"山海,是天地间物产的储藏之所,都应归少府,但陛下不私占,把它们划归大农以补充国家赋税的不足。希望朝廷招募百姓自己拿经费,用公家的器具来煮盐,官府给他们牢盆。从事商业的商人和豪强想独占山海间的财货,大发其财,役使贫民以牟暴利。他们对盐铁官营的抗议,多得听不过来。请求今后胆敢私自铸造铁器和煮盐的人,以钛左脚的刑罚制裁他们,并没收他们的器物。不产铁的郡,设小铁官,就便管辖所在郡各县熔废铁铸铁器的事。"皇帝指派孔仅、东郭咸阳乘传车巡行视察全国各地盐铁官营事务,设立主管此事的官府,任用以前那些富有的盐铁商人为吏。为官之途更加杂乱，不通过正常选拔，当官的商人就多起来了。以上记实行盐铁官营。这是第五种兴利之事。

商贾以币之变，多积货逐利。于是公卿言："郡国颇被灾害，贫民无产业者，募徙广饶之地。陛下损膳省用，出禁钱以振元元，宽贷赋，而民不齐出于南亩，商贾滋众。贫者蓄积无有，皆仰县官。异时算轺车①，贾人缗钱皆有差②，请算如故。诸贾人末作贳贷卖买③，居邑稽诸物，及商以取利者，虽无市籍，各以其物自占④，率缗钱二千而一算⑤。诸作有租及铸⑥，率缗钱四千一算。非吏比者三老、北边骑士⑦，轺车以一算；商贾人轺车二算；船五丈以上一算。匿不自占，占不悉⑧，戍边一岁，没入缗钱。有能告者，以其半畀之⑨。贾人有市籍者，及其家属，皆无得籍名田⑩，以便农。敢犯令，没入田僮。"以上算缗钱。兴利之事六。

【注释】

①异时：昔日，前些时候。王先谦引沈钦韩曰："'异时'谓元光六年（前129)，初算商车也。"算轺车：让有轺车的人纳税。算，汉代一种赋税的名称。轺车，轻型马车。

②贾人缗（mǐn）钱：让商人按资金的数目纳税。缗钱，此指商人的资本。实际要将家中的牛马、奴婢等全部折价估算在内。缗，穿铜钱的丝绳。差：等级，规定。按，当时铜钱一千文为一贯，每贯纳税二十文。

③贳（shì）贷卖买：即指交易活动。贳贷，借贷。

④占：估算。

⑤率（lǜ）缗线二千而一算：大体规定为有二千文的资金就要纳"一

算”的税。率，一律，一概规定。算，税款单位，合一百二十文。

⑥诸作：各种手工业。有租及铸：租用官府器具煮盐、冶铁者。

⑦吏比者：和官吏相等的人。特指有勋爵的人。三老：掌乡村教化的人。

⑧占不悉：自报的资本不实，不够数。悉，全，全数上报。

⑨畀（bì）：给予。

⑩籍名田：使土地归其名下，即购买、占有土地。籍，登记，上簿。

【译文】

商人因为币制的多变，大量存贮货物以牟取利润。于是公卿建议说：“郡国受灾很严重，那些没有产业的贫困之人，可以招募他们迁徙到宽广富饶的地方。陛下省吃俭用，用宫廷的钱赈济灾民，并减缓赋税，但百姓却未完全走回田地从事农耕，商人反而日益增多了。贫困者没有任何积蓄，全靠官府供养。从前征收车马税，及向商人征收的税金都各有规定，最好还征收如旧。所有的商人和从事末业者，放高利贷的，贱买贵卖投机的，城里囤积居奇的，及其余的以商业牟取利益的，即使没有商人户籍，也需让他们自己估算财产数量，全部按每二千钱交一百二十钱纳税。手工业者、租用官府器具煮盐冶铁的，都按每四千钱交一百二十钱纳税。除了与吏同等的人及三老、北部边塞骑士以外，其余轺车每辆征收一百二十钱；商人拥有轺车每辆二百四十钱；船五丈以上的征收一百二十钱。隐瞒不报或所报不全的，要戍边一年，没收家产。若有举报之人，没收的财产奖励一半给他。有市籍的商人，同他们的家属都无权占有土地，以使农民受益。胆敢触犯诏令的人，将其田产及仆人没收。”以上为算缗钱。这是第六种兴利之事。

天子乃思卜式之言，召拜式为中郎，爵左庶长，赐田十顷，布告天下，使明知之。

【译文】

天子于是想起了卜式的话，就把他召来，拜他为中郎，授爵为左庶长，并赏赐给他十顷田产，还把此事公告天下黎民，使人们清楚地知道。

初，卜式者，河南人也[1]，以田畜为事。亲死[2]，式有少弟，弟壮，式脱身出分[3]，独取畜羊百余，田宅财物尽予弟。式入山牧十余岁，羊致千余头，买田宅。而其弟尽破其业，式辄复分予弟者数矣。是时汉方数使将击匈奴，卜式上书，愿输家之半县官助边。天子使使问式："欲官乎？"式曰："臣少牧，不习仕宦，不愿也。"使问曰："家岂有冤，欲言事乎？"式曰："臣生与人无分争。式邑人贫者贷之[4]，不善者教顺之，所居人皆从式，式何故见冤于人！无所欲言也。"使者曰："苟如此，子何欲而然[5]？"式曰："天子诛匈奴，愚以为贤者宜死节于边[6]，有财者宜输委[7]，如此而匈奴可灭也。"使者具其言入以闻。天子以语丞相弘。弘曰："此非人情。不轨之臣[8]，不可以为化而乱法[9]，愿陛下勿许。"于是上久不报式，数岁，乃罢式。式归，复田牧。岁余，会军数出，浑邪王等降，县官费众，仓府空。其明年，贫民大徙，皆仰给县官，无以尽赡。卜式持钱二十万予河南守，以给徙民[10]。河南上富人助贫人者籍，天子见卜式名，识之，曰"是固前而欲输其家半助边"，乃赐式外繇四百人[11]。式又尽复予县官。是时富豪皆争匿财，唯式尤欲输之助费。天子于是以式终长者，故尊显以风百姓[12]。

【注释】

①河南:指河南郡,治所在今洛阳东北。

②亲:父母。

③出分:分家。

④邑人:乡里人。

⑤何欲而然:有什么要求而这样做。

⑥死节:为表现忠于国家的气节而战死。

⑦输委:委输,献出财物给国家。

⑧不轨:这里指不合常情。

⑨不可以为化:意谓不能树之为榜样以教化世人。

⑩以给徙民:赞助给国家充当安置移民之用。徙民,安置移民。

⑪外繇四百人:四百人的欲免除戍边之役所纳的钱数。外繇,免除徭役。繇,通“徭”。

⑫风:诱导,教化。

【译文】

起初,有河南人卜式,以种田放牧为生。父母亲死后,卜式有个幼弟,他的弟弟长大后,卜式和他分了家,只是要了家中养的羊中的一百余只,田宅财物都给了他的弟弟。卜式到山里去牧羊,十多年后,他的羊繁殖到了一千多只,置买了自己的田宅。但他的弟弟完全破产,卜式就又多次将田产分给他的弟弟。当时,汉朝屡次派将军攻打匈奴,卜式上书,表示愿意将一半家产捐献给国家以帮助边关战事。天子派使臣问卜式:“你想做官吗?”卜式说:“我从小放牧,不熟悉做官为官的事,不愿意。”使臣又问道:“难道是家中有冤屈,想要上诉吗?”卜式说:“我生来与别人没有争斗。我对于同邑乡亲,贫穷的救济,不务正业的教化他们走正道,乡亲们都听我的。我有什么理由会被别人冤枉呢?没有什么要上诉的。”使者说:“如果是这样,你为什么要这么做呢?”卜式说:“天子攻伐匈奴,我认为有能力的人应该到边关效命,有财物的人应该捐献财物,这样的话，匈奴就可以被消灭了。”使者把卜式的话原原本本传入宫中报与天子得知。天子把这些话都告诉了丞相公孙弘，公孙弘说：“这不是人之常情！不守本分的人，不能够作为教化人的榜样而扰乱法度，请陛下不要答应他！”于是天子很久没有答复卜式，几年后，才让他回归故里。卜式回去后，仍然从事耕种与放牧。又经过一年多，赶上朝廷又几次发兵，浑邪王所部前来归降，官府的开支极大，仓库空虚。第二年，贫民大量迁徙，又全依靠官府，而官府无法完全满足他们的需要。卜式又带了二十万钱给了河南太守，用以供迁徙贫民之用。河南地方政府将救助贫民的富人名单上报，天子看见了卜式的名字，对他还有印象，说：“这个人就是以前想捐一半家业帮助边关战事那位。”于是赏赐卜式相当于四百人免除徭役应纳钱数的钱财，卜式又把这些钱全部捐给了官府。这时候富豪人家无不争相隐瞒财产，只有卜式还想捐献财物以助国家。到了此时天子认为卜式到底是德行高尚的人，所以给了他尊贵的地位来教育百姓。

初，式不愿为郎。上曰：“吾有羊上林中，欲令子牧之。”式乃拜为郎，布衣屩而牧羊①。岁余，羊肥息②。上过见其羊，善之。式曰：“非独羊也，治民亦犹是也。以时起居；恶者辄斥去，毋令败群。”上以式为奇，拜为缑氏令试之③，缑氏便之。迁为成皋令④，将漕最⑤。上以为式朴忠，拜为齐王太傅⑥。

【注释】

①屩（juē）：草鞋。

②息：繁殖。

③缑氏：县名。县治在今河南偃师南。

④成皋：县名。县治即今河南荥阳之汜水镇。

⑤将漕最：管理漕运工作做得最好。将，统领，管理。

⑥齐王太傅：西汉时，为诸侯王设太傅，职在辅王，薪二千石。齐王，此指汉武帝的儿子刘闳。

【译文】

卜式最初不愿做郎官。皇上说："我的上林苑中养着羊，想让你为我放牧。"卜式于是做了郎官，披布衣穿草鞋从事放牧职业。一年多后，羊长肥了，也繁殖了很多。皇上过来看他的羊，称赞卜式。卜式说："不光对羊，治理百姓也是如此。按时让他们劳动、休息；作恶的就马上剔除出去，不能让他们害了群体。"皇上认为卜式是奇才，于是任命他做缑氏县令来试试他的才干，缑氏人很满意他的治理。他又出任成皋县令，结果成皋的漕运做得最好。皇上认为卜式朴实忠厚，让他做了齐王太傅。

而孔仅之使天下铸作器，三年中拜为大农，列于九卿①。而桑弘羊为大农丞，筦诸会计事②，稍稍置均输以通货物矣③。

【注释】

①九卿：汉时九种官职，指太常、光禄勋、卫尉、太仆、廷尉、大鸿胪、宗正、大司农、少府。

②筦：同"管"。会计：为朝廷掌管财物赋税，进行汇统的工作。

③均输：汉武帝实行的一项经济措施。在大司农属下置均输令、丞，统一征收、买卖和运输货物。目的是稳定物价，不使商人操纵市场。

【译文】

孔仅办理全国的冶铸铁器工作，三年之间被拜为大农，位列九卿。而桑弘羊做大农丞，管理所有的会计事项，逐渐设置均输官使天下货物畅通。

始令吏得入谷补官,郎至六百石。以上入谷补官。兴利之事七。[①]

【注释】

①此句原无,据《经史百家杂钞》补。

【译文】

开始让小吏交粮食补为官员,郎官交粮可以升至六百石官员。以上为入谷补官。这是第七种兴利之事。

自造白金、五铢钱后五岁,赦吏民之坐盗铸金钱死者数十万人。其不发觉相杀者,不可胜计。赦自出者百余万人[①],然不能半自出。天下大抵无虑皆铸金钱矣[②]。犯者众,吏不能尽诛取,于是遣博士褚大、徐偃等分曹循行郡国[③],举兼并之徒守相为吏者[④]。而御史大夫张汤方隆贵用事[⑤],减宣、杜周等为中丞[⑥],义纵、尹齐、王温舒等用惨急刻深为九卿[⑦],而直指夏兰之属始出矣[⑧]。

【注释】

①自出:自首。

②无虑:大约。

③博士:有二义,一为帝王的侍从官名,在帝王身边以备顾问;一为太学里的教官,讲授儒家经典,其学员则称"博士弟子"。下面所说的褚大、徐偃,应属前一类。褚大:人名。兰陵(今山东枣庄东南)人。董仲舒弟子。分曹:分批。循:通"巡"。视察。

④守相:郡守和诸侯王之相。

⑤御史大夫:西汉时仅次于丞相的最高长官,司掌监察、执法等。张

汤：杜陵（今西安东南）人，时任御史大夫，建议铸白金、五铢钱，支持盐铁官营，打击富商豪杰。也是当时著名酷吏。

⑥减宣：杨县（今山西洪洞东南）人。西汉酷吏。以主办主父偃、淮南王案而显名。杜周：南阳杜衍（今河南南阳西南）人。西汉酷吏。善于揣摩武帝的旨意。其为廷尉期间执法严酷，诏狱大增，京师狱中人数达六七万。中丞：官名。即御史中丞，御史大夫副职。

⑦义纵：河东（今山西夏县北）人。西汉酷吏。以捕案王太后外孙，武帝以为能。在定襄太守任上，以“为死罪解脱”的罪名，一日杀重罪犯及其亲属宾客四百余人。尹齐：东郡茌平（今山东茌平）人。西汉酷吏。为中尉时“吏民益凋敝”。王温舒：阳陵（今陕西咸阳）人。西汉酷吏。曾任河内太守，捕杀河内豪强，流血十余里。

⑧直指：官名。汉武帝时朝廷设置的专管巡视、处理各地政事的官员，也称直指使者，因出巡时穿着绣衣，故又称绣衣直指，或称直指绣衣使者。秩六百石，但权力甚大。夏兰：人名。西汉官吏，武帝时任直指绣衣御史。

【译文】

开始铸造白金、五铢钱以后五年，赦免的官吏及百姓私铸金钱者有几十万人。那些应判死罪而没有明确罪证的，无法计算。赦免了自首的一百多万人，然而自首的人仍不到一半。天下的人大都私铸金钱。触犯国法的很多，官吏也不能将这些人全都抓出来，于是汉朝派遣博士褚大、徐偃等分批下到各郡国巡察，检举那些兼并土地的人和在下面营私舞弊的郡守、国相。御史大夫张汤正值权势尊贵，减宣、杜周等人正做中丞，义纵、尹齐、王温舒等人以执行严刑峻法位列九卿，而直指使者夏兰这些人也开始出现了。

而大农颜异诛。初，异为济南亭长，以廉直稍迁至九卿。上与张汤既造白鹿皮币，问异。异曰：“今王侯朝贺以苍璧，直数千，而其皮荐反四十万[1]，本末不相称。”天子不说。张汤又与异有郤，及人有告异以它议，事下张汤治异。异与客语，客语初令下有不便者[2]，异不应，微反唇[3]。汤奏异当九卿见令不便，不入言而腹诽[4]，论死。自是之后，有腹诽之法以此，而公卿大夫多谄谀取容矣[5]。

【注释】

①皮荐：指白鹿皮币。诸侯朝觐需以之为珪璧的垫子。

②初令：新令。指颁行白鹿皮币事。

③微反唇：稍稍撇了下嘴。

④腹诽：内心里诽谤朝政。

⑤取容：讨好别人以求自己安身。

【译文】

而大农令颜异被诛杀了。起初，颜异为济南亭长，因为廉洁清正而渐渐升职做了九卿。皇上与张汤已制造了白鹿皮币，问颜异的看法。颜异说：“现在王侯朝贺都用苍璧，价值数千，而它的皮垫反而值四十万，本末不相称。”天子听后很不高兴。张汤又与颜异私下有些过节，这时有人因其他问题告发颜异，案件交由张汤审理。颜异同客人谈话，客人提到造白鹿皮币的诏令引起很多不便，颜异没有做出明确反应，只是稍稍撇了一下嘴唇。张汤上奏颜异身为九卿要职，听到新令颁行有所不便，没有上书直言却在心里藏有诽谤之意，判为死刑。从此以后，因为有了这类“腹诽”之法，于是公卿大夫就极尽谄媚阿谀之能事而但求保命了。

天子既下缗钱令而尊卜式[1]，百姓终莫分财佐县官，于是告缗钱纵矣[2]。以上杂叙时事文亦失之芜杂。

【注释】

①缗钱令：汉武帝元狩四年（前119）颁布算缗钱的法令。

②告缗：算缗令颁布后，为了防杜隐匿或虚报，元鼎三年（前114）又发布“告缗令”并任命杨可主持告缗工作。告缗，奖励告发隐慝缗钱逃避税款。纵：放开，放手实行。

【译文】

天子已经颁布了缗钱令并且推尊卜式，而百姓却终究没有分出私家财产来帮助官府的，于是让百姓举报隐匿缗钱的“告缗”就放开实行了。以上杂叙时事的文字比较杂乱。

郡国多奸铸钱，钱多轻，而公卿请令京师铸钟官赤侧①，一当五，赋官用非赤侧不得行②。白金稍贱，民不宝用③，县官以令禁之，无益。岁余，白金终废不行。

【注释】

①钟官：西汉官名。水衡都尉属官，司掌铸钱。赤侧：货币名。其钱外廓用赤铜铸造，故曰赤侧。

②赋官用：交赋税和上官府缴钱。

③宝：爱，喜欢。

【译文】

郡国里很多人违法私自铸钱，很多钱重量轻，公卿奏请命令京师钟官铸造赤侧钱，一钱当作五钱，交赋税和上官府缴钱一律使用赤侧钱。白金逐渐地也变贱了，人民不愿用，官府用法令禁止这种情况发生，然而无济于事。一年多后，白金终究还是被废除而不能再通用了。

是岁也，张汤死而民不思。

【译文】

这一年张汤死了,而百姓并不怀念他。

其后二岁,赤侧钱贱,民巧法用之[1],不便,又废。于是悉禁郡国无铸钱,专令上林三官铸[2]。钱既多,而令天下非三官钱不得行,诸郡国所前铸钱皆废销之,输其铜三官。而民之铸钱益少,计其费不能相当,唯真工大奸乃盗为之[3]。以上赤侧钱及输铜三官。兴利之事八。

【注释】

①巧法用之:以巧诈办法不按政府规定使用它。

②上林三官:水衡都尉的三个属官,指钟官、辨铜、技巧三令丞。因水衡都尉设在上林苑,所以称上林三官。

③真工大奸:具有高超技术的豪民巨富。

【译文】

之后两年,赤侧钱贬值,百姓以巧诈办法不按政府规定使用它,对国家不利,又废止了。到这时完全禁止郡国自行铸钱,专门命令上林三官负责铸钱。等到这种钱多起来后,于是命令天下非三官钱不得流通使用,所有郡国从前铸的钱都禁止流通并加以销毁,把铜上交三官。于是百姓私铸钱的也就渐渐少了,因为计算后发现盗铸成本高过了所得,这时只有一些有盗铸绝技的人还在做这种事。以上记铸赤侧钱以及把销毁旧币所得的铜都上交上林三官铸造三官钱。这是第八种兴利之事。

卜式相齐,而杨可告缗遍天下,中家以上大抵皆遇告[1]。杜周治之,狱少反者。乃分遣御史、廷尉正监分曹往[2],即治郡国缗钱,得民财物以亿计,奴婢以千万数,田大县数百顷,小县百余顷,宅亦如之。于是商贾中家以上大率破,民偷甘食好衣[3],不事畜藏之产业,而县官有盐铁缗钱之故,用益饶矣。

【注释】

①中家:中等产业的人家。西汉时以十万资产为中家。

②御史:御史大夫的属官,主管检举、纠弹。廷尉正监:廷尉正和廷尉监,都是廷尉的属官,主管司法刑狱。

③偷:苟且。甘食好衣:吃好的,穿好的。意即有多少花多少,过一天算一天。

【译文】

卜式做了齐相,杨可主持告缗之事,于是举报隐匿缗钱的案件遍布天下,中产以上的人家大都受到告发。杜周负责审理,案子很少有能翻案的。于是分派御史、廷尉正、廷尉监前往审理郡国内告缗案件,没收百姓的钱财多得以亿计算,奴婢以千万计算,田地大县有数百顷,小县百余顷,住宅也如此。因此中产以上的商贾大多破产,人们只贪图目前的衣食舒适,而不愿再积蓄财产,而官府由于有了盐铁官营及告缗所得,费用更加充足了。

益广关[1],置左右辅[2]。

【注释】

①益广关:把原在今河南灵宝东北的函谷关向东移,迁到今新安东,离旧关三百里。

②置左右辅:设左辅都尉,治高陵(今陕西高陵)。设右辅都尉,治畤鄠(今陕西眉县)。

【译文】

又向东移置了函谷关，并设置了左、右辅。

初，大农筦盐铁官布多，置水衡[①]，欲以主盐铁；及杨可告缗钱，上林财物众，乃令水衡主上林。上林既充满，益广。是时越欲与汉用船战逐[②]，乃大修昆明池[③]，列观环之。治楼船，高十余丈，旗帜加其上，甚壮。于是天子感之，乃作柏梁台[④]，高数十丈。宫室之修，由此日丽。

【注释】

①水衡：水衡都尉，掌上林苑，并兼管税收、铸钱。

②越：此指南越。欲与汉用船战逐：汉朝建立后，曾派陆贾两次出使，说服了南越王臣附于汉。武帝即位后，欲使南越进一步臣服如内诸侯，故引发了南越与汉的战争。

③大修昆明池：指汉武帝元狩三年（前120）、元鼎二年（前115）两次修昆明池，前一次是准备与滇作战，后一次准备与南越作战。

④柏梁台：台名。汉武帝元鼎二年（前115）用香柏板建造。

【译文】

起初，大农令主管的盐铁和官铸钱太多，于是设置了水衡都尉，想用他来主持盐铁；到了杨可主持告缗，上林苑存的财物很多了，于是命令水衡都尉主管上林苑。上林苑已经充满了财物，只好再扩展。这时，南越打算靠着战船与汉朝一争高低，于是武帝两次大修昆明池，修建楼观环绕在池的周围。又修造楼船，有十多丈高，上面插有旗帜，很是壮观。当时天子对此颇有感触，于是命令修筑柏梁台，高有几十丈。宫室的修建，从此日益宏伟壮丽。

乃分缗钱诸官，而水衡、少府、大农、太仆各置农官[①]，往往即郡县比没入田田之[②]。其没入奴婢，分诸苑养狗马禽兽[③]，及与诸官[④]。诸官益杂置多[⑤]，徙奴婢众，而下河漕度四百万石[⑥]，及官自籴乃足[⑦]。以上即治郡国缗钱。兴利之事九。

【注释】

①太仆：官名。汉代九卿之一，掌管皇帝的舆马和马政。

②往往：到处。比没入田：不久前没收来的土地。比，刚刚，不久前。田之：在其中耕种。田，通“佃”。耕种。

③诸苑：指汉武帝时的上林苑、博望苑、六牧师苑（设于边郡，负责养马）。

④与诸官：将一部分没入的奴婢分配到各官府充当劳役。

⑤诸官益杂置多：各官府下设的部门越来越杂，越来越多。

⑥下河：潼关以东的黄河。度：运送，运。

⑦籴（dí）：买米。

【译文】

于是向各官府分了缗钱，水衡、少府、大农、太仆都各自设置农官，让他们组织人去郡县近来没收的土地上耕种。没收来的奴婢分别派到各苑去养狗、养马、养禽、养兽，也有一部分分给各官府以供役使。官员设置更加繁多，被役使的奴婢很多，从下河水运到京师的粮食有四百万石，再加上官府自己买入的，才能满足需要。以上记各郡国治理告缗案。这是第九种兴利之事。

所忠言[①]：“世家子弟富人或斗鸡走狗马[②]，弋猎博戏[③]，乱齐民[④]。”乃征诸犯令[⑤]，相引数千人，命曰“株送徒”[⑥]。入财者得补郎，郎选衰矣。以上株送徒入财。兴利之事十。

【注释】

①所忠：汉武帝的近臣。

②世家：指世代为官的人家。斗鸡走狗马：指游手好闲的嬉戏。

③弋（yì）：泛指射猎。博戏：棋弈之类游戏。此指以这类游戏聚赌。

④乱：这里指诱使别人做坏事。

⑤征：同“惩”。

⑥株送徒：犹言“株连犯”。

【译文】

所忠说：“世家子弟及富家大户之人，有的斗鸡走马，有的弋猎博戏，败坏民风。”于是抓捕那些触犯法令的人，受牵连共达几千人，这些人称为“株送徒”。交纳财物的可以补做郎官，于是选郎官制度衰败了。以上记因“株送徒”敛财。这是第十种兴利之事。

是时山东被河灾，及岁不登数年①，人或相食，方一二千里。天子怜之，诏曰：“江南火耕水耨②，令饥民得流就食江、淮间③。”欲留之处，遣使冠盖相属于道，护之④，下巴、蜀粟以振之⑤。

【注释】

①岁：年成，年景，收成。登：庄稼成熟。

②江南：当时指湖北的长江以南部分和湖南、江西一带。火耕水耨：古代的一种粗放耕作方法。这里指江南地区的生产落后。

③就食：出外谋生。

④护：统辖。

⑤下：当时从巴蜀运粮食到江南赈济灾民，是沿长江顺流而“下”。

【译文】

这时崤山以东地区遭受黄河水灾，连着几年没有收成，人吃人现象发生了，蔓延了方圆一两千里。天子很怜悯他们，便下诏说："江南利用水耕火耨之法从事农业生产，让饥馑百姓可以迁徙到江淮之间谋生。"饥民想留住的地方，派去的使臣在路上络绎不绝，以便统辖管理这些饥民；并调拨巴、蜀之地的粮食对他们加以赈济。

其明年，天子始巡郡国①。东渡河，河东守不意行至②，不办③，自杀。行西逾陇④，陇西守以行往卒⑤，天子从官不得食，陇西守自杀。于是上北出萧关⑥，从数万骑，猎新秦中⑦，以勒边兵而归⑧。新秦中或千里无亭徼⑨，于是诛北地太守以下⑩。而令民得畜牧边县，官假马母，三岁而归，及息什一⑪；以除告缗，用充仞新秦中⑫。

【注释】

①巡：巡察，视察。

②河东守：指河东郡太守。河东郡，治安邑，在今山西夏县东北。不意行至：没有想到皇帝能来。

③不办：指为皇帝一行准备食宿的事情没有办理妥善。

④逾陇：越过陇山西下。陇山在今陕西、甘肃交界处。

⑤陇西：汉郡名。郡治狄道，今甘肃临洮。卒（cù）：同"猝"。突然。

⑥萧关：在今宁夏固原东南。

⑦猎新秦中：指在新秦中地区进行军事训练。

⑧勒：训练，检阅。

⑨亭徼（jiào）：边境上的防御工事。亭，古代边境岗亭。徼，边境亭障。

⑩北地：郡名。郡治马岭，在今甘肃庆阳西北。

⑪及息什一：收十分之一的利息。息，利息。

⑫以除告缗，用充仞新秦中：用废除"告缗令"为条件，来招募充实

新秦中的居民。仞，通“牣”。满。

【译文】

第二年，天子开始巡视郡国。向东渡过黄河，河东太守没想到天子驾临，没有准备好衣食住行所需，自杀了。天子向西越过陇山，陇西太守因为天子来得太突然，没法供应天子随从人员的饮食，也自杀了。天子向北行进出了萧关，带领数万骑兵，在新秦中地区围猎，为的是检阅边地军兵，之后回归京师。在新秦中地区，有些地方隔千里不设哨所，于是就诛杀了北地太守以下的官员。让百姓到边地畜牧，官府先借给他们母马，三年后送还，收十分之一的利息；用废除奖励告发隐藏缗钱以逃税的法令，招徕民众以充实新秦中地区。

既得宝鼎，立后土、太一祠①，公卿议封禅事，而天下郡国皆豫治道桥②，缮故宫，及当驰道县③，县治官储④，设供具⑤，而望以待幸⑥。

【注释】

①后土：土地神。太一：天神，又作泰一。

②豫治：提前修筑。豫，通“预”。

③驰道：专供皇帝行驶马车的道路。

④官储：指官府准备的迎接天子用的各种物资。

⑤设：储备。供具：天子及其从官用的酒食、器皿等物。

⑥幸：指古代帝王驾临。

【译文】

获得了宝鼎后，就建立了后土祠与太一祠，公卿建议举行封禅大典。天下所有郡国都提前修治了道路桥梁，修缮旧有宫殿，有驰道经过的各县，每个县都准备好了各种物资，储备天子一行所需的酒食、器物，盼望并等待天子到此巡视。

其明年,南越反[①],西羌侵边为桀[②]。于是天子为山东不赡,赦天下,因南方楼船卒二十余万人击南越,数万人发三河以西骑击西羌[③],又数万人度河筑令居[④]。

【注释】

①南越反:《汉书·武帝纪》载,元鼎五年(前112),南越相吕嘉反,杀其王、太后及汉使者。

②西羌侵边:《汉书·武帝纪》载,元鼎五年(前112),西羌与匈奴勾结,十余万人攻故安(今甘肃兰州南)、枹罕(今甘肃临夏东北)。桀:凶暴。

③发三河以西骑:征发河东、河内、河南三郡以西的骑兵。河东郡,治安邑,在今山西夏县西北。河内郡,治怀县,在今河南武陟西南。河南郡,治洛阳,在今河南洛阳东北。按,三河都在被灾的山东范围内,所以不在征发之列。

④令(líng)居:地名。在今甘肃永登西北。是关中通往河西走廊的要冲。

【译文】

第二年,南越造反了,西羌也侵扰边关作恶。此时因为崤山以东地区收成不好而食物不足,天子大赦天下,让被赦的罪犯跟着南方楼船兵士,共二十多万人进击南越,征召了三河地区以西几万骑兵攻打西羌,又派数万人渡黄河修筑令居城。

初置张掖、酒泉郡[①],而上郡、朔方、西河、河西开田官[②],斥塞卒六十万人戍田之[③]。中国缮道馈粮,远者三千,近者千余里,皆仰给大农。边兵不足[④],乃发武库工官兵器以赡之[⑤]。车骑马乏绝[⑥],县官钱少,买马难得,乃著令,令

封君以下至三百石以上吏,以差出牝马天下亭[7],亭有畜牸马,岁课息。以上出牝马。兴利之事十一。

【注释】

①张掖、酒泉:皆汉郡名。前者治觻得,在今甘肃张掖西北;后者治敦煌,在今甘肃敦煌西。

②上郡:汉郡名。郡治肤施,在今陕西榆林东南。朔方:汉郡名。治朔方,在今内蒙古杭锦旗北。西河:汉郡名。治平定,在今内蒙古伊金霍洛旗东南。河西:古地区名。指今甘肃、青海两省的黄河以西地区,即河西走廊与湟水流域。开田官:指当时上述四地区普遍设立的主持屯田的田官。

③斥塞卒:开拓边塞的士卒。

④边兵:边塞上需用的兵器。

⑤武库工官:指当时各郡国设置的储存武器的武库与制造武器的工官。赡:供养,供给。

⑥车骑马:供战车和骑兵使用的军马。

⑦差:等级。牝(pìn)马:和下句的牸(zì)马,同为母马。

【译文】

第一次设置了张掖、酒泉二郡。上郡、朔方、西河、河西有开田官,斥塞卒六十万人边戍守这些地方边屯田。国内修缮道路运送粮食,路途远的达三千里,近的也有一千多里,都依靠大农供给。边境地区兵器不足,于是把京城武库中和工官的武器拿来作为补充。军马缺少,官府缺钱,很难买到马匹,于是制定了法令,命令封君以下到俸禄三百石以上的官吏,按官阶高低交纳母马,全国各亭都养母马,国家每年征收小马作为利息。以上令交纳母马。这是第十一种兴利之事。

齐相卜式上书曰："臣闻主忧臣辱。南越反，臣愿父子与齐习船者往死之[①]。"天子下诏曰："卜式虽躬耕牧，不以为利，有余辄助县官之用。今天下不幸有急，而式奋愿父子死之，虽未战，可谓义形于内[②]。赐爵关内侯[③]，金六十斤，田十顷。"布告天下，天下莫应。列侯以百数[④]，皆莫求从军击羌、越。至酎[⑤]，少府省金[⑥]，而列侯坐酎金失侯者百余人。乃拜式为御史大夫。

【注释】

①习：擅于，擅长。

②形：表现。

③关内侯：二十等爵的第十九级，一般没有封邑。

④列侯：本为彻侯。因避汉武帝刘彻之讳而改为通侯，又改列侯，是二十等爵的最高级，均有封邑。

⑤至酎（zhòu）：到祭宗庙交纳酎金的时候。酎，反复多次酿成的醇酒。汉帝以酎酒祭宗庙，诸侯王、列侯都按规定献金助祭，称为酎金。

⑥省（xǐng）金：检查诸侯们所交酎金的分量和成色。

【译文】

齐相卜式上书说："我听说君主有忧愁是大臣的耻辱。南越造反，我们父子情愿和齐国善划船的人一同去与南越作战直至效死疆场。"天子发诏书说："卜式虽然亲自从事农耕和畜牧，但不是以此获利，只要有富余就贡献给国家用。现在天下不幸有紧急战事，卜式激于义愤愿意父子一同效死前线，即使没有加入战斗，也可以说是忠义存于内心了。现在赐卜式关内侯爵位，金六十斤，田十顷。"把此事诏告全国，但没人响应。列侯很多，数以百计，但没有要求参军攻打西羌、南越的。到天子祭祀宗庙交纳酎金时，少府检查酎金的分量和成色，因为酎金不合格而被罢黜的列侯有百余人。于是天子任卜式为御史大夫。

式既在位，见郡国多不便县官作盐铁[①]，铁器苦恶[②]，贾贵，或强令民卖买之。而船有算，商者少，物贵，乃因孔仅言船算事[③]。上由是不悦卜式。

【注释】

①县官作盐铁：指盐铁官营。

②苦恶：粗劣。

③乃因孔仅言算船事：请孔仅上言，请免除算船。算船，指前文所言船五丈以上的征收一百二十钱。

【译文】

卜式上任后，见各郡国大都感到盐铁官营有不便之处，铁器质量很差，价格很高，有的还强令百姓买这种铁器。船收算缗，故而经商的人少，物价昂贵，于是请孔仅上言，请求免除算船事。从此天子不再喜欢卜式。

汉连兵三岁，诛羌，灭南越，番禺以西至蜀南者置初郡十七[①]，且以其故俗治，毋赋税。南阳、汉中以往郡[②]，各以地比给初郡吏卒奉食币物[③]，传车马被具[④]。而初郡时时小反，杀吏，汉发南方吏卒往诛之，间岁万余人[⑤]，费皆仰给大农。大农以均输调盐铁助赋，故能赡之。然兵所过县，为以訾给毋乏而已[⑥]，不敢言擅赋法矣[⑦]。以上振饥、巡幸、击越、击羌、开边、田供、初郡，六者皆耗财事。

【注释】

①番（pān）禺：秦代所置县，在今广东广州南。

②南阳、汉中：均为郡名。南阳治宛县，在今河南南阳。汉中治南郑，在今陕西汉中东。以往：指南阳、汉中两郡以南。

③各以地比：各就邻近的地方。比，近。奉：俸禄，薪俸。

④传（zhuàn）车马：古代驿站上的车称为传车，马称传马。

⑤间岁：隔岁，隔一年。

⑥訾（zī）给：供应。訾，通“资”。资财，钱财。

⑦擅赋法：正常赋税外，擅取于民供给来往军队的赋税。

【译文】

汉朝连续三年用兵，讨伐西羌，攻灭南越，番禺以西直至蜀南地区新设置了十七个郡，暂且以该地区的旧习俗加以治理，不征收赋税。南阳、汉中以南的郡，因为他们与新设置的各郡相邻，就让它们供给新置郡的官吏及士兵所需的俸食财物、传车马及其用具。新郡经常发生小规模反叛事件，汉朝官吏遭到杀害，汉朝发动南方官吏与士卒前往诛杀反叛者，动用人数隔一年就达万余人，经费都依赖大农供给。大农采用统一运销调剂盐铁来增加收入，所以才能满足费用所需。然而军兵经过的地区，只能勉强提供军需而使部队不缺所用，而不敢巧立名目滥征赋税供给来往军队。以上讲赈济灾荒、天子巡幸、进击南越和西羌、开拓边塞、田供、初郡，这六项都是耗费钱财的事。

其明年，元封元年，卜式贬秩为太子太傅。而桑弘羊为治粟都尉[①]，领大农[②]，尽代仅管天下盐铁[③]。弘羊以诸官各自市[④]，相与争，物故腾跃，而天下赋输或不偿其僦费[⑤]，乃请置大农部丞数十人[⑥]，分部主郡国，各往往县置均输盐铁官，令远方各以其物贵时商贾所转贩者为赋，而相灌输[⑦]。置平准于京师[⑧]，都受天下委输[⑨]。召工官治车诸器，皆仰给大农。大农之诸官尽笼天下之货物，贵即卖之，贱则买之。

如此，富商大贾无所牟大利，则反本[10]，而万物不得腾踊，故抑天下物，名曰“平准”。天子以为然，许之。以上平准。兴利之事十二。

【注释】

①治粟都尉：汉初官名。武帝时已无此官，而设搜粟都尉，掌太常三辅司马之粟。

②领：兼管。

③仅：人名。指孔仅。

④市：经商。

⑤赋输：指各地作为赋税缴纳的各种物品。僦（jiù）费：指雇人运输的费用。僦，租赁，雇佣。

⑥大农部丞：大农令的属官。因为它是分部主管各郡国均输、盐铁，故名部丞。

⑦相灌输：均输官用征收到的赋税购得各地物产，运销外地；又把外地物产运销本地；即互相灌输。

⑧平准：平准令。为大农的属官，掌管调节物价。

⑨都：总，总汇。委输：运送，运输。

⑩本：农业。

【译文】

第二年，即元封元年，卜式被贬官做了太子太傅。而桑弘羊做了治粟都尉，兼领大农，完全取代了孔仅主管天下盐铁。桑弘羊因为各官府均经营商业，互相竞争，所以物价飞涨，各地作为赋税的物品有一些运抵京师还不能抵偿运输的费用，于是请求设置大农部丞几十人，分管各郡国盐铁；郡县到处设置运输官、盐官、铁官，令远方地区都按应缴货物最贵时候商人所卖价格来收缴赋税，均输官统一收购销售，使货尽其流。在京师设置平准官，总管各地运来的物品。命令工官制造车辆及车上器具,又都是仰赖大农供给所需。大农属下的各部官员收拢了天下所有的货物,物价昂贵时卖出,物价低廉时买回。像这样,富商大贾不能够再牟取暴利,就返回本业务农去了,各种商品不再涨价,因而能使物价平稳,称之为平准。天子以为这很正确,允许了。以上为平准。这是第十二种兴利之事。

于是天子北至朔方,东到太山,巡海上,并北边以归。所过赏赐,用帛百余万匹,钱金以巨万计,皆取足大农。

【译文】

这时,天子向北到了朔方,向东到了泰山,又巡游海上,沿北部地区返回。所经过的地方都得了天子的赏赐,用了百余万匹帛,用的钱可以以亿计算,都是从大农那里得到的。

弘羊又请令吏得入粟补官,及罪人赎罪。令民能入粟甘泉各有差①,以复终身,不告缗。他郡国各输急处,而诸农各致粟山东②。漕益岁六百万石③。一岁之中,太仓、甘泉仓满。边余谷诸物均输帛五百万匹④。民不益赋而天下用饶。以上入粟得补官赎罪给复。兴利之事十三。

【注释】

①甘泉:粮仓名。有差:有差别之意。这里粟是粮食的通称,因为品种有别,所以规定应交的粮食数量"有差"。

②诸农:指前文所述各农官。

③益:增加。

④均输帛:各地均输官所贮存的布帛。

【译文】

于是桑弘羊又奏请允许吏役可以通过交纳粮食来获得官职，罪犯可以用同样的方法得以赎罪。让百姓凡是能按照规定的数量运送粮食到甘泉仓的，免除终身徭役，不对他们实行告缗制度。其他郡国的粮食要运到急需之处，大司农所属的各官府也要从崤山以东地区向京城运粮。漕运粮食每年增加六百万石。一年之中，京城的太仓、甘泉仓装满了粮食。边境地区有了余粮，各均输官储存的绢帛有五百万匹。百姓赋税没有增加而天下物资丰饶。以上记交纳粮食可以补官赎罪。这是第十三种兴利之事。

于是弘羊赐爵左庶长，黄金再百斤焉[①]。是岁小旱，上令官求雨，卜式言曰："县官当食租衣税而已，今弘羊令吏坐市列肆，贩物求利。亨弘羊[②]，天乃雨。"

【注释】

①再百斤：二百斤。

②亨：同"烹"。古代一种酷刑，用鼎来煮杀人。

【译文】

于是赐予了桑弘羊左庶长爵位，黄金二百斤。这一年天气稍旱，皇上命令官员们求雨，卜式进言说："官府费用只应靠正常租赋而已，现在桑弘羊却命令所有官吏都坐到了店铺之内，以贩卖货物获得利润。只有烹杀桑弘羊，老天才会下雨。"

太史公曰：农工商交易之路通，而龟贝金钱刀布之币兴焉[①]。所从来久远，自高辛氏之前尚矣，靡得而记云[②]。故《书》道唐、虞之际，《诗》述殷、周之世，安宁则长庠序[③]，先本绌末[4],以礼义防于利;事变多故而亦反是。是以物盛则衰,时极而转,一质一文[5],终始之变也。

【注释】

①龟贝:龟甲贝壳,用作货币。刀:似刀形的货币。布:布币,又名铲币,因形似铲,故名。

②靡:无,没有,不。

③长(zhǎng):崇尚。庠(xiáng)序:古代地方学校。《汉书·儒林传》:"殷曰庠,周曰序。"《孟子·梁惠王上》有"谨庠序之教"句。

④先本绌末:优先发展农业,对工商业加以控制。绌,通"黜"。抑制,排斥。

⑤质:质朴。文:文采。二者均指一个时代的风尚。

【译文】

太史公说:农工商交易的道路畅通,就产生了龟币、贝币、金币、钱、刀币、布币等货币形式。这事由来已久,高辛氏以前的事过于久远,已经无法描述了。所以《尚书》说唐尧、虞舜的时代,《诗经》说殷、周时代,天下太平了就重视学校教育事业,重农抑商,用礼义教化人们防止专图利益;世道动乱不安的时候则与此相反。这就是说,事物发展到鼎盛时就会转而衰败,时代发展到极限也将发生转变,一度质朴,一度灿然,是事物周而复始的变化啊。

《禹贡》九州[1],各因其土地所宜,人民所多少而纳职焉[2]。汤、武承弊易变,使民不倦,各兢兢所以为治,而稍陵迟衰微[3]。齐桓公用管仲之谋,通轻重之权[4],徼山海之业[5],以朝诸侯,用区区之齐显成霸名。魏用李克[6],尽地力[7],为强君。自是之后,天下争于战国,贵诈力而贱仁义,先富有而后推让[8]。故庶人之富者或累巨万,而贫者或不厌糟糠;有国强者或并群小以臣诸侯,而弱国或绝祀而灭世[9]。以至于秦,卒并海内。

【注释】

①《禹贡》九州:《尚书》中有《禹贡》篇,篇中分全国为九州,即冀州、兖州、青州、徐州、扬州、荆州、豫州、梁州、雍州。

②纳职:交纳贡赋。

③稍陵夷衰微:意谓后来就渐渐地衰落了。稍,渐渐。陵迟,衰颓,衰微。

④通轻重之权:掌握住物价高低的变化法则,官办平准、均输之事,不让商人操纵市场。轻重,指物价的低高。《管子》有《轻重篇》《国蓄篇》言及此类事。

⑤傲:通"徼"。求取。山海之业:指盐铁业。

⑥李克:战国初年政治家,子夏弟子。魏文侯攻灭中山,封太子击(魏武侯)为中山君,李克为中山相,建议魏文侯"食有劳,禄有功,使有能,赏必行,罚必当","夺淫民之禄,以来四方之士",并提出选拔相国的标准。一说李克与李悝为一人。李悝,战国初任魏文侯相。主张教民尽地力,创平粜法,视收成丰歉增减赋税,不伤民害农。

⑦尽地力:大意为发展农业生产,国家平抑粮价,从而使民不困。

⑧先富有而后推让:意即尊敬富人,瞧不起穷儒。

⑨绝祀:断绝祭祀,指国家灭亡。

【译文】

《禹贡》里记载天下九州,各按它们的土地适宜种植的作物、人民的多少而向国家交纳贡物。商汤、周武王承接前世社会重重弊端而加以变革,百姓安居乐业而不觉疲倦,各自兢兢业业,但是他们即使如此治理国家，后来也还是渐渐走向了衰败。齐桓公采用了管仲的方案，掌握着物价变化的法则，不让商人操纵市场，国家经营盐铁之业，凭借这些做法使诸侯来朝，凭他小小的齐国却成就了一时之霸业。魏文侯任用了李克，发挥了土地之力发展农业，成为强国之君。从此以后，天下争斗交战不止，把欺诈与武力看得很重却轻视仁义，重视财产富有而轻视谦让品德。所以平民百姓中富有者积累亿万资产，但贫困者连糟糠还吃不饱；有的国家强大了，就兼并小国并让诸侯向自己称臣，但弱小国家却有的断了祖庙香火而走向灭亡。一直发展到秦朝，终于以武力统一了天下。

虞、夏之币，金为三品①，或黄，或白，或赤②；或钱，或布，或刀，或龟贝。及至秦，中一国之币为二等③，黄金以镒名④，为上币；铜钱识曰半两⑤，重如其文，为下币。而珠玉、龟贝、银锡之属为器饰宝藏，不为币。然各随时而轻重无常⑥。于是外攘夷狄，内兴功业，海内之士力耕不足粮饷，女子纺绩不足衣服。古者尝竭天下之资财以奉其上，犹自以为不足也。无异故云，事势之流⑦，相激使然⑧，曷足怪焉。

【注释】

①品：等级。

②或黄，或白，或赤：即黄金、白银、红铜。

③中：均分。

④镒：古代的重量单位，二十两为一镒，一说二十四两为一镒。名：计量单位之名。

⑤识（zhì）：标志，指铜钱上的文字。

⑥轻重：贱贵。

⑦事势：事物发展的趋势。

⑧激：阻遏水势。

【译文】

虞夏时代货币，钱币分为三个等级：即黄金、白银、红铜；还有圆钱、布币、刀币、龟、贝等形式。到秦朝时候，统一国家货币分成两等：黄金用“镒”命名，是上币；铜钱上的文字标志为“半两”，重量和它上面文字所标相同，是下币。珠玉、龟贝、银锡之类，可以作为饰物和收藏品，不能作为货币流通。然而各种货币都随时代不同而贵贱有别。当时外攘夷狄，内兴功业，全国男人尽力从事农耕，但不能满足朝廷需要的粮饷，女子都纺线织布，还不能满足衣物所需。古代曾有竭尽全国资产财物都奉送给君主，但君主仍感觉不满足的事情。这其实也没有别的原因，事物发展的趋势，就像水流受到阻碍必然会激荡一样，有什么奇怪的呢！

凡兴利之事十三，分条叙之；耗财之事十一，并作两处叙之。兴利之事，以桑弘羊平准、均输为最失政体，故末引卜式之言，以鸣其愤，而以平准名篇。

欧阳修·五代史职方考

数十年间承正统者、五代偏安者、前十国后七国州之多少无定，得失无常，乃能一一清晰如此，故知能为文者，亦须有经世之才。

【题解】

本文选自《新五代史》。职方，本为官名。《周礼·夏官》：“职方氏，掌天下地图，主四方职责。”唐宋时兵部下有职方郎中，其职责为掌舆图、军制、城隍、镇戍、简练、征讨事。这里引申指地理、行政区划。“职方考”相当于同类史书中的“地理志”。

本文考察五代时期行政区划的继承、发展和变化情况，在行文上采用了叙述加表格的形式，简洁清楚，使人一目了然。

呜呼！自三代以上，莫不分土而治也。后世鉴古矫失，始郡县天下[①]。而自秦、汉以来，为国孰与三代长短？及其亡也，未始不分，至或无地以自存焉。盖得其要，则虽万国而治，失其所守，则虽一天下不能以容，岂非一本于道德哉！

【注释】

①郡县天下：秦废除封建制，将天下分为三十六郡，郡以下为县。称郡县制。

【译文】

唉！夏、商、周三代以上没有哪一个朝代不是通过分封来进行统治的。后代的人借鉴前朝的事例，矫正以往的失误，才开始实行郡县制。可自从秦、汉以来，有哪一个朝代能像夏、商、周一样延续的时间长呢？到了亡国的时候，没有不分崩离析的，甚至于到连自己生存的地方都没有了的地步。大凡能掌握治国的要领，即使上万的国家都能治理好，但如果丢失掉应有的治理准则，那么即使是整个国家也容不下他，其根本原因难道不是在于道德吗？

唐之盛时，虽名天下为十道[①]，而其势未分。既其衰也，置军节度[②]，号为方镇[③]。镇之大者连州十余，小者犹兼三四，故其兵骄则逐帅，帅强则叛上。土地为其世有，干戈起而相侵，天下之势，自兹而分。然唐自中世多故矣，其兴衰救难，常倚镇兵扶持，而侵凌乱亡，亦终以此。岂其利害之理然欤？

【注释】

①十道:唐太宗时国内划分的十个行政区域。

②军节度:唐时编制,武官驻守边境要害并带有使持节的称为节度使。

③方镇:指掌握一方兵权的军事长官。

【译文】

在唐朝鼎盛时期,虽然在名义上国家分为十道来管理,但它的真正实力并没有分散。等到唐王朝衰败之后,设置了节度使,称为方镇。方镇中大的,辖管十几个州,小一点的辖治三四个州,因此兵士骄横就驱逐主帅,主帅强悍就叛上作乱。土地被方镇所占有,互相发起战争,天下的形势从此就发生变化了。唐朝自中叶以后进入多事之秋,它的兴盛、衰败、救亡等等,又常常依靠方镇的军事力量来扶持解决,从而使得以下逼上,直至灭亡,也是因为依靠方镇。莫非事物的利害相传的道理就是这样的吗?

自僖、昭以来[①],日益割裂。梁初[②],天下别为十一,南有吴、浙、荆、湖、闽、汉[③],西有岐、蜀[④],北有燕、晋[⑤],而朱氏所有七十八州以为梁。庄宗初起并、代[⑥],取幽、沧[⑦],有州三十五,其后又取梁、魏、博等十有六州[⑧],合五十一州以灭梁。岐王称臣,又得其州七。同光破蜀[⑨],已而复失,惟得秦、凤、阶、成四州[⑩],而营、平二州陷于契丹,其增置之州一,合一百二十三州以为唐。石氏入立[⑪],献十有六州于契丹[⑫],而得蜀金州,又增置之州一,合一百九州以为晋。刘氏之初[⑬],秦、凤、阶、成复入于蜀,隐帝时增置之州一[⑭],合一百六州以为汉。郭氏代汉[⑮],十州入于刘旻[⑯],世宗取秦、凤、阶、成、瀛、漠及淮南十四州[⑰],又增置之州五而废者三,合一百一十八州以为周。宋兴因之。此中国之大略也。其余外属者，强弱相并，不常其得失。至于周末，闽已先亡，而在者七国。自江以下二十一州为南唐，自剑以南及山南西道四十六州为蜀[18]，自湖南北十州为楚，自浙东西十三州为吴、越，自岭南北四十七州为南汉[19]，自太原以北十州为东汉[20]，而荆、归、峡三州为南平[21]。合中国所有，二百六十八州，而军不在焉[22]。

【注释】

①僖：即唐僖宗李儇，873—888年在位。昭：即唐昭宗李晔，889—904年在位。

②梁：原唐将朱全忠篡唐，建国号梁，史称后梁。

③南有吴、浙、荆、湖、闽、汉：指杨行密据淮南为吴王；钱镠据浙东为吴越王；高季兴据归、荆、峡为荆南节度使；马殷据湖南、湖北为楚王；王审知据福建为闽王；刘隐据岭南为汉王。

④西有岐、蜀：指李茂贞据凤翔为岐王，王建据两川为蜀王。

⑤北有燕、晋：指刘仁恭据幽州为燕王，李克用据河东为晋王。

⑥庄宗：指后唐庄宗李存勖。并、代：今山西太原、代县一带。

⑦幽、沧：指幽州（治在今天津蓟州）、沧州（治在今河北沧州）。

⑧梁：治在今河南开封。魏：治在今河北大名。博：治在今山东聊城。

⑨同光：后唐庄宗李存勖年号（923—926）。

⑩得秦、凤、阶、成：指占领了秦州（治在今甘肃天水）、凤州（治在今陕西凤县）、阶州（治在今甘肃陇南武都区）、成州（治在今甘肃成县）。

⑪石氏：指石敬瑭，即后晋高祖。

⑫十有六州：指幽、蓟、瀛、莫、涿、檀、顺、新、妫、儒、武、云、寰、应、

朔、蔚十六州。在今辽宁、河北、山西等地。

⑬刘氏：指刘知远，即后汉高祖。

⑭隐帝：指后汉隐帝刘承祐，948—950年在位。

⑮郭氏：指后周太祖郭威，951—953年在位。

⑯刘旻：即刘崇，刘知远之弟。

⑰世宗：指后周世宗柴荣，954—959年在位。十四州：指今江苏、安徽长江以北及河南潢川、湖北黄冈等地。

⑱剑：指四川剑阁。蜀：指前蜀王建和后蜀孟知祥。

⑲南汉：指刘隐，被封南汉王。

⑳十州：指并、汾、岚、石、辽、沁、忻、代、隆、宪十州。

㉑南平：指高季兴，被封南平王。

㉒军：本为军队编制单位。唐后期、五代时期，逐渐演变为军队驻防区域名称，有一定的辖区。宋时又演变为地方行政单位，下辖县的军与府、州同级，无属县则隶于州，与县同级。

【译文】

自从唐僖宗、昭宗以来，一天天地分崩离析。后梁初期，全国有十一处分裂割据的政权，南方有杨行密据淮南称吴王，钱镠据浙东称吴越王，高季兴据荆、归、峡三州为荆南节度使，马殷据湖南、湖北称楚王，王审知据福建称闽王，刘隐据岭南称汉帝；西面的有李茂贞据凤翔称岐王，王建据东、西两川称蜀王；北面的有刘仁恭据幽州称燕王，李克用据河东称晋王；而朱全忠所占有七十八州，这是后梁。后唐庄宗李存勖开始起兵于并、代二州，之后夺取了幽、沧等州，拥有了三十五州，之后又夺取了梁、魏、博等十六个州，合计为五十一个州，以之攻打后梁，取而代之。使得西部岐王李茂贞投降称臣，又占了他的七个州。庄宗同光年间，又攻破了王建占有的两川，过了不久又丢失掉了，只占据了秦、凤、阶、成四个州的地方。可营州、平州两个地方落在了契丹人的手里，它增设的只是一个州，合计为一百二十三个州，这是后唐。石敬瑭入主后，献给契丹十六个州，又夺得蜀地金州，并增设了一个州，合计为一百零九州，这是后晋。后汉刘知远开始的时候，秦、凤、阶、成等州又回到了蜀王手中，到了后汉隐帝刘承祐时期，又增设了一个州，合计为一百零六个州，这是后汉。郭威取代了后汉，将十个州给了刘旻，到了后周世宗柴荣时期，又夺回了秦、凤、阶、成、瀛、漠等州以及淮南的十四个州，又增设了五个州，废除了三个州的建制，合计为一百一十八州，这是后周。大宋建立之后，延续了它。这就是国家行政区划的大致演变情况。其他不属于这个范围之内的，强的和弱的相互侵吞，地方的得失归属，不固定。等到了后周晚期，闽王先死，仅存的只有七国了。自长江以下二十一个州是南唐；自四川剑阁以南连同山南西道四十六个州是蜀国；自湖南以北十个州是楚国；自浙东以西十三个州是吴、越国；自岭南以北四十七个州是南汉；自太原以北十个州是东汉；而荆、归、峡三个州为南平王高季兴所有。合计中国共有二百六十八个州，但作为军队驻防区的军不在其内。

唐之封疆远矣，前史备载，而羁縻、寄治虚名之州在其间。五代乱世，文字不完，而时有废省，又或陷于夷狄，不可考究其详。其可见者，具之如谱：

【译文】

唐朝的疆域建制，距离现在已经很久远了，以前史书记载的也很完备，而且实际由少数民族头人统治的羁縻州、徒有虚名的寄治州也在记载之中。五代时期，社会混乱，史实的记述不完备，而且经常有废撤和省并的地方，又有的落入外邦外族手中，无法考证它的详细情况。其可以知道的编成表格记录如下：

州	梁	唐	晋	汉	周
汴	都	有宣武	都	都	都
洛	都	都	都	都	都
雍	有永平	都	有晋昌	有永兴	有
兖	有泰宁	有	有	有	有罢
沂	有	有	有	有	有
密	有	有	有	有	有
青	有平卢	有	有	有	有
淄	有	有	有	有	有
齐	有	有	有	有	有
棣	有	有	有	有	有
登	有	有	有	有	有
莱	有	有	有	有	有
徐	有武宁	有	有	有	有
宿	有	有	有	有	有
郓	有天平	有	有	有	有
曹	有	有	有威信	有罢	有彰信
濮	有	有	有	有	有
济					有太祖置
宋	有宣武	有归德	有	有	有
亳	有	有	有	有	有
单	有辉州	有改曰单州	有	有	有
颍	有	有	有	有	有

续表

州	梁	唐	晋	汉	周
陈	有	有	有镇安	有军废	有复
蔡	有	有	有	有	有
许	有匡国	有忠武	有	有	有
汝	有	有	有	有	有
郑	有	有	有	有	有
滑	有宣义	有义成	有	有	有
襄	有初曰忠义，后复为山南东道	有	有	有	有
均	有	有	有	有	有
房	有	有	有	有	有
金	有　蜀武雄	有　蜀	有怀德，寻罢	有	有
邓	有宣化	有威胜	有	有	有武胜
随	有	有	有	有	有
郢	有	有	有	有	有
唐	有	有	有	有	有
复	有	有	有	有	有
安	有宣威	有安远	有罢军	有复	有罢
申	有	有	有	有	有
蒲	有护国	有	有	有	有
孟	有河阳三城	有	有	有	有
怀	有	有	有	有	有

续表

州	梁	唐	晋	汉	周
晋	有初曰定昌，后曰建宁	有建雄	有	有	有
绛	有	有	有	有	有
陕	有镇国	有保义	有	有	有
虢	有	有	有	有	有
华	有感化	有镇国	有	有	有罢军
商	有	有	有	有	有
同	有忠武	有匡国	有	有	有
耀	岐义胜 有崇州、静胜	有复曰耀州，改顺义	有	有	有罢军
解				有隐帝置	有
邠	岐静难　有	有	有	有	有
宁	岐　有	有	有	有	有
庆	岐　有	有	有	有	有
衍	岐　有	有	有	有	有
威			有高祖置	有	有改曰环州，寻废
鄜	岐保大　有	有	有	有	有
坊	岐　有	有	有	有	有
丹	岐　有	有	有	有	有
延	岐忠义　有	有彰武	有	有	有
夏	有定难	有	有	有	有
银	有	有	有	有	有

续表

州	梁	唐	晋	汉	周
绥	有	有	有	有	有
宥	有	有	有	有	有
灵	有朔方	有	有	有	有
盐	有	有	有	有	有
岐	岐凤翔	有	有	有	有
陇	岐	有	有	有	有
泾	岐彰义	有	有	有	有
原	岐	有	有	有	有
渭	岐	有	有	有	有
武	岐	有	有	有	有
秦	岐雄武 蜀天雄	有	有	有	有
成	岐　蜀	有	有	有	有
阶	岐　蜀	有	有	有	有
凤	岐　蜀武兴	有	有	有	有
乾	岐李茂贞置	有	有	有	有
魏	有天雄	唐　有邺都	有邺都	有邺都	有罢都
博	有	唐　有	有	有	有
贝	有	唐　有	有永清	有	有
卫	有	唐　有	有	有	有
澶	有	唐　有	有镇宁	有	有
相	有昭德	唐　有	有彰德	有	有

续表

州	梁	唐	晋	汉	周
邢	有保义	唐　有安国	有	有	有
洺	有	唐　有	有	有	有
磁	有改曰惠州	唐　有复曰磁州	有	有	有
镇	有武顺	唐　有成德	有顺德	有成德	有
冀	有	唐　有	有	有	有
深	有	唐　有	有	有	有
赵	有	唐　有	有	有	有
易	有	唐　有	有	有	有
祁	有	唐　有	有	有	有
定	有义成	唐　有	有	有	有
沧	唐横海	有	有	有	有
景	唐	有	有	有	有废
德	唐	有	有	有	有
滨					有世宗置
瀛	唐	有	契丹	契丹	有
漠	唐	有	契丹	契丹	有
雄					有世宗置，寻废
霸					有世宗置
幽	唐卢龙	有	契丹	契丹	契丹
涿	唐	有	契丹	契丹	契丹

续表

州	梁	唐	晋	汉	周
檀	唐	有	契丹	契丹	契丹
蓟	唐	有	契丹	契丹	契丹
顺	唐	有	契丹	契丹	契丹
营	唐	有契丹	契丹	契丹	契丹
平	唐	有契丹	契丹	契丹	契丹
蔚	唐	有	契丹	契丹	契丹
朔	唐振武	有	契丹	契丹	契丹
云	唐大同	有	契丹	契丹	契丹
应	唐	有彰国	契丹	契丹	契丹
新	唐	有威塞	契丹	契丹	契丹
妫	唐	有	契丹	契丹	契丹
儒	唐	有	契丹	契丹	契丹
武	唐	有	契丹	契丹	契丹
寰		有明宗置	契丹	契丹	契丹
忻	唐	有	有	有	东汉
代	唐雁门	有	有	有	东汉
岚	唐	有	有	有	东汉
石	唐	有	有	有	东汉
宪	唐	有	有	有	东汉
麟	唐	有	有	有	东汉
府	唐	有	有永安	有罢军	有永安

续表

州	梁	唐	晋	汉	周
并	唐河东	有北都	有	有	东汉
汾	唐	有	有	有	东汉
慈	唐	有	有	有	有
隰	唐	有	有	有	有
泽	唐	有	有	有	有
潞	唐昭义	有安义	有昭义	有	有
沁	唐	有	有	有	东汉
辽	唐	有	有	有	东汉
扬	吴淮南	吴	南唐	南唐	有
楚	吴	吴	南唐	南唐	有
泗	吴	吴	南唐	南唐	有
滁	吴	吴	南唐	南唐	有
和	吴	吴	南唐	南唐	有
光	吴	吴	南唐	南唐	有
黄	吴	吴	南唐	南唐	有
舒	吴	吴	南唐	南唐	有
蕲	吴	吴	南唐	南唐	有
庐	吴	吴	南唐	南唐	有保信
寿	吴忠正	吴	南唐清淮	南唐	有忠正
海	吴	吴	南唐	南唐	有
泰	吴	吴	南唐	南唐	有

续表

州	梁	唐	晋	汉	周
濠	吴	吴	南唐	南唐	有
通					有世宗置
润	吴	吴	南唐	南唐	南唐
常	吴	吴	南唐	南唐	南唐
宣	吴宁国	吴	南唐	南唐	南唐
歙	吴	吴	南唐	南唐	南唐
鄂	吴武昌	吴	南唐	南唐	南唐
昇	吴	吴	南唐	南唐	南唐
池	吴	吴	南唐	南唐	南唐
饶	吴	吴	南唐	南唐	南唐
信	吴	吴	南唐	南唐	南唐
江	吴	吴	南唐	南唐	南唐
洪	吴镇南	吴	南唐	南唐	南唐
抚	吴	吴	南唐	南唐	南唐
袁	吴	吴	南唐	南唐	南唐
吉	吴	吴	南唐	南唐	南唐
虔	吴	吴	南唐	南唐	南唐
筠			南唐李景置	南唐	南唐
建	闽	闽	南唐	南唐	南唐
汀	闽	闽	南唐	南唐	南唐
剑			南唐李景置	南唐	南唐

续表

州	梁	唐	晋	汉	周
漳	闽	闽	南唐留从效	南唐留从效	南唐留从效
泉	闽	闽	南唐留从效	南唐留从效	南唐留从效
福	闽武威	闽	吴越	吴越	吴越
杭	吴越镇海	吴越	吴越	吴越	吴越
越	吴越镇东	吴越	吴越	吴越	吴越
苏	吴越	吴越	吴越	吴越	吴越
湖	吴越	吴越	吴越	吴越	吴越宣德
温	吴越	吴越	吴越静海	吴越	吴越
台	吴越	吴越	吴越	吴越	吴越
明	吴越	吴越	吴越	吴越	吴越
处	吴越	吴越	吴越	吴越	吴越
衢	吴越	吴越	吴越	吴越	吴越
婺	吴越	吴越	吴越	吴越	吴越
睦	吴越	吴越	吴越	吴越	吴越
秀			吴越元瓘置	吴越	吴越
荆	南平荆南	南平	南平	南平	南平
归	蜀	南平	南平	南平	南平
峡	蜀	南平	南平	南平	南平
益	蜀成都	有　后蜀	蜀	蜀	蜀
汉	蜀	有　后蜀	蜀	蜀	蜀
彭	蜀	有　后蜀	蜀	蜀	蜀

续表

州	梁	唐	晋	汉	周
蜀	蜀	有　后蜀	蜀	蜀	蜀
绵	蜀	有　后蜀	蜀	蜀	蜀
眉	蜀	有　后蜀	蜀	蜀	蜀
嘉	蜀	有　后蜀	蜀	蜀	蜀
剑	蜀	有　后蜀	蜀	蜀	蜀
梓	蜀剑南、东川	有　后蜀	蜀	蜀	蜀
遂	蜀武信	有　后蜀	蜀	蜀	蜀
果	蜀	有　后蜀	蜀	蜀	蜀
阆	蜀	有保宁后蜀	蜀	蜀	蜀
普	蜀	有　后蜀	蜀	蜀	蜀
陵	蜀	有　后蜀	蜀	蜀	蜀
资	蜀	有　后蜀	蜀	蜀	蜀
荣	蜀	有　后蜀	蜀	蜀	蜀
简	蜀	有　后蜀	蜀	蜀	蜀
邛	蜀	有　后蜀	蜀	蜀	蜀
黎	蜀	有　后蜀	蜀	蜀	蜀
雅	蜀永平	有　后蜀	蜀	蜀	蜀
维	蜀	有　后蜀	蜀	蜀	蜀
茂	蜀	有　后蜀	蜀	蜀	蜀
文	蜀	有　后蜀	蜀	蜀	蜀
龙	蜀	有　后蜀	蜀	蜀	蜀

续表

州	梁	唐	晋	汉	周
黔	蜀武泰	有　后蜀	蜀	蜀	蜀
施	蜀	有　后蜀	蜀	蜀	蜀
夔	蜀镇江	有　后蜀	蜀	蜀	蜀
忠	蜀	有　后蜀	蜀	蜀	蜀
万	蜀	有　后蜀	蜀	蜀	蜀
兴	蜀	有　后蜀	蜀	蜀	蜀
利	蜀昭武	有　后蜀	蜀	蜀	蜀
开	蜀	有　后蜀	蜀	蜀	蜀
通	蜀	有　后蜀	蜀	蜀	蜀
涪	蜀	有　后蜀	蜀	蜀	蜀
渝	蜀	有　后蜀	蜀	蜀	蜀
泸	蜀	有　后蜀	蜀	蜀	蜀
合	蜀	有　后蜀	蜀	蜀	蜀
昌	蜀	有　后蜀	蜀	蜀	蜀
巴	蜀	有　后蜀	蜀	蜀	蜀
蓬	蜀	有　后蜀	蜀	蜀	蜀
集	蜀	有　后蜀	蜀	蜀	蜀
壁	蜀	有　后蜀	蜀	蜀	蜀
渠	蜀	有　后蜀	蜀	蜀	蜀
戎	蜀	有　后蜀	蜀	蜀	蜀
梁	蜀山南西道	有　后蜀	蜀	蜀	蜀

续表

州	梁	唐	晋	汉	周
洋	蜀武定	有　后蜀	蜀	蜀	蜀
潭	楚武安	楚	楚	楚	周行逢
衡	楚	楚	楚	楚	周行逢
澧	楚	楚	楚	楚	周行逢
朗	楚武平	楚	楚	楚	周行逢
岳	楚	楚	楚	楚	周行逢
道	楚	楚	楚	楚	周行逢
永	楚	楚	楚	楚	周行逢
邵	楚	楚	楚	楚	周行逢
全			楚马希范置	楚	周行逢
辰	楚	楚	楚	楚	周行逢
融	楚	楚	楚	南汉	南汉
郴	楚	楚	楚	南汉	南汉
连	楚	楚	楚	南汉	南汉
昭	楚	楚	楚	南汉	南汉
宜	楚	楚	楚	南汉	南汉
桂	楚静江	楚	楚	南汉	南汉
贺	楚	楚	楚	南汉	南汉
梧	楚	楚	楚	南汉	南汉
蒙	楚	楚	楚	南汉	南汉
严	楚	楚	楚	南汉	南汉

续表

州	梁	唐	晋	汉	周
富	楚	楚	楚	南汉	南汉
柳	楚	楚	楚	南汉	南汉
象	楚	楚	楚	南汉	南汉
容	南汉宁远	南汉	南汉	南汉	南汉
邕	南汉建武	南汉	南汉	南汉	南汉
端	南汉	南汉	南汉	南汉	南汉
康	南汉	南汉	南汉	南汉	南汉
封	南汉	南汉	南汉	南汉	南汉
恩	南汉	南汉	南汉	南汉	南汉
春	南汉	南汉	南汉	南汉	南汉
新	南汉	南汉	南汉	南汉	南汉
高	南汉	南汉	南汉	南汉	南汉
窦	南汉	南汉	南汉	南汉	南汉
雷	南汉	南汉	南汉	南汉	南汉
化	南汉	南汉	南汉	南汉	南汉
韶	南汉	南汉	南汉	南汉	南汉
藤	南汉	南汉	南汉	南汉	南汉
白	南汉	南汉	南汉	南汉	南汉
廉	南汉	南汉	南汉	南汉	南汉
钦	南汉	南汉	南汉	南汉	南汉
广	南汉清海	南汉	南汉	南汉	南汉

续表

州	梁	唐	晋	汉	周
横	南汉	南汉	南汉	南汉	南汉
宾	南汉	南汉	南汉	南汉	南汉
浔	南汉	南汉	南汉	南汉	南汉
惠	南汉	南汉	南汉	南汉	南汉
郁林	南汉	南汉	南汉	南汉	南汉
英		南汉刘龑置	南汉	南汉	南汉
雄		南汉刘龑置	南汉	南汉	南汉
琼	南汉	南汉	南汉	南汉	南汉
崖	南汉	南汉	南汉	南汉	南汉
儋	南汉	南汉	南汉	南汉	南汉
万安	南汉	南汉	南汉	南汉	南汉
罗	南汉	南汉	南汉	南汉	南汉
潘	南汉	南汉	南汉	南汉	南汉
勤	南汉	南汉	南汉	南汉	南汉
泷	南汉	南汉	南汉	南汉	南汉
辨	南汉	南汉	南汉	南汉	南汉

汴州，唐故曰宣武军。梁以汴州为开封府，建为东都。后唐灭梁，复为宣武军。晋天福三年升为东京[①]。汉、周因之。

【注释】

①天福三年:938年。天福,后晋高祖石敬瑭年号(936—941)。出帝石重贵即位后未改元,仍沿用天福。

【译文】

汴州,唐时原称宣武军。梁朝时将汴州改为开封府,定为东都。后唐灭梁后又恢复为宣武军。晋朝高祖天福三年,将它提升作为东京。后汉和后周都这样延续下来了。

洛阳,梁、唐、晋、汉、周常以为都。唐故为东都。梁为西都。后唐为洛京。晋为西京,汉、周因之。

【译文】

洛阳,后梁、后唐、后晋、后汉、后周,常常将它作为都城,唐朝时原是东都。后梁时为西都。后唐时称洛京。后晋时为西京,后汉和后周都这样延续下来了。

雍州,唐故上都,昭宗迁洛,废为佑国军。梁初改京兆府曰大安,佑国军曰永平。唐灭梁,复为西京。晋废为晋昌军。汉改曰永兴,周因之。

【译文】

雍州,唐朝时原称上都,唐昭宗李晔迁都洛阳,将它废除为佑国军。后梁初年改为京兆府,称大安,佑国军称永平。后唐灭梁之后又定为西京。后晋将它废除为晋昌军。后汉改称永兴,后周延用了。

曹州,故属宣武军节度。晋开运二年置威信军[①]。汉初,军废。周广顺二年复置彰信军[②]。

【注释】

①开运二年:945年。开运,后晋出帝石重贵年号(944—947)。

②广顺二年:952年。广顺,后周太祖郭威年号(951—953)。

【译文】

曹州,原属宣武军节度管辖。后晋出帝开运二年设置威信军。后汉初年,废除军制。后周太祖广顺二年,又设置为彰信军。

宋州,故属宣武军节度。梁初徙置宣武军。唐灭梁,改曰归德。

【译文】

宋州,原属宣武军管辖。后梁初年迁设宣武军。后唐灭梁,改称归德。

陈州,故属忠武军节度。晋开运二年置镇安军。汉初,军废。周广顺二年复之。

【译文】

陈州,原属忠武军管辖。后晋出帝开运二年,设置镇安军。后汉初年,废除军制。后周太祖广顺二年,又恢复了编制。

许州,唐故曰忠武。梁改曰匡国。唐灭梁,复曰忠武。

【译文】

许州,唐朝时期,原称忠武。后梁改称匡国。后唐灭梁之后又称忠武。

滑州，唐故曰义成。以避梁王父讳改曰宣义。唐灭梁，复其故。

【译文】

滑州，唐朝时期，原称义成。因为避梁王父亲的名讳，改称宣义。后唐灭梁之后又恢复了它原来的名称。

襄州，唐故曰山南东道。唐、梁之际改曰忠义军。后以延州为忠义，襄州复曰山南东道。

【译文】

襄州，唐时原称山南东道。唐和后梁交替其间，改称忠义军。后来将延州称忠义，襄州又恢复称山南东道。

邓州，故属山南东道节度。梁破赵匡凝，分邓州置宣化军。唐改曰威胜。周改曰武胜。

【译文】

邓州，原属山南东道节度管辖。后梁打败赵匡凝之后，分割邓州设置了宣化军。后唐改称威胜。后周改称武胜。

安州，梁置宣威军。唐改曰安远，晋罢，汉复曰安远，周又罢。

【译文】

安州，后梁设置宣威军。后唐改称安远，后晋撤罢，到了后汉时又称它安远，后周又撤其建制。

晋州，故属护国军节度。梁开平四年置定昌军[1]，贞明三年改曰建宁[2]。唐改曰建雄。

【注释】

①开平四年:910年。开平，后梁太祖朱温年号(907—911)。

②贞明三年:917年。贞明，后梁末帝朱瑱年号(915—921)。

【译文】

晋州，原属护国军管辖。后梁太祖开平四年，设置为定昌军，后梁末帝贞明三年，改称建宁。后唐改称建雄。

金州，故属山南东道节度。唐末置戎昭军，已而废之，遂入于蜀。至晋高祖时，又置怀德军，寻罢。

【译文】

金州，原属山南东道节度管辖。后唐晚期设置为戎昭军，不久又废除了，并入到了蜀地。到了晋高祖石敬瑭时期，又设置为怀德军，不久又撤罢。

陕州，唐故曰保义。梁改曰镇国。后唐复曰保义。

【译文】

陕州，唐时原称保义。后梁改称为镇国。后唐时又恢复称保义。

华州，唐故曰镇国。梁改曰感化。后唐复曰镇国。

【译文】

华州，唐时原称镇国。后梁改称为感化。后唐时又恢复称镇国。

同州，唐故曰匡国。梁改曰忠武。后唐复曰匡国。

【译文】

同州，唐时原称匡国。后梁改称为忠武。后唐时又恢复称匡国。

耀州，本华原县，唐末属李茂贞，建为耀州，置义胜军。梁末帝时，茂贞义子温韬以州降梁，梁改耀州为崇州，义胜曰静胜。后唐复曰耀州，改曰顺义。

【译文】

耀州，原本是华原县，唐朝末年归属李茂贞管辖，建制为耀州，设置为义胜军。后梁末帝时期李茂贞的养子温韬将耀州投降后梁，后梁将耀州改为崇州，将义胜改为静胜。后唐时期又恢复为耀州，改称顺义。

延州，故属保大军节度。梁置忠义军。唐改曰彰武。

【译文】

延州，原属保大军管辖。后梁设置为忠义军。后唐改称彰武。

魏州，唐故曰大名府，置天雄军，五代皆因之。后唐建邺都，晋、汉因之，至周罢。大名府，后唐曰兴唐，晋曰广晋，汉、周复曰大名。

【译文】

魏州，唐时原称大名府，设置为天雄军，五代时期都延用它。后唐建邺都，后晋、后汉延用它，到了后周才废除。大名府，后唐称兴唐，后晋称广晋，后汉和后周又恢复称大名府。

澶州，故属天雄军节度[①]。晋天福九年置镇宁军[②]。

【注释】

①故属天雄军节度："军"字据《新五代史》校补。

②天福九年：944年。天福，后晋高祖石敬瑭年号（936—942），出帝石重贵继位（942）后仍沿用至944年。

【译文】

澶州，原属天雄军管辖。后晋出帝天福九年，设置为镇宁军。

相州，故属天雄军节度。梁末帝分置昭德军，而天雄军乱，遂入于晋。庄宗灭梁，复属天雄。晋高祖置彰德军。

【译文】

相州，原属天雄军管辖。后梁末帝分割设置为昭德军，天雄军作乱，于是并归入后晋。后唐庄宗李存勖灭梁后将其归属于天雄军。后晋高祖石敬瑭又设置为彰德军。

邢州，故属昭义军节度。昭义所统泽、潞、邢、洺、磁五州。唐末孟方立为昭义军节度使，徙其军额于邢州，而泽、潞二州入于晋。方立但有邢、洺、磁三州。故当唐末有两昭义军。梁、晋之争，或入于梁，或入于晋。梁以邢、洺、磁三州为保义军。庄宗灭梁，改曰安国。

【译文】

邢州，原属昭义军管辖。昭义军所管辖的有泽、潞、邢、洺、磁五州。唐朝末年孟方立任昭义军节度使时，将其军的名额迁到了邢州，而泽、潞两州归于晋。孟方立只有邢、洺、磁三个州。所以后唐末年时有两个昭义军。后梁和后晋的争夺，使它们有的归了后梁，有的归了后晋。后梁以邢、洺、磁三州为保义军。后唐庄宗李存勖灭了后梁之后改为安国。

镇州，故曰成德军。梁初以成音犯庙讳，改曰武顺。唐复曰成德，晋又改曰顺德，汉复曰成德。

【译文】

镇州，原称成德军。后梁初年，由于成的读音冒犯庙讳，改称武顺。后唐又恢复称成德，后晋又改称顺德，后汉时又恢复称成德。

应州，故属大同军节度。唐明宗即位①，以其应州人也，乃置彰国军。

【注释】

①明宗：后唐明宗李嗣源，即帝位后改名李亶。926—933年在位。

【译文】

应州，原属大同军管辖。后唐明宗即位后，因他是应州人，于是就设置彰国军。

新州，唐同光元年置威塞军[1]。

【注释】

①同光元年：923年。同光，后唐庄宗李存勖年号（923—926）。

【译文】

新州，后唐庄宗同光元年设置为威塞军。

府州，晋置永安军，汉罢之，周复。

【译文】

府州，后晋设置为永安军，到了后汉，免去，到了后周又恢复了它。

并州，后唐建北都，其军仍曰河东。

【译文】

并州，后唐创建为北都，仍称河东军。

潞州，唐故曰昭义。梁末帝时属梁，改曰匡义，岁余，唐灭梁，改曰安义。晋复曰昭义。

【译文】

潞州，唐朝时原称昭义。到了后梁末帝朱瑱时期，归属后梁，改称匡义，一年多后，后唐灭了后梁，改称为安义。后晋时期又恢复称昭义。

庐州，周世宗克淮南，置保信军。

【译文】

庐州，后周世宗柴荣打下了淮南之后，设置保信军。

寿州，唐故曰忠正，南唐改曰清淮。周世宗平淮南，复曰忠正。

【译文】

寿州，唐朝时原称忠正，南唐时期改称清淮。后周世宗柴荣平定淮南后，又恢复称为忠正。

五代之际，外属之州，扬州曰淮南，宣州曰宁国，鄂州曰武昌，洪州曰镇南，福州曰武威，杭州曰镇海，越州曰镇东，江陵府曰荆南，益州、梓州曰剑南东、西川，遂州曰武信，兴元府曰山南西道，洋州曰武定，黔州曰黔南，潭州曰武安，桂州曰静江，容州曰宁远，邕州曰建武，广州曰清海，皆唐故号，更五代无所易，而今因之者也。其余僭伪改置之名，不可悉考，而不足道，其因著于今者，略注于谱。

【译文】

五代时，外属的州，扬州称为淮南，宣州称为宁国，鄂州称为武昌，洪州称为镇南，福州称为武威，杭州称为镇海，越州称为镇东，江陵府称为荆南，益州、梓州称为剑南东、西川，遂州称为武信，兴元府称山南西道，洋州称为武定，黔州称为黔南，潭州称为武安，桂州称为静江，容州称为宁远，邕州称为建武，广州称为清海，这都是唐朝时原来的名称，到了五代时期，也没有更改，一直延用到现在。其他伪制改置的名称，无法全部考证，所以不能全部加以记述，现将那些至今还比较清楚的大致地记述在谱上。

济州，周广顺二年置[①]，割郓州之钜野、郓城，兖州之任城，单州之金乡为属县而治钜野。

【注释】

①广顺二年：952年。后周太祖郭威年号（951—953）。

【译文】

济州，后周太祖广顺二年设置。将郓州的钜野、郓城，兖州的任城，单州的金乡，为其隶属之县，以钜野为治所。

单州，唐末以宋州之砀山，梁太祖乡里也，为置辉州，已而徙治单父。后唐灭梁，改辉州为单州，其属县置徙，传记不同，今领单父、砀山、成武、鱼台四县。

【译文】

单州，唐朝末年，因为宋州的砀山为梁太祖朱全忠的故居，所以被设置为辉州，不久又改迁治所为单父。后唐灭后梁之后改辉州为单州，它所隶属县的设置与迁徙，史传所记多有不同，现在它统辖单父、砀山、成武、鱼台四县。

耀州，李茂贞置，治华原县。梁初改曰崇州。唐同光元年复为耀州[①]。

【注释】

①同光元年：923年。同光，后唐庄宗李存勖年号（923—926）。

【译文】

耀州，为李茂贞所设置，治所在华原县。后梁初年，改称为崇州。后唐庄宗同光元年，又恢复称耀州。

解州，汉乾祐元年九月置[1]，割河中之闻喜、安邑、解三县为属而治解。

【注释】

①乾祐元年：948年。乾祐，后汉高祖刘知远年号（948—950）。

【译文】

解州，后汉高祖乾祐元年九月设置，将河中的闻喜、安邑、解县三县划归其所属，以解县为治所。

威州，晋天福四年置[1]，割灵州之方渠，宁州之末波、乌岭三镇为属而治方渠。周广顺二年改曰环州，显德四年废为通远军。五代置军六，皆寄治于县隶于州，故不别出。监者，物务之名尔，故不载于地理。皇朝军、监始自置属县，与州府并列矣。

【注释】

①天福四年：939年。天福，后晋高祖石敬瑭年号（936—941）。

【译文】

威州，后晋出帝天福四年设置，将灵州的方渠，宁州的末波、乌岭三镇划归所属，以方渠为治所。后周太祖广顺二年改称环州，后周世宗显德四年废除，改为通远军。五代设置六个军，都是由县暂时管理，隶属于州，所以没有单独列出。监，是监督军中事务的官名，所以在地理书中没有记载。到了宋朝，军、监才设置为属县，与州、府并列了。

乾州，李茂贞置，治奉天县。

【译文】

乾州，为李茂贞设置，治所在奉先县。

磁州，梁改曰惠州，唐复曰磁州。

【译文】

磁州，后梁改称为惠州，后唐又恢复称磁州。

景州，唐故置弓高。周显德二年废为定远军[①]，割其属安陵县属德州，废弓高县入东光县，为定远军治所。

【注释】

①显德二年：955年。显德，后周世宗柴荣年号（954—959）。

【译文】

景州，唐朝时原设置为弓高。后周世宗显德二年，废除，制为定远军，将原所属安陵县划归德州所属，废除弓高县并入东光县，作为定远军的治所。

滨州，周显德三年置[①]，以其滨海为名。初，五代之际，置榷盐务于海傍[②]，后为赡国军。周因置州，割棣州之渤海、蒲台为属县而治渤海。

【注释】

①显德三年：957年。显德，后周世宗柴荣年号（954—959）。

②榷盐务：官署名，掌盐池榷税事务。

【译文】

滨州，后周世宗显德三年设置，因其濒临大海而得名。五代开始的时候，在海边设置榷盐务，后来设为赡国军。后周延续设置了州治，析分棣州的渤海、蒲台二县为其所属，治所在渤海县。

雄州，周显德六年克瓦桥关置①，治归义；割易州之容城为属，寻废。

【注释】

①显德六年：959年。

【译文】

雄州，后周显德六年，攻占瓦桥关而设置，治所在归义县；将易州的容城划归所属，不久撤废。

霸州，周显德六年克益津关置，治永清。割漠州之文安，瀛州之大城为属。

【译文】

霸州，后周显德六年，攻克益津关后设置的，治所在永清县。将漠州的文安，瀛州的大城县划归其所属。

通州，本海陵之东境，南唐置静海制置院。周世宗克淮南，升为静海军。后置通州，分其地置静海、海门二县为属而治静海。

【译文】

通州，原为海陵的东部，南唐时设置为静海制置院。后周世宗柴荣攻克淮南，将其升为静海军。后来设置通州，析分其地设置静海、海门二县，治所在静海。

筠州，南唐李景置，割洪州之高安、上高、万载、清江四县为属而治高安。

【译文】

筠州，为南唐时李景设置，划分洪州的高安、上高、万载、清江四县为所属，治所在高安。

剑州，南唐李景置，割建州之延平、剑浦、富沙三县为属而治延平。

【译文】

剑州，为南唐时李景设置，将建州的延平、剑浦、富沙三县划归其所属，治所在延平。

全州，楚王马希范置，以潭州之湘川县为清湘县，又割灌阳县为属而治清湘。

【译文】

全州，为楚王马希范设置，将潭州的湘川县改为清湘县，又划灌阳县归其所属，治所在清湘县。

秀州，吴越王钱元瓘置，割杭州之嘉兴县为属而治之。

【译文】

秀州，为吴越王钱元瓘设置，将杭州的嘉兴县划归所属，并以嘉兴为治所。

雄州，南汉刘龑割韶州之保昌置，治保昌。

【译文】

雄州，为南汉时刘龑划韶州的保昌县设置，治所在保昌。

英州，南汉刘龑割广州之浈阳置，治浈阳。

【译文】

英州，为南汉时刘龑划广州的浈阳县设置，治所在浈阳县。

开封府，故统六县。梁开平元年[①]，割滑州之酸枣、长垣，郑州之中牟、阳武，宋州之襄邑，曹州之考城更曰戴邑，许州之扶沟、鄢陵，陈州之太康隶焉。唐分酸枣、中牟、襄邑、鄢陵、太康五县还其故。晋升汴州为东京，复割五县隶焉。

【注释】

①开平元年：907年。开平，后梁太祖朱温年号（907—911）。

【译文】

开封府，原统辖六个县。后梁太祖开平元年，将滑州的酸枣、长垣，郑州的中牟、阳武，宋州的襄邑，曹州的考城改称戴邑，许州的扶沟、鄢陵，陈州的太康都归属它。后唐划酸枣、中牟、襄邑、鄢陵、太康五县还归原所属。后晋提升汴州做东京，又割出五个县归其所属。

雍丘，晋改曰杞，汉复其故。

【译文】

雍丘，后晋时改称杞，后汉又恢复成原来的名称。

长垣，唐改曰匡城。

【译文】

长垣，后唐时改称匡城。

黎阳，故属滑州，晋割隶卫州。

【译文】

黎阳，原属滑州管辖，后晋时期划归卫州管辖。

叶、襄城，故属许州，唐割隶汝州。

【译文】

叶、襄城，原属于许州管辖，后唐时期划归汝州管辖。

楚丘，故属单州，梁割隶宋州。

【译文】

楚丘，原属单州管辖，后梁时期划归宋州管辖。

密州胶西，故曰辅唐，梁改曰安丘，唐复其故，晋改曰胶西。

【译文】

密州胶西，原称辅唐，后梁时改称安丘，后唐时又恢复原来名称，到了后晋改称胶西。

渭南，故属京兆，周改隶华州。

【译文】

渭南，原属于京兆，后周时改隶华州。

同官，故属京兆府，梁割隶同州，唐割隶耀州。

【译文】

同官，原属于京兆府，后梁时划归同州，后唐时又划归为耀州管辖。

美原，故属同州，李茂贞置鼎州而治之。梁改为裕州，属顺义军节度。后不见其废时，唐同光三年[①]，割隶耀州。

【注释】

①同光三年：925年。同光，后唐庄宗李存勖年号（923—926）。

【译文】

美原，原属同州，李茂贞设置鼎州，并以此为治所。后梁时改为裕州，属顺义军管辖。这之后没见被废除，后唐庄宗同光三年将它划归耀州管辖。

平凉，故属泾州。唐末渭州陷吐蕃，权于平凉置渭州而县废。后唐清泰三年[①]，以故平凉之安国、耀武两镇置平凉县，属泾州。

【注释】

①清泰三年：936年。清泰，后唐末帝石从珂年号（934—936）。

【译文】

平凉，原属泾州。唐朝末年，渭州落入吐蕃手中，唐朝将渭州衙署暂设于平凉，并撤销了原平凉县的建制。后唐末帝清泰三年，将原来平凉县的安国、耀武两个镇合成建立了平凉县，归属于泾州管辖。

临泾，故属泾州。唐末原州陷吐蕃，权于临泾置原州而泾州兼治其民。后唐清泰三年割隶原州。

【译文】

临泾，原属泾州。唐朝末年，原州落于吐蕃之手，唐朝便将原州衙署暂设于泾州的临泾，由原州逃来的百姓也同时归由泾州管辖。后唐末帝清泰三年划归原州管辖。

鄜州咸宁，周废。

【译文】

鄜州咸宁，后周时撤。

稷山，故属河中，唐割隶绛州。

【译文】

稷山，原属河中军管辖，后唐时划归绛州管辖。

慈州仵城、吕香，周废。

【译文】

慈州仵城、吕香，后周时撤。

大名府大名，唐故曰贵乡。后唐改曰广晋，汉改曰大名。

【译文】

大名府大名，唐朝时原称贵乡。后唐改称广晋，后汉改称为大名。

沧州长芦、乾符，周废入清池、无棣，周置保顺军。

【译文】

沧州长芦、乾符，后周时被撤销，划归清池县、无棣县，后周时设置为保顺军。

安陵，故属景州，周割隶德州。

【译文】

安陵，原属景州管辖，后周时被划归德州管辖。

澶州顿丘，晋置德清军。

【译文】

澶州顿丘，后晋时设置为德清军。

博州武水，周废入聊城。

【译文】

博州武水，后周时被撤销，一并入聊城。

博野，故属深州，周割隶定州。

【译文】

博野原属深州管辖，后周时被划归定州。

武康，故属湖州，梁割隶杭州。

【译文】

武康，原属湖州管辖，后梁时划归杭州。

福州闽清，梁乾化元年[①]，王审知于梅溪场置。

【注释】

①乾化元年：911年。后梁太祖朱温年号（911—912）。

【译文】

福州闽清，后梁太祖乾化元年，王审知于梅溪场设置。

苏州吴江，梁开平三年[①]，钱镠置。

【注释】

①开平三年：909年。开平，后梁太祖朱温年号（907—911）。

【译文】

苏州吴江，后梁太祖开平三年，为钱镠所设。

明州望海，梁开平三年，钱镠置。

【译文】

明州望海，后梁太祖开平三年，钱镠所设。

处州长松，故曰松阳，梁改曰长松。

【译文】

处州长松，原称松阳，后梁改为长松。

潭州龙喜，汉乾祐三年①，马希范置。

【注释】

①乾祐三年：950年。乾祐，后汉隐帝刘承祐年号（948—950）。

【译文】

潭州龙喜，后汉隐帝乾祐三年，为马希范所设。

天长、六合，故属扬州。南唐以天长为军，六合为雄州，周复故。

【译文】

天长、六合，原属扬州管辖。南唐时将天长建为军，六合建为雄州，后周时，又恢复成原来的样子。

汉阳，故属鄂州，周置汉阳军。

【译文】

汉阳，原属鄂州管辖，后周时设置为汉阳军。

汉川，故属沔州，周割隶安州。

【译文】

汉川，原属沔州管辖，后周时被划归为安州管辖。

襄州乐乡，周废入宜城。

【译文】

襄州乐乡，后周时撤销，并入了宜城。

邓州临湍，汉改曰临濑；菊潭、向城，周废。

【译文】

邓州临湍，后汉时改称临濑；菊潭、向城，后周时被撤销。

复州竟陵，晋改曰景陵。

【译文】

复州竟陵，后晋时改称景陵。

监利，故属复州，梁割隶江陵。

【译文】

监利，原属复州管辖，后梁时划归江陵。

唐州慈丘,周废。

【译文】

唐州慈丘,后周时被撤销。

商州乾元,汉改曰乾祐,割隶京兆。

【译文】

商州乾元,后汉时改称为乾祐,划归京兆管辖。

洛南,故属华州,周割隶商州。

【译文】

洛南,原属华州管辖,后周时划归商州管辖。

随州唐城,梁改曰汉东,后唐复旧,晋又改汉东,汉复旧。

【译文】

随州唐城,后梁改称汉东,后唐又恢复旧称,后晋时又改称汉东,后汉时又恢复旧称。

雄胜军,本凤州固镇,周置军。

【译文】

雄胜军,原为凤州的固镇,后周时设置了军的建制。

秦州天水、陇城，唐末废，后唐复置。

【译文】

秦州天水、陇城，唐朝末年撤销，后唐时又重新设置。

成州栗亭，后唐置。

【译文】

成州栗亭，为后唐时设置。

自唐有方镇，而史官不录于地理之书，以谓方镇兵戎之事，非职方所掌故也。然而后世因习，以军目地，而没其州名。若今永兴本节度军名，而今命守臣遂曰知永兴军府事，而不言雍州京兆是也。

【译文】

自从唐朝建有方镇以来，史官不把它写在地理书上，因为他们说方镇是军旅战争的事，不是职方范围内的事。但是后代人沿习用军来为地区命名，那些州的名称就湮灭了。就像永兴本是节度军名，现在任命官员称为知永兴军府事，而不叫雍州京兆。

又今置军者，徒以虚名升建为州府之重，此不可以不书也。州、县，凡唐故而废于五代，若五代所置而见于今者，及县之割隶今因之者，皆宜列以备职方之考。其余尝置而复废，尝改割而复旧者，皆不足书。山川物俗，职方之掌也。五代短世，无所迁变，故亦不复录。而录其方镇军名，以与前史互见之云。

【译文】

另外现在设置军的，只是用空有的名称晋升设置成州府，这是不可不予以记录的。但凡州、县是唐朝时有，到了五代时撤销的，或是五代时期所设置的并流传到现在的，以及县的划分归属，现在还沿用的，都应书列出来以备查证。其他的，曾经设置，而后被撤销的，曾经被划过去，又改回来的县，都不值得记录。山川地理，物产民俗，这是职方官所应该掌握的。但五代是一个很短的历史时期，这些都没有什么改动，因此也不再记录。记录下来这些方镇军的名称，只是为了与前朝史书相互参校罢了。

曾巩·越州赵公救灾记

【题解】

越州，治所在山阴（今浙江绍兴）。赵公，即赵抃（biàn，1008—1084），字阅道，衢州西安（今浙江衢州）人。熙宁七年（1074）始任越州知州。对赵抃在越州的救灾政绩，苏轼在《赵清献公神道碑》中曾有记载，重在对民生疾苦发抒感慨。曾巩此文则主要记述赵抃救灾的详细办法，目的在为有志于造福百姓的官吏提供借鉴。文章对救灾这一复杂琐细的事情记叙得细密周详而条理分明，表现了曾巩散文平易自然的特点及“平中见奇”“易处见工”的创作功底。

熙宁八年夏①，吴越大旱②。九月，资政殿大学士、右谏议大夫、知越州赵公，前民之未饥，为书问属县：灾所被者几乡，民能自食者有几，当廪于官者几人③，沟防构筑可僦民使治之者几所④，库钱仓粟可发者几何，富人可募出粟者几家，僧道士食之羡粟书于籍者其几具存[⑤]，使各书以对，而谨其备。以上先事之备。

【注释】

①熙宁八年：1075年。熙宁，宋神宗赵顼年号（1068—1077）。

②吴越：春秋时两个国名。吴在今江苏南部，越在今浙江北部。后泛指这一带地区为吴越。

③廪：受国家米粮的供给。

④僦（jiù）：原指赁屋而居。文中是雇佣的意思。

⑤羡：余。

【译文】

熙宁八年的夏季，吴越一带发生了大旱。九月，担任资政殿大学士、右谏议大夫、越州知州的赵公，在百姓还没有为饥荒所苦的时候，就发公文询问各县：有多少个乡受了灾荒，百姓自己有粮食活命的有多少，应当由官家供给粮食的有多少，沟渠、堤防、建筑工程可以雇老百姓来修建的有几处，公库的存款、官仓的粮食能够发放的有多少，富人可以劝募捐出粮食来的有几家，和尚道士的富裕粮食记在账本上存在那里的还有多少，使属县分别写出来上报知州，并且认真地做准备。以上讲对事情预先有谋划。

州县吏录民之孤老疾弱、不能自食者二万一千九百余人以告。故事，岁廪穷人，当给粟三千石而止。公敛富人所输及僧道士食之羡者，得粟四万八千余石，佐其费。使自十月朔[①]，人受粟日一升，幼小半之。忧其众相蹂也，使受粟者男女异日，而人受二日之食。忧其且流亡也，于城市郊野为给粟之所，凡五十有七，使各以便受之，而告以去其家者勿给。计官为不足用也，取吏之不在职而寓于境者，给其食而任以事。

【注释】

①朔：阴历每月初一日。

【译文】

州县官吏将百姓中孤老病弱不能养活自己的二万一千九百多人的情况呈报上来。按照旧例，每年给穷人发放粮米，规定最多以发米三千石为限。赵公收集富人缴纳及和尚道士多余的粮食，共四万八千余石，以补助赈济穷人的需用。使从十月初一日开始每人每天领米一升，小孩半升。赵公恐怕领米的人互相拥挤践踏，于是按男女区别分日领取，每人一次领取两天的粮米。又担心领米的人流亡外地，就在城郊设立发给粮食的处所，共五十七个，使人们各就近便利地领取，并规定凡离开家的就不发给食粮。他估计官府的人力不够用，就临时征用那些没有实职而又寓居在越州境内的公务人员，发给他们口粮，让他们分别担任有关救灾的事务。

不能自食者，有是具也[①]。能自食者，为之告富人，无得闭粜[②]。又为之出官粟，得五万二千余石，平其价予民。为粜粟之所，凡十有八，使籴者自便[③]，如受粟。以上荒政大端。

【注释】

①具：供应的食物。

②闭粜（tiào）：有粮食不卖。粜，卖出粮食。

③籴（dí）：买进粮食。

【译文】

自己无粮不能维持生活的人，为此有了保障。为了那些能自食其力的人，官府又通告富人，不得囤积米粮不卖。又给他们开放官仓公粮，有五万二千余石，低价卖给老百姓。并设立卖米的处所十八处，使买粮的人就近去买，就像领粮那样便利。以上讲应对灾荒的主要政策。

又僦民完城四千一百丈，为工三万八千，计其佣与钱，又与粟再倍之。民取息钱者，告富人纵予之①，而待熟②，官为责其偿。弃男女者，使人得收养之。

【注释】

①纵予之：放手借给他们。

②熟：田中谷熟。

【译文】

赵公又雇百姓修治城墙四千一百丈，雇工三万八千人，按工作量发给工钱，还给他们加倍的食粮。百姓借用有利息的钱，就通告富人放心地借给他们，等到田中谷熟的时候，官府将责令借款人偿还。被遗弃的小男孩小女孩，就让别人收养。

明年春，大疫，为病坊，处疾病之无归者。募僧二人，属以视医药饮食①，令无失所时。凡死者，使在处随收瘗之②。以上荒政余事。

【注释】

①属（zhǔ）：委托。

②瘗（yì）：埋葬。

【译文】

第二年春天，越州流行疫病，赵公设置临时病院，收留无处投奔的病人。还招募了两个和尚，委托他们照料病人的医药饮食，使病人不至于没有依靠。凡病死的，就在当地收埋。以上讲应对灾荒的其他事务。

法[①]，廪穷人，尽三月当止，是岁尽五月而止。事有非便文者[②]，公一以自任，不以累其属[③]。有上请者，或便宜，多辄行。公于此时，蚤夜惫心[④]，力不少懈，事细巨必躬亲，给病者药食，多出私钱。民不幸罹旱疫，得免于转死[⑤]，虽死，得无失敛埋，皆公力也。

【注释】

①法：法令。文中指以往的规定。

②事有非便文者：有不便于见诸文字的事情。此处指不便公开让上级知道的事。

③属：属下官吏。

④蚤：通“早”。

⑤转死：辗转流离而死。

【译文】

法令规定：官家发给米粮救济穷人，满三个月就要停止发放，这一年却持续了五个月才停止。诸如这些不便于让上级知道的事情，赵公一概自己担当起来，不因为这些事而牵累他的属下。下面有往上请示他的，只要对救灾有好处，就立即批准。在这段时期，赵公不分早晚，费尽心力，不肯有一点懈怠，无论大事小事，赵公必定要亲自处理，给病人的医药及食物，也多是赵公自己出钱买。百姓不幸得了旱疫，都能够免于流离死亡；即使死亡，也不至于无人收葬，这一切都仰仗赵公的力量。

是时，旱疫被吴越，民饥馑疾疠[①]，死者殆半，灾未有巨于此也。天子东向忧劳[②]，州县推布上恩[③]，人人尽其力。公所拊循，民尤以为得其依归。所以经营绥辑[④]，先后终始之际，委曲纤悉，无不备者。其施虽在越，其仁足以示天下；其事虽行于一时，其法足以传后。盖灾沴之行[⑤]，治世不能使之无，而能为之备。民病而后图之，与夫先事而为计者，则有间矣[⑥]；不习而有为，与夫素得之者，则有间矣。余故采于越[⑦]，得公所推行，乐为之识其详，岂独以慰越人之思，将使吏之有志于民者，不幸而遇岁之灾，推公之所已试，其科条可不待顷而具[⑧]，则公之泽岂小且近乎！

【注释】

①疠（lì）：疫病。

②东向：北宋定都汴京（今河南开封），吴越在汴京的东南，所以说"东向"。

③推布：推行布达。

④经营绥辑：谋划，安顿。绥，安。辑，聚集。

⑤灾沴（lì）：灾荒，天灾。

⑥间（jiàn）：距离。

⑦采：取得，获得。

⑧科条：章程条例。

【译文】

这时，吴越一带遭逢旱疫，百姓因饥饿疾病，差不多有半数的人死去，还不曾发生过比这次更严重的疫害了！天子望着东方的吴越，忧虑劳心，州县官吏推广布达天子的恩泽，人人倾尽全力救灾。在赵公的慰安下，百姓更觉有了依靠。对于谋划救灾事宜、安顿受灾百姓、确定救灾先后，各个方面保证有始有终，赵公都做得周详圆满。他所做的事情虽然只是在越州一个地方，但其仁善却足以昭示天下人；虽然只是在一段时间内，但其方法却足以流传后世。对于灾荒，治平之世也不能避免，但应该能预先做好准备。如果等到百姓已经遭了灾，才去设法挽救，那么这和事前早有准备可就差别很大了；没有经验而办事，和平素积累经验，也有很大差别。为此，我了解了越州的情况，得知赵公当年所推行的办法，很愿意把它们详细地记录下来，这不但是为了抚慰越州百姓对赵公的思念之情，更要使那些有志于为百姓做好事的官吏，一旦遇到灾年，也可以借鉴赵公已经试行过的，尽快制定救灾的办法来。赵公的恩泽，难道只限于一时一地吗？

公元丰二年以大学士加太子少保致仕①，家于衢。其直道正行在于朝廷、岂弟之实在于身者②，此不著。著其荒政可师者③，以为《越州赵公救灾记》云。

【注释】

①元丰二年：1079年。元丰，宋神宗赵顼年号（1078—1085）。致仕：辞官退休。

②岂弟：即“恺悌（kǎi tì）”。平易和乐。

③荒政：指救济灾荒的施政措施。

【译文】

赵公在元丰二年以大学士加太子少保的职衔退休，住在衢州。他在朝廷中的正直品格和业绩，以及个人修养中平易和乐的美德，本文都不再叙述。只记述他那些可以效法的救灾措施，写成了这篇《越州赵公救灾记》。

杂记类

周礼·轮人

【题解】

轮人是负责制造车轮和车盖的工匠。本篇详细地介绍了制作车轮及车盖的各项规制与工艺。

轮人为轮，斩三材必以其时[①]。三材既具，巧者和之。毂也者[②]，以为利转也；辐也者[③]，以为直指也；牙也者[④]，以为固抱也。轮敝，三材不失职，谓之完。望而视其轮，欲其幎尔而下迤也[⑤]；进而视之，欲其微至也，无所取之，取诸圜也。望其辐，欲其掣尔而纤也[⑥]；进而视之，欲其肉称也，无所取之，取诸易直也。望其毂，欲其眼也[⑦]；进而视之，欲其帱之廉也[⑧]，无所取之，取诸急也。视其绠[⑨]，欲其蚤之正也。察其菑蚤不齵[⑩]，则轮虽敝不匡[⑪]。

【注释】

①三材：指制作毂、辐、牙的材料。

②毂（gǔ）：车轮中心的圆木，周围与车辐的一端相接，中有圆孔，可以插轴。

③辐（fú）：车轮的辐条。

④牙（yà）：车辋两头相衔接处。

⑤幎（mì）：均匀的样子。迤（yǐ）：斜倚的样子。

⑥掣（xiāo）：本指人臂细长的样子，后凡尖细形态都可称掣。

⑦眼（ěn）：突出貌。

⑧帱（chóu）：毂端所覆皮革。

⑨绠（gěng）：轮辐近轴处的突出部分。

⑩菑（zì）：车辐入毂的榫。蚤（zǎo）：车辐入辋的榫。齵（yú）：本指牙齿参差，此指参差不齐。

⑪不匡：不待匡正。

【译文】

轮人制作车轮，伐取制造毂、辐、牙的木材一定要适时。三种材料已经具备，要靠能工巧匠把它们组合到一起。毂这个部件，要能够转动灵活；辐这个部件，要使它笔直入孔无偏倚；牙这个部件，要使轮牢固。就是车轮敝坏，毂、辐、牙这三种零件仍然可用，这才算是完美的技艺。从远处观望，审视车轮，两旁略微向下斜，曲度均匀；靠近来看，轮子着地的面积很小，那这轮子就很圆了。从远处观望，审视车辐，是逐渐尖细的；靠近来看，粗细均匀，那这辐条就很直了。从远处观望，审视车毂，就像眼睛瞪出那样；靠近来看，毂上蒙的皮革能现出棱角，那这毂就很坚固了。审视辐绠，使辐蚤插入牙中能够端正。察看菑蚤是否齐正，如果都齐正了，轮子即使用坏也不会变形。

凡斩毂之道，必矩其阴阳。阳也者，稹理而坚；阴也者，疏理而柔，是故以火养其阴，而齐诸其阳，则毂虽敝不藃①。毂小而长则柞②，大而短则挚③。是故六分其轮崇，以其一为之牙围。参分其牙围,而漆其二。椁其漆内而中诎之,以为之毂长,以其长为之围,以其围之阞捎其薮[4]。五分其毂之长,去一以为贤[5],去三以为轵[6]。容毂必直,陈篆必正[7],施胶必厚,施筋必数,帱必负干。既摩,革色青白,谓之毂之善。参分其毂长,二在外,一在内,以置其辐。

【注释】

①蒿(hào):通"耗"。变形。

②柞(zé):狭窄。

③挚:通"槷"(niè)。摇动不稳。

④阞(lè):通"仂"。零数,此指三分之一。捎(xiāo):消除。薮:毂中空处。

⑤贤:车毂所穿之孔,在辐以内一端略大者。

⑥轵(zhǐ):车毂外端贯穿车轴的小孔。

⑦篆:毂干上所刻花纹。

【译文】

伐取制毂的木材,先要在树干上刻上向阳背阴的记号。向阳这边的材料纹理较密而坚,背阴这边纹理较疏而软,所以要用火来烘烤木材原来背阴这一面,使之与原来向阳的那一面坚度相等,然后再制毂,这样虽然毂用到坏了也不会变形。毂小而长,辐间就狭窄;毂大而短,行车时就会摇动不安,所以用轮子高度的六分之一作为牙的围长。约当牙围三分之二的部分都要上漆。量度车轮漆内的直径折半,即为车毂的长度,而且就以毂的长度作为其围长。以毂围长的三分之一作为剜却木心的薮围,以毂长的五分之三作为贤围,以毂长的五分之二作为轵围。整治毂的形容时一定要使它直,设篆一定要端正,敷胶要厚,缠筋要密,帱革必须要紧依毂干。覆好帱革,用石磨平后,能显出青白色的,这就是毂中上品。三分毂长，二分在辐外，一分在辐内，这就是辐入毂的位置。

凡辐，量其凿深以为辐广。辐广而凿浅，则是以大扤[①]，虽有良工，莫之能固；凿深而辐小，则是固有余而强不足也，故竑其辐广[②]，以为之弱[③]，则虽有重任，毂不折。参分其辐之长而杀其一[④]，则虽有深泥，亦弗之溓也[⑤]。参分其股围，去一以为骹围[⑥]。揉辐必齐，平沉必均。直以指牙，牙得，则无槷而固；不得，则有槷必足见也[⑦]。六尺有六寸之轮，绠参分寸之二，谓之轮之固。凡为轮，行泽者欲杼[⑧]，行山者欲侔[⑨]。杼以行泽，则是刀以割涂也，是故涂不附；侔以行山，则是抟以行石也[⑩]，是故轮虽敝不甐于凿[⑪]。

【注释】

①扤（wù）：动，摇。

②竑（hóng）：量度。

③弱：菑，辐端末入毂中的部分。

④杀（shài）：递减渐小。

⑤溓（nián）：粘着。

⑥骹（qiāo）：车辐接近轮周而渐细的部分。

⑦槷（niè）：木楔。

⑧杼（zhù）：削薄。

⑨侔（móu）：相等。

⑩抟（tuán）：圆厚。

⑪甐（lìn）：破敝。

【译文】

制作辐条的时候，要测量菑榫入孔的深度，使车辐的广度与之相等；

如果辐身较广而菑入孔太浅，就容易动摇，再好的工匠也难以使其稳固。如果入孔太深而辐身狭小，虽然够稳固，但强度不足。所以要度量辐广，使菑深与之相称，这样就是车负重时辐条也不会折断。车辐靠近牙处的三分之一长度削磨渐细，这样就是车行于深泥之中也不会粘住。车辐靠近车毂的股的周长的三分之二作为靠近牙的骹的周长。揉辐木一定要使之齐直，沉入水中时浮起的程度也要相当。辐直指牙，蚤牙相称，虽然不用楔子也很坚固；如果蚤牙不相称，虽然用楔子，楔子的末端一定会穿轮而过，显露在外。直径六尺六寸的车轮，绠三分之二寸，这使轮子稳固。制作轮子，要行于泽地的，轮子践地的外侧要削薄；要行于山地的，轮子的牙厚上下要齐等。轮子践地外侧削薄了，行驶于泽地，就像用刀子割过泥泞的道路，泥不会粘附；轮子的牙厚上下相等，行驶在山地，用其圆厚滚动在山石上，虽然轮子用坏了，也不影响凿蚤使辐条动摇。

凡揉牙，外不廉而内不挫，旁不肿，谓之用火之善。是故规之，以视其圜也；萬之①，以视其匡也；县之，以视其辐之直也；水之，以视其平沉之均也；量其薮以黍，以视其同也；权之，以视其轻重之侔也。故可规、可萬、可水、可县、可量、可权也，谓之国工。

【注释】

①萬（jǔ）：一种测试车轮的工具。一说通“矩”。

【译文】

凡是用火揉牙，不使木的外侧伤理而断绝，不使内侧焦灼而挫损，不使旁侧壅肿，如果都能做到，那就是最佳的用火揉牙的技艺。用圆规来测量，审视轮子是否很圆；用萬来检测，审视轮子是否正；用悬绳来测量，审视是否凿正辐直；用水浸来测量，审视浮沉的深浅是否均等；用黍测量毂中空孔其容量是否相同；用称来称量两轮的重量是否相等。如果制成的轮子能够符合规、萬绳、水、悬、量、衡等各项测定，那么这工匠就是国之名工。

轮人为盖，达常围三寸[1]，桯围倍之[2]，六寸。信其桯围以为部广[3]，部广六寸。部长二尺，桯长倍之，四尺者二。十分寸之一，谓之枚。部尊一枚，弓凿广四枚，凿上二枚，凿下四枚。凿深二寸有半，下直二枚，凿端一枚。弓长六尺谓之庇轵[4]，五尺谓之庇轮，四尺谓之庇轸[5]。参分弓长而揉其一，参分其股围，去一以为蚤围。参分弓长，以其一为之尊，上欲尊而宇欲卑，上尊而宇卑，则吐水，疾而霤远。盖已崇，则难为门也；盖已卑，是蔽目也，是故盖崇十尺。良盖弗冒弗纮，殷亩而驰，不队[6]，谓之国工。

【注释】

①达常：车盖上柄。

②桯（yíng）：车盖柄有二节，上节为达常，下节为桯，又称杠，达常插入杠中。

③信（shēn）：伸延。部广：指盖斗的直径。部指盖斗，位于达常上端，以一木削成。部周围有孔，盖弓嵌入孔中，盖弓犹今伞骨。

④轵：音 zhǐ。

⑤轸：音 zhěn。

⑥队：通“坠”。落。

【译文】

轮人制作车盖，柄上部围长三寸，下部围长则加倍，有六寸。伸延盖柄下部的围长作为盖斗的直径，盖斗的直径是六寸。上柄连同盖斗的长度一共为二尺，下柄比上柄长加倍，一节长四尺，二节共长八尺。称十分之一寸为一枚。盖斗上端隆起的高度为一枚，盖斗周围嵌入盖弓的孔方四枚，盖斗厚一寸，在孔的上方有二枚，下方有四枚，孔深二寸半，孔的内端自上渐削小，纵径二枚，横径一枚。盖弓长六尺的称为庇轵，长五尺的称为庇轮，长四尺的称为庇轸。盖弓接近盖斗的三分之一部分揉曲使平，以股围的三分之二作为蚤围。以弓长的三分之一长度作为弓末至部的高度，盖弓至盖斗三分之一部分较高，其余三分之二部分斜着向下如屋宇而稍低，上高而宇低，则吐水较快而斜流较远。车盖太高，则普通高度的门就过不去；车盖太低，就会挡住车上人的视线，所以车盖的高度为十尺。好的车盖，盖弓上不蒙幕，弓末不缀绳，随车驰骋在垄上，盖弓也不会脱落，这种技艺可以称之为国工了。

周礼·舆人

【题解】

舆即车厢，舆人即是专门制作车厢的技工。本篇介绍了制作车厢的各项规制。

舆人为车，轮崇、车广、衡长①，参如一，谓之参称②。参分车广，去一以为隧③。参分其隧，一在前，二在后，以揉其式。以其广之半为之式崇，以其隧之半为之较崇④。六分其广，以一为之轸围⑤。参分轸围，去一以为式围。参分式围，去一以为较围。参分较围，去一以为轵围⑥。参分轵围，去一以为轛围⑦。圜者中规，方者中矩，立者中县，衡者中水，直者如生焉，继者如附焉。凡居材，大与小无并，大倚小则摧，引之则绝。栈车欲弇⑧，饰车欲侈⑨。

【注释】

①衡:车辕前的横木。

②参:通“叁”。称(chèn):相当。

③隧:通“邃”。深,指车舆之深,即车舆纵长。

④较(jué):车箱两旁横木,跨于輢上(輢音yǐ,车旁人所凭倚之木)。

⑤轸(zhěn):舆后横木。

⑥轵(zhǐ):车箱左右横直交结的栏木。

⑦轛(zhuì):车轼下横直交接的栏木。

⑧栈车:以竹木散材制成的车,无革饰,士所乘。

⑨饰车:有文饰的车,大夫以上所乘。

【译文】

舆人制作车舆,车轮的高度、车身的广度和车衡的长度三者相等,称之为参称。以车广的三分之二作为车舆的长度。式位于车舆前三分之一的位置,其后尚有三分之二,揉曲制式,以舆广的一半作为式的高度,以舆长的一半作为较距离式的高度。以车舆广度的六分之一作为轸的围长,以轸围的三分之二作为式的围长,以式围的三分之二作为较的围长,以较围的三分之二作为轵的围长,以轵围的三分之二作为轛的围长。圆的符合圆规画出的曲线,方的合乎矩尺的要求,直立达到墨绳所画的规格,横的可以达到水平的程度,直立的好像是从地下生成出来的一样,次比连缀的如同树木的枝杈一样。凡处理制车的材料,大小不相称,不能装配组合,大倚小就会摧折,扳引时一定会断绝。栈车要内向,饰车要开张。

周礼·梓人

【题解】

《梓人》及以下《匠人》,均出《周礼·冬官·考工记》。《周礼·冬官》

久佚，《考工记》别为一书，被人补入《周礼》。

《考工记》是先秦一部重要的科技著作。据考证，成书于春秋末年，应是齐国记录手工业技术的一部官书。主要记录百工之事，是了解古代科技的重要文献。《考工记》文字简洁，专业性很强，可视为早期的说明文。

《梓人》所述为木工当中的一种，梓人专门制作乐器悬架（笱虡）、饮器和箭靶（侯）等。

梓人为笱虡[①]。天下之大兽五：脂者、膏者、臝者、羽者、鳞者[②]。宗庙之事，脂者、膏者以为牲，臝者、羽者、鳞者以为笱虡，外骨、内骨、却行、仄行、连行、纡行、以脰鸣者、以注鸣者、以旁鸣者、以翼鸣者、以股鸣者、以胸鸣者[③]，谓之小虫之属，以为雕琢。厚唇弇口[④]，出目短耳，大胸燿后[⑤]，大体短脰，若是者谓之臝属。恒有力而不能走，其声大而宏。有力而不能走，则于任重宜；声大而宏，则于钟宜。若是者以为钟虡，是故击其所县，而由其虡鸣。锐喙决吻[⑥]，数目顅脰[⑦]，小体骞腹[⑧]，若是者谓之羽属。恒无力而轻，其声清扬而远闻。无力而轻，则于任轻宜；其声清扬而远闻，则于磬宜。若是者以为磬虡，故击其所县而由其虡鸣。小首而长，抟身而鸿[⑨]，若是者谓之鳞属，以为笱。凡攫閷援簭之类[⑩]，必深其爪，出其目，作其鳞之而[⑪]。深其爪，出其目，作其鳞之而，则于视必拨尔而怒。苟拨尔而怒，则于任重宜，且其匪色必似鸣矣。爪不深，目不出，鳞之而不作，则必颓尔如委矣，苟颓尔如委，则加任焉，则必如将废措，其匪色必似不鸣矣。

【注释】

①筍虡（jù）：悬挂编钟编磬的木架。横木曰筍，直木曰虡。

②脂（zhī）者：戴角的为脂，如牛、羊之类。膏者：无角的为膏，如猪等。臝（luǒ）者：短毛的兽，如虎豹。羽者：鸟类。鳞者：龙蛇之类。

③外骨：外有甲壳的，如龟。内骨：内有甲壳的，如甲鱼。甲鱼虽有壳，但其外尚有肉缘，所以以为内骨。却行：倒退而行，如蚯蚓。仄（zè）行：侧行，如蟹类。连行：前后相次连贯而行，如鱼。纡行：曲折而行，如蛇。以脰（dòu）鸣者：蛙类。脰，颈项。以注（zhòu）鸣者：蟋蟀之类。注同咮、噣，鸟嘴。以旁鸣者：蝉类。以翼鸣者：发皇。以股鸣者：如纺织娘。以胸鸣者：如龟。按：原文及旧注，与今人观点多有不同，不复一一辨明。

④弇（yǎn）：深。

⑤燿（shào）：细长。

⑥喙（huì）：鸟嘴。决：开张。吻：吻部，口唇。

⑦数（cù）：细。顅（qiān）：颈。

⑧骞（qiān）：腹部低陷。

⑨抟（tuán）：圆。

⑩攫（jué）：攫取，指鸟用爪迅速地抓取。援：拉，拽。簭（shì）：同“噬”，咬。

⑪作：振作。之而：须毛。一说，之，犹与；而，颊毛。

【译文】

梓人制作悬挂钟磬的架子。天下的大兽有五类：牛羊等脂类、熊猪等膏类、虎豹等臝类、鸟禽等羽类、龙蛇等鳞类。宗庙祭祀时，用脂和膏类的兽作为牲，而用臝、羽、鳞类的图形作为筍虡的刻饰。外有甲壳的，内有甲壳的，可以倒退行走的，侧身行走的，鱼贯而行的，迂回前进的；用颈项发声的，用口发声的，用两胁发声的，用双翼发声的，用大腿发声的，用胸部发声的；这些被称为小虫一类，其图形供雕琢之用。厚唇深口，两眼突出，双耳短小，胸部发达，后身较小，体大颈短，像这样的称之为蠃类。它们总是很有力量而不善快跑，叫声大而洪亮。有力而不善跑，则适宜负担重物；叫声大而洪亮，则适宜钟。以这种动物的图形用作钟虡上的刻饰，敲击虡上所悬挂的钟时，好像声音是钟虡发出的一样。尖锐的嘴巴，开张的口唇，眼睛细细的，脖颈长长的，体格较小，腹部收紧，像这样的称之为羽类。它们总是缺乏力量而行动轻捷，它们的声音清彻激扬，很远也能听到。缺乏力量而行动轻捷，则适宜负载较轻的物品；声音清彻激扬、远处可以听到，则与磬很相宜。以这种动物的图形用作磬虡上的刻饰，当敲击磬虡上所悬挂的磬时，好像声音是磬虡发出的一样。头小身长，身体圆而均匀，这样的称之为鳞类，用作筍上的图形。攫取动物就杀掉，抓过来就噬咬的猛兽，一定是深藏利爪，眼睛瞪出，振起它们的鳞片与颊毛。凡是深藏利爪、瞪出双眼、振起鳞片与颊毛的，如果有谁在看它，它必会十分震怒。如果会十分震怒的，则适宜负担重物；如配以彩色，看上去很像是能发出宏大的声音。如果脚爪并不深藏，双眼也不突出，又不振起鳞片与颊毛的，那一定是委靡不振的。倘若是委靡不振的，却又委以重任，那么一定会崩坏倒塌，从它的色彩看也不像是能发出宏大的声音。

梓人为饮器，勺一升[①]，爵一升[②]，觚三升[③]。献以爵而酬以觚。一献而三酬，则一豆矣[④]；食一豆肉，饮一豆酒，中人之食也。凡试梓饮器，乡衡而实不尽，梓师罪之。

【注释】

①勺：舀东西的器具。

②爵：酒器的一种。

③觚（gū）：酒器。一说觚字应作觯（zhì），亦酒具。

④豆：古代容量单位，四升为一豆。

【译文】

梓人制作饮器，勺的容量为一升，爵的容量为一升，觚的容量为三升。爵用来进献，觚用来酬答。进献一升，酬答三升，这就相当一豆了；吃一豆肉，饮一豆酒，这是普通人的食量。要是检试梓人所制的饮器时，饮器横置而器中所盛饮料不能全部流出，梓人的长官就要处罚制器的梓人。

梓人为侯①，广与崇方。参分其广，而鹄居一焉②。上两个③，与其身三；下两个，半之。上纲与下纲出舌寻④，縜寸焉⑤。张皮侯而栖鹄⑥，则春以功⑦；张五采之侯⑧，则远国属；张兽侯⑨，则王以息燕。祭侯之礼，以酒脯醢⑩，其辞曰："惟若宁侯，毋或若女不宁侯，不属于王所。故抗而射女，强饮强食，诒女曾孙诸侯百福。"

【注释】

①侯：箭靶。

②鹄（gǔ）：侯中为鹄，鹄中为正，正方二尺；正中为槷（niè，通"臬"），槷方六寸。

③个：同"舌"，即箭靶左右伸出的部分。

④纲：把侯系在植上的绳索。寻：长度单位，八尺为寻。

⑤縜（yún）：结射侯的圈扣，用以穿绳缚住靶的上下两头粗绳，使之固定。

⑥皮侯：用兽皮装饰的侯。天子之侯，用虎熊豹皮饰侯之侧。栖：缀鹄于侯中，好像鸟类栖止其间。

⑦春（chǔn）：通"蠢"。作。

⑧五采之侯：五彩画正之侯。

⑨兽侯：画兽之侯。

⑩脯醢（fǔ hǎi）：佐酒的食品。

【译文】

梓人制作箭靶，侯中的宽度与高度相等，鹄的边长为侯中边长的三分之一。上部两个，每个宽度与靶身相同，连在一起为三个靶身的宽度；下部两个的宽度比起上部两个要减半。上下纲绳各自从舌外延伸出八尺长，持纲的环纽各一寸。施张皮侯，缀鹄于侯中，以作礼乐之事；施张五采之侯，用于诸侯朝令时行宾射之礼；施张兽侯，用于与群臣宴饮时行射礼。对侯的祭礼，用酒及佐酒食品，祭辞是："你们这些安顺的诸侯啊，不像那些不安顺的诸侯；不朝令于王者，所以张而射之；安顺的诸侯，努力吃喝吧，你们的行为会贻福子孙，世世为诸侯。"

周礼·匠人

【题解】

匠人是负责都城建设规划、明堂制度的工匠。本篇中提出的以"左祖（祖庙）右社（社稷），面朝后市"为基本特征的都城规划，成为后世都城建设的基本模式。

匠人建国，水地以县，置槷以县①，视以景②。为规，识日出之景与日入之景，昼参诸日中之景，夜考之极星，以正朝夕。

【注释】

①槷（niè）：木柱。县：同"悬"。

②景：同"影"。

【译文】

匠人营造国都之城，以悬水平确定地平。悬绳正槷，通过观察日照下的槷影来确定四方；以日出、日入时槷影长度为半径，槷所在的点为圆心，用圆规画圆；标志日出、日入时槷影所指的方向，参照日中时日影方向，夜间参考北极星的方位，以校准日出时影与日入时影所指的方向。

匠人营国，方九里，旁三门。国中九经九纬①，经涂九轨②。左祖右社，面朝后市，市朝一夫③。夏后氏世室④，堂修二七，广四修一。五室三四步，四三尺，九阶。四旁两夹窗，白盛，门堂三之二，室三之一。殷人重屋⑤，堂修七寻，堂崇三尺，四阿重屋。周人明堂，度九尺之筵，东西九筵，南北七筵，堂崇一筵。五室，凡室二筵。室中度以几，堂上度以筵，宫中度以寻，野度以步，涂度以轨⑥。庙门容大扃七个⑦，闱门容小扃参个，路门不容乘车之五个，应门二彻参个⑧。内有九室，九嫔居之。外有九室，九卿朝焉。九分其国，以为九分，九卿治之。王宫门阿之制五雉⑨，宫隅之制七雉，城隅之制九雉⑩，经涂九轨，环涂七轨，野涂五轨。门阿之制，以为都城之制；宫隅之制，以为诸侯之城制。环涂以为诸侯经涂，野涂以为都经涂。

【注释】

①经、纬：织布的纵线叫经，横线叫纬，引申称南北向的道路为经，东西向的道路为纬。

②涂：通“途”。轨：车两轮间的距离。

③一夫：方各百步。按周制，宽一步、长百步为一亩（六尺为步）。

方各百步则为百亩，依一夫百亩之制，称一夫。

④夏后氏：古籍称禹受舜禅（shàn），建立夏朝，也称夏后世、夏后或夏氏。世室：古代帝王的宗庙。一说即明堂，古代帝王宣明政教的地方。

⑤重（chóng）屋：重檐之屋，王宫正堂。

⑥轨：两轮之内侧距离为六尺；自外侧量为六尺六寸，两旁各加七寸，合为八尺；此处所指当为后者。

⑦扃（jiōng）：贯通鼎上两耳的举鼎横木，大扃长三尺，七个二丈一尺；小扃长二尺，三个六尺。

⑧二彻：二彻之内，也就是注⑥所说的轨广八尺。彻，轨。

⑨门阿：指房屋中脊当栋之处。阿，栋。雉（zhì）：古时城墙的计量单位，长三丈高一丈为一雉。本文五雉、七雉、九雉均指高度，分别为五丈、七丈、九丈。

⑩隅（yú）：角落。

【译文】

匠人营造国都之城，城为正方形，边长九里，每面开三个城门。都城中南北向和东西向的大街各有九条，每条大街可容九辆车子并行。王宫南门外左边是祖庙（在东面），右边是社主；南面为朝，北面为市；市、朝均为纵横各百步的正方形。夏人的世室，南北进深为十四步，东西的广度较南北进深增其四分之一，为十七步半。堂上五室，中央室进深四步，广加四尺，四隅各室进深三步，广加三尺。四面共九阶。室四面各有两窗在正门两旁，用白灰粉刷。门堂的进深与广度各相当于正堂的三分之二，室与门各居三分之一。殷人的重屋，堂南北进深为七寻，堂基高三尺，四栋二重屋。周人的明堂，以九尺为一筵，作为量度单位，东西广九筵，南北进深七筵，堂基高一筵；五室，各方二筵。室内量度以三尺之几为单位，堂上量度以九尺之筵为单位，宫中以七尺之寻为单位，野外以六尺之步为单位，道途的宽度则以八尺之轨为单位。宗庙之门可容三尺大扃七个，旁出小门可容二尺小扃三个，天子居住办事的大寝的路门比五辆乘车并行的宽度四丈要窄一些，王宫的正门即应门的宽度为二丈四尺。路门之内有九室，供九嫔居住；其外有九室，供九卿处理政务；将国政按职事分为九类，分别让九卿来治理。王宫门阿之规制高五雉，宫隅规制高七雉，城隅规制高九雉。城中经纬道路宽九轨，环城道路宽七轨，野外道路宽五轨。门阿五雉的规制与王子弟所封都城规制相同，宫隅七雉的规制与诸侯都城的规制相同。环城道路七轨的宽度与诸侯国都经纬道路的宽度相同，野外道路五轨的宽度与王子弟所封都城内经纬道路的宽度相同。

匠人为沟洫①，耜广五寸②，二耜为耦。一耦之伐，广尺深尺，谓之甽③。田首倍之，广二尺，深二尺，谓之遂。九夫为井④，井间广四尺，深四尺，谓之沟。方十里为成，成间广八尺，深八尺，谓之洫。方百里为同，同间广二寻，深二仞，谓之浍⑤。专达于川，各载其名。

【注释】

①沟洫（xù）：沟渠，田中水道。

②耜（sì）：古代农具名，耒耜的主要部件，形似后来的锹。

③甽（quǎn）：田间小沟。

④井：方一里为井，九夫所治之田。

⑤浍（kuài）：此指田间大沟渠。

【译文】

匠人开通沟洫，耜宽五寸，二人并肩耕作为耦。一耦挖土方，广一尺，深一尺，称为甽。田头屋与屋之间的渠则要加倍，广二尺，深二尺，谓之遂。九夫之田合起来为一井，井与井之间的渠广四尺，深四尺，称为沟。纵横各十里的地方为一成，成与成之间的渠广八尺，深八尺，称为洫。纵横各百里的地方为一同，同与同之间的渠广二寻（即十六尺），深二仞（即十六尺），称为浍。浍中的水直流入大川，记识浍中水流所从出的川名。

凡天下之地势，两山之间必有川焉，大川之上必有涂焉。凡沟逆地防①，谓之不行。水属不理孙②，谓之不行。梢沟三十里而广倍③。凡行奠水④，磬折以参伍⑤。欲为渊，则句于矩。凡沟必因水势，防必因地势。善沟者，水漱之⑥；善防者，水淫之⑦。凡为防，广与崇方，其閷参分去一⑧，大防外閷。凡沟防，必一日先深之以为式，里为式⑨，然后可以傅众力。凡任索约，大汲其版⑩，谓之无任。葺屋参分，瓦屋四分，囷、窌、仓、城⑪，逆墙六分。堂涂十有二分。窦，其崇三尺。墙厚三尺，崇三之。

【注释】

①防（lè）：地的脉理。

②属：通“注”。孙（xùn）：通“逊”。顺。

③梢：通“消”。为水所冲消，指未加垦殖之地。

④奠（tíng）：通“停”。

⑤参（sān）伍：交互错杂。

⑥漱（shù）：为水所冲刷剥蚀。

⑦淫：谓水淤泥土，助之为厚。

⑧閷（shài）：减削。

⑨里：郑玄以为应作“已”。

⑩汲：引。

⑪囷（qūn）：圆形的谷仓。窌（jiào）：地窖。仓：方形的谷仓。

【译文】

天下的地势，两山之间必有川流，大川的旁边必定有道路。如果修造沟渠违逆地的脉理，水流不畅就会决溢。水流下注而不顺，也会造成决溢。未加垦殖的地方的沟渠，每超过三十里，沟渠的广度都要增加一倍。要道行停潴之水，沟渠不能笔直，要多加些曲折水流才畅。要想积水成渊，水导转弯如直角，则水流回转，其下成渊。修造沟渠一定要顺应水势，建筑堤防一定要借助地势。善于修造沟渠的，会利用水流的冲击使渠道通畅。善于建筑堤防的，则会利用水流的冲击使淤泥附着堤防而更加厚实。凡建筑堤防，下基的广阔与高度相当，上面的阔度两边渐减三分之一。大堤防下大上小，上部从堤外部渐减三分之一。凡是开沟渠、筑堤防，要以规定式样及一日工程进度作为标准，定好标准以后才能够将工程交付众人。筑墙垣建堤防，用绳索束板，用力太过则板伤斜曲，筑土不坚，如同不能胜任。茅屋屋顶高为屋长的三分之一，瓦屋屋顶高为屋长的四分之一。仓廪、地窖以及城墙，均以上端六分之一高处为逆墙。堂下阶前的路，以路中至边宽度的十二分之一为路中央的高度。宫中水道，深三尺。宫墙厚三尺，高为厚度的三倍。

韩愈·蓝田县丞厅壁记

【题解】

本文写于元和十年（815）。文章分两部分。前一部分写当时县丞在官场中的地位和处境，借“吏抱成案诣丞”一节，把吏员的就势欺人、县丞的低声下气刻画得惟妙惟肖。后一部分以崔斯立任蓝田县丞的遭遇做具体印证，写出了一个有才能有抱负的县丞从想有所作为到无法有所作为而心灰意冷的过程，进一步揭露了当时官场的黑暗。

韩愈此文虽沿壁记旧体，但秉笔直书，赋予新的内容，成为一篇揭露唐代官场积弊的犀利泼辣的政治讽刺小品。

丞之职所以贰令[1]，于一邑无所不当问。其下主簿、尉[2]，主簿、尉乃有分职。丞位高而偪[3]，例以嫌不可否事[4]。文书行，吏抱成案诣丞[5]，卷其前[6]，钳以左手[7]，右手摘纸尾[8]，雁鹜行以进[9]，平立睨丞曰[10]："当署[11]。"丞涉笔占位署[12]，惟谨[13]。目吏，问："可不可？"吏曰："得[14]。"则退。不敢略省[15]，漫不知何事[16]。官虽尊，力势反出主簿、尉下[17]。谚数慢必曰丞[18]，至以相訾謷[19]。丞之设，岂端使然哉[20]！以上讥诮丞之不可为。

【注释】

①丞：县丞。唐制，县设丞一人，是一县的副长官。贰令：指县丞为县令的副手。贰，副，这里是佐助的意思。

②主簿：唐代县设主簿一人，负责文书簿册和监印事项，职位在县丞以下。尉：县尉。唐代设县尉二人，掌管监察、治安等事。

③偪（bī）：贴近，迫近。县丞位仅次于县令，如果他认真办事，势必会侵犯到县令的职权，所以说"偪"。

④嫌：嫌疑，这里指侵犯职权之嫌。

⑤成案：指经县主管部门拟稿，经县令批准的定案。诣：到，至。

⑥卷其前：公文的内容写在纸前，纸尾是署名的地方。吏将公文前边卷起来，是不让县丞看到公文的内容。

⑦钳：夹着。

⑧摘：捏着。

⑨雁鹜行：形容人走路缓缓、大摇大摆的样子。鹜，野鸭。

⑩平立：指不施礼，只是站着。睨（nì）：斜着眼睛看人。

⑪署：署名，签字。

⑫涉笔：动笔。占：看，端详确定。位：署名的位置。

⑬惟：顺从的样子。

⑭得：口语，要得，行了。

⑮省（xǐng）：察看。

⑯漫：茫然。

⑰势：威势。

⑱谚数慢必曰丞：大家平时说话，讲到哪个官职最闲散，一定会说是县丞。

⑲訾謷（zǐ áo）：诋毁。

⑳端：本来。

【译文】

县丞的职位是县令的副手，那么对于一县的事务就没有不应当过问的。县丞下面是主簿、县尉，主簿、县尉各有专责。县丞地位高，容易侵犯县令的权力，为了避免和县令有争权之嫌，县丞历来对公事不置可否。发公文的时候，县吏抱着已经写定的案卷去见县丞，把公文的前半部分卷起来，用左手夹着，右手拣出纸尾，大摇大摆地走到县丞眼前，直挺挺地站在那儿，斜着眼睛看着县丞说："签署。"县丞拿起笔，端详一下位置，小心地签上自己的名字，然后看着县吏，问："可不可以？"县吏说："行了。"便退了出去。县丞不敢稍微察看一下内容，对到底是处理什么事情茫然无知。县丞的职位虽高，他的权势反而在主簿、县尉之下。社会上谈到闲散官的时候，必举县丞为例，甚至发展到用县丞的闲散来讥诮人。难道朝廷设置县丞这一官职的本意就是如此吗？以上讥讽嘲谑县丞一职不可当。

博陵崔斯立种学绩文[①]，以蓄其有，泓涵演迤[②]，日大以肆[③]。贞元初[④]，挟其能[⑤]，战艺于京师[⑥]，再进再屈千人[⑦]。

元和初，以前大理评事言得失黜官[8]，再转而为丞兹邑[9]。始至，喟曰："官无卑，顾材不足塞职。"既噤不得施用[10]，又喟曰："丞哉，丞哉，余不负丞，而丞负余。"则尽枿去牙角[11]，一蹑故迹[12]，破崖岸而为之[13]。以上叙崔为丞。

【注释】

①博陵：今河北定州。崔斯立：字立之，博陵人。元和十年（815）任蓝田县丞。种学绩文：以耕种比喻勤奋研究学问。绩，辑麻成线。

②泓涵演迤（yí）：形容学问修养广博深厚。泓涵，包孕宏深。演迤，境界广阔。

③肆：不受拘束。

④贞元：唐德宗的年号（785—804）。

⑤挟（xié）：怀抱，这里指凭着。

⑥战艺：同人比试才学，指参加科举考试。

⑦再进再屈千人：崔斯立贞元四年（788）中进士，贞元六年（790）中博学宏词科，故言"再进"。"再屈千人"指两次压倒众人，千人比喻服者之多。"千人"它本作"于人"。

⑧大理评事：大理寺的属官，掌刑法。得失：指朝政。

⑨再转：指崔斯立因上书言事贬官后又一次被贬官。转：迁转，迁调官职。

⑩噤：闭口不言。

⑪枿（niè）：同"蘖"。拔去，去掉。牙角：棱角，锋芒。

⑫蹑：践，遵行。故迹：指过去做县丞的旧例。

⑬破崖岸：立求随和他人，跟"去牙角"的意思差不多。崖岸：比喻处世的原则、界限，如同山水之有崖岸。

【译文】

博陵人崔斯立，作学问如耕田织麻般辛勤，不断地积累知识，他的学问修养包孕宏深，境界广阔，而且愈来愈博大宏放。贞元初年，他怀抱杰出才能，在京城参加考试，两次中第，两次压倒众人。元和初年，崔斯立任大理评事时因议论朝政得失而遭贬官，经两次迁调才到蓝田做县丞。刚到任时，他叹息说："官职无卑贱大小之分，只是自己的才能不能尽职。"当他事事不能过问而无所作为之后，又叹息说："县丞啊，县丞啊！我没有辜负县丞这个职位，而县丞这个职位却辜负了我！"于是完全去掉棱角锋芒，一切遵循做县丞的旧例，随和敷衍。以上讲崔斯立做县丞。

丞厅故有记，坏漏污不可读，斯立易桷与瓦[①]，墁治壁[②]，悉书前任人名氏。庭有老槐四行，南墙巨竹千梃[③]，俨立若相持[④]，水虢虢循除鸣[⑤]。斯立痛扫溉[⑥]，对树二松[⑦]，日哦其间[⑧]。有问者辄对曰："余方有公事，子姑去。"以上叙厅壁。

【注释】

①桷（jué）：椽子。

②墁：涂抹的工具，这里作动词用。

③巨竹：大竹。梃（tǐng）：竿。

④俨：庄严。

⑤虢虢（guó）：水流声。除：台阶。

⑥痛：彻底地。扫溉：清扫洗涤。

⑦树：种植。

⑧哦：吟哦，吟诗。

【译文】

县丞办公的厅堂里原先有壁记，由于屋漏墙坏，壁记上污迹斑斑，记文看不清楚了。崔斯立让人换了房椽和屋瓦，修整粉刷好墙壁，把前任县丞的姓名都写在上面。庭院中有四行老槐树，南墙边有大竹千竿，槐竹对立，好像彼此争持，不相上下。水沿着庭阶流着，发出濊濊的响声。崔斯立把庭院彻底地清扫了一番，相对着栽上两棵松树，每天在树下吟诗。有来问事的人，他就说："我正有公事在办，你暂且离开这儿。"以上讲修整厅堂和墙壁。

考功郎中、知制诰韩愈记[①]。

【注释】

①考功郎中：属吏部，掌管文武百官功过恶善考绩事宜。知制诰：掌管草拟诏令事项。韩愈此时任考功郎中兼知制诰。

【译文】

考功郎中、知制诰韩愈记。

欧阳修·丰乐亭记

【题解】

本文作于庆历六年(1046)。文章从写丰乐亭所处环境的可爱起笔，寓笔于自然之美，意在写宋太祖开国的功绩，江山一统的盛事，从而突出文章主旨，说明今日丰乐来之不易，告诫世人创业艰难的道理。本文在章法上很有独到之处，清人金圣叹评论道："记山水，却纯述圣宋功德；记功德，却又纯写徘徊山水。寻之不得其迹，曰：只是不把圣宋功德看得奇怪，不把徘徊山水看得游戏。此所谓心地淳厚，学问真到文字也。"可谓得其真谛。

修既治滁之明年[①]，夏，始饮滁水而甘。问诸滁人，得于州南百步之近。其上丰山耸然而特立[②]，下则幽谷窈然而深藏[3]，中有清泉滃然而仰出。俯仰左右[4]，顾而乐之。于是疏泉凿石，辟地以为亭，而与滁人往游其间。以上叙山川。

【注释】

①滁：指滁州，今属安徽。

②耸然：高高矗立的样子。特立：独立。

③窈然：幽暗深远的样子。

④俯仰：指抬头看，低头看。

【译文】

我到滁州任职的第二年，到了夏天，才喝到滁洲的泉水，觉得特别甘甜。向滁州当地人询问，才找到这水的源头是在滁州城南面大约百十步的地方。那上头是美丽的丰山矗立独挺着，下面是幽深的峡谷暗暗地隐藏着，两山之间流淌着清清的一弯泉水，翻腾着由地下冒了出来。不管是仰视还是俯看，还是左右环视，都非常非常令人惬意。于是我就发动人来疏通水道泉眼，开凿石道，辟出地方建造了一座亭子，这样就可以和滁州的人一起到这里观赏景色了。以上记山川。

滁于五代干戈之际[1]，用武之地也。昔太祖皇帝尝以周师破李景兵十五万于清流山下[2]，生擒其将皇甫晖、姚凤于滁东门之外，遂以平滁。修尝考其山川，按其图记，升高以望清流之关，欲求晖、凤就擒之所，而故老皆无在者，盖天下之平久矣。以上吊古咏叹。

【注释】

①五代：指唐灭亡后，中原地区相继建立的后梁、后唐、后晋、后汉、后周五个短期王朝。

②太祖皇帝：指宋太祖赵匡胤（927—976）。周师破李景兵：《资治通鉴》载：周显德三年（956）春，周世宗征淮南，南唐将领皇甫晖、姚凤退守滁州清流关，周世宗命赵匡胤突阵，将皇甫晖与姚凤等活捉。李景，本名景通，改名瑶，后名璟，字伯玉，为南唐中主。

【译文】

在五代战乱四起的时候，滁州是战略要地。从前太祖皇帝曾经率领后周的军队在清流山下大败南唐李璟十五万大军，在滁州的东门外活捉了他们的将领皇甫晖和姚凤，于是平定滁州。我曾经考察过这里的山川地形，查看核对了有关这里的地图和记载，还登上高处远望过清流山的隘口，想寻找到当年捉获皇甫晖和姚凤两人的地方，可是当年的老人现在已经都不在人世了，无人可问，大概是由于天下太平已经很长时间了的缘故吧！以上感怀古人古事。

自唐失其政，海内分裂①，豪杰并起而争，所在为敌国者，何可胜数！及宋受天命，圣人出而四海一②。向之凭恃险阻，刬削消磨③，百年之间，漠然徒见山高而水清。欲问其事，而遗老尽矣④。今滁介于江、淮之间，舟车商贾、四方宾客之所不至⑤。民生不见外事，而安于畎亩衣食，以乐生送死，而孰知上之功德、休养生息、涵煦百年之深也⑥？以上民之安乐原于上之功德。

【注释】

①海内：四海之内，指全国。

②圣人：指宋太祖赵匡胤。

③刬（chǎn）：通“铲”。铲除。

④遗老：经历事变的野老旧臣。

⑤商贾：指商人。

⑥涵煦：滋润化育。

【译文】

自从唐朝丧失了政权，海内分崩离析，各路豪杰都纷纷起来争夺天下，到处建立政权，互相敌对，多得哪能数过来！等到了大宋朝禀承天命，圣人出现，天下才得以统一。以前所凭恃的山川险阻，有的被人铲除，有的被岁月磨灭，百余年来，只留下这些高耸的山峦和清清的河水供人淡淡地观赏。想要了解当年的事情，可当年的遗老们现在都已经不在人世了。如今的滁州地处长江和淮河之间，是个舟船车辆、富商小贩以及各地的旅客都不到的地方。这里的人自出生以来就没看见过外面的世界，却能够安心地在农田里谋求衣食，繁衍后代，养老送终，有谁能体会天子的功德，使万民休养生息、春风化雨长达百年的深恩厚泽呢？以上讲百姓的安乐来自于圣上的功德。

修之来此，乐其地僻而事简，又爱其俗之安闲。既得斯泉于山谷之间，乃日与滁人仰而望山，俯而听泉，掇幽芳而荫乔木。风霜冰雪，刻露清秀。四时之景，无不可爱。又幸其民乐其岁物之丰成，而喜与予游也。因为本其山川，道其风俗之美，使民知所以安此丰年之乐者，幸生无事之时也。夫宣上恩德，以与民共乐，刺史之事也③，遂书以名其亭焉。

【注释】

①刺史：汉、唐州的主官称刺史，宋时为知州的别称。

【译文】

我来到这里，喜爱这里环境幽僻，政务轻简，更喜欢这里安闲自得的民风。既然高山深谷之中寻找到了这处清泉，就常常和滁州人抬头观赏青山，俯视倾听峡谷流泉，时而采摘深谷中的花朵，时而纳凉于参天大树之下。待那霜寒风冽、冰封雪舞的时节，那山谷如同雕刻过似的，显露出另一番清爽秀丽的身姿来。一年四季风光变幻，无不惹人喜爱。这里的百姓欣逢年成丰收，无不乐于同我一起游山赏景。于是就依据这里的山川特色，讲述这地方风俗的淳美，使人们理解之所以安享这丰收景象的欢乐，应该庆幸我们大家生活在太平无事的年代。颂扬天子的恩德，和百姓共享欢乐，这原本是刺史的职责。于是就将“丰乐”二字书写出来，让它作为这座亭子的名字。

曾巩·宜黄县学记

【题解】

这是曾巩为江西宜黄县立县学而写的一篇纪念性文章。文章开头，作者并未直奔主题，叙写宜黄立学之事，而是从学习的功用谈起，论述了学习的重要性及后代废学所引起的不良后果，最后对宜黄立学予以赞美，劝勉人们努力学习，使“风俗成，人材出”。文章层次分明，条理清楚，文字朴实，议论精当，体现了曾巩散文的特有风格。

古之人，自家至于天子之国皆有学①，自幼至于长，未尝去于学之中②。学有《诗》《书》、六艺、弦歌、洗爵、俯仰之容、升降之节③，以习其心体、耳目、手足之举措；又有祭祀、乡射、养老之礼④，以习其恭让；进材、论狱、出兵授捷之法⑤，以习其从事⑥。师友以解其惑，劝惩以勉其进，戒其不率⑦，其所以为具如此。以上教学之具。

【注释】

①学：古代的学校。《礼记·学记》云：“古之教者，家有塾，党有庠，

术有序，国有学。”

②去：离开。

③六艺：礼、乐、射、御、书、数。弦歌：音乐。洗爵：洗涤酒器。主人向客人敬酒，客人回敬之后，主人再给客人敬酒之前，主人先将酒杯洗一洗。爵，古代青铜制的饮酒器。

④乡射：古代以射选士。按《周礼》，其制有二：一为州长于春秋两季以礼会民，射于州之学校；二为乡大夫三年大比，献贤能之书于王，行乡射之礼。射礼前皆先行乡饮酒礼。养老：使国中年老而有德行的人及时享有酒食，称为养老。

⑤进材：推荐人才。论狱：诉讼案件。授捷：出征而返，以所割敌人左耳告于先圣先师。

⑥从事：办事技能。

⑦率：遵循，服从。

【译文】

古时候，从家庭到天子所住的京城都设立学校，人们从小到大，从来都未曾离开过学校。所学有《诗》《书》、六艺、弦歌、洗爵及仪容、规范等，以训练其心身、耳目、手足的举止动作；还有祭祀、乡射、养老的礼节，以训练其恭敬谦让；学习举荐贤能、处理诉讼案件、出征攻伐及凯旋的方法，以训练其办事技能。以朋友为师解惑答疑，以奖励惩处鼓励上进，并警告不遵从教诲的人，其所设置的学习内容就是这样的。以上为教学的内容。

而其大要，则务使人人学其性，不独防其邪僻放肆也。虽有刚柔缓急之异，皆可以进之于中，而无过不及。使其识之明，气之充于其心，则用之于进退语默之际，而无不得其宜；临之以祸福死生之故，而无足动其意者。为天下之士，而所以养其身之备如此。以上修己之学。

【译文】

但其中最重要的，则是一定要使人们通过学习来恢复其善良本性，并不仅仅是为防备乖戾不正、恣意放纵。人在性格上虽有刚柔缓急的差别，却都可以走入正道，没有僭越或不足。学习能使人见识澄明、生气贯注，因而在退避进取言谈静默的时候无不恰切适宜，面临祸福生死的变故也不会动摇意志。天下的士子要修养身心，使之完备。以上为自我修养的学问。

则又使知天地事物之变，古今治乱之理，至于损益废置、先后终始之要，无所不知。其在堂户之上，而四海九州之业、万世之策皆得。及出而履天下之任，列百官之中，则随所施为，无不可者。何则？其素所学问然也。以上治人之学。

【译文】

又使他们通晓天地万物的变化规律、古今治乱的道理，对于损益废置、先后始终的关键所在，也将无所不知。他们虽在学校、家庭当中，却了解掌握国家的创业及未来发展的策略。等到出仕为官担当天下大任，站在文武百官当中，又能随意施展、无所不成。为什么会这样呢？因为他平素所学习的就是这些。以上为治理百姓的学问。

盖凡人之起居、饮食、动作之小事，至于修身为国家天下之大体，皆自学出，而无斯须去于教也。其动于视听四支者[①]，必使其洽于内；其谨于初者，必使其要于终。驯之以自然，而待之以积久。噫，何其至也！故其俗之成，则刑罚措[②]；其材之成，则三公百官得其士；其为法之永，则中材可以守；其入人之深，则虽更衰世而不乱[③]。为教之极至此，鼓舞天下，而人不知其从之，岂用力也哉！以上兴学之效。

【注释】

①四支：同“四肢”。指人的两手两足。

②措：搁置。

③更：经历。

【译文】

从起居、饮食、行止这样的小事，到修身养性为国家天下做大事，都是从学习中得来的，时刻也离不开教育。眼、耳、手足必随内心所思而动，恭敬诚实也应始终如一。教育要顺应自然，让学生日积月累，以待变化。啊，这是多么完美的境界！如果社会能形成这种好的风气，那么刑罚律例就可以被置之不用了；如果成了有用之材，那么三公百官中就又可增加一员；如果能制法恒久，那么中等才智的人也会遵守法令；如果能触及内心使人臣服，那么即使在衰败的时代也不会混乱失序。教化可以达到如此程度，并鼓舞天下人，但有人却不知道这种结果并非强力所致的。以上为办学的收益。

及三代衰[①]，圣人之制作尽坏[②]。千余年之间，学有存者，亦非古法。人之体性举动[③]，唯其所自肆，而临政治人之方，固不素讲[④]。士有聪明朴茂之质[⑤]，而无教养之渐，则其材之不成，固然。盖以不学未成之材，而为天下之吏，又承衰敝之后，而治不教之民，呜呼！仁政之所以不行，盗贼刑罚之所以积，其不以此也欤！以上废学之弊。

【注释】

①三代：指夏、商、周。

②制作：著作，撰述。

③体性：性格。

④素：平素，平常。

⑤朴茂：诚实厚重。

【译文】

夏、商、周三代衰亡后，圣人的著作撰述都遭到毁坏。千余年间，尚存的学校也并不师法古代。人们一味地放纵自己的个性行为，却不去研究从政治人的办法。士子徒有聪明诚实卓越的材质，却没有教育的浸润熏陶，那么他成不了大材，便是必然的了。没有教育，未成大材，却要出仕为官，并且在世道衰微之后去管理没有经过教化的百姓，唉，仁政之所以不被施行，盗贼和犯法受刑的人之所以增多，不都是因为这个原因嘛！以上讲废除教育的弊端。

宋兴几百年矣。庆历三年，天子图当世之务，而以学为先，于是天下之学乃得立。而方此之时，抚州之宜黄犹不能有学①，士之学者皆相率而寓于州，以群聚讲习②。其明年，天下之学复废，士亦皆散去，而春秋释奠之事以著于令③，则常以庙祀孔氏，庙废不复理④。皇祐元年，会令李君详至，始议立学。而县之士某某与其徒皆自以谓得发愤于此⑤，莫不相励而趋为之⑥。故其材不赋而羡⑦，匠不发而多⑧。其成也，积屋之区若干，而门序正位⑨，讲艺之堂、栖士之舍皆足；积器之数若干，而祀、饮、寝食之用皆具；其像孔氏而下，从祭之士皆备；其书经史百氏、翰林子墨之文章无外求者⑩。其相基会作之本末⑪，总为日若干而已，何其周且速也！当四方学废之初，有司之议⑫，固以谓学者人情之所不乐，及观此学之作，在其废学数年之后，唯其令之一唱[13]，而四境之内响应而图之，如恐不及，则夫言人之情不乐于学者，其果然也欤？以上宜黄学之成。

【注释】

①抚州：今属江西。宜黄：今属江西。

②讲习：讲论研习。

③释奠：设置馔爵以祭先圣先师。

④理：修治。

⑤发愤：勤勉。

⑥趋（cù）：急。

⑦赋：取。

⑧发：征调。

⑨序：隔开正堂东西夹室的墙。

⑩翰林：文翰之林，犹文苑。子墨：汉扬雄撰《长杨赋》，假借子墨客卿与翰林主人的问答为文，寓讽谏之意。后来省“子墨客卿”为“子墨”，成了文士的代称。

⑪相基：选择基地。会作：会合工匠。本末：开工完工的日期。

⑫有司：古代设官分职，事有专司，故称有司。

⑬唱：同“倡”。提倡。

【译文】

宋朝的建立已有近百年的历史。庆历三年，天子在计划当朝事务时，把立学放在了首位，于是天下各地才得以建立学校。但当时，抚州的宜黄县还不能立学，士子中有要入学的，都一起聚集到州治讲论研习。第二年，各地的学校又被废弃，士子也就纷纷离开了，但春秋时设置馔爵以祭先圣先师之事，因为以法令的形式规定下来了，所以经常在庙里祭祀孔子。庙破败了，却没有重修。皇祐元年，适逢李详来当县令，才开始讨论立学的事情。县里的士人某某和他的门徒都自认为能够勤奋办这件事,他们大家相互勉励,立即去筹备立学的事情。所以木材不用征收、工匠不用征调就绰绰有余了。学校建成之后,有房屋若干,大门及正堂的东西墙位置适宜,供讲授用的厅堂及士子们歇息的房舍也很充足;用器若干,祭祀、饮水、吃饭、睡觉的各种用器都置备上了;绘制的孔子及后世附从祭祀的诸位先师的画像也都准备齐全了;书籍包括经史百家、文人学士的文章也都齐备了,不必再到各处寻求。兴立县学时,从选择地基、招集工匠开工至完工的日期,总共只有若干天。准备得多么周到、建设得又是多么迅速啊!当各地的学校被废弃时,有关部门还以为立学是人们所不愿意做的事,可是宜黄县学的兴立,在它废学数年之后,只需县令的一声倡言,境内的人们就纷纷起来响应,唯恐落后,那么,说人们心里不乐于立学,是真实的吗?以上讲宜黄县学的兴立。

宜黄之学者,固多良士,而李君之为令,威行爱立,讼清事举,其政又良也。夫及良令之时,而顺其慕学发愤之俗,作为宫室教肄之所[①],以至图书器用之须,莫不皆有,以养其良材之士。虽古之去今远矣,然圣人之典籍皆在,其言可考,其法可求,使其相与学而明之,礼乐节文之详[②],固有所不得为者,若夫正心修身,为国家天下之大务,则在其进之而已。使一人之行修移之于一家,一家之行修移之于乡邻族党,则一县之风俗成,人材出矣。教化之行,道德之归,非远人也,可不勉欤?以上总收,文气平衍。

【注释】

①教肄(yì):教学,学习。

②礼乐节文:礼乐礼节仪文。

【译文】

宜黄此地本来就多优秀的士子，而李君作为县令，形象威严，广施恩泽，狱讼清明，举事得力，其为政表现也很优秀。他做贤良的县令时，能顺遂人们渴慕求学、发愤读书的意愿，修建殿堂屋舍，置备图书用具，以培养优良人才。虽然古代距今已很遥远，然而圣人所撰述的典籍还在，他们的言论可以查考，方法可以寻求，可以让学子们共同学习并了解掌握它们。礼乐、礼节、仪文非常周详，固然会有一些做不到的，但只要端正内心，修养品性，学习治理国家天下的方法，努力进取就是了。如果使一个人的素养行为能够影响一家人，一家人的素养行为又可影响其乡邻族党，最后就能使一个县形成良好风气，就会人才辈出。教化的施行，道德的归属，与人们相距并不遥远，能不努力吗？以上归总结束，文章平铺直叙。

县之士来请曰："愿有记。"故记之。十二月某日也。

【译文】

县里的士子来请求我说："希望您能将立学之事记下来。"所以我就将此事记载下来了。十二月某日。